एक क़तरा ख़ून

(उपन्यास)

शब्दकार
दिल्ली

एक क़तरा ख़ून

इस्मत चुग़ताई

लिप्यंतरण

त्रिलोकीनाथ श्रीवास्तव

ISBN—81-7016-793-0

एकमात्र वितरक
किताबघर प्रकाशन
4855-56/24, अंसारी रोड, दरियागंज
नयी दिल्ली-110002

संस्करण
2013

आवरण
रवि शर्मा

मूल्य
चार सौ रुपये

मुद्रक
बी० के० ऑफसेट
नवीन शाहदरा, दिल्ली-110032

EK QATRA KHOON (Novel in Hindi)
by Ismat Chugtai
Price : Rs. 400.00

'अनीस' के नाम

कि यह कहानी मैंने उनके मर्सियों में पाई है

प्यारे दोस्त और रिश्तेदार
जिन्होंने इस उपन्यास के प्रकाशन में मेरा हाथ बँटाया

फ़ज़्लुर्रहमान	नरीमान ईरानी
डॉ० यूसुफ़ हमीद	नवीन साहनी
अली ज़ैदी	जावेद अख़्तर
फ़रहान मुजीब	साबिर दत्त
रबाब जाफ़री	सितारा जाफ़री

प्राक्कथन

यह उन बहत्तर इंसानों की कहानी है, जिन्होंने इंसानी हक़ों के लिए साम्राज्यवाद से टक्कर ली।

यह चौदह सौ साल पुरानी कहानी आज की कहानी है कि आज भी इंसान का सबसे बड़ा दुश्मन इंसान कहलाता है।

आज इंसानियत का अलमबर्दार इंसान है।

आज भी जब दुनिया के किसी कोने में कोई यज़ीद सर उठाता है तो हुसैन बढ़कर उसकी कलाई मरोड़ देते हैं।

आज भी उजाला अँधेरे से लड़ाई कर रहा है।

—इस्मत चुग़ताई

"इंसानी हुक़ूक़ की ख़ातिर जो ख़ून बहा है इस समंदर में हम एक क़तरा हैं, मगर बख़ुदा आज यह क़तरा तूफ़ान बनने का तहय्या करता है।"

—हुसैन इब्ने-अली

एक क़तरा ख़ून

फ़िज़ा में आसमानी नग़्मे गूँज रहे थे। हवाओं में फ़रिश्तों के परों की सरसराहट थी। दुनिया एक अजीबोग़रीब जादू करने वाले आसमानी नूर में नहाई जगमगा रही थी।

सूरज आने वाले पाक बच्चे के एहतराम में सर झुकाए हुए था। चाँद और तारे नई चमक-दमक से झिलमिला रहे थे। शहर की रोशनियाँ निराली आब-ओ-ताब से जगमगा रही थीं। दीयों की लवें ख़ुद-ब-ख़ुद ऊँची हो गई थीं।

ख़ुदा-ए-ज़ुलजलाल-वाला कराम[1] बड़े इनहिमाक[2] से ज़मीन की जानिब देख रहा था। आज ख़ुदा का हसीन-तरीन शाहकार[3] पैदा होने वाला था।

बिंते-रसूल[4] अली इब्ने तालिब की चहीती बीवी फ़ातिमा ज़ोहरा दर्देज़ेह[5] में मुब्तला बेचैन-ओ-बेक़रार थीं। उनका फूल-सा कमसिन चेहरा पसीने की शबनम में डूबा हुआ था। भीगी-भीगी आँखों में वह कर्ब[6] था जो हर माँ का इनाम है।

अली इब्ने अबी तालिब बड़े बेटे हसन को काँधे से लगाए बेचैन टहल रहे थे। जान से प्यारी बीवी के कर्ब का एहसास बेचैन-ओ-बेक़रार कर रहा था। ऐसे नाज़ुक वक़्त में औरत को माँ के प्यार की ज़रूरत होती है। अली के लब दुआ के लिए बेचैनी से हिल रहे थे—"ऐ रहीमो-करीम, दुनिया के पालनहार, इस बिन माँ की बच्ची पर रहम फ़र्मा।"

सरवरे-कायनात[7], रसूले-ख़ुदा बेटी की तकलीफ़ से दुखी ड्योढ़ी पर टहल रहे थे। माँ का दुःख सिर्फ़ माँ का हिस्सा है, कोई उस दर्द को बाँट नहीं सकता।

पैग़ंबरे-इस्लाम ने अपनी बेटी फ़ातिमा ज़ोहरा को बड़े लाड़-प्यार से पाला था। यह वह ज़माना था जब अरब वहशी अपनी बेटियों को ज़िंदा दफ़्न कर दिया करते थे। लड़की ज़ात को मनहूस और ज़लील[8] समझा जाता था। ज़मानः-ए-जहालत[9] की और दूसरी लानतों के साथ रसूले-ख़ुदा ने इस बेहूदा रस्म के ख़िलाफ़ भी आवाज़ बुलंद की। अपने क़ौल को फ़ेल[10] से साबित करने के लिए उन्होंने अपनी बेटी को वह सारे हुक़ूक़[11] दिए जो एक इंसान को मुहज़्ज़ब दुनिया में मिलने चाहिए। वह उनसे बेहद मुहब्बत करते थे। उन्हें बड़े शौक़ और लगन से इल्म की दौलत से

---

1. प्रताप वाला और सम्माननीय, 2. तल्लीनता, 3. सुंदरतम कृति, 4. मुहम्मद साहब की बेटी, 5. प्रसव-पीड़ा, 6. पीड़ा, 7. सृष्टि के नायक, 8. तिरस्कृत, 9. अज्ञानता का युग, इस्लाम-पूर्व युग, 10. अमल, व्यवहार, 11. अधिकार।

मालामाल किया। उनकी बड़ी इज़्ज़त किया करते थे। बेटी को आता देखकर हमेशा ताज़ीम[1] से खड़े हो जाया करते थे। जिनके क़दमों में शहंशाहों के सर झुकते थे उन्हें बेटी की इस तरह इज़्ज़त करते देखकर लोग अपनी बेटियों की इज़्ज़त करने लगे थे। बेटी का बाप होना गाली नहीं, एक क़ाबिले-फ़ख़्र[2] बात समझा जाने लगा।

फ़ातिमा ज़ोहरा जब बालिग़ हुईं तो उनके लिए बड़े-बड़े शाहज़ादों और बादशाहों के पैग़ाम आने लगे। मगर रसूलुल्लाह ने सबको टाल दिया। लोग बड़े चक्कर में थे कि रसूले-ख़ुदा को बेटी के लिए कैसे वर की तलाश है ? इरादा क्या है ? जवान बेटी को कब तक बिठाए रखेंगे ?

बेटी बाप के सीने का बोझ न थी, जिसे हटाने के लिए उसे किसी के सुपुर्द कर दिया जाए। वह उनकी बेटी थी, जिगर का टुकड़ा थी। वह उसके लिए ऐसा शौहर चाहते थे जो हर तरह एक मुकम्मल इंसान हो, जिसे वह अपनी बेटी की तरह अज़ीज़ रखते हों।

पैग़ंबरे-ख़ुदा को ख़ुदा का पैग़ाम इंसानों तक पहुँचाने के लिए एक मुईन और मुबीन[3] की ज़रूरत थी। एक ऐसा शरीकेकार जो उनका बोझ बाँट सके। जिस पर वह भरोसा कर सकें, जो उनके पैग़ाम को अपनी रूह में जज़्ब कर सके और उसे दूसरों तक पहुँचा सके। उस वक़्त सिर्फ़ सात शख़्स इस्लाम के दायरे में आए थे। उनकी जान-ओ-माल की ख़ैरियत न थी। वह छिपकर इबादत करते थे। रसूलुल्लाह ने एक जलसे में अपनी इस ख़्वाहिश का इज़हार फ़र्माया और पुकारकर कहा, “कौन है तुममें से, जो मेरा मुईन-ओ-मददगार बनने को तैयार है ?”

बनी हाशिम के सब ही मुअज़्ज़िज़[4] लोग जलसे में शरीक थे। मगर किसी ने लब्बैक[5] न कहा। लोग खुलकर इज़हारे-ख़याल करते झिझकते थे। मुख़ालिफ़ीन[6] के ख़ौफ़ से हिचकिचाते थे। रसूले-ख़ुदा उम्मीद-भरी नज़रों से सबका मुँह तक रहे थे, मगर सब ख़ामोश थे, आँखें चुरा रहे थे।

उस वक़्त अचानक एक लड़का, जिसकी उम्र मुश्किल से दस-बारह की होगी, मजमे में से उठा और निहायत दिलेराना अंदाज़ में बोला—“या रसूलुल्लाह ! मैं आपका मुईन-ओ-मददगार बनने को तैयार हूँ।”

लोग खिलखिलाकर हँस पड़े। भला एक कमसिन लड़का इतना अज़ीम बोझ क्योंकर उठा सकेगा ? मगर पैग़ंबर का चेहरा मसर्रत से खिल उठा। फ़िक्र-ओ-तरद्दुद के आसार यक्सर ग़ायब हो गए। उन्होंने आगे बढ़कर उस बच्चे के शाने पर हाथ

---

1. आदर, 2. गर्व करने योग्य, 3. सहायक, 4. सम्माननीय, 5. 'मैं उपस्थित हूँ'—मालिक के पुकारने पर दास द्वारा दिया जाने वाला उत्तर, 6. विरोधी।

रख दिया।

वह कमसिन बच्चा उनका चचाज़ाद भाई अली बिन अबी तालिब था। उसकी दिलेरी और साफ़गोई से वह बेहद मुतास्सिर[1] हुए।

"बड़प्पन उम्र से नहीं, अक़्ल और जुर्रत से होता है।" उन्होंने फ़र्माया।

"या रसूलुल्लाह ! मेरी आँखों में हमेशा तकलीफ़ रहती है। मेरा जिस्म भी तनोमंद[2] नहीं। मगर मेरा दिल आपका मुतीअ[3] है।" अली बिन अबी तालिब ने मासूमियत से कहा और रसूलुल्लाह मुस्करा पड़े। उस दिन उन्होंने अपना अज़ीज़-तरीन दोस्त, होनहार शागिर्द और बहादुर-ओ-जरीं हम रकाब[4] पा लिया। बड़ी तवज्जो से उन्होंने इस बच्चे की तालीम-ओ-तरबियत[5] पर वक़्त सर्फ़ किया। दोनों हरदम साथ रहने लगे। एक दराज़क़द[6] नौजवान मर्द और एक कम-उम्र लड़का ! जब अली जवान हुए तब भी साये की तरह साथ रहे। बड़े-बड़े मार्कों में दामन न छोड़ा। अली रसूलुल्लाह को बेइंतहा अज़ीज़ थे। और जब भी कोई इंतहाई ख़तरे का मौक़ा आता तो वह बेझिझक अली को सामने कर देते। उन्हें अली पर ऐतमाद था और अली बेउज्र[7] उनका हर हुक्म बजा लाते।

अली की बहादुरी ज़र्बउलमस्ल[8] थी। फ़तह उनकी ज़रख़रीद लौंडी थी। वह जिस मुहिम को सर करने का तहैया करते, फ़तह यक़ीन बन जाती। अली बयक वक़्त दो तलवारों से लड़ते थे। ढाल के बजाय दूसरे हाथ में तलवार होती थी। उनकी दो तलवारें ही ढाल का भी काम करती थीं। लोग उन्हें सैफ़ुल्लाह यानी ख़ुदा की तलवार कहा करते थे।

चंद दोस्तों ने अली बिन अबी तालिब से कहा, "आप क़िस्मत आज़माई क्यों नहीं करते ? रसूलुल्लाह आपको बहुत पसंद करते हैं। अपनी बेटी के लिए वह आपका पैग़ाम ज़रूर मंज़ूर कर लेंगे।"

अली ने कहा, "मैं यह जुर्रत कैसे कर सकता हूँ ? जहाँ से शाहों को जवाब मिल गया, वहाँ मेरी क्या गिनती होगी ? मैं ग़रीब आदमी हूँ।"

"आप ग़रीब सही मगर रसूलुल्लाह आपको चाहते हैं।" दोस्तों ने कहा, "हमारे ख़याल में तो वह आपको ही पसंद कर चुके हैं। ख़ुद अपने मुँह से कहते तकल्लुफ़ हो रहा है। आपका फ़र्ज़ है कि पैग़ाम दें, चाहे वह मंज़ूर करें या न करें।"

अली इब्ने अबी तालिब ने सर झुका लिया और सोच में पड़ गए। रसूलुल्लाह अली को पसंद फ़र्माते थे तो यह कोई ताज्जुब की बात न थी। अली की बहादुरी का डंका दूर-दूर तक बज रहा था। वह ख़ुद अपने सिफ़ात[9] से बेख़बर थे। अपने

---

1. प्रभावित, 2. स्वस्थ, हृष्ट-पुष्ट, 3. आज्ञाकारी, 4. साथ चलने वाला, 5. शिक्षा-दीक्षा, 6. लंबा क़द, 7. निस्संकोच, 8. कहावत, 9. गुण, विशेषता।

बारे में कोई मुग़ालता[1] न था। वह ग़रीब थे। उन्होंने मुल्क जो फ़तह किए थे, वह अपनी ज़ात के लिए नहीं, इस्लाम के लिए थे। उनके पास महल-दोमहले न थे। न ज़र और जवाहर न लौंडी और ग़ुलाम। मज़दूरी करके गुज़र-बसर करते थे। उन्हें बाग़ात लगाने का बहुत शौक़ था। जब मुहिमात से फ़ुर्सत मिलती, बंजर और ख़ुश्क ज़मीन की काश्त करके खजूर के बाग़ लगाते। जाँफ़िशानी[2] से उनकी सिंचाई करते। जब वह तैयार हो जाते तो किसी को बतौर तोहफ़ा दे देते।

इस वक़्त भी वह आबपाशी[3] में मसरूफ़ थे। जब दोस्तों ने बहुत इसरार किया कि फ़ातिमा ज़ोहरा के लिए पैग़ाम देना आपका हक़ भी है और फ़र्ज़ भी तो राज़ी हो गए।

पानी का डोल एक तरफ़ रखा। घर जाकर नहाए। अपने हाथ का धुला पैवंद लगा लिबास पहना और रवाना हो गए। अभी अली दरवाज़े तक पहुँचे भी नहीं थे कि रसूले-ख़ुदा ने उम्मे-सलमा से फ़र्माया, “दरवाज़ा खोल दो। हमारा बहुत ही प्यारा मेहमान आ रहा है।”

उन्होंने दरवाज़ा खोला तो देखा, अली कुछ शर्माए, झेंपे, सर झुकाए खड़े हैं। अली की उम्र उस वक़्त इक्कीस साल थी।

“आओ-आओ, अली, अंदर आ जाओ। बाहर क्यों खड़े हो ?”

अली अंदर आए। उनका क़द इतना लंबा था कि हर दरवाज़ा छोटा मालूम होता था। निहायत घबराए हुए थे, पसीने छूट रहे थे। एक हाथ की उँगलियों से दूसरे हाथ को मज़बूती से पकड़े हुए थे। मौक़ा बड़ा नाज़ुक था।

रसूलुल्लाह उन्हें देख रहे थे और मुस्करा रहे थे। उनके तौर-तरीक़े से भाँप गए कि अली क्या कहने आए हैं, उन्हें भी अली के मुँह से बात सुननी थी। मुस्कराहट रोककर पूछा, “कुछ परेशान मालूम होते हो, अली ! क्या क़िस्सा है ?”

अली थोड़ा-सा कसमसाए, पेशानी से पसीना पोंछा। जी कड़ा करके कह ही दिया, “या रसूलुल्लाह, मैं आपकी बेटी फ़ातिमा ज़ोहरा के लिए दरख़्वास्त करने आया हूँ।”

“हूँ, मेहर में देने को कुछ है ?” मुस्कराकर पूछा।

“कुछ भी नहीं। बस, ये तन के कपड़े हैं। एक घोड़ा है, तलवार हैं और जिरह-बकतर। बस, यही कुल पूँजी है।”

“तलवार तो एक सिपाही के लिए निहायत ज़रूरी है। घोड़े के बग़ैर भी काम नहीं चलेगा। मगर जिरह-बकतर की तुम्हें क्या ज़रूरत है ? ख़ुदा तुम्हारा मुहाफ़िज़ है। तुम्हें और किसी हिफ़ाज़त की हाजत नहीं।”

---

1. धोखा, ग़लतफ़हमी, 2. कठिन परिश्रम, 3. सिंचाई।

अली बिन अबी तालिब ने अपनी जिरह-बकतर बतौर मेहर पेश कर दी। तब रसूलुल्लाह ने अपनी बेटी को बुलाया।

"फ़ातिमा ! अली तुम्हारे सामने खड़े हैं। यह तुम्हारे ख़्वास्तगार हैं। बोलो, तुम्हारी क्या मर्ज़ी है ?"

फ़ातिमा ज़ोहरा की पलकें झुकी रहीं। वह कुछ भी बोल न सकीं।

तीन बार बाप ने बेटी से यही सवाल किया। जब वह ख़ामोश रहीं तो कहा, "इसका मतलब है कि अली तुम्हें पसंद हैं। तुम्हें यह रिश्ता मंज़ूर है। शर्म की वजह से ख़ामोश हो।"

फ़ातिमा ज़ोहरा फिर भी ख़ामोश रहीं।

रसूलुल्लाह ने अपने चंद दोस्तों को बुलाकर मशविरा किया। जिरह-बक्तर जो अली ने बतौर मेहर पेश की थी उसे फ़रोख़्त करके फ़ातिमा ज़ोहरा का जहेज़ ख़रीदा गया। दो चक्कियाँ, दो घड़े, एक चर्खा, एक चादर और चंद प्याले और रकाबियाँ।

रसूलुल्लाह ही अली के बुज़ुर्ग थे। बाक़ी जो रुपए बचे उनसे वलीमे[1] की दावत का इंतज़ाम हुआ। आपने अली से फ़र्माया, "जाओ अली ! अहले-मदीना[2] को अपने वलीमे की दावत दे आओ।"

अली घबरा गए। इतना थोड़ा-सा खाना और मदीने के हर ख़ास-ओ-आम की दावत ! मगर दमबख़ुद थे, बोलने की गुंजाइश न थी। सोचा, अगर वाक़ई अहले-मदीना बुलावा पाकर आ गए तो ग़ज़ब हो जाएगा। बड़ी शर्मिंदगी उठानी पड़ेगी। लिहाज़ा एक टीले पर खड़े होकर बड़ी धीमी आवाज़ में पुकारा, "ऐ अहले-मदीना ! अली इब्ने अबी तालिब के वलीमे की दावत है। शिरकत फ़र्माकर इज़्ज़तअफ़ज़ाई कीजिए।"

अली समझते थे कि यूँ हौले से पुकारेंगे तो जो सुनेंगे, आ जाएँगे; जो न सुन पाएँगे, नहीं आएँगे। अच्छा ही है कि कम मेहमान आएँ। खाना बहुत कम मिक़दार में है।

मगर हवा को जो शरारत सूझी तो अली की आवाज़ को ले उड़ी और गली-गली, कूचा-कूचा ख़बर पहुँच गई।

जब बुलावा देकर वापस लौटे तो यह देखकर पैरों-तले से ज़मीन खिसक गई कि एक भीड़ लगी है। लोग जौक़-दर-जौक़ पैदल और नाक़ों पर सवार चले आ रहे हैं। रसूले-ख़ुदा की प्यारी बेटी की शादी और अली के वलीमे की दावत कौन अहमक़ था, जो छोड़ देता ! पूरी मदीना की ख़ल्कत टूट पड़ी।

"या रसूलुल्लाह, खाना कैसे पूरा पड़ेगा ? ज़रा देखिए तो मेहमानों की रेलपेल।"

---

1. विवाह-भोज, 2. मदीनावासी।

अली ने परेशान होकर कहा।

"फ़िक्र न करो। इंशा अल्लाह खाना पूरा हो जाएगा।"

और ऐसा ही हुआ। लोगों ने खाया और बचाया। कोई हौके का मारा पेट का तंदूर भरने नहीं आया था। सब बरकत का निवाला खाकर सेर हो गए।

रसूलुल्लाह ने अपनी प्यारी बेटी फ़ातिमा ज़ोहरा का हाथ अपने सबसे प्यारे रफ़ीक़ और शरीकेकार और लायक़तरीन शागिर्द के हाथ में देकर ख़ुदा का शुक्र अदा किया।

यकायक फ़ातिमा ज़ोहरा का हुजरा नूर से जगमगा उठा। दरो-दीवार चमक उठे। अस्मा हड़बड़ाई हुई हुजरे से बाहर निकलीं, "अली ! अली !! बेटा, मुबारक हो, बख़ुदा बिलकुल चाँद का टुकड़ा है।"

अली ने इत्मीनान की साँस ली और आँखों से आँसू बहने लगे। रसूले-ख़ुदा के कान आवाज़ पर लगे हुए थे। बड़ी तेज़ी से अंदर दाख़िल हुए, "लाओ अस्मा, कहाँ है हमारा बेटा, हमें दिखाओ।"

"ज़रा सब्र कीजिए, नहला-धुलाकर अभी लाती हूँ।"

"उसे नहलाने की कोई ज़रूरत नहीं। वह तो पाक है। अल्लाहताला ने उसे आसमान से ही पाक करके भेजा है। तुम हमें ऐसे ही दे दो।"

अस्मा ने बच्चे को एक ज़र्द कपड़े में लपेटा और बाहर ले आईं। नाना ने बच्चे को सीने से लगा लिया और बेइख़्तियार चूमने लगे।

"अली, अली, वल्लाह ज़रा बेटे को देखो, ख़ुशनसीब हो तुम और फ़ातिमा कि ख़ुदा ने तुम्हें यह बेटा दिया। यह बड़े नसीबवाला है। एक दिन यह दुनिया का हादी[1] और रहनुमा बनेगा। लोग रहती दुनिया तक इसके कारनामे याद करेंगे। अली, तुम्हें यह बेमिसाल बेटा मुबारक हो।"

अली बेइख़्तियार मुस्करा दिए।

"यह आपका है। मुझसे ज़्यादा इस पर आपका हक़ है। जो फ़ज़ीलत[2] इसे नसीब होगी वह आपकी बदौलत होगी। आपकी गोद में पलेगा। ख़ुदा इसके सर पर आपका साया क़ायम रखे।"

"ख़ुदा से दुआ है कि तुम और फ़ातिमा ख़ुश रहो, फूलो-फलो।"

रसूले-ख़ुदा ने बच्चे को घुटने पर लिटा लिया। अली ख़ामोश हैरतज़दा उन्हें देख रहे थे। उन्होंने कभी रसूलुल्लाह को यूँ बच्चों की तरह ख़ुशी से हँसते नहीं देखा था।

उन्होंने बच्चे के कान में अज़ान कही, फिर दूसरे कान में इक़ामत[3] और उसके नन्हे-नन्हे रेशमी हाथ चूमने लगे।

1. पथ-प्रदर्शक, 2. श्रेष्ठता, बुज़ुर्गी, 3. नमाज़ के लिए पढ़ी जाने वाली तकबीर।

बचपन

हसन और हुसैन ऊपर-तले के भाई थे। दोनों की पैदाइश एक साल के अंदर हुई थी। मुश्किल से दोनों में साल-भर का फ़र्क़ था। रसूलुल्लाह अपने नवासों को बहुत प्यार करते थे। उनका अपना कोई बेटा ज़िंदा न रहा, इसलिए नवासों को बेटों की तरह पाला। इन बच्चों को देखकर वह बस अपने नवासों के नाना बन जाते थे। यह सादगी ही उनकी अज़्मत की निशानी थी। उनकी मुहब्बत में ऐसी शिद्दत थी कि बच्चों को देखे बग़ैर चैन न पड़ता। सुबह अपने घर से निकलकर सीधे बेटी के घर जाते। बच्चों की ख़ैरियत पूछते, "रात को रोए तो नहीं, आराम से सोए ?"

"जी हाँ, सब ख़ैरियत रही, बाबा, आप ख़्वाहमख़्वाह इन बच्चों के लिए फ़िक्रमंद रहते हैं।" बेटी हँसकर जवाब देतीं।

तब उन्हें इत्मीनान हो जाता और वह मस्जिद तशरीफ़ ले जाते। वापसी में फिर बच्चों को देखने जाते। थोड़ी देर उनके साथ खेलते, फिर घर जाते। कहीं सफ़र को जाते तो सबसे आख़िर में बच्चों से रुख़सत होते और लौटकर सीधे बच्चों के पास जाते।

जब बच्चे ज़रा बड़े हो गए तो उन्हें अपने साथ मस्जिद ले जाते। वहाँ बच्चे खेला करते। नमाज़ पढ़ते वक़्त कंधों पर चढ़ जाते। एक दिन रसूलुल्लाह मिम्बर[1] पर बैठे ख़ुत्बा[2] फ़र्मा रहे थे कि हुसैन भागते हुए आए तो ठोकर खाकर गिर पड़े। ख़ुत्बा छोड़कर नाना ने लपककर उठाया और सीने से लगा लिया। उन्हें बहलाया। जब चुप हो गए तो फिर ख़ुत्बा जारी किया।

रसूलुल्लाह को सब ही बच्चों से प्यार था। वह किसी बच्चे की रोने की आवाज़ सुनते तो बेचैन हो जाते। बच्चे, जो दुनिया का मुस्तक़्बिल हैं। हसन और हुसैन को नाना और वाल्दैन की मुहब्बत बराबर मिलती थी। फिर भी बच्चों में कभी ज़िद हो जाती और बहस चल निकलती।

एक दिन दोनों ने तख़्तियाँ लिखीं और नाना से पूछा कि बताइए, किसकी लिखाई ज़्यादा ख़ूबसूरत है ? उन्होंने कह दिया, "जाओ, अपने बाबा से पूछो। वह तो बहुत ख़ुशख़त हैं।"

बच्चे बाप के पास गए।

"भई, अपनी अम्मा से पूछो, वह बताएँगी।" बाप ने कह दिया।

जब मुक़द्दमा माँ के सामने पेश हुआ तो वह तज़बज़ुब[3] में पड़ गईं।

---

1. मस्जिद में बना वह ऊँचा स्थान जहाँ इमाम धर्मोपदेश देता है, 2. धर्मोपदेश, भाषण, 3. असमंजस।

"दोनों की लिखाई ठीक है।"

"नहीं, यह बताइए कि ज्यादा अच्छी किसकी है ?" बच्चे ज़िद करने लगे।

"यह फ़ैसला ज़रा मुश्किल है। मगर ठहरो, एक काम करो।" फ़ातिमा ज़ोहरा ने गले में पड़ा हुआ मोतियों का हार तोड़कर ज़मीन पर बिखेर दिया।

"बस, तुममें से जो सबसे ज़्यादा मोती चुन ले उसी की लिखाई सबसे अच्छी मानी जाएगी।"

बच्चे जल्दी-जल्दी मोती चुनने लगे। एक मोती गिरने से दो टुकड़े हो गए। दोनों ने आधा-आधा बीन लिया। जब मोती गिने गए तो दोनों के पास बराबर मोती निकले। एक का आधा-आधा टुकड़ा।

"इसका यह मतलब है कि तुम दोनों की लिखाई एक जैसी है।" बच्चे क़ायल हो गए।

"मगर इसका यह मतलब नहीं कि और मश्क़ की ज़रूरत नहीं।"

रसूलुल्लाह फ़ुर्सत का वक़्त आम तौर से बेटी के यहाँ गुज़ारा करते थे। एक दिन चादर ओढ़े बैठे थे कि इतने में फ़ातिमा ज़ोहरा उधर किसी काम से आईं। बाप की गोद अब सिर्फ़ नवासों के लिए वक्फ़[1] होकर रह गई थी। बाप पर प्यार आने लगा, बोलीं, "बाबा, हमें सर्दी लग रही है।"

"आओ, हमारी चादर में आ जाओ।" उन्होंने बेटी को चादर में समेट लिया। वह बाप के कंधे पर सर रखकर बैठ गईं।

अली ने देखा तो मुस्कराकर बोले, "या रसूलुल्लाह, सर्दी तो हमें भी लग रही है।"

"आओ, तुम्हें किसने मना किया, हमारी चादर बड़ी लंबी-चौड़ी है।" अली भी चादर में आ गए। बच्चों ने जब अपनी हक़तलफ़ी[2] होते देखी तो दौड़कर वह भी घुस गए।

रसूलुल्लाह ने मुहब्बत से सरशार होकर सबको अपने क़रीब समेट लिया और मुस्कराकर बोले, "हम सब एक ही तो हैं। हमारे रास्ते एक हैं। हमारी मुश्किलात एक हैं। रास्ता बहुत दुश्वार है। सऊबतें[3] ज़्यादा हैं। तुम लोग मेरे हो। मेरे बाद मेरे पैग़ाम के वारिस हो। तुम उसे लेकर दुनिया के दिलों को छू लोगे। मुझे तुम पर यक़ीन है। तुमसे कोई कोताही सरज़द न होगी।" उन्होंने आँखें बंद कर लीं और चारों अपनी आने वाली ज़िम्मेदारियों के बारे में सोचने लगे।

बचपन ही से हसन और हुसैन को एहसास था कि वह और बच्चों की तरह

---

1. समर्पित, 2. अधिकार का अपहरण, 3. कष्ट।

कभी ग़ैर-ज़िम्मेदारी का मुज़ाहिरा नहीं कर सकते। वह रसूल के नवासे हैं। दुनिया की नज़रें उन पर हैं। उनकी कुछ ज़िम्मेदारियाँ हैं, जिनसे वह मुँह नहीं मोड़ सकते। कुछ फ़रायज़[1] हैं जिनसे हटना मुमकिन नहीं। बच्चे फिर बच्चे हैं। ख़ुशनसीब हैं वह बच्चे जिन्हें ज़ीहोश[2] बुज़ुर्गों की गोद नसीब हो। वह बचपन से ही ज़िंदगी की बारीकियों को समझने लगते हैं।

एक दिन एक साहब ने रसूलुल्लाह को हिरन का एक बच्चा तोहफ़े में पेश किया। उस वक़्त हुसैन कहीं इधर-उधर खेल रहे थे। हसन सामने बैठे थे। नाना से बच्चा हसन ने ले लिया। हुसैन आए तो हिरन का बच्चा भाई की गोद में देखकर बिसूरने लगे, “हमें भी दीजिए हिरन का एक बच्चा।”

“तुम दोनों इसी एक बच्चे को अपना समझो।” नाना ने समझाया।

“नहीं, वह तो भाई का है। वह हमें छूने भी न देंगे।” हुसैन रो दिए। हसन ने भी कुछ ऊपरी दिल से हिरन का बच्चा छूने की इजाज़त दे दी। हुसैन को तसल्ली न हुई और आँसू न थमे। इतने में क्या देखते हैं कि एक हिरनी बच्चा लिए चली आ रही है।

“लो, हुसैन, ख़ुदा ने तुम्हें भी एक बच्चा भेज दिया। लो, अब तो हँस दो !” नाना ने फ़र्माया। हुसैन ख़ुश हो गए और बच्चे को प्यार करने लगे।

“मालूम होता है, ये दोनों बच्चे इसी हिरनी के हैं। यह इनकी ख़ुशबू सूँघती इसी की तलाश में आई है। बच्चे उसे दे दो।” नाना ने कहा।

बच्चे उदास हो गए।

“बच्चे नहीं दोगे तो तुम इस हिरनी को दुःख पहुँचाओगे। सोचो, अगर कोई तुम्हें तुम्हारी अम्मी से छीन ले तो उनका क्या हाल होगा ?”

“अम्मा बहुत रोएँगी।” बच्चों ने कहा।

“यह हिरनी भी अपने बच्चों से जुदा होकर बहुत रोएगी।”

बच्चों ने फ़ौरन हिरनी के बच्चे छोड़ दिए। हिरनी उनको लेकर भागी नहीं, वहीं दूध पिलाने लगी। फिर वह वहीं रात-दिन रहने लगी। बच्चे उसके साथ खेला करते।

रहम और रवादारी बच्चों ने रसूले-ख़ुदा की गोद में सीखी। छोटी-सी उम्र से बात की गहराई को समझने की आदत पड़ गई। एक दफ़ा मस्जिद में दोनों ने देखा कि एक बूढ़ा आदमी ग़लत तरीके से वज़ू कर रहा है। दोनों परेशान हो गए।

“हुसैन ! बड़े मियाँ ग़लत वज़ू कर रहे हैं।” हसन ने चुपके से कहा।

“हाँ ! और अगर टोका जाए तो गुस्ताख़ी होगी। बुरा मान जाएँगे।”

---

1. फ़र्ज़ का बहुवचन, 2. प्रबुद्ध।

"मगर किसी को ग़लती करते देखना और कुछ न बोलना भी तो ग़लत है। वह तो अनजाने में ग़लती कर रहे हैं। गुनाह हम पर होगा।"

थोड़ी देर सोच-विचार के बाद एक तरकीब सूझी। उन बुज़ुर्ग के पास गए और कहा, "आप बुज़ुर्ग हैं। ज़रा देखिए, हमारे वज़ू करने में कोई ग़लती तो नहीं ?" जब बच्चे वज़ू करने लगे तो बुज़ुर्ग को मालूम हुआ कि वह ख़ुद ग़लती कर रहे थे। बोले, "बच्चो ! तुम ठीक वज़ू कर रहे थे। मैं ही ग़लती पर था। शुक्र है, तुमने आगाह कर दिया वरना मैं ग़लती किए जाता।"

फ़ातिमा ज़ोहरा जब बाप को देखतीं कि बहुत लाड़-प्यार कर रहे हैं तो कहतीं, "बाबा, इतना लाड़ न कीजिए, ख़राब आदतें पकड़ लेंगी। ख़ुदसर और नाफ़र्मान[1] हो जाएँगे, कहना नहीं मानेंगे।"

"मुहब्बत से बच्चा ख़राब नहीं होता। वह ख़ुद मुहब्बत का लेन-देन सीखता है। जिसे चाहने और चाहे जाने का फ़न[2] आता हो वह इंसान दुनिया के लिए रहमत[3] लाता है।"

हसन और हुसैन को नाना और वाल्दैन की तरफ़ से इतनी मुहब्बत मिली कि उन्हें दुनिया की किसी चीज़ की कमी महसूस न हुई। घर में फ़ाक़े हो जाते, कपड़ों में पैवंद लगे होते मगर उनके दिल मुहब्बत से लबरेज़ रहते। दुनियावी चीज़ों की बेजा मुहब्बत उनके दिलों में पैदा ही न हो पाई जो आगे चलकर मुल्कगीरी की हवस[4] की सूरत इख़्तियार कर लेती। उन्होंने ग़रीबी में हँसना और ख़ुश रहना सीखा।

एक दिन ईद के मौक़े पर लोग ज़र्कबर्क़ लिबास पहने ईदगाह जा रहे थे। हसन और हुसैन के कपड़े पुराने थे और जा-ब-जा पैवंद भी लगे हुए थे। आख़िर बच्चे थे, रो पड़े। नाना बेक़रार हो गए। पूछा, "क्यों रोते हो ?"

"हमारे कपड़े पुराने और पैवंद लगे हैं। हमें शर्म आती है।"

रसूलुल्लाह ने झुककर बारी-बारी बच्चों के लिबास के हर पैवंद को चूमा और फिर पूछा, "हमें तुम्हारे पैवंद बहुत प्यारे हैं कि तुम्हारे बाप की गाढ़ी कमाई से ये कपड़े बने हैं। बोलो, अब तो ये पैवंद बुरे नहीं लगते ?"

बच्चों को ऐसा लगा जैसे हर पैवंद सितारे की तरह जगमगा उठा हो। खिलखिलाकर बच्चे हँस पड़े।

"आपके लिबास पर भी तो पैवंद हैं ?"

"लिबास फटा-पुराना हो तो कोई फ़र्क़ नहीं पड़ता। रूह दाग़दार न होने पाए।"

मगर फिर बच्चों ने देखा, लोग सवारियों पर जा रहे हैं, ऊँटों पर सवार हैं।

---

1. उद्दंड और अवज्ञाकारी, 2. कला, 3. कृपा, 4. दूसरे देशों को अपने अधीन करने की लालसा।

फिर उनके मुँह लटक गए।

"अब क्या बात हुई ?" नाना ने प्यार से पूछा।

"सब ऊँटों पर सवार हैं, हम क्यों पैदल जा रहे हैं ?"

"तुम्हें पैदल जाने की ज़रूरत नहीं, आओ, हमारे कंधों पर आ जाओ।" यह कहकर उन्होंने बच्चों को कंधों पर उठा लिया। लोगों ने रसूले-ख़ुदा को जब अपने नवासों को कंधों पर उठाए पैदल चलते देखा तो सब सवारियों से उतर पड़े और अपने बच्चों को कंधों पर उठा लिया।

"आज यह बच्चे हमारे क़ंधों पर सवार हैं। कल इनके कंधों पर दुनिया का बोझ होगा।" रसूलुल्लाह ने कहा। बच्चों की ख़ुशी का कोई ठिकाना न रहा। फिर आगे सूझी। बोले, "नानाजान ! हमारे ऊँट की नकेल कहाँ है ?"

"लो, हमारे बाल पकड़ लो।"

थोड़ी देर बाद नई शिकायत पैदा हुई।

"नानाजान !"

"हा, बच्चो !"

"दूसरे ऊँट तो बोलते हैं।"

नानाजान फ़ौरन ऊँट की-सी आवाज़ निकालने लगे। बच्चों की मसर्रत की कोई इंतिहा न रही। बार-बार झुककर अपने 'ऊँट' को चूमते। अजीबोग़रीब नज़्ज़ारा था। लोग बच्चों के साथ बच्चा बने क़हक़हे लगा रहे थे। एक बुज़ुर्ग की आँखों से लगातार आँसू जारी थे। पास आकर बच्चों से बोले, "बच्चो, तुम्हारी सवारी तो लाजवाब है।"

"और सवार भी अपना जवाब नहीं रखते।" रसूलुल्लाह ने हँसकर जवाब दिया।

"आज हमारे काँधों पर दुनिया का मुस्तक़्बिल है। हमारा मुस्तक़्बिल रौशन और ताबदार है।"

शायद वह जानते थे कि एक दिन उनके जान से प्यारे नवासों को बड़ी सख़्त आज़माइशों से गुज़रना पड़ेगा। सिर्फ़ इस जुर्म में कि वह रसूले-ख़ुदा के नवासे हैं। इसलिए वह शुरू ही से अपनी मुहब्बत के ज़रिए कुछ तलाफ़ी करना चाहते थे। इन नवासों ने भी अपने नाना की मुहब्बत का इस शानदार तरीक़े पर एहतराम किया कि इसकी मिसाल मिलनी मुश्किल है। नाना एक थे और नवासे दो। एक मुन्नी-सी बहन भी उनकी मुहब्बत की हिस्सेदार बन गई। नाना ने बच्चों के दिल में इस छोटी-सी बहन ज़ैनब की मुहब्बत भर दी। दोनों बहन पर दिलोजान से फ़िदा थे। यह हँसमुख हसीन बच्ची सब ही को प्यारी थी। अब नाना की गोद में इधर-उधर हसन और हुसैन और बीच में नन्ही ज़ैनब बैठने लगे। कहानियाँ-क़िस्से सुनते-सुनते

सो जाते। रसूले-ख़ुदा के पैर सुन्न हो जाते। मगर वह साकित बैठे रहते। बेटी उन्हें गोद से उठाने आतीं तो इशारे से मना कर देते, "सोने दो, कच्ची नींद में उठ गए तो हलकान हो जाएँगे।"

मुहब्बत की फिरावानी[1] के बाद बच्चों को इतनी फ़ुर्सत ही कहाँ थी कि यह सोचते कि घर में हमेशा खाने की क़िल्लत[2] रहती है। आधे पेट खा के उठ जाना हमेशा का दस्तूर है। घर में कुछ अपना नहीं। हर शै पर दूसरों का हक़ है। कभी कोई साइल[3] दरवाज़े से ख़ाली हाथ नहीं जाता। जो जी चाहे ले जाए, कभी इनकार न होगा। बच्चे वही सीखते हैं जो बड़े सिखाते हैं। नाना और बाप अगर फटे-पुराने से शर्माते तो बच्चों को भी शर्म आती। अम्मा अगर दिन-रात मुफ़लिसी का मातम करतीं तो बच्चे समझते कि मुफ़लिसी एक अज़ाब[4] है। वह तो मुफ़लिसी को एक तुर्रः-ए-इम्तियाज़[5] समझने लगे थे। उन्हें ख़ुदा ने वह क़नाअत[6] और सब्र अता किया था जो सोने-चाँदी का मरहूने-मिन्नत[7] नहीं।

फ़ुज़्ज़ा कहने को ग़ुलाम थीं मगर अम्मा उन्हें अपने से अच्छे कपड़े पहनातीं। उनकी चादर में अम्मा की चादर जितने पैवंद भी नहीं थे। अम्मा तो इधर नई चादर सर पर डालतीं, उधर कोई हाजतमंतद[8] रोता-बिसूरता नज़र आ जाता, झट अपनी चादर उसे देकर वही पुरानी चादर ओढ़ लेतीं।

मगर कोई परवाह नहीं, हर पैवंद चाँद-तारों की तरह रौशन है कि हर पैवंद पर नाना के बोसे की मुहर है।

अम्मा फ़ुज़्ज़ा का कितना ख़याल रखती हैं। एक दिन सारा काम फ़ुज़्ज़ा करती हैं तो दूसरे दिन अम्मा। फ़ुज़्ज़ा बूढ़ी और बीमार हैं, इसलिए ज़्यादा काम अम्मा ही करती हैं। फ़ुज़्ज़ा का दम फूल जाता है, इसलिए चक्की हमेशा अम्मा ही पीसती हैं। कभी उन्हें पसीने में तर चक्की पीसते देखकर दोनों बच्चों को जोश आ जाता है। साथ जुट जाते हैं। बजाय मदद देने के उलटी चक्की फँसा देते हैं। अब अम्मा बहुत हँसती हैं। ख़ुशामद करती हैं कि ख़ुदा के वास्ते जाकर खेलो, मैं बाज़ आई ऐसी तुम्हारी मदद से।

तब वह ख़ामोश दूर बैठकर अम्मा को जी भरकर देखते हैं। नन्ही ज़ैनब उनके घुटने पर पड़ी दूध पिया करती है। अम्मी की रुपहली पेशानी पर पसीने की बूँदें मोती की तरह जगमगाती हैं। मोतियों-जड़ी अम्मा कितनी प्यारी, कितनी कमसिन और नाज़ुक हैं। ख़ुदा जाने, क्या खाकर ज़िंदा रहती हैं ! कभी उन्हें किसी ने पेट-भर शौक़ से खाते नहीं देखा। औरों को खिलाकर उनका पेट भर जाता है।

और बाबाजान दिन-भर काम करके अकसर ख़ाली हाथ आ जाते हैं। उनकी

---

1. अधिकता, 2. न्यूनता, 3. भिखारी, 4. अभिशाप, 5. विशिष्टता, 6. संतोष, 7. एहसानमंद, 8. ज़रूरतमंद।

आमदनी रास्ते में लोग उधार माँग लेते हैं जो कभी वापस नहीं मिलती या किसी साइल की ख़ाली मुट्ठी भर जाती है।

माँ के मुँह से एक लफ़्ज़ शिकायत का नहीं निकलता। वह भला बाबा को कैसे टोकें ! ख़ुद अपनी यह हालत है कि सूखी रोटी तैयार हुई। सब दस्तरख़्वान पर बैठे कि साइल ने सदा लगाई। सबके रोटियों की तरफ़ बढ़े हाथ रुक गए। बच्चों ने दौड़कर सबसे पहले अपने हिस्से की रोटी फ़क़ीर की झोली में डाल दी। अम्मा हँस देती हैं। चक्की झाड़कर फिर दो रोटियाँ पकाती हैं। बाबा शहद की ख़ाली बोतल देर तक झुकाए रहते हैं। चंद बूँदें रोटियों पर टपकती हैं और पहले ही निवाले में सेरी[1] का एहसास होने लगता है। आधे से ज़्यादा पेट तो पानी ही से भर जाता है। हुसैन को पानी से बड़ा प्यार है। कितना पानी पीते हैं, किस प्यार से मज़े ले-लेकर पीते हैं, जी ही नहीं भरता। मुँह में घूँट लेते हैं। फिर आँखें बंद करके उसका मज़ा लेते हैं। दस्तरख़्वान पर बैठते ही सबसे पहले उनका हाथ पानी के प्याले की तरफ़ बढ़ता है।

हसन उनकी इस आदत का मज़ाक़ उड़ाते हैं।

"हुसैन, अगर दुनिया का सारा पानी चिड़ियाँ पी जाएँ तो तुम क्या करोगे ?"

वह हुसैन को छेड़ते हैं।

तब हुसैन सहमकर पानी के प्याले में झाँकते हैं और दीवार पर बैठी प्यासी चिड़िया को देखते हैं। कटोरा उसके सामने रखकर ख़ुद ज़रा दूर छिपकर बैठ जाते हैं। चिड़िया सहमी-सहमी आती है। बड़ी होशियारी से पानी में चोंच डुबोकर घूँट भरती है। फिर हवा में चोंच ऊपर उठाकर गट-गट पी जाती है। हुसैन उसकी काँपती हुई गर्दन देखते हैं। उनकी आँखों में तरावट की परियाँ नाच उठती हैं। चिड़िया के हलक़ में उतरता पानी हुसैन के दिलो-दिमाग़ को सेराब[2] कर देता है।

हसन कुछ मरऊब-से होकर छोटे भाई की तरफ़ देखते हैं। न जाने क्यों अनजाने वसवसे[3] से नन्हा-सा दिल धड़कने लगता है।

"नहीं हुसैन ! दुनिया में बहुत पानी है। चिड़ियाँ सारा पानी नहीं पिएँगी। तुम्हारे लिए पानी ज़रूर बचेगा।"

और हुसैन चिड़िया का जूठा पानी घूँट लेकर ज़बान पर रोलते हैं। आँखें मूँदकर उसकी लज़्ज़त में डूब जाते हैं।

फ़ुज़्ज़ा चटाइयों पर खजूर फैला रही हैं। हौले-हौले गुनगुना रही हैं—

चट्टानें मुँह औंधाए निढाल पड़ी हैं

रेत सिसकियाँ भर रही है

---

1. तृप्ति, 2. तृप्त, 3. अंदेशा, भय।

सूरज की कमान से किरनों के तीर छूट चुके हैं
ज़ंबूर[1] ने तालू में डंक मारा है
मेरी नस-नस में ज़हर उतर रहा है
नहर की गोद में पानी मचल रहा है
मेरे महबूब की छागल पानी के मोतियों से छलक उठी है
मैं प्यासी हूँ
मेरी नस-नस में...।

हुसैन पानी का प्याला भरे फ़ुज़्ज़ा के पास जाते हैं। वह पानी नहीं पीतीं। सब हँसते हैं।

बाबा तो हुजरे में बैठे क़ुरान की तरतीब[2] में ग़र्क़ रहते हैं या ग़ुलामों का हाथ बटाने लगते हैं। लकड़ियाँ चीरना, खजूरें उतारना, घर की मरम्मत। अम्मी बहुत थकी हों तो उनके हाथ से झाड़ू लेकर ख़ुद देने लगते हैं। इतने अज़ीम फ़ातेह हैं। इतने बड़े फ़ौजी जनरल हैं, मगर उन्हें काम से आर नहीं।

मगर कभी अम्मा तंगी-तुर्शी से घबरा उठती हैं तो शिकायत भी कर बैठती हैं। दिन परेशानी में गुज़र जाते हैं। जितना अनाज आया था, मेहमानों की ख़ातिर-मदारत में ख़त्म हो गया। हज के दिनों में लोग रसूलुल्लाह और उनके अज़ीज़ों के घर को अपना घर समझते हैं। लोग बाबा से मिलने सरेशाम ही से आने लगते हैं। सबको बड़े इसरार[3] से खाना खिलाया जाता है।

फ़क़ीर भी जानते हैं, इस घर से कभी ख़ाली हाथ लौटना न पड़ेगा। इसलिए शहर में दाख़िल होते ही सीधे इधर का रुख़ करते हैं। बहुत तंगी बढ़ गई तो तै पाया कि बाग़े-फ़दक रख दिया जाए। बाबा बाग़ का सौदा करके सीधे बाज़ार चले गए कि अनाज लेते आएँ। घर में कुछ नहीं। इससे पहले कि अनाज ख़रीदते, एक शख़्स मिल गया जो बुरी तरह रो-पीट रहा था।

"क्या हुआ, भाई ?" बाबा ने परेशान होकर कहा।

"ब्योपार में घाटा आ गया। कौड़ी-कौड़ी को मोहताज हो गया। ऊपर से क़र्ज़ख़्वाहों[4] ने मकान पर क़ब्ज़ा कर लिया। शाम तक रुपया न अदा किया तो मेरे घरवालों को बाहर निकाल देंगे। मेरी बीवी के बच्चा होने वाला है। पूरे दिन से है। सड़क पर वह तो मर जाएगी।"

अली बिन अबी तालिब की आँखों में आँसू भर आए। फ़ौरन सारे रुपए उस आदमी के हवाले कर दिए।

"भाई ! इस वक़्त तो इतने ही हैं। तुम उन क़र्ज़ख़्वाहों को देकर राज़ी कर लो।

---

1. बर्र, 2. संपादन, 3. आग्रह, 4. ऋणदाता।

कुछ दिन सब्र करें, बाक़ी रुपयों का भी इंतज़ाम हो जाएगा।"

वह शख़्स पैरों पर गिर पड़ा। सारा दिन घूमने के बाद भी किसी ने उसकी मदद न की थी।

"ऐ अली, तुम दस्ते-ख़ुदा हो। जैसे ही मेरा हाथ खुला, तुम्हारा क़र्ज़ अदा कर दूँगा।"

"यह क़र्ज़ नहीं है। इसे अदा करने की ज़रूरत नहीं।"

वैसे भी अली से लोगों को क़र्ज़ लेते तो देखा गया, कभी किसी ने वापस करने की न ज़रूरत महसूस की, न किसी से माँगा।

घर में फ़ातिमा ज़ोहरा इंतज़ार की घड़ियाँ गिन रही थीं कि कब अनाज आए और वह पीसकर पकाएँ। नन्ही ज़ैनब तो भूखी नींद में सिसकियाँ भर रही थी।

अली कुछ शर्मिंदा-से वापस लौटे। फ़ातिमा ज़ोहरा को पता चला तो उनका दामन पकड़ लिया और बोलीं, "मुझे और मेरे बच्चों को फ़ाक़ों मारने का फ़ैसला कर लिया है ?"

अली सर झुकाए खड़े रहे।

"जवाब दीजिए ?"

इतने में रसूलुल्लाह आ गए। बेटी को अली का दामन थामे देखकर चेहरा ज़र्द हो गया। जल्दी से उनका हाथ थाम लिया।

"फ़ातिमा, जानती है, यह कौन है ?"

"हाँ, जानती हूँ। यह मेरे शौहर अली हैं। ज़रा आप ही इनसे पूछिए, क्या इन पर मेरा और बच्चों का कोई हक़ नहीं ? हम कहाँ तक दुःख उठाते जाएँ !"

"फ़ातिमा, यह अली का नहीं, तूने मेरा दामन थामा है। मुझसे अपने सवाल का जवाब माँग !"

फ़ातिमा ने दामन छोड़ दिया। सर झुकाकर रुआँसी हो गईं।

"तो आप ही जवाब दीजिए। आपने मुझे एक ऐसे शख़्स के पल्ले बाँध दिया जो मुझे और मेरे बच्चों को दो वक़्त की रोटी भी नहीं दे सकता।"

"फ़ातिमा, मेरी बच्ची, मुझे नहीं मालूम था कि तू इतनी नादान है। मैंने तो तेरे लिए दुनिया का बेहतरीन इंसान चुना। मुझे नहीं मालूम था कि तुझे दुनिया की नेमतों से इतना लगाव है कि तू अली की अज़्मत[1] को न पहचान सकेगी। तेरे सामने यह शख़्स इस वक़्त मुजरिम बना खड़ा है। अगर यह चाहे तो आज किसी सूबे का हाकिम बल्कि किसी मुल्क का बादशाह बन सकता है। क्या तू इसकी फ़तूहात[2] को भूल गई ? अगर यह चाहे तो तुझे शहज़ादियों की तरह संगमरमर के महल में रख

1. महानता, 2. विजय।

सकता है, जहाँ बीसों लौंडी-ग़ुलाम तेरी ख़िदमत में लगे हों और तू अतलस और दीबा के ज़र्री लिबास पहने, ज़र और जवाहर में ग़र्क़ एक मलका की तरह ऐश कर सकती है। सोने-चाँदी के क़ाबों में दुनिया-भर की नेमतें तेरी ख़िदमत में हाज़िर हो सकती हैं। यह शख़्स अपने सर के एक इशारे से सारी दुनिया तेरे क़दमों में डाल सकता है। मगर यह अली इब्ने अबी तालिब है। यह इस्लाम का दस्तोबाज़ू है। दुनिया इसकी ठोकर में है और तू इससे एक सूखी रोटी की तलबगार है। आज वह भी तुझे नहीं दे सका। जानती है, क्यों ? कि इसने अपने लिए यही रास्ता चुना है।"

"माफ़ कर दीजिए बाबा, मुझसे ग़ुस्ताख़ी सरज़द हो गई। मुझे कुछ नहीं चाहिए। वह सूखी रोटी जो बग़ैर ज़मीर-फ़रोशी के नहीं मिल सकती, मुझे नहीं चाहिए। लिल्लाह, माफ़ कर दीजिए।" फ़ातिमा रो पड़ीं।

"मुझसे नहीं, अली से माफ़ी माँगो।"

"नहीं-नहीं, दरअसल कोताही मेरी तरफ़ से हुई थी...मैं...," अली नदामत से सर झुकाकर बोले।

तब रसूलुल्लाह ने पूरा वाक़्या सुना और बेसाख़्ता हँसने लगे। कुछ दिरहम निकालकर दिए और कहा, "बस, इतनी-सी बात थी। लो अली, जाके कुछ खाने को ले आओ।" फिर बेटी से कहा, "इतनी-सी बात पर बिखर गईं। जानती हो, तुम एक शहंशाह की नहीं, एक मुफ़लिस पैग़ंबरे-ख़ुदा की बेटी हो और अली की बीवी हो, जो मुझे जान से प्यारा है। जिसने अली का दिल दुखाया, उसने मुझे दुःख पहुँचाया।"

नाना सबको प्यार करके चले गए। बच्चे बाप के इंतज़ार में बैठे रहे। शाम से रात होने को आई, मगर वह न लौटे। फ़ातिमा बार-बार दरवाज़े की तरफ़ देखती रहीं, बच्चों को पानी पिलाकर सुलाने की कोशिश करती रहीं, मगर अली लौटकर न आए।

अब इत्तफ़ाक़ यह हुआ कि जब अली अनाज ख़रीदकर पलटे तो एक मुसीबत का मारा क़दमों से लिपटकर बिलख-बिलखकर रोने लगा, "आक़ा, तीन दिन का फ़ाक़ा है। नन्हे-नन्हे बच्चे भूखे हैं। अनाज का एक दाना नहीं। मदद फ़र्माइए, आक़ा !"

अली ने बे-सोचे-समझे अनाज उसकी झोली में उलट दिया। घर जाने की हिम्मत न हुई। जाकर भारी क़दमों से मस्जिद की सीढ़ियों पर बैठ गए।

रसूलुल्लाह मस्जिद से निकले तो अँधेरे में एक शख़्स को सर झुकाए बैठा देखकर क़रीब आए। अली को देखकर चौंक पड़े।

"अली, बच्चों ने खाना खाया ?"

"जी नहीं।"

"क्यों ?"

उन्होंने रुक-रुककर सारा क़िस्सा सुनाया। रसूलुल्लाह बेइख़्तियार हँसने लगे, "बीवी के डर से यहाँ छिपे बैठे हो !" उठाकर उन्हें गले से लगा लिया। ख़ैबर-शिकन[1], फ़ातेह हुनैन[2], जिनका नाम सुनकर दुश्मन का पित्ता पानी होता था, भूखे बीवी-बच्चों से आँख चुराए मस्जिद की सीढ़ियों पर छिपे बैठे थे। रसूलुल्लाह उन्हें घर ले गए, वहाँ से खाना लिया। फिर उन्हें लेकर उसके घर गए। सबने हँसी-ख़ुशी, साथ मिलकर खाना खाया।

उस दिन बच्चों को मालूम हुआ, उनका ख़ामोश फटे कपड़ों वाला बाप कितना बड़ा इंसान है !

ज़रूरतमंद को देने की यह तालीम, कौन जानता था, इन मासूम बच्चों के लिए हक़ और इंसाफ़ की ख़ातिर सर देने की तालीम साबित होगी !

हसन और हुसैन का बचपन निहायत ख़ुशगवार[3] गुज़रा। नाना की तरफ़ से मुहब्बत की फ़रावानी[4] के बावजूद कभी-कभी शिकायत पैदा हो जाती थी। एक दिन फ़ातिमा ज़ोहरा अस्र की नमाज़ से फ़ारिग हुईं तो हुसैन के रोने की आवाज़ कान में पड़ी। बेक़रार होकर उठ खड़ी हुईं। देखा, धारोंधार रोते चले आ रहे हैं। दोनों बेटे माँ को दो आँखों की तरह बराबर अज़ीज़ थे। मगर हुसैन चूँकि छोटे थे, माँ उनके रोने से ज़्यादा घबरा जाती थीं।

"क्या हुआ, मेरे लाल !" उन्होंने बच्चे को समेटकर उठा लिया। हुसैन की हिचकी बँधी हुई थी, मुँह से बात नहीं निकलती थी।

"ज़रूर तुम्हें हसन ने सताया होगा। वह बहुत शरीर हो गए हैं। मेरे बच्चे को रुलाते हैं। बेटा, तुम उनके साथ अब हर्गिज़ न खेलना। आने दो तो ऐसी ख़बर लूँगी कि याद ही करेंगे। पूछूँगी कि मेरे बच्चे ने क्या क़ुसूर किया था जो उसे रुलाया ?"

"नहीं अम्मी, हमें भाई ने नहीं सताया। हमें तो नानाजान से शिकायत है।"

"याख़ुदा, नानाजान से, वह क्यों ?"

"अम्मी, ज़रा हमारा मुँह सूँघिए, क्या हमारे मुँह से बदबू आ रही है ?"

"नहीं, बेटे ! तुम्हारे मुँह से तो ताज़ा गुलाब और मुश्क की महक आ रही है।" उन्होंने मुँह चूमकर कहा।

"तो फिर नाना ने भाई का मुँह चूमा और हमारे गले पर बोसा दिया, आख़िर क्यों ?"

---

1. ख़ैबर को तोड़ने वाला, 2. हुनैन को जीतने वाला, 3. सुखद, 4. आधिक्य।

"बेटे ! नानाजान तुम दोनों पर जान छिड़कते हैं। पता नहीं क्या बात थी जो उन्होंने फ़र्क़ किया ! तुमने कोई शरारत तो नहीं की थी ?"

"हमने कुछ नहीं किया, फिर वह हमसे नाराज़ क्यों हैं ?"

फ़ातिमा ज़ोहरा फ़िक्रमंद हो गईं।

"चलो, मैं उनसे ख़ुद पूछूँगी, आख़िर क्यों नाराज़ हैं ?"

उन्होंने जूते पहने, सर पर चादर सँभाली, हुसैन को गोद में उठाया और फ़ुज़्ज़ा को आवाज़ दी।

फ़ुज़्ज़ा ने सुल्तान को पुकारा और फ़ातिमा ज़ोहरा उसी वक़्त मस्जिद की तरफ़ रवाना हो गईं।

लोगों ने देखा, बिन्ते-पैग़ंबर[1] मस्जिद की तरफ़ जा रही हैं तो हैराँ रह गए। क्या मुसीबत आन पड़ी कि बेटी बाप के पास घबराई हुई जा रही है। रसूले-ख़ुदा असहाब[2] के मजमे[3] में बैठे किसी अहम मसले पर गुफ़्तगू फ़र्मा रहे थे। बेटी को आते देखा तो हस्बे-आदत[4] ताज़ीमन[5] खड़े हो गए। असहाब भी उन्हें अकेला छोड़कर इधर-उधर हो गए।

बेटी की आँखों में आँसू देखकर घबरा गए। हुसैन माँ के शाने में मुँह छिपाए सिसकियाँ भर रहे थे। थोड़ी देर हैरत और मुसर्रत से मग़लूब माँ और बेटे को ताकते रहे। ऐसा लगता था जैसे सूरज के पहलू में चाँद। फिर नर्मी से बोले, "क्या हुआ ? हुसैन क्यों रो रहा है ?"

"बाबा, आप हुसैन को चाहते हैं ?"

"इसमें क्या शक है ?"

"मगर हसन आपको ज़्यादा प्यारे हैं।"

"यह तुमने कैसे जाना ?"

"आपके रवैये से !" ममता के जोश में फ़ातिमा ज़ोहरा कहती चली गईं, "आपने अपने लाड़ले हसन का मुँह चूमा और मेरे हुसैन को गले का बोसा दिया। यह ग़ैरियत कैसी ? आपकी नज़रों में दोनों बराबर हैं तो यह फ़र्क़ क्यों ? मुझे आप जैसे मुंसिफ़-मिज़ाज[6] और मसावात के अलमबरदार[7] से इस बेइंसाफ़ी की क़तई उम्मीद न थी। आप ख़ुद ही तो इनका बेजा नाज़ उठाते हैं। यह आप···।"

"हुसैन हमसे नाराज़ है ?" रसूलुल्लाह मुस्कराए।

"आपसे न रूठेंगे तो फिर किससे रूठेंगे ?"

रसूलुल्लाह ने कोई जवाब न दिया। किसी ख़याल में ग़र्क़ शिकायत सुनते रहे।

---

1. पैग़ंबर की बेटी, 2. हज़रत मुहम्मद साहब के साथी, 3. भीड़, 4. स्वभाव के अनुसार, 5. सम्मानार्थ, 6. न्यायप्रिय, 7. समानता के पक्षधर।

बाप को ख़ामोश देखकर फ़ातिमा ज़ोहरा नादिम[1] हो गईं।

"माफ़ कीजिए बाबाजान, हुसैन से नादानी में कोई ख़ता हो गई तो लिल्लाह[2] इसे बख़्श दीजिए। इसे आपकी क़दमबोसी के लिए लाई हूँ। चलो हुसैन, नाना के क़दमों पर गिर के माफ़ी माँगो। वह तुम्हें कम चाहें या ज़्यादा, तुम्हारी फ़र्माबर्दारी में फ़र्क़ न आना चाहिए, न शिकायत होनी चाहिए।" हुसैन ने अपने नन्हे-नन्हे हाथ जोड़कर नाना के क़दमों पर सर रख दिया।

"नाना ! हम आपको अच्छे नहीं लगते ? हमारे मुँह से बू आती है ?"

रसूलुल्लाह ने बेटी को देखा, फिर नवासे को। बेइख़्तियार आँखें छलक उठीं। हुसैन को उठाकर सीने से लगा लिया।

फ़ातिमा ज़ोहरा भी रोने लगीं।

"आप तो जानते हैं कि मैं मुफ़लिस हूँ। इन बच्चों को ममता के सिवा कुछ भी न दे सकी। आपकी मुहब्बत के सहारे इन बच्चों को पाला है। ख़ुदा न करे, आप नाराज़ हो गए तो ये कैसे जिएँगे ! एक दिन आपको नहीं देखते तो बेकल हो जाते हैं।" मगर बाप फिर भी ख़ामोश रहे। उनके आँसू देखकर फ़ातिमा बेक़रार हो गईं।

"नहीं, मेरे अच्छे अब्बाजान ! आपके आँसू देखकर मेरा कलेजा कटा जाता है। अब कभी कोई शिकायत नहीं करूँगी। अल्लाह जाने मुझे क्या हो गया था। हुसैन के आँसू देखकर मेरा जी बेक़ाबू हो गया। आप किन अहम मामलात में मसरूफ़ होंगे। मैं यह ज़रा-सी बात लेकर आ गई।"

"फ़ातिमा, तू जानती है, तेरे बच्चे मुझे कितने अज़ीज़ हैं। इनकी सूरत देखकर ही ज़िंदगी का लुत्फ़ दोचंद हो जाता है। मैंने हसन का मुँह चूमा और हुसैन के गले पर बोसा दिया। यह क्यों ? शायद मैं ठीक से न बता सकूँ और तुझमें सुनने की भी ताब न होगी।"

"बख़ुदा, अगर आप अपने मुबारक़ होंठों से मेरी मौत की ख़बर सुनाएँ तो बख़ुशी सुन लूँगी। आपके अल्फ़ाज़ मेरे कानों के लिए आसमानी आवाज़ का दर्जा रखते हैं। ऐसी क्या बात है कि आप बताते हुए तकल्लुफ़ महसूस कर रहे हैं ? मैं ऐसी कम-हिम्मत नहीं कि अपनी ख़ुद्दारी[3] खो बैठूँ।"

"फ़ातिमा, तू माँ है मेरी जान ! माँ का दिल बड़ा कमज़ोर होता है। मगर हक़ीक़त को छिपाना भी मुनासिब नहीं। तेरी बदगुमानी दूर करनी ही होगी। कुछ देर हुई, यह दोनों मेरे पास आए। मेरी गोद में बैठ गए। मेरे दिल से एक आवाज़ आई—ऐ मुहम्मद ! तेरे नवासे एक दिन ख़ुदा की राह में क़ुर्बान होंगे। हसन बड़े दोस्तनवाज़[4] हैं। हर एक पर भरोसा कर लेते हैं। उन्हें उनके दोस्त और प्यारे ही ज़हर

1. लज्जित, 2. ख़ुदा के लिए, 3. स्वाभिमान, 4. मित्र-प्रेमी।

देंगे। हुसैन को अभी से सियासत और फ़न्ने-सिपहगरी[1] का शौक़ है। वह किसी की धमकियों में आने वाले नहीं, किसी के बरग़लाने में आएँगे। इसलिए टकरा जाएँगे, ख़्वाह झूठ और फ़रेब का पहाड़ कितना ही बुलंद हो, यह सर झुकाने वालों में से नहीं।"

"मेरे बच्चों पर क़हर[2] टूटेगा और आप बैठे देखेंगे ! इनके बाप कैसे बर्दाश्त करेंगे ?"

"हम उस वक़्त इस जहान में न होंगे और न अली होंगे।"

"ख़ुदा वह दिन न दिखाए कि आपका साया मेरे सर से उठे या मेरा सुहाग उजड़े। मैं आप दोनों के सहारे ज़िंदा हूँ। आपके होते हुए किसकी मजाल है कि मेरे बच्चों की तरफ़ आँख उठाकर भी देखे या मेरी कोख को आग लगाए ! बाबा, मेरे बच्चों पर आँच आई तो मैं आपका दामन पकडूँगी।"

"हमारे जीते-जी तुम्हारे बच्चों पर कोई आफ़त नहीं आएगी। मगर फ़ातिमा, एक दिन हम न होंगे, अली भी न होंगे, तुम भी न होगी। तब क्या होगा ? इसके आसार तो हमें अभी से नज़र आ रहे हैं। कौन हमारे दोस्त और कौन दोस्त के भेस में दुश्मन, जो सिर्फ़ मौक़े की घात में हैं, इसका हमें बहुत कुछ अंदाज़ा है। हक़ीक़त को नज़रअंदाज़ करने से कोई फ़ायदा नहीं।"

"मगर क्यों ? मेरे बच्चों ने किसी का क्या बिगाड़ा है ?"

"क्योंकि अली के बच्चे हैं। अली की जवाँमर्दी, दिलेरी और हक़परस्ती[3] क़ाबिलेरश्क[4] है। ऐसे भी अल्लाह के बंदे हैं जो अली की फ़ज़ीलत के दिल से क़ायल हैं, मगर ऐसे लोगों की भी कमी नहीं जो अली की जुम्ला सिफ़ात[5] को अपने वजूद के लिए ख़तरा समझते हैं। हम यह भी जानते हैं कि कौन सच्चे दिल से इस्लाम लाए। मगर ख़ाल-ख़ाल ऐसे भी हैं जो सिर्फ़ मस्लिहतन[6] हमारे साथ आ गए हैं। हमारी आँखें बंद होते ही यह सर उठाने से गुरेज़ न करेंगे।"

"अली से किसे शिकायत हो सकती है ? वह तो अल्लाह के नेक बंदे हैं।"

"अली की रहमदिली और मुरव्वत ने ग़रीबों के दिलों में बेशक जगह पाई है। मगर जो शानोशौकत के भूखे हैं, वह उनकी रवादारी और इन्कसारी[7] से चिढ़ते हैं।"

"मगर मेरे बच्चों ने किसी का क्या बिगाड़ा है ?"

"वह अली की औलाद हैं, इसलिए तमाम वह मसायब, जिनका मुक़ाबला अली को करना पड़ेगा, उन्हें विरसे में मिलेंगे। सबसे ज़्यादा हसन और हुसैन ही पर असर पड़ेगा, क्योंकि तुम्हारे ये दोनों बच्चे बाप के नक़्शेक़दम पर चलने लगे हैं।"

---

1. युद्ध-कला, 2. दैवी विपत्ति, 3. सत्यवादिता, 4. ईर्ष्या के योग्य, 5. कुल गुण, 6. अपने लाभ या हित के अनुकूल आचरण, 7. विनम्रता।

"तो क्या अली इस क़ाबिल नहीं कि उनके बच्चे उनके नक़्शेक़दम पर चलें ?"

"अगर मैं अली की सिफ़ात बयान करूँ तो मुझे डर है, लोग उन्हें ख़ुदा का रुतबा देकर उनकी परस्तिश[1] करने लगेंगे। मगर अली की राहें काँटों से भरी हैं। उनके नक़्शेक़दम पर चलने वालों को बड़ी आज़माइश से गुज़रना पड़ेगा और मुझे यक़ीन है कि वह इस आज़माइश में पूरे उतरेंगे।"

"या अल्लाह ! मेरे बच्चों को किस क़ुसूर की सज़ा मिलेगी ?"

"उनका सबसे बड़ा गुनाह उनकी बेगुनाही होगी। हक़ की हिमायत करना खेल नहीं। मेरी उम्मत के फ़ासिक़ और जाबिर[2] लोग उन्हें ज़मीरफ़रोशी[3] पर मजबूर करेंगे। तुम्हारे लाल मुझे ज़मीरफ़रोश नहीं नज़र आते।" यह कहकर उन्होंने हुसैन के लब चूम लिए।

"लो हुसैन, अब तो ख़ुश हो ? हमने तुम्हारी शिकायत दूर कर दी।"

हुसैन खिलखिलाकर हँस पड़े और नाना की गर्दन में बाँहें डालकर पूछा, "नानाजान, हमारा गला कटेगा ?"

"हाँ, बेटे !"

"बहुत ख़ून बहेगा ?"

"हाँ, इतना ख़ून बहेगा कि बड़े-बड़े पहाड़ ग़र्क़ हो जाएँगे।"

"मगर नानाजान ! आपने हमारे गले को बोसा दिया है। क्या इसकी बरकत से तलवार टूट न जाएगी ?"

"ज़रूर टूट जाएगी, तुम्हारे गले से टकराकर ज़ुल्मोजब्र की तलवार पाश-पाश हो जाएगी।"

"तब तो हमारा गला एक बार और चूम लीजिए।"

रसूलुल्लाह बच्चे की बात पर झूम उठे। बार-बार गले के बोसे लिए।

"फ़ातिमा, तुम्हारा यह बच्चा बड़ा मुन्तकी[4] है। हसन जज़्बाती[5] है। मगर यह तो अपने हरीफ़ को नाकों चने चबवाएगा।"

बेटी और नवासे को लेकर रसूलुल्लाह घर की तरफ़ रवाना हो गए। रास्ते में हसन दूसरे बच्चों के साथ खेल रहे थे। हुसैन को नाना की गोद में देखकर दूसरे कंधे पर ख़ुद सवार होने की ज़िद करने लगे। रसूलुल्लाह वहीं ख़ाक पर उकड़ूँ बैठ गए। हसन उचककर चढ़ गए। उन दोनों को लिए वह मदीना की गलियों से गुज़रते हुए फ़ातिमा ज़ोहरा के घर पहुँचे। बच्चों को उतार दिया। देखा कि बेटी के चेहरे

---

1. पूजा, 2. अनाचारी और अत्याचारी, 3. आत्मा का विक्रय, 4. दृढ़ निश्चय वाला, 5. भावुक।

पर एक अज़्म[1] था, वक़ार[2] था, आँसुओं का नामोनिशान न था।

"बाबाजान, क्या मेरे लाड़लों का ख़ून रायगाँ[3] जाएगा ?"

"नहीं, हक़ पर जान क़ुर्बान करने वालों का ख़ून रायगाँ नहीं जाता। आने वाली तमाम नस्लों के लिए इनकी जानें मशअले-राह का काम देंगी। इनका नाम लेकर दुनिया से ज़ुल्मो-तशद्दुद[4] की बेख़कनी[5] होगी। इनका बच्चा-बच्चा अपनी हिम्मत बुलंद और जवाँमर्दी, साफ़गोई और हक़परस्ती की हिफ़ाज़त में अपनी जान देगा। हक़ पर मिटने वाले कभी फ़ना नहीं होते। रहती दुनिया तक लोग इनका सोग मनाएँगे। इनके क़ातिल मक़हूर[6] और गुमनाम हो जाएँगे। कोई उनका नामलेवा न रहेगा।"

"मैं बड़ी ख़ुशनसीब माँ हूँ, बाबाजान !"

पहला ग़म

जब रसूलुल्लाह आख़िरी बार हज को तशरीफ़ ले गए तो हसन और हुसैन उनके साथ थे। अपने नाना और वालिद के साथ दोनों बच्चों ने हज के फ़राइज़ अदा किए और उन तारीख़ी मुक़ामात को पहली बार अपनी आँखों से देखा, जिनका ज़िक्र अपने बुज़ुर्गों से सुना करते थे।

हज से वापसी के वक़्त ग़दीरख़ुम में क़याम किया तो ख़लक़त अपने पैगंबर और उनके प्यारे नवासों के दीदार को टूट पड़ी। वहाँ पहली बार नानाजान ने उनके वालिद अली बिन अबी तालिब की सिफ़ात पर रोशनी डाली।

आपने फ़र्माया, "अली मेरे अज़ीज़, रिश्तेदार और क़रीबतरीन[7] दोस्त और ग़मख़्वार हैं। मैं इनकी दिलेरी, साफ़गोई और आलिमाना क़ाब्लियतों[8] से बहुत मुतमइन[9] हूँ। वह मेरे पैगाम के वारिस हैं। मुझे उनके काम पर भरोसा है।"

लोगों ने अली को बड़े जोश-ओ-ख़रोश से मुबारकबाद दी और बच्चों ने पहली बार अपने वालिद को कुछ-कुछ पहचाना। वह नाना से कुछ इस क़दर मानूस[10] थे कि बाप की क़ुरबत[11] में कुछ तकल्लुफ़ महसूस करते थे। नाना उनके मामले में मोम थे। मगर बाप का बहुत रौब था। एक बार नाना से पैग़ामे-इलाही[12] सुनकर दोनों माँ को सुनाने भागे आए। ज़बान खुलने से पहले ही लड़खड़ा गई। सहमकर बोले,

---

1. निश्चय, संकल्प, 2. प्रतिष्ठा, 3. व्यर्थ, 4. अत्याचार, 5. बिनाश, 6. ख़ुदा के कोप का भाजन, 7. निकटतम, 8. शैक्षिक योग्यता, 9. संतुष्ट, 10. अनुरक्त, 11. सान्निध्य, 12. ख़ुदा का संदेश।

"बाबाजान घर में हैं ?"

बाबाजान हुजरे से निकल आए। दोनों को प्यार से गोद में उठा लिया और पैग़ाम सुनकर हिम्मतअफ़ज़ाई की। इसके बावजूद तकल्लुफ़ बाक़ी रहा। नाना की ज़बानी उनकी तारीफ़ सुनकर दोनों उन्हें फ़ख्र और एहतराम से देखने लगे। उस दिन उन्हें मालूम हुआ था कि उनका ख़ामोश-तबीयत और मुन्कासिरूल-मिज़ाज[1] बाप कितना अज़ीम इंसान है।

हज से वापस हुए थोड़ा अर्सा गुज़रा था कि रसूले-ख़ुदा को मरज़ुल-मौत ने घेर लिया। उस वक़्त हसन सात साल और कुछ माह के थे। हुसैन उनसे क़रीब साल-भर छोटे थे।

ज्यों-ज्यों नाना की बीमारी बढ़ती गई, सारे घर की बेचैनी और परेशानी बढ़ती गई। माँ की आँख से आँसू न थमते थे। बाबाजान घबराए और परेशान दिन-रात तीमारदारी में लगे रहते। बच्चों का ग़म से अजब हाल था। बार-बार अपने नाना के सीने पर सर रखकर सिसकियाँ भरते। बच्चों को देखकर उनकी तकलीफ़ कम हो जाती। मुस्कराकर उन्हें तसल्ली देते।

फिर वह मनहूस घड़ी भी आ गई, जब घर इबादत करने वालों से भर गया। सब ज़ारो-क़तार रो रहे थे। रसूलुल्लाह बार-बार अली की तरफ़ देखते, कुछ फ़र्माना चाहते थे, मगर आहो-बुका[2] की सदाओं में उनकी आवाज़ डूब जाती। जब कुछ सुकून हुआ तो रसूलुल्लाह सहारे से उठे और फ़र्माया, "मौत बरहक़[3] है। तुम लोग मौत से क्यों डरते हो ? नेक आमाल[4] पर भरोसा रखो। एक दिन सबको अपने पैदा करने वाले रब्बुल-इज़्ज़त[5] के हुज़ूर में जाना होता है। ख़ुदा की किताब मैं तुम्हारे लिए छोड़े जा रहा हूँ। उसका एक सिरा ख़ुदा के हाथ में है और दूसरा तुम्हारे हाथ में। उस किताब से नाफ़र्मानी न करना। उसकी तिलावत[6] में ग़फ़लत न करना। उसमें तमाम वह बातें हैं जो तुम्हें सीधे रास्ते पर ले जाएँगी। आपस में न लड़ना, न दुश्मनी करना। भाई-बंदों से ख़यानत[7] न करना कि यह ख़ुदा का हुक्म है। मेरे अज़ीज़ो, दोस्तों का ऐसा ही ख़याल रखना जैसा मेरा रखा। मेरी तरह यह भी तुम्हें नेक सलाह देंगे।"

घर में कुहराम मचा हुआ था। रसूलुल्लाह का सरे-मुबारक अली की गोद में था। बच्चे उनके क़दमों से लगे रो रहे थे।

फिर चिराग़े-नबूवत[8] गुल हो गया। बच्चों के प्यार और मुहब्बत की दुनिया वीरान हो गई। मदीने की गलियों में ग़मो-अंदोह[9] के बादल छा गए। हर तरफ़ चे मे गोइयाँ[10] होने लगीं।

---

1. विनम्र स्वभाव, 2. रुदन, 3. सत्य, 4. सत्कर्म, 5. इज़्ज़त का मालिक, ख़ुदा, 6. पढ़ना, पारायण, 7. धोखा करना, अमानत में चोरी करना, 8. पैग़ंबरी का चिराग़, 9. दुःख-शोक, 10. बातें।

कुछ लोगों ने आकर अली बिन अबी तालिब को राय दी कि वह चलकर ख़िलाफ़त की बागडोर सँभालें। मगर उन्हें होश न था। उन्होंने अपने हाथ से रसूले-ख़ुदा को ग़ुस्ल दिया। बाद नमाज़े-जनाज़ा सुपुर्दे-ख़ाक कर दिया गया।

नाना के बाद बच्चों की दुनिया ही बदल गई। ज़माना अपनी कजरफ़्तारियाँ[1] दिखाने लगा। लोगों ने ऐसी नज़रें फेर लीं जैसे पहचानते ही नहीं।

हज़रत अबूबक्र सद्दीक़ ख़लीफ़ा चुन लिए गए। लोगों ने आकर अली से बहुत कहा कि क़ायदे से ख़िलाफ़त के आप हक़दार थे। मगर उन्होंने क़तई कोई तवज्जो न दी, न कोई एहतिजाज[2] किया।

"मैं पैग़ंबरे-ख़ुदा का ख़ादिम हूँ। बिसात-भर उनकी उम्मत की ख़िदमत करता रहूँगा।"

अली से अक़ीदत[3] रखने वालों को यह बात नागवार गुज़री। वह उनकी ख़ातिर जानें देने को तैयार थे। मगर अली ने ख़ून-ख़च्चर से नफ़रत का इज़हार किया और अब उनका ज़्यादा वक़्त क़ुरान के मुताले और तदवीन[4] में गुज़रता। मगर अली की फ़ज़ीलत किसी से पोशीदा न थी। उनके इस बावक़ार[5] रवैये से और भी लोग उनकी क़द्र करने लगे। जितना वह गोशा-नशीन होते गए, उनका मुताला बढ़ता, मुशाहदे में गहराई पैदा होती गई। आम दुखी इंसानों को उनसे अक़ीदत बढ़ती गई। लोग अपने दुःख-दर्द लेकर उनके पास आते, वह हत्तुलइमकान[6] जान तोड़कर उनकी ख़िदमत करते, हर तरह की मदद करते; दामे, दिरमे, सुख़ने[7] हर एक को सहारा देते। उनकी यह बड़ाई और फ़राख़दिली उनके हक़ में समेक़ातिल[8] साबित हुई। लोग उनकी बेग़रज़ी, उलूहिम्मती और ग़ुरबा-परवरी[9] से ख़ौफ़ज़दा होने लगे। अली अवाम के दिलों से क़रीब हैं, यह बात आगे चलकर बड़ी अहम सूरत इख़्तियार कर सकती है।

दुनिया ही बदल गई। वह बच्चे जो रसूलुल्लाह के कंधों पर सवार होकर मदीने के गली-कूचों में निकला करते थे, अब गोशानशीन[10] हो गए। अली को जो वक़्त भी अपने मुताले से मिलता वह बच्चों की तरबियत में सर्फ़ करते। बच्चों का ज़्यादा वक़्त हुसूले-इल्म-ओ-फ़ज़्ल[11] में सर्फ़ होता। ख़ुद पर ऐसी पाबंदियाँ आयद कर लीं कि किसी को उँगली उठाने का मौक़ा न मिल पाए। अभी नाना की जुदाई का ग़म ताज़ा ही था कि बच्चों पर एक और मुसीबत टूट पड़ी। साल-भर के अंदर-अंदर ही उनकी प्यारी माँ भी उन्हें रोता-तड़पता छोड़कर अल्लाह को प्यारी हो गईं।

अली को अपनी प्यारी बीवी की जुदाई का नाक़ाबिले-बयान सदमा पहुँचा। वह

---

1. कुचाल, 2. विरोध, 3. श्रद्धा, 4. अध्ययन और संपादन, 5. प्रतिष्ठापूर्ण, 6. यथासंभव, 7. तन-मन-धन से, 8. घातक विष, 9. निःस्वार्थता, साहस और दीनों की सहायता, 10. एकांतवासी, 11. ज्ञान-अर्जन।

उनसे वालिहाना इश्क़[1] करते थे। अपनी ज़िंदगी में उन्होंने कभी दूसरी औरत की तरफ़ नज़र न डाली। उन्हें सुपुर्दे-ख़ाक[2] करते वक़्त अश्कबार आँखों से देखा और कहा, "या रसूलुल्लाह ! आपकी प्यारी बेटी ख़ुशनसीब हैं कि वह आपके पास आ रही हैं। हमारे दिलों में जो बुलंद मुक़ाम उन्हें हासिल था, वहाँ भी उन्हें बुलंद मर्तबा मिलेगा। उनकी जगह कोई न ले सकेगा।"

फ़ातिमा ज़ोहरा की वफ़ात[3] के बाद उन्होंने बड़ी शफ़क़त[4] और प्यार से बच्चों की परवरिश की। उन्होंने अपनी बेटियों ज़ैनब और उम्मे-कुलसूम को कभी बेटों से कम न समझा। उन्हें आलातरीन तालीम[5] दी। ज़ैनब को देखकर उनका दिल पाश-पाश होने लगता, क्योंकि वह बिलकुल माँ के तौर-तरीक़े लेकर पैदा हुई थीं। इतनी-सी उम्र से ही माँ के बाद उनकी सारी ज़िम्मेदारियाँ अपने सर ले लीं। बड़े भाइयों का ऐसा ख़याल रखतीं कि उन्हें कभी माँ की कमी महसूस न होने दी। उन पर बचपन में ही बुढ़ापा छा गया। भाई भी उन पर जान देते थे। छोटी थीं, पर उनका कहना कभी न टाला।

शक्ल-ओ-सूरत में ज़ैनब बाप से बहुत मिलती-जुलती थीं। मगर आदत-ओ-खसलत माँ जैसी पाई थी। इसलिए लोग उन्हें ज़ोहरा सानी[6] के लक़ब[7] से पुकारते थे। माँ ने आख़िरी वक़्त बेटी को सीने से लगाकर कहा था, "बेटी, अपने भाइयों का हमेशा ख़याल रखना। मैं उन्हें तुम्हारे सुपुर्द करती हूँ। जब अपने घरबार की हो जाओ तब भी उनको न भुला देना।"

माँ के अल्फ़ाज़ बेटी के दिल पर नक़्श हो गए और उन्होंने अपनी ज़िंदगी की हर साँस के साथ भाइयों का ख़याल किया।

अली इब्ने अबी तालिब ने अरब की मजबूर और कुचली हुई औरत को उसका हक़ दिलाने के लिए बहुत कुछ किया। न वह हाकिम थे, न उन्हें मुल्क़ के क़ानून पर इख़्तियार था। फिर भी देखा, औरतें उनके पास फ़रियाद लेकर आतीं। वह औरत की बेहुरमती[8] पर बेक़रार हो जाया करते थे। इसीलिए उन्होंने अपनी बेटियों को बेटों की तरह तालीम दी जबकि आम लड़कियाँ उस वक़्त तक इस नेमत से महरूम थीं।

ज़ैनब ने भी इस बेशबहा[9] मौक़े से फ़ायदा उठाया। वह अपने बाप को फ़ख़्रे-इंसानियत[10] समझती थीं। उनके एक-एक लफ़्ज़ को ज़हन-नशीन करतीं। माँ के बाद बाप की निगरानी में उन्होंने फ़लसफ-ए-ज़िंदगी[11] का मुताला किया। अली सब बच्चों को अपने पास जमा कर लेते और उनसे बड़ी संजीदगी से गुफ़्तगू करते, "जब दुनिया की नेमतें मुझे अपनी तरफ़ बुलाती हैं तो मैं उन्हें दुत्कार देता हूँ। मैं

---

1. अत्यंत प्रेम, 2. मिट्टी के हवाले, 3. मृत्यु, 4. स्नेह, 5. उच्च शिक्षा, 6. ज़ोहरा द्वितीय, 7. उपाधि का उपनाम, 8. अपमान, 9. बहुमूल्य, 10. जिस पर मानव मात्र गर्व करे, 11. जीवन-दर्शन।

दुनिया से कह देता हूँ—दूर हो जा मुझसे ! जहाँ जाना हो, चली जा…मैं तेरे चंगुल से निकल चुका हूँ। तेरी बिछाई ठोकरों से अपने पैर बचा चुका हूँ। तू ही बता, वह लोग कहाँ गए जो तेरे नाज़-ओ-अंदाज़ में फँस गए, तेरी अराइशों पर फ़रेफ़्ता[1] हो गए। देख, आज वह क़ब्रों में बंद हैं और कुर्ःए-अर्ज़[2] की ख़ाक बन चुके हैं। ऐ दुनिया ! अगर तेरा कोई जिस्म होता और तू मेरे हाथ आ जाती तो मैं तुझे बड़ी सख़्त सज़ाएँ देता। अफ़सोस कि तूने कितने भोले-भाले इंसानों को झूठी आरज़ुओं के जाल में फँसाया और मौत के घाट उतार दिया। कितने बादशाहों के ताज ख़ाक में मिल गए। ऐ धोखेबाज़ दुनिया ! तेरी फिसलन की जगह जिसका पाँव पड़ा, वह फिसल गया। जो तेरी मौजों पर सवार हुआ, डूब गया। तुझसे बचकर-कतराकर निकल जाने वाला बड़ा ख़ुशनसीब है। ऐ दुनिया ! तू बस एक लम्हा[3] है जो ख़त्म होने वाला है!"

बच्चे दम साधे सुना करते। अपने नाना को याद करते थे। किस क़दर सादा मिज़ाज थे। ग़ुलामों के साथ उकड़ूँ बैठकर खाना खाते। अपने जूते ख़ुद टाँकते। ख़ुद कपड़ों में पैवंद लगाते और बे-पालान के गदहे पर बेतकल्लुफ़ी से सवार हो जाते।

बाबा उनकी हर बात में बड़ी शिद्दत से पैरवी करते थे। मगर यह इंसानी ख़सलत है कि बेगरज़ और ग़नी इंसान से रश्क करने लगता है। कुछ लोग ऐसे भी थे जो उनसे ख़ुश होने के बजाय उन पर रश्क करते थे और बैर बाँधते थे। उनके रास्ते में काँटे बिछाने से भी गुरेज़ न की। मगर अली ज़ख़्मी तलुवों के बावजूद अमन और सलामती की राह पर चलते रहे।

ज्यों-ज्यों शुऊर आता गया, बच्चों के दिल में अपने बाप की वक़त और इज़्ज़त बढ़ती गई। नाने-ख़ुश्क[4] और पैवंद लगे लिबास के बावजूद जब सब यकजा जमा होकर तारों की छाँव में अली बिन अबी तालिब से माज़ीहाल और मुस्तक़बिल के बारे में बातचीत करते तो ज़िंदगी की सारी महरूमियों का इज़ाला[5] हो जाता। अली एक बुलंद मर्तबा शायर थे। बच्चे मसहूर[6] होकर सुनते। अली कहते—

"पाक है वह ज़ात
जिस पर पुश्त ज़मीन के क़ते[7]
और बाहम मिले पहाड़ों की चोटियों पर
अँधेरी रात की अँधियारियाँ छाई हुई हैं
और पुरसुकून शब की ज़ुल्मतें[8] पोशीदा नहीं
और न आसमान पर फैली शफ़क़[9] उससे छिपी है

---

1. आसक्त, 2. पृथ्वी, 3. क्षण, 4. रूखी रोटी, 5. प्रतिफल, 6. मंत्रमुग्ध, 7. भूमि-खंड, 8. अँधेरा, 9. अरुणिमा।

न राद[1] की गरज़ उससे मख़्फ़ी[2] है
और न वह चीज़ें उस पाक परवरदिगार से छिपी हैं जिन पर बादलों की बिजलियाँ कौंधकर नापैद हो जाती हैं
अँधेरे के स्याह पर्दे उस नूर की ज़ौपाशियों[3] को नहीं रोक सकते
न शबहा-ए-तारीक[4] के पर्दों में
उसके हुक्म से नाफ़र्मानी की ताक़त है
न आसमानों में चाँदनी की फैली हुई जगमगाहट
उसके हुक्म के बग़ैर धुँधली हो सकती है
और वह सब जानता है कि बादल के लतीफ़ क़तरे कहाँ गिरेंगे
और कहाँ जमा होकर बहते दरिया बन जाएँगे
और यह हक़ीर[5] चींटियाँ कहाँ रेंगती ख़ुद को खींचती ले जा रही हैं
और मच्छरों को कौन-सी रोज़ी किफ़ायत करती है
मादा अपने पेट में क्या लिए है
वह रब्बे ज़ुलजलाल[6] है
उससे कोई बात छिप नहीं सकती।"

बच्चे उन दिनों की याद में उदास हो जाते जब नानाजान ज़िंदा थे और वह माँ की गोद से महरूम न थे। तब लोग परवानों की तरह उनकी तरफ़ लपकते थे। उनके दीदार को दूर-दूर से आते थे।

बच्चों को बड़ा ताज्जुब होता था कि उनके वालिद अरब के नामवर सूरमा थे जिनकी तलवार की तमाम ममलिकत[7] में धाक बैठी थी। जिन्होंने रसूले-ख़ुदा के ज़माने में बड़े-बड़े मार्के सर किए थे, वह लोगों की बेक़द्री और बेएतनाई[8] सब्र-ओ-शुक्र से बर्दाश्त कर रहे थे।

"बहादुरी सिर्फ़ मैदाने-जंग में दुश्मन से डटकर मुक़ाबला करना ही नहीं, अगर जंग से मुल्क़ की तबाही-ओ-बर्बादी का ख़तरा हो तो सब्र करना ऐन शुजाअत[9] है।" अली फ़र्माते, "शुक्र है कि हम किसी के ग़ुलाम नहीं। हम आज़ाद पैदा हुए हैं और इस आज़ादी को बरक़रार रखना ही काफ़ी है।"

1. बिजली, 2. गुप्त, 3. प्रकाश का विकीर्ण होना, 4. अँधेरी रातें, 5. तुच्छ, 6. प्रतापी सर्जनहार, 7. राज्य, 8. लापरवाही, 9. वीरता।

अली

अली इब्ने अबी तालिब के बच्चे और रसूले-ख़ुदा के नवासे किन हालात में सिने-बुलूग़ को पहुँचे, इसका अच्छी तरह अंदाज़ा हो जाता है। ज़ैनब बिन्ते-अली ने अपने बुज़ुर्ग बाप के फ़ैज़े-तरबियत[1] से वही सब कुछ हासिल किया जो उनके भाइयों को मिला। अगर फ़ातिमा ज़ोहरा का इल्म, ख़ुदातरसी, जफ़ाकशी, ईसार[2], सब्रो-बर्दाश्त और इंसान-दोस्ती मिली थी तो अली बिन अबी तालिब की जुर्रत, हौसलामंदी, बेख़ौफ़ी, हक़गोई[3], शुजाअत, इस्तक़लाल[4], फ़साहत-ओ-बिलाग़त[5] भी विरसे में पाई। ज़ैनब बिन्ते-अली जवान हुईं तो उनके हुस्न-ओ-जमाल, इल्म-ओ-फ़ज़्ल का चर्चा दूर-दूर तक फैल गया। उन्हें लोग 'आक़िला-ए-अरब' के लक़ब से याद करते थे।

सौतेली माँएँ, उम्मुलनबीईन, अस्मा बिन्ते-अमअस और उमामा बिन्ते-अबिल आस के साथ बड़े प्यार, मुहब्बत के साथ ज़िंदगी गुज़री। सब बड़े सुकून से मिलजुलकर रहते थे। घर की फ़िज़ा[6] निहायत ख़ुशगवार थी। उनकी माँएँ उनसे प्यार भी करती थीं और क़द्रो-मंज़िलत[7] भी करती थीं। उन्हें देखकर फ़ातिमा ज़ोहरा याद आ जाती थीं। तंगी, तुर्शी में भी फ़राग़ी[8] पैदा करके गुज़र-बसर करने का फ़न उन्हें बख़ूबी आता था। कमसिन होते हुए भी उनकी राय साइब[9] समझी जाती थी।

ख़ानदान में अब्दुल्ला बिन जाफ़र के फ़ज़्लो-कमाल का चर्चा था। वह ज़िंदा-ए-जावेद हज़रत ज़ाफ़रे-तैयार के बड़े साहबज़ादे थे। उनकी जुमला ख़ूबियों को देखकर अली ने अपनी प्यारी बेटी की निस्बत के लिए उन्हें मुन्तखिब कर लिया।

अब्दुल्ला बिन जाफ़र हाशमी नौजवान थे। उनकी पेशानी मेहरे-दरख़्शाँ[10] की तरह रौशन थी। सूरत और सीरत में रसूले-ख़ुदा से बहुत मिलते-जुलते थे। रसूले-ख़ुदा भी उनके क़द्रदाँ थे। उनकी तालीम-ओ-तरबियत में बहुत दिलचस्पी लेते थे।

शादी के बाद ज़ैनब को महसूस भी न हुआ कि वह एक घर से दूसरे घर चली गईं। घर का माहौल पुरसुकून था। अब्दुल्ला बिन जाफ़र क़ाबिले क़द्र इंसान थे और किरदार[11] के लिहाज़ से एक ज़िंदा शख़्सियत थे। इस्लामी उमूर के माहिर थे। अली बिन अबी तालिब के दस्ते-रास्त[12] की हैसियत से उनकी इल्मी और दिफ़ाई[13] मुहिम में उनका गिराँक़द्र[14] हिस्सा था। ख़ानदानी रवायत के अमीन[15] थे। उन्होंने समाज

---

1. प्रशिक्षण, 2. उत्सर्ग, 3. सत्यवादिता, 4. दृढ़ता, 5. भाषा-सौंदर्य, 6. वातावरण, 7. सम्मान, 8. सुख-चैन, 9. समुचित, 10. चमकता हुआ सूर्य, 11. चरित्र, 12. दायाँ हाथ, 13. शैक्षिक और प्रतिरक्षात्मक, 14. मूल्यवान, 15. रक्षक।

और दीन की तरक़्क़ी में नुमायाँ ख़िदमत अंजाम दीं। उन्हें दरिया-ए-सख़ावत[1] कहा जाता था। मगर शादी के बाद भाइयों की मुहब्बत और ख़बरगीरी में कमी न आई। ज़ैनब बग़ैर भाइयों की सूरत देखे जी न सकती थीं। उनकी बीवियों और बच्चों से बेइंतिहा उन्स[2] था। वह भी उन पर जान फ़िदा करते थे। उनके भाइयों के बच्चे अपनी माँओं से ज़्यादा फूफी से मानूस थे। वक़्त गुज़रता रहा।

हज़रत उस्मान की शहादत के बाद अली बिन अबी तालिब के सिवा कोई रहनुमा नज़र न आता था। हालात ऐसे बिगड़ चले थे कि क़ाबू में लाने की कोई सूरत न थी। लोग जौक़-दर-जौक़ उनकी तरफ़ आने लगे। मगर उन्हें ऐसी गोशानशीनी[3] की आदत हो गई थी कि हुजूम से वहशत होती थी। जब लोगों की तरफ़ से तकाज़ा बढ़ा तो कबीदा ख़ातिर[4] होकर कहने लगे, "मेरी जान छोड़ो, किसी और को तलाश करो। तुम लोग इतने ख़ुदसर हो चुके हो कि जैसे बे-नकेल ऊँट। तुम जानते हो, मैं बहुत सख़्तगीर हूँ। मुझे अपना अमीर[5] बनाओगे तो पछताओगे। मैं तुम्हें हरगिज़ किसी क़िस्म की छूट नहीं दूँगा। मुझसे तुम कोई रू-रिआयत की उम्मीद न रखना।"

"हमें मंज़ूर है।" लोगों ने एक-ज़बान होकर कहा। फिर भी इनकार करते रहे तो लोगों ने शोर मचाना शुरू किया।

"या अली ! आप देख रहे हैं, क़ौम पर बड़ी आज़माइश का वक़्त आन पड़ा है। आपको इस्लाम की तबाही का भी ख़याल नहीं। इस शर के सैलाब[6] को रोकना आपका फ़र्ज़ है।"

अली फिर भी हिचकिचाते रहे। वह जानते थे, सब ख़ुदग़रज़ हैं। जाह-पसंदी[7] का चस्का पड़ गया है। ज़हनों पर माद्दापरस्ती[8] के ग़िलाफ़ चढ़े हुए हैं। हुकूमत को मतलब बरआरी[9] का वसीला[10] माना जाता है। ख़िलाफ़त को मुल्कगीरी का खिलौना बना लिया है। कमज़र्फ़ी[11] लोगों के दिलों में पंजे गाड़ चुकी है। ऐसी सूरत में ज़हनों को मोड़ने और तबीयतों का रुख़ बदलने में लोहे लग जाएँगे। वह उन्हें ग़ौर करने की मोहलत भी देना चाहते थे। कल को उठकर यह न कहने लगें कि घबराहट में कुछ सूझा नहीं। बैअत[12] दिल से और यक़ीन से होना चाहिए, हंगामी जज़्बा और वक़्ती ज़रूरत से ज़ेरेअसर न होना चाहिए।

"लोगो ! अच्छी तरह कान खोलकर सुन लो। अगर तुमने मुझे अपना इमाम बनाने का फ़ैसला किया तो मैं तुम्हारा आलाकार[13] नहीं बनूँगा। तुम मुझे अच्छी तरह

---

1. दानशीलता की नदी, 2. लगाव, 3. एकांतवास, 4. दुखी, 5. नेता, शासक, 6. कुरीति की बाढ़, 7. प्रतिष्ठा प्रेम, 8. भौतिकवाद, 9. स्वार्थ-सिद्धि, 10. साधन, 11. तुच्छता, 12. अनुयायी बनाने का भाव, 13. साधन।

जानते-पहचानते हो, परख चुके हो। मैं उसूलों का पक्का हूँ। क़ुरान और सुन्नत के सिवा किसी मस्लहत के आगे हथियार न डालूँगा। अगर तुमने किसी और को चुन लिया तो मैं मिसाली शहरी की तरह तुम्हारे फ़ैसले का एहतराम करूँगा। लेकिन अगर मुझे मुन्तख़िब करते हो तो याद रखो, मैं किसी के ज़ाती मफ़ाद[1] में कोई दिलचस्पी न लूँगा। मैं सख़्तगीर हूँ और तुम मनमानी के आदी हो चुके हो, मेरी सख़्तियाँ न झेल सकोगे !"

यह सुनकर उनके मद्दाहों[2] को और भी जोश आ गया। लोग बैअत के लिए उन पर टूट पड़े। वह हमला हुआ, ऐसी घमासान हुई कि अपने-पराए का होश न रहा। अबाएँ फट गईं, सरों से अमामें खुल गए, जूतों के तस्मे टूट गए। औरतें अपने मर्दों को घसीट-घसीटकर लाने लगीं।

वही हुआ जिसका डर था। अली इब्ने तालिब का दौरे-ख़िलाफ़त शुरू होते ही बनी उमैया ने सर उठाया। वह इस अर्से में इतने ताक़तवर हो गए थे कि किसी को ख़ातिर में नहीं लाते थे। हर तरफ़ ख़ाक उड़ने लगी और अली को एक दिन चैन नसीब न हुआ।

सबसे पहले तो हज़रत उस्मान बिन ग़नी के क़त्ल का इल्ज़ाम लगाया गया। 37 हिजरी में अली बिन अबी तालिब और माविया बिन अबी सुफ़ियान के दरम्यान क़िसासे-उस्मान[3] के नाम से जंग हुई।

अमीरे-शाम[4] आहिस्ता-आहिस्ता ताक़त पकड़ते जा रहे थे। अब वह बिलकुल ही ख़ुदमुख़्तार हो गए और अली के हाथ पर बैअत करने से इनकार कर दिया। जब हज़रत उस्मान पर क़ातिलों ने हमला कर दिया तो उनकी ज़ौजा[5] हज़रत नायला ने उन्हें बचाने के लिए उन पर अपने हाथों का साया कर दिया। उनकी उँगलियाँ कट गईं। अमीर माविया ने वह उँगलियाँ और ख़ून में डूबी हुई अबा को मस्जिद के मिम्बर पर लटका दिया। मातम हुआ, ज़ोर-शोर की तक़रीरें हुई। ख़ूने-उस्मान का क़िसास लेने की शर्त पर अपने नाम की बैअत ली।

इस तरह पहली बार मुसलमानों में फूट का बीज बोया गया और ऐलाने-जंग हो गया। अली इब्ने अबी तालिब की फ़िक्र दामनगीर थी। उन्होंने कहा, "अफ़सोस ! ज़माने ने फाड़ खाने वाले ख़ूनी दरिंदे की तरह मुँह खोल दिया है। बातिल[6] का ऊँट, जो दुबका बैठा था, बिलबिला रहा है—

लोगों ने फ़िस्क़ो-फ़िजूर[7] से भाईचारा कर लिया है
सब रिश्ते टूट चुके हैं

---

1. व्यक्तिगत लाभ, 2. प्रशंसक, 3. उस्मान की प्रतिहिंसा, 4. शाम (सीरिया) के शासक, 5. पत्नी, 6. झूठ, 7. दुराचार।

बेटा आँखों का नूर नहीं धूल बन गया है
बाप का साया झुलसी आग बरसा रहा है
कमीने फल-फूल रहे हैं
शराफ़त दम तोड़ रही है
हुक्मराँ तबक़ा[1] सरों पर सवार है
दरम्याना तबक़ा खा-पीकर मस्त पड़ा है
फ़क़ीर-ओ-नादार की मिट्टी ख़राब है
मुहब्बत सिर्फ़ ज़बानों पर रह गई है
ज़िना-ओ-बदकारी[2] ऐब नहीं
पाकदामनी[3] का मज़ाक़ उड़ने लगा है
दुनिया की हवस में आँखों वाले अंधे हैं
और कानों वाले बहरे हैं
शीराज़ा[4] बिखर रहा है, जंग के शोले भड़क रहे हैं
इस्लाम का दामन धड़ाधड़ जल रहा है
क़ौम एक बे-महार ऊँटनी की तरह भटक रही है
रखवाला राह भूल चुका है
अगर हम अपनी आँखें न खोलेंगे तो यह ऊँटनी कहीं ठोकर
खाकर औंधे मुँह गिरेगी और दम तोड़ देगी।

अली इब्ने तालिब का दौरे-ख़िलाफ़त उनके लिए दर्दे-सर बना रहा। इस्लामी सल्तनत इतनी फैल गई थी कि एक कोने से दूसरे कोने तक निज़ाम क़ायम रखना दुश्वार हो गया। वाक़ई इस्लाम का शीराज़ा बिखरने लगा था।

वुसअत[5] से यह मतलब नहीं था कि इस्लाम मज़बूत होकर फैला। बहुत-से इलाक़े तो सिर्फ़ नाम के मुसलमान हो गए थे। बुनियादी उसूल यानी इश्तराक-ओ-मसावात[6] ख़त्म हो रहे थे। जिसका जहाँ वश चला, क़ब्ज़ा जमाकर हाकिम बन बैठा। गिरोहबंदी की वबा आम हो गई।

इन हालात में निहायत होशियार-ओ-चालाक सियासी मोहरा ही क़दम जमा सकता था। इस्लाम के सच्चे उसूलों पर कारबंद होना दुश्वार हो गया था।

इस हंगामे में अमीर माविया बिन अबी सुफ़ियान, जो शाम के हाकिम थे, सबसे ज़्यादा ताक़तवर साबित हुए। उनका सितारा उरूज पर आ गया। उनके पास बेशुमार दौलत थी जिसकी मदद से बहुत ज़बर्दस्त फ़ौज तैयार कर ली। इस्लामी

---

1. शासक वर्ग, 2. व्यभिचार, 3. सतीत्व, 4. संगठन, 5. विस्तार, 6. समानता।

उसूलों को पसेपुश्त डालकर फिर निजी दौलत को फ़रोग़[1] दिया। क्योंकि शहंशाहियत और सरमायादारी निज़ाम के फलने-फूलने के लिए निजी दौलत का वजूद लाज़मी है।

अमीर माविया ने हर मुक़ाम पर अपने आज़मूदा[2] इस्लामी गवर्नर बना दिए, जिन्हें अपनी फ़ौज रखने की इजाज़त थी। वह मालिक और आम मुसलमान उनके ग़ुलाम बन गए। वह जिसे चाहते जिलाते, जिसे चाहते मारते। कोई पुरसाँहाल न था। सिर्फ़ एक शर्त थी कि अमीर माविया को अपना ख़लीफ़ा मानें और उनके ज़ाती ख़ज़ाने के लिए मुक़र्रर टैक्स देते रहें। इसके अलावा जैसी वसूली करना चाहें, रिआया से कर लें। अगर अवाम उन्हें मनमानी करने से रोकना चाहें तो अमीर माविया की ज़बर्दस्त फ़ौज उनकी मदद को पहुँच जाएगी।

इसका चंद साल में ही यह नतीजा हुआ कि चंद बड़े-बड़े ताक़तवर सरदार बहुत अमीर हो गए। बाक़ी अवाम में ग़ुरबत बढ़ गई। अवाम की लूट शुरू हो गई। ख़वास फिर उन ऐयाशियों और बदकारियों में ग़र्क़ हो गए, जिनके ख़िलाफ़ एक दिन इस्लाम ने जंग की थी।

दो ख़िलाफ़तें क़ायम हो गईं। एक अली की इस्लामी उसूलों की क़ायम हुई जम्हूरियत[3], दूसरी तरफ़ अमीर माविया की शहंशाहियत[4]। अली आम ग़रीब इंसान के साथ थे। मगर अमीर माविया की ताक़त और दौलत ज़्यादा कामयाब साबित हो रही थी। अमीर का साथ देने में बड़े फ़ायदे थे, जबकि अली के साथ उक़बा[5] की नेमतें थीं। दुनिया की नेमतें उक़बा के दावों पर ग़ालिब आ गईं।

हुनैन के मुक़ाम पर मुसलमानों में आपस ही में जंग छिड़ गई। अमीर माविया के साथ ज़बर्दस्त फ़ौज थी। दौलत तो थी मगर यक़ीन की कमी थी। उस पर अली बिन अबी तालिब की फ़ुतूहात[6] की हैबत[7] तारी थी। आम अरब बड़ा वहमी होता है। वह बड़ी आसानी से जज़्बात की रौ में बह जाता है। इंसान सिर्फ़ हथियारों से नहीं लड़ते, ईमान भी साथ में होना लाज़मी है। अमीर माविया ने अपनी फ़ौज को यक़ीन और भरोसे की कमी की वजह से पस्पा[8] होते देखकर फ़ौरन अपनी सियासते-अमली[9] से काम लिया। क़ुरान दरम्यान में रखकर जंग रोक दी। अली उनकी यह चाल पहचान गए। उन्होंने बहुत कहा, "यह अमीर माविया की कोई तदबीर है। जंग बंद करवा के वह कोई नई चाल चलने वाले हैं ताकि अपनी शिकस्त को नया मोड़ दे सकें।"

मगर यह मुसलमान और काफ़िर की जंग नहीं थी। यह दो इस्लामी गिरोहों की जंग थी। क़ुरान के बीच में आने के बाद जंग न रोकना क़ुरान की तौहीन थी।

---

1. प्रश्रय, प्रोत्साहन, 2. आज़माए हुए, 3. लोकतंत्र, 4. अधिनायक-तंत्र, 5. परलोक, 6. विजय, 7. आतंक, 8. परास्त, 9. राजनीतिक चाल।

अमीर माविया यह जानते थे कि अली के साथी उनकी इस तदबीर के आगे बेबस हो जाएँगे।

"अमीर माविया क़ुरान को इस तरह दरम्यान में लाकर क़ुरान की तौहीन कर रहे हैं," अली ने कहा। मगर उनके साथ बिगड़ खड़े हुए। अमीर माविया ने बड़ी होशियारी से उनके कैंप में अपने जासूस छोड़ रखे थे। कुछ अहम लोगों को अपनी तरफ़ तोड़ लिया था। वह अपने ज़मीर बेच चुके थे। कुछ ऐसे ज़ईफ़ुल-एतक़ाद[1] थे कि इस चक्कर में आ गए। उन्होंने यकज़बान होकर कहा, अगर क़ुरान की तौहीन हुई तो वह बग़ावत कर देंगे। आम सिपाही भी उनके साथ हो गए, क्योंकि वह गहराई से सोचने-समझने के आदी नहीं होते।

मजबूरन अली ख़ामोश हो गए क्योंकि वह अपने मुख़ालिफ़ीन को ईज़ाएँ[2] देकर क़त्ल करने के आदी न थे। न किसी को यह ख़तरा था कि वह बदला लेंगे। अली दरगुज़र कर देंगे, माफ़ कर देंगे। मगर अमीर माविया के क़हर से बड़ी मुश्किल से जान छूटेगी। बड़ी रुसवाई और ज़िल्लत[3] की मौत मरना पड़ेगा।

किताबे-अल्लाह के मुताबिक़ फ़ैसला हुआ कि फ़रीक़ैन[4] अपना एक-एक नुमाइंदा मुक़र्रर कर दें। दोनों मिलकर जो फ़ैसला करें, उसे मान लिया जाए।

अली ने अब्दुल्ला बिन अब्बास को मुक़र्रर करना चाहा। मगर कूफ़ा वाले अड़ गए कि अबू मूसा अशरी को चुना जाए, जो किसी ज़माने में अली के मुख़ालिफ़ों में से थे। लेकिन सादालौह[5]-से आदमी थे। उनके मुक़ाबले में अमीर माविया का नुमाइंदा बहुत होशियार गुर्गेबाराँदीदा[6] था।

दो ही मुलाक़ातों में अशरी को शीशे में उतार लिया और वह इस बात पर राज़ी हो गए कि दोनों ख़लीफ़ाओं को माज़ूल[7] करके मुसलमानों से कह दिया जाए कि जिसे भी मुनासिब समझें, अपना ख़लीफ़ा चुन लें।

लोग जमा हुए। अमीर माविया के नुमाइंदे ने कहा, "पहले मूसा अशरी अपना बयान दें।"

"मैं अली बिन अबी तालिब को ख़िलाफ़त से माज़ूल करता हूँ। यही मेरा फ़ैसला है," मूसा अशरी ने कहा।

"लोगो ! तुमने अपने कानों से सुना कि अली को उनके मुन्तख़िब[8] नुमाइंदे ने माज़ूल किया। मैं भी उनकी राय से इत्तिफ़ाक़[9] रखता हूँ और अली बिन अबी तालिब को माज़ूल करके उनकी जगह अमीर माविया बिन अबू-सुफ़ियान को ख़लीफ़ा मुक़र्रर करता हूँ।" लोग हक्का-बक्का मुँह देखते रह गए। यह शर्त तो नहीं

1. दुर्बल विश्वास वाले, 2. यातनाएँ, 3. अपमान, 4. दोनों पक्ष, 5. सीधे-सादे, 6. धूर्त, 7. अपदस्थ, 8. चुने हुए, 9. सहमति।

थी। नए चुनाव का मौक़ा मिलना चाहिए था। शर्त पूरी नहीं हुई। अली की सफ़ों में फूट पड़ गई। मतलबी लोग खुले बंदों अमीर माविया की तरफ़दारी करने लगे। अली के लिए उनसे निबटना दुश्वार हो गया। मगर मुंसिफ़मिज़ाज यह चाल समझ गए।

अमीर माविया बड़े ज़बर्दस्त सियासतदाँ थे, मगर वह यह भी जानते थे कि जिस तरह उन्होंने अली से मुक़ाबला किया है, वह काठ की हाँडी है। बार-बार नहीं चढ़ेगी। संजीदा और बाशऊर तबक़े[1] का रुझान अब भी अली की तरफ़ है। उनमें ऐसे-ऐसे ज़बर्दस्त मुवर्रिख़ और मुबल्लिग़[2] मौजूद हैं कि अगर एक दिन उनकी हिमायत में खड़े हो गए तो जज़्बाती अरब क़ौम फिर उन्हें सर-आँखों पर जगह देने को तैयार हो जाएगी। उनकी ज़ाती सिफ़ात[3] के साथ रसूले-ख़ुदा से उनका रिश्ता और दोस्ती एक ऐसी हक़ीक़त[4] थी जिसे वह झुठला नहीं सकते थे। अली का वजूद उनके लिए बड़ा ख़तरा था। उनकी ज़िंदगी में मुकम्मल कामयाबी नामुमकिन थी। दूसरे, उनका तर्ज़े-हुकूमत आम इंसान के हक़ में न था। उनके उठ खड़े होने का बहुत ख़तरा था।

सिवाय अली के क़त्ल के कोई रास्ता बाक़ी नहीं रह गया।

दूसरा ग़म

अली बिन अबी तालिब नमाज़ के वक़्त मस्जिद में दाख़िल हुए तो देखा कि थका-हारा मुसाफ़िर सीढ़ियों पर ग़ाफ़िल सो रहा है। उन्होंने उसे जगाया, "ऐ बिरादर, उठो, नमाज़ क़ज़ा[5] हो जाएगी।"

और उनकी क़ज़ा[6] ने आँखें खोलकर उन्हें देखा। उस शख़्स का नाम इब्ने-मुलजिम था, जो कई दिन से उनकी ताक में घूम रहा था। अपनी मौत को जगाकर वह उसे साथ मस्जिद में ले गए।

जब अली सिजदे में गए तो इब्ने-मुलजिम ने उन पर पै-दर-पै[7] ख़ंजर से वार किए और फ़रार हो गया।

वह ख़ंजर, जिससे वार किया, ज़हर में बुझा हुआ था।

चार दिन और रात अली मौत और ज़िंदगी की कशमकश में गिरफ़्तार तड़पते रहे। उन्होंने अपने अहल-ओ-अयाल[8] को जमा किया और वसीयत की।

---

1. जागरूक वर्ग, 2. इतिहासवेत्ता और प्रचारक, 3. व्यक्तिगत गुण, 4. यथार्थ, 5. नमाज़ का समय निकल जाएगा, 6. मौत, 7. लगातार, 8. संतान।

"अब अल्लाह तुम्हारा निगहबान है। सब मिल-जुलकर, एक जान होकर एक-दूसरे की हिफ़ाज़त करना। साथ जीना, साथ मरना। हर जीदार को एक दिन मरना है। मगर तुम्हारी मौत हर मोड़ पर खड़ी है, क्योंकि तुम मेरे और रसूले-ख़ुदा के प्यारे हो। इस्लाम के दुश्मन तुम्हारे दुश्मन हैं। इत्तिहाद[1] ही तुम्हारा आख़िरी हरबा[2] है जिससे तुम अपनी जान की हिफ़ाज़त कर सकते हो। आज बूढ़े, जवान और बच्चे सब मिलकर अहद[3] करो कि ख़ानदान में कोई फूट न पड़ने देंगे। एक निवाला मिलेगा तो मिलकर बाँट खाएँगे। एक चादर होगी तो उस पर सबका हक़ होगा। तुम्हारा कोई आसरा, कोई वारिस है तो वह आपस का प्यार है, इत्तिहाद और एक-दूसरे के लिए कुर्बानी अपना शेवा बना लो। मौत तुम्हारे पीछे लगी है। इंतज़ार करोगे तब भी आएगी। उससे दूर भागकर न जा सकोगे कि मौत हर जानदार का मुक़द्दर है। इसलिए मौत से डरकर कभी ज़मीर का सौदा न करना। अपने कुनबे की इज़्ज़त करो कि कुनबा तुम्हारा वह बाज़ू है जिससे तुम उड़ते हो, वह दस्त-ओ-बाज़ू है जिससे तुम मुसीबतों का मुक़ाबला कर सकते हो। उन लोगों की क़द्र करना जो सच्चाई की ख़ातिर कड़ी से कड़ी मुसीबत झेल जाते हैं और गुनाह में तुम्हारा साथ नहीं देते।"

इसके बाद अपने बच्चों का हाथ अपने बड़े बेटे हसन के हाथ में थमाया। सिर्फ़ अबुलफ़ज़ल अब्बास को हुसैन के सुपुर्द किया और कहा, "हुसैन, यह तुम्हारा छोटा भाई है। मैं इसे तुम्हारे सुपुर्द करता हूँ। इसे अपना ग़ुलाम समझना और वह सब कुछ देने की कोशिश करना जो मौत ने मुझे देने की मोहलत न दी।"

अबुलफ़ज़ल अब्बास की वालिदा रोने लगीं और बोलीं, "मौला, अब्बास से क्या क़सूर हुआ कि उसे आपने अपने जाँनशीन बड़े बेटे हसन के सुपुर्द नहीं किया ? क़ायदे से उन्हें इसका ज़ामिन होना चाहिए।"

अली ने बदिक़्क़त तकलीफ़ पर क़ाबू पाकर कहा, "अब्बास और हुसैन एक-दूसरे के लिए पैदा हुए हैं। अब्बास हुसैन से ज़्यादा मानूस हैं। मेरा दिल कहता है, इन दोनों को हमेशा एक-दूसरे की ज़रूरत पड़ेगी।" फिर अब्बास से कहा, "हुसैन तुम्हारे बड़े भाई हैं, मगर उन्हें मेरी जगह समझना, अपना आक़ा समझना। उनके नक़्शेक़दम[4] पर चलने की कोशिश करना। साये की तरह उनके साथ रहना। उनके लिए अपनी जान से भी गुरेज़[5] न करना।"

ज़ैनब अपने जाँ-ब-लब[6] बाप की पट्टी पर रुख़सार टिकाए चार दिन से आँसू बहा रही थीं। उन्होंने उनका हर लफ़्ज़ दिलो-दिमाग़ पर मुनक़्क़श[7] कर लिया।

अली बिन अबी तालिब की तकलीफ़ बढ़ती गई। मगर दिमाग़ आख़िरी वक़्त

---

1. एकता, 2. अस्त्र, 3. प्रण, प्रतिज्ञा, 4. पदचिह्न, 5. बचना, 6. मरणासन्न, 7. अंकित।

तक बराबर नश्तर की तरह काम करता रहा।

"अपने नाना की उम्मत[1] के साथ बेवफ़ाई न करना, धोखा न देना। अपनी फ़लाह[2] के लिए उन्हें गुमराह न करना। अवाम मासूम हैं, मजबूर हैं। अगर कभी नादानी में या जान के डर से तुम्हारे साथ बेवफ़ाई करें तो माफ़ कर देना, बदज़न[3] न होना। उनके जिस्मों को नहीं, दिमाग़ों और दिलों को फ़तेह करने की कोशिश करना। तुमने देखा है, मुझे लोगों ने कितने दुःख दिए। यह दुःख, परेशानियाँ और आलाम[4] ही मैं तुम्हें विरसे में देकर जा रहा हूँ। यह दुःख बढ़ते ही जाएँगे। लोग दिन-ब-दिन मख़बूतुल-हवास[5] होते जा रहे हैं। आख़िरत[6] को भूलकर दुनिया की लालच बढ़ रही है। क़ूवते-फ़ैसला दिगरगूँ[7] है। हराम हलाल हो गया है। अक़्लमंद और दाना अपनी ख़ैर मना रहे हैं। ज़ालिम आपस में समझौता करके मासूमों की बेख़कनी[8] कर रहे हैं। आपस में फूट डालकर अपना काम बना रहे हैं। दीन के मीनार ढह रहे हैं। हिकमत[9] का पानी ख़ुश्क हो रहा है। बेवक़ूफ़ों की ज़बानें खुल रही हैं। अक़्लमंद दमबख़ुद हैं। शरपसंद[10] कर्ता-धर्ता बने बैठे हैं। हराम की रोटी ज़्यादा लज़ीज़ हो गई है। रिश्वत को तोहफ़ा कहा जाता है, शराब को अंगूर का रस। ऐसी सूरत में सिर्फ़ इत्तिहाद तुम्हें बचा सकता है। याद रखो, जो भेड़ अपने गल्ले से कट जाती है उसे भेड़िया खा जाता है।"

फिर बारी-बारी सबको प्यार किया, सीने से लगाया। तकलीफ़ बढ़ती गई, मगर ज़ब्त का दामन हाथ से न जाने दिया।

12 रमज़ानुलमुबारक 40वीं हिजरी को एक अज़ीम इंसान, एक बेमिस्ल मुबस्सिर[11] और फलसफ़ी, इस्लाम का क़द्दावर सुतून[12] अपने ख़ानदान और मद्दाहों[13] को रोता-सिसकता छोड़कर रुख़सत हुआ।

कि सबको अपने पैदा करने वाले की तरफ़ लौटकर जाना है।

तीसरा ग़म

हज़रत अली की शहादत के बाद इमाम हसन इब्ने अली सिर्फ़ छह मास ख़लीफ़ा रहे। अजब कशमकश में गिरफ़्तार थे। लोग गिरोहों में बँटकर ख़ून-खच्चर पर तुले हुए थे। इस्लाम के परख़चे उड़ने के आसार पैदा हो गए। उधर अमीर माविया ने

---

1. अनुयायी, 2. कल्याण, 3. दुर्भावनाग्रस्त, 4. कष्ट, 5. पागल, 6. परलोक, 7. अस्त-व्यस्त, 8. संहार, 9. चिंतन, 10. उपद्रवी, 11. अद्वितीय समीक्षक, 12. स्तंभ, 13. प्रशंसक।

एक लश्करे-जर्रार[1] लेकर चढ़ाई कर दी। ख़ून-ख़राबे से बचने के लिए इमाम हसन ने सुलह कर ली। वह लोगों के इसरार[2] से ख़िलाफ़त अपने हाथों में लेने के लिए तैयार हो गए थे। अब जो मुसलमान का ख़ून मुसलमान के हाथों बहने का वक़्त आया तो वह दस्तबरदार[3] हो गए।

न तो उनके पास इतनी फ़ौज थी, न उस फ़ौज पर भरोसा था। न उस फ़ौज का भार उठाने के लिए दौलत के अंबार थे। सामाने-जंग भी नाकाफ़ी था। अमीर माविया के ज़माने में इस्लाम की ज़ाहिरी सूरत इतनी नहीं बिगड़ी थी कि उनसे समझौता करने में ग़लती का अंदेशा होता। ऐब बेशक पैदा हो गए थे, मगर उन पर पर्दा पड़ा हुआ था। उन्हें सिर्फ़ अहले-नज़र ही पहचान सकते थे। यह सियासी बारीकियाँ अवाम तक पहुँचाने का कोई ज़रिया न था। चप्पे-चप्पे पर मतलबपरस्तों का क़ब्ज़ा था। मुख़ालिफ़ फ़ौज इतनी ज़बर्दस्त और ज़ालिम थी कि इमाम हसन की फ़ौज को बड़ी आसानी से काटकर फेंक देती। उनसे टक्कर लेना ख़ुदकुशी थी और उस क़त्लेआम की ज़िम्मेदारी इमाम हसन पर आती।

चंद शर्तों पर समझौता हो गया।

अव्वल यह कि इमाम हसन के तरफ़दारों को ईज़ा[4] न पहुँचाई जाए। उनसे हक़े-शहरियत[5] न छीना जाए। उन्हें आम इंसान की तरह ज़िंदगी का हक़ दिया जाए।

दोयम यह कि अमीर माविया अपने बाद इस्लाम की बुनियादी रस्म यानी आज़ाद इंतख़ाब[6] का मौक़ा दें। अपना वलीअहद[7] किसी को मुक़र्रर न करें।

और भी चंद शर्तें थीं, मगर अमीर माविया ने वक़्ती तौर पर सब मंज़ूर कर लीं। बाद में किसी पर अमल न किया। अली और उनके बेटे के तरफ़दारों को चुन-चुनकर ख़त्म किया जाने लगा। आगे चलकर आज़ाद चुनाव का सिलसिला भी ख़त्म कर दिया।

ख़िलाफल से दस्तबरदार होकर हसन इब्ने अली कूफ़ा में मदीना आ गए, क्योंकि वहाँ किसी की ज़िंदगी महफ़ूज़ न थी। हालाँकि अब हुकूमत से उन्हें कोई वास्ता न था, मगर अमीर माविया के दिल को खटका लगा था कि अगर हसन से पहले उन्हें मौत आ गई तो लोग फ़ौरन हसन को ख़लीफ़ा चुन लेंगे। फिर ख़िलाफ़त बनी उमैया के हाथों से निकलकर बनी हाशिम के हाथों में चली जाएगी और उनके प्यारे बेटे यज़ीद को तख़्तोताज न मिल पाएगा।

इस समझौते से इमाम हसन की मक़बूलियत[8] को बहुत सख़्त ठेस लगी और

1. भारी सेना, 2. आग्रह, 3. पीछे हट गए, 4. कष्ट, यातना, 5. नागरिकता का अधिकार, 6. चुनाव, 7. राजकुमार, 8. लोकप्रियता।

यह ख़तरा कम हो गया था कि हसन की पुकार पर लोग लब्बैक कहकर उनके गिर्द फिर से जमा हो जाएँगे। फिर भी वह अली ख़ैबर-शिकन के बेटे थे, रसूलुल्लाह के नवासे थे। उनका वजूद कोफ़्त का सामान बना हुआ था। अब भी लोगों की नज़रें उनकी तरफ़ उठती थीं, इसलिए वह उन्हें अपने रास्ते से हटा देना चाहते थे।

इमाम हसन की एक बीवी कूफ़ा की थीं, जिनका नाम था—जादा। अमीर माविया ने ख़ुफ़िया तौर पर उन्हें शीशे में उतार लिया। उनसे वादा किया कि अगर वह किसी तरह इमाम हसन को ख़त्म करने में कामयाब हो जाएँ तो वह उन्हें एक लाख दीनार देंगे और उनकी शादी अपने अज़ीज़ बेटे यज़ीद से कर देंगे।

यज़ीद के हुस्ने-मर्दाना के चर्चे थे। और फिर कौन ऐसी औरत होगी जो ख़लीफ़-ए-वक़्त की बहू बनने के ख़्वाब न देखती हो ! जादा उनके बहकावे में आसानी से आ गई। उसने खाने में ज़हर मिलाकर इमाम हसन को खिला दिया, क्योंकि वह उस पर बहुत भरोसा करते थे।

ज़हर इतना तेज़ था कि उसी वक़्त उनकी तबीयत बिगड़ने लगी। ख़ून की कै़ हुई और जिस्म नीला पड़ गया।

घर में कुहराम मच गया। सारा कुनबा जमा हो गया। उन्होंने छोटे भाई हुसैन को बुलाकर कहा, "यूँ तो मुझे कई बार ज़हर दिया गया, लेकिन इस बार बहुत क़ातिल ज़हर है। मेरा वक़्त आ गया है।"

"बताइए भाई, आपको किसने ज़हर दिया ? उसे सज़ा दी जाएगी।"

"जो होना था, हो गया। किसी को सज़ा देने के लिए सुबूत चाहिए और मेरे पास कोई सुबूत नहीं। यह क़ातिल तो मेरे असली क़ातिल का सिर्फ़ आलाकार है। असली क़ातिल तक हमारी पहुँच नहीं। इस बात को यहीं ख़त्म कर दो। ख़्वामख़्वाह बात बढ़ेगी। मेरे साथ तुम्हारी जान के भी लाले पड़ जाएँगे। मासूम गिरफ़्तार किए जाएँगे। गुनहगार साफ़ छूट जाएँगे। बस, अब तो मेरी यह आरज़ू है कि मुझे नानाजान के पास दफ़्न होने की साआदत[1] मिल जाए। तुम इजाज़त ले लो। अगर लोग मुख़ालिफ़त पर तुल जाएँ तो ख़ुदा के लिए मेरे वास्ते फ़साद न करना। हुसैन, हम गिरदाब[2] में फँसे हुए हैं। हमने ज़रा आवाज़ उठाई तो बेगुनाहों की गर्दनें मारी जाएँगी। मुझे जन्नत-उल-बक़ीअ[3] में दफ़्न कर देना, मगर फ़साद को सर न उठाने देना।" चार रोज़ तकलीफ़ सहते रहे। 28 माह सफ़र हिजरी 49 को इंतक़ाल किया। उस वक़्त उनकी उम्र 46 या 47 साल की थी।

वसीयत के मुताबिक हुसैन भाई को नानाजान के क़रीब दफ़्न करने ले चले। मगर मुख़ालिफ़त शुरू हो गई जिसका पहले ही ख़तरा था। मजबूरन उन्हें

1. सुअवसर, 2. भँवर, 3. एक स्थान का नाम।

जन्नत-उल-बक़ीअ में दफ़्न कर दिया।

रसूले-ख़ुदा को रहेलत फ़र्माए[1] मुश्किल से चालीस साल हुए होंगे। उनके नवासों को उनकी वसीयत के मुताबिक़ दफ़्न करने की मोहलत भी न मिली। मरहूम के ख़ानदान वालों ने उनकी दूसरी वसीयत के मुताबिक़ कोई ख़ून-ख़राबा न मंज़ूर किया और ख़ामोशी से यह ज़िल्लत[2] बर्दाश्त कर गए।

अमीर माविया को इत्मीनान हो गया। शाम में शादियाने बजने लगे। कुछ लोगों ने हसन के बाद हुसैन को अपना इमाम मुन्तख़िब किया और वह एक नए दौर की नई-नई सऊबतों[3] का जवाँमर्दी के साथ मुक़ाबला करने लगे। बड़े-बड़े रईस तो पहले ही कतराकर निकल जाते थे, अब आम इंसान भी उनके पास आते-जाते ख़ौफ़ खाने लगे। किसी को उनसे राह-ओ-रस्म बढ़ाने की हिम्मत न थी। चारों तरफ़ जासूस छूटे हुए थे। जो उनके आसपास नज़र आता, वही किसी न किसी नाकर्दा जुर्म[4] में धर लिया जाता। कूचा-कूचा सरकारी सिपाही घूमते फिरते। जिसे चाहते पकड़कर किसी अज़ाब[5] में फँसा देते। न उनकी दाद थी, न फ़रियाद। लोग दुबके हुए अपनी जानों की ख़ैर मना रहे थे।

जब ज़ुल्म इस क़दर ताक़त पकड़ जाता है तो अवाम पर एक अजब-सी मफ़लूजकुन वहशत[6]-सी बैठ जाती है। बेरहम ताक़त के आगे लोग सहम जाते हैं। हस्सास और ख़ुद्दार[7] दूसरे मुल्कों में जा के बस जाते हैं। गुमनाम और पोशीदा ज़िंदगी गुज़ारने लगते हैं वरना जान गँवाते हैं।

जब मुसलमानों का यह हाल था तो यहूदियों और ईसाइयों की हालत का क्या पूछना ! उनकी हक़तलफ़ी[8] खुलेबंदों इस्लाम का नाम लेकर की जाती। किसी भी कोर्ट-कचहरी में उनकी सुनवाई न होती। जागीरें ज़ब्त करके मुख़बिरों को अता हो जातीं। जो तर्के-वतन न कर सके वह चोरों की-सी ज़िंदगी गुज़ारने लगे। सर उठाकर चलने की भी हिम्मत न थी।

यहूदी और ईसाई इमाम हुसैन के पास अपना दुःख-दर्द लेकर आते। जितना भी हो सकता, वह उनकी मदद करते, तसल्ली-दिलासा दिला देते। यह बात दुश्मनों को सख़्त नागवार थी कि अब भी लोग उनसे अक़ीदत[9] ज़ाहिर करने की हिम्मत रखते थे। उन पर पाबंदी हुई तो रात की तारीकी में छिप-छिपकर आने लगे।

मुफ़सिदों[10] ने मशहूर करना शुरू किया कि हुसैन तो मुन्किर[11] हो गए हैं। ईसाइयों और यहूदियों से दाँत-काटी रोटी है। रातों को छिप-छिपकर उनसे मिलते

---

1. निधन हुए, 2. अपमान, 3. कष्ट, 4. वह जुर्म जो न किया गया हो, 5. संकट, मुसीबत, 6. अवयवों को सुन्न कर देने वाला भय, 7. भावुक तथा स्वाभिमानी, 8. अधिकार छीनना, 9. श्रद्धा, 10. उपद्रवी, 11. इस्लाम-विरोधी।

हैं और बरग़लाते हैं। हाकिमे-वक़्त और ख़लीफ़ा अलमुस्लिमीन की बेख़कनी के मंसूबे बनाते हैं। मगर हुसैन ख़ामोश रहे। वह ख़ूब जानते थे कि बड़े भाई के बाद अब उनकी बारी है। कोई मौक़ा नहीं देते थे। अपनी और अपने ख़ानदान की पूरी हिफ़ाज़त करते थे। गोशानशीन[1] हो गए थे। ज़्यादातर वक़्त मुताले में गुज़ारते थे और बच्चों की तालीम की तरफ़ मुतवज्जो थे। पूरा ख़ानदान एक बंद मज़बूत मुट्ठी की तरह जुड़ा हुआ था। अकेले बाहर नहीं निकलते थे। सब जत्था बनाकर आते-जाते थे। उनके बिहीख़्वाह[2] दूर-दूर से उनकी हिफ़ाज़त करते थे। किसी क़ातिल को क़रीब फटकने की हिम्मत न थी। खुले बंदों अमीर माविया उन पर वार करना नहीं चाहते थे कि लोगों के दिलों में अब भी उनकी वक़त थी। उन पर कोई शुब्हा क़ायम करने की गुंजाइश न थी। लोग पीठ पीछे अमीर माविया को हसन इब्ने अली का क़ातिल मानने से नहीं चूकते थे। अमीर माविया बड़े मार्के के सियासतदाँ थे। वह कच्ची गोलियाँ नहीं खेलते थे। हुसैन इब्ने अली का ख़ानदान एक मज़बूत क़बीले की तरह था जिसका हर फ़र्द चौकन्ना था। वह रोज़ सबको जमा करके हालाते-ज़मानाँ पर बहस-मुबाहसा करते। तंगी-तुर्शी भी थी। फ़ाके भी हो जाते, मगर पेशानी पर बल न आते। इसी तरह वक़्त गुज़रता गया। साल बीतते गए।

सराब[3]

अमीर माविया को अपने बेटे यज़ीद से अजीब किस्म का इश्क़ था। वह उनके बुढ़ापे के इश्क़ की निशानी था। उसकी माँ उनकी सबसे बड़ी कमज़ोरी थी। वह अचानक उनकी ज़िंदगी में दाख़िल हुई।

एक दिन वह कहीं सफ़र पर जा रहे थे। रास्ते में एक नख़लिस्तान में ख़ानाबदोशों का एक क़ाफ़िला नज़र आया। उस वक़्त अमीर बादशाह नहीं थे। मगर ख़ू-बू शाहों जैसी थी। बड़ा रंगीन मिज़ाज पाया था। कुछ उकताए हुए-से खेमे से बाहर निकले कि दिल पर एक बिजली-सी गिरी। सामने चंद कमसिन लड़कियाँ पानी में चुहलें कर रही थीं। उनमें एक लड़की बला की हसीन थी, नाज़ुक और कमसिन। देखते ही हज़ार जान से आशिक़ हो गए। मालूम हुआ कि वह क़बीले के सरदार की लाड़ली बेटी है। फ़ौरन उसे बुलाया और अपने पहलू में जगह दी। बातों-बातों में सौदा हो गया। अशर्फ़ियों की थैलियाँ उँडेल दीं। अमीर ने फ़ौरन उससे

1. एकांतवासी, 2. हितैषी, 3. मृगतृष्णा।

निकाह कर लिया।

उन्होंने उसके लिए एक निहायत ही आलीशान महल बनवाया। बीसियों कनीज़ें अपनी नई-नवेली दुल्हन की ख़िदमत पर मामूर कर दीं। दूर-दूर के मुल्कों से ज़र निगार मलबूसात[1], बेशबहा[2] जवाहरात मँगवाकर क़दमों पर डाल दिए। उस महल को ऐसा सजाया कि परिस्तान का शुब्हा होने लगा। उसके लिए हर रोज़ बाहर के मुल्कों से ऊँटों की डाक के ज़रिए फल और फूल आते। सोने और चाँदी के सजे हुए बर्तनों में अजीबोग़रीब खाने सजाए जाने लगे।

मगर वह अजीब लड़की थी।

ख़ामोश पत्थर की मूर्ति की तरह टकटकी लगाए न जाने ख़ला[3] में क्या ढूँढ़ा करती थी ! दूर उफ़ुक़[4] पर नज़रें जमाए ठंडी आहें भरा करती, तब उसकी ग़ज़ाली[5] आँखों से मोतियों की लड़ियाँ टूटने लगतीं। ज़र व जवाहर से उसे वहशत होती। अतलस और दीबा[6] के मलबूसात वह नोचकर फेंक देती। मुरग़्ग़न[7] खानों की क़ाबें[8] देखकर उसे उबकाई आने लगती।

एक दिन उसकी एक लौंडी ने उससे पूछा—"मेरी अच्छी मलिका ! तुम्हें क्या दुःख है ?"

वह चुप रही।

"शहज़ादी ! तुम्हें क्या चाहिए ?"

"कुछ नहीं।" उसने बेदिली से कहा।

"फिर आप उदास क्यों रहती हैं ?"

"पता नहीं।"

"यह आलीशान महल···"

"एक सुनहरा पिंजरा है।"

"यह मख़मल-ओ-कमख़्वाब के मलबूसात और ज़रो-जवाहर···"

"यह सुनहरी ज़ंजीरें हैं, जिनमें मैं जकड़ी हुई हूँ।"

"प्यारी शहज़ादी ! यह फल-फूल, जो दूर-दूर के मुल्कों से ख़ास आपकी ख़ातिर मँगवाए जाते हैं··· ।"

"इनसे ज़्यादा ख़ुशबूदार और मीठे मेरे जंगल के बेर होते थे। झाड़ियों में जब जूही की महकार फूटती थी तो हिरन मस्त हो जाते थे।"

"यह कुफ़राने नेमत[9] है, शहज़ादी ! यह बीसियों किस्म के खाने··· ।"

" मेरी माँ के हाथ की पकाई हुई ताज़ा रोटी और उस पर पनीर का टुकड़ा ज़्यादा

1. सोने के काम वाले वस्त्र, 2. बहुमूल्य, 3. शून्य, 4. क्षितिज, 5. हिरनी जैसी, 6. कपड़े के प्रकार, 7. घी में तर-बतर, 8. प्लेट, 9. नेमत को ठुकराना।

लज़ीज़ होता था। तुमने मेरी माँ के हाथ का बनाया पनीर कभी नहीं चखा···।

" मेरा यहाँ दम घुटता है। वह खुले मर्गज़ार[1], झिलमिलाते चश्मे, हरे-भरे जंगल, वह खजूर के झूमते-गाते ऊँचे पेड़···। "

"मलिका ! आपने वह फ़ानूस नहीं देखा जो कल ही आक़ा ने आपके ख़ासे हुजरे के लिए भेजा है।"

"वह कच्चे चमड़े का ख़ेमा ! अगर तेल या चर्बी मिल गई होगी तो उस वक़्त मेरी माँ ने दीया जला दिया होगा···वह शायद इस वक़्त मुझे याद कर रही हो।"

"मगर मलिका ! आक़ा तुम पर जान छिड़कते हैं। तुमसे कितना इश्क़ है !"

"तुम्हारे इस बूढ़े मुसटंडे आक़ा ने मुझे अशर्फ़ियों की थैली देकर ख़रीदा है। मगर मेरा दिल नहीं ख़रीदा जा सकता। मेरा दिल तो मेरे पास भी नहीं। वह तो मैंने पिछले बहार के मेले में उस सजीले नौजवान को दे दिया था जो क़बीले की शान और जान है। वह दुबला-पतला नशीली आँखों वाला जादूगर जब ऊद के तारों को छेड़ता है तो कुँवारियों के दिल गाने लगते हैं। होंठ फड़कने लगते हैं और रोम-रोम में रक़्स झूमने लगता है।"

"है-है मलिका, ख़ुदा ने तुमको सब कुछ दिया और···।"

"ख़ुदा ने मुझको सबसे सख़्त सज़ा दी है और कुछ नहीं दिया।"

उस लौंडी ने इनाम-ओ-अकराम की लालच में जाके सब अमीर माविया से जड़ दिया। उनका ख़ून खौल गया। बहुत ख़फ़ा हुए—"नामुराद, एहसानफ़रामोश, फ़क़ीरनी, मुझे मुसटंडा कहती है !" उन्हें जलाल आ गया। जी चाहा, इसी वक़्त उसकी गर्दन मरोड़ दें, मगर वह उनकी बीवी थी, महबूबा थी। उसे जीतने का अरमान था। उसका ख़ून बहाते कलेजा कटने लगा। जी पिघलकर आँखों के रास्ते बह निकला।

उन्होंने उसे वापस उसके माँ-बाप के पास भेज दिया कि जब तक तौबा नहीं करेगी, वहीं सड़ती रहेगी। उस वक़्त यज़ीद माँ के पेट में था।

वह वापस जाने के ख़याल से जी उठी। मगर जब वहाँ पहुँची तो नक़्शा बदल चुका था। उसका क़बीला वहाँ बड़ी शान से बसा हुआ था। पक्के मकान बन गए थे। उसका बाप वहाँ का हाकिम था। उसका शानदार महल था। उसकी अपनी फ़ौज थी, जिसकी मदद से वह आसपास के क़स्बों से तावान वसूल करता था। अब वह एक ताक़तवर और मुहज़्ज़ब लुटेरा था, जिसकी शाही दरबार तक पहुँच थी।

उसके भाई मुख़्तलिफ़ सूबों के हाकिम बना दिए गए थे। महल लौंडियों और

1. चरागाह, हरा-भरा मैदान।

ग़ुलामों से भरा पड़ा था। मुरग़्ग़न खानों और शराब की बू से उसका दिमाग़ उड़ गया। उसका वह हसीन और दिलनवाज़ महबूब[1], जिसके ऊद की झंकार पर दिलों के तार लरज़ा करते थे, औबाश और बदकार[2] हो गया था। उसके जिस्म पर चर्बी की लहें थीं और उसकी नशीली आँखें बदमस्ती से सुर्ख़ अंगारा रहने लगी थीं। वह फिर अपने बाप के महल की खिड़की में जा बैठी, जो उसने उसे बेचकर बनवाया था। दूर ख़ला में वह अपना खोया हुआ वतन ढूँढ़ती रही, जहाँ उसने बचपन से जवानी की सरहद में क़दम रखा था। जब यज़ीद पैदा हुआ तो उसकी बदनसीब कमसिन माँ ने दम तोड़ दिया और अपने ख़्वाबों की दुनिया में गुम हो गई।

अमीर को जब पता चला तो बहुत दुखी हुए। वह कमज़ोर मगर ख़ुदसर[3] लड़की जीत गई। वह हार गए। जब यज़ीद दो बरस का हो गया तो उन्होंने उसे अपने पास बुलवा लिया और बड़े प्यार से उसकी परवरिश करने लगे।

यज़ीद बहुत ख़ूबरू था। बेइंतहा तुनकमिज़ाज[4] और ख़ुदसर। अमीर माविया के बेजा लाड़-प्यार से वह बेलगाम और गुस्ताख़ हो गया था। अमीर बेटे के आशिक़ेज़ार थे। उसकी ज़रा-सी ख़्वाहिश पर दौलत पानी की तरह बहा देते।

साल में कुछ माह के लिए वह अपनी ननिहाल ज़रूर जाया करता था। वहाँ नौदौलतिये रिश्तेदारों ने अजीब-अजीब ऐयाशियाँ सिखा दीं। बड़ी छोटी-सी उम्र से वह हुस्न और इश्क़ के राग अलापने लगा। उसके शेर बदमस्ती और बेलगाम जवानी के अलमबरदार[5] थे। सैर-ओ-शिकार का रसिया था।

अमीर माविया के दिल में अब भी उस नौख़ेज़ कली[6] की याद महफ़ूज़ थी जिसे वह कभी न जीत सके, जो उनका सुनहरा पिंजरा तोड़कर फुर्र से उड़ गई। यह कोई नफ़सियाती[7] उलझन थी कि अमीर डरते थे, कहीं उनका बेटा भी माँ की तरह उनसे रूठ न जाए। इसलिए उसके क़दमों पर सारी दुनिया को झुका देना चाहते थे। उस बेटे के लिए उन्होंने जितनी भाग-दौड़ की, जितने जोड़-तोड़ किए, अगर ख़ुद अपने फ़रायज़ की ईमानदारी और इंसाफ़ से अदायगी करते तो आज उनका शुमार दुनिया के अज़ीम मेमारों[8] में होता और वह एक जलीलुलक़द्र[9] हस्ती माने जाते।

लोगों को पता था कि वह अपने बेटे से वालिहाना मुहब्बत करते थे। कुछ चापलूस मुसाहबीन ने बातों-बातों में राय दी कि अगर वह अपनी ज़िंदगी में यज़ीद को अपना वलीअहद मुक़र्रर कर जाएँ तो बाद में ख़ून-ख़राबे नहीं होंगे। यज़ीद की मुश्किलें आसान हो जाएँगी।

---

1. प्रेमी, 2. लंपट-व्यभिचारी, 3. उद्दंड, 4. चिड़चिड़े स्वभाव वाला, 5. प्रतिनिधि, 6. नई कली, 7. मनोवैज्ञानिक, 8. राष्ट्र-निर्माता, 9. सम्मानित व्यक्तित्व।

यह बात अमीर माविया को बहुत पसंद आई। उधर दोस्तों ने उकसाना शुरू किया कि हिसाब से तो यज़ीद का ही ऐसा वजूद है जो अमीर के बाद ख़िलाफ़त का बोझ सहार सकता है। अगर अमीर चाहें तो अपनी ताक़त और रौब को इस्तेमाल करके अपनी ज़िंदगी में इसका फ़ैसला कर सकते हैं। यज़ीद को क्यों इस राय से इख़्तलाफ़ होता ? उन्होंने फ़ौरन अपने वालिद पर ज़ोर डालना शुरू किया। अहले-शाम[1] को राज़ी करना क़तई दुश्वार न था। वह लोग तो पहले ही से मुतीअ[2] हो चुके थे। वह अमीर माविया को ख़ुदा का मुक़र्रर किया हुआ ख़लीफ़ा मानकर अपना दीन-ओ-ईमान उनके हवाले कर चुके थे। उनसे बैअत लेना कोई मुश्किल काम न था।

चुनाँचे बड़ी ज़बर्दस्त तैयारियाँ हुईं। एक जलस-ए-आम किया गया। सरबरावरदा[3] लोगों ने यज़ीद को वलीअहद बनाने की तजवीज़ ऐसे पेश की जैसे वह उनके दिमाग़ में ख़ुद-ब-ख़ुद पैदा हुई हो। उन्होंने कहा–"अमीर माविया बिन अबू सुफ़ियान ख़िदमते-ख़ल्क़े-ख़ुदा[4] में ऐसे ग़र्क़ हो गए हैं कि उन्हें इस्लाम के मुस्तक़्बिल[5] की भी कोई फ़िक्र नहीं। उनके बाद यह सारा इंतज़ाम, जो उन्होंने उस जाँफ़िशानी[6] से किया है, सब दरहम-बरहम हो जाएगा। ख़ून-ख़राबे होंगे। ग़रज़मंद अपने हक़ूक़[7] की कोशिश में लग जाएँगे। एक तूफ़ान फट पड़ेगा। जिसका ख़ामियाज़ा अरब क़ौम के मासूम और अमनपसंद लोगों को भुगतना पड़ेगा। इसलिए चाहिए कि अमीर अपनी ज़िंदगी में ही अपने होनहार और लायक़ बेटे को अपना जाँनशीन[8] मुक़र्रर कर दें, ताकि ख़्वाहमख़्वाह के झगड़ों का इमकान न रहे। अरब क़ौम और इस्लाम की बक़ा और बहबूदी[9] के लिए यह निहायत ज़रूरी है।"

पहले से ताईद करने वाले भी मुक़र्रर हो चुके थे। उन्होंने साथ-साथ यह भी तय किया कि शायद अमीर तकल्लुफ़ फ़र्माएँगे। लिहाज़ा उन्हें इस्लाम के नाम पर मजबूर किया जाए।

अमीर माविया फ़ौरन मजबूर हो गए। यही उनकी दानिस्त में इस्लामी जम्हूरियत का तक़ाज़ा था कि शहंशाहियत को मुस्तहकम[10] किया जाए। बस धड़ाधड़ बैअत ली जाने लगी। जिन्हें ज़रा भी एतराज़ था, उनके मुँह अशर्फ़ियों से बंद कर दिए गए। जो बख़ुशी राज़ी हो गए, वह इनाम-ओ-इकराम से नवाज़े गए। लोग उस वक़्त बजाय अमीर माविया से टक्कर लेने के उनसे समझौता करने में ज़्यादा आफ़ियत[11] महसूस करते थे। शाम से मुतमइन होकर अमीर माविया ने इस तहरीक[12] को आगे बढ़ाया। कूफ़ा में थोड़ी-सी मुख़ालिफ़त हुई, मगर लोग तरह-तरह

---

1. शाम-निवासी, 2. आज्ञाकारी, अनुयायी, 3. प्रतिष्ठित, 4. सृष्टि की सेवा, 5. भविष्य, 6. जी-तोड़ कोशिश, 7. अधिकार, 8. उत्तराधिकारी, 9. कल्याण, 10. सुदृढ़, 11. कुशल, 12. अभियान।

के झूठे इलज़ामों में घेरकर निहायत बेरहमी से कुचले गए। बाक़ी या तो रूपोश[1] हो गए या अमीर के हुक्म के आगे सर झुका दिया और यज़ीद की वलीअहदी को क़ुबूल कर लिया।

मदीना और मक्के की तरफ़ से अमीर को बड़ी तश्वीश[2] थी। मर्दान, जो उस वक़्त मदीने के हाकिम थे, इस ख़िदमत पर मामूर किए गए कि यज़ीद के लिए लोगों की रज़ामंदी हासिल करें। मर्दान ने जब यह तजवीज़ अवाम के सामने रखी तो उन्होंने खुली मुख़ालिफ़त न की। बस, टालमटोल से काम लिया। ख़ज़ाने का मुँह खोल दिया गया। कुछ लोगों ने इनामात ले लिए, मगर बाद में आपस में बातचीत करने के बाद वापस कर दिए।

लोगों को यह एतराज़ था कि यह बिदअत[3] है। आज तक किसी ख़लीफ़ा ने अपने बेटे को वलीअहद मुक़र्रर नहीं किया। यह इस्लाम के बुनियादी उसूलों की खुली नाफ़र्मानी है। शहंशाहियत[4] की रस्म है, जिसके ख़िलाफ़ इस्लाम ने आवाज़ उठाई थी और उसका ख़ात्मा करके जम्हूरियत[5] को क़ायम किया था।

यह सुनकर अमीर माविया ख़ामोश हो गए। वह खुलकर राय-आम्मा से टक्कर नहीं लेनां चाहते थे। वह जानते थे कि अरब क़ौम जज़्बाती है। ज़रा-से बहाने से ज़िद पर तुल जाएगी। अपनी ज़हानत और सियासी सूझ-बूझ पर उन्हें कामिल[6] भरोसा था।

सबसे बड़ा ख़तरा उन्हें हुसैन इब्ने-अली की तरफ़ से था। वह रसूले-ख़ुदा के नवासे थे और बज़ाते-ख़ुद एक बुर्दबार[7] और बलंद-मर्तबा मिसाली इंसान थे।

इमाम हसन की शहादत के बाद हुसैन इब्ने-अली तनेतनहा[8] अमीर माविया के रहमोकरम पर रह गए। अमीर बड़े होशियार पॉलिटीशियन थे। बड़े भाई के क़त्ल के बाद वह फ़ौरन ही हुसैन पर हमला नहीं करना चाहते थे। इस तरह बात बड़ी भोंड़ी और साफ़ हो जाती। वह होशियारी से बूँद-बूँद ज़हर देने के क़ायल थे।

उन्होंने बड़ी होशियारी से पहले तो अली बिन अबी तालिब की अज़ीम शख़्सियत के नक़ूश[9] अवाम के ज़ेहनों से मिटाने की कोशिश की। उन्हें शहीद करवाकर उनके जिस्मानी वजूद से तो पनाह मिल गई, लेकिन लोगों के दिलों पर अब भी वह छाए हुए थे। अब भी उनकी अज़्मत[10] के लोग कायल थे। अमीर माविया को अपनी शख़्सियत को मनवाने के लिए पहले अली की फ़ज़ीलत[11] को मिटाना था। चुनाँचे ताक़ीद कर दी कि ख़ुत्बे में अली का नाम न लिया जाए। उनके बजाय हज़रत उस्मान की आली सिफ़ात पर ज़्यादा तवज्जो दी जाए। यह इसलिए

1. भूमिगत, 2. चिंता, 3. धर्म में नई बात, 4. अधिनायक-तंत्र, 5. लोकतंत्र, 6. पूरा, 7. गंभीर, 8. बिलकुल अकेले, 9. चिह्न, 10. महानता, 11. श्रेष्ठता।

नहीं कि अमीर माविया को हज़रत उस्मान से कोई ख़ास अक़ीदत या उन्सियत[1] थी। अगर वह ख़ुद को अली के मुक़ाबले में पेश करते तो लोग उन्हें मतलबी और छिछोरा समझते और उनकी नीयत पर शुब्हा करने लगते। उन्होंने निहायत दानिशमंदाना तौर पर ऐसी हदीसें तैयार करवाईं जिनकी रू से हज़रत उस्मान की फ़ज़ीलत ज़ाहिर होती थी। अली के ज़िक्र को यक्सर ख़त्म कर दिया।

इस मौक़े पर लोगों ने नई-नई हदीसें गढ़कर लाखों कमा लिए और आगे क़दम बढ़ा तो अली को नज़रअंदाज़ करने के बजाय उनके ऐब बयान करने शुरू किए। साफ़ अल्फ़ाज़ में बुरा-भला कहने से भी न चूके। जिन लोगों ने इस रवैये पर एतराज़ किया, उनकी बुरी तरह ख़बर ली गई। इस तरह अली बिन अबी तालिब का किरदार वक़्ती तौर पर मुबहम[2] होने लगा।

मुल्कगीरी की हवस इंसान को दरिंदा बना देती है। ख़ुदा जाने क्या हो जाता है कि अपनी मंज़िल का फ़ैसला करके इंसान अंधाधुंध आगे बढ़ने लगता है। रास्ते में जो भी आए, उसे रौंद डालता है। दुनिया में जितने मज़ालिम हुकूमत और सल्तनत की लालच में अवाम पर ढाए गए हैं, उनका शुमार मुमकिन नहीं। उनके ख़याल से इंसानियत का सर नदामत[3] से झुक जाता है। जब ज़ुल्म अपने ऊरूज[4] पर आता है तो किसी में उससे टकराने की हिम्मत नहीं होती। कुछ सहलपसंदी आड़े आ जाती है। लोग ख़ामोश पिसते रहते हैं, पड़ोसी की गर्दन मारी जाती है, घर जलाया जाता है, मासूम लड़कियों की अबरुरेज़ी[5] होती है तो लोग सहमकर अपने घर का दरवाज़ा बंद करके दुबक जाते हैं कि शुक्र है, यह उन पर नहीं बीती। न वह कुछ देखने की हिम्मत रखते हैं, न सुनने की।

और ज़ालिम शेर हो जाता है, एक-एक क़दम इंतहा की तरफ़ बढ़ता जाता है। दिल आहिस्ता-आहिस्ता पत्थर हो जाता है। भयानकतरीन ज़ुल्म देखकर भी मुतास्सिर नहीं होता। उसे जायज़ बल्कि अपने मफ़ाद[6] के लिए ज़रूरी समझता है। अमीर माविया के ज़माने में ज़मान-ए-जाहिलियत[7] की भूली-बिसरी वहशियाना सज़ाएँ फिर से ज़िंदा हो गईं। इस्लाम ने जिन बातों और हरकतों की मज़म्मत[8] की थी, वह जायज़ हो गईं। ज़िंदा इंसान की खाल उतरवाकर कड़कड़ाते हुए तेल में झोंक देना, गुद्दी से ज़बान खिंचवा लेना, एक-एक अज़ू[9] अलग करके कई-कई दिन तड़पाकर मारना।

और यह मज़ालिम चौराहे पर सबके सामने किए जाते ताकि लोगों को इबरत[10] हो और दिल पत्थर हो जाएँ, लतीफ़ जज़्बात का गला घुट जाए, नफ़्सियाती[11] तौर

---

1. श्रद्धा या प्रेम, 2. संदिग्ध, 3. लज्जा, 4. चरम सीमा, 5. स्त्रीत्व-हरण, 6. हित, 7. इस्लाम-पूर्व युग, 8. निंदा, भर्त्सना, 9. अवयव, 10. शिक्षा, 11. मनोवैज्ञानिक।

पर बेहिरन[1] हो जाएँ, इतने ख़ौफ़ज़दा हो जाएँ कि सिर्फ़ जान बचाने के लिए ख़ुद वहशियाना हरकतों पर तैयार हो जाएँ। दिल ऐसे हो जाएँ कि बाप बेटे का मातम न करे, भाई भाई का गला काट दे, कठपुतलियों की तरह हुक्म माने।

कूफ़ा में अली के चाहने वाले बहुत थे, इसलिए सबसे ज़्यादा ज़ुल्म उन्हीं की जानों पर टूटे। उनमें सर उठाने की सकत न रही। बाहर निकलते ख़ौफ़ आता। लौंडी-ग़ुलाम के सामने खुलकर बात करते डरते कि कहीं जाकर मुख़बिरी न कर दें। मुख़बिरी का पेशा बेहद मक़बूल हो गया। झूठी-सच्ची हर इत्तला की क़ीमत मिलने लगी। मक़सद इंसानकुशी[2] था। झूठी गवाही पर ज़ुल्म होते देखकर लोग मसहूर[3]-से हो जाते थे। अक़्ल गुम हो जाती थी। ख़ुद अपने ऊपर भरोसा नहीं रह गया।

चुन-चुनकर ऐसे लोग मारे गए जो आलिम और फ़ाज़िल[4] थे, जिन्हें लोग मानते थे। उनके क़ौल और फ़ेल पर भरोसा करते थे, जिन्होंने जमीरफ़रोशी[5] से इनकार कर दिया था। ताकि लोग उनकी रहनुमाई से महरूम होकर भेड़-बकरी की तरह नाक़िस-उल-अक़्ल[6] रह जाएँ। बाशऊर मुदब्बिर[7] बड़े ख़तरनाक होते हैं। वह फ़ाशिस्त निज़ाम की अवाम के सामने पोल खोल देते हैं।

बड़ी हैरत की बात थी कि हुसैन इब्ने-अली का ख़ानदान अब तक इस आग के शोलों से दामन बचाए बैठा था। वह अज़हद मोहताज थे। मगर बेख़बर न थे। उनके पास आने-जाने वालों पर पहरा था। जो उनसे ज़्यादा मेलजोल बढ़ाता, वह अचानक ग़ायब हो जाता। हुसैन सब जानते हुए भी दमबख़ुद थे। लोग उनकी इस ख़ामोशी पर बेहिसी का ताना देते। वह सर झुकाकर सुन लेते।

रसूले-ख़ुदा की वफ़ात[8] के बाद उन्होंने बहुत कुछ देखा था। वह जानते थे, अक्सरियत[9] मज़लूम है। अक़लियत[10] के हाथ में तलवार है। उनसे बे-सोचे-समझे टक्कर लेना ख़ुदकुशी है। ताक़त अंधी है। अक्सरियत निहत्थी है। उन लोगों को ख़त्म करने का बहाना ढूँढ़ रही है जिनकी तरफ़ से ख़तरा है।

अमीर माविया तो दिल से चाहते थे कि हुसैन कोई ऐसी हरकत करें कि उनके पूरे ख़ानदान को मिटा देने का कोई बहाना मिल जाए। सर उठाएँ और सबको कुचल दिया जाए। हुसैन की इस ख़ामोशी से उन्हें बड़ी वहशत हो रही थी।

अमीर माविया ने बड़ी कोशिश की कि अबुलफ़ज़ल अब्बास को अपनी तरफ़ तोड़ लें। उन्हें पैग़ामात भिजवाए।

"क्या कोने में छिपे बैठे हो ? किसी सूबे की गवर्नरी सँभाल लो। इस्लाम की नाव मँझधार में है। आओ और पतवार सँभालो।"

---

1. विमूढ़, 2. नर-हत्या, 3. स्तब्ध, 4. विद्वान्, 5. अंतःकरण बेचना, 6. मूर्ख, 7. प्रबुद्ध राजनेता, 8. मृत्यु, 9. बहुमत, 10. अल्पमत।

मगर उन्होंने हुसैन का साथ छोड़ना मंज़ूर न किया।

अली अकबर की तारीफ़ों के पुल बाँधे गए। उनको सब्ज़बाग़ दिखाए गए। अगर वह बाप को छोड़कर अमीर माविया के कैंप में आ जाते तो पोज़ीशन बहुत मज़बूत हो जाती। अली अकबर, रसूल के हमशक्ल थे। कमसिन मगर इन्तहा से ज़्यादा बुर्दबार और जराँ[1] थे। उनकी शहसवारी और तलवार की काट की धूम थी।

"जो भेड़ अपने गल्ले से अलग हो गई, उसे भेड़िया खा जाएगा।" उन्हें अपने दादा के क़ौल पर यक़ीन था।

"इत्तिहाद तुम्हारा आख़िरी हथियार है।" उन्होंने यह भी कहा था। हुसैन ने अपनी औलाद को बहुत गहरी तालीम दी थी। दुनिया की कोई ताक़त उन्हें बहका न सकी। वह एक-दूसरे का हाथ छोड़ने पर राज़ी न हुए।

अमीर माविया पर यज़ीद की वलीअहदी का जनून सवार था। बड़े पैमाने पर प्रोपेगैंडा जारी था। यज़ीद को अपने हक़दार होने का यक़ीन था। बेशुमार दौलत उसके क़दमों में थी। निहायत हसीन और वजीह[2] था। उमदा कपड़ों का शौक़ीन। नए-नए बाँकपन ईजाद करता। शायरी में हुस्न-ओ-इश्क़ के ऐसे नक़्शे खींचता कि लोग मसहूर हो जाते। शिकार का बहुत शौक़ीन था। दर्जनों आला नस्ल के कुत्ते यूरोप से मँगवाए थे। शराब और औरत का रसिया था। उसके महल में हर ख़ित्त-ए-ज़मीन के हुस्न और रानाई का नमूना मौजूद था। अमीर ने बेटे का शौक़ देखकर दूर-दूर ममालिक से हुस्न के नमूने मँगाकर उसे बख़्शे थे।

यज़ीद के महल में जिंसी तमाशों के अजीबोग़रीब मुज़ाहिरे[3] हुआ करते। महल के बीचोबीच एक इतालवी संगमरमर का तालाब था जिसे तरह-तरह की शराबों से भर दिया जाता। फिर बरहना हसीनाएँ उसमें ग़ोते लगातीं, चुहलें करतीं। जाम भर-भरकर हाज़िरीन[4] की प्यास बुझातीं। शराब में नहाई हसीना की दिलफ़रेबी पर यज़ीद ने ऐसे शोलाफ़िशाँ अशआर[5] कहे कि सामईन[6] जोश से पागल हो गए।

अमीर माविया की कोशिशें जारी थीं। जब उस साल यज़ीद हज के लिए रवाना हुआ तो उन्होंने उसके साथ अशर्फ़ियों के तोड़े भी कर दिए ताकि वह लोगों को अपना ख़ैरख़्वाह बना सके। उसका बहुत ख़ातिरख़्वाह[7] असर हुआ और यज़ीद के बाँकपन और सख़ावत के घर-घर चर्चे होने लगे। हस्सास और बाशऊर[8] हैरतज़दा थे कि इस्लाम किन मदारिज[9] से गुज़र रहा है।

मगर वह तबका, जो अमीर की आँखों में काँटों की तरह खटकता था, फिर उनके आड़े आया। उन लोगों ने जब सख़ावत[10] की आड़ में छिपे हुए असली मक़सद

---

1. गंभीर और साहसी, 2. सुंदर, 3. प्रदर्शन, 4. दर्शक, 5. अग्निवर्णक पद, 6. श्रोता, 7. यथेष्ट, 8. भावुक और प्रबुद्ध, 9. अवस्था, 10. दानवीरता।

पर ग़ौर किया तो चेमीगोइयाँ शुरू हो गईं। लोग अशर्फ़ियाँ वापस फेंक गए कि—"हमारे ज़मीर बिकाऊ नहीं।"

अमीर माविया बहुत झुँझलाए, मगर वह फूँक-फूँककर क़दम रखने के कायल थे।

हिटलर ने अपनी किताब 'मायन कैंप' में लिखा है कि अगर पत्थर पर मुसलसल एक बूँद टपकती रहे तो एक वक़्त ऐसा आता है कि पत्थर में गड्ढा हो जाता है। एक बात ख़्वाह वह कितनी ही मोहमल[1] हो, बार-बार दोहराई जाए तो कान आदी हो जाते हैं। भोले-भाले दिल राम हो जाते हैं। झूठ और फ़रेब सबसे बड़ी सच्चाई बन जाते हैं। यज़ीद की मुहिम नाकाम भी न रही। एक बीज तो पड़ गया। अब उसकी सच्चाई का सवाल था। मर्दान ने एक अज़ीम-उश्शान जलसा मदीना में किया और मजमे[2] को मुख़ातिब करके कहा—"लोगो ! अमीर माविया अब बहुत ज़ईफ़ हो चुके हैं। वह चाहते हैं कि अपनी ज़िंदगी में किसी क़ाबिल और दानाँ शख़्स को अपना जाँनशीन[3] मुक़र्रर कर दें ताकि ख़ुदा और उसके नेक बंदों की आला पैमाने पर ख़िदमत हो सके। बैअत के लिए फ़िज़ूल वक़्त बर्बाद न हो। लोग हंगामों से बचे रहें। मतलबपरस्तों को सर उठाने का मौक़ा न मिले, अम्ने-आम्मा[4] ख़ून-ख़राबे का शिकार न हो। वलीअहदी[5] के लिए कोई लायक़तरीन ख़ुदातरस इंसान चुना जाए जो इंसाफ़पसंद ख़ुलफ़ा-ए-राशिदीन[6] के नक़्शेक़दम पर चलकर इस्लाम की अज़्मत[7] को दोबाला कर दे। ऐसा मिसाली इंसान इस वक़्त सिर्फ़ एक नज़र आता है। मेरा मतलब अमीर माविया के नेकनिहाद[8] फ़र्ज़ंदे-अर्जुमंद[9] यज़ीद बिन माविया से है। यक़ीनन तुम सब हमारे हमख़याल होगे।"

लोग 'हमख़याली' से इनकार करने वालों का हश्र देख चुके थे, इसलिए आँखें चुराए गुमसुम बैठे रहे।

मगर अब्दुर्रहमान बिन अबूबक्र ख़लीफ़ा-ए-अव्वल के फर्ज़ंद हज़रत आयशा उम्मुल मोमिनीन के बिरादर ख़ामोश न बैठ सके। उन्हें तैश आ गया। भन्नाकर बोले—"मर्दान ! ख़ुदारा[10] दोज़ख़ की आग से डर। तू परले दर्जे का झूठा है और तेरा आक़ा तुझसे भी चार हाथ आगे है। यज़ीद निहायत पाजी है। नाच-रंग, शराब-ओ-कबाब के सिवा उसे किसी शै से दिलचस्पी नहीं। कुफ्र-भरे अशआर कहता है और फ़ासिक़-ओ-फ़ाजिर[11] है।"

मर्दान ने कहा, "यह सब यज़ीद के दुश्मनों ने उसे ख़्वामख़्वाह बदनाम करने

---

1. बेकार, 2. भीड़, 3. उत्तराधिकारी, 4. जन-शांति, 5. युवराज होने का भाव, 6. पीर से दीक्षा लेने वाले ख़लीफ़ा, 7. महानता, 8. नेक, 9. सुपुत्र, 10. ख़ुदा के लिए, 11. व्यभिचारी।

के लिए बेपर की ख़बरें उड़ाई हैं। सरासर बोहतान[1]?"

"कमीने ! तू समझता है, मैं बोहतानतराश हूँ। मलऊन ! तेरी यह मजाल कि मेरी नीयत पर शक करे !"

यह कहकर उन्होंने मर्दान की टाँग पकड़कर मिम्बर पर से घसीट लिया।

"ऐ दुश्मने-इस्लाम ! तू इस मिम्बर पर बैठने के लायक़ नहीं।"

एक हंगामा खड़ा हो गया। अमीर के सिपाहियों ने अब्दुर्रहमान को चारों तरफ़ से नर्ग़े में ले लिया। तलवारें सूँतकर क़त्ल पर आमादा हो गए। उम्मुल मोमिनीन हज़रत आयशा को ख़बर पहुँची तो फ़ौरन आईं और मर्दान को ललकारा।

"ऐ मर्दूद, तू मेरे भाई पर हाथ उठाने की हिम्मत रखता है ! याद कर, रसूले-ख़ुदा ने बारहा तेरी सूरत पर लानत भेजी थी।"

हज़रत आयशा के अक़ीदतमंद हर चहारतरफ़ मौजूद थे। उनकी आँखों में ख़ून उतर आया। मर्दान दुबककर मिम्बर से उतर आया। फ़ौरन उसने एक क़ासिद के ज़रिए अमीर माविया के हुज़ूर में इस वाक़िये की इत्तला पहुँचाई कि "इराक़ और हिजाज़ के कुछ लोग यहाँ रोड़े अटका रहे हैं। मैंने मालूम किया है कि इन लोगों का हुसैन इब्ने-अली से बहुत मेलजोल है। यह लोग हमारे दुश्मन हैं। वक़्त आने पर धोखा देंगे।"

अमीर माविया को जिस बात का डर था, वही हुई। आले-रसूल का वजूद उनके लिए बहुत बड़ा ख़तरा था। मगर वह किसी तरह भी हुसैन को इस हंगामे से बाबस्ता न कर पाए। मगर वह जानते थे कि मदीना के लोगों की बाग़ियाना स्पिरिट उन्हीं के दम से है। जब तक वह ज़िंदा हैं, बग़ावत का जज़्बा ज़िंदा रहेगा। उन्होंने हुसैन को एक लंबा खत लिखा—'हुकूमत के ख़िलाफ़ हंगामों की एक ही वजह हो सकती है। वह यह कि तुम्हें वहम है कि ख़िलाफ़त के असली हक़दार तुम हो। मैं इन रेशा दवानियों का मतलब अच्छी तरह समझता हूँ। ख़ैरियत इसी में है कि इस ख़याले-ख़ाम को दिल से निकाल दो। हसन इब्ने-अली के अहद का तो पास करो। अगर मेरे उसूलों से इख़्तलाफ़ किया तो मुझसे भी किसी मुरव्वत की उम्मीद न रखना। मैं अपनी हिफ़ाज़त करना जानता हूँ। मुझे बेवकूफ़ बनाने की कोशिश की तो पछताओगे। इन बातों से कुछ न होगा। बेकार मुसलमानों में फूट पड़ेगी। लोग बहकाए में आकर ख़ून-ख़राबे पर तैयार हो जाएँगे। उम्मते-मुहम्मदिया[2] और दीने-इस्लाम के मफ़ाद[3] को नुक़सान पहुँचेगा। ख़ुद अपनी जान भी ख़तरे में डाल रहे हो। इसकी ज़िम्मेदारी मुझ पर आयद नहीं होती।'

---

1. झूठ, 2. हज़रत मुहम्मद साहब के अनुयायी, 3. हित।

हुसैन इब्ने-अली ने बड़े ग़ौर से ख़त को पढ़ा। अपने दोस्तों और रिश्तेदारों से मशविरा लिया। सबकी राय से जवाब मुरत्तब[1] किया गया—

' तुमने जो कुछ मेरे बारे में सुना है, वह तुम्हारे बीमार दिमाग़ की पैदावार मालूम होती है या शायद तुम्हारे दिल का चोर तुमसे ऐसी बेबुनियाद बातें कहलवा रहा है। मर्दान की तजवीज[2], जो ख़ुद तुम्हारी है, उसकी नाकामी का इलज़ाम तुम मुझ पर रखना चाहते हो। हालाँकि मेरा इससे दूर का भी वास्ता नहीं।

' तुम्हारा रवैया इंसानी ज़हन के लिए किसी तरह भी क़ाबिले-क़ुबूल नहीं। तुम समझते हो, अरब क़ौम तुम्हारे साथ है। हालाँकि तुम अच्छी तरह जानते हो कि तुम्हारी 'हरदिलअज़ीज़ी' वह कसीर[3] फ़ौज है जिसे तुमने बड़ी जाँफ़िशानी और ज़रपाशी[4] के बाद तैयार किया है। मगर तुम्हारा यह लश्कर इस बात की हर्गिज़ दलील नहीं कि तुम हक़ पर हो और तुम्हें अवाम का एतमाद हासिल है।

' तुम्हारे हाथ कैसे-कैसे बरगज़ीदा उल्मा[5] के ख़ून से आलूदा[6] हैं। जिसने भी तुम्हारी फ़िरऔनियत के ख़िलाफ़ आवाज़ उठाई, उसे तुमने सफ़्ह-ए-हस्ती[7] से नेस्तनाबूद कर दिया। तुमने अपनी सारी क़स्में तोड़ दीं, सारे वायदे भुला दिए और बेक़ुसूर इंसानों को हौलनाक सज़ाएँ देकर हलाक किया। हाथ-पैर काटकर उन्हें लोहे की सलाखों से अंधा किया। ख़ानदान के ख़ानदान शहीद करवा दिए।

' फिर भी ऐसे लोग मौजूद हैं और बड़ी तादाद में मौजूद हैं जो जिस्मानी मौत को रूहानी[8] मौत पर तरजीह देते हैं। तुम अपनी हवसे-मुल्कगीरी[9] को इस्लाम की बेहतरी का नक़ाब पहना रहे हो। ख़ुद तुमने जो उरूज़[10] हासिल किया है, आज़ाद राय को उसमें कोई दख़ल नहीं था। तुमने दौलत और सियासी जोड़-तोड़ के बलबूते पर ख़िलाफ़त हासिल की है और इस ख़िलाफ़त को अपनी जायज़ कमाई गरदान कर अपने बेटे को सौंपने के ख़्वाब देख रहे हो। तुम इस्लाम की हिमायत की डींगें मारते हो। हालाँकि तुमने इस्लाम की सूरत बिगाड़ने में कोई कसर नहीं उठा रखी।

' माविया ! ख़ुदा सब देख रहा है। अरब क़ौम भी अंधी नहीं। तुम सियासी चालों से अपने बेटे को, जो इंसान कहलाए जाने का भी हक़दार नहीं, अपना जाँनशीन बनाने पर तुले हो। इस्लाम की इतनी बड़ी तौहीन करते वक़्त तुम्हें ख़ौफ़ भी नहीं आता ! तुम बहुत ग़लत रास्ते पर जा रहे हो। तुम्हारी रोकथाम न करना और तुम्हें यूँ हर तरह की छूट देना इस्लाम से ग़द्दारी करना और गुनाहे-अज़ीम[11] है। '

---

1. तैयार, 2. प्रस्ताव, 3. बहुसंख्यक, 4. कठिन परिश्रम और धन व्यय करके, 5. प्रतिष्ठित विद्वान्, 6. रँगे हुए, 7. जीवन-पटल, 8. आध्यात्मिक, 9. दूसरे के देश को अपने अधीन करने की लालसा, 10. उन्नति, 11. बड़ा पाप।

यह ख़त पाकर माविया ग़ुस्से से पागल हो गए। अब इसके सिवा कोई चारा न रहा कि ख़ुद मदीने जाएँ। लोगों को ऊँच-नीच समझाएँ। ख़ास तौर पर हुसैन इब्ने-अली को किसी तौर से शीशे में उतारें कि वह उनके मुख़ालिफ़ीन के क़िब्ला-ओ-काबा[1] हैं। अगर वह क़ाबू में आ जाएँ तो फिर किसी को यज़ीद की वलीअहदी से इनकार न होगा। अमीर बड़े क़र्रोफ़र[2] से मदीने आए। बड़ी शानदार दावतें दीं, जिनमें मख़सूस असहाब को बुलावा दिया। बातों-बातों में किसी ने यज़ीद की वलीअहदी का ज़िक्र भी छेड़ दिया। फ़ौरन किसी ने यज़ीद की मदहख़्वानी[3] शुरू कर दी।

मुख़ालिफ़त की किसी ने न ज़रूरत महसूस की, न किसी को मुसीबत सर मोल लेने का शौक़ था। हुसैन इब्ने-अली ने सुनी-अनसुनी कर दी। न किसी को उनकी राय मालूम करने की हिम्मत हुई, न उन्होंने अपने मेज़बान को राय देना ज़रूरी समझा। बात टल गई।

मगर हुसैन एहतियातन मय अपने ख़ानदान के मक्का रवाना हो गए।

अब मैदान साफ़ था। हुसैन और उनके हमख़याल असहाब की मौजूदगी में तकल्लुफ़ हो रहा था। अब जो दावतें हुईं, ख़ूब खुलकर हुईं। जलसों में बड़ी तफ़सील[4] से यज़ीद की ख़ूबियों पर रोशनी डाली गई। साफ़-साफ़ कह दिया गया कि ख़लीफ़-ए-वक़्त जो कुछ कर रहे हैं, ख़ुदा और उसके रसूल के एहकामात[5] की पाबंदी है। यह क़तई फ़ैसला है। अगर यज़ीद की वलीअहदी से किसी से इनकार किया तो उसे दुश्मने-इस्लाम समझा जाएगा। ख़लीफ़-ए-वक़्त की मुख़ालिफ़त अल्लाह और रसूल के एहकामात की मुख़ालिफ़त होगी। इस्लाम की बहबूदी[6] की ख़ातिर उन्हें राहेरास्त[7] पर लाने के लिए सख़्त से सख़्त रवैया इख़्तियार किया जाएगा। वरना इस्लाम की ईंट से ईंट बज जाने का ख़तरा है। दीन की हिफ़ाज़त के लिए जो ख़ूँरेज़ी होगी, उसके ज़िम्मेदार वह लोग होंगे जो लालची और ख़ुदगरज़ हैं और अपने ज़ाती मफ़ाद[8] के लिए दुश्मनी पर तुले हुए हैं और ख़ुद को ख़िलाफ़त का हक़दार समझते हैं।

यही बातें जलसों में बार-बार इतनी दफ़ा दोहराई गईं कि भोले-भाले इंसान कुछ मुजरिम-से महसूस करने लगे। अपनी आक़ियत[9] तारीक नज़र आने लगी। मगर कुछ लोग अब भी ऐसे मौजूद थे जो अमीर माविया की घन-गरज से डर तो गए मगर दिल में और ज़्यादा बदज़न हो गए। यज़ीद की वलीअहदी के सवाल को टालकर खिसक गए। खुल्लमखुल्ला न मुख़ालिफ़त की, न बैअत की। अमीर उनकी इस

---

1. आदरणीय, 2. शान-शौक़त, 3. स्तुति, 4. विस्तार, 5. आदेश, 6. कल्याण, 7. सन्मार्ग, 8. व्यक्तिगत हित, 9. कुशल।

होशियारी पर ख़ून के-से घूँट पीकर रह गए।

वह अब्दुल्ला बिन अब्बास से बड़े तपाक से मिले, बड़ी मसलिहत से बातें कीं। अपने एहसानात याद दिलाए और समझाया कि हुसैन इब्ने-अली के चक्कर में क्यों पड़ते हैं ? आक़िबत बिगाड़ने से क्या फ़ायदा ? उनका अंजाम तो ज़ाहिर है। उनके वालिद अली इब्ने तालिब न जीत पाए तो उनकी क्या हक़ीक़त है ! मुझसे टकराए तो पाश-पाश हो जाएँगे। अब्दुल्ला बिन अब्बास ने ग़ौर से बातें सुनीं, फिर कहने लगे—"हुसैन अपने वालिद अली इब्ने-तालिब के सच्चे जाँनशीन हैं। अगर आज़माइश मंज़ूर है तो आज़ाद इन्तख़ाब[1] के उसूल को अमल में आने दो। मेरा ख़याल है, वही मुन्तख़िब होंगे और तुम्हारा बेटा नाकामयाब रहेगा। उसका हुसैन से क्या मुक़ाबला ? या अमीर, हुसैन को बेकार परेशान न करो। रसूले-ख़ुदा के वही तो एक क़रीबतरीन[2] अज़ीज़ रह गए हैं। अवाम उनकी बरतरी के दिल से कायल हैं और इस ओहदे को ख़ुशअसलूबी से सँभालेंगे। तुम्हारा लाउबाली[3] बेटा क्या खाकर उनसे मुक़ाबला करेगा ?"

इस खुली मगर हक़ीक़त पर मब्नी मुख़ालिफ़त पर अमीर माविया का ख़ून खौल उठा। मगर वह बड़े ज़बर्दस्त मुदब्बिर[4] थे। बड़ी नर्मी से बोले—"हो सकता है, आपकी राय में कुछ हक़ीक़त हो, मगर शाम में यज़ीद के बहुत चाहने वाले हैं। जो बारसूख़[5] हैं वह तो मेरी भी हुक्मउदूली पर तुल जाएँगे। अब तो वहाँ अकसरियत यज़ीद की वलीअहदी को मानती है। अगर हुसैन ने अपना हक़ जताने की कोशिश की तो हंगामे होंगे। वह सरफिरे ख़ून की नदियाँ बहा देंगे। तुम्हें अंदाज़ा नहीं कि यज़ीद को लोग कितना चाहते हैं। नौजवानों में तो उसे मुझसे भी ज़्यादा हरदिलअज़ीज़ी हासिल है। वह मनचले बहुत ताक़तवर हैं। मुक़ाबले पर उतर आए तो मुसलमान मुसलमान का ख़ून बहाने लगेगा।"

"ख़ून-ख़राबे से बहरसूरत बचना चाहिए।"

अब्दुल्ला बिन अब्बास आँखों से माज़ूर[6] गोशानशीन क़िस्म के इंसान थे। ख़ून-ख़राबे के तसव्वुर से कबीदाख़ातिर[7] हो गए। अमीर माविया ने उन्हें अपने लिए ख़तरनाक न पाकर यज़ीद की जाँनशीनी को तस्लीम करने पर ज़ोर न डाला। उनकी ख़ामोशी को ही ग़नीमत समझा।

अहले-मदीना बग़ैर किसी नाख़ुदा के तूफ़ानों के थपेड़े सहते रहे और मजबूरन जान छुड़ाने को अमीर माविया के आगे झुक गए।

मदीना में ख़ातिरख़्वाह कामयाबी हासिल करके उन्होंने मक्का का रुख किया।

---

1. चुनाव, 2. निकटतम, 3. बेफ़िक्र, 4. राजनीतिज्ञ, 5. मेलजोल वाले, 6. अंधे, 7. दुखी।

हुसैन इब्ने-अली और अब्दुर्रहमान बिन अबूबक्र को ख़िलअतें और तहाइफ़[1] भेजे जो उन्होंने शुक्रिया के साथ वापस कर दिए। अमीर माविया ने बड़े सब्र से इस गुस्ताख़ी को टाल दिया और उनसे बराहरास्त गुफ़्तगू की ख़्वाहिश ज़ाहिर की।

लोगों के कान उनकी तरफ़ लगे हुए थे। क्या बातें होंगी, क्या फ़ैसला होगा—क़यास आराइयाँ[2] हो रही थीं। हुसैन क्या तय करते हैं ? अगर समझौता हुआ तो किन शर्तों पर होगा ?

हुसैन इब्ने-अली को बुलावा पहुँचा तो सारे ख़ानदान में खलबली मच गई। सब गिर्द जमा हो गए। अकेले जाना मुनासिब है या नहीं ?

"मैं एक इंसान से मुलाक़ात करने जा रहा हूँ। किसी शेर या चीते की कछार में नहीं जा रहा हूँ।" उन्होंने ख़ास तौर पर अब्बास अबुलफ़ज़्ल को सुनाने के लिए कहा।

अब्बास ने बाप की वसीयत को कभी एक लम्हे के लिए फ़रामोश नहीं किया था। जब चार दिन तक ज़हर में बुझे हुए ख़ंजर के वार से कर्ब[3] में मुब्तिला होकर वफ़ात पाई थी तो उन्हें हुसैन के सुपुर्द किया था, मगर साथ ही हुसैन की हिफ़ाज़त करने की भी तल्क़ीन[4] की थी। अब्बास एक लासानी शहसवार और तलवार के धनी थे। ख़ुफ़िया तौर पर उन्होंने नौजवानों की एक जमाअत तैयार की थी। यह नौजवान अरब के बेहतरीन सिपाहियों में शुमार किए जाते थे। ख़ल्क़त उनका लोहा मानती थी। अब्बास के साथ उन बहादुर नौजवानों ने भी हुसैन की हिफ़ाज़त की क़सम खाई थी। हुसैन को इल्म भी न होता और यह सिपाही अब्बास की सरदारी में दूर ही दूर रहकर उनकी हिफ़ाज़त करते। जब भी हुसैन किसी काम से बाहर निकलते, थोड़े फ़ासले पर यह साथ-साथ चलते। मस्जिद में दाख़िल होते तो उनके आसपास सफ़ों में मौजूद रहते। मुसल्लह और चाक-ओ-चौबंद[5] ! इन्हीं लोगों के ख़ौफ़ से किसी को हुसैन पर अचानक हमला करने का मौक़ा न मिला। हुसैन को बहादुरों के इस दस्ते का कुछ थोड़ा-सा पता था। उन्होंने अब्बास से बाज़पुर्स[6] की मगर उन्होंने ख़ामोशी इख़्तियार कर ली। "बिरादर ! मैं किसी मुल्क़ का बादशाह नहीं जिसकी हिफ़ाज़त के लिए मुसल्लह दस्ते की ज़रूरत हो। मुझे डर भी किसका हो सकता है। सभी तो मेरे अपने हैं," हुसैन कहते। मगर अब्बास ने न कभी कोई दलील पेश की, न कोई हुज्जत की। एक यक़ीन था, जिस पर वह अमल करते थे।

हुसैन इब्ने-अली तन्हा अमीर माविया से मुलाक़ात को गए। बड़े तपाक से

1. सम्मानार्थ वस्त्र और उपहार, 2. अनुमान, 3. पीड़ा, 4. उपदेश, 5. सशस्त्र और चौकन्ने, 6. पूछताछ।

ख़ैरमक़दम[1] किया। इधर-उधर की बातें हुईं। फिर ख़ामोशी हाइल हो गई। बड़ी नर्मी से अमीर बोले—"अगर ठंडे दिल से सुनो तो कुछ कहना चाहता हूँ।"

"मैं बग़ौर सुन रहा हूँ।"

"इस्लामी ममालिक के मुअज़्ज़िज़ और सरबराह[2] लोग मुझ पर ज़ोर डाल रहे हैं कि यज़ीद की जाँनशीनी का सवाल तमाम मुसलमानों के सामने पेश करूँ। अब तक मैंने टाला, मगर अब दबाव की शिद्दत बढ़ती जा रही है। सब यज़ीद के शदीद मद्दाह[3] हैं। उनकी नज़रों में यज़ीद से बेहतर कोई नहीं।"

"और तुम्हारी नज़रों में ?" इमाम मुस्कराए।

"मजबूरन मुझे भी उनका हमख़याल होना पड़ रहा है। वल्लाह, मुझे भी यज़ीद से बेहतर कोई दिखाई नहीं देता।"

"तुम्हें अपने बेटे के सिवा अगर कोई नज़र नहीं आता तो यह तुम्हारी आँखों का फ़ितूर[4] है।"

अमीर माविया को ग़ुस्सा आने लगा, मगर ज़बर्दस्ती मुस्कराए। "तुम ही कहो, और कौन इस लायक़ है ?"

"मेरे कहने का क्यों इंतज़ार करते हो ? आज़ाद इंतख़ाब हो जाने दो। ख़ुद ही पता चल जाएगा कि तुम्हारे बेटे से बेहतर कोई है या नहीं ?"

"मैं समझ गया, तुम्हारा इशारा ख़ुद अपनी ज़ात की तरफ़ है।"

"अगर हो भी तो इसमें ऐसी अचंभे की कौन-सी बात है ! मुल्क़ और क़ौम की ख़िदमत की सलाहियत[5] मुझमें यज़ीद से ज़्यादा ही होगी। मगर तुम डरते क्यों हो ? अवाम का फ़ैसला मुनासिब ही होगा।"

"अवाम ज़ाहिल और अहमक़ हैं। वह सियासी बारीकियों को नहीं समझ सकते। मैं मानता हूँ, तुम बड़े मुन्तकी[6] और परहेज़गार हो। मगर इस्लाम इस वक़्त ऐसे दौर से गुज़र रहा है कि किसी अल्लाहवाले के बजाय बारौब, सख़्तगीर और हरदिल-अज़ीज़ क़ायद[7] की ज़रूरत है। जो अमूरे-सल्तनत[8] में महारत रखता हो। लोग जिसका हुक्म मानें। यज़ीद बहुत हरदिल-अज़ीज़ है और लोग उससे मरऊब भी हैं।"

"यानी वह एक जाबिर और क़ाहिर हुक्मरान[9] बन सकता है जिसके नाम से लोग लरजें। जिसकी हर नज़र उनकी मौत का पैग़ाम हो। जिसकी बेरहमी और फ़िरऔनियत[10] ज़र्बउलमिस्ल हो। बेशक अमीर, तुम और तुम्हारा बेटा इन सिफ़ात के हामिल हैं। तुम दोनों का रौब हैबत की हद तक पहुँच गया है। रही ज़माने की

---

1. स्वागत, 2. सम्मानित और अग्रगण्य, 3. प्रशंसक, 4. दोष, 5. सामर्थ्य, 6. पवित्र, 7. लोकप्रिय नेता, 8. राजकाज, 9. अत्याचारी और नृशंस शासक, 10. निर्दयता और अभिमान।

शिकायत और इस्लाम के नाज़ुक दौर से गुज़रने का सवाल तो यह सब तुम्हारा ही किया-धरा है।"

"यह इलज़ाम है।"

"अमीर, यह हक़ीक़त है। तुमने नए सिरे से इस्लाम में शहंशाहियत की बुनियाद डाली। इस्लामी इश्तराक[1] का गला घोंटा और अवाम पर ज़ालिम और ख़ूँख़्वार हाकिम मुसल्लत[2] किए। इस्लाम की सलामती की नहीं, तुम्हें इन हाकिमों की हिफ़ाज़त की फ़िक्र खाए जाती है। इसीलिए तुम्हें इतनी बड़ी फ़ौज रखनी पड़ती है वरना इन्हें अवाम पैरों तले रौंद डालें। हन हाकिमों की सलामती तुम्हारी अपनी सलामती है। तुम ईमानदार हक़परस्तों से डरते हो। अगर ख़िलाफ़त किसी नेकनिहाद, शरीफ़, ख़ुदातरस के हाथ में पहुँच गई तो यह हाकिम मनमानी न कर पाएँगे। इनके अफ़आल[3] का मुहासबा[4] होगा। मगर तुम और तुम्हारे हाकिम किसी क़िस्म के मुहासबे के लिए तैयार न होंगे !"

"या हुसैन ! कैसी बातें करते हो। मेरे तमाम मातहत इंतहाई ख़ुदातरस, मुंसिफ़ुलमिज़ाज और हलीम-उलू-तबा[5] हैं। ख़िदमते-ख़ल्क उनका वाहिद[6] मक़सदे-ज़िंदगी है।"

हुसैन संजीदा तबीयत के इंसान थे। बलंद आवाज़ से क़हक़हा लगाने की न ही उन्हें आदत थी, न ज़माने ने कभी इजाज़त दी। मगर इस वक़्त वह अपनी हँसी रोक न सके। बेसाख़्ता हँस पड़े।

"वल्लाह माविया, तुम बड़े ही दिलचस्प इंसान हो। तुमने अपने दरबार में इस क़दर मसख़रे भर लिए हैं कि उनकी सोहबत में तुम भी तमाशा बन गए हो। क्या वाक़ई तुम्हारा ईमान है कि तुम्हारे हाकिम ख़ुदातरस हैं ? या यह तुम्हारी लाइल्मी है ? बख़ुदा दोनों ही सूरतों में आम इंसान की बदनसीबी है। तुम्हें अपने हाकिमों की करतूतों की ख़बर नहीं। वह तुम्हारी आँखों में धूल झोंक रहे हैं या तुम उनकी पर्दापोशी पर तुले हुए हो। जो बात तश्ते अज़बाम[7] है, क्या तुमसे छिपी हुई है ? तुम इतने नादान हो तो ख़िलाफ़त के अहल[8] नहीं। जाओ, किसी नाबालिग़ बच्चे से पूछो, वो बता देगा कि तुम्हारे मातहत, जो तुम्हारे अज़ीज़-ओ-अक़ारिब[9] और दोस्त हैं, दुनिया के बदतरीन हाकिम हैं। बेकसों और मजबूरों का ख़ून निचोड़कर अपने महलों की बुनियादें उस्तवार[10] कर रहे हैं। नाच, रंग, शराब-ओ-कबाब उनका वाहिद मशग़ला है। यह तुम्हारे पापोश बरदार[11] तुम्हारे बेटे की बदकिरदारियों[12] के राज़दार हैं। उन्हीं के कंधों पर यह तुम्हारा ताजोतख़्त सजा हुआ है। उन्हीं

---

1. समानता, 2. लादना, 3. कर्म, 4. पूछ-गछ, 5. न्यायप्रिय और विनम्र स्वभाव, 6. एकमात्र, 7. प्रकट, 8. योग्य, 9. रिश्तेदार, 10. दृढ़, 11. जूते उठाने वाले, 12. अनाचार।

के बलबूते पर तुम फ़िरऔने-बेसामान[1] बने इस्लाम के उसूलों को पैरों तले रौंद रहे हो।"

अमीर माविया का चेहरा नीला पड़ गया। आँखों से चिंगारियाँ उड़ने लगीं। घुटे हुए गले से बोले—"तुम ख़लीफ़-ए-वक़्त अमीर उलमोमिनीन[2] की ज़ात पर हमला कर रहे हो। हुसैन इब्ने-अली ! तुम अपनी औक़ात भूल रहे हो।"

"मैं एक ऐसे शख़्स को अमीर उलमोमिनीन मानने से क़ासिर हूँ जो जानबूझकर इस्लाम को तबाही के रास्ते की तरफ़ ले जा रहा है। तुम इंतहाई ग़ैर-ज़िम्मेदार हो, और तुम्हारा बेटा तुमसे चार हाथ आगे है। उसकी बदकारियों के क़िस्से सुनकर तो लोग कानों में उँगलियाँ दे लेते हैं।"

"यज़ीद के बारे में तुम्हारे इतने वाहियात ख़यालात हैं !"

"मैंने जो कुछ कहा, वह सच है।"

"मगर वह तो तुम्हारी बहुत तारीफ़ करता है।"

"वह भी सच्चा है," हुसैन मुस्कराए।

अमीर चिढ़ गए। मगर नर्मी से बोले—"हुसैन, तुम तो कोई ग़ैर नहीं। अपने ही हो। यज़ीद तुम्हारा छोटा भाई है। तुम उसे बस नाम को ख़लीफ़ा बन जाने दो। सारी ताक़त तुम अपने हाथ में रखना। यजीद तुम्हारे हुक्म से सरताबी[3] न करेगा।"

"तो फिर यह नाम की ख़िलाफ़त तुम्हारे बेटे के किस काम की होगी ?"

"बस उसे ज़िद है।"

"अमीर, ख़िलाफ़त मिट्टी का खिलौना नहीं जो एक ज़िद्दी मचलते बच्चे को मनाने के लिए उसे थमा दी जाए।"

"तुम तो उलटी बहस करते हो। यज़ीद ख़लीफ़ा हो जाएगा तो तुम्हारा क्या हर्ज होगा ? असल ताक़त तो तुम्हारे हाथ में रहेगी। जो चाहो करना।"

"असल में तुम्हारा मतलब है, तुम्हारे बेटे के सर पर दस्ते-शफ़कत[4] फेरकर अवाम की आँखों में धूल झोंकने की ख़िदमात अंजाम दूँ। वह लोग जो मुझ पर भरोसा करते हैं, उसे मेरा बर्ख़ुरदार समझकर उसके ऐबों से चश्मपोशी करें बल्कि उसे सराहें। माविया, मैं इतना मकरूह झूठ कभी नहीं बोल सकूँगा।"

मारे ग़ुस्से के अमीर अंगारा हो गए। ऐसा मालूम होता था, सामने हुसैन नहीं उनके वालिद अली इब्ने-तालिब बैठे हैं और अमीर उनकी बलाग़त और फसाहत[5] के तूफ़ान में हाथ-पैर मार रहे हैं। उनकी दलीलों ने सारे ख़्वाब चकनाचूर कर

---

1. जिसके पास कुछ न हो, लेकिन फिर भी घमंडी हो, 2. मोमिनों के नेता, 3. अवज्ञा, 4. वरदहस्त, 5. वक्तृता।

दिए। वह बुरी तरह बरहम हो उठे—"हुसैन, ख़्वामख़्वाह ज़िद करके परेशान कर रहे हो।"

"तो फिर तुम यज़ीद की वलीअहदी का बेहूदा ख़याल दिल से निकाल दो। आज़ाद इंतख़ाब पर भरोसा रखो या मजलिसे शूरा[1] मुक़र्रर कर दो। उसकी राय पर सब कुछ छोड़ दो। वह जिसे चाहें तुम्हारा जाँनशीन मुक़र्रर कर दें। मगर एक शर्त है—मजलिसे-शूरा के मेम्बरान का इंतख़ाब ईमानदारी और इंसाफ़ की रू से हो। तुम्हारे पिट्ठू न भर दिए जाएँ। अवाम के नुमाइंदे हो।"

"और शाम और दूसरे ममालिक के बाअसर एहबाब[2] को क्या जवाब दूँ ? वह तो यज़ीद के लिए बैअत कर चुके। वह तो मेरा जीना दूभर कर देंगे।"

"नहीं, अगर वह हक़परस्त हैं तो सच्ची इस्लामी क़द्रों की वक़त करेंगे और तुम्हारे शुक्रगुज़ार होंगे कि तुमने उन्हें ज़मीरफ़रोशी से बचा लिया। वह हँसी-ख़ुशी कभी यज़ीद की हिमायत न करेंगे। सब उसकी नाज़ेबा[3] हरकतों से नालाँ[4] हैं। सिर्फ़ तुम्हारे ख़ौफ़ से ख़ामोश हो गए हैं।"

"हुसैन ! तुम इन बारीकियों को नहीं समझते। अर्से से गोशानशीन बन बैठे हो। तुम क्या जानो, हिकमते-अमली[5] किस चिड़िया का नाम है !"

"मैंने सुस्ती या काहिली की वजह से गोशानशीनी इख़्तियार नहीं की। तुम्हारी मसलिहतों का शिकार हूँ। मैंने अपना ज़्यादा वक़्त इन बारीक गुत्थियों के सुलझाने में गुज़ारा है। इन्हें तुमसे ज़्यादा समझता हूँ। रही हिकमते-अमली तो तुम्हारे इस फ़न को मैं गुनाह समझता हूँ। वह तमाम ऐब और बेउनवानियाँ[6], जो अवाम की हलाकत का बाइस[7] होती हैं, जिन्हें दूर करने के लिए इस्लाम ने कुफ़्र से टक्कर ली, तुमने हिकमते-अमली की आड़ में फिर से ज़िंदा कर दीं। तुमने कुफ़्फ़ार[8] का रहन-सहन अपना लिया। उनके पुराने दस्तूर, उनके समाज की घिनावनी पाबंदियाँ, उनका वहशियाना निज़ाम, जो पूरी इंसानियत को चंद ताक़तवर मतलबपरस्तों का ग़ुलाम बना देता है, उनके ज़ुल्म और ज़बर्दस्ती तुमने फिर से अपना लिए। जहाँ कल कुफ़्फ़ार जमा हुए थे, आज चंद ताक़तवर मुसलमान डटे हुए हैं। मुल्क की सारी दौलत, जो तिजारत के फ़रोग़ के लिए आज़ादाना घूमती थी, चंद हाकिमों के हाथों में कैद है। सोना-चाँदी, जो चीज़ों के तबादले के इस्तेमाल में आते थे, अब तुम्हारे महलों की सजावट में लगा दिए गए हैं। सारी दौलत चंद इंसानों की निजी मिल्कियत बन गई है। करोड़ों हाथ ख़ाली हो गए हैं। सनअत-ओ-हिरफ़त[9] का ख़ून हो रहा है। इल्म-ओ-फ़न का गला घुट रहा है। तुम अपने ऐश का सामान

---

1. परामर्श-समिति, 2. प्रभावशाली मित्र, 3. अशोभन, 4. त्रस्त, 5. नीति, 6. कुरीतियाँ, 7. वध का कारण, 8. काफ़िर का बहुवचन, 9. उद्योगधंधे।

बैरूनी ममालिक[1] से मँगाते हो। तुम्हारे कारीगरों के हाथ शल हो गए हैं। तिजारत ठंडी पड़ रही है। बेकारी मुल्क में दिन-ब-दिन बढ़ रही है। आम इंसान के मुँह का निवाला छिन रहा है। लोग तुम्हारी इस तर्ज़ेहुकूमत[2] से नालाँ हो चुके हैं। उनकी ज़बानें बंद करने के लिए तुम्हें ज़्यादा से ज़्यादा फ़ौज और हथियार जमा करने पड़ते हैं, जिसके लिए दौलत तुम उन्हीं से खींचते हो जिन्हें ये हथियार मौत के घाट उतारते हैं।"

अमीर माविया को अपने बेटे की हर अदा प्यारी थी। वह अपनी हसीन और आज़ादी की मतवाली माँ का ख़ून अपनी रगों में लाया था। तुंद मिज़ाज और ख़र्राच था। उन्हें उसकी हर अदा पर फ़ख़्र था। उसके कुत्ते भी आला नस्ल के थे और ताज़ा गोश्त के सिवा किसी चीज़ को मुँह न लगाते थे और इंसान सूखे टुकड़ों को तरस रहे थे।

उसका एक चहीता बंदर था जिसका नाम उसने 'अबुलक़ैस' रखा था। वह रोज़ मख़मल और कमख़्वाब के कपड़े पहनता था और ज़रनिगार गाड़ी में कूच-ओ-बाज़ार में सैर को निकला करता था।

मगर हुसैन इब्ने-अली ने यज़ीद की कुछ ऐसी मज़हका-ख़ेज़[3] तस्वीर खींची कि अमीर नराफ़रोख़्ता[4] हो गए।

"तुम बाल की खाल निकाल रहे हो," उन्होंने झल्लाकर कहा—"यज़ीद ख़ूबरू है। औरतें उस पर फ़िदा हैं। नौजवान और ज़िंदादिल है। एक शायर का दिल सीने में रखता है। उसे हुस्न से इश्क़ है। यह तो उसकी नेकदिली का सबूत है। अच्छे लिबास और ख़ुशबू का शौक़ तो सुन्नते-रसूलुल्लाह है।"

"यही तो इस दौर का अलमिया[5] है। इस्लाम और सुन्नते-रसूलुल्लाह को मस्ख़ करके अपनी गरज़ के लिए मकरूह मानी पहनाए जा रहे हैं। तुम्हारी इन दलीलों पर तुम्हारे दरबारी और पापोशबिरदार दादेतहसीन[6] देते होंगे। लेकिन साहबे-अक़्ल इन बातों को ख़ूब समझते हैं। अपनी आँखों से इस्लामी रवायात का ख़ून होते देख रहे हैं और दमबख़ुद हैं। मगर याद रखो अमीर, अरब क़ौम वक़्ती तौर पर कभी दम मारकर बैठ जाती है। खोटा सिक्का ज़्यादा दिन नहीं चलता। एक दिन सब्र का पैमाना छलक जाएगा। तुम्हारी सारी पेशबंदियाँ मफ़लूज हो जाएँगी। यह सोई हुई इंसानियत जाग उठेगी और तुम्हारे रेत के महल ढह जाएँगे। ख़्वाब परागंदा[7] हो जाएँगे।"

"मुझे धमकियाँ दे रहे हो ?"

---

1. विदेश, 2. शासन-प्रणाली, 3. हास्यास्पद, 4. उत्तेजित, 5. त्रासदी, 6. प्रशंसा, 7. स्वप्न-भंग।

"नहीं, सिर्फ़ तुम्हें आने वाले वक़्त से आगाह कर रहा हूँ। तुम्हारे पास ताक़त है, दौलत है। चाहो तो इन सलाहियतों को आम इंसान की बहबूदी पर सर्फ़ कर सकते हो। तुम अरब क़ौम को बामे-उरूज[1] पर पहुँचा सकते हो।"

"हुसैन, ख़ुदारा मुझसे झगड़ा न करो। मैं तुमसे सुलह चाहता हूँ। अच्छे ताल्लुक़ात चाहता हूँ। मैं दोस्ती का हाथ बढ़ा रहा हूँ। तुम हिक़ारत[2] से झटक रहे हो। मैं तुम्हारी हर माँग पूरी करने को तैयार हूँ। तुम अपनी शर्तें पेश करो, इंशाअल्लाह मेरी तरफ़ से कोताही न होगी।"

"बस, मेरी एक ही माँग है—अरब क़ौम को जीने का हक़ दो। अपनी फ़ौज के बलबूते नहीं, खुले मैदान में अपने बुलंद किरदार के बल पर। अपनी सदाक़त[3] और इंसाफ़पसंदी के सहारे। उन्हें कुचले बग़ैर उनके दिलों को जीत लो। यह शहंशाहियत ख़त्म करके जम्हूरी निज़ाम क़ायम करो। जितना तुम और तुम्हारा बेटा ख़र्च करते हैं, उतना ही हर इंसान को लेने दो। नालायक़ और नाअहल हाकिमों को माज़ूल[4] करो। मुल्क़ की दौलत अवाम की भलाई और बहबूदी के लिए सर्फ़ होने दो। जैसा कि रसूलुल्लाह और दूसरे ख़लीफ़ा-ए-राशिदीन के ज़माने में होता था। तब अरब क़ौम सारी दुनिया पर छाई हुई थी।"

माविया चिढ़ गए—"तुम्हें दुनिया का ग़म क्यों खाए जाता है ? हुसैन, मुल्कगीरी की हवस दिल से निकाल दो। मुझे पर फ़तह न पा सकोगे। मेरे सब्र का ज़्यादा इम्तहान न लो। दोस्ती से बढ़ाए हाथ पर अंगारे न डालो। फिर बाद में मुझे इलज़ाम न देना कि मैंने मुरव्वत न बरती। वल्लाह, मैं कितना बर्दाश्त कर रहा हूँ। मैंने ख़िलअत भेजी, तुमने मारे ग़ुरूर के वापस कर दी। यह मेरी सख़ावत और दरियादिली का जवाब है ?"

"अमीर, दुनिया का ग़म मेरे नाना रसूलुल्लाह का ग़म था। यह ग़म उन्होंने मुझे विर्से में दिया है। मेरे नाना की उम्मत के दुःख-दर्द मेरे दुःख-दर्द हैं। मैं अपने विर्से से कैसे मुँह मोड़ सकता हूँ ? मैं तुम्हारी दरियादिली और सख़ावत की निशानी की ख़िलअत क्या करूँगा ? यह ख़िलअत मेरी क़ौम की बरहनगी[5] की पर्दापोशी नहीं कर सकती। ज़रा आँखें खोलकर देखो अमीर, सड़क पर चलने वाला राहगीर किस हाल में है ? उसका लिबास पैवंद से दाग़दार है। पैर जूते से महरूम हैं। सुना है, तुम्हारा चहीता बेटा एक लिबास को दोबारा नहीं पहनता। अमीर, तुमने अरब क़ौम की औरतों के सर से रिदाएँ[6] नोच लीं और अपने महलों की रक़्क़ासाओं[7] और क़हबाओं[8] को अतलस व कमख़्वाब पहनाते हो।"

1. उन्नति का शिखर, 2. घृणा, 3. सच्चाई, 4. अपदस्थ, 5. नग्नता, 6. चादरें, 7. नर्तकी, 8. वेश्या।

"बस, तुम मेरी शानो-शौक़त को देखकर जलते हो।" अमीर ने चोट की। हुसैन मुस्करा दिए।

"मामला इसके बरअक्स[1] है। तुम मेरी तिहीदस्ती[2] से जलते हो, बल्कि डरते हो। अपनी लंबी-चौड़ी फ़ौज़ और संगीन क़िलों के बावजूद तुम मुझ फ़क़ीर से डरते हो, क्योंकि ख़ुदा ने मुझे क़नाअत[3] की दौलत बख़्शी है, जिसके मुक़ाबले में तुम्हारे सारे ज़रो-जवाहर माँद हैं। तुम्हारी शानो-शौक़त खोखली है। बख़ुदा तुम मुझसे मेरी रियासत नहीं छीन सकते, न ही उसे ख़रीद सकते हो। इसलिए तुम दस्ते-सवाल[4] फैलाने पर मजबूर हो। मगर यह मेरा विर्सा है। यह बेचा नहीं जा सकता। जैसे मेरी रगों में दौड़ने वाला ख़ून नहीं बेचा जा सकता। न उसे मुस्तआर दे सकता हूँ कि यह विर्सा मेरी मिल्कियत नहीं, मेरी क़ौम की अमानत है।"

इतना कहकर हुसैन इब्ने-अली उठ खड़े हुए।

हक़ीक़त

हुसैन इब्ने-अली अमीर माविया से मुलाक़ात करके बाहर निकले तो एक तवील साया उनके क़दमों पर पड़ा।

"अब्बास !" उन्होंने इत्मीनान की साँस ली और छोटे भाई के मज़बूत शाने का सहारा लिया। अब्बास ने अपने बुज़ुर्ग भाई के हाथ का बोझ कुछ ज़्यादा महसूस किया और फ़ख़्र से उनका सर बुलंद हो गया।

दोनों अपने-अपने ख़यालात में ग़र्क़ ख़ामोश चलते रहे। उनसे थोड़े फ़ासले पर कुछ और क़दम भी चल रहे थे। बज़ाहिर बेताल्लुक़, अनजान राहगीरों की तरह। हुसैन जानते थे, वह अब्बास के दोस्त हैं, जो हर जगह उनकी हिफ़ाज़त के लिए सरबकफ़[5] तैयार रहते हैं। मगर उन्होंने जानबूझकर कुछ न पूछा। उन्हें ख़ुद अमीर माविया पर भरोसा न था।

घर पहुँचे तो मालूम हुआ कि सब जाग रहे हैं। गोद के बच्चे भी नहीं सोए। माँएँ बेकल हों तो बच्चों को क़रार कहाँ !

इमाम को देखते ही सब उनके गिर्द जमा हो गए। बच्चे गोद में बैठ गए। नौजवान दो ज़ानू[6] अदब से हो बैठे। थोड़ी देर ख़ामोशी रही। जैसे छतनार दरख़्त के साये में सब सुस्ता रहे हों।

---

1. विपरीत, 2. ख़ाली हाथ होना, दरिद्रता, 3. संतोष, 4. भीख का हाथ, 5. सिर हथेली पर लिए, 6. घुटने मोड़कर।

हुसैन इब्ने-अली ने अपने ख़ानदान के बच्चों को अपने नाना और वालिद की तरह हमेशा बड़ी इज़्ज़त और प्यार से देखा। कभी फ़िक्रमंद होते तो बच्चों से यह कभी न कहते कि जाओ बच्चो, खेलो। बल्कि हर अहम मौक़े पर बुज़ुर्गों और नौजवानों के साथ बच्चों को भी अहम गुफ़्तगू में शरीक करते। नाम-बनाम सबको बुलाते। बिला कामोकास्त[1] सब कुछ तफ़सील से समझाते।

बच्चों को बुज़ुर्ग बुरी ख़बर सुनाते डरते हैं। झूठ बोल देते हैं—अम्मा हस्पताल गई हैं, अब्बा दौरे पर गए हैं। हुसैन ने बच्चों को बराबर अपने दुःख-दर्द में शरीक करना ज़रूरी समझा। उनकी राय को अहमियत देते। आले-रसूल[2] का बच्चा-बच्चा जानता था कि पूरा ख़ानदान हर लम्हा ख़तरे में है। फूँक-फूँककर क़दम रखना है। अगर दुश्मन का वश चल गया तो बड़े सितम टूटेंगे, तरह-तरह के दुःख सहने पड़ेंगे। गर्दनें भी कटेंगी।

दो सूरतें हो सकती हैं। डर से वक़ार[3] खोकर बुज़दिलों की मौत मरें या इमाम की क़यादत[4] में पूरी शान और वक़ार से जानें दें। उन्हें यह भी मालूम था, दुनिया के किसी कोने में भी जा छिपें, उनका पीछा नहीं छूटेगा। हर तरह की ज़िल्लत और ख़्वारी[5] सहनी पड़ेगी। मौत बच्चों के लिए एक ऐसी हक़ीक़त थी जो किसी वक़्त भी आ सकती थी। सवाल था, किस तरह इज़्ज़त से मौत को लब्बैक कहें और हक़ की ख़ातिर जान दें कि यही ऐनेशहादत[6] होगी ?

इमाम ने तफ़सील से अपने और अमीर के दरमियान होने वाली बातचीत सुनाई। सब ग़ौर से सुनते रहे, सवाल करते रहे। न कोई ख़ौफ़ से बेहाल हुआ, न किसी बच्चे ने सहमकर माँ के पहलू में मुँह छिपाया। यह सब आला तरबियत का फ़ैज़ था। बच्चे अपनी उम्र से पहले समझदार हो गए थे।

लड़के आपस में बातें किया करते कि किस शान से वह हुसैन इब्ने-अली पर से जानें क़ुर्बान करेंगे। उन पर आँच न आने देंगे। क़त्ल होंगे मगर सरनिगूँ[7] न होंगे।

लड़कियाँ जानती थीं, सरो से चादरें छीनी जाएँगी। सरे-बाज़ार रुसवा[8] होंगी कि यही इनके मुक़द्दर में लिखा है। सब कुछ जानते हुए भी कोई भी हिरासाँ[9] और बदहवास होने का आदी न था। मौत एक हक़ीक़त है। उससे क्या डरना ? मगर एहतियात लाज़िमी है। उन्हें अपने जद्दे-अमजद[10] अली इब्ने-तालिब की वसीयत भी मालूम थी कि सिर्फ़ इत्तिहाद ही उन्हें ज़िल्लत और गुमनामी की मौत से बचा सकता है। अपने इमाम के साये में उनके एहकाम पर अमल करें तो उनका अंजाम बख़ैर होगा। वह उनके रिश्तेदार ही नहीं, पेशवा भी थे। बचपन से वह उन्हें आज़माते आए

---

1. बिना काट-छाँट के, 2. रसूलुल्लाह की संतान, 3. प्रतिष्ठा, 4. नेतृत्व, 5. अपमान-लांछना, 6. वास्तव में शहीद होने का भाव, 7. नतमस्तक, 8. अपमानित, 9. भयभीत, 10. दादा।

थे। कभी उनके क़ौल और फ़ेल में इख़्तलाफ़[1] न पाया। उनकी गोद में परवान चढ़कर उनका ही अक्स बन रहे थे। उनकी नफ़रत-ओ-मोहब्बत, उनका शऊर और इल्म बच्चों में सरायत कर रहा[2] था।

अपने और पराए बच्चे में तफ़रीक़[3] न थी। हुसैन के बच्चे अपनी माँ से ज़्यादा फूफी से मानूस थे। क़ासिम इब्ने-हुसैन चचा को ही बाप समझते थे। अब्बास पर सब बच्चे जान छिड़कते थे। फ़र्द[4] से-अफ़ज़ल[5] कुन्बा था। तन्हा आना-जाना छोड़ दिया था। गिरोहों में निकलते थे। एक-दूसरे पर नज़र रखते थे।

अमीर माविया ने हुसैन से बातचीत के बाद यह अंदाज़ा लगा लिया कि वह उनके क़ाबू में आने वाला नहीं। हुसैन मुँहतोड़ जवाब देकर चले गए। मदीना में काम बन गया था मगर मक्का में दाल गलती नज़र न आई। सबकी नज़रें हुसैन पर लगी थीं। अमीर ने लोगों के तेवर देखकर उस वक़्त यज़ीद की वलीअहदी पर बैअत लेने का ख़याल छोड़ दिया। फिर हमवार ज़मीन देखकर सवाल उठाया जाएगा। मक्का वाले बड़े ख़ुद्दार[6] और बात पर अड़ जाने वाले हैं। उनसे ज़िद, ज़बर्दस्ती न चलेगी। अगर मक्का वाले बिगड़ बैठे तो दूसरे इलाक़ों को भी शह मिल जाएगी।

15 रजब, हिजरी 40 में अमर माविया बिन अबू सुफ़ियान मुसलसल बीमारियों से थककर वफ़ात पा गए। उस वक़्त उनका प्यारा बेटा भी मौजूद नहीं था। वह अपनी ननिहाल शिकार खेलने गया हुआ था।

मरते वक़्त अमीर माविया बड़े बेचैन थे और ज़ारो-क़तार रो रहे थे। जो मज़ालिम लोगों पर ढाए थे उनकी याद से निहायत पशेमाँ और लर्ज़ां थे। बार-बार कहते—"यह मैंने अच्छा नहीं किया।"

यज़ीद को ख़बर हुई तो हैरान-ओ-परेशान भागा हुआ आया, मगर इतने चाहने वाले बाप का आख़िरी दीदार भी नसीब न हुआ, न कंधा देने की सआदत[7] पाई। क़ब्र पर जाकर ज़ारोक़तार रोया। फिर लोगों को मुख़ातिब करके कहा—"ऐ शामियो ! हम हक़ पर हैं। ख़ुदा हमारा मददगार है। ख़ैरोबरकत हमेशा हमारे साथ रहेगी। हम इंसाफ़पसंद हैं मगर शरपसंद नहीं फ़र्माते। इस्लाम के दुश्मनों की सरकोबी[8] में हम कोताही न करेंगे। मुल्क से ग़द्दारी करने वाले को हम सख़्त सज़ा देंगे।"

शाम के रऊसा और हाकिम अपने ख़लीफ़ा से यह सुनकर उसके हुज़ूर में झुक गए और अपनी वफ़ादारी का यक़ीन दिलाया।

"बेशक हमें तुम्हारी वफ़ादारी पर भरोसा है। मेरे वालिद बुज़ुर्गवार भी तुम

---

1. अंतर, विरोध, 2. व्याप्त था, 3. भेदभाव, 4. व्यक्ति, 5. श्रेयस्कर, 6. स्वाभिमानी, 7. अवसर, 8. सिर कुचलना।

लोगों की क़द्रोक़ीमत जानते थे। मैं उन्हीं के नक़्शेक़दम पर चलूँगा। मेरे वालिद एक अज़ीम पेशवा और इंसाफ़पसंद पेशवा थे। एक बहादुर और ख़ुशबयान क़ायद[1] थे।"

न जाने कौन भीड़ में से बोला, "झूठ, सरासर झूठ, तू और तेरा बाप दोनों लानती !"

यह बेहूदा कलमात सुनकर लोग बिगड़ खड़े हुए। बोलने वाले की बहुत तलाश की मगर कुछ पता न चला। खुदा जाने, कहाँ जान बचाकर ग़ायब हो गया।

फिर यज़ीद के रिश्तेदारों और मुसाहिंबीन[2] ने जी भर के मुबारकबाद और दुआएँ दीं। उसके बाद निहायत शानदार ज़लसे हुए। यज़ीद ने जी खोलकर इनाम-इक़राम से नवाज़ा। फिर उनमें से क़ाबिलतरीन नुमाइंदों को चुनकर मुल्क के कोने-कोने में लोगों से बैअत लेने के लिए रवाना कर दिया।

यज़ीद के ज़्यादातर दुश्मन अमीर माविया ने ख़त्म कर दिए थे। सिर्फ़ चार अहसाब की तरफ़ से ख़तरा था।

अव्वल, हुसैन इब्ने-अली।

दूसरे, अब्दुल्ला बिन उमर, ख़लीफ़ा दोयम उमर फ़ारुक़ के बेटे।

तीसरे, अब्दुल्ला बिन ज़ुबैर।

चौथे, अब्दुर्रहमान, ख़लीफ़ा अव्वल हज़रत अबूबक्र के बेटे।

यज़ीद अमीर माविया की तरह बड़ा सियासतदाँ न था और न इतना साबिर और हिकमते-अमली में यक़ीन रखने का आदी था। वह अपनी मुख़ालिफ़त का एक लम्हा भी बर्दाश्त न कर सकता था।

इसलिए फ़ौरन हाकिमे-मदीना को हुक्म दिया कि उन लोगों से ज़बर्दस्ती बैअत ली जाए। ख़ास तौर पर हुसैन इब्ने-अली से कि वह उनके सरग़ना हैं। उन पर ज़्यादा ज़ोर डाला जाए। अगर यह सब सीधी तरह राहे-रास्त पर न आएँ तो उनके सर काटकर हुज़ूर में पेश किए जाएँ। और मदद के लिए फ़ौज भेजी जाएगी ताकि मुकम्मल तौर पर फ़ितना व फ़साद की बेख़कनी[3] की जा सके।

यह हुक्म मिलते ही हाकिमे-मदीना ने इमाम हुसैन इब्ने-अली और अब्दुल्ला बिन ज़ुबैर को बुला भेजा। ये दोनों उस वक़्त मस्जिद में थे।

"तुम चलो, हम अभी आते हैं।" यह कहकर उन्होंने हाकिम के सिपाही को टाला।

"यह रात के वक़्त हमें क्यों तलब किया गया है ?" अब्दुल्ला बिन ज़ुबैर ने पूछा।

---

1. नेता, 2. सेवक, 3. नाश, उन्मूलन।

"मालूम होता है, अमीर माविया का इंतक़ाल हो चुका है। अभी ख़बर आम नहीं हुई है। यज़ीद की ख़्वाहिश होगी कि अमीर की मौत की ख़बर फैलने से पहले पैर जमा लिए जाएँ। शायद बैअत लेने के लिए बुलाया है।"

"फिर क्या इरादा है ?"

"मैं हरगिज़ बैअत नहीं करूँगा। अमीर ने मेरे भाई के साथ अहद शिकनी की। किसी ख़लीफ़ा को अपना जाँनशीन ख़ुद मुन्तख़िब करने का कोई हक़ नहीं। यह इस्लामी उसूल की तौहीन है।"

"यह ज़बर्दस्ती की बैअत हराम और गुनाह है।"

इस तरह बातें करते दोनों अपने-अपने घर पहुँचे। अब्दुल्ला बिन ज़ुबैर तो चुपके से ग़ायब हो गए और हुसैन इब्ने-अली ने घर पहुँचकर हस्बेआदत अपने पूरे कुन्बे को जमा किया। उनके सामने हाकिमे-शहर वलीद के बुलावे का मसला पेश हुआ।

अज़ीज़-ओ-अक़ारब[1] बरअफ़रोख़्ता[2] हो गए। क़ासिम बिन हसन ने तलवार खींच ली। अली अकबर भी उठ खड़े हुए। अब्बास की पेशानी पर बल पड़ गए।

"आप उस नाबकार[3] हाकिम के यहाँ नहीं जाएँगे।" सबने एक ज़बान होकर राय दी। औन और मुहम्मद को भी जलाल आ गया। वह भागे हुए अपनी माँ ज़ैनब बिन्ते-अली के पास पहुँचे।

"जल्दी हमारे नमीचे[4] इनायत कीजिए। मामूजान को हाकिमे-मदीना ने तलब किया है। इस गुस्ताख़ी पर आज हम ख़ून के दरिया बहा देंगे। आज भी अगर हम अपने मामूजान के काम न आए तो फिर इस ज़िंदगी का मसरफ़ क्या है ?"

बच्चों की ज़बानी यह ख़बर सुनकर ज़ैनब का रंग ज़र्द हो गया। दिल में एक टीस-सी उठी और ज़ारोक़तार रोने लगीं। आख़िर वह बुरी घड़ी आ ही गई जिसका दिल को धड़का लगा हुआ था। ठंडी साँस भरी और कलेजा थामकर बोलीं— "हाकिमे-मदीना की नीयत में फ़ितूर है। वह भाई का दुश्मन है। आख़िर उन्होंने कौन-सा जुर्म किया है ? कौन-सा गुनाह सरज़द हो गया ? लोगो ! ज़रा मेरे भाई को तो बुलाओ। आख़िर मालूम भी तो हो कि क्या बात है जो लोग इतने परेशान हो रहे हैं। अगर वह अकेले गए तो मैं हश्र कर दूँगी। अगर उनका बाल भी बाँका हुआ तो अपनी जान दे दूँगी। अगर ख़तरा है तो सब मुसल्लह होकर जाएँ। कहो, मुझे भी साथ ले जाएँ।"

इतने में हुसैन तशरीफ़ ले आए। उनका मुँह देखकर बहन बेइख़्तियार रोने लगीं।

---

1. रिश्तेदार, 2. उत्तेजित, 3. नालायक़, नीच, 4. छोटी तलवार।

"अरे ज़ैनब, रोती क्यों हो ? हाकिम ने बुलाया है। मगर किसी की मजाल नहीं जो इब्ने-अली पर हाथ उठाए। मैं कुसूरवार भी नहीं।"

"मेरा जी डर रहा है।"

"वल्लाह फ़िक्र की कोई बात नहीं। हम अकेले नहीं जाएँगे।"

चलते-चलते ज़ैनब ने अब्बास को बुलाकर ताकीद कर दी—"देखो, भाई को दम-भर के लिए अकेले न छोड़ना। जब वलीद से बात करें तो शाने से शाना मिलाए खड़े रहना। उस मरदूद के क़ौल और फ़ेल का कोई भरोसा नहीं। जाओ, तुम्हें अल्लाह को सौंपा।"

बहन को समझा-बुझाकर हुसैन तैयार हुए। चालीस असहाब और अज़ीज़ों को साथ लिया और हाकिमे-मदीना के घर की तरफ़ रवाना हो गए।

उधर मदीना के हाकिम का अजीब हाल था। यज़ीद का ख़त देखकर पैरों तले से ज़मीन निकल गई। दिल में सोचा, बादशाह निरा अहमक़ है। मैं फ़ातिमा के लाल पर क्योंकर हाथ उठाऊँगा ? रसूलुल्लाह के नवासे को किस दिल से शहीद करूँगा ? और फिर समझ में नहीं आता, उन पर कौन-सा जुर्म आयद करूँ ? न उन्हें ख़िलाफ़त की हवस, न हुकूमत का दावा। तलबी तो लाज़िमी है। अगर ज़रा भी कोताही हो गई तो ख़ुद अपने भाई-भतीजे ताक में बैठे हैं कि मौक़ा मिले तो किसी इलज़ाम में धर लें और जाकर दरबार में शिकायत कर दें।

हुसैन जब हाकिम के दर पर पहुँचे तो साथियों से कहा—"तुम यहीं ठहरो, मेरे साथ चलने की कोई ज़रूरत नहीं।"

सब तो ख़ामोश हो गए मगर अब्बास बज़िद हो गए—"आक़ा ! मुझे साथ ले चलिए। बहन का यही हुक्म है कि मैं एक लम्हे के लिए भी आपका साथ न छोड़ूँ। आप अकेले गए तो मारे फ़िक्र के हम लोग बेहाल हो जाएँगे।"

"नहीं, अब्बास ! हम तन्हा जाएँगे। तुम बाहर होशियार रहो। कुछ न होगा।"

वलीद कमज़ोर तबीयत के थे। उनकी निगरानी के लिए मरवान को तैनात कर दिया गया था कि वलीद की तरफ़ से ज़रा भी कोताही हो तो रिपोर्ट करें। अजीब ज़माना था। हर ओहदेदार पर जासूसों का पहरा था। ख़लीफ़ा को किसी पर पूरी तरह भरोसा न था।

वलीद ने बड़ी इज़्ज़त से हुसैन को ख़ुशआमदीद[1] कहा और यज़ीद का ख़त पेश किया। हुसैन ने अमीर माविया की वफ़ात पर इज़हारे-अफ़सोस और पुर्सा दिया[2]।

"फिर आपकी तरफ़ से क्या जवाब है ?" वलीद ने हिचकिचाते हुए पूछा।

---

1. स्वागत, 2. कुशल-मंगल पूछी।

"किस बात का जवाब तलब करते हो ?"

"ख़लीफ़ा पर बैअत करने का। शायद आपने पूरा ख़त नहीं पढ़ा।"

"मैंने पूरा ख़त पढ़ा। तुम्हें मेरा जवाब मालूम है। मैं जान दे सकता हूँ, झूठी बैअत नहीं कर सकता। ज़माने की गर्दिश ने बेबस कर दिया है। मगर मेरी कुछ ज़िम्मेदारियाँ हैं, कुछ फ़रायज़ हैं। अवाम मुझ पर भरोसा करते हैं। मेरी राय की क़द्र करते हैं। मैं यज़ीद को ख़िलाफ़त का अहल नहीं समझता। जिस शख़्स की बदकारियों के चर्चे हैं, दुनिया उससे नालाँ है, मैं उसे अपना आक़ा कैसे मान सकता हूँ ? बैअत के लिए यक़ीन और भरोसे की ज़रूरत होती है। मुझे यज़ीद पर भरोसा नहीं।"

"सोच लीजिए।"

"मैं बरसों से सोच रहा हूँ। मुझे यह हक़ हासिल है कि मैं बैअत करूँ या न करूँ। अगर अक्सरियत[1] यज़ीद के साथ दिल से है तो हमारी बैअत के बग़ैर भी वह हुकूमत कर सकते हैं। हमें ज़मीर-फ़रोशी की ज़रूरत नहीं।"

यह कहकर इमाम उठ खड़े हुए।

मरवान ने वलीद से कहा—"तुमने शायद पूरा ख़त नहीं पढ़ा, वलीद ! फिर से ज़रा ग़ौर से पढ़ो।"

"यह तुमने कैसे समझा ?"

"क्योंकि तुमने ख़त के आख़िरी हिस्से का ज़िक्र ही नहीं किया, जो बहुत अहम है। यह देखो, ज़रा आँखें खोलकर देखो, लिखा है—अगर हुसैन इब्ने-अली बैअत से इनकार करें तो उनका सर क़लम करके हमारे सामने पेश किया जाए।"

"मलऊन[2] ! तेरी यह मजाल कि मुझे क़त्ल की धमकी दे।"

इमाम की ऊँची आवाज़ सुनते ही मुसल्लह[3] साथी, जो कान लगाए दरवाज़े पर खड़े थे, तलवारें खींचकर अंदर आ गए। उस वक़्त वलीद और मरवान सिर्फ़ दो थे। इधर चालीस जवाँ मर्द ग़ुस्से में बिफरे हुए थे। बड़ी मुश्किल से हुसैन ने उन्हें ठंडा किया।

"नहीं, यह शराफ़त और जवाँमर्दी के ख़िलाफ़ है। बहादुर निहत्थों पर वार नहीं करते।"

"या हुसैन, गुस्ताख़ी माफ़ ! इन शाही टुकड़ों पर पलने वाले कुत्तों को ख़त्म कर देना ही दुरुस्त है।"

मगर इमाम सबको समझा-बुझाकर ले आए। उनके जाने के बाद मरवान से कहा—"तुम निरे अहमक़ हो वलीद, तुमने इतना नादिर मौक़ा खो दिया। हुसैन बड़ी

---

1. बहुमत, 2. दुष्टात्मा, 3. सशस्त्र।

आसानी से क़त्ल किए जा सकते थे। वह और उनके साथी भी। बस, तुम्हारे हुक्म की देर थी। सबका सफ़ाया हो जाता। क़िस्सा ख़त्म होता।"

"मैं हुसैन के ख़ून से हाथ रँगना नहीं चाहता।" वलीद ने जवाब दिया।

"तुम्हें अपने ख़लीफ़ा की ख़ुशनूदी[1] की रत्ती-भर परवाह नहीं।"

"नहीं, हुसैन को क़त्ल करके मैं ख़ुशनूदी हासिल नहीं करना चाहता। आख़िर एक दिन मरना है, ख़ुदा को मुँह दिखाना है।"

"क्या फ़िज़ूल बकते हो ! वलीद, जीने की बातें करो। तुम्हारी इन हरकतों की ख़लीफ़ा को ख़बर होगी तो जानते हो, क्या होगा ?"

वलीद एकदम लरज़कर बैठ गए, पसीने छूटने लगे। उन्हें मालूम था, ख़लीफ़ा को सिर्फ़ जानवरों के शिकार का ही शौक़ न था। इंसानों को इंतहाई क़र्ब[2] की हालत में तड़पाकर मारने को भी एक फ़न की हदों तक पहुँचा दिया था।

जब ऐशो-इशरत से इंसान थक जाता है तो उसे नए-नए हंगामे चाहिए। नग़्मा-ओ-रक़्स[3] के बजाय अज़ियतज़दह[4] इंसान की चीख़ों और रक़्से-बिस्मिल[5] में लुत्फ़ आने लगता है।

ज़रा मुँह का मज़ा भी बदल जाता है।

बुलावा

जब यह ख़बर कूफ़ा पहुँची कि अमीर माविया का इंतक़ाल हो गया और उनका ज़ालिम बेटा तख़्त पर बैठ गया तो लोगों के हवास गुम हो गए। लेकिन यह ख़बर सुनकर कि हुसैन इब्ने-अली ने बैअत से इनकार कर दिया है, उनके चेहरे खिल उठे। टूटी हुई आस फिर से जी उठी।

गो अली इब्ने-तालिब के परिस्तारों को कुचल दिया गया था, मगर अब भी ऐसे लोग मौजूद थे जो दर-पर्दा उम्मीद लगाए बैठे थे कि कोई रास्ता निकल आएगा। उनके जीने के सामान हो जाएँगे।

पोशीदा तौर पर सब मुसलमान बिन सरर के मकान पर जमा हुए और यह तै किया कि अगर इस वक़्त मिलकर सबके सब हुसैन की पैरवी करें, उन्हें कूफ़ा बुलाकर अपना ख़लीफ़ा मान लें तो सारी मुश्किलें आसान हो जाएँगी। लिहाज़ा सबकी राय से एक पैग़ाम लिखा गया, जिसमें हुसैन से दरख़्वास्त की गई कि वह

---

1. प्रसन्नता, 2. यातना, 3. गीत और नृत्य, 4. यातनाग्रस्त, 5. अधमरे प्राणी का ज़मीन पर तड़पना।

कूफ़ा आ जाएँ। लिखा था–'हमारे सर पर कोई इमाम नहीं। आप तशरीफ़ लाकर हम बदनसीबों को सहारा दीजिए। अगर आप आ गए तो हम पूरी तरह अपनी वफ़ादारी का सबूत देंगे। आपके वास्ते जानें क़ुर्बान कर देंगे। हम मौजूदा हाकिम को निकाल बाहर करेंगे। ख़ुदारा जल्दी पहुँचिए वरना इस्लाम का नामोनिशान मिट जाएगा और इस तबाही-ओ-बर्बादी के ज़िम्मेदार आप होंगे, क्योंकि आप रसूले-ख़ुदा के नवासे हैं और उनकी उम्मत पर बुरा वक़्त आन पड़ा है। आपके सिवा हमें इस वक़्त अपना कोई हमदर्द नज़र नहीं आता। जल्द से जल्द तशरीफ़ लाइए कि हम आपके मुन्तज़िर हैं।'

यह ख़त हुसैन इब्ने-अली के नाम भेजा गया, जिस पर तमाम मुअज़्ज़िज़ अशख़ास[1] के दस्तख़त थे। इसके बाद लोगों का ताँता लग गया और लोग अर्ज़ियों पर अर्ज़ियाँ भेजने लगे।

हुसैन ने इन ख़तों को बग़ौर पढ़ा और सोच में पड़ गए। यह बात तो साफ़ ज़ाहिर हो गई थी कि अब मक्का में रहना मुमकिन नहीं। दुश्मन उन्हें चारों तरफ़ से घेरकर वार करने के मंसूबे बना रहा है। कहीं तो जाना ही होगा।

मगर कूफ़ा रवाना होने से पहले किसी मोतबर शख़्स को भेजकर असलियत का पता लगाया जाए। यह ख़त कहीं किसी क़िस्म की चाल तो नहीं ? कोई धोखा तो नहीं ?

लिहाज़ा उन्होंने अपने चचाज़ाद भाई मुस्लिम बिन अक़ील को बुलाया।

"मुस्लिम ! तुम कूफ़ा जाकर हालात का मुताला[2] करो। हम इतने में तैयारी करते हैं। तुम्हारा जवाब अगर इत्मीनानबख़्श[3] हुआ तो हम फ़ौरन रवाना हो जाएँगे।"

मुस्लिम बिन अक़ील उसी दिन रवाना हो गए। उनके दो छोटे बच्चे औन और इब्राहीम कूफ़ा में अपनी ननिहाल गए हुए थे। सोचा, उनसे भी मुलाक़ात हो जाएगी। अगर हालात मुवाफ़िक़ नहीं तो उन्हें भी वापस ले आएँगे। औन और इब्राहीम आठ और नौ बरस की उम्र के थे। अपनी ननिहाल में तालीम हासिल कर रहे थे।

सफ़र लंबा भी था और दुश्वार भी। मुस्लिम बिन अक़ील के साथ दो राहनुमा भी थे जो रेगिस्तान को बख़ूबी जानते-पहचानते थे। यकायक जुनूब की तरफ़ से मटियाले बादल उमड़ने शुरू हुए।

"मुस्लिम बिन अक़ील ! हम मुसीबत में घिरने वाले हैं।" एक साथी ने कहा।

"यह बादल कैसे हैं ?"

---

1. सम्मानित व्यक्तियों, 2. अध्ययन, 3. संतोषजनक।

"यह बादल नहीं, यह बादे-समूम वह रेत का तूफ़ान है जिसे 'ख़मसीन' कहते हैं। मौत का पैग़ंबर है।"

"यहाँ से कोई नख़लिस्तान क़रीब नहीं ?" ख़मसीन का नाम सुनकर मुस्लिम बिन अक़ील का रंग ज़र्द हो गया।

"मगर हम पहुँच नहीं सकते। तूफ़ान बड़ी शिद्दत से हमारी तरफ़ बढ़ रहा है। आध घंटे में हम घिर जाएँगे और ख़त्म हो जाएँगे।"

"अब क्या करना चाहिए ?"

"कुछ नहीं, सिर्फ़ इतना कर सकते हैं कि तेज़ी से तूफ़ान की तरफ़ बढ़ें और उसको पार करने की कोशिश करें। हम इससे भागकर नहीं जा सकते। वह हमें जा लेगा और चश्मज़दन में दबोच लेगा।"

"लेकिन तूफ़ान की तरफ़ बढ़ना भी तो मौत के मुँह में जाना है।"

"बस यही एक तरीक़ा है। अकसर लोग बच गए हैं। शायद हममें से कोई बच जाए। हम तूफ़ान को चीरते हुए गुज़र जाएँ। उसके पार सुकून होगा।"

तीनों ने ऊँट तेज़ी से उमड़े हुए तूफ़ान की तरफ़ बढ़ा दिए। तूफ़ान से टकराकर वह पाश-पाश हो गए। जिस्म के कपड़े तक ग़ायब हो गए। पिसी हुई आग के थपेड़ों ने उन्हें पटख़ना शुरू किया। ऊँट बेक़ाबू हो गए। रेत के भारी-भारी तोदे रुई के गालों की तरह उड़ने लगे। जहाँ ऊँचे टीले थे वहाँ गड्ढे और ग़ार बन गए। जहाँ नशेब था वहाँ ऊँचे पहाड़ बन गए। उन्होंने दोनों हाथों से आँखें बचाईं। चारों तरफ़ अँधेरा था। अमामों के ढाटे से कोई बचाव न मिल सका। रेत मुँह, नाक और कानों में भर गई। हलक चटख़ने लगे। फेफड़े फटने लगे।

जब उन्हें होश आया तो रेत में आधे दफ़न थे। तूफ़ान आगे निकल चुका था। चारों तरफ़ क़ब्र का सन्नाटा तारी था। चाँद की धुँधली रोशनी में उन्होंने देखा, उनके चारों तरफ़ कुछ लोग बैठे हैं, कुछ खड़े हैं।

यह वह कहाँ आ गए ? मुस्लिम ने बमुश्किल रेत से अपनी जान छुड़ाई। यह देखकर उनके रोंगटे खड़े हो गए कि उनके गिर्द जो लोग थे, उनके सिर्फ़ ढाँचे रह गए थे। पिछले तूफ़ानों में जो लोग दबकर मर चुके थे, रेत हट जाने से वह ज़ाहिर हो गए थे। वह वैसे ही बैठे, खड़े और लेटे थे जैसे रेत ने उन्हें बरसों पहले दफ़न किया था।

उनके दोस्त और ऊँट ग़ायब थे। पानी की छागलें मनों रेत के नीचे दब चुकी थीं। मुस्लिम बिन अक़ील ने इधर-उधर से चिथड़े समेटकर सत्रपोशी[1] की।

---

1. अंग-विशेष ढँके।

बमुश्किल घिसटते हुए उन ढाँचों की महफ़िल से निकले और एक तरफ़ चलना शुरू कर दिया।

वह न जाने कितनी देर गिरते-पड़ते, घिसटते आगे बढ़ते रहे। उन्हें ज़िंदगी बड़ी प्यारी थी। वह हुसैन के क़ासिद थे। उन्हें जवाब का इंतज़ार होगा। हुसैन के ख़याल से उनके मुर्दा जिस्म में जान आ गई। वह गिरते-पड़ते घिसटते रहे।

होंठ फटकर ख़ून बह रहा था। ज़बान सूखे चमड़े की तरह मुँह में बेजान और खुरदुरी हो रही थी। मगर उन्हें मौत से लड़ना था। अभी वह नहीं मर सकते। बेहोश हो जाते। फिर रात की ओस उन्हें होश में ले आती और आगे रेंगते रहे।

जैसे सदियाँ बीत गईं। न जाने कितने पहर रात आ गई। रास्ते-भर उन्हें इंसानों और ऊँटों के ढाँचे मिले। उनके साथी मनों रेत के नीचे दब चुके थे। फिर यही तूफ़ान आएगा और वह इसी तरह ढाँचों की सूरत में ज़ाहिर होंगे।

मगर अब उनमें दम न रहा था। वह रेत के एक ढेर के ऊपर गिरकर बेहोश हो गए। यकायक उन्होंने अपने चेहरे पर बारिश की बूँदें महसूस कीं। बड़ी मुश्किल से रेत-भरी आँखें खोलीं। एक धुँधला-सा साया उन पर झुका हुआ था। ज़िंदा इंसान का क़ुर्ब[2] महसूस हुआ और वह फिर बेहोश हो गए।

दोबारा जब आँख खुली तो वह एक चटाई पर लेटे हुए थे। लोग उनके गिर्द बैठे हुए बातें कर रहे थे। किसी ने उनके होंठों से ताज़ा दूध का प्याला लगा दिया और हलक़ में सुलगती हुई रेत की लकीर मिटने लगी।

"लैला ने तुम्हारी जान बचाई, अजनबी ! तुम बड़ी उम्र लेकर आए हो।"

एक ज़ईफ़[3] मर्द ने मुस्कराकर कहा, "ख़मसीन से बचकर ज़िंदा निकल आना एक मोजज़ा[4] है।"

"मैं एक अहम ख़िदमत अंजाम देने की ग़रज़ से कूफ़ा जा रहा हूँ। रास्ते में हम भटक गए। मेरे साथी तूफ़ान में फ़ना हो गए।"

"हैरत है कि तुम बच गए।"

मुस्लिम बिन अक़ील ने तफ़सील[5] से अपना हसब-नसब[6] बताया। वह लोग बहुत ख़ुश हुए। वह दुनिया से कटे हुए एक छोटे-से क़बीले की सूरत में रहते थे। लाइल्म[7] और भोले-भाले इंसान। कहने को मुसलमान थे, मगर नमाज़-रोज़ा के उसूलों से भी ठीक तरह से वाक़िफ़ न थे। मुस्लिम कई दिन चलने-फिरने के क़ाबिल न रहे थे। आराम करना ज़रूरी था। लैला ने उनकी बड़ी जाँफ़िशानी से तीमारदारी की। उसकी हिरनी जैसी आँखों का पैग़ाम पाकर मुस्लिम ने सर झुका लिया। वह एक बहुत ही अहम ख़िदमत अंजाम देने जा रहे थे।

---

1. कष्ट, 2. वृद्ध, 3. चमत्कार, 4. विस्तार, 5. वंश और प्रतिष्ठा, 6. अज्ञान।

"मैं कूफ़ा से वापसी पर फिर यहाँ आऊँगा। अगर ज़िंदगी ने वफ़ा की तो हम फिर मिलेंगे।" उन्होंने लैला से वायदा किया।

रवाना होते वक़्त क़बीलों के लोगों ने उन्हें ऊँट, राहबर और भी हर तरह के आराम का सामान दिया। दूर तक उन्हें ख़ुदा हाफ़िज़ कहते गए। लैला ने उनकी अबा का गरीबाँ[1] आँसुओं से भिगो दिया।

"मुझे भी साथ ले चलिए।"

"इस वक़्त मौक़ा मुनासिब नहीं। मैं बहुत मशग़ूल रहूँगा। जब फ़ैसला हो जाएगा और अमन क़ायम हो जाएगा तब मैं तुम्हारे पास वापस आ जाऊँगा।"

"कहते हैं कि कूफ़ा वाले भरोसे के इंसान नहीं। मेरा जी डरता है। आप वहाँ जा रहे हैं। कोई आफ़त न नाज़िल हो जाए। मेरे क़बीले में आपको बड़े वफ़ादार और मुहब्बत वाले दोस्त मिलेंगे। बड़े सुकून की ज़िंदगी है।"

"हाँ, तुम्हारी यह छोटी-सी जन्नत बड़ी दिलफ़रेब है। यहाँ रह जाने को जी चाहता है। मगर मैं हुसैन की ख़िदमत पर मामूर[2] हूँ। उन्हें नहीं छोड़ सकता। वह इस वक़्त बहुत परेशान हैं। उन पर चारों तरफ़ से दबाव पड़ रहा है।" मुस्लिम ने लैला को सब हालात समझाए।

"काश, वह भी हमारी इस हसीन जन्नत में आ जाएँ ! यहाँ दुनिया की निगाहों से दूर बड़े आराम से रह सकेंगे। यह जगह कूफ़ा से महफ़ूज़ है। यहाँ उन्हें कोई न परेशान कर सकेगा। हम अपनी जानें उनके लिए वक़्फ़ कर देंगे।"

लैला की मोहब्बत की कसक दिल में लिए कूफ़ा रवाना हो गए। मुस्लिम बिन अक़ील जब कूफ़ा पहुँचे तो लोगों ने उन्हें हाथों-हाथ लिया। वह लोग, जो सहमे और डरे बैठे थे, दिलेरी से बाहर निकल आए। हिम्मतें बँध गईं। लोगों ने उन्हें चारों तरफ़ से घेरकर सवालों की बौछारें कर दीं—'हुसैन इब्ने-अली कब तशरीफ़ ले आ रहे हैं, हम चश्म-बराह[3] हैं।' अट्ठारह सौ आदमियों ने उसी दिन हुसैन के लिए मुस्लिम के हाथ पर बैअत की और लोग जौक़-दर-जौक़[4] क़रीब के क़स्बों से आने लगे। वह लोग भी लौट आए जो मज़ालिम के ख़ौफ़ से भागकर आसपास के गाँवों में रूपोश हो गए थे।

लोगों की दिलेरी और बढ़ने लगी क्योंकि हाकिमे-शहर ख़ामोश दुबका बैठा था। मुस्लिम की कामयाबी की ख़बरें मिल रही थीं। मगर वह ख़ामोश बैठा था और तमाशा देख रहा था।

यह हाकिम की एक चाल थी। उसे हुसैन इब्ने-अली के आने का इंतज़ार था। उसके बाद वह उनके मद्दाहों की मिज़ाजपुर्सी करेगा। वह देखना चाहता था कि कौन

1. अबा नामक वस्त्र का दामन, 2. तैनात, 3. प्रतीक्षा में, 4. टोली-दर-टोली।

हुसैन के हिमायती हैं। सरकारी जासूस छूटे हुए थे जो हाकिम को पल-पल की ख़बर दे रहे थे। लोग चौक बाज़ार में खुले बंदों हुसैन के नाम के नारे लगा रहे थे। जासूस उनके नाम और पते ज़ायचों[1] में लिख रहे थे।

मुस्लिम बिन अकील ने उसी दिन हुसैन को एक मुरासला[2] लिखा और एक तेज़ रफ़्तार क़ासिद[3] को रवाना किया।

"आका, जितनी भी जल्दी हो सके, आप कूफ़ा तशरीफ़ ले आइए। यहाँ हालात मुवाफ़िक़ हैं। लोग आपकी ख़ातिर हर तरह की क़ुर्बानी देने को तैयार बैठे हैं। आपके नाम पर मुसलसल[4] बैअत हो रही है। हाकिम गुमसुम सहमा हुआ बैठा है। इससे पहले कि दमिश्क़ ख़बर पहुँचे, आप यहाँ तशरीफ़ ले आइए और अपने चाहने वालों की रहनुमाई कीजिए।"

मुस्लिम बिन अक़ील का मुरासला पाकर हुसैन इब्ने-अली ने फ़ैसला कर लिया कि मक्का को ख़ैरबाद कहने का[5] वक़्त आ गया है। दोस्तों ने हिचकिचाहट ज़ाहिर की।

"आक़ा, कूफ़ा वाले भरोसे के आदमी नहीं। धोखा देना उनकी पुरानी आदत है। आप मक्का छोड़कर न जाइए। यहाँ आपके दोस्त और ग़मख़्वार हैं। यह आपका वतन है।"

"अब मेरा यहाँ रहना मुहाल है। बादशाह को जब मेरा जवाब पहुँचेगा तो मेरे ख़ात्मे के लिए फ़ौजकुशी होगी। अगर मुझ पर हमला हुआ तो मेरे साथी साथ देंगे। मैं नहीं चाहता, ख़ून-ख़राबा हो और मेरे साथ और जानें भी जाएँ। मुसलमान के हाथ मुसलमान का ख़ून मक्का के गली-कूचों में बहेगा तो मक्का की हुरमत[6] ज़ायल हो जाएगी।" इमाम ने जवाब दिया।

"और जो कूफ़ा वालों ने दग़ा की तो ?"

"तो भी मेरी मौत यक़ीनी है। मगर मैं मक्का से एक बालिश्त हटकर मरना चाहता हूँ ताकि इस मुक़द्दस[7] शहर में रसूले-ख़ुदा के अज़ीज़ों का ख़ून न बहे। तारीख़ के सफ़्हात[8] में यह न आए कि रसूले-ख़ुदा के पचास साल बाद ही मुसलमान उनका मक़ाम भूल गए। मरना ही है तो जैसे यहाँ वैसे कूफ़ा में। फिर मुमकिन है, कूफ़ा वाले मेरे साथ वफ़ा कर जाएँ। वह लोग इतनी शिद्दत से क़स्में देकर बुला रहे हैं। उन लोगों पर एतबार न करना मुनासिब नहीं।"

हज में सिर्फ़ दो दिन बाक़ी थे। मगर इमाम ने हज का इरादा तर्क कर दिया। क्योंकि उन्हें पता था कि उनके क़त्ल के लिए बड़ा ज़बर्दस्त जाल बिछाया गया है। तीस जल्लाद अपनी आस्तीनों में ज़हर में बुझे हुए ख़ंजर छिपाए हज के हंगामे में

1. जन्मकुंडली, रजिस्टर, 2. पत्र, 3. संदेशवाहक, 4. लगातार, 5. विदा लेने का, 6. मर्यादा, 7. पवित्र, 8. पृष्ठ।

इस ताक में लगे हुए थे कि मौक़ा मिले और हुसैन का ख़ात्मा कर दें। क़ातिल भीड़ में ग़ायब हो जाए और किसी बेगुनाह को क़त्ल के जुर्म में फँसा दिया जाए। हज के दौरान किसी को शुब्हा भी न होगा। सबका ध्यान फ़रायज़-ए-हज[1] की अदायगी की तरफ़ लगा होगा।

उसके बाद हंगामे शुरू कर दिए जाएँगे और चुन-चुनकर आले-रसूल[2] और उनके तरफ़दारों को इसी बहाने से ख़त्म कर दिया जाएगा। इस तरह वह काँटा, जो यज़ीद के पहलू में खटक रहा है, निकल जाएगा। फिर हुसैन के नामलेवा भी सरनगूँ[3] हो जाएँगे।

"मैं यूँ गुमनामी की मौत मरना नहीं चाहता। मेरे क़ातिलों को दुनिया देखेगी और पहचानेगी।" इमाम ने फ़र्माया और सफ़र की तैयारियाँ शुरू कर दीं।

लोगों ने कहा—"ख़ैर, आप जा रहे हैं तो जाइए, मगर ख़ुदारा औरतों और बच्चों को तो अपने साथ ले जाइए। हम उहाँ उनकी अच्छी तरह हिफ़ाज़त करेंगे। आप कूफ़ा ख़ैरियत से पहुँच जाएँगे। वहाँ के हालात दुरुस्त हो जाएँगे, फिर इन लोगों को बुला लीजिएगा।"

इमाम की चहीती बहन ज़ैनब ने जो सुना तो ब-आवाज़े-बलंद[4] कहा, "ऐ इब्ने-अब्बास ! कोई जाए या न जाए, मैं ज़रूर जाऊँगी। मैं अपने भाई के बग़ैर नहीं रह सकती।"

"मेरे सब अज़ीज मेरे साथ जाएँगे। मैं उनमें से किसी को भी अपने से अलग नहीं कर सकता। जो भेड़ अपने गल्ले से अलग हो जाती है वह भेड़िए के मुँह का निवाला बन जाती है। जो मेरा अंज़ाम होगा, वह इनका भी होगा। मैं जानता हूँ, हम दुनिया के किसी कोने में छिप जाएँ, हमारे दुश्मन हमें ढूँढ़ निकालेंगे। जब तक रसूले-ख़ुदा के ख़ून का एक क़तरा भी ज़िंदा रहे, यज़ीद को उसकी तरफ़ से ख़तरा महसूस होता रहेगा। मेरे बाद जो होना है, होगा। मरना ही है तो क्यों न सब साथ मरें !"

ज़ैनब के शौहर अब्दुल्ला बिन जाफ़र भी हुसैन के साथ चलने की तैयारियाँ करने लगे। मगर उन्होंने उन्हें रोक दिया।

"मेरी ख़्वाहिश है कि आप यहीं रहें।"

"या हुसैन, यह कैसे हो सकता है कि मैं आपका साथ न दूँ ?"

"आप यहाँ रहकर भी मेरा साथ दे सकते हैं। जो लोग नहीं जा रहे हैं, आप उनकी निगरानी कीजिए। आपकी जान को कोई ख़तरा नहीं। बादशाह को आपकी जान से दुश्मनी नहीं। कम-अज़-कम आप यहाँ की ख़बरें तो मुझे पहुँचाते रहेंगे।"

---

1. हज के फ़र्ज़, 2. हज़रत मुहम्मद साहब की संतान, 3. नतमस्तक, 4. ज़ोरदार आवाज़ से।

ज़ैनब ने जब सुना, उसके शौहर नहीं जा रहे हैं तो बेचैन हो गईं। यह शायद उन्हें भी न जाने दें। उनके पास जाकर आँसू बहाने लगीं। उन्होंने बड़ी नरमी से पूछा—"क्यों भई ! हमने क्या ख़ता की जो आँसू बहाए जा रहे हैं ?"

"मेरे भाई जा रहे हैं। आपको मालूम है, बचपन से हम बहन-भाई एक-दूसरे से जुदा नहीं हुए। किस दिल से उन्हें जाने दूँ और ख़ुद यहाँ आराम से बैठी रहूँ ? मगर आपके हुक्म के बग़ैर एक क़दम नहीं उठा सकती। फ़र्माइए कि मेरे लिए क्या हुक्म है ?"

अब्दुल्ला बिन जाफ़र ने उन्हें नज़र भर के देखा। ज़ेरे-लब-मुस्कराए—"ऐ बिन्ते अली ! तुम जानती हो, तुम्हारे आँसू हमको बेक़रार कर देते हैं। ख़ुदारा[1] इन्हें ख़ुश्क कर डालो। अपनी हालत ग़ैर न करो। हमने तुम्हें इख़्तियार दिया···ख़्वाह भाई के साथ जाओ, ख़्वाह यहाँ रहो। हमें कोई शिकायत न होगी। तुम हमारी शरीके़-ज़िंदगी[2] हो। तुम्हारी जुदाई हमें शाक गुज़रेगी।[3] मगर हुसैन को वहाँ तुम्हारी मुहब्बत की बहुत ज़रूरत होगी। उनके बच्चे तुम्हें बहुत प्यार करते हैं। फिर हम ख़ुद बहुत जल्द तुम्हारे पास पहुँच जाएँगे। लिल्लाह न रोओ। तुम्हारे आँसू हम बर्दाश्त नहीं कर सकते।"

"वैसे तो मैं न जाती मगर ज़माना बड़ा ख़राब है। दिल में तरह-तरह के शक पैदा होते हैं। अल्लाह भाई को यह सफ़र रास लाए। भाई के साथ न गई तो सारे वक़्त दिल उन्हीं में पड़ा रहेगा। बावली हो जाऊँगी। वहम के मारे ज़िंदगी हराम हो जाएगी। साथ रही तो इत्मीनान रहेगा।"

शौहर की इजाज़त पाकर ज़ैनब की जान में जान आई। कहने लगीं, "औन और मुहम्मद को साथ ले जाऊँ ?"

"तुम्हारे बग़ैर वह भला रहने वाले हैं ! तुम लोग जाके अपनी ख़ैरियत से इत्तला देना। जैसे ही सुग़रा बेटी की तबीयत सँभली, हम भी रवाना हो जाएँगे। जाओ ज़ैनब, तुम्हें ख़ुदा को सौंपा।"

और ज़ैनब सफ़र की तैयारियों में मशग़ूल[4] हो गईं।

---

1. ख़ुदा के लिए, 2. जीवनसंगिनी, 3. असह्य होगी, 4. व्यस्त।

सफ़र

सारे शहर पर ग़मो-अंदोह[1] की घटा छाई हुई है। घर-घर चर्चा है कि पैग़ंबरे-इस्लाम के नवासे हुसैन इब्ने-अली मदीना छोड़कर रुख़सत हो रहे हैं। सादात की बस्ती उजड़ने की ख़बर है। लोगों के दिल बैठे जा रहे हैं। हवा मातम कर रही है और फ़िज़ा सोगवार[2] है।

सब तैयार हो चुके हैं। सामान बँध चुका है। लोग ज़ौक-दर-ज़ौक मिलने और ख़ुदा हाफ़िज़ कहने चले आ रहे हैं। हुसैन के क़दमों से लिपटकर रो रहे हैं। वह उन्हें उठाकर सीने से लगाते हैं, तसल्ली देते हैं।

"ज़िंदगी ने वफ़ा की तो फिर मिलेंगे।"

अब्बास के दोस्त और जाँनिसार सब उन्हें हसरत से तक रहे हैं। वह सोहबतें, वह मशग़ले सब ख़्वाब हो जाएँगे। उनके जाने से सारी दिलचस्पियाँ ख़ामोश हो जाएँगी।

क़ासिम के हमसिन[3] अलग मुँह लटकाए आँखों में आँसू भरे खड़े हैं। सबके दिल बैठे जा रहे हैं। मुँह फ़क़ हैं। अली अकबर-सा मेहमाननवाज़ प्यारा दोस्त रोज़-रोज़ नहीं मिलता। यह वजीह और बुर्दबार[4] शख़्सियत भुलाए न भूली जाएगी। ज़िंदगी में एक ख़ला[5] पैदा हो जाएगा। महफ़िलें सुनसान हो जाएँगी। इल्मी मुबाहसे फीके पड़ जाएँगे। ज़ैनब बिन्ते-फ़ातिमा के ऊपर-तले के बच्चे औन और मुहम्मद अपने हम-मकतब बच्चों में घिरे खड़े हैं। आँसू ज़ब्त कर रहे हैं। ज़बर्दस्ती मुस्करा रहे हैं।

"तुम लोग जा रहे हो। तुम्हारे बग़ैर मकतब में ख़ाक लुत्फ़ आएगा ! बहुत याद आओगे। हमें भुला न देना।"

"तुम्हें कैसे भुला सकेंगे ! इन गली-कूचों को कैसे भूलेंगे !" दोनों भाई तसल्ली देते हैं।

"इतना मुश्किल सफ़र है, इस बला की गर्मी पड़ रही है। बड़ी तकलीफ़ होगी। तुम लोग न जाओ। तुम्हारे बाबा भी तो नहीं जा रहे हैं।"

"लेकिन अम्मी तो जा रही हैं। थोड़े दिन बाद बाबाजान भी आ जाएँगे। हमें जाना ही चाहिए। मामूजान जा रहे हैं। अम्मीजान जा रही हैं। मामूजान ने हमें किस प्यार से पाला है। भला सोचो तो, वह जाएँ और सफ़र की सऊबतें[6] उठाएँ और हम यहाँ मज़े से आराम करें ! उनके अहसानों का बदला चुकाने का यही एक मौक़ा है। अगर कभी ख़ुदा-न-ख़्वास्ता किसी ने उन पर टेढ़ी नज़र डाली तो हम सीना-सिपर[7] हो जाएँगे।"

---

1. दुःख-दर्द, 2. शोकाकुल, 3. समान आयु, 4. सुंदर और गंभीर स्वभाव, 5. शून्य, 6. कष्ट, 7. डटकर सामना करेंगे।

लोग चले आ रहे हैं। जब हुसैन मक्का या मदीना में होते थे तो उनसे मिलने-जुलने पर सरकारी पाबंदियाँ थीं। लोग डरते थे। मगर अब तो वह जा रहे थे। लोग डर, ख़ौफ़ भूलकर उनसे मिलने दौड़े चले आ रहे हैं। ख़ुदा जाने ज़िंदगी वफ़ा करे, न करे। उनसे न जाने कब मुलाक़ात हो !

लोगों में एक ग़म की लहर दौड़ी हुई थी। हर आँख पुरनम थी। आले-रसूल[1] के जाने की ख़बर सुनकर दुकानें बंद हो गईं। बाज़ार सुनसान पड़े थे। घर-घर चुपके-चुपके उनकी जुदाई का ग़म हो रहा था। सीरब उजड़ रहा था। रसूल का प्यारा नवासा अपना वतन छोड़ने पर मजबूर था। कैसी बेकसी थी ! चहारतरफ़ वीरानी छाई हुई थी। लोग हुसैन का नाम लेकर ख़ामोश आँसू बहा रहे थे।

"शाहे-मदीना जा रहे हैं। अब कौन हमारी ख़बर लेगा ?" मुफ़लिस और गदागर[2] रो रहे थे। इमाम सबको तसल्ली दे रहे थे।

"अल्लाह तुम सबका मुहाफ़िज़ और निगहबान है। मेरी क़िस्मत में यह सफ़र लिखा है। नसीब के लिखे को मैं और तुम नहीं मिटा सकते। अगर ख़ुदा ने चाहा···और ज़िंदगी रही तो फिर मिलेंगे।"

ख़वातीन[3] के पास औरतें ग़ोल-दर-ग़ोल आ रही थीं।

"हाय मौला ! क्या नामुराद वक़्त है ! फ़ातिमा का लाल जा रहा है। उनकी रूह कैसी बेक़रार होगी ! हाय ज़ैनब बीबी, तुम चली गईं तो हमारी ख़बर कौन लेगा ? अब कौन मुहब्बत से तसल्ली देगा ? कौन बुरे वक़्त आकर हमारी ढारस बँधाएगा ?"

शादी-ब्याह हो, कोई ग़मी हो, हर मौक़े पर ज़ैनब के दम से दिलों को इत्मीनान था। दुःख-बीमारी में जाकर तीमारदारी करतीं। रातों को जागतीं। हर तरह का सहारा देतीं। औरतें गले मिलकर ज़ारो-क़तार रो रही थीं।

"हाय बहन ! बुज़ुर्गों का बसाया हुआ घर उजाड़कर जा रही हो। मदीना में तुम लोग न रहे तो ख़ाक उड़ जाएगी। इमाम को समझाओ, कमबख़्त कूफ़ा वाले हमेशा के फ़रेबी और जालसाज़ हैं। एक से एक कमीना और ज़ालिम भरा पड़ा है। सब ही तो आले-अली[4] के जानी दुश्मन हैं। वहीं तो मलऊनों ने शेरे-ख़ुदा को शहीद किया था। अब वहीं तुम लोग जा रहे हो। यह कहाँ की दानिशमंदी हुई !"

ज़ैनब एक-एक को गले लगातीं, प्यार करतीं और समझातीं—"अब तो दुनिया का कोना-कोना हम पर तंग है। तक़दीर में यही लिखा था। सीरब छूट रहा है। अब मदीना में भी हम लोगों की ज़िंदगी दूभर है। मेरे भाई हँसी-ख़ुशी नहीं, मजबूर होकर जा रहे हैं। वह जाएँ और मैं यहाँ रहूँ ? मज़े से जान बचाए बैठी रहूँ ? यह मुझसे

---

1. रसूल की संतान, 2. भिखारी, 3. महिलाएँ, 4. अली की संतान।

न हो सकेगा। अम्मी की क़ब्र को छोड़कर जाने का जो दिल पर सदमा है, वह कुछ मैं ही जानती हूँ। जब बहुत दिल वीरान होता था तो उनके मज़ार पर आँसू बहाकर अपना दुःख-दर्द सुनाकर जी हलका हो जाता था।"

"मगर मुसाफ़त[1] इस ज़माने में बहुत दुश्वार है। दूसरे, अगर कूफ़ा वालों ने हस्बे-आदत[2] फिर दग़ा की तो क्या होगा ?"

"जो मंज़ूरे ख़ुदा है, वही होगा। मुझे फ़ाक़ा, फ़क़ीरी सहने की आदत है। मगर अब भाई की तरफ़ देखती हूँ तो कलेजा मुँह को आ जाता है। अम्मी हर रोज़ ख़्वाब में नज़र आती हैं। हैरान-ओ-परेशान आँखों में आँसू भरे, जैसे उनकी रूह बेक़रार हो। रो-रोकर मुझसे कहती हैं, ज़ैनब, भाई का साथ न छोड़ना। उसे मैंने तुम्हें सौंपा है। मेरी जान, मेरे तन्हा और अकेले बेटे का ख़याल रखना। अगर तुम उसकी हमसफ़र और ग़मख़्वार होगी तो उसके दुःखों का बोझ हलका हो जाएगा। वैसे ख़ुदा निगहबान है। मगर तुमने अगर हुसैन का साथ छोड़ा तो मेरी रूह को चैन नसीब न होगा। तुम अपने आपको मेरी जगह समझो।"

सहेलियाँ बेइख़्तियार आहोज़ारी[3] करने लगीं। ज़ैनब ने कहा—"बड़ी मुश्किल का सफ़र है। कोई मंज़िल भी नज़र नहीं आती जहाँ बेफ़िक्री और सुकून की उम्मीद हो। मगर अपनी माँ की वसीयत को कैसे टाल सकती हूँ ? यही तो मेरा एक भाई बचा है। वह नहीं तो मेरा मैका उजाड़ है। अब तो जो भी सहना पड़ेगा, ख़ुशी से सहूँगी।"

इतने में हुसैन आ गए। बोले—"जैनब, कब तक रोती रहोगी ! बस, अब इन लोगों को रुख़सत करो। सामान तैयार है। होदज और महमिल तैयार हैं। अभी सवेरा है। ठंडी हवा चल रही है। बच्चों का साथ है। जल्दी से निकल लिए तो ठंडे-ठंडे सफ़र तै हो जाएगा।"

"मैं तैयार हूँ, भाई !"

"तो फिर असग़र का पालना मँगवाओ। मगर देखो, सुग़रा को हमारे जाने की ख़बर न हो। वह सो रही है। उसे जगाना मुनासिब नहीं।"

"भाई, बीमार बच्ची रो बग़ैर मिले चले जाएँगे। ग़रीब का कलेजा फट जाएगा। रो-रोकर जान दे देगी। भाई, ऐसा ग़ज़ब भी न कीजिएगा। कौन क़हता है कि सुग़रा सो रही है ! वह तो कल रात से बेक़रार तड़प रही है। हलकान होने से ग़श आ जाता है। फिर ज़रा देर में चौंक उठती है।"

"मगर उससे रुख़सत लेने के ख़याल से जी बैठा जाता है। एक तो इतनी बीमार, ऊपर से रोई तो दम निकल जाए। उससे मिलने से क्या फ़ायदा ! तुम जाओ

---

1. दूरी, 2. स्वभाव के अनुसार, 3. रुदन।

और इधर-उधर की बातें करो कि जी बहल जाए।"

"सारी रात ज़ानू पर सर रखे समझाते बीती है। सबसे जुदा होने के ख़याल से बिखरी जाती है।"

इतने में बानो की आवाज़ आई—"हाय लोगो ! ज़रा देखो तो, मेरी बच्ची को क्या हो गया ?"

ज़ैनब भागी-भागी गईं।

"घबराओ नहीं, ग़श आ गया है।"

"कहीं मर तो नहीं गई ?"

"नहीं-नहीं, अभी होश में आ जाएगी।" उन्होंने बच्ची के मुँह पर पानी छिड़का।

"आग लगे इस नामुराद सफ़र को ! बच्ची को छोड़ते जी मसला जाता है। इस बीमार को किस पर छोड़ जाऊँ ?"

"अल्लाह वाली है। उम्मुल नबीईन से यह मानूस भी है। वह इसी के मारे साथ नहीं जा रही है। वरना अपने बेटों की वजह से जाने पर मुसिर थी। भाई ने समझाया, अम्मा, आप ज़ईफ़ हैं। हमारे क़दम वहाँ ख़ैरियत से जम जाएँ तो फिर इंशा अल्लाह अब्बास आकर आपको और सुग़रा को ले जाएँगे।"

"मेरा तो जी लोट-पोट हुआ जाता है। मगर वाक़ई साथ ले जाना भी मुश्किल है। सकीना या कुबरा को यहीं छोड़ जाऊँ, उसका जी बहला रहेगा।"

"नहीं, भाई का हुक्म है, किसी बच्ची को यहाँ न छोड़ा जाएगा। सुग़रा की तो मजबूरी है और सकीना की अभी उम्र ही क्या है। माँ के लिए हुड़केगी और फिर वह अपने चचा अब्बास से ऐसी हिली हुई है कि दम-भर को उनकी जुदाई बर्दाश्त नहीं कर सकती। कुबरा को इसलिए नहीं छोड़ सकते कि कूफ़ा में ज़रा सुकून मिले तो पहली फ़ुर्सत में बड़े भाई की वसीयत पूरी करने के लिए कासिम और कुबरा का निकाह कर दें।"

यह तो ठीक ख़याल है, मगर क्या करूँ ? उधर जाने की तैयारी है, इधर इसका यह हाल हो रहा है। मुझे तो इसकी जान की फ़िक्र खाए जाती है।"

सब सुग़रा से रुख़सत होने के लिए जमा हो गए।

"भिन्नो, ज़रा आँखें तो खोलो, हम जा रहे हैं। हमसे गले न मिलोगी।"

बड़ी बहन कुबरा ने बहन की बुख़ार से झुलसती पेशानी चूम ली।

"हमें प्यार तो कर लो।" सकीना बिसूरने लगीं।

"देखो तो, असग़र तुम्हें कैसे मटर-मटर देख रहे हैं। लो, बाबाजान भी आ गए।"

हुसैन ने बीमार बच्ची को बाँहों में समेटकर सीने से लगाया। आसपास खड़े लोग हिचकियों से रोने लगे।

"जाने-पिदर[1] ! रोओ मत, रवानगी में देर हो गई तो आफ़ताब की गज़त[2] नाक़ाबिले-बर्दाश्त होगी।"

बीमार बच्ची ने नज़र भर के बाप को देखा। कलेजा मुँह को आने लगा। दम-भर को आँखें बंद करके मुँह उनके सीने में छिपा लिया। फिर ज़ब्त से मुस्कराकर कहा—"बाबा, अल्लाह निगहबान, ख़ैरियत से जाएँ। हम रोएँगे भी नहीं।"

हुसैन ने बानो से इशारे से पूछा, "अकबर कहाँ हैं ? कहो, बहन से रुख़सत हो लें।"

अकबर मुज़तरिब[3] होकर आगे बढ़े।

"ज़रा उसे प्यार से समझाओ कि रोए नहीं। हलकान हो जाएगी।"

अकबर ने बहन को पुरनम आँखों से देखा। जी कड़ा करके मुस्कराए।

"क्यों गुड़िया, क्या हमसे ख़फ़ा हो ? भई, हमारा क़ुसूर क्या है ?"

"आपसे ख़फा होकर मैं कैसे जिऊँगी, भैया ? अल्लाह सफ़र रास लाए, मेरे बीरन ! हमसे एक वायदा करना होगा।"

"वायदा मत लो। बस हुक्म दो, मेरी लाड़ली ! हम सर आँखों पर बजा लाएँगे।"

"मेरे बग़ैर शादी न करिएगा।"

"हर्गिज़ नहीं करेंगे। और कुछ ?"

"प्यारी-सी दुल्हन ढूँढ़ के हमें बुलवा लेना। फिर हम आकर तुम्हें दूल्हा बनाएँगे।"

"ज़रूर, तुम्हारे बग़ैर हमारी मजाल नहीं कि हम दूल्हा बन सकें।"

"हम अपना नेग न छोड़ेंगे। पर भैया, हम अच्छे न हुए और मर गए तो तुम अपनी दुल्हन को हमारी तुरबत[4] पर ज़रूर लाना। हमारा नेग हमारी तुरबत पर देना। हमारी रूह ख़ुश हो जाएगी।"

"ऐसी बातें करोगी तो अल्लाह जानता है, न हम शादी करेंगे, न दुल्हन लाएँगे, समझीं ?"

"अब्बास चचा कहाँ हैं ? जाने से पहले हमसे मिलने की फ़ुर्सत भी न होगी। हाँ भई, उनकी लाड़ली सकीना तो जा रही हैं। हम यहाँ अकेले मरते रहें। उन्हें क्या परवाह ! बस, सकीना उनकी लाड़ली हैं। हम कोई नहीं हैं। वह हैं किधर, अल्लाह, हम उनको दूर ही से देख लेते।"

---

1. पिता के प्राणाधार, 2. तेज़ी, गर्मी, 3. बेचैन, 4. क़ब्र।

"यह इधर हम दस्तबस्ता अपनी शहज़ादी साहिबा से मिलने के इंतज़ार में कब से खड़े हैं।" अब्बास आगे बढ़े। सुग़रा ने बेसाख़्ता[1] बाज़ू फैला दिए। उन्होंने बच्ची को समेट लिया।

"आप हमें छोड़कर जा रहे हैं ? देख लीजिएगा। हम मर जाएँगे। मगर तब तो आपको आना ही पड़ेगा। हमारे जनाज़े को काँधा देने तो आएँगे ?"

"तुम अच्छी हो जाओगी, बेटा ! हम वायदा करते हैं, जैसे ही कूफ़ा में अम्न और सुकून हुआ, हम दुनिया के सबसे तेज़ नाक़े[2] पर सवार होकर तुम्हें लेने आ जाएँगे। वायदा करो, अम्मी का हुक्म मानोगी, दवा पाबंदी से पियोओी, हम आए तो मोटी-ताज़ी हँसती हुई मिलोगी। बस, थोड़े दिन की तो बात है।"

"अल्लाह ! हमें भी ले चलिए, चचाजान !"

"फिर वही ज़िद। बीबी, तुमसे सफ़र की सऊबतें[3] बर्दाश्त न हो सकेंगी। रास्ते ही में दम तोड़ दोगी।"

"आपसे दूर जीने से तो बेहतर है कि आपकी बाँहों में दम निकल जाए। हम यहाँ मर गए तो कोई काँधा देने वाला भी न होगा। हम बहुत रोएँगे, चचाजान !"

"बीबी, तुम मरने के बाद कैसे रोओगी ?" सकीना ने भोलेपन से पूछा।

"हम ज़िंदा रहें या मुर्दा, रोते ही रहेंगे। हमारी रूह रोती रहेगी।"

"मरें तुम्हारे दुश्मन। चलो सकीना, बीमार बहन से न उलझो।"

"हम इन्हें प्यार किए बग़ैर तो हरगिज़ न जाएँगे।" सकीना मुँह फुलाके बोली।"

सुग़रा मुस्करा दीं।

"हाय मुन्नी, तेरा बात-बात पर लड़ना बहुत याद आएगा। वायदा करो, अकबर भाई की शादी में सारा नेग हड़प नहीं कर जाओगी। हमें ज़िद करके बुलवा लेना।"

"हम वायदा करते हैं, अगर तुम्हारे बग़ैर शादी हुई तो हम इतना रोएँगे, इतना रोएँगे कि दूल्हा मियाँ घबराकर दुल्हन-वुल्हन छोड़कर तुम्हें लेने भागेंगे।" सब हँस पड़े।

"ओ मेरी मैना ! बस, बहुत बातें मिठार चुकीं। चलो, बहन को प्यार करो और आगे बढ़ो। असग़र को अलविदा कहने दोगी कि नहीं ?" बानो ने हँसकर कहा और नन्हे असग़र को लिए पास आईं। उनका मुन्ना-सा हाथ माथे से लगाकर कहा— "लो बीबी, असग़र तुम्हें सलाम करते हैं।" असग़र ने बहन को देखा, हुमककर हाथ फैला दिए।

सुग़रा ने प्यार से भैया को अपने बुख़ार में जलते सीने से लगा लिया और

---

1. हठात्, 2. ऊँट, 3. कष्ट।

फूट-फूटकर रोने लगीं।

"मेरे भैया, मेरे चंदा ! तुम्हारी हज़ारी उमर हो। अम्मीजान, इन्हें हमारे पास छोड़ जाइए। हम एकदम अच्छे हो जाएँगे। इनका बहुत ख़याल रखेंगे। आपको ज़रा भी फ़िक्र करने की ज़रूरत न होगी। हम इन्हें अपने हाथों से नहलाकर नया कुर्ता पहनाएँगे। बकरी का ताज़ा-ताज़ा दूध पिलाएँगे। इनकी नरगिसी आँखों में सुरमा लगाएँगे। इनके नन्हे-मुन्ने पैर आँखों से लगाएँगे। बस अम्मी, इन्हें देखकर हम जी उठेंगे। सब बुख़ार-वुख़ार भाग जाएगा।"

"कैसे छोड़ जाऊँ चंदा, अभी ख़ैर से छह महीने के भी नहीं। कटोरी से दूध पीना भी नहीं आता। तुम कैसे सँभालोगी ?"

"अच्छी अम्मी ! हम सँभाल लेंगे। सफ़र में तो यह फूल कुम्हला जाएगा। किस बला की गर्मी होगी ! लू चलेगी। रेत उड़कर इनके रेशमी बालों में भर जाएगी। यह गुलाबी गाल झुलस जाएँगे।"

"ज़िद न करो मेरी जान, इतना-सा बच्चा बग़ैर माँ के कैसे रहेगा ?" फूफी ने चुमकारकर समझाया।

"ठीक कहती हो, फूफी अम्मा ! मगर वायदा कीजिए अम्मी, भूलेंगी नहीं। दो-चार महीने में यह बड़े हो जाएँगे, तब हमें पहचानेंगे भी नहीं। आप इन्हें रोज़ बताती रहिएगा कि यहाँ मदीना में इनकी एक बदनसीब बहन दिन-रात उनकी याद में आँसू बहाती है। ग़ारत हो यह बीमारी, मुझे इस वक़्त ही घेरना था कि यहाँ पड़ी अकेली सड़ती रहूँ। अच्छा बाबाजान, एक दफ़ा और हमें प्यार कर लीजिए।"

हुसैन ने फिर सुग़रा को सीने से लगाकर चूमा और तसल्ली दी।

"आप जा रहे हैं। हमें यहाँ छोड़े जा रहे हैं। हमारा जिस्म यहाँ होगा मगर रूह आपके क़दमों में रहेगी।"

महमिल दरवाज़े से लगा दिए गए। क़नातें तानी गईं। अब्बास ने ऊँची आवाज़ से पुकारा—"लोग अपनी छतों पर न चढ़ें और नाक़ा-सवार इधर से न गुज़रें कि बेपर्दगी होगी। हरम रसूल महमिलों में सवार हो रही हैं।"

सबसे पहले ज़ैनब सवार हुईं। हुसैन ने बाज़ू थामकर बहन को सहारा दिया। अब्बास ने झुककर जूतियाँ सँभालीं। अली अकबर ने बढ़कर दोनों हथेलियाँ जोड़कर पैर को सहारा दिया। फिर बानो भी इसी तरह असग़र को गोद में लिए शौहर और बेटों के हाथों आराम से महमिल में बैठ गईं।

हुसैन ने चारों तरफ़ हसरत से नज़र डाली। यह वतन की गलियाँ, ये कूचे, जिनमें बचपन गुज़रा, जवानी बीती, छूट रही थीं। ख़ुदा जाने इनकी दोबारा

ज़ियारत[1] नसीब हो कि न हो। नाना के मज़ार पर रात बहुत देर तक बैठे रहे थे। कतबे[2] से सर टिकाकर बातें की थीं !

"नानाजान ! आपका हुसैन दर-ब-दर की ख़ाक छानने के लिए वतन छोड़ रहा है। आपकी पेशीनगोई[3] सच साबित हुई। हमें कहीं सुकून मुयस्सर नहीं। काश, आपके क़दमों में जान देने की सआदत नसीब होती !"

फिर पौ फटने से पहले माँ से रुख़सत हो लिए थे। "छोटे-छोटे बच्चों का साथ है। मंज़िल का कोई पता नहीं। दयारे-ग़ैर में क्या बीतेगी, कुछ पता नहीं। जो कुछ होने वाला है, उसका भी अंदाज़ा है। खाना-ए-काबा के एहतराम[4] का ख़याल न होता तो आपके क़दमों से कभी जुदा न होता। जब दिल को वहशत[5] होती थी, आपके और नानाजान के मज़ार पर कुछ सुकून मिल जाता था। ज़माने को इतनी-सी मेहरबानी भी गवारा न हुई। बेसहारा जा रहा हूँ। ख़ुदा मददगार है तो सहरा भी वतन बन जाएगा। यह वतन तो अब दयारे-ग़ैर बन चुका है।"

हुसैन ने सब दोस्तों को अलविदा कहा। आख़िरी बार वतन की ज़मीन और आसमान को बचश्मे-पुरनम[6] देखा और काफ़िले को आगे बढ़ने का हुक्म दिया।

काफ़िला

सफ़र बड़ी ख़ुशअसलूबी से कटने लगा। जिस राह से आले-रसूल का क़ाफ़िला गुज़र जाता, बहार खिल उठती, दश्तो-सहरा लहलहाने लगते। जहाँ पड़ाव डालते, आरज़ी मुख़्तसर-सा क़स्बा बस जाता। आसपास के लोग ज़ियारत के लिए टूट पड़ते। दुकानें सज जातीं। क़हवाख़ाने बँध जाते।

अवाम ख़ून का-सा घूँट पी रहे थे। बेक़ुसूर आले-रसूल की हतक सबको नागवार गुज़र रही थी। हुसैन वतन छोड़ने पर मजबूर किए गए और लोग बेबसी से गुमसुम देखते रहे।

और तो कुछ बस नहीं था। लोग ढेरों अनाज, दूध, पनीर और खजूरें, मशरूबात और मवेशी तोहफ़े में लेकर आते। हुसैन ख़ेमे से निकलकर आ जाते। बेमिसाल मजमा जमा हो जाता। ग़रीब-मोहताज, जो इनकी क़दमबोसी[7] को आते, वह सामान उन्हें तक़्सीम कर दिया जाता। लोग इल्तजा करते—"या हुसैन ! हमें लावारिस करके न जाइए। हम ग़रीबों के घर हाज़िर हैं। यह लहलहाते खेत, तरोताज़ा मेवे के दरख़्त,

1. दर्शन, 2. क़ब्र का पत्थर, 3. भविष्यवाणी, 4. आदर, 5. घबराहट, 6. अश्रुपूर्ण नेत्रों से, 7. चरण-स्पर्श।

झीलें और आबशार सब ही ख़ुदा की दी हुई नेमतें मौजूद हैं। यहीं क़याम कीजिए। हम आपके लिए अपनी जानें देने में भी दरेग़ न करेंगे। हमारी औरतें बिन्ते-अली[1] पर जान देती हैं। हम आपकी ख़िदमत का मौक़ा पाकर अपने को ख़ुशक़िस्मत समझेंगे।"

इमाम की आँखों में आँसू आ जाते। उनका शुक्रिया अदा करते, उनके हक़ में दुआएँ ख़ैर करते और समझाते—"भाइयो, मैं तुम्हारा ममनून[2] हूँ। मगर इस वक़्त यह सफ़र टाला नहीं जा सकता। कूफ़ा वालों ने बुलाया है। मैं उनकी मोहब्बत से दी हुई दावत को ठुकरा नहीं सकता क्योंकि मैंने उनकी दावत क़ुबूल कर ली है। वह लोग मेरा इंतज़ार कर रहे हैं। तुम वक़्त की नज़ाकत को नहीं समझते। ख़लीफ़ा मुझसे बदज़न हैं। तुम्हारे यहाँ क़याम किया तो मुल्क़गीरी का इलज़ाम देंगे कि शायद मैं एक नई हुकूमत क़ायम करने के ख़्वाब देख रहा हूँ। यहाँ फ़ौजें टूट पड़ेंगी। तुम अमनपसंद लोग ख़ानाबर्बाद हो जाओगे। यहाँ का सारा हुस्न और बहारें ख़त्म हो जाएँगी। मेरी वजह से तुम लोग भी अपना सुकून खो बैठोगे।"

"कोई परवाह नहीं। हम ख़लीफ़ा से टक्कर लेंगे।"

"इसी का तो मुझे ख़दशा है। तुम टकराने से न चूकोगे। ख़लीफ़ा को ख़ून बहाने का उज्र मिल जाएगा। इसका इलज़ाम मेरे ऊपर थोपा जाएगा। तारीख़ के सफ़हात[3] हुसैन को लालची क़रार देंगे। मैं और तुम उनकी बेपनाह फ़ौज का मुक़ाबला करते हुए ख़त्म हो जाएँगे। यही तो वह चाहते हैं, जो मैं नहीं होने दूँगा। अगर ज़िंदगी ने वफ़ा की और जीते बचे तो इस मुहब्बत और जाँनिसारी का लुत्फ़ उठाने एक दिन ज़रूर तुम्हारे पास आएँगे।"

लोगों को समझा-बुझाकर हुसैन आगे रवाना हो जाते। अगर उनकी नीयत कुछ और होती तो वह बड़ी आसानी से इन क़बीलों को साथ लेकर एक अज़ीम फ़ौज तैयार कर सकते थे और अक्सरियत उनके साथ आ जाती। मगर वह ख़ून-ख़राबे से बचना चाहते थे। अगर मुसलमान आपस में लड़ने लगे तो तबाह हो जाएँगे।

ज्यों-ज्यों आगे बढ़ते गए, सफ़र की सऊबतें बढ़ती गईं। बंजर और पथरीला इलाक़ा शुरू हो गया। क्या बला की गर्मी थी कि सुबह-तड़के से ही आग बरसने लगी। दूर-दूर सब्ज़े का नाम न था। सबके चेहरे झुलसकर सँवला गए थे। चश्मे ख़ुश्क पड़े थे। कुएँ सूख चुके थे। कलेजे फुँके जाते थे।

जहाँ ज़रा-सा नख़लिस्तान[4] मिल जाता, सबकी जान में जान आ जाती। दीवानों की तरह पानी पर टूट पड़ते। ढालें, तलवारें और जिरह-बकतर अंगारों की तरह सुलगने लगते। सब पानी में डुबोकर ठंडे किए जाते, घोड़ों और ऊँटों में जान पड़

---

1. अली की बेटी, 2. कृतज्ञ, 3. पृष्ठ, 4. शाद्‌वल।

जाती। ताज़ादम होकर सब्ज़े पर हसरत की नज़र डालते। फिर झुलसती रेतीली दुनिया में क़दम बढ़ाने लगते। बच्चे सफ़र की तकलीफ़ों से थककर रोने लगते। यकसाँ मीलों रेत देखकर वहशत होने लगती।

एक दिन एक हिरनी नज़र आई। दो बच्चे उसके साथ थे। कुलाँचें भरती निकल गई। बच्चे ख़ुशी से तालियाँ बजाने लगे। ज़रा देर का मशग़ला हो गया। कई बार हिरनी और बच्चे नज़र आए। फिर न जाने किधर ग़ायब हो गए। बच्चे उदास हो गए।

"यह हिरनी कूफ़ा में हमारी आमद की ख़बर देने गई है।" औन ने मुहम्मद से कहा।

"यक़ीनन, और बहुत तेज़ गई है ताकि लोग हमारे आने की तैयारियाँ कर लें।"

बच्चे सोचकर जी बहलाने लगे।

मगर आगे चले तो हिरनी फिर मिली। अब उसके पास एक ही बच्चा था। वह बड़ी बेचैन नज़र आ रही थी। क़ाफ़िले के साथ-साथ चलने लगी। सबको बड़ा ताज्जुब हुआ कि दूसरा बच्चा कहाँ गया ? इमाम के सामने मुक़द्दमा पेश हुआ। उन्होंने फ़ौरन क़ाफ़िले को रुकने का हुक्म दिया। एक चश्मे के किनारे पड़ाव पड़ गया। हिरनी अब भी परेशान खड़ी थी।

"यह क्या क़िस्सा है ?" सबने सोचा।

"ऐसा मालूम होता है कि इसका दूसरा बच्चा किसी इंसान ने पकड़ लिया है। यह उसकी तलाश में हमारे साथ लगी हुई है।" हुसैन ने कहा।

"मगर हमने तो इसके बच्चे को छुआ भी नहीं।" बच्चे बोले।

"इतना वह नहीं समझती। बस इंसान की बू सूँघकर साथ हो गई है। तुम लोग ठहरो। अली अकबर, तुम हमारे साथ आओ, देखें, हिरनी क्या चाहती है ?" मगर बच्चों ने ज़िद की कि हम भी साथ चलेंगे।

हुसैन ने हिरनी की तरफ़ घोड़ा बढ़ाया तो वह पलटकर एक सिम्त चलने लगी। वह रुक गए तो वह भी ठहरकर उन्हें हसरत से देखने लगी।

"यह जानती है कि इसका बच्चा कहाँ है। हमें उसके पास ले जाना चाहती है। चलो देखें, यह हमें किधर ले जाती है ?"

"सफ़र बहुत खोटा होगा।"

"मगर हिरनी को यूँ छोड़ते दुःख होता है। इसकी मदद करनी ही होगी।"

"बाबाजान, कहीं कोई ख़तरा न हो।" अली अकबर ने कहा, "आप लोग यहीं ठहरें। मैं अकेला जाता हूँ।"

"जानवर धोखेबाज़ नहीं होते। यह सिफ़्त तो हज़रत इंसान में ही पाई जाती

है। चलो, कोई डर की बात नहीं। अगर कोई जंगली जानवर खा जाता तो उसे सब्र आ जाता। ज़रूर उसका बच्चा किसी इंसान की क़ैद में है और अभी ज़िंदा है।"

इल्मे-हैवानात[1] पर बच्चों से बातें करते चले जाते थे कि आबादी आ गई। सामने एक घर पर हिरनी ठहर गई। दरवाज़े पर खुर मारने लगी।

"वल्लाह कमाल है। यह जानवर कितने समझदार होते हैं ! इसका बच्चा इसी घर में होगा।" इमाम ने बढ़कर दस्तक दी। एक शख़्स ने दरवाज़ा खोला।

"आप कौन हैं ?" उस शख़्स ने पूछा।

"मैं हुसैन इब्ने-अली हूँ। कूफ़ा जा रहा हूँ। यह मेरे बच्चे हैं।"

"या हुसैन ! मैंने उड़ती-उड़ती ख़बर तो सुनी थी, मगर यह ख़बर न थी कि मेरी ख़ुशकिस्मती से आप मेरे ग़रीबख़ाने तक तशरीफ़ लाएँगे ! या हुसैन, मुझे अपनी ख़िदमत की सआदत बख़्शिए। नाने-जौ के सिवा कुछ नहीं पेश कर सकता। इत्तिफ़ाक से आज एक हिरन का बच्चा हाथ आ गया। मैं उसे ज़िबह करके अभी कबाब तैयार करता हूँ। मैंने सोचा था, ज़रा बड़ा हो जाएगा तो काम में लाऊँगा। मगर वह अजीब जानवर है। जब से लाया हूँ, कोशिश करके हार गया, दाने-पानी को मुँह नहीं लगाया।"

"तुम्हारी मेहमाननवाज़ी का शुक्रिया। हमारे साथ बहुत बड़ा क़ाफ़िला है। वह हम लोगों का इंतज़ार कर रहे होंगे।"

"आक़ा, यह कैसा ज़ुल्म है। मेरे दरवाज़े पर हुसैन इब्ने-अली तशरीफ़ लाएँ और मैं उनकी ख़िदमत से महरूम रहूँ ! ख़ाली हाथ रुख़सत कर दूँ !"

"हम ख़ाली हाथ नहीं जाएँगे। तुम अगर कोई तोहफ़ा देना चाहते हो तो वह हिरन का बच्चा हमें दे दो।"

"हिरन का बच्चा तो क्या, आक़ा, मेरी जान हाज़िर है।" वह शख़्स भागा हुआ गया और बच्चा ले आया। बच्चा कुलाँचें भरता अपनी माँ के पास दूध पीने लगा। इमाम की आँखों में ख़ुशी के आँसू आ गए।

"तुम्हारा क्या नाम है, अज़ीज़म[2] ! तुमने हमारे ग़मगीन दिल को बड़ी मसर्रत बख़्शी।" उस शख़्स से शुक्रिया के बाद रुख़सत होकर हुसैन क़ाफ़िले से आन मिले। यह देखकर बच्चों की ख़ुशी की हद न रही कि हिरनी भागी नहीं, क़ाफ़िले के साथ चलती रही। जहाँ भी क़याम होता, बच्चे उससे खेलते।

क़ाफ़िला चलता रहा। रास्ते में बहुत-से लोग साथ हो लिए।

---

1. प्राणि-विज्ञान, 2. मेरे अज़ीज़

कूफ़ा

उधर कूफ़ा में हाकिम किलाबंद होकर बैठ गया। लोगों पर यह ज़ाहिर किया कि वह उनसे ख़ायफ़[1] है। लोग और निडर हो गए और बड़ी तेज़ी से मुस्लिम के हाथ पर इमाम हुसैन के लिए बैअत करने लगे।

मुख़बिरों ने आकर इत्तला दी कि हज से दो दिन पहले हुसैन इब्ने-अली अचानक कूफ़ा की तरफ़ रवाना हो गए हैं और अब क़ाफ़िला रास्ते में है।

अब हाकिम ने अपना असली रंग निकाला। शहर के चप्पे-चप्पे पर फ़ौजी तैनात कर दिए। एकदम मुनादी करवा दी कि जो कोई भी मुस्लिम-बिन अक़ील से कोई वास्ता रखेगा या उन्हें पनाह देगा, वह मुल्क़ का दुश्मन और ग़द्दार माना जाएगा और सख़्ततरीन सज़ा का मुस्तहक़[2] होगा। इसके साथ ही मारधाड़ शुरू हो गई। मुश्तबा[3] घरों पर छापे पड़ने लगे। उनके घरों में आग लगाई गई। लोगों को सरेबाज़ार क़त्ल किया गया। एकदम बेख़बर शहरियों पर इस तेज़ी से क़हर टूटा कि सब सहमकर दुबक गए। ख़ास-ख़ास लोगों को या तो जेल में डाला या क़त्ल करके इबरत के लिए उनके सर मस्जिद पर नस्ब[4] कर दिए गए। जो सहमे, डरे लोग बचे, उनमें से साहबे-हैसियत लोगों को बुलाकर हुक्म दिया कि तुम अपने-अपने मोहल्लों के चाल-चलन के ज़िम्मेवार मुक़र्रर किए जाते हो। अगर किसी ने भी नाफ़रमानी की तो तुम जवाबदेह होगे। इन ग़द्दारों के साथ तुम्हें और तुम्हारे बाल-बच्चों को भी अज़ीयतें[5] देकर मारा जाएगा।

यकायक ऐसा तूफ़ान फट पड़ा कि लोग अपने लंबे-चौड़े वायदे और वफ़ादारी की क़स्में भूल गए और मुँह छिपाक़र बैठे रहे। शहर की ऐसी नाकाबंदी की गई कि कोई ख़बर बाहर न जाने पाए। इमाम बेख़बर बढ़ते चले आएँ। एकदम उन्हें चारों तरफ़ से घेरकर सारे क़ाफ़िले को नेस्तनाबूद कर दिया जाए।

हुसैन का क़ाफ़िला मौत की तरफ़ बढ़ता रहा। जब हाज़िर में पहुँचे तो उन्होंने अहले-कूफ़ा के नाम एक ख़त लिखा और एक तेज़ रफ़्तार क़ासिद[6] को रवाना कर दिया।

यह ख़त हुसैन इब्ने-अली की तरफ़ से बिरादराने-इस्लाम के नाम पर भेजा जाता है–'बाद सलाम-ओ-हम्द और सताइशे-बारी[7] के वाज़ेह हो कि मेरे भाई मुस्लिम-बिन अक़ील का ख़त मिला। तुम्हारे इत्तहाद और अज़्म[8] की पुख़्तगी का हाल मालूम करके मसर्रत हुई। ख़ुदा से दुआ है, वह तुम्हारे इरादों में कामयाबी अता

---

1. भयभीत, 2. भाजन, 3. संदिग्ध, 4. लगाना, 5. यातनाएँ, 6. संदेशवाहक, 7. ख़ुदा की तारीफ़, 8. एकता और संकल्प।

फ़र्माए। जब यह ख़त तुम्हें मिले तो तुम लोग अपने सारे इंतज़ामात मुकम्मल कर लो और तेज़ी और दानिशमंदी से अपना निज़ाम दुरुस्त कर लो। चंद रोज़ के बाद मैं तुम्हारे पास पहुँच रहा हूँ। इंशा अल्लाह !"

यह ख़त हुसैन ने कैस बिनमसहर सैदादी के सुपुर्द किया और उन्हें तेज़ रफ़्तारी से जाने की ताकीद की।

मगर दुश्मन का जाल बड़ी चाबुकदस्ती[1] से फैलाया गया था। क़ादसिया पहुँचकर क़ासिद गिरफ़्तार कर लिया गया और कूफ़ा भेज दिया गया और हाकिम कूफ़ा इब्ने-ज़ियाद ने उन्हें फ़ौरन शहीद कर दिया।

इमाम ने एहतियातन अब्दुल्ला बिन यक़तर को, जो उनके दूध-शरीक भाई थे, मुस्लिम बिन अक़ील के पास रवाना किया, मगर वह भी मंज़िले-मक़सूद पर पहुँचने से पहले शहीद हो गए।

हुसैन जब वतन से रवाना हुए थे तो क़ाफ़िला मुख़्तसर था। मगर रास्ते में जो लोग मिलते गए, वह साथ होते गए। वह, जो अपने ही इलाक़े में बदहाल थे, साथ हो लिए। बड़ी तादाद ऐसे गरज़मंदों की साथ आ गई जो समझते थे कि हुसैन कूफ़ा से दावत पाकर जा रहे हैं, वहाँ उनका शानदार इस्तक़बाल होगा, शाही मरतबा होगा। हुसैन शहंशाह बन जाएँगे। उनके दरबार में ऐश करने के मवाक़े[2] मिलेंगे।

इमाम ने उन्हें समझाया कि यह सब ख़याली बातें हैं। वह शहंशाहियत की हवस में नहीं जा रहे हैं। उन्होंने कहा—"और फिर मेरे साथ हज़ारों क़िस्म के ख़तरात हैं।"

लोग समझे, इमाम उन्हें टालने के लिए कह रहे हैं और साथ लगे रहे। क़ाफ़िला धीरे-धीरे बढ़ता रहा।

इधर इब्ने-ज़ियाद ने एक और चाल चली। वह चुपके से शहर से निकल गया और क़ाफ़िले की सूरत में अपनी फ़ौज को मुरत्तब[3] किया।

इमाम सफ़र में स्याह लिबास पहना करते थे। मुसाफ़िर गर्दोख़ाक से बचने के लिए मुँह पर अमामे का शमूला[4] लपेट लेटे थे। इब्ने-ज़ियाद ने स्याह लिबास पहना। अपने सिपाहियों को हुक्म दिया कि मुँह पर शमूले लपेट लें। ख़ुद भी अपना चेहरा छिपा लिया और इस तरह ढोंग रचाकर शहर में दाख़िल हुआ कि लोग समझे, हुसैन इब्ने-अली आ गए।

सूखे धानों में पानी पड़ गया। लोग ख़ुशी से नाचने लगे। इब्ने-ज़ियाद पर लानतें भेजने लगे। जो छिपे बैठे थे, वह भी दिलेर हो गए।

इब्ने-ज़ियाद ख़ामोशी से बढ़ता चला आया। अपने फ़ौजियों को हुक्म दिया—ग़ौर

---

1. कुशलता, 2. अवसर, 3. संगठित, 4. पगड़ी का सिरा।

से देखो और पहचान लो। हुसैन इब्ने-अली के तरफ़दार सब खुलखेलने बेख़ौफ़ निकल पड़े हैं। एक-एक पर नज़र रखो। कोई बचकर निकलने न पाए। लोग लंशटम-पशटम भागे। इमाम की सलामती के नारे लगाते साथ हो लिए।

ज़ब यह क़ाफ़िला मस्जिद के पास पहुँचा तो इब्नें-ज़ियाद ने चेहरे पर से शमूला हटाया। लोग हक्का-बक्का रह गए। एकदम ख़ौफज़दा होकर भागे। मगर फ़ौजियों ने एक-एक का ख़ात्मा कर दिया। हुसैन के हिमायती या तो क़त्ल कर दिए गए या क़ैद में डाल दिए गए। हुसैन को ख़ुशआमदीद[1] कहने वाला कूफ़ा क़ब्रिस्तान बन गया। मुस्लिम बिन अक़ील हानी बिन अरवा के यहाँ रूपोश हो गए। उनकी तलाश में जासूस लगे हुए थे। बहुत लोगों पर सितम तोड़े, मगर किसी ने उनका पता न बताया। दरअसल किसी को पता ही न था कि मुस्लिम कहाँ छिपे हुए हैं।

तब फिर हिकमते-अमली[2] काम आई।

एक अजनबी इधर-उधर पूछता फिर रहा था—"मुस्लिम बिन अक़ील कहाँ हैं ? उनके लिए पैग़ाम लाया हूँ।"

"क्या पैग़ाम है ?" लोगों ने डरते-डरते पूछा।

"उनके लिए दस हज़ार दीनार उनके एक दोस्त ने भेजे हैं और कहा है, यह दौलत सरकारी अफ़सरों में रिश्वत के तौर पर बाँटकर राहे-फरार[3] की सूरत पैदा हो सकती है।"

यह कहकर उसने पूरे दस हज़ार दीनार सामने उँडेल दिए। लोगों को उसकी ईमानदारी का यक़ीन हो गया। सिर्फ़ वायदा नहीं, नक़द लाया है। अगर बेईमान होता तो मार बैठता।

उन्होंने मुस्लिम की तलाश शुरू कर दी। उनकी भलाई के लिए उन्हें तलाश करना ज़रूरी था।

"तुम रुपए छोड़ जाओ और जाकर उस मोहसिन[4] का शुक्रिया अदा करो और कह दो, सब इंतज़ाम हो जाएगा।"

"मैं अभी जाकर उनकी ख़ैरियत की इत्तला देता हूँ और अफ़सरों से भी ख़ुफ़िया तौर पर बातचीत करता हूँ ताकि वह जल्द से जल्द यहाँ से निकल जाएँ।"

इधर वह शख़्स गया, उधर फ़ौज ने छापा मारा। दस हज़ार दिरहम क़ब्ज़े में किए और लोगों को गिरफ़्तार कर लिया गया। उन्हें अज़ीयतें दी गईं। मगर उन्हें वाक़ई मालूम न था कि मुस्लिम कहाँ छिपे हुए हैं।

मगर किसी तरह मुस्लिम बिन अक़ील को इत्तला मिल गई और जब शुब्हे में हानी बिन अरवा के यहाँ छापा पड़ा तो वह पिछले दरवाज़े से जा चुके थे।

---

1. स्वागत, 2. चाल, 3. भागने का रास्ता, 4. उपकर्ता।

उनके दोनों बच्चे काज़ी शरीह के यहाँ पनाह लिए हुए थे। उन्होंने सोचा—न उनका किसी को पता है और न बच्चों से किसी को परख़ाश[1] होगी। उन्हें वहीं हिफ़ाज़त से रहने दिया जाए। वरना अनजाने में वह मौत के ग़ार की तरफ़ बढ़ते चले आए तो ग़ज़ब हो जाएगा।

रात की तारीकी में मुस्लिम बिन अक़ील छिपते-छिपाते गली-कूचों की ख़ाक छानते रहे। थककर चूर हो गए। अभी तक वह महफ़ूज़ थे। न उन्हें किसी ने पहचाना था, न तवज्जो दी थी। उन्होंने सुना, कई जगह लोग उनकी बातें कर रहे थे। उन्हें मालूम हो गया कि उनकी जान इंतहाई ख़तरे में है।

मगर उनसे ज़्यादा इमाम और उनके क़ाफ़िले की जानें ख़तरे में थीं। मुस्लिम को अपनी जान की परवाह न थी। वह इसी फ़िक्र में थे कि किसी तरह कूफ़ा से निकलकर इमाम के क़ाफ़िले तक पहुँच जाएँ और उन्हें ख़तरे से आगाह करा दें वरना वह बेख़तर मौत के मुँह में चले जाएँगे।

तारीकी में उन्हें और मकानों से अलग एक मकान नज़र आया। हालत इतनी ख़स्ता हो रही थी कि क़दम उठाना दुश्वार था। भूख और प्यास की तकलीफ़ नाक़ाबिले-बर्दाश्त थी। मुसलसल अड़तालीस घंटे से हलक़ में पानी की बूँद भी नहीं गई थी। किसी से मदद माँगने की हिम्मत न थी। हर तरफ़ मौत मुँह फाड़े खड़ी थी। यह मकान चूँकि शहर से दूर था, शायद वहाँ के रहने वाले उन्हें न पहचानें। हालात से भी लाइल्म[2] हों और उन्हें चंद घंटों के आराम का सहारा मिल जाए।

डरते-डरते दस्तक की। एक ज़ईफ़[3] औरत बाहर निकली और अपनी कमज़ोर आँखों से देखने की कोशिश करने लगी।

"कौन हो ?"

"एक परेशानहाल मुसाफ़िर। एक रात आराम के लिए अगर क़याम की इजाज़त मिल जाए तो बड़ी मेहरबानी होगी। सुबह होने से पहले रवाना हो जाऊँगा।"

"बहुत थके हुए मालूम होते हो। कहाँ से आए हो ? कहाँ जाने का इरादा है ? मैं आँखों से माज़ूर हूँ। ज़रा इधर रोशनी में आओ। तुम्हारी सूरत तो देखूँ।"

मुस्लिम ख़ामोशी से आगे बढ़े। बुढ़िया ने सर से पैर तक देखा।

"किसी अच्छे ख़ानदान के चश्मोचिराग़ मालूम होते हो, नौजवान ! तुम्हें देखकर आप-आप दिल खिंचा जाता है। याद नहीं पड़ता, तुम्हें कहाँ देखा है। मैं भी सठिया गई हूँ। तुम तो उस वक़्त शायद पैदा भी न हुए होगे। जब मैं ऐसी गई-गुज़री न थी। शेरे-ख़ुदा हज़रत अली इब्ने-अबी तालिब इधर से गुज़र रहे थे। मैंने भी एक नज़र उन्हें देखा था। तुम्हें देखकर न जाने क्यों वह याद आ गए।"

---

1. शत्रुता, 2. अनभिज्ञ, 3. वृद्ध।

"मैं उनके ख़ानदान से हूँ। वह मेरे चचा थे।" मुस्लिम बिन अक़ील ने सर झुकाकर कहा। ज़ईफ़ा का एतक़ाद देखकर उनके दिल से ख़ौफ़ मिट गया। "हुसैन इब्ने-अली मेरे चचाज़ाद भाई हैं।"

"या ख़ुदा ! तुम मुस्लिम बिन अक़ील हो ? मेरा नाम तोआ है। आले-रसूल की परिस्तार[1] हूँ। मेरी ख़ुशनसीबी है कि तुमने मेरे ग़रीबख़ाने को इज़्ज़त बख़्शी। ख़ुदा ग़ारत करे, मलऊन तुम्हारी जान के दुश्मन हो रहे हैं। मेरी बूढ़ी ज़िंदगी की क्या हक़ीक़त है ? मगर यहाँ कोई तुम्हारा बाल-बीका न कर पाएगा।"

"मैं यहाँ हुसैन इब्ने-अली का वकील बनकर आया था। हालात बिगड़ गए। अब सिपाही मेरी तलाश में लगे हुए हैं।"

"लानत हो इन सिपाहियों की सूरत पर, अंदर आ जाओ।"

उसने उन्हें हाथ-मुँह धोने को पानी दिया। फिर तश्त में खाना लगाकर रख दिया। आरामदेह बिस्तर बिछा दिया।

"जब तक जी चाहे, रहो। यहाँ कोई नहीं आता। मेरा एक पोता है। उसे भी मुझ बुढ़िया के पास आने की फ़ुर्सत नहीं।"

"बस चंद घंटे आराम करके रवाना हो जाऊँगा।" मुस्लिम ने हाथ-मुँह धोकर पानी पिया और कुछ हलक़ से न उतरा। दो निवाले लेकर ख़ुदा का शुक्र अदा किया और लेट गए।

क़िस्मत की ख़ूबी देखिए, जिस पोते को कभी बुढ़िया के पास आने की फ़ुर्सत न मिलती थी, आन धमका। बुढ़िया को हुजरे से निकलते देखकर पूछा—"खाना किसके लिए ले गई थीं ?"

"एक थका-हारा मुसाफ़िर है। ग़रीब ने दो निवाले खा लिए। ले बेटा, तू यह खाना खा ले।"

"मैं यह घास-फूस छूता भी नहीं। मैं मुसल्लम बकरे के कबाब उड़ाकर आ रहा हूँ। कौन है तुम्हारा मेहमान ? कोई चोर-उचक्का न हो।"

"बहुत अज़ीम इंसान है, पगले ! मगर बेचारा आफ़त में पड़ गया है। रात के रात रहेगा, सुबह चला जाएगा।"

"फिर वही बक-बक ! मैं पूछता हूँ, कौन है, क्या नाम है ?"

"आहिस्ता बोल, बेटा ! थका-माँदा सो रहा है, आँख खुल जाएगी।"

"तुम नहीं बतातीं तो मैं ख़ुद जाके पूछ लेता हूँ।"

"नहीं-नहीं, बताती हूँ। बेटा, मेरे नसीब जाग उठे। हमारे यहाँ आज पैग़ंबरे-ख़ुदा के ख़ानदान का एक फ़र्द मेहमान है।"

---

1. पुजारिन।

"कौन ?"

"मुस्लिम बिन अक़ील। बेटा, किसी को बताना नहीं। तुझे मेरी क़सम।"

"मैं क्यों बताऊँगा ? मेरी उनसे कौन-सी दुश्मनी है ?" पोते ने मक्कारी से कहा।

जब बुढ़िया सो गई तो वह चुपके से उठा और उठकर शहर की तरफ़ भागा। उसने जाकर सारी तफ़सील बताई। इब्ने-ज़ियाद ढाई हज़ार सिपाहियों को लेकर मुस्लिम को गिरफ़्तार करने रवाना हो गया।

सुबह तड़के जब ज़ईफ़ा वज़ू का पानी लेकर हुजरे में पहुँची तो देखा, मुस्लिम बिन अक़ील परेशान पसीने में सराबोर बैठे थे।

"क्या बात है, साहबज़ादे ! क्या नींद नहीं आई ?"

"नहीं अम्मा, बड़ी अच्छी नींद आई। मगर सुबह होते-होते अजीब ख़्वाब देखा कि मेरे चचा अली बिन अबी तालिब खड़े हैं और मुझसे कह रहे हैं, 'उठो, मुस्लिम ! इतनी नींद अच्छी नहीं।' मेरी आँख खुल गई। मुझे देर हो गई। मुझे अपनी जान की ज़र्रा बराबर परवाह नहीं है। दुःख यह है कि हुसैन इब्ने-अली बेख़बर चले आ रहे हैं। उन्हें इत्तला देना ज़रूरी है।"

वज़ू करके नमाज़ पढ़ ही रहे थे कि घोड़ों की टापों की आवाज़ आने लगी। बुढ़िया ने देखा, पोता ग़ायब है। सब मामला समझ लिया और सर पीट लिया।

"इसमें तुम्हारा कोई क़ुसूर नहीं है।" मुस्लिम ने तसल्ली दी।

"मेरी औलाद ने आले-रसूल[1] के साथ दग़ा की। याख़ुदा, मेरे बुढ़ापे को कालिख लग गई। मेरी सारी उम्र की इबादत ख़ाक में मिल गई।

"नहीं ! पोते के गुनाहों का जवाब तुमसे तलब नहीं किया जाएगा।"

ढाई हज़ार लश्कर एक आदमी की गिरफ़्तारी के लिए सिर्फ़ दिखावे के लिए था कि कोई हिमायती सर उठाने की हिम्मत न करे।

मुस्लिम बिन अक़ील बाहर शमशीरज़न[2] थे। मुसल्ले[3] से उठकर तैयार हो गए।

"मैं तन्हा हूँ। हुसैन का एलची हूँ। मेरा क़त्ल तुम पर किसी तरह जायज़ नहीं।"

"तो फिर तलवार डाल दो।"

"तलवार मेरे ख़ानदान में आज तक किसी ने किसी के सामने नहीं डाली। यह मेरी ज़िंदगी है। मैं इसकी तहक़ीर[4] न करूँगा। तुम लोग वापस लौट जाओ और मुझे जाने दो।"

"तो फिर तैयार हो जाओ मौत के लिए।" उधर तीरों की बारिश शुरू हो गई।

---

1. मुहम्मद साहब की संतान, 2. तलवार खेंचे हुए, 3. नमाज़ पढ़ने की दरी, 4. अपमान।

मगर मुस्लिम हुजरे में महफ़ूज़ थे।

"मकान को आग लगा दो।" सरदार ने हुक्म दिया।

"नहीं, यह मकान उस ज़ईफ़ा का है जो मेरी मोहसिना[1] है।" यह कहकर मुस्लिम तलवार सँभालकर निकल पड़े।

लोगों को इतने सख़्त मुक़ाबले की उम्मीद न थी। अचानक मुस्लिम उन पर बिजली की तरह गिरे और सफ़ें काटते चले गए। मगर कहाँ एक, कहाँ पूरी फ़ौज ! मुस्लिम ज़ख़्मों से चूर होकर गिर पड़े।

इससे क़ब्ल कि सिपाही उन पर वार करते बीस-पच्चीस जवान उन पर टूट पड़े। उनका नक़ाबपोश सरदार सियाह लिबास में तूफ़ान की तरह सफ़ों को तितर-बितर करने लगा। मगर जल्दी ही सबको ख़त्म कर दिया गया। सरदार जब घोड़े से गिरा तो उसका खोद[2] अलग हो गया और सियाह लंबे-लंबे बाल बिखर गए।

"लैला !" मुस्लिम ने लपक के उसे सँभाला, "यह क्या किया तुमने ?"

"मैं ख़ुशनसीब हूँ कि आपकी आग़ोश में दम निकलेगा। यही मेरी आख़िरी ख़्वाहिश थी।"

लैला ने उनकी बाँहों में दम तोड़ दिया। वह सर झुकाए बैठे रहे। सिपाही भी दमबख़ुद-से रह गए। फिर मुस्लिम ने तलवार सँभाली और लैला के क़ातिलों पर टूट पड़े।

लम्हों में उन्हें ख़त्म कर दिया गया। फिर उनकी लाश को रस्सी से बाँधकर सारे शहर में घसीटा गया ताकि देखने वालों को इबरत हो। जिस्म की हर तरह से बेहुरमती[3] की गई और क़िले की फ़सील से नीचे दलदल में फेंक दी गई, जहाँ हानी बिन-अरवा की लाश थोड़ी देर पहले फेंकी गई थी।

तोआ के मकान को आग लगा दी गई। उसका पोता उसी दम इनाम-ओ-इकराम लेकर पहुँचा और अपनी शान दिखाने लगा। मगर सिपाहियों ने लूट-मार शुरू कर दी थी। उसे मार-पीटकर इनाम-ओ-इकराम छीन लिया और जलते मकान में ढकेल दिया।

---

1. उपकर्ता, 2. लोहे की टोपी, 3. मान-मर्दन।

दो फूल

जब मुस्लिम बिन अक़ील के बच्चों ने सुना कि उनके बाप शहीद कर दिए गए और उनकी लाश की बेहुरमती की गई तो दोनों ग़म और ख़ौफ़ से बेचैन होकर एक-दूसरे से चिमट गए।

"अब क्या करें ?" इब्राहीम ने बड़े भाई औन से पूछा।

"सबसे पहले तो हमें क़ाज़ी सरबा का घर छोड़ देना चाहिए, क्योंकि अब सिपाही हमारी तलाश में होंगे। हमें यहाँ पाया तो घर वालों की मुसीबत आ जाएगी। मेहमाननवाज़ी की हमें यह सज़ा नहीं देनी चाहिए।"

दोनों क़ाज़ी के पास गए। वह बेचारे ख़ौफ़ से थर-थर काँप रहे थे। इतनी हिम्मत न थी कि मासूम बच्चों को घर से निकाल दें। दूसरी सूरत में जानते थे, क्या अंजाम होगा। बच्चे जो पहुँचे तो शर्म से गर्दन झुका ली।

"आप बिल्कुल परेशान न हों। हम यहाँ से चले जाएँगे। आप पर कोई आँच न आएगी।" औन ने कहा।

"मैं बहुत शर्मिंदा हूँ, बच्चो ! अपनी तरफ़ से नहीं। अपने मासूम बच्चों की जान का ख़ौफ़ है। तुम्हें भी न बचा सकूँगा। यह दरिंदे न जाने तुम लोगों की क्या गत बनाएँगे। तुम तैयार हो जाओ। मैं तुम्हें अपने बेटे के साथ चुपके से निकलवा दूँगा। वह तुम्हें हिफ़ाज़त से ले जाएगा। सुना है, कई क़ाफ़िले जा रहे हैं। वह तुम्हें मदीना तुम्हारे चचा के पास पहुँचा देंगे।"

यह कहकर उसने फ़ौरन अपने बड़े बेटे को बुलाया और उससे कहा, "बच्चों को क़ाफ़िला सालार के सुपुर्द कर देना। कहना, बख़ैरियत तमाम पहुँच गए तो बहुत इनाम-इकराम मिलेगा। आजकल दुनिया बस पैसे का मुँह देखती है। सारी मुरौवत ख़त्म हो चुकी।"

उन्होंने रो-रोकर बच्चों को दुआएँ दीं और रुख़सत किया।

क़ाज़ी का बेटा औन और इब्राहीम को लेकर छिपता-छिपाता मुसाफ़िरख़ाने पहुँचा तो क़ाफ़िला रवाना हो चुका था। सिर्फ़ गर्दो-ग़ुबार नज़र आ रहा था।

"देखो, बस इस ग़ुबार की तरफ़ बढ़ते चले जाओ। तेज़ क़दम उठाए तो जल्दी से पहुँच जाओगे। अगर किसी ने मुझे तुम्हारे साथ देख लिया तो पहचाने जाओगे और सब किए-धरे पर पानी फिर जाएगा। तुम्हारी जानें भी जाएँगी और मेरा ख़ानदान भी बर्बाद होगा।"

"बस भाई ! आपकी इतनी इनायत बहुत है। आप फ़िक्र न कीजिए। हम बख़ैरियत क़ाफ़िले तक पहुँच जाएँगे।" यह कहकर दोनों रुख़सत हुए और तेज़ी से

क़ाफ़िले की तरफ़ भागने लगे।

बच्चों की उम्र नौ और दस बरस थी। भागते-भागते दम फूल गए। मगर ग़ुबार को न पकड़ पाए। क़ाफ़िला न जाने कब का गुज़र चुका था। सिर्फ़ ग़ुबार लटका हुआ था। ऐसे ग़ुबार तो हवा में बहुत-से नज़र आ रहे थे। शायद कोई क़ाफ़िला नहीं गुज़रा था। आँधी चली थी जिसकी वजह से चहारतरफ़ ग़ुबार ही ग़ुबार था।

बच्चे थककर सुस्ताने लगे। पौ फटते ही लोग जाग जाएँगे। डर के मारे दोनों झाड़ियों में छिप गए। दूर से अज़ान की आवाज़ आ रही थी। वहीं रेत पर क़याम किया और ख़ुदा की बारगाह में सरबसजूद हो गए।

लोग आने-जाने लगे थे। चंद लोग उनके बिलकुल क़रीब से गुज़रे। इन लोगों की बातों से पता चला कि उनकी तलाश शुरू हो गई है। क़ाज़ी शरीअ को जेल में ठूँस दिया गया। उनका बेटा अफ़सरों को रिश्वत देता भागा फिर रहा है।

बच्चों के सरों पर बड़े-बड़े इनाम लगाए गए थे। लोग सारे काम छोड़कर उनकी तलाश में घूम रहे थे।

वहीं झाड़ियों की आड़ में दोनों को नींद आ गई। एकदम आँख खुली तो चारों तरफ़ से सिपाहियों के नरग़े में हैं।

उन्हें इब्ने-ज़ियाद के पास ले गए। वह उस वक़्त किसी अहम मशवरे में मशग़ूल था। उन्हें जेल में डाल दिया गया।

उस जेल का मुहाफ़िज़ बड़ा दीनदार आदमी था। बूढ़ा भी बहुत था। उसे न मौजूदा सियासत की चालों का पता था, न कोई हमदर्दी। उस जेल में अमूमन चोर, डाकू और क़ातिल ही रखे जाते थे। सोचा, इन बच्चों ने शायद कोई शरारत की होगी। किसी ने मज़ाक़ में धमकाने को जेल में बंद कर दिया है। घंटे-दो घंटे में छोड़ दिए जाएँगे।

"क्यों बच्चो, अब तो शरारत नहीं करोगे ?" उसने यूँ ही बच्चों से कहा।

"हमने कोई शरारत नहीं की।" बच्चों ने बड़ी संजीदगी से कहा।

"हमें बेवकूफ़ बनाते हो। बताओ, क्या बदमाशी की थी ? क्या हाकिम के बाग़ से फल चुराए थे या उसके परिंदों को परेशान किया ? ज़रूर तुमने उसके हौज़ के साफ़ पानी में रेत झोंकी होगी या उसके अस्तबल में ईंट फेंककर घोड़ों को भड़काया होगा।"

"नहीं, हमने कुछ नहीं किया।"

"हुँह, कुछ नहीं किया तो क्या सिपाहियों का दिमाग़ ख़राब है जो इतने-इतने-से बच्चों को फ़िज़ूल पकड़ते फिरें ?"

"शायद आप नहीं जानते कि हम कौन हैं।"

"कौन हो ? तुम ही बताओ ?"

"हम मुस्लिम बिन अक़ील के बेटे हैं।"

"मुस्लिम बिन अक़ील ! उन पर ख़ुदा की रहमत हो ! इमाम हुसैन इब्ने-अली के वकील हैं। मैं यहाँ जेल में ख़ुद एक क़ैदी बन गया हूँ। कुछ ख़बर नहीं कि इस दुनिया में क्या हो रहा है। इमाम कब तशरीफ़ ला रहे हैं ? उनकी क़दमबोसी के लिए तो मैं ज़रूर जाऊँगा।"

"बड़े मियाँ न जाने किन ख़्वाबों की दुनिया में रहते हैं।" औन ने इब्राहीम से कहा, "बेचारे को कुछ पता नहीं।"

तब बच्चों ने सारी तफ़सील सुनाई।

"बूढ़े आदमी को धोखा नहीं देना चाहिए। उससे झूठ बोलकर रिहाई हासिल करना ठीक नहीं।"

बड़े मियाँ सुनकर रोने लगे।

"या ख़ुदा ! दुनिया किस रुख़ जा रही है ? अभी पैग़ंबरे-इस्लाम को रेहलत[1] किए पचास बरस हुए हैं कि लोग उनकी तालीम को मस्ख[2] करने लगे।"

"हमारी वजह से तुम पर आफ़त नाज़िल हो जाएगी।"

"अब इससे बड़ी आफ़त क्या नाज़िल होगी ! मेरी आँखों के सामने क़यामत बरपा है। बच्चो ! न मेरा कोई आगे है, न पीछे। बस, जेलख़ाने के दरवाज़े पर बैठा मौत का इंतज़ार कर रहा हूँ। मौत आ गई तो रिहाई पा जाऊँगा। तुम चले जाओ और ख़ुदा करे तुम आराम से इमाम के हुज़ूर में पहुँच जाओ। उनसे मेरा सलाम अर्ज़ करना और कहना कि मरने से पहले उनके दीदार की आरज़ू है। ख़ुदा क़ुबूल करे।"

बच्चे वहाँ से छूटकर फिर इधर-उधर भटकने लगे। मौक़ा मिल जाता तो दो घूँट पानी हलक़ से उतार लेते। कहीं कच्ची-पक्की खजूरें मिल जातीं तो खा लेते। जेलख़ाने जाते वक़्त किसी ने पैरों से जूते भी छीन लिए थे। गरम रेत और पत्थरों पर चलते-फिरते पैरों में छाले पड़ने लगे। काँटेदार झाड़ियों में पनाह लेने से कपड़े भी तार-तार हो गए।

"भाई, भूख लग रही है।" औन ने बड़े भाई से कहा।

"ठहरो, अभी खजूर का पेड़ मिलेगा तो जी भर के खा लेना।"

"खजूरें पक्की नहीं। बहुत बदमज़ा हैं।"

"थोड़े दिनों में पककर मज़ेदार हो जाएँगी।"

"भाई !"

"हाँ।"

---

1. निधन, 2. विकृत।

"अम्मा याद आ रही हैं।"

बड़ा भाई गले में अटके आँसू पीकर बात टाल गया। एक साल का तो फ़र्क़ था दोनों भाइयों में।

"अब्बा भी याद आ रहे हैं।"

बड़े ने मुँह पर हाथ रख लिया और कुछ न बोला।

"क्या हमसे ख़फ़ा हो, भाई ?"

"नहीं तो।"

"फिर बोलते क्यों नहीं ?" इब्राहीम ने आँसू छिपाने चाहे, मगर नाकाम रहे। दोनों लिपटकर रोने लगे। छोटे की चीख़ें निकल गईं तो बड़े ने मुँह पर हाथ रख दिया। फिर दोनों लज़ीज़ खानों का ज़िक्र करने लगे।

"क़ाज़ी साहब के यहाँ कबाब बड़े ख़स्ता बनते थे।"

"मगर अम्मा जो ख़ुर्मा और दूध खिलाती थीं, वह भी अच्छा होता था।"

"बादाम भी तो लज़ीज़ होते थे।"

"सफ़ेद रोटी और पनीर भी अच्छा होता है।"

"शहद के साथ।"

"चुल्लू से पानी पिए जाओ, प्यास ही नहीं बुझती। कटोरे में पानी कितना मीठा होता है !"

मज़े-मज़े की बातें करते तो हँसी निकल जाती। दोनों सहम जाते। बच्चे तो बड़े सख़्तजान होते हैं। कैसे भी लाड़-प्यार से पले हों, जब मुसीबत आन पड़ती है तो बड़ों से ज़्यादा ज़ब्त[1] का इज़हार करते हैं।

थोड़ी दूर चले तो एक मकान नज़र आया। उसमें रोशनियाँ जगमगा रही थीं। साथ में सरसब्ज़ बाग़ भी था। दोनों चुपके-चुपके झाँकने लगे। लोगों के हँसने-बोलने की आवाज़ें आ रही थीं। यह इस फ़िक्र में थे कि लोग सो जाएँ तो दाख़िल हों।

जब अँधेरा हो गया तो दोनों चुपके से दीवार पर चढ़कर अंदर कूद गए और एक पेड़ पर चढ़कर बैठ गए। वहाँ से कुछ हिस्सा अंदर के सहन का भी नज़र आ रहा था। लोग फ़र्श पर बैठे थे ! सामने मुसल्लम बकरे और मुर्ग़ रखे थे। शराब का दौर चल रहा था।

बैठे-बैठे बच्चे शल[2] हो गए। छोटे की आँख लग गई। बड़े भाई ने उसका सर अपने शाने से लगा लिया। अपनी आँखें भी बंद हुई जा रही थीं। मगर छोटा भाई गिर न जाए, इस ख़याल से आँखें मल-मलकर खोल रहे थे।

---

1. सहनशीलता, 2. शिथिल।

एकदम इब्राहीम ने चौंककर रोना शुरू कर दिया। औन ने बहुत अपने दामन से उनका मुँह घोंटा, मगर आवाज़ निकल ही गई।

एक लौंडी कुछ फल लिए जा रही थी, ठिठककर सुनने लगी। किसी की सिसकियों की आवाज़ आ रही थी। फलों का तश्त अंदर पहुँचाकर लौटी तो दबे पाँव बाग़ में सिसकियाँ लेने वाले को तलाश करने लगी।

अचानक उसकी नज़र जो पेड़ पर गई तो हैरतज़दा रह गई। नीचे आकर आहिस्ता से बोली, "कौन हो तुम लोग ?"

दोनों ख़ामोश आँखें फाड़े उसे ताकने लगे।

"डरो नहीं, नीचे उतर आओ। पेड़ से गिर पड़े तो हाथ-पैर टूट जाएँगे।"

दोनों नीचे उतरे तो उनकी दुर्गति देखकर लौंडी का दिल दुख गया। उन्हें दबे पैर अपने हुजरे में ले गई।

"तुम लोग यहाँ चुपचाप बैठो। मैं काम ख़त्म करके अभी आती हूँ।"

वह बाहर से दरवाज़े में कुंडी चढ़ाकर चली गई।

थोड़ी देर बाद वह नेक औरत बहुत-सा खाने का सामान लेकर आ गई।

"लो बच्चो, जी भर के खाओ-पिओ।"

वह उन्हें अपने हाथ से खिलाने लगी। सोचने लगी–'किसके बच्चे हैं, कैसे लापरवाह और बेरहम माँ-बाप हैं ? ऐसे प्यारे बच्चों की यह दुर्गति बना रखी है कि फ़क़ीरों से बदतर हालत हो रही है। मगर कपड़े तो ताज़ा फटे मालूम होते हैं। पैर भी ज़मीन पर चलने के आदी नहीं, ज़ख़्म पड़ गए हैं।'

बच्चे खा रहे थे और सोच रहे थे–'बड़ी नेक बीबी है। अगर यह हाकिम को इत्तला देकर हमें गिरफ़्तार करवा दे तो हमें ग़म न होगा।'

वह औरत दिल ही दिल में सोच रही थी–'ऐ ख़ुदा, यह कैसी नाइंसाफ़ी है। उन्हें बच्चे देता है जो उनकी क़द्र नहीं करते। मैं बच्चों के लिए तरसती हूँ। मेरी गोद सूनी है।'

उसने तै कर लिया कि अल्लाह ने उसे ये बच्चे दिए हैं। बस, अब इन्हें पालकर वह अपनी प्यासी ममता को सेराब[1] करेगी।

उसने उनके पैर धुलाकर मरहम लगाया। बालों में कंघी की। दोनों को बिस्तर पर सुलाकर बाहर से कुंडी लगा दी।

रात को उसका मर्द भी आ गया। बड़ा घबराया हुआ था।

"क्या बात है ?" लौंडी ने पूछा।

"जेलख़ाने से दो बच्चे भाग निकले। सिपाही तलाश करते फिर रहे हैं। बहुत

1. तृप्त।

बड़ा इनाम मुक़र्रर हुआ है। जो उन बच्चों को लाएगा, उसकी क़िस्मत का सितारा जगमगा उठेगा। मैं भी तलाश कर रहा था। थककर चूर हो गया। न जाने कमबख़्त कहाँ ग़ायब हो गए। ज़मीन खा गई कि आसमान निगल गया !"

औरत का माथा ठनका। दमबख़ुद रह गई।

"किसके बच्चे हैं ?"

"हमें आम खाने से काम। गुठलियाँ गिनने से क्या हासिल ? किसी के भी बच्चे हो, हमें क्या ?"

"किसी अमीर के होंगे, जब ही तो उनका इनाम मुक़र्रर हुआ है। बेचारे माँ-बाप बेक़रार होंगे।"

"तू निरी अहमक़ है। वो दोनों मुस्लिम बिन अक़ील के बेटे हैं। जो उन्हें लाएगा, बेहिसाब दौलत मिलेगी।"

"बाप को तो ख़त्म कर दिया, अब बेटों का ख़ून बहेगा। मगर उन मासूमों ने क्या गुनाह किया है ?"

"हम क्या जानें ? हमें इनाम से मतलब।"

"मुझे मिल जाएँ तो उन्हें कभी न दूँ।"

"क्या करती उनका ?"

"उन्हें बच्चे बनाकर पालूँ।"

"तू निरी अहमक़ है। भला अक़्ल की बात कैसे कह सकती है ? उन बच्चों के सरहाने मौत खड़ी है। उनको कौन पालेगा ? हाकिम उन बच्चों को कोल्हू में पिसवा देगा। मुझे मिल जाएँ तो सारे दलिद्दर दूर हो जाएँ।"

"तुम्हारा कौन बैठा है इस दुनिया में जिसके लिए दौलत कमाओगे ? ये बच्चे बड़े हो जाएँगे, बुढ़ापे का सहारा बनेंगे। वायदा करो कि अगर बच्चे मिल गए तो उन्हें पाल-पोसकर बड़ा करोगे।"

"ऐसी बातें मत कर। दीवारों के भी कान होते हैं। किसी ने सुन लिया तो आफ़त आ जाएगी।"

"हम ग़ुलामों की तो वैसे भी जान की कोई क़ीमत नहीं। रसूलुल्लाह का ज़माना सबने भुला दिया। अब तो ग़ुलामों के साथ जानवरों से भी बदतर बर्ताव होता है।"

"जब ही तो कहता हूँ कि यह इनाम मिल जाए तो हम मालिक को अपनी आज़ादी की क़ीमत अदा कर दें।"

"थू है ऐसी आज़ादी पर जो मासूमों के ख़ून से ख़रीदी जाए !"

"यह आज तुझे क्या हो गया है ! तुझे जान भी प्यारी नहीं। उलटी-सीधी बकवास किए जा रही है।"

"किसके लिए जिऊँ, ख़ुदा ने औलाद भी तो नहीं दी।"

"अच्छा, अगर मार खाना चाहती है तो और बात है, वरना चुपचाप सो जा। मैं सुबह उठकर उन बच्चों की तलाश में निकल जाऊँगा। इनाम मिला तो तुझसे बेहतर औरत मिल जाएगी। मैं ही हूँ जो तुझ जैसी बंजर-बाँझ औरत को झेल रहा हूँ।"

"तू जानता है, मैं बाँझ नहीं। ख़राबी तुझमें है। मेरा बेटा जीता होता तो उन्हीं की उमर का होता।"

"किनकी उमर का ?" मर्द चौंक पड़ा।

"उन बच्चों की उमर का।"

"तुझे कैसे मालूम उन बच्चों की उमर क्या है ?"

"बस यूँ ही···अंदाज़े से कह दिया।" औरत घबरा गई।

"तू मुझे चकमा दे रही है ! बता, वह बच्चे कहाँ हैं ?"

"मैं क्या जानूँ, कहाँ हैं ? और जानती भी तो तुझ जैसे क़साई को न बताती।"

"ख़ैर, न बता। अल्लाह मेरी मदद करेगा।"

"अल्लाह तेरी हर्गिज़ मदद न करेगा। शैतान से मदद माँग।"

"अरे, किसी की भी मदद शामिल हो। अपना काम बनना चाहिए।" मर्द हँसा।

मर्द सो गया। औरत जागती रही। ख़ौफ़ के मारे नींद उचाट हो गई। समझ में नहीं आता था, क्या करे ? बच्चों को कहाँ छिपाए ? सोचा, कल जब वह चला जाएगा तो कुछ तरकीब निकाली जाएगी। आख़िर नींद आ गई।

रात को न जाने इब्राहीम ने कुछ डरावना ख़्वाब देखा कि नींद में ही बेइख़्तियार फूट-फूटकर रोने लगे। बड़े भाई औन ने बहुत उनका मुँह बंद किया, फुसलाया मगर सिसकियाँ न रुकीं। उस वक्त़ उस ज़ालिम को भी शैतान ने जगा दिया। औरत को सोता पाकर दबे पैर उठकर देखा, पास के हुजरे में कुंडी चढ़ी है। अंदर से सिसकियों की आवाज़ आ रही है। खोला तो बच्चों को देखकर हक्का-बक्का रह गया।

"कौन हो तुम लोग ?"

"हम नहीं बताएँगे वरना तुम हमें मार डालोगे।"

"नहीं मारूँगा।"

"क़सम खाओ।"

उसने फट क़सम खा ली। जब उसे मालूम हुआ कि यह वही बच्चे हैं जिनके सरों पर इनाम है तो जी ही जी में फूला न समाया। सोचा, अगर बच्चों ने गुल मचाया और औरत जाग गई तो क़यामत बरपा हो जाएगी। मालिक को पता चला तो दौलत की लालच में वह उन्हें छीनकर ख़ुद मार डालेगा। इनाम हाथ से जाएगा। उसने बच्चों

को फुसलाया–"अरे, मैं सारा दिन तुम्हें तलाश करता रहा। सुनो ! तुम मदीना जाना चाहते हो ?"

"हाँ, हमें चचा के पास पहुँचा दो। बहुत इनाम-इकराम पाओगे।"

"तो उठो, चुपचाप मेरे साथ चलो। क़ाफ़िला तुम्हारे इंतज़ार में रुका हुआ है, जल्दी करो।"

"हम उस नेक बीबी का शुक्रिया तो अदा कर दें जिसने हमें पनाह दी।"

"वक़्त नहीं है और शायद उसकी नीयत बदल जाए और वह तुम्हें न जाने दे। तुम चलो तो, वरना क़ाफ़िला रवाना हो जाएगा।"

वह शख़्स दबे पैर बच्चों का हाथ पकड़कर निकला और एक तरफ़ चल दिया।

"इतनी तेज़ी से न भागो। हमारा दम फूला जाता है।" इब्राहीम हाँफने लगा।

"बस, जल्दी करो।" वह कड़वाहट से बोला।

"तुम हमें कहाँ लिए जा रहे हो ?" थोड़ी दूर चलकर बच्चे बोले।

"ख़ामोश चलो, बक-बक मत करो।" उसे घबराहट हो रही थी कि अगर किसी ने रास्ते में देख लिया तो बच्चों को छीनकर ले जाएगा। सारे शहर में दरिंदे इन बच्चों की ताक में लगे हुए थे।

"तुम हमें दोया की तरफ़ क्यों लिए जा रहे हो ? उधर तो कोई क़ाफ़िला नहीं जाता।"

"चुपचाप चले आओ वरना पछताओगे।" वह फिर सख़्ती से बोला और उन्हें घसीटने लगा।

बच्चे बड़े होशियार होते हैं। क़साई के हाथ लगाते ही बकरी थरथर काँपने लगती है। जब बेज़बान मौत को दूर से पहचान लेते हैं तो यह बच्चे क्यों न उसका इरादा भाँप लेते ! मचल गए।

आदमी ने बाल पकड़कर छुरी दिखलाई और बोला–"चुपचाप चले चलो वरना जान से मार दूँगा।"

"तुम झूठे हो।" औन ने नफ़रत से कहा।

"तुमने क़सम तोड़ दी।" इब्राहीम ने मलामत से कहा।

मगर वह ढिठाई से हँसने लगा। उन्हें घसीटता ले चला। जगह सुनसान थी। बच्चों की फ़रियाद किसी ने न सुनी। बच्चे सब कुछ समझकर रोने लगे। "तुम हमें क़त्ल करने से पहले नमाज़ तो पढ़ लेने दो।" औन ने ख़ुशामद की।

"अच्छा पढ़ लो, मगर भागने की कोशिश की तो...।" वह एक तरफ़ बैठ गया।

"हम भागेंगे नहीं।" दोनों ने रेत पर तैम्मुम[1] किया, फिर फ़ज़्र[2] की नमाज़ पढ़ी। देर तक दुआ माँगते रहे।

वह शख़्स ख़ंजर लेकर आगे बढ़ा। अब दोनों भाइयों में झगड़ा हो रहा था। दोनों कहते थे, "पहले हमें क़त्ल करो।"

"मैं छोटे भाई का सर कटते न देख सकूँगा।"

"मगर हम छोटे हैं इसलिए हमारा दिल तुमसे ज़्यादा कमज़ोर है। पहले हमें क़त्ल होने दो।"

"अम्मी कहती थीं, बड़ों का कहना मानना चाहिए।"

"यह भी तो कहती थीं कि छोटों का दिल नहीं दुखाना चाहिए।"

"यह तुम लोग क्या बेकार की बक-बक कर रहे हो ! क्या मेरे पास दुनिया का और कोई काम नहीं जो तुम्हारी उलटी-सीधी बकवास सुनता रहूँ ? मेरा वक़्त ज़ाया कर रहे हो। चलो, मैं तुम दोनों को एक ही वार में ख़त्म किए देता हूँ।"

यह कहकर उसने वार किया। इब्राहीम को ढकेलकर औन ने अपना सर आगे कर दिया। एक ही वार में सर तन से जुदा हो गया। आदमी ने लपककर सर कब्ज़े में किया। इब्राहीम भाई की लाश पर गिरकर तड़पने लगे। दूसरा वार किया और दूसरा सर भी थैले में डाला। माहिर क़स्साब[3] की चाबुकदस्ती[4] से उसने फुर्ती से दोनों लाशें दरिया में फेंक दीं। अभी जिस्मों में जान बाक़ी थी। दोनों जिस्म डूबते-उभरते एक-दूसरे से बग़लगीर लहरों की आग़ोश में आगे बढ़ गए।

जब वह शख़्स बच्चों के सर लेकर इनाम की वसूली की ख़ातिर इब्ने-ज़ियाद के दरबार में पहुँचा तो उन मासूमों के ख़ून में लिथड़े सर देखकर उस शकी-उल-क़ल्ब[5] इंसान का कलेजा भी हिल गया। ख़ौफ़ से जिस्म पर लर्ज़ा तारी हो गया। आँखों में आँसू बहने लगे।

"मैंने ज़िंदा लाने का हुक्म दिया था, सर काटने का नहीं। मैं इन्हें क़त्ल नहीं करता। इन्हें गिरफ़्तार करके हुसैन से सौदा करना चाहता था। अब ये सर मेरे किस काम के हैं ?"

इब्ने-ज़ियाद ने एक शख़्स को बुलाकर हुक्म दिया—"इस ख़िंज़ीर[6] के बच्चे को ले जाओ और वहीं, जहाँ इसने बच्चों को ज़िबह किया है, इसे भी क़त्ल कर दो। इसके ज़िस्म के टुकड़े-टुकड़े करके चील-कौवों को खिला दो। ख़बरदार ! इस नाहज़ार[7] को दफ़्न न करना कि ज़मीन भी इस ग़लाज़त को क़ुबूल न करेगी और बच्चों के सर ले जाओ, दरिया में बहा देना।"

वह आदमी उस मर्दूद को घसीटता हुआ दरिया के किनारे ले गया। पहले

---

1. वज़ू (प्रक्षालन), 2. सुबह, 3. निपुण वधिक, 4. कुशलता, 5. पाषाण हृदय, 6. सूअर, 7. नीच, पापी।

उसकी आँखें निकालीं, फिर उसके हाथ-पैर काटे और जानवरों की गिज़ा बनने के लिए फेंक दिया।

दोनों बच्चों के जिस्म अभी किनारे से थोड़ी दूर एक चट्टान के सहारे ग़ोते खा रहे थे। उसने वह दोनों सर भी लहरों पर आहिस्ता से छोड़ दिए। पानी की मौजों ने सरों को जिस्मों के पास पहुँचा दिया। दरिया ग़ुस्से से बल खा रहा था। मौजें सर पटख़ रही थीं। उस शख़्स को ऐसा मालूम हुआ कि बच्चे इंसान के कमीनेपन पर खिलखिलाकर हँस रहे हैं, क़हक़हे लगा रहे हैं।

उसके रोंगटे खड़े हो गए। थर-थर काँपने लगा।

वह शख़्स ज़िंदगी-भर कभी न मुस्कराया।

रास्ते में

हुसैन इब्ने-अली अपने क़ाफ़िले के साथ इन बातों से बेख़बर आराम से कूफ़ा की तरफ़ बढ़ते जा रहे थे ! मजमा अब हज़ारों तक पहुँच गया था। लोग रास्ते में साथ आते जा रहे थे। मगर हुसैन फ़िक्रमंद थे कि कूफ़ा से कोई और ख़बरें क्यों नहीं आतीं ? क़ासिद कुछ तो जवाब लाए। क़ाफ़िला आहिस्ता चल रहा था। मगर क़ासिद बहुत तेज़ नाक़ों पर गए थे। वह तो इतने अर्से में जाकर लौट भी सकते थे।

अब्दुल्ला बिन सलीम और मनज़र बिन मुश्मइल हज के बाद निहायत तेज़ रफ़्तारी से रवाना होकर क़ाफ़िला-ए-हुसैन से आन मिले थे। बच्चों और औरतों की वजह से हुसैन इब्ने-अली बड़ी एहतियात से सफ़र कर रहे थे।

कूफ़ा अब बहुत दूर नहीं रह गया था कि उधर से एक मुसाफ़िर आता दिखाई दिया। सब ख़ुश हो गए कि पहला हरकारा इस्तक़बाल की ख़ुशख़बरी लेकर आ रहा है। मगर क़ाफ़िले को देखकर ऊँटनी-सवार ने अपना रास्ता बदल दिया और दूसरी तरफ़ चल दिया। सबको बड़ी हैरत हुई।

अब्दुल्ला बिन सलीम और मनज़र बिन मुश्मइल को तश्वीश[1] होने लगी। वह क़ाफ़िले से कटकर उस शख़्स का पीछा करने लगे और आगे बढ़कर उसे जा लिया। उससे पूछा कि कूफ़ा का क्या हाल है ? पहले तो वह सर झुकाए ख़ामोश रहा, फिर बोला—"मुस्लिम बिन अक़ील क़त्ल कर दिए गए। लाश की बेहुरमती[2] की गई और गलियों में घसीटा गया। हानी बिन अरवा का भी वही अंजाम हुआ। मैंने

1. चिंता, 2. अपमान।

अपनी आँखों से देखा। हुसैन इब्ने-अली के क़ासिदों के साथ भी वही बदसुलूक़ी की गई। मेरे हमवतनों ने उनके साथ दग़ा की। पहले उन्हें दावत दी, मगर जब हाकिम की तरफ़ से चोट पड़ी तो बुज़दिल गीदड़ों की तरह मुँह छिपाकर कानों में दुबक गए। मैं हुसैन को क्या मुँह दिखाऊँ ?" यह कहकर वह उन दोनों से रुख़सत हुआ।

दोनों इमाम हुसैन के पास पहुँचे और तख़लिए[1] में अर्ज़ करने की ख़्वाहिश ज़ाहिर की।

"इन लोगों से कोई पर्दा नहीं। जो कहना है, इन सबके सामने कहो।"

"आपने उस शख़्स को देखा, जो रास्ता काटकर चल दिया ?"

"हाँ, देखा, हम उसी के बारे में सोच रहे हैं।"

"वह बनी असद के क़बीले से ताल्लुक़ रखता है। बहुत भरोसे का आदमी है। उसने बताया कि मुस्लिम बिन अक़ील क़त्ल कर दिए गए। कूफ़े का रंग बदल चुका है। क़हर नाज़िल हो रहा है।"

हुसैन सर झुकाए ख़ामोश बैठे रहे। कूफ़ा वालों की तरफ़ से दग़ा का शुब्हा था, मगर इस बेरहमी के बर्ताव की उम्मीद न थी। धुँधली उम्मीद के ख़त्म हो जाने से ज़्यादा उन्हें अपने प्यारे भाई, अज़ीज़ दोस्त और वफ़ादार साथी की शहादत का सदमा था। वतन से रुख़सत होने के बाद यह पहली चोट थी जो उनके दिल पर पड़ी।

"ख़ुदारा कूफ़ा न जाइए। ख़ास तौर पर इसलिए कि हमारे साथ ख़वातीन और छोटे-छोटे बच्चे हैं। यहीं से वापस लौट चलिए, क्योंकि कूफ़ा में अब अपना कोई नहीं। वे लोग सिर्फ़ हिमायत से ही जान न चुराएँगे बल्कि हम पर हमला करके ख़त्म करने से भी न चूकेंगे।"

इमाम फिर भी ख़ामोश रहे।

"कूफ़ा जाना दानिशमंदी की निशानी नहीं।"

इमाम ने सर उठाया और कहा, "तुम ठीक कहते हो।" फिर मुस्लिम बिन अक़ील के बड़े लेखकों से पूछा, "तुम्हारी क्या राय है ?"

"कोई जाए या न जाए, हम कूफ़ा ज़रूर जाएँगे। हम अपने बाप की शहादत का बदला लेकर रहेंगे या जामे-शहादत पिएँगे[2]। वापस न जाएँगे।" बेटों ने कहा।

"वापस जाने का तो सवाल ही नहीं। हमारे सब रास्ते बंद हो चुके हैं। मुस्लिम और उनके मासूम बेटे न रहे तो अब जीने का मज़ा क्या ?"

"और फिर मुस्लिम बिन अक़ील की और बात थी। आप गए तो टूटे दिलों

---

1. एकांत, 2. शहीद हो जाएँगे।

को सहारा मिलेगा। लोग फिर से खड़े हो जाएँगे।"

हिम्मतअफ़ज़ाई की बातें सुनकर हुसैन को कोई इत्मीनान या ख़ुशी नहीं हुई। बड़ी नरमी से कहा—"वापस लौटें तो किधर ? अगर मदीना में अमान[1] मिलती तो वहाँ से निकलते ही क्यों ? जहाँ से हज़ारों बुलावे आए, वहाँ के दरवाज़े बंद हो गए। अब क्या मदीना में हालात बदल जाएँगे और हमें पनाह मिल जाएगी ? दूसरे यह भी पता नहीं कि मुस्लिम किन हालातों में शहीद हुए। मुमकिन है, जंग हुई और कूफ़ा वालों ने उनकी मदद की। बड़ी शुजाअत[2] और जवाँमर्दी से हक़े अतात अदा किया। मगर सरकारी फ़ौजों के मुक़ाबले में फ़तहमंद[3] न हो पाए। ऐसी सूरत में हमें कूफ़ा वालों को छोड़ देना इंतहाई ख़ुदगरज़ी और कमीनापन होगा। वह लोग हमारी ख़ातिर तबाह-ओ-बर्बाद हुए। हम उन्हें छोड़कर अपनी जानें बचाकर भाग निकलें। उन्होंने अगर हमारा साथ दिया है तो यह हमारा फ़र्ज़ है कि हम उनकी हिमायत को पहुँचें।"

"लेकिन कूफ़ा जाना मौत के मुँह में जाना है। हमारी मौत से उन्हें कोई फ़ायदा नहीं पहुँचेगा।"

"दोस्तो ! तुम जो कुछ कह रहे हो उसमें कोई शुब्हे की गुंजाइश नहीं। वाक़ई जान बचाने का एक ही रास्ता है कि कूफ़े का रुख़ न किया जाए। मैं तुम्हारी राय की क़द्र करता हूँ। मगर यह बात वाज़ेह[4] कर देना चाहता हूँ कि मैं कहीं भी जाऊँ, मौत मेरी हमसफ़र रहेगी। मैं फ़तह और कामरानी[5] के ख़्वाब नहीं देख रहा हूँ। मैं तख़्तोताज लेने नहीं, अपनी मौत की तरफ़ जा रहा हूँ। इसलिए मैं चाहता हूँ कि तुम सब अपने-अपने घर वापस चले जाओ।"

हुसैन की तक़रीर का यह असर हुआ कि बहुत-से लोग, जो बड़ी-बड़ी उम्मीदें बाँधकर साथ चल रहे थे, उसी रात तारीकी[6] में खिसक गए। क़ाफ़िला जब आगे बढ़ा तो कुछ और रास्ते से मुड़ लिए। आख़िर में बस गिने-चुने साथी रह गए, जो मदीना से रवाना हुए थे। जो हुसैन के साथ जीने-मरने का इरादा करके आए थे। बजाय ग़म और ग़ुस्से के हुसैन को उन लोगों के चले जाने पर इंतहाई इत्मीनान हुआ। वह तो चाहते थे, सब उनको छोड़कर अपनी जानें बचा लें, क्योंकि उनकी मंज़िल मौत थी। वह मकतल की तरफ़ जा रहे थे, वही एक रास्ता खुला था।

---

1. सुरक्षा, 2. वीरता, 3. विजयी, 4. स्पष्ट, 5. विजय, 6. अंधकार।

मुलाक़ात

रात अपनी सियाह चादर लपेटकर रुख़सत हुई। दिन जगमगा उठा। इमाम ने हुक्म दिया कि पानी ख़ूब-सा भर लो; मश्कें, छागलें, परवाले पानी से भर लो। पानी अच्छी तरह भर के क़ाफ़िला फिर रवाना हुआ। 60 हिजरी तमाम होकर 61 हिजरी शुरू हो गया। मोहर्रम की पहली तारीख़ आ गई। दोपहर गुज़र चुकी थी।

साथियों में से कई ने नारा-ए-तकबीर[1] बुलंद किया। हुसैन ने वजह पूछी तो पता चला, ख़ुर्मा के दरख़्त नज़र आ रहे हैं। इसके मानी हैं, कूफ़ा क़रीब आ गया। सब ग़ौर से देखने लगे। अब्दुल्ला बिन सलीम ने कहा—"मैं कई बार यहाँ आ चुका हूँ। ख़ुर्मा के दरख़्त इस जगह कभी न दिखाई दिए। कुछ और ही मामला है।"

"किसी तेज़ नज़र से कहो, ज़रा क़दम बढ़ाकर देखे।" इमाम ने कहा। अब्दुल्ला बिन सलीम आगे बढ़े।

"मुझे तो घोड़ों की कनौतियाँ नज़र आ रही हैं। मुझे तो कोई लश्कर मालूम होता है।"

"ठीक कहते हो। कोई लश्कर है। क्या राय है ?"

"ख़ेमा डाल दें और जितने भी सिपाही हैं, तैयार हो जाएँ। यक़ीनन दुश्मन की फ़ौज है। हर हाल में एहतियात ज़रूरी है।"

चुनाँचे ख़ेमे नस्ब[2] कर दिए गए और सब चौकस हो गए। फ़ौज क़रीब आई तो मालूम हुआ, हुर बिन यज़ीद रियाही हैं। एक हज़ार लश्कर के साथ क़ावसिया से चले आ रहे हैं। साथ में जो पानी था, ख़त्म हो चुका है। प्यास से लश्कर लबेदम हो रहा है। जानवरों का प्यास से बुरा हाल है।

हुसैन ने अपने जवानों को हुक्म दिया, "फ़ौरन सिपाहियों की प्यास बुझाओ। इंसान-ओ-हैवान सबको सेराब[3] कर दो। कोई प्यासा न रह जाए।"

हुक्म की देर थी कि जान बलब[4] फ़ौज को पानी पिलाया जाने लगा। कटोरे, बादिये, छागल लेकर लोग बढ़े। मश्कों के मुँह खोल दिए गए। ऊँटों पर लदे परवाल ख़ाली होने लगे। एक हज़ार सवारों को पानी पिलाना मज़ाक न था।

हुर और उनके साथी हुसैन इब्ने-अली की पेशक़दमी[5] को रोकने के लिए आए थे। सुना था, हज़ारों का लश्कर हुसैन के साथ कूफ़ा की ओर बढ़ रहा है। गिनती के दो सौ अफ़राद[6] को देखकर चुप रह गए। फिर हुसैन ने जिस दरियादिली से प्यासों की ख़ातिर-मदारात[7] की, उसके ख़याल से लश्कर वालों की ज़बानें बंद थीं,

---

1. अल्लाहो-अकबर का नारा, 2. गाड़ दिए, 3. तृप्त, 4. मरणासन्न, 5. आगे बढ़ना, 6. लोग, 7. आवभगत।

सर झुके हुए थे। इधर भी सब ख़ामोश थे। इतने में ज़ुहर की नमाज़[1] का वक़्त हो गया। हुसैन ने हज्जाज बिन मसरूक़ से अज़ान देने को कहा। अज़ान की आवाज़ पर सफ़ें तैयार हो गईं। हुसैन भी नमाज़ के लिबास में खेमे से निकले। बाद हम्द-ओ-सना[2] के फ़र्माया—"ऐ कूफ़ा वालो ! ख़ुदा हाज़िर-ओ-नाज़िर है। मैं तुम्हारी तरफ़ किसी नामुनासिब इरादे से नहीं आया हूँ। तुम्हारा दावतनामा पाकर ही आया हूँ।"

"कैसा दावतनामा ?" हुर ने अदब से दरियाफ़्त किया।

"तुमने मुझे बुलाने के लिए ख़त लिखे, क़ासिद भेजे कि या हुसैन, आपको ख़ुदा का वास्ता है, कूफ़ा आ जाइए। हमारा कोई इमाम नहीं। ख़ुदा के लिए आकर हमारी रहनुमाई कीजिए। हमारे दुःखों का मुदावा[3] कीजिए।"

"गुस्ताख़ी माफ़, या हुसैन ! हमने आपको कोई ऐसे ख़त नहीं लिखे।" हुर ने कहा।

तब इमाम ने खे़मे से ख़तों के थैले मँगवाकर सामने डलवा दिए।

"यह देखो, मैं तुम्हें धोखा देना नहीं चाहता। अपनी आँखों से यह ख़त देख लो।"

"हममें से किसी ने इनमें से कोई ख़त नहीं लिखा, न हमें इन ख़तों के मज़मूनों से कोई वाक़फ़ियत[4] है। या तो किसी ने आपको धोखा देने के लिए यह हरकत की है या हुकूमत के ग़द्दारों की कार्रवाई मालूम होती है। आपको मालूम नहीं, उन लोगों का इलाज कर दिया गया। जो बाक़ी बचे होंगे, वे रूपोश हो गए हैं।"

"ख़ैर, अगर तुम कहते हो कि कूफ़ा में मेरा कोई मुन्तज़र नहीं है तो मैं और कहीं चला जाऊँगा।"

इमाम की इस बात पर वे लोग नज़रें चुराने लगे। इमाम ने कहा—"ख़ैर, नमाज़े-जुहर तो अदा कर लें। हुर, तुम अपने लश्कर को अलहदा नमाज़ पढ़ाओगे ?"

"नहीं, आप नमाज़ पढ़ाइए। हम सब आपके पीछे नमाज़ पढ़ेंगे।"

चुनाँचे सबने साथ नमाज़ अदा की। हुसैन अपने खे़मे में चले गए।

हुर के लिए जो खे़मा नस्ब हुआ था वह उसमें जाकर आराम करने लगे। वहाँ उनके कुछ साथी पहुँच गए और बातचीत करते रहे।

हुर के मानी आज़ाद हैं, मगर उस वक़्त वह हुसैन के एहसान की क़ैद में थे। उनकी ज़बान बंद थी और कुछ कहते बन न पड़ता था। उसके बाद जब अस्र[5] की नमाज़ भी सबने अदा कर ली तो हुसैन ने कहा—"अगर कूफ़ा वालों को मेरी ज़रूरत

---

1. दोपहर की नमाज़, 2. ईश्वर की स्तुति, 3. इलाज, 4. जानकारी, 5. तीसरे पहर।

नहीं तो वह मेरे पाबंद नहीं। इसलिए मैं कूफ़ा के बजाय किसी और तरफ़ का रुख़ करता हूँ।"

यह कहकर उन्होंने कूच की तैयारियों का हुक्म दिया।

अब मजबूरन हुर को ज़बान खोलनी पड़ी—"मुझे क़ावसिया के हाकिम ने इसलिए रवाना किया है कि मैं आपको रास्ते में रोककर आपको···इब्ने-ज़ियाद के सामने हाज़िर करूँ।"

"हुर, मुझे नजफ़ चला जाने दो। इसमें तुम्हारा कुछ नहीं बिगड़ता।" हुसैन ने नरमी से कहा।

"नजफ़ जाने की इजाज़त नहीं।"

हुसैन को एकदम जलाल आ गया। चेहरा सुर्ख़ हो गया। ज़ब्त की भी एक हद होती है। वह जितनी नरमी बरत रहे थे, ये लोग सर पर चढ़े चले आ रहे थे। निहायत ग़ुस्से से बोले, "हुर, तेरी यह मजाल नहीं कि हमें धमकियाँ दे, हम पर हुक्म चलाए। हमारा जी जिधर चाहेगा, उधर जाएँगे। अगर हिम्मत है तो रोक ले।"

यह कहकर हुसैन ने फ़ौरन घोड़ा बढ़ाया। हुर ने फ़ौरन घोड़ा सामने बढ़ा दिया।

यह देखकर अबुलफ़ज़ल अब्बास और अली अकबर का जवान ख़ून खौल उठा। ज़ैनुलआबिदीन की तबीयत ख़राब थी। मगर वह भी उठ बैठे। क़ासिम भी बढ़े और सबने तलवारें निकाल लीं।

"ठहरो, यह ख़ून-ख़राबा मुझे पसंद नहीं। मैं क्या इसीलिए मदीना छोड़कर आया हूँ ?" फिर हुर से बोले, "इन नौजवानों का ख़ून गरम है। इनके मुँह न लगो। अगर मेरी जान लेने की गरज़ से आए हो तो वह दूसरी बात है।"

"हमको किसी की जान लेने का हुक्म नहीं। आप कूफ़ा जा रहे थे। चलिए, हम कोई मज़ाहमत न करेंगे। मगर हम साथ चलेंगे।"

"नहीं, अब कूफ़ा न जाएँगे। हमारे दिल में कूफ़ा के बारे में मुग़ालता था, वह दूर हो गया। वाक़ई अब वहाँ हमारा कोई मुन्तज़र नहीं।"

"हम जानबूझकर मौत के मुँह में न जाएँगे।" सबने एक ज़बान होकर कहा।

"कूफ़ा के अलावा और किसी रुख़ जाने का हुक्म नहीं है। और हुज़ूर, आप कहाँ तशरीफ़ ले जाएँगे ? वापस मदीना नहीं जा सकते कि रास्ते में लश्कर बढ़ते चले आ रहे हैं। आप जिधर भी जाएँगे, आपको हलक़े से निकलना नसीब न होगा। एक बात अर्ज़ करूँ ?"

"ज़रूर।" इमाम ने इजाज़त दी।

"मुझे इस सूरत में आपके साथ रहने का हुक्म मिला है कि आप कूफ़ा जा रहे हैं या मदीना की तरफ़ वापस लौटें। अगर आप कोई ऐसा रास्ता इख़्तियार करें

जो न मदीना जाता हो, न कूफ़ा, तो ऐसी सूरत में मुझे कोई एहकामात[1] नहीं मिले। इसलिए मैं ख़ामोश रहूँगा। इस तरह आप भी ज़हमत से बचेंगे और मेरे ऊपर भी इलज़ाम न आएगा।"

"ज़हमत से बचना तो अब मुमकिन ही नहीं। हमारे लिए तो हर चहारतरफ़ मुसीबत ही मुसीबत है। लेकिन तुम ठीक कहते हो। हम क़ावसिया और ग़दीब के रास्ते से बाएँ रुख़ की तरफ़ चले जाएँगे।"

यह कहकर मुख़्तसर[2] से क़ाफ़िले ने उधर का ही रुख़ किया। हुर ने कोई मुज़ाहमत न की। साथ-साथ चलता रहा। रास्ते में बड़े दुःख से बोला, "देखिए, मैं आपको ख़ुदा का वास्ता देता हूँ। आप अपनी और अपने अहल-ओ-अयाल[3] की ज़िंदगी पर रहम कीजिए। अगर आपने जंग की तो आप यक़ीनन क़त्ल होंगे।"

"क्या तुम मुझे मौत से डराने की कोशिश कर रहे हो ? ज़रा सोचो तो, इससे ज़्यादा तुम कर भी क्या सकते हो कि मुझे क़त्ल कर दो। हुर ! मौत तो हर इंसान को एक दिन आनी ही है। हिम्मत से मौत का मुक़ाबला करने में कोई नंग-ओ-आर[4] नहीं। नीयत में सच्चाई हो, अपना ज़मीर[5] इजाज़त दे तो मौत के ख़ौफ़ से क़दम नहीं लड़खड़ाना चाहिए।"

हुर ने सर झुका लिया और कोई जवाब न दिया।

क़ाफ़िला रास्ता तय करता रहा। हुर भी साथ चलता रहा। जब नेनुआ की सरज़मीन पर पहुँचे तो एक मुसल्लह[6] सवार कूफ़ा की जानिब से आता दिखाई दिया।

सब रुककर उसका इंतज़ार करने लगे। वह क़रीब आया तो उसने हुर और उसके अफ़सरों को सलाम किया। हुसैन इब्ने-अली की तरफ़ कोई तवज्जोह न दी। क़ासिद हुर के लिए इब्ने-ज़ियाद के पास से एक पैग़ाम लाया था। ख़त में लिखा था—

'तुमको हुक्म दिया जाता है, हुसैन को आगे बढ़ने से रोक दो और उनके क़ाफ़िले का रुख़ निहायत होशियारी से ऐसे मुक़ाम की तरफ़ मोड़ दो जहाँ आबो-गियाह[7] का नाम न हो और पनाह के लिए कोई क़िला भी न हो। यह क़ासिद तुम्हारे साथ रहेगा। यह देखने के लिए कि तुम हमारे हुक्म की तामील करने में कोई कोताही तो नहीं करते।'

ख़त से मालूम होता था कि इब्ने-ज़ियाद को हुर पर मुकम्मल ऐतमाद नहीं। वह उसकी तबीयत की नर्मी से डरता था। या शायद उस ज़माने का दस्तूर ही बन गया था कि किसी पर पूरी तरह ऐतमाद न किया जाए। ख़रीदा हुआ इंसान शायद किसी और के हाथों ज़्यादा दामों में बिक जाए या कोई और दिमाग़ी कमज़ोरी का शिकार होकर ग़लती कर बैठे। अफ़सरों को एक-दूसरे की जासूसी पर तैनात कर

1. आदेश, 2. छोटा, 3. बाल-बच्चे, 4. लज्जा, 5. अंतःकरण, 6. सशस्त्र, 7. पानी और घास।

दिया जाता था।

हुर हुसैन की अज़मत[1] का क़ायल होते हुए भी दुनिया का बंदा था। वह अपने मुस्तक़बिल के ख़याल से इब्ने-ज़ियाद की मुख़ालिफ़त हरगिज़ पसंद नहीं कर सकता था। हज़ार मजबूरी और लाचारी के बावजूद उस पर इब्ने-ज़ियाद के हुक्म की तामील लाज़िम थी। उसका इरादा हो रहा था कि हुसैन को बुलाके मैदान की तरफ़ बढ़ने से रोक दे। क्योंकि यह वही मुक़ाम था जहाँ इब्ने-ज़ियाद उन्हें ले जाना चाहता था। उसने अपने दिल पर जब्र करके उन्हें आगे बढ़ने दिया। क़ासिद ने भी अपनी ख़ुशनूदी[2] का इज़हार किया और क़ाफ़िला बढ़ता रहा।

कैसी भयानक रात थी ! चारों तरफ़ अँधेरा छाया हुआ था। हाथ को हाथ सुझाई न देता था। लक़ोदक़[3] बेरहम-ओ-बेमुरव्वत सहरा[4], बंजर चट्टानें, उजाड़ टीले, कोई आदम, न आदमज़ाद[5]; न यह ख़बर कि रास्ता किधर है। जंगली जानवरों की दहाड़ें सुनकर बच्चे सहम जाते थे। माँओं की गोदों में मुँह छिपाए बिलख रहे थे। माँएँ आयतें पढ़-पढ़कर दम कर रही थीं। गर्मी थी कि अलअमाँ[6] ! मगर आले-मुहम्मद ने हिम्मत का दामन न छोड़ा। मंज़िलों पानी का नामोनिशान न था। बेश्तर पानी हुर की फ़ौजों को पिला दिया। अगर पानी देने के बजाय हुर के प्यासे सिपाहियों पर टूट पड़ते तो मिनटों में सफ़ाया कर देते। मगर रसूले-ख़ुदा के नवासे को तो ऐसी बात सोचते हुए भी कराहियत[7] आती थी।

सुबह तड़के से सूरज अपना अज़ाब[8] बरसाने लगा। हवा दमबख़ुद थी। पसीने में सराबोर हो रहे थे। फूल-से चेहरे कुम्हला गए थे। घोड़ों की प्यास से ज़बानें निकली पड़ती थीं। जब जानवर भी अपनी भिटों में दुबककर बैठ जाते हैं, नबी के प्यारे नवासे सहरा की ख़ाक छान रहे थे। बालों में मनो ख़ाक अटी हुई थी। बच्चे सिसक-सिसककर पानी माँगते थे।

"ऐ साहब ! क्या मेरे बच्चों को प्यासा मारने का इरादा है ?" बानो अपनी महमिल[9] से पुकार रही थीं, "कुछ महीने की जान मेरा दूध-पीता बच्चा बग़ैर पानी के बेहोश हुआ जाता है। बच्चों के होंठ सूखकर तड़ख़े जा रहे हैं।"

उधर सकीना बिलख रही थी, "अच्छे चचाजान ! महमिल में मेरा दम घुटा जाता है। ज़रा गोदी में ले लो। अल्लाह ! मुझे ठंडी हवा में निकालो। बाबाजान से कहो, खेमा डालें। वाह, तुम ख़ुद तो हवा खा रहे हो और हमें अंदर घोंट रखा है।"

बच्चों की आह-ओ-ज़ारी[10] सुनकर हुसैन कलेजा मसोसकर रह जाते थे। महमिल के अंदर फिर भी साया था। बाहर तो सूरज जैसे सवा नेज़े पर[11] उतर आया

1. महानता, 2. रज़ामंदी, 3. चटियल, 4. जंगल, रेगिस्तान, 5. प्राणी, 6. अल्लाह रक्षा करे, 7. घृणा, जुगुप्सा, 8. प्रकोप, 9. ऊँट का कजावा, 10. रुदन, 11. भरी दुपहर।

था। बस, औलाद की क़िस्मत में बाप की तरफ़ से विरसे में दुःख ही दुःख मिले हैं। पैग़ंबरे-ख़ुदा ने दुनिया को सलामती की राह दिखाई। आज़ उनकी औलाद और उनकी उम्मत ज़ाबिरों के हाथों लक़ोदक़ सहराओं में यूँ सऊबतें[1] उठा रही थीं।

हुर का लश्कर उन्हें उस दोज़खी रास्ते पर डालकर तेज़ी से आगे बढ़ गया। अब हुसैन के लिए करबला की तरफ़ जाने के सिवा कोई चारा न था। अब वह दुश्मन की मुट्ठी में थे।

इमाम ने मैदाने-करबला पर एक उचटती हुई नज़र डाली। आप ही आप जी भर आया, "लो, हमारी मंज़िल आ गई।" ज़ेरे-लब मुस्कराकर कहा, "अब यहाँ से न आगे जाना है, न पीछे।" मिट्टी से गोर की ख़ुशबू आ रही थी। उन्होंने लगामें खींच लीं। ज़ैनब ने सहमकर भाई की तरफ़ देखा और कलेजा थाम लिया। "चलते-चलते लगाम क्यों खींच ली, भाई ? यह कौन-सा मुक़ाम है ? न कोई बस्ती दिखाई देती है, न गाँव। ख़ुदा के लिए इस जगह से बढ़िए। मुझे तो वहशत हो रही है। भला यहाँ कैसे रहेंगे ?"

"कोई अपनी मंज़िल से आगे नहीं जा सकता, ज़ैनब !" हुसैन ने कहा।

"मगर मेरा तो कलेजा काँप रहा है। बच्चों के मुँह भी उतरे हुए हैं। भाई, मुझे तो इस नामुराद ज़मीन से ख़ून की बू आ रही है। सब्ज़ा देखकर वहशत हो रही है। फूल आँखों में काँटों की तरह चुभे जाते हैं।"

"यह तुम्हारा वहम है, ज़ैनब ! यह वही मुक़ाम है जो हमने अकसर परेशानी की नींद में ख़्वाब में देखा है। बड़ी अपनी-सी जगह मालूम होती है। वह देखो, सामने ही तो नहर उल्क़मा है। इसके किनारे ख़ेमे नस्ब करेंगे।"

ज़ैनब दरिया की तरफ़ नज़र डालकर काँप उठी।

"या ख़ुदा, यह दरिया है या सेराब ? यह पानी के बुलबुले हैं कि इंसानी खोपड़ियाँ तैर रही हैं ! मौजें हैं कि तलवारें आपस में टकरा रही हैं ! कलेजा मुँह को आया जाता है।"

"तुम बहुत थक गई हो, ज़ैनब ! आराम करोगी तो घबराहट दूर हो जाएगी।" इमाम ने तसल्ली दी।

"भाई, मेरे जी को क्या हुआ जाता है ? आप ही आप बैठा जाता है। देखो तो, असग़र कैसा बिलखकर रो रहा है ! कहते हैं, बेज़बानों को ग़ैब की ख़बर हो जाती है। सकीना भी सहमी हुई है।"

"दिल को क़ाबू में रखो, ज़ैनब !"

"मौजों का शोर सुनकर दिल मसला जाता है। याख़ुदा, यह कौन मातम कर रहा है ? कौन बैन कर रहा है ? क्या कोई इस मनहूस दरिया में डूब गया ?"

"तुम्हारा वहम तुम्हें बरगला रहा है।"

"जी कहता है, यहाँ पड़ाव हुआ तो जानों की ख़ैर नहीं।"

"बिन्ते-अली ! तुम घबराओगी तो औरों की हिम्मत भी जवाब दे जाएगी। क़िस्मत में करबला आना लिखा था। अब हँसी-ख़ुशी हम सब यहीं रहेंगे। अगर हाकिम ने इजाज़त दे दी तो बस यहीं घर बसा लेंगे। मैं मालूम करता हूँ, यह ज़मीन किसकी मिल्कियत है ? ऐ लड़को ! इधर आओ, ज़रा क़रीब के इलाक़े में जो बस्ती है वहाँ जाकर दरियाफ़्त करो, इस ज़मीन का मालिक कौन है ?"

चंद नौजवान हुक्म की तामील के लिए रवाना हो गए। फिर हुसैन ने अली अकबर से कहा—"तुम्हारी फूफी तो बड़ी वहमी मिज़ाज की हैं। यह वही मुक़ाम तो है जहाँ बाबा ने कई बार ख़ेमे लगाए थे। लंबे सफ़र ने उन्हें हलकान कर दिया है। अरे, यह तो बड़ी पाक ज़मीन है। हम यहाँ रहेंगे। अपने कारनामों से इसे ऐसा बलंद मर्तबा बख़्शेंगे कि लोग दूर-दूर से यहाँ इल्मो-फ़न[1] सीखने आएँगे। इंसान अपने अफ़आल[2] से ज़मीन को मर्तबा देता है। अगर हमने बलंद हौसलगी[3] से काम लिया तो यह जगह फ़रिश्तों की सिजदागाह[4] बन जाएगी। इस्लाम इस सरज़मीन पर एक बार फिर अपनी पूरी शान से ज़िंदा होगा।"

सब उतरकर इधर-उधर टहलने लगे। नहर के पानी ने सब में दोबारा जान डाल दी। जंगल में मंगल हो गया। बच्चों की किलकारियों से फ़िज़ा नग़माबार हो गई। मौजों ने उठकर हुसैन के क़दम चूमे और जाविदाँ बन गईं।

हुसैन ने अली अकबर के काँधे पर हाथ रख दिया।

"अली अकबर, यह जगह पसंद है ?"

"लाजवाब मुक़ाम है। और नहर तो जैसे सीधे जन्नत से चली आ रही है।"

जवाँनसाल अली अकबर की ज़बानी अपनी तारीफ़ सुनकर जैसे पूरी तराई का दिमाग़ सातवें आसमान पर पहुँच गया। बड़े नाज़ोअंदाज़ से वादी ने अँगड़ाई ली और ज़मीन पर फ़िरदौसे-बरीं[5] की बहारें निछावर हो गईं। हवा ने भागकर यह ख़ुशख़बरी दरिया के कान में डाल दी कि तुझे चुन लिया गया :

'उठ दीवानी, तेरे नसीब जाग उठे
इमाम हुसैन तेरे पानी से वज़ू करने आ रहे हैं
उठ नेकबख़्त, उनके क़दम चूम ले
कि तेरा रुतबा आबे-कौसर के हमपल्ला हो जाएगा।
तेरी आबरू बढ़ जाएगी।
हुसैन तेरे पानी की क़िस्मत जगाने आ रहे हैं।

---

1. ज्ञान-विज्ञान तथा कला, 2. कर्म, 3. उच्च साहस, 4. जहाँ शीश नवाया जाता है, 5. स्वर्ग, जन्नत।

तेरे किनारे पर उनके क़दम पड़ेंगे
तेरे नाम का सदियों डंका बजेगा।
ओ भागवान, लोग तेरा नाम हुसैन के साथ लेंगे।'

ज़र्रा-ज़र्रा झूम उठा। दस्तो-बयाबाँ ख़ुल्दे-बरीं[1] का नमूना बन गए, सहरा जगमगा उठा, दूर-दूर तक रोशनी फूट निकली।

दरिया ने बेक़रार होकर बुलबुलों के क़ुमक़ुमे[2] इमाम के क़दमों पर लुटा दिए। मौजें लपक-लपककर क़दम चूमने लगीं। ख़ित्त-ए-ज़मीन के भाग जाग उठे। जहाँ इमाम के क़दम पड़े, फूल मुस्करा उठे, ग़ुंचे हँसने लगे। ख़ाके-करबला की क़िस्मत आसमान की बलंदियों को पार कर गई।

हुसैन ने आँखें बंद कर लीं और भरे हुए गले से बोले—"क्या पुरसुकूँ मुक़ाम है ! हवाओं में नशा घुला हुआ है। आँखें आप ही आप बंद हुई जाती हैं।"

"इस मिट्टी में बड़ी कशिश है। दिल आप ही आप खिंचा जाता है।"

बच्चे पानी में उधर शोर बरपा किए हुए थे। रेगिस्तान में किसी पर पानी उछालना ऐन इनायत और प्यार की निशानी समझी जाती है कि पानी क़ुदरत का हसीनतरीन तोहफ़ा है।

"अब्बास, बस, यहीं ख़ेमे नस्ब करवा दो। मगर ज़ैनब से पूछ लो, ख़ेमे किस रुख़ नस्ब किए जाएँ। ज़नाने ख़ेमे ज़रा किनारे से दूर रहें तो अच्छा है। यहाँ हर वक़्त लोगों का आना-जाना रहेगा। ख़वातीन को तकलीफ़ होगी।"

अब्बास ने बहन से पूछा तो बोलीं—"मुझसे क्या पूछते हो ? जहाँ सबकी राय हो वहीं ख़ेमे लगवा दो। भाई ठीक कहते हैं। ख़वातीन और बच्चों के ख़ेमे ज़रा पानी से दूर रहें तो अच्छा है, वरना बच्चे हरदम पानी में ही पड़े रहेंगे। हाँ, मगर इतनी दूर भी न लगवाओ कि पानी दिखाई न दे। दरिया कितना हसीन है ! नज़्ज़ारे से दिल खिला जाता है। दिमाग़ को तरावट मिलती है। फिर क्यों मेरा जी डूबा जाता है ?"

"ऐ अब्बास, बच्चों से कहो, अब पानी से खेल चुके, ख़ुनकी[3] बढ़ रही है।" बानू बोलीं।

"बच्चों को पानी से हटाना मेरे बस की बात नहीं। फ़ुज़्ज़ा से कहिए, अपना असा सँभालें तो शायद क़ाबू में आ जाएँ।"

"रहने दो, थोड़ी देर पानी में और खेलने दो। इतने दिन बाद पानी नज़र आया है। जी भर जाएगा, आप ही निकल आएँगे।" ज़ैनब ने रोक दिया।

---

1. स्वर्ग, 2. कल्ब, 3. ठंडक।

हुसैन इब्ने-अली मुस्कराकर बोले—"इंसान किस क़दर कम नेमतों में हँसी-ख़ुशी गुज़ारा कर लेता है। वतन से दूर घर-बार छोड़कर ऐसा लगता था, अब कहीं आराम-ओ-सुकून न मिल सकेगा। मगर देखो, यह नहर पाकर सारी तकलीफ़ें दूर हो गईं। सब कुछ खो देने का ग़म मिट गया। हमें क़िले और महल नहीं चाहिए। बस, सीधे-सादे छोटे-छोटे घर बनाकर नई बस्ती बसाएँगे। बाग़-बगीचे लगाएँगे। ज़िंदगी में बहार आ जाएगी।"

"मस्जिद का रुख़ ऐन दरिया की तरफ़ होगा।"

"मकतब[1] और कुतुबख़ाने[2] की बुनियाद सबसे पहले पड़नी चाहिए।"

ज़ैनुल आबेदीन को इल्म से बेइंतहाई लगाव था। बीमार थे मगर उनकी महमिल में हर तरफ़ किताबें भरी पड़ी थीं।

"सबसे पहले तो हाट-बाज़ार का इंतज़ाम होना चाहिए।" फ़ुज़्ज़ा को अपनी हाँडी-चूल्हे की फ़िक्र पड़ी थी। सब हँसने लगे।

"अब्बास, तुम देखना, यहाँ कितना हसीन शहर तामीर होता है। इंसान अपने हाथों से उजाड़ जंगलों और रेगिस्तानों को गुलज़ार बना सकता है। अभी हमारी तादाद कम है। मगर जल्द ही लोग इधर तवज्जो देने लगेंगे। मेहनत करने वालों की कमी न रहेगी और देखते-देखते यहाँ एक पुरअमन बस्ती बस जाएगी।"

ख़ेमे गाड़े जाने लगे। क़नातें खुल गईं। मेख़ें ठोंकी जाने लगीं। रस्सियों के गुच्छे खुलने लगे। सारी सऊबतें भूलकर एक नई दुनिया बसाने के ख़्वाब देखे जाने लगे।

मगर दम भर में यह ख़्वाब चकनाचूर हो गए।

अचानक शुमाल की जानिब से ग़ुबार उठा और पूरी वादी पर छा गया। लोग काम छोड़कर उधर मुतवज्जे हो गए। दूर से एक फ़ौजी दस्ता आगे बढ़ता नज़र आया।

अब्बास ने साथियों को ललकारा—"होशियार साथियो ! न जाने ये दोस्त आते हैं कि दुश्मन ? इस इलाक़े में कुछ वहशी क़बीलों ने लूटमार को पेशा बना लिया है। डाकुओं की तादाद बहुत बड़ी मालूम होती है।"

एक और दस्ता नज़र आया। जंगल में स्याही बढ़ गई। तबले-जंग की गरज़ से कोहो-बियाबाँ[3] लरज़ उठे। घोड़ों की टापों से धरती की छाती धड़कने लगी।

बिजली की तेज़ी से लश्कर के दस्ते आगे बढ़े और घाट पर सफ़बंदी शुरू कर दी, ऐन ख़ेमों के सामने।

अब्बास ने नौकरों को पुकारा, "जाकर पूछो तो क्या क़िस्सा है ? यह क्या बदतमीज़ी है ! यहाँ हमारे ख़ेमे लग रहे हैं और यह बेवकूफ़ धूल उड़ाते, दनदनाते

---

1. स्कूल, 2. पुस्तकालय, 3. पहाड़ और जंगल।

चले आ रहे हैं, जाहिल कहीं के ! उनसे कहो, ज़रा दूर हटकर ख़ेमे लगाएँ।"

इतने में फ़ौज़ का सरदार आगे बढ़ा और कहा—"नहर के किनारे हमारी फ़ौजें पड़ाव डालेंगी। आप लोग ज़रा और हटकर ख़ेमे लगाइए।"

"तो क्या नहर का किनारा आगे नहीं ? तुम आगे बढ़कर पड़ाव डालो। घाट तो काफ़ी दूर तक फैला हुआ है।"

"यह पूरा घाट फ़ौजी इलाक़े की हुदूद[1] में है।"

"क्या मतलब ? यानी यहाँ से लेकर वहाँ तक ?"

"जी हाँ।"

"तुम्हें अगर यह टुकड़ा ज़्यादा पसंद है तो कोई बात नहीं। हम आगे बढ़ जाएँगे। ख़ेमे फिर से उखाड़ने पड़ेंगे।" अब्बास को ग़ुस्सा तो बहुत आया, मगर ज़ब्त कर गए।

"आगे भी सब फ़ौजी इलाक़ा है। आपको पीछे हटना पड़ेगा, काफ़ी पीछे। फ़ौज के लिए काफ़ी रक़बा[2] चाहिए होगा। दस हज़ार कूफ़े से आ रहे हैं। फिर शाम और रोम से बेशुमार फ़ौजें आ रही हैं। इधर-उधर के इलाक़ों से भी दस्ते आ रहे हैं। कहीं से दो हज़ार, कहीं से चार हज़ार। जगह की क़िल्लत हो जाएगी। आप लोग पीछे हटकर क़याम कीजिए।"

"तेरी यह मजाल मरदूद, हम पर हुक्म चला रहा है !" अबुलफ़ज़ल अब्बास को ग़ुस्सा आ गया, "तेरी तो क्या हस्ती है। हम दम-भर में तुझे तहस-नहस करके रख देंगे। हम पर धौंस जमाता है।"

"मैं अपनी तरफ़ से धौंस नहीं जमा रहा हूँ। मुझे जो हुक्म मिला है, बस वही कह दिया।"

"हमारे मुँह लगे तो पछताओगे। तादाद पर न जाना। असल चीज़ जुर्रत और शुजाअत[3] है। हम अगर अपनी आस्तीनें उलट दें तो ज़मीन-ओ-आसमान तहोबाला हो जाएँ। हमसे न उलझना वरना मुँह की खाओगे। अभी इस नहर के पहलू में लहू की एक नहर खींच देंगे। हमारे ख़ेमे इसी जगह नस्ब होंगे और जो हमसे टक्कर ली तो पाश-पाश हो जाओगे।"

अब्बास का ग़ुस्सा जर्बअुलमस्ल[4] था। ऐसा मालूम होता था, आतिशफ़िशाँ[5] पहाड़ फट पड़ा।

फ़ौजियों का अजब हाल था। नेज़े[6] उठे हुए थे, तलवारें खिंची हुई थीं, कमानों पर चिल्ले चढ़े हुए थे मगर शर्म और नदामत से सर झुके हुए थे। आँखें नीची थीं। दिल धक-धक कर रहे थे। पैग़ंबर के प्यारों के सामने जिस्म लरज़ रहे थे। दिल बैठे

1. सीमा, 2. क्षेत्र, 3. सहारा और वीरता, 4. कहावत की तरह प्रसिद्ध, 5. ज्वालामुखी, 6. भाले।

जा रहे थे। ख़ुद अपने वज़ूद पर लानत भेज रहे थे। आले-रसूल के सामने तो लाख भी ख़ाक थे। ढालों की आड़ में छिपे जाते थे।

मुट्ठी-भर थके-हारे इंसानों की इतनी वहशत कि पहलवानों के पसीने छूटे जा रहे थे !

अब्बास की आवाज़ सुनकर और लोग भी जल्दी से आए। सबको जोश आ गया। इब्ने-मुजाहिर ने बढ़कर कमान में तीर जोड़ा। अबुतमामा और इब्ने-सैयद ने तलवारें खींच लीं। क़ासिम को जलाल आ गया। अली अकबर की पेशानी पर बल पड़ गए। ज़ैनब के मासूम औन-ओ-मुहम्मद भी अपनी तलवारें लेने लपके।

यह रंग-ढंग देखकर फ़ौजियों का पित्ता पानी हो गया। इतना बड़ा लश्कर, जो लम्हा-ब-लम्हा[1] बढ़ रहा था, गिनती के चंद जवानों से डरकर दुबककर रह गया।

बच्चे हंगामे की ख़बर सुनकर रोने लगे। सकीना ने दहलकर जल्दी से माँ की गोद में मुँह छिपा लिया।

फ़ुज़्ज़ा ने महमिल से झाँककर पुकारा—"ऐ बीबी ! ग़ज़ब हो गया। ज़ालिम नहर पर नेज़े बलंद कर रहे हैं। अब्बास इब्ने-अली को तैश आ गया है। अल्लाह ख़ैर करे। यह किसने शेरे-बबर को ग़ुस्से में छेड़ दिया है ? मुजस्सम[2] ग़ैज़-ओ-ग़ज़ब[3] बने आगे बढ़ रहे हैं।"

ज़ैनब ख़ेमा नस्ब होने के इंतज़ार में अभी तक महमिल में बैठी थीं, परेशान हो गईं। बोलीं—"भाई ! ख़ुदारा कुछ कीजिए, यह क्या अंधेर है ? कहीं ख़ून-ख़राबा न होने लगे। ख़ुदारा इन लड़कों को मना कीजिए।"

हुसैन इब्ने-अली जल्दी से उठे। भाई को रोका—"अब्बास, जाने-बिरादर[4]! हमारा मसलक[5] अमन है। हम यहाँ पनाह लेने आए हैं। किसी से झगड़ा मोल लेना मक़सद नहीं।"

"इन तीनों से अमन और सलामती का रिश्ता ?" अब्बास सर से पैर तक लरज़ रहे थे, "हम हक़ पर हैं, आक़ा !"

"मगर हमें ख़ून बहाने का हक़ नहीं। यह हमारे नाना की उम्मत है। इन पर पहल करना हराम है। जाने भी दो अब्बास, ये अहमक़ हैं। तुम शेरे-ख़ुदा के फ़रज़ंद हो जो रहमोकरम का मुजस्सिमा थे। तुम्हारा इनका कोई मुक़ाबला नहीं।"

"आक़ा, नहर से दूर ख़ेमाज़न हुए तो हमें बेकार ज़हमत होगी।"

"हम ठहरे ग़रीब-उलवतन[6], हमारे लिए तराई और जंगल एक ही बात है। ख़ुदा हर जगह मौजूद है। ज़ोर-ज़बर्दस्ती हमारा शेवा नहीं। रसूलेख़ुदा की पाक रूह का

---

1. क्षण-क्षण, 2. मूर्त, 3. प्रकोप, 4. प्राणों से अधिक प्रिय भाई, 5. उद्देश्य, पद्धति, 6. परदेसी।

सदक़ा, जाने दो अब्बास ! वल्लाह इस वक़्त तुम्हें ग़ुस्से में देखकर बाबा का जलाल याद आ रहा है।" हुसैन गुलूगीर लहजे[1] में भाई को समझाने लगे। अब्बास सर झुकाए ग़ुस्से पर क़ाबू पाने की कोशिश करते रहे। चेहरे पर एक रंग आता था, एक जाता था। माहे-बनी हाशिम[2] ग़ुस्से की घटाओं के बावजूद जगमगा रहा था।

"तुम्हारी निजाबत[3] और ख़ानदानी शान के सामने मआज़ अल्लाह[4] इन अहमक़ों की बिसात ही क्या है ! तुम चाहो तो सद्द सिकंदरी के परख़चे उड़ा दो। यह तुम्हारे हमपल्ला नहीं। शेर और लोमड़ी का मुक़ाबला ही क्या है ? बस, हमारी ख़्वाहिश यही है कि तुम दरिया का किनारा छोड़ दो। तुम्हें जनाबे-अमीर की क़सम ! इन बदबख़्तों की दीदा दिलेरी[5] पर इतना जी मैला न करो।"

अब्बास को सिर्फ़ हुसैन की मीठी ज़बान ने ख़ामोश कर दिया। क़सम सुनकर अब्बास लरज़ उठे। अदब से सर झुका दिया और बेइख़्तियार आँखों से आँसू बहने लगे।

हुसैन ने जान से प्यारे भाई को एक बच्चे की तरह प्यार करके गले लगा लिया।

"अब्बास, ऐसा भी ग़ुस्सा क्या ? तुम्हें अपने ऊपर क़ाबू नहीं ? याख़ुदा तुम किस बुरी तरह लरज़ रहे हो और आँखों में ये आँसू ! क्या हमसे कुछ ग़लती हो गई ? हमारी बातें शाक[6] गुज़रीं ?"

"हरगिज़ नहीं, आक़ा ! आपका हुक्म मेरे लिए हुक्मे-इलाही से कम नहीं।" अब्बास भाई के क़दमों पर झुक गए।

"देखो तो, तुमने ग़रीब को डाँट बताई है। वह कैसा नीम मुर्दा हो रहा है।" फिर हुसैन उस बदहवास सरदार की तरफ़ मुतवज्जे हुए और बड़ी नरमी से पूछा—"क्यों भाई ! क्या क़िस्सा है ?"

"या हुसैन इब्ने-अली, आपसे कोई बात पोशीदा नहीं। फ़ौजी एहकामात[7] हैं। अगर बाल बराबर का भी फ़र्क़ हुआ तो हमारा पूरा दस्ता अज़ाब[8] में मुब्तला हो जाएगा। हमें हुक्म दिया गया है कि नहर पर इस किनारे से लेकर उस किनारे तक क़ब्ज़ा कर लें और किसी ग़ैर-फ़ौजी को क़रीब तक न आने दें। हम तो हुक्म के बंदे हैं सरकार, आप बताइए, इसमें हमारा क्या क़ुसूर है ?"

"ठीक तो कहता है बेचारा।" उन्होंने अब्बास का बाज़ू थामा और चंद साथियों को एक तरफ़ ले जाकर कहा, "वह मजबूर है।"

"मगर यह सख़्त नाइंसाफ़ी है।" अली अकबर को ताव आ गया, "अगर हम

1. रुँधे कंठ से, 2. हाशिम वंश का चंद्रमा, 3. कुलीनता, 4. ईश्वर बचाए, 5. दुस्साहस, 6. असह्य, 7. सैनिक आदेश, 8. संकट।

दब गए तो शैतान और शेर हो जाएँगे। हमारे साथ बाल-बच्चे हैं। पानी से दूर तकलीफ़ हो जाएगी। यह नहर बाबा ने फ़ातिमा ज़ोहरा के मेहर में हिबा[1] की थी। इस पर हमारा हक़ है।"

"हमारे हक़ का अब अल्लाह ही हाफ़िज़ है। वैसे यह नहर सब इंसानों के आराम के लिए है। पानी इफ़रात[2] से मिले तो फिर क्या हर्ज़ है ! पानी से तो दुनिया का कारोबार चलता है। हम इस पर अपना हक़ क्योंकर जता सक़ते हैं ?"

हुसैन ने नरमी से कहा।

"लेकिन अगर हम इन पर अचानक हमला कर दें तो इनका आसानी से सफ़ाया कर सकते हैं। कुमक आने से पहले हमारा नहर पर क़ब्ज़ा हो जाएगा। इन मुट्ठी-भर सिपाहियों की हमारे सामने क्या हक़ीक़त है ?"

हुसैन थोड़ी देर सर झुकाए सुनते रहे, सोचते रहे। फिर फ़िक्र और ग़म से बोझल आँखें उठाईं और पास खड़े जोशीले नौजवानों को देखा, बुर्दबार साथियों के तमतमाए हुए चेहरे देखे। फिर कहा—"मेरा फ़ैसला है कि नहर का साहिल छोड़ दिया जाए और फ़ौजी हुदूद की पाबंदी को तस्लीम करके ख़ेमे नस्ब किए जाएँ। इसके सिवा कोई चारा नहीं है। मैं इतनी-सी बात पर झगड़ा मोल लेना नहीं चाहता। मेरे बच्चो ! मोअज़िज़ दोस्तो ! तुम देख रहे हो, क़दम-क़दम पर हमारे सब्र का इम्तहान लिया जा रहा है, छेड़ा जा रहा है, उकसाया जा रहा है। हमारे रास्ते में जाल बिछाए जा रहे हैं। पहले हुर की गुस्ताख़ी, फिर एक मामूली सरदार की ज़्यादती। वाक़ई यह बातें नाक़ाबिले बर्दाश्त हैं। हमारे नौजवानों के ख़ून खौल रहे हैं। बुज़ुर्गों के सब्र का पैमाना छलक रहा है। हमारे दुश्मन बस इसी ताक में हैं कि हम झल्लाकर बेइख़्तियार उनसे टकरा जाएँ। फिर हमारा क़त्ल हमारी ज़्यादती और नाआक़बत अंदेशी[3] साबित हो जाए। यह हमें अहमक़ समझते हैं। मगर हम इनकी चालों को समझ गए हैं। हम इनके झाँसे में नहीं आएँगे। क़त्ले-हुसैन, क़त्ले-हुसैन होगा। इसे किसी हादसे[4] या भूल-चूक की आड़ में नहीं छिपाने दिया जाएगा। मोअज़िज़[5] दोस्तो, मेरे प्यारे अज़ीज़ो ! मेरी मंज़िल मौत है। यक़ीनी मौत ! अब भी वक़्त है। मेरे साथ क़त्ल हो जाने से बचना चाहते हो तो मुझे छोड़कर ख़ुदारा किसी तरफ़ निकल जाओ। ये लोग तुम्हारे जाने से ख़ुश होंगे। क़तई मज़ाहमत[6] न करेंगे।"

"या हुसैन ! आपके साथ पाई हुई मौत हज़ार-साला ज़िंदगी से अफ़ज़ल[7] होगी। अगर आप हमें नेज़े मारकर भगाएँ तब भी हम आपके क़दमों में दम तोड़ देंगे, मगर आपसे जुदा न होंगे।" दोस्तों और साथियों ने जोश से कहा। अब्बास क़दमों पर गिर

1. पुरस्कार के रूप में देना, 2. प्रचुर मात्रा, 3. अदूरदर्शिता, 4. दुर्घटना, 5. आदरणीय, 6. प्रतिरोध, 7. श्रेयस्कर।

पड़े।

"माफ़ कीजिए, आक़ा ! मैं बड़ा अधूरा-सा इंसान हूँ। मेरी क़ूवते-बर्दाश्त[1] जवाब देने लगती है और मैं आपे से बाहर हो जाता हूँ। मैं आपकी बलंदियों को नहीं छू पाता। मगर आज आपके क़दमों की क़सम खाकर कहता हूँ कि अगर अब्बास के जिस्म के टुकड़े भी उड़ेंगे तो वह मुँह से उफ़ न करेगा।"

"तुम ही नहीं, ख़ुद मैं अकसर महसूस करता हूँ कि अब मेरी क़ूवते-बर्दाश्त जवाब दे जाएगी, मगर मैं अपने नफ़्स[2] को कुचल देता हूँ। यह नफ़्सकुशी[3] हमारा विर्सा है। बस मेरे दिलेर बच्चो ! इतना याद रखो, हम पहला वार किसी सूरत में नहीं करेंगे। तारीख़ इस बात की गवाह रहेगी कि हमने अमन और सुकून से रिश्ता नहीं तोड़ा।"

"आप हमारे इमाम हैं, हमारे बादशाह हैं। ख़ुदा करे हम इस इम्तहान में पूरे उतरें।" सबने कहा।

"और तुम्हारा यह मुफ़लिस और बदहाल बादशाह इस वफ़ादारी के इनाम में तुम्हें क्या दे सकता हैं ? सिवाय मौत के हमारे दामन में कुछ नहीं।"

"आपके क़दमों में मरके हम जावेदाँ[4] हो जाएँगे। यही हमारी वफ़ादारी का सिला होगा।"

"चचाजान, आप मुफ़लिस और बदहाल हैं तो शहंशाह आपके आगे दस्ते-सवाल क्यों फैला रहे हैं ?" क़ासिम ने झिझकते हुए पूछा।

"तुम ठीक कहते हो, क़ासिम ! हम दुनिया के अमीरतरीन शहंशाह हैं कि हमें ख़ुदा ने तुम जैसे बेटे और ग़मख़्वार दिए हैं। हमारी रियासत का कोई ठिकाना नहीं। यह बुज़ुर्ग जो नौजवानों से ज़्यादा जोशीले और मनचले हैं, यह नौजवान जो बुज़ुर्गों से ज़्यादा बुर्दबार और बाशऊर हैं। मेरे पास वह सब कुछ है जिसकी एक फ़ातेह[5] को ज़रूरत होगी। इसीलिए शहंशाह मेरे आगे हाथ फैलाने पर मजबूर हैं कि उनके दोस्त किराए के हैं। मेरी फ़ौज से कौन माई का लाल जीत सकता है ?"

नहर से चार-पाँच सौ क़दम हटकर एक मुनासिब मुक़ाम पर ख़ेमे नस्ब किए गए। नहर से दूर ख़ेमे लगने पर बच्चों के दिल उदास हो गए। सारी ख़ुशी ख़ाक में मिल गई। एक नया मिसाली शहर बसाने के ख़्वाब रेज़ा-रेज़ा हो गए।

---

1. सहिष्णुता, 2. वासना, 3. वासना को दबाना, 4. अमर, 5. विजेता।

पहला क़दम

वह नौजवान, जो आसपास की बस्ती की तलाश में गए थे, लौट आए। उनके साथ क़बीले बनी साद का एक शरीफ़ मर्द था।

उन्होंने बताया कि वह बचते-बचाते लौटे हैं। चहारतरफ़ से फ़ौजें उमड़ रही हैं। बस्ती वाले सहमे हुए अपने ख़ानदानों को लेकर पहाड़ों में छिपने भाग रहे हैं। शाम से सबसे ख़ौफ़नाक दस्ता बस पहुँचा ही चाहता है।

"शुक्र अल्लाह का !" हुसैन ने कहा।

"दो हज़ार सिपाही जुनूब की तरफ़ से बढ़ रहे हैं। उनके पीछे तीन हज़ार का दस्ता मंज़िलें मारता चला आ रहा है।"

"सुब्हान अल्लाह[1] !" हुसैन ने झूमकर कहा।

"छह हज़ार क़ावसिए से बढ़ रहे हैं और हुर का दस्ता भी घूमकर यहीं पहुँचने वाला है।"

"ज़जाक अल्लाह[2] !"

"गुस्ताख़ी माफ़ या हुसैन, आप जानते हैं, ये फ़ौजें क्यों जमा हो रही हैं ?"

"अच्छी तरह जानता हूँ कि यह सब मेरे ख़िलाफ़ सफ़बंदी हो रही है।"

"इतनी बड़ी तादाद में !"

"हाँ ! यह तो मेरी इज़्ज़त अफ़ज़ाई है। मेरा क़त्ल कोई खेल नहीं। पूरी अरब क़ौम मेरी एक आवाज़ पर उठ सकती है। शहंशाह को यही ख़ौफ़ है। जभी तो वह इतना बड़ा लश्कर जमा कर रहा है।"

"और आप बजाय परेशान होने के ख़ुदा का शुक्र अदा फ़र्मा रहे हैं ?"

"हाँ, मैं चाहता हूँ, क़त्ले-हुसैन के जितने ज़्यादा गवाह हों, उतना ही अच्छा है।"

"हम मुट्ठी-भर मजबूर और लाचार इंसानों के लिए तो एक ज़बर्दस्त दस्ता काफ़ी होता।"

"ठीक कहते हो। क़त्ले-हुसैन के लिए तो एक जीदार[3] भी काफ़ी है। मगर पैगंबरे-ख़ुदा के नवासे के क़त्ल के लिए यह जम्मे-ग़फ़ीर[4] भी नाकाफ़ी है। ज़रा देखो तो, मेरी एक छोटी-सी फ़ौज की शहंशाह दमिश्क़ के दिल पर कैसी हैबत छाई है कि कोने-कोने से लश्कर टूटे पड़ते हैं और फिर भी इत्मीनान नहीं !"

"दुश्मन की कमी पर तो सभी दुआएँ माँगते हैं लेकिन उसकी ज़्यादती पर मसर्रत[5] का इज़्हार सिर्फ़ आप ही फ़र्मा सकते हैं।" अब्दुल्ला बिन सलीम बोले।

---

1. अल्लाह की प्रशंसा में कहा जाने वाला शब्द, 2. अल्लाह तुम्हें इसका नेक बदला दे, 3. प्राणी, 4. भारी जनसमूह, 5. प्रसन्नता।

"यह जो मेरे ख़िलाफ़ आ रहे हैं, यह मेरे दुश्मन नहीं हैं।"

"फिर कौन हैं ?"

"कोई भी नहीं, अनजान हैं। इन्हें यह भी पता नहीं कि वह किसके ख़िलाफ़ फ़ौजकुशी कर रहे हैं ? सिपहसालारों को भी पता न होगा कि उनका निशाना मैं हूँ। आम सिपाही तो बिलकुल कठपुतली की तरह होता है। जिस तरफ़ हाँका जाए, हँक जाता है। ऐसा बेवकूफ़ सिपाही डरने की चीज़ नहीं। उसका तो वजूद ही क़ाबिले-रहम है। याद करो, रसूले-ख़ुदा की मुख़्तसर[1] फ़ौज क्यों फ़तहयाब हुई ? इसलिए कि उनके सिपाही बाशऊर[2] थे। अपने उसूलों पर यक़ीन रखते थे। इसलिए वह ज़फ़रयाब[3] हुए।"

"हम भी क्या ज़फ़रयाब होंगे ?"

"अगर मुझे अपनी फ़तह का यक़ीन न होता तो इन फ़ौजों की आमद पर ख़ौफ़ से ही ख़त्म हो जाता।"

लोग यह सुनकर बजाय मुतमइन होने के चक्कर में पड़ गए। सिवाय क़रीबी अज़ीज़ों के कोई 'फ़तह' के असली मानी न समझ सका। शायद गैब से अल्लाह पाक ऐन मौक़े पर कोई मदद भेज दें। फ़रिश्तों के लश्कर आएँ जो दम-भर में दुश्मन का सफ़ाया कर दें। तूफ़ाने-नूह की क़िस्म का कोई अज़ाब नाज़िल हो और सिर्फ़ अल्लाह के प्यारे सही और सलामत रह जाएँ। गुनहगार और फ़ासिक़[4] ख़त्म हो जाएँ।

"यह सब न होगा। मेरी सच्चाई और हक़परस्ती ही मेरी फ़ौज है। यक़ीन ही मेरा सबसे बड़ा हथियार है। तुम लोगों की मुहब्बत और वफ़ादारी सबसे मज़बूत जिरहबक्तर है। मैं तो बस इतना चाहता हूँ कि जो कुछ मेरे साथ हुआ है, ज़्यादा से ज़्यादा इंसान देखें और समझें। हुसैन के ख़ून के धब्बे यज़ीदियत[5] के दामन पर देखें और इस लहू की सुर्ख़ी को याद रखें।"

इब्ने-मुज़ाहिर की आँख से आँसू जारी हो गए।

"या हुसैन ! यह ख़ौफ़ या ग़म-ओ-ग़ुस्से के आँसू नहीं। इंतहाई ख़ुशी में मेरी आँखें सेराब हो गईं। वल्लाह मुझे अपनी ख़ुशक़िस्मती पर नाज़ है। अब मुझे पता चला कि यज़ीद क्यों तुमसे इस दरजा ख़ायफ़[6] है। माज़ अल्लाह ! क्या अज़ीमउश्शान जंग होगी ! अब मैं इस जंग की असलियत को समझ रहा हूँ। हुसैन के दुश्मन ज़ेहनी तौर पर नादार और बरहना हैं। हमारे क़त्ल का उनके पास कोई जवाज़[7] नहीं। अरब क़ौम की नज़रें रसूलुल्लाह के नवासे पर लगी हुई हैं। ख़लीफ़-ए-वक़्त सर पटक रहे हैं, झल्ला रहे हैं। क्योंकि हुसैन इब्ने-अली ने उनकी बैअत से इनकार करके उनके वक़ार[8] को धक्का लगाया है। उनकी ख़िलाफ़त पर शह पड़ने लगी है। लोग आज

1. थोड़ी, 2. जागरूक, 3. विजयी, 4. पापी, 5. यज़ीदवाद, 6. भयभीत, 7. औचित्य, 8. प्रतिष्ठा।

मुँह से कहने की जुर्रत नहीं रखते, लेकिन वह बिलकुल मफ़लूज भी नहीं हुए। परागंदा[1] हो रहे हैं लेकिन आज नहीं तो कल वह अपने ख़यालात समेट सकते हैं। आज यह कहने की जुर्रत न रखते हों कि हुसैन हक़ पर हैं लेकिन कल वह क्या सोच सकेंगे, इस पर यज़ीद को भरोसा नहीं। वह हमारे तख़इयुल[2] की परवाज़[3] को रोकना चाहते हैं। हमारे ज़ेहनों को मुक़ैयद[4] रखना चाहते हैं। हम इसके लिए तैयार नहीं। और यह बात यज़ीद के हक़ में नहीं।"

दूसरा क़दम

ज़ैनब बिन्ते-अली ने सुना कि क़बीला बनी साद से हुसैन ने कुछ ज़मीन ख़रीद ली है तो बहुत ख़ुश हुईं।

"अब तक तबीयत उखड़ी हुई थी, अब दिल जम गया। यह बियाबाँ भी वतन लगने लगा। ये ख़ेमों-डेरों में कब तक पड़े रहेंगे ? मकानात बनने का कोई सुभीता होना चाहिए। सज्जाद के लिए तो कुतुबख़ाने से मुलहक़[5] मकान बन जाएगा। मेरे अकबर को भी एक क़िता[6] दीजिए, पानी की क़िल्लत[7] नहीं। मैं अभी से बाग़ की बुनियाद डालूँगी। मकान बाद में बनता रहेगा। पहले बाग़ ही लग जाएँ। पत्थर और लकड़ी की भी कमी नहीं। वतन से मैं खजूरें लाई हूँ। उनकी गुठलियाँ बो दी जाएँगी। वतन का लुत्फ़ आ जाएगा...मगर भैया, देखिए, अकबर के लिए जो क़िता तजवीज़ करें, वह नहर के रुख़ पर हो। मैं चाहती हूँ, ख़ैर से जल्दी ही इसकी दुल्हन ब्याह लाऊँ।"

"यह ज़मीन बँटवारे के लिए नहीं। जिसे जितनी ज़मीन की ज़रूरत होगी, मिल जाएगी। कौन जाने क्या होने वाला है ? वैसे तो दुनिया में बस दो गज़ ज़मीन ही काफ़ी होती है।"

ज़ैनब का दिल धक से हो गया। "अल्लाह अली अकबर को फलना-फूलना नसीब करे। उनके दुश्मनों को दो गज़ ज़मीन नसीब न हो।" मगर हुसैन को फ़िक्रमंद देखकर ख़ामोश हो गईं।

बच्चों ने थोड़ी देर तो नहर के छिन जाने का ग़म किया, फिर सब भूल-भालकर ख़ेमों के आगे उछल-कूद में मगन हो गए। उनके दम से जंगल में बहार आ गई। बच्चों की मसर्रत-भरी किलकारियाँ सुनकर हुसैन के डूबते दिल को सहारा मिल

1. परेशान, 2. कल्पना, 3. उड़ान, 4. बंदी, 5. सटा हुआ, 6. टुकड़ा, 7. कमी, अभाव।

गया। लोगों ने कितना कहा, बच्चों और औरतों को सफ़र में न ले जाइए, मगर इन बच्चों के बग़ैर दुनिया सूनी थी। वही तो उनके सहारा थे। नहीं, बच्चों की जानों को कोई ख़तरा न होगा। उन्हें हुसैन से परख़ाश[1] हो सकती है। बच्चे तो मासूम होते हैं। इस्लाम ने औरतों और बच्चों को बड़ी वक़त दी है। उन पर आँच न आएगी।

इधर यह सीधा-सादा घरेलू माहौल था। उधर नहर की नाकाबंदी के बाद भी लश्कर पर लश्कर चले आ रहे थे। कोसों खुले हुए फरहरे लहरा रहे थे। जहाँ तक नज़र जाती थी, सिपाह फैली हुई थी। रात-भर आमद जारी रही। सुबह होते-होते मैदान दुश्मन की फ़ौज से खचाखच भर गया।

हुसैन इब्ने-अली की आमद की ख़ुशी में जो नदी फ़ख्र और ग़ुरूर से चढ़ आई थी, कुछ मुर्दा दिल-सी होकर उतरने लगी। मौजों ने सिसकियाँ भर के दम तोड़ दिया और बगूले मस्त भूतों की तरह रक़्स[2] करने लगे।

हुसैन की फ़ौज की क्या दहशत थी कि इतनी बड़ी फ़ौज का दम सूखा जा रहा था और कुमक तलब की जा रही थी। शाम से इब्ने-सईद भी अपनी ताज़ादम फ़ौज लेकर आन पहुँचे। उनके साथ रोमी और शामी सिपाही थे, जिनके दिलों में न मौत का डर था, न ख़ौफ़े-ख़ुदा। कमीनी सूरतें, पुरशिकन पेशानियाँ, रूसियाह और बदबख़्त[3], नेज़े उठाए, तलवारें सूँतते उमड़े चले आ रहे थे। उनके साथ के रईस लोग शामी थे। ज़र्रीं लिबास पहने, अरबी नस्ल के तनोमंद घोड़ों पर सवार उनके साथ ग़ुलामों और ख़ादिमों के जमघट थे। लौंडियों-बाँदियों से भरे महमिल थे।

तबले-जंग[4] की गरज़ से मैदाने-करबला काँप रहा था। डंके की चोट आसमान का कलेजा चिरती गूँज रही थी।

इब्ने-सईद ज्यों ही घोड़े से उतरे, नौकर-चाकर छतर लेकर लपके। उन्होंने पहले तो फ़ौज पर तिरछी निगाह डाली, फिर पूछा, "नहर पर तो अपना क़ब्ज़ा है ?"

"जी हाँ ! हमारे आने से पहले ही हुसैन का क़ाफ़िला यहाँ पहुँच गया था। ख़ेमे नस्ब कर लिए थे। हमने बड़ी मुश्किल से पीछे हटाया। अब्बास तो शेर की तरह बिफर गए। मरने-मारने पर तैयार हो गए।" ख़ोली ने कहा।

"फिर तुमने मौक़े से फ़ायदा क्यों न उठाया ? क़िस्सा ख़त्म करके हम इत्मीनान की नींद सोते।"

"गर्मा-गर्मी से कुछ उम्मीद तो बँध गई थी लेकिन हुसैन ने सबको समझा-बुझाकर ठंडा कर दिया और मामला वहीं ख़त्म हो गया।"

"हुसैन इब्ने-अली का ख़ेमा किधर है ?"

"वह सामने जो ज़ंगारी रंग का ख़ेमा नज़र आ रहा है, बस वही है।"

---

1. शत्रुता, 2. नृत्य, 3. कदाचारी और मनहूस, 4. रणभेरी।

"बड़ी नाहमवार ज़मीन है। बड़ी तकलीफ़ में हैं। दरिया से भी काफ़ी दूर हैं। हवा के भी रुख़ पर नहीं। कल रात बड़ी बेचैनी से गुज़री। बच्चे हलकान होकर रोते-पीटते रहे।"

"इमाम की फ़ौज कितनी होगी ?"

"फ़ौज़ क्या है, बस गिनती के आदमी हैं। तनोमंद[1] और जवान तो बस उँगलियों पर गिन लीजिए। ज़्यादातर बच्चे और औरतें हैं।"

"तो क्या यह सब ग़लत सुना था कि बहुत बड़ी फ़ौज है। बड़े मार्के की जंग होने वाली है।"

"कहाँ की फ़ौज और कैसी जंग ! रास्ते में बेशक बेशुमार लोग साथ हो लिए थे, मगर ज्यों ही हुर का लश्कर पहुँचा और लोगों को कूफ़ा की हक़ीक़त मालूम हुई कि हुसैन हुकूमत बनाने नहीं, मौत के मुँह में जा रहे हैं, आहिस्ता-आहिस्ता सब खिसक लिए। बस बेटे, भाई, भतीजे, भानजे और चंद दोस्त रह गए। यह क्या खा के हाथ दिखाएँगे ! जंग छिड़ेगी तो हमारे घोड़ों की टापों ही से पिसकर रह जाएँगे।"

"हमारी फ़ौज कितनी होगी ?"

"बेहिसाब, गिनती दुश्वार है। सब सवार कोई चार कोस के गिर्द में फैले हुए हैं। एक-एक जवान पीलतन[2] पट्ठा है। मैदाने-कारज़ार[3] का मँजा हुआ सिपाही। कौन लड़ सकेगा हमसे ? क़यामत की फ़ौज है हमारी ! एक तरफ़ समंदर की खूँख़्वार मौजें सवार हैं तो दूसरी तरफ़ बेपनाह पैदल। ख़ंजरों और भालों के दल अलग हैं। कई हज़ार तलवारें और उतने ही बर्छीबरदार जियाले होंगे।"

और यह सब रसूले-ख़ुदा के बेकस नवासे का ख़ून बहाने की ताक में थे। तीरो तलवार खींचे खड़े थे। यह फ़ौज इन लोगों को दहशतज़दा करने के लिए जमा हुई थी, जिनकी तरफ़ से ख़तरा था कि हुसैन की हिमायत में उठ खड़े होंगे।

हुर अपने घोड़े पर बैठा-बैठा यह सब कुछ देख रहा था। उसका दिल अंदर ही अंदर मलामत[4] कर रहा था, यह क्या हो रहा है ?

इब्ने-सईद ने इत्मीनान से मुस्कराकर नहर की तरफ़ नज़र डाली। ढालों से मैदान सियाह हो रहा था। ख़ंजर चमक रहे थे। नेज़ों के जैसे खेत उगे हुए थे। निहायत ग़ुरूर से मुस्कराकर कहा--"कल तक शाम से और कुमक आ जाएगी। उम्मीद है, यह सब देखकर इमाम बैअत पर राज़ी हो जाएँगे। जंग की नौबत ही न आएगी।"

"अंदाज़े से कोई उम्मीद तो नज़र नहीं आती कि हुसैन अपनी हठ से बाज़ आ जाएँगे। वही ग़ुरूर क़ायम है। बैअत पर तैयार नहीं, मौत को तरजीह देते हैं।"

---

1. हृष्ट-पुष्ट, 2. भीमकाय, 3. युद्ध-भूमि, 4. धिक्कार।

इब्ने-सईद पेचोताब खाने लगे।

"अब इस हठधर्मी का क्या इलाज, बस अब इसके सिवा कोई चारा नहीं कि उन्हें प्यासा मार दिया जाए। पानी की एक बूँद न दी जाए। फिर ज़रा हम उनकी कूवते-बर्दाश्त देखेंगे। बग़ैर पानी के देखना है, उनकी ज़िद कहाँ तक क़ायम रहती है ?"

फ़ौज पर फ़ौज चली आ रही थी, शोर बढ़ता जा रहा था। मोहर्रम की चौथी तारीख़ से पाबंदी पर पाबंदी आयद हो गई। मगर निहायत होशियारी से नौकर-चाकर पानी लेने जाते तो कह दिया जाता, "अभी फ़ौज के लिए पानी लिया जा रहा है। घाट पर बहुत भीड़ है, ज़रा बैठो।"

नौकर बैठे-बैठे आजिज़ आ जाते। बड़ी मुश्किल से छीन-झपट के थोड़ा-बहुत ले जाते। धींगामुश्ती करके उनके मशकीज़े[1] फाड़ दिए जाते। वज़ू और गुस्ल के लिए पानी की किल्लत[2] हो गई। अभी पानी पर मुकम्मल पाबंदी नहीं थी।

पाँच तारीख़ को अब्बास ख़ुद चंद साथियों और ख़ादिमों को लेकर गए। उन्हें देखकर सिपाहियों पर हैबत[3] तारी हो गई। उस वक़्त इत्तिफ़ाक़ से पहरा भी नाकाफ़ी था। कोई मज़ाहमत[4] न हुई और काफ़ी पानी आ गया। मगर हुसैन समझ गए। अब दुश्मन अरबों की पुरानी चाल चलने वाला है और पानी पर सख़्त पाबंदी लग जाएगी। उन्हें इस कमीनेपन की मुसलमानों से उम्मीद न थी, मगर डर ज़रूर था। इसलिए हुक्म दे दिया कि पानी बड़ी एहतियात से बरता जाए। एक बूँद न ज़ाया की जाए।

मगर एक तो रेगिस्तान, ऊपर से बला की गर्मी। सिर्फ़ पीने के लिए और वज़ू के लिए ही कितना पानी चाहिए था। ग़ुस्ल का कोई सवाल ही न था। अब्बास जो पानी ले गए उसके बाद पहरेदारों पर बड़ी सख़्ती हुई। पहरा और बढ़ा दिया गया और हुक्म दे दिया गया कि अब पानी बिलकुल न दिया जाए।

दरिया का भी जैसे ख़ून ख़ुश्क हो रहा था। दमबदम पीछे हट रहा था। किनारा सिपाहियों की ख़रमस्ती से इतना गंदा हो गया था कि वहाँ का पानी छूने के क़ाबिल नहीं रहा था। पीने का पानी लेने के लिए बीच धारे तक जाना पड़ता था।

पाँच तारीख़ का थोड़ा-सा पानी शाम तक चला। फिर छह तारीख़ को दिन-भर चला। सातवीं को भी मिल गया। मगर आठवीं को सिर्फ़ घूँट-घूँट मिला। सिर्फ़ बच्चों के लिए रह गया। पानी की क़िल्लत सख़्ती से महसूस होने लगी।

अब्बास और चंद साथियों ने लड़ मरने का इरादा ज़ाहिर किया, मगर हुसैन ने रोक दिया।

---

1. छोटी मशक, 2. कमी, 3. आतंक, 4. प्रतिरोध।

"यही तो वह ख़ुदा से चाहते हैं कि हम मजबूर होकर उनसे भिड़ जाएँ। बस, फिर उन्हें बहाना मिल जाएगा। तारीख़ में सिर्फ़ इतनी ख़बर पहुँचेगी कि हुसैन ने पानी पर हंगामा किया और बात बढ़ गई। मैं यह बहाना उन्हें हर्गिज़ न दूँगा।"

मगर आठवीं तारीख़ से तो लोग पानी-पानी पुकारने लगे। प्यास की शिद्दत नाक़ाबिले-बर्दाश्त थी। हुसैन को उन पर हद से ज़्यादा भरोसा था। कई बार पहले भी उन्हें तरह-तरह के लालच दिए गए कि वह हुसैन को छोड़कर कोई शानदार सरकारी ओहदा सँभाल लें, मगर उन्होंने बड़ी हिक़ारत[1] से इस रिश्वत को ठुकरा दिया।

लेकिन अब मामला कुछ और था। अब्बास बाल-बच्चों वाले थे। इस वक़्त ख़ेमों में पानी की क़िल्लत थी, इस वजह से सबकी जान लबों पर आई हुई थी।

शिम्र ज़िलजोशन अब्बास की वालिदा उम्मुलनबीईन का रिश्ते का भाई लगता था। उस हिसाब से वह अब्बास का मामू होता था। इस नाज़ुक वक़्त में उसने आख़िरी ज़र्ब[2] का मंसूबा बनाया। वह कूफ़ा से अब्बास और उनके तीनों भाइयों जफ़र, अब्दुल्ला और उस्मान के लिए माफ़ीनामे साथ लेकर आया था कि मुनासिब वक़्त पर उन्हें इस्तेमाल कर सके।

शिम्र ने क़ासिद के ज़रिए अब्बास को एक ख़त भेजा। उसमें लिखा था—'तुम क्यों ख़्वामख़्वाह अपने प्यारे अहल-ओ-अयाल की जान ख़तरे में डाल रहे हो ? मौक़ा पाकर उन्हें लेकर निकल जाओ। मेरे पास आ जाओ। मैं तुम्हें निहायत आराम से दमिश्क़ पहुँचा दूँगा, जहाँ दुनिया की नेमतें तुम्हारा इंतज़ार कर रही हैं। तुम्हारे तीनों भाइयों का भी मुकम्मल इंतज़ाम हो जाएगा। मेरे पास तुम सबके माफ़ीनामे मौजूद हैं। अपनी बूढ़ी माँ का ख़याल करो और फ़ौरन निकल आओ। कुछ गड़बड़ हुई तो फ़िक्र नहीं। हम सब सँभाल लेंगे।'

ख़त पढ़कर अब्बास मारे तैश के थरथर काँपने लगे। जी चाहा, क़ासिद मलऊन पर ही सारा ग़ुस्सा उतारें, मगर ज़ब्त कर गए। ख़त के टुकड़े करके उसके मुँह पर दे मारे और कहा, "जा, अपने आक़ा से कह दे, अब्बास इब्ने-अली तुझ पर और तेरी दुनिया पर थूकता भी नहीं। हम चारों हुसैन के भाई नहीं, ग़ुलाम हैं। और तेरी मेहरबानियों को ठुकराकर उनके क़दमों में जान देना अपनी ख़ुशक़िस्मती समझेंगे।"

हुसैन ने सुना तो बुलाकर समझाया—"अब्बास ! उसने तुम्हें बुलाया है। तुम चारों भाई जाकर मिल तो आओ। इसमें कोई हर्ज़ नहीं। शायद कोई बेहतरी की सूरत निकल आए। क्यों कोई कसर उठा रखें ?"

---

1. घृणा, 2. प्रहार।

"यह हमसे न होगा, आक़ा ! हम आपका हुक्म मानने से क़ासिर हैं।"

"यह हुक्म नहीं, मेरी ज़ाती राय है। मेरे ज़मीर पर बड़ा बोझ है। मेरी वजह से तुम्हारी जान भी ख़तरे में पड़ रही है।"

"मैं इस गुस्ताख़ी पर मजबूर हूँ। आपके इस हुक्म की तामील मेरे लिए मुमकिन नहीं।"

"हमारी ख़ातिर चले जाओ। अपने साथ सकीना को भी ले जाओ। अगर हो सके तो औन-ओ-मुहम्मद का भी हाथ पकड़ लो। यह मौक़ा हाथ से न जाने दो।"

"हम किसी सूरत में आपका साथ न छोड़ेंगे। औन-ओ-मुहम्मद और सकीना की जानें बचाने का लालच भी हमें इरादा बदलने पर तैयार नहीं कर सकता।"

"अच्छा, इतना तो करोगे, एक बार जाकर मिल आओ। वह जवाब जो मुझे दे रहे हो, शिम्र को दे आओ। मेरी आरज़ू है, इसे न ठुकराओ।"

अब्बास काँप उठे और सर झुका लिया।

चारों भाई घोड़ों पर सवार हुए और दुश्मन के पड़ाव की तरफ़ बढ़ गए।

शिम्र ख़ुशी से झूम उठा। अगर अब्बास को तोड़ लिया तो बाक़ी माँदा[1] में कितना दम है ? हुसैन तने-तन्हा रह जाएँगे। जब हुसैन के इन भाइयों को दरबार से इनामो-इकराम मिलेंगे तो लोगों के दिलों में हुसैन और उनके ख़ानदान के बारे में जो हुस्ने-ज़न[2] है, उसकी चमक मंद पड़ जाएगी।

मगर जब उन चारों को माफ़ीनामे दिए गए तो फाड़कर फेंक दिए। शिम्र ने बिलकुल बुरा न माना, हँसकर बोला—"तुम्हारी मर्ज़ी, मगर तुम जब चाहो बग़ैर माफ़ीनामे के मेरी हिफाज़त में चले आओ। मैं तुम्हारा हूँ।"

इधर शिम्र ने एक और चालाकी की। हुसैन के ख़ेमे में यह ख़बर उड़ा दी कि अब्बास दुश्मन की फ़ौज से जा मिले। यह सुनते ही उनकी बीवी ज़ारोक़तार रोने लगीं। हुसैन ने उन्हें जाकर समझाया—"परेशान न हो, अज़ीज़ा ! अब्बास का बाल बाँका न होगा। तुम सबकी जानें बच जाएँगी।" अब्बास की बीवी और भी रोने लगीं।

"आपके भाई गए, वह जानें और उनका ज़मीर ! मगर इसके बाद मैं अपने आपको बेवा और बच्चों को यतीम समझूँगी। हैफ़[3] है, वह मेरे भाई के क़ातिलों से समझौता कर बैठे। अगर ऐसा है तो ख़ुदा मुझे उनकी सूरत न दिखलाए।"

छोटी भावज ने, जो बहू की तरह हुसैन का अदब करती थीं, कभी उनके सामने सर उठाकर बात करने की हिम्मत न की, उस वक़्त जलाल से चेहरा तमतमा रहा था और बुलंद आवाज़ से कह रही थीं—"नहीं, मुझे ऐसा सुहाग नहीं चाहिए। वह

---

1. शेष लोग, 2. सुधारणा, 3. ताज्जुब,।

आपके लाड़ले भाई जो हुए। आप तो उनकी ग़द्दारी के लिए भी कोई उज़्र ढूँढ़ निकालेंगे। लानत है ऐसी ज़िंदगी पर जो बाप जैसे बलंदमर्तबा भाई के लहू से ख़रीदी जाए !"

वह जोश में बोल रही थीं। हुसैन समझा रहे थे—"तुम लोगों की तक़लीफ़ सोहाने-रूह[1] है। इजाज़त ही नहीं, मैं तुम्हें हुक्म देता हूँ, नन्हे बच्चे पर लिल्लाह[2] रहम करो, जिसकी जान बचती है, बच जाने दो।"

"गुस्ताख़ी माफ़, एक बात अर्ज़ करूँ ?"

"कहो-कहो, किसी भी शर्त पर तुम्हारी जानें बच जाएँ।"

"आप उनके ही नहीं, मेरे भी आक़ा हैं। अगर मैं पूछँ कि आप किस शर्त पर यज़ीद के हाथ पर बैअत करने पर तैयार हो जाएँगे तो आपका क्या जवाब होगा ?"

इमाम ने ख़ामोशी से सर झुका लिया।

"तो फिर आप हमें फ़र्ज़ से कोताही करने का हुक्म किस दिल से दे रहे हैं ?"

वह जोश में बोले चली जा रही थीं। उन्हें पता भी न चला और अब्बास ख़ेमे का पर्दा उठाकर अंदर दाख़िल हो गए। इमाम की नज़रें भाई की नज़रों से टकराईं और झुक गईं। मगर दिल ख़ुशी से झूम उठा।

"वल्लाह, एक लम्हा को भी यक़ीन न आया कि अब्बास मुझे छोड़कर चला गया। मैं तो बस जी के बहलाने को कह रहा था कि काश, ऐसा हो जाए। नहीं-नहीं अब्बास, तुम्हारा वजूद तो पानी से भी ज़्यादा अहम है।"

"यक़ीन तो मुझे भी नहीं आया था कि शेरे-ख़ुदा के फ़र्ज़ंद[3] के क़दम डगमगा सकते हैं। यह ख़बर सरासर झूठ है। मेरे सरताज अगर वापस नहीं लौटते तो गिरफ़्तार कर लिए गए होंगे।"

"अब्बास को गिरफ़्तार करने वाला अभी पैदा नहीं हुआ।" उनकी बीवी चौंक पड़ी। पलटकर देखा। चाहा, बढ़कर उनकी बाँहों में समा जाएँ, लेकिन इमाम की मौजूदगी में झिझककर रह गईं।

"इतने साल का साथ है और हैरत है कि हमारी बीवी ने हमें पहचानने में ग़लती की।"

"नहीं अब्बास, इस बेचारी का क़ुसूर नहीं। हम इसे आज़मा रहे थे। दिल का अजीब हाल है। काश, तुम किसी तरह बच जाओ। मगर तुम्हारे चले जाने के तसव्वुर[4] से हिम्मत जवाब देने लगती है। यह इंसानी ख़सलत का तज़ाद[5] है।"

इमाम के चले जाने के बाद अब्बास ने बीवी को बाँहों में समेट लिया।

---

1. आत्मा को विदीर्ण करने वाली, 2. ख़ुदा के वास्ते, 3. पुत्र, 4. कल्पना, 5. स्वभाव का अंतर्विरोध।

"हमें नहीं मालूम था कि हमारी दिलरुबा इतनी दिलेर है। तुमने आक़ा को बड़ा ख़ूबसूरत जवाब दिया। हमारा दिल रक़्स करने लगा''कई दफ़ा दिल में ख़याल आया कि तुम्हें किसी महफ़ूज़ मुक़ाम पर पहुँचा दूँ।"

तुम्हारी बाँहों से बढ़कर महफ़ूज़ मुक़ाम क्या होगा ? मगर यह मुझे क्या हो गया था ? मैंने तुम्हारी नीयत पर लम्हे-भर के लिए शक किया !"

"मगर इस शर्त की मुहर्रिक[1] मेरे आक़ा की मुहब्बत थी जो तुम्हारे दिल में मुझसे कम नहीं।"

थोड़ी देर के लिए दोनों भूल गए कि यह मैदाने जंग है। चारों तरफ़ दुश्मन नेज़े ताने खड़े हैं। उनकी दुनिया में बस वही रह गए।

आख़िरी शमा

नवीं तारीख़ आले हुसैन पर वह क़हर लेकर आई कि अल्लामाँ ! बच्चों में अब रोने का भी दम न रहा। फटी-फटी आँखों से देखते, ख़ुश्क होंठों पर ज़बान फेरते, फिर ग़शी तारी हो जाती। बानो का दूध ख़ुश्क हो चुका था। झूले में छह माह का नाज़ुक बच्चा, मासूम असग़र प्यास से निढाल था। अब्बास का नूरेनज़र तड़प रहा था। सकीना बिलख-बिलखकर दम-भर को ख़ामोश सहमकर रह गई थी। ख़ेमों के बाहर तो आग बरस रही थी।

शाम होते ही इब्ने-सईद ने जंग की तैयारियाँ शुरू कर दीं और हुसैन पर हमला कर दिया।

हुसैन अस्र की नमाज़ के बाद ख़ेमे के दरवाज़े पर तलवार का सहारा लेकर घुटनों पर सर रखे किसी सोच में डूबे हुए थे। कुछ थकान से नींद का ग़ल्बा था, कुछ प्यास की बेहोशी तारी थी। अचानक हमला हो गया। इब्ने-सईद ने चिल्ले पर तीर जोड़कर आले-रसूल के ख़ेमों की तरफ़ मारा और चिल्लाया—"लोगो, गवाह रहना, पहला तीर मैंने ही मारा है।" सबने उसकी बहादुरी और जवाँमर्दी की ख़ूब जी खोलकर दाद दी। घोड़ों की टापों से मैदाने-करबला हिलने लगा। फ़ौज का शोर सुनकर ज़ैनब घबरा गईं—"भाई, हमला हो गया।"

इमाम ने चौंककर आँखें खोलीं, बहन को तसल्ली दी—"ख़ामोश रहो ज़ैनब, यह हवास खोने का वक़्त नहीं। अभी जो मेरी आँख लग गई तो ख़्वाब में देखा कि नानाजान खड़े हैं। कह रहे हैं, हुसैन, कब आ रहे हो ?"

---

1. प्रेरक।

ज़ैनब मुँह ढाँककर रोने लगीं। इतने में अब्बास भी आ गए।

"क्या हुक्म है, आक़ा ?"

"क़ुर्बानत शोम, ज़रा जाके उन लोगों से पूछो, यह अचानक हमला और वह भी बच्चों और औरतों के ख़ेमों पर ! यह अरब क़ौम की रस्म तो नहीं। ऐलाने-जंग की भी तौफ़ीक़[1] न हुई। एकदम हमला कर दिया।"

अब्बास ने बीस सवार लिए और दुश्मन की तरफ़ चले। उन्हें आता देखकर लश्कर ने हाथ रोक लिए। समझा, शायद सुलह का पैग़ाम लेकर आ रहे हैं। किसी का दिल इस जंग में नहीं था। सब कुछ आजिज़[2]-से हो रहे थे। भला यह भी कोई जंग थी। सुलह का बहाना पाकर हमला रोक दिया।

"क्या चाहते हो ?" अब्बास ने कहा।

"अमीर इब्ने-ज़ियाद का अभी हुक्म आया है कि हुसैन बिन अली तालिब से ख़लीफ़ा की इताअत[3] करने का मतालबा किया जाए। अगर इनकार करें तो वक़्त ज़ाया करने और ताख़ीर करने से क्या हासिल ! जल्द-अज़-जल्द फ़ैसला हो जाना चाहिए।"

"ज़रा सब्र करो, मैं तुम्हारा पैग़ाम अपने इमाम को पहुँचाकर अभी उनका जवाब लाता हूँ।"

अब्बास सरपट घोड़ा दौड़ाते वापस पलटे। जो असहाब साथ गए थे, वह वहीं ठहरे रहे। यूँ ही बात चल निकली। हबीब बिन मुज़ाहिर फ़ौजियों के एक मुमताज़ गिरोह से कहने लगे—"यह तुम लोग क्या कर रहे हो ? पैग़ंबरे-ख़ुदा के प्यारे नवासे को क़त्ल करने के मंसूबे बना रहे हो ! लिल्लाह कुछ तो सोचो-समझो। हुसैन अल्लाह के नेक बंदे हैं। अनगिनत फ़ौजियों के मालिक। इबादतगुज़ार[4] और परहेज़गार। उन्हें किस जुर्म में क़त्ल कर रहे हो ?"

"उन्होंने बैअत से इनकार किया।"

"बैअत से इनकार जुर्म नहीं। बैअत नाम है आज़ाद राय का, जिसका जी चाहे करे वरना इनकार कर दे। बारहा ऐसा हो चुका है। कुछ लोगों ने बैअत नहीं की। उनरो कभी कोई मज़ाहमत नहीं की गई।"

"यह हम नहीं जानते। हम फ़ौजी हैं, सियासतदाँ नहीं।" उन्होंने कुछ तरद्दुद[5] के बाद जवाब दिया।

"ख़लीफ़ा को अक्सरियत[6] की बैअत हासिल है।" उमर बिन सईद ने जवाब दिया।

"अगर अक्सरियत ख़लीफ़ा के साथ है तो फिर वह एक हुसैन की बैअत पर

---

1. सामर्थ्य, 2. विवश, 3. आज्ञा-पालन, 4. भक्त, 5. चिंता, 6. बहुमत।

क्यों मुसिर[1] हैं ?"

"यह सवाल आप हमसे क्यों कर रहे हैं ?"

"क्योंकि वह तलवारें, जो हुसैन के ख़िलाफ़ उठ रही हैं, तुम्हारे हाथों में हैं। ख़ुदा को क्या मुँह दिखाओगे ?"

उज़्रा बिन-क़ैस ने झल्लाकर कहा, "हबीब, तुमको कभी अली और आले-अली से कोई ख़ास दिलचस्पी नहीं रही। तुम तो उस्मानी जमाअत से ताल्लुक़ रखते हो। तुम क्यों हुसैन के पीछे अपनी जान के दुश्मन हो गए ? तुम तो शाम वालों के हमख़याल हुआ करते थे। इस अजीबोग़रीब तब्दीली की वजह ?"

हबीब इब्ने-मुज़ाहिर थोड़ी देर सोचते रहे, फिर बोले—"तुम कहते हो तो सोचता हूँ। वाक़ई मुझे हुसैन से दुश्मनी न सही, कभी कोई ख़ास अक़ीदत भी न थी। न मैंने उन्हें आने के लिए ख़त लिखे, न कभी उनकी हिमायत में आवाज़ उठाने का ख़याल आया।"

"फिर इस कायापलट की वजह ?"

"रास्ते में मुलाक़ात हो गई। उन्हें देखकर बेसाख़्ता रसूलुल्लाह याद आ गए। वह हसन और हुसैन से किस दर्जा मुहब्बत करते थे और जब हुसैन ने बताया कि हालात किस दर्जा उनके ख़िलाफ़ हैं तो मेरा जी न माना कि मुँह छिपाए बैठा रहूँ और मेरे आक़ा के नवासे यूँ सहराओं की ख़ाक छानें। फिर जब हुसैन ने साथ चलने को कहा तो जी न माना और बख़ुशी तैयार हो गया। बस, इतनी-सी कहानी है।"

"मगर हमने तो सुना है, हुसैन बजाय फ़ौज जमा करने के साथ आने वालों को समझा-बुझाकर लौटा देते हैं। वह आपको क्यों साथ आने की दावत देते ? जबकि आप माफ़ कीजिएगा, इतने ज़ईफ़[2] भी हो चुके हैं कि ख़ास मार्का तो सर न कर लेंगे।"

"हाँ, यह भी तुम ठीक कहते हो, मगर ज़रूर कोई मसलहत[3] होगी। और रही मेरे बुढ़ापे की बात तो अगर हुसैन मुझे निकम्मा समझते तो साथ क्यों लाते ? इसलिए ज़रूर कोई ख़ास बात है जो उन्होंने मुझे मुन्तख़ब[4] किया। ख़ैर, तुम ख़ातिरजमा रखो, इस बुढ़ापे में भी तुम जैसे रोबाह ख़सलत[5] पहलवानों के छक्के छुड़ा सकता हूँ।"

"अरे, इस बुढ़ापे में तो कोने में बैठकर इबादत कीजिए।"

"हुसैन जैसे इंसान पर जान क़ुर्बान करना ख़ुद एक अज़ीम[6] इबादत है। वह इंसानी हुक़ूक़, जो ख़ुदा ने इंसान को सौंपे हैं, अगर कोई शैतान-सिफ़त[7] हमसे छीनना चाहे और हम दम साधे बैठे रहें, यह हमारी बुज़दिली और निकम्मेपन का सबूत

1. आग्रहशील, 2. बूढ़ा, 3. रहस्य, भेद, 4. चुना, 5. धूर्त-मक्कार, 6. महान्, 7. शैतान जैसी मनोवृत्ति वाला।

होगा।"

यह बातें हो रही थीं कि अब्बास आ गए।

"इमाम फ़र्माते हैं कि शब-भर की मोहलत दो। सुबह जो जी में आए करना, तुम्हें इख़्तियार होगा।"

शिम्र ज़िलजोशन को उमर बिन सईद पर जासूसी करने के लिए तैनात किया गया था कि अगर उनके रवैये में ज़रा भी नरमी नज़र आए तो फ़ौरन उनके ख़िलाफ हिफ़ाज़ती क़दम उठाया जाए। उन्हें शिम्र की सूरत से वहशत हो रही थी। अपनी फ़र्माबरदारी ज़ाहिर करने के लिए हुसैन के ख़िलाफ और ज़्यादा सख़्ती से काम ले रहे थे ताकि शिम्र मुख़बिरी न करे कि उनके दिल में आले-रसूल के लिए जगह है। उन्हें अपने मुस्तक़बिल[1] की बहुत फ़िक्र थी। वह शहंशाह जो दग़ा और फ़रेब से ग़द्दारों और नमकहरामों की मदद से ताजोतख़्त हासिल करते हैं, उन्हें कभी उन पर भरोसा नहीं होता। वह समझते हैं, यह हवाली-मवाली सब मक्कार हैं। सिर्फ़ मकरो-फ़रेब ही से हुकूमत हासिल की जा सकती है। उन्हें चारों तरफ़ मतलबी और धोखेबाज़ ही नज़र आते हैं। जिस पर ज़रा-सा भी शुब्हा हो, फ़ौरन क़त्ल कर दिया जाता है या उन्हें एक-दूसरे पर जासूसी करने और हर क़ौल-ओ-फ़ेल[2] पर निगाह रखने के लिए मुक़र्रर कर दिया जाता है।

इस तरह भाई भाई का दुश्मन हो जाता है। मुख़बिरी से उरूज[3] और ओहदे मिलते हैं। उमर बिन सईद पर शिम्र को मुक़र्रर किया गया था। ख़ुद शिम्र की गर्दन पर दूसरे शैतान सवार थे। यह सिलसिला ऊपर तक पहुँचा हुआ था। इस माहौल में हुसैन इब्ने-अली के वजूद की कोई खपत न थी।

शिम्र की ख़ुशनूदी हासिल करने के लिए वह हर बात में उसकी राय लेते थे कि कभी लपेट में आ जाएँ तो अपने साथ उसे भी घसीट ले जाएँ। जब इमाम हुसैन ने एक रात की मोहलत माँगी तो पूछा—"शिम्र, तुम्हारी क्या राय है ?"

"मोहलत देनी पड़ेगी। अरब क़ौम पनाह माँगने वालों को पनाह देने से गुरेज़ नहीं करती। एक शब की मोहलत के लिए इनकार कर देना हमारा दस्तूर नहीं। काफ़िर भी मोहलत माँगे तो देनी पड़ती। यह तो पैग़ंबरे-ख़ुदा के नवासे हैं।"

ग़रज़, एक शब की मोहलत मिल गई और बढ़ती हुई फ़ौज इत्मीनान की साँस लेकर पीछे हट गई।

मगर सब शशोपंज[4] में पड़ गए। इमाम ने यह मोहलत क्यों माँगी ? क्या कहीं से फ़ौज आने की उम्मीद लगाए बैठे हैं ?

---

1. भविष्य, 2. कथनी-करनी, 3. उन्नति, 4. उलझन।

हुसैन इब्ने-अली ने जो अपनी ख़ुद्दारी[1] को बाला-ए-ताक़ रखकर ज़ालिमों से एक शब की मोहलत माँगी तो इसलिए नहीं कि उन्हें कहीं से फ़ौजी इमदाद की उम्मीद थी या अपनी मुख़्तसर-सी फ़ौज को कुछ जंगी हिदायात देनी थीं। वह तो बस यह आख़िरी शब अपने दोस्तों और अज़ीज़ों की सोहबत में गुज़ारना चाहते थे। फिर जंग के हंगामे में कब मोहलत मिलेगी ?

जब शहज़ादी-ए-शब[2] ख़ानदाने-सादात[3] की ज़बून हाली[4] परगिरियाँ[5] मातमकुनाँ[6] सियाह ज़ुल्फ़ें बिखराए हुए आई तो हर चहारतरफ़ ग़ुल हुआ, "लो, प्यासे हुसैन की शहादत की रात आ गई।" जनाबे-अमीर की रूह प्यासी और बेक़रार मैदाने-करबला में सरगर्दां थी। फ़िज़ा सोगवार[7] थी। उस रात पैग़ंबरे-इस्लाम के ख़ानदान ने क्या-क्या सऊबतें और ग़म सहे ! ख़ुदा दुश्मन को भी ऐसी अँधियारी रात न दिखाए।

ग़मो अंदोह[8] से चाँद का चेहरा उतरा हुआ था। सितारे मुर्दा इंसानों की बेनूर आँखों की तरह टिमटिमा रहे थे। हूरो-गिलमान[9] मातमकुनाँ थे। ख़ुदा ऐसी हौलनाक शब फिर न लाए।

आले-रसूल के ख़ेमों पर ग़मोहिरास[10] के बादल छा रहे थे। फ़िज़ा में हलचल थी। आँधी ऐसे जी छोड़ के चल रही थी कि दिल तहोबाला हो जाते थे। चिराग़ बुझे जाते थे। हर चहारतरफ़ ख़ाक उड़ रही थी। दरिंदों की दहाड़ से सहमे हुए बच्चे माँओं की गोद में सिमट आए थे। हर लम्हा यही लगता था कि अब डर से उनका दम निकल जाएगा। बीवियाँ ख़ामोश आँसू पिए, बच्चों को कलेजे से लगाए बहला रही थीं। दुआएँ पढ़-पढ़कर फूँक रही थीं।

सबसे ज़्यादा ज़ैनब बिन्ते-अली मुज़तरिब[11] थीं। सरेशाम ही से मुँह उतरा हुआ था। मुसलसल आँखों से ख़ून के आँसू जारी थे। जाने-हज़ीं[12] पर एक कर्ब[13]-सा तारी था। कभी तड़पकर बैठ उठतीं, फिर थक-हारकर गिर जातीं। जब कलेजे पर छुरियाँ-सी चल रही हों तो चैन कैसे आ सकता है ?

उस वक़्त सब दोस्त, अहबाब, भानजे, भतीजे और बेटे हुसैन के बड़े ख़ेमे में जमा थे। जिन्हें अंदर जगह न मिली वह इधर-उधर खड़े या बैठे थे। ख़ेमे के सब पर्दे उठा दिए गए थे। इमाम के एक पहलू में अली अकबर थे, दूसरे बाज़ू क़ासिम इब्ने-हसन थे। अब्बास के छोटे भाई जाफ़र, अब्दुल्ला और उस्मान बैठे थे। उनके पास ही औन और मुहम्मद बैठे थे। ख़ुद अब्बास सामने मुअद्दब द्ोज़ानू[14] बैठे थे।

---

1. स्वाभिमान, 2. रात्रिरूपी राजकुमारी, 3. सैयद वंश, 4. दुर्दशा, 5. रोती हुई, 6. शोक करती हुई, 7. शोकमग्न, 8. दुःख, 9. हूरें और स्वर्ग के बालक, 10. दुःख और निराशा, 11. बेचैन, 12. ज़ख़्मी जान, 13. कष्ट, 14. अदब के साथ घुटने मोड़कर।

सबने एक ज़बान होकर बार-बार वफ़ादारी और जाँनिसारी की क़स्में खाईं। इमाम हुसैन इब्ने-अली ने बड़े प्यार से अपने अज़ीज़ों और दोस्तों पर नज़र घुमाई। उनका मुर्झाया हुआ चेहरा यकायक तरोताज़ा फूल की तरह खिल उठा।

"तारीख़ गवाह है कि मेरे दोस्तों जैसे मुख़लिस दोस्त और मेरे अज़ीज़ों जैसे प्यारे कभी यूँ एकजा जमा नहीं हुए। आज तुम्हें अपने पास पाकर मुझे अपनी क़िस्मत पर नाज़ हो रहा है। मेरा सर ग़ुरूर से बलंद है। मेरे पास वह अलफ़ाज़ नहीं जिनसे तुम्हारा शुक्रिया अदा कर सकूँ। तुम्हारी ग़मख़्वारी और मुहब्बत से बढ़कर दुनिया में मेरे लिए कोई लश्कर नहीं, कोई हथियार नहीं।"

फिर हुसैन ने हुक्म दिया, सब चिराग़ गुल कर दिए जाएँ। अंदर-बाहर घोर अँधेरा छा गया। सिर्फ़ इमाम की आवाज़ एक नूरानी आबशार[1] की तरह ख़ामोशी को उजागर करती रही—"इस वक़्त जो कुछ तुम मुझे दे रहे हो, उसका नेमुलबदल[2] नहीं। ख़ुदा ही मेरा यह क़र्ज़ उतार सकता है। अभी तक तो मुझे कुछ धुँधली-सी उम्मीद थी कि हालात ज़्यादा ख़राब न होंगे। वतन छोड़ देने के बाद मुझे दुनिया छोड़ने पर मजबूर न किया जाएगा। मैं सुकून से एक ग़ैरमारूफ़[3] कोने में एक पुरअमन शहरी की ज़िंदगी गुज़ार सकूँगा। लेकिन अब यह उम्मीद भी ख़त्म हो गई। बस, अब मैं तुमसे अपने अहदोपैमाँ[4] उठाए लेता हूँ। तुम्हें इताअत[5] के बार से सुबकदोश[6] करता हूँ और बख़ुशी इजाज़त देता हूँ कि तुम्हें जिस तरफ़ पनाह मिले, चले जाओ। रात का वक़्त है। अँधेरा छाया हुआ है। इसे ग़नीमत समझो, अपनी-अपनी सवारियाँ तैयार करो और सुबह होने से पहले निकल जाओ। तुममें से हर शख़्स मेरे अज़ीज़ों में से एक-एक का हाथ पकड़ ले और मुख़्तलिफ़ शहरों की तरफ़ रवाना हो जाए। यह लोग सिर्फ़ मेरे ख़ून के प्यासे हैं। जब मुझे पा लेंगे तो तुम्हारा पीछा न करेंगे। अज़ीज़ो ! मैंने चिराग़ गुल कर दिए हैं। इस अँधेरे में कोई किसी को न देख सकेगा। मुरव्वत का एहसास क़दम न रोकेगा।"

ख़ेमे में ख़ामोशी तारी रही। न सरसराहट हुई, न किसी ने पहलू बदला। सिर्फ़ हुसैन का दिल धड़क रहा था। साँस तक की आवागमन रुक गई थी। इमाम ने आँखें बंद कर लीं। काँपते हुए हाथों से एक शमा रोशन की।

इस आख़िरी शमा की रोशनी में, जो इमाम ने अपने हाथ से आख़िरी बार रोशन की, उन्होंने देखा, सब उसी तरह अपनी-अपनी जगह मौजूद हैं। कोई अपनी जगह से हिला भी नहीं।

ख़ेमे में सन्नाटा छाया रहा। जज़्बात की फ़रावानी[7] ने ज़बानें बंद कर दीं। फिर

---

1. प्रकाशमान झरना, 2. प्रतिफल, 3. अनजान, 4. वचन, 5. आज्ञापालन, 6. मुक्त, 7. भावनाओं की बहुलता।

अब्बास ने अज़ीज़ों की नुमाइंदगी करते हुए कहा–"ख़ुदा न करे कि हम आपके बाद ज़िंदा रहें।"

फिर मुस्लिम बिन ओसजा ने कहा–"या हुसैन, ख़ुदा की क़सम, ऐसा हर्गिज़ न होगा। आपके दुश्मन मेरे दुश्मन हैं। जब तक मेरे तरकश में तीर हैं, हाथ में नेज़ा और तलवार है, मैं उन नाबकारों[1] से लड़ता रहूँगा। अगर मेरे हथियार नाकारा हो गए तो उन पर पत्थर बरसाऊँगा। अगर मुझे सत्तर बार क़त्ल किया जाए, फिर दोबारा ज़िंदा करके मेरे जिस्म को शोलों की नज़र कर दिया जाए, फिर जल जाने के बाद मेरी राख को दश्तो-बियाबाँ[2] में मुन्तशर[3] कर दिया जाए, तब भी मैं आपके दुश्मनों से लड़ता रहूँगा। आपका साथ मैं हर्गिज़ न छोड़ूँगा। हममें से किसी को अपनी जान आपसे ज़्यादा प्यारी नहीं। इस जंग से हटना अपने ज़मीर से फ़रारी[4] है। हमें मजबूर न कीजिए। हम आपका हुक्म हर्गिज़ न मानेंगे। और यह एहसास कि हम अपने अज़ीज़तरीन दोस्त और आक़ा से नाफ़रमानी कर रहे हैं, सोहाने-रूह[5] बन रहा है। लिल्लाह[6] हम पर से यह पाबंदी उठा लीजिए।"

इमाम की आँखों से बेइख़्तियार आँसू बहने लगे। वह ख़ामोश उस शमा को देखते रहे जो दुनिया में उन्होंने आख़िरी बार रोशन की थी। उसकी रोशनी उभरते सूरज की तरह दम-ब-दम बढ़ती गई।

"मेरे प्यारो, यह अब मेरी जंग नहीं रही, हम सबकी जंग है। हमारा अंजाम जो भी हो, एक साथ होगा। आज हम अलग-अलग अफ़राद[7] नहीं। एक मज़बूत इरादा हैं, अनमिट यक़ीन हैं। इस शमा की तरह रोशनी का मख़ज़न[8] हैं। फ़तह आख़िर में हमारी होगी।" फिर उन्होंने बारी-बारी सबको गले लगाया और कहा–"आओ, अपने बच्चों से भी दो बातें कर लें।"

और शमा जगमगाती रही !

आख़िरी शब

ज़नाना ख़ेमों से ग़मोअंदोह में डूबी आहों की सदा सुनकर हुसैन बेक़रार हो गए। "फूफीजान की रोने की सदा है !" अली अकबर ने बड़े ज़ब्त से कहा, "यूँ तो कई दिन से परेशान हैं, मगर आज हालत बहुत ही ग़ैर हो रही है। बेइंतहा

1. पामर, 2. जंगल, 3. बिखेरना, 4. पलायन, 5. आत्माघाती, 6. अल्लाह के लिए, 7. व्यक्ति, 8. भंडार।

मुज़तरिब[1] और बेक़रार हैं। घड़ी-भर को आँख लग गई थी कि न जाने कैसा ख़्वाब देखा, चौंककर रोने लगीं। नंगे सर, नंगे पाँव बेसुध टहल रही हैं। मैंने पूछा, फूफीजान, क्या बात है ? तो मेरे कंधे पर सर रखकर रोने लगीं। कहने लगीं, मेरे बच्चे, दुआ कर कि ख़ुदा मुझे भाई का ग़म सहने से पहले उठा ले। कोई मेरी जान ले ले। मगर मेरे भाई की उम्र दराज़ हो। उधर अम्मीजान का अजब हाल है। एक पल के लिए आँसुओं की झड़ी नहीं रुकती। बाबा, ज़रा आप उनके पास जाकर समझाइए। आपको देखकर ही ढाढ़स बँध जाएगा।"

इमाम फ़ौरन ज़नाना ख़ेमां की तरफ़ गए।

बहन की प्यास से कुम्हलाई हुई सूरत देखकर हुसैन का जी भर आया। यह वही तो पाँच बरस की बच्ची है जो माँ की वफ़ात[2] पर सहमकर भाइयों से चिमट गई थी।

भाई को देखा तो ज़ैनब की सारी कुलफ़तें[3] दूर हो गईं। दौड़कर भाई के क़दमों पर गिरने लगीं। भाई ने उठाकर सीने से लगा लिया।

"ऐ बिन्ते-अली, यह तुमने क्या सूरत बना रखी है ! नंगे सर, बाल बिखरे, चेहरे पर ख़ाक की तहें, अभी से हमारा मातम करने लगीं ? अभी तो हम ज़िंदा हैं। रोने का वक़्त आए तो जी भरकर रो लेना। अभी से यह हाल है तो हमारे गले पर जब ख़ंजर चलेगा तो कैसे होगी !"

"मेरे तो आए हवास गुम हुए जाते हैं, भाई ! दम सीने में घुटा जाता है। जी पर मौत का-सा क़र्ब तारी है, पर मौत नहीं आती।"

"जी हलकान न करो, अभी तो सुबह दूर है। ख़ुदा पर भरोसा रखो, ज़ैनब ! आई मौत नहीं टलती, फिर भी शायद ग़ैब के पर्दे से कोई मदद मिल जाए। अभी से तुम्हें क्यों यक़ीन हो गया कि तुम्हारा भाई मारा जाएगा ?"

"तुम्हारी आई मुझे लग जाए, भैया ! अल्लाह तुम्हें आफ़तों से बचाए। काश, तुम्हारे हिस्से की सारी मुसीबतें मैं अपने सर लेकर मर जाऊँ। अल्लाह इन आँखों से बच्चों की यतीमी और बानो की बेवगी न दिखाए।"

"अगर तुम तड़पोगी तो मेरे बच्चे बिलकुल ही जान से गुज़र जाएँगे। माँ से ज़्यादा तुमसे मानूस हैं। तुमने हिम्मत हार दी तो ये बच्चे दम तोड़ देंगे।"

"बहुत जी को सँभालती हूँ, नहीं सँभलता। तरह-तरह के वसवसे[4] सताते हैं। अंदेशे सर उठाते हैं। तुम्हारे दुश्मनों पर अज़ाब टूटे। जब तुमसे जुदा होने का ख़याल आता है, भरा घर वीरान लगने लगता है। हरदम सर पर मौत के परों की सरसराहट सुनाई देती है। लगता है, कोई रस्सी लिए मेरी मुश्कें कसने चला आता है। कोई

---

1. व्याकुल, 2. मृत्यु, 3. कष्ट, 4. अंदेशे।

बेशर्म मेरे सर से चादर छीने लिए जाता है। कभी भूले से जो घड़ी-भर को आँख लग जाए, नानाजान हैरान-ओ-परेशान नज़र आते हैं। अम्माजान बरहना सर, रोती-बिलखती नज़र आती हैं। मुझसे कहती हैं—वाह बेटा, क्या मज़े से पड़ी सोती रही हो ! उधर मेरे लाल के सर पर मौत मँडला रही है। बस एक रात का मेहमान है। क्या इसी को भाई की उलफ़त कहते हैं ? कई दिन से बराबर बाबाजान ख़्वाब में नज़र आ रहे हैं। ख़ून में उबातर है, माथे पर मौत का पसीना है। मुझसे कह रहे हैं—ज़ैनब, जाग जाओ। नींद तुम्हारे मुक़द्दर में नहीं। जब हुसैन को नींद आ जाए तुम तब भी न सोना। तब मेरी आँख खुल जाती है। अब तो पलक झपकाते डर लगता है।"

भाई-बहन में यह बातें हो रही थीं कि सकीना बाबा को पुकारने आ गईं। "बाबाजान, आप कहाँ चले जाते हैं ? आप हमें अपने पास सुलाते भी नहीं। आपके बग़ैर हमें नींद नहीं आती। सारी दुनिया सोती है, पर आपकी सकीना जागती है, यहाँ तक कि सुबह का सितारा झिलमिलाने लगता है। अल्लाह-प्यारे बाबाजान, अपनी सकीना को सुला दीजिए। न जाने हमारी नींद कहाँ उड़ गई है ! हमारी आँखों में रेत खटकती है, पर नींद नहीं आती। बस, फूफीजान से बातें कर चुके। अब हमें ज़रा-सी देर को गोद में ले लीजिए।"

इमाम ने लरज़ती-काँपती बच्ची को उठाकर सीने से लगा लिया। "मेरी मैना, तू कैसी शीरीं-गुफ़्तार[1] है। तेरे होंठों से शहद की बूँदें टपकती हैं। नींद क्यों नहीं आती, मेरी जान ?"

"अब आपकी गोद में आने लगी।"

"मगर जाने-पिदर[2], यह आदत अच्छी नहीं। कभी अपनी अम्मी के पास भी सो जाया करो।"

"अम्मी को फ़ुर्सत कहाँ ! वह तो रात-रात-भर असग़र को लेकर टहलती हैं। वह तो रोए चले जाते हैं।"

हुसैन के सीने पर घूँसा-सा लगा, मगर वह ज़ब्त करके बोले—"तुम अकेले सोने की आदत डालो।"

"नहीं, हम तो आपके पास सोएँगे।"

"और अगर कभी हम न हुए तो तुम्हें कैसे छाती पर सुलाएँगे ?"

"आप हमें छोड़कर चले जाएँगे ?"

"अगर जाना पड़ा। तुम तो समझदार हो। बरसों के साथ दम-भर में छूट जाते हैं। क़ाफ़िले लुटकर बिखर जाते हैं। हम जब अपनी अम्मी से छूटे थे तो हम भी बहुत छोटे थे। हम उनसे लिपटकर सोया करते थे वरना नींद ही न आती थी। जब

---

1. मिष्ट-भाषिणी, 2. पिता की प्राणों से प्यारी।

वह गईं तो न रोने से काम चला, न चिल्लाने से। उन्हें जाना था, चली गईं। किसी के माँ-बाप हमेशा ज़िंदा नहीं रहते।"

"किसी के बच्चे भी तो मर जाते हैं। बस, हम भी मर जाएँगे।"

इमाम चुप रह गए।

"आप हमें न सुलाएँगे तो हम यूँ ही जाग-जागकर मर जाएँगे।"

यह कहते-कहते सकीना बाप की गोद में सो गईं। हुसैन बच्ची को लिए हुए बानो के ख़ेमे में गए।

टहलते-टहलते बानो एकदम रुक गईं। अगर इमाम लपककर सहारा न देते तो बच्चे समेत रेत पर आ रहतीं। बच्चे को पँगोड़े में लिटा दिया और सकीना को लेने लगीं।

"लाइए, मुझे दीजिए, आप थक जाएँगे।"

"नहीं, फिर यह थकान कहाँ नसीब होगी ! यक़ीन मानो, औलाद को गोद में उठाकर दुनिया के सारे बोझ सर से उतर जाते हैं।"

"मेरे कहने से तो सोती नहीं। यह आपकी गोद का जादू है जो इसे नींद आने लगी।"

"अभी कच्ची नींद है।" हुसैन बच्ची को घुटने पर लिटाकर बैठ गए। असग़र फिर कुलबुलाने लगे। माँ ने फिर उठा लिया। हुसैन ने बच्ची को लिटा दिया और बानो के हाथों से बच्चे को ले लिया। कितना हलका हो गया था ! एक फूल था जिसकी नमी ख़ुश्क होती जा रही थी। हुसैन के हाथ लरज़ने लगे। बाप की गोद में आते ही बच्चे ने कराहना शुरू कर दिया। बानो उनके शाने पर सर रखकर लंबी-लंबी साँसें भरने लगीं।

"बानो, इन दोनों छोटे बच्चों को लेकर किसी तरफ़ निकल जाओ। जोन और फ़ुज़्ज़ा को अपने साथ ले लो।"

"आप भी चलिए।" बानो ने मासूमियत से कहा।

"मैं कैसे जा सकता हूँ ? यह सारी फ़ौजकुशी[1] तो एक मेरी जान के लिए है।"

"और आपके बच्चे ? क्या वह ज़िंदा छोड़ दिए जाएँगे ? ख़ास तौर पर औलादे-नरीन[2] ! और फिर ज़रा सोचिए, असग़र बड़े होंगे तो क्या सोचेंगे ? माँ-बाप को मौत के मुँह में छोड़कर भाग निकली। तब मैं उन्हें क्या जवाब दूँगी ? और फिर आप शेरे-ख़ुदा[3] के बेटे हैं तो मैं उन्हीं की बहू हूँ। आपका रास्ता मेरा रास्ता है। आप मुझे किसी तरह कम-हिम्मत न पाएँगे।"

बच्चा सो गया तो हुसैन ने सकीना के क़रीब लिटा दिया। "दुनिया में आते

---

1. सेना को कटवाना, 2. नर संतान, 3. हज़रत अली।

ही मेरे बच्चे वीरान हो गए। सकीना को पाँचवाँ साल है।"

"मगर कैसी बड़ी-बूढ़ियों जैसी बातें करती है। मैं तो लाज़वान हो जाती हूँ। मैंने कहा—मेरी शहज़ादी, मत रो; तो बोली—मैं जान के थोड़े ही रोती हूँ। आँसू आप ही आप जारी हो जाते हैं। बाबा क्यों नहीं आते और आँसू क्यों आते हैं ? हमें यह आँसू बड़े बुरे लगते हैं। आँखें बंद करो तब भी नहीं बंद होते। बाबा को देखकर डर जाते हैं। मगर बाबा नहीं आते। हम जानते हैं, क्यों नहीं आते।"

मैंने कहा, "क्यों नहीं आते ?" तो बोली—"हमारी प्यास की फ़रियाद से उन्हें वहशत होती है, इसलिए वह नहीं आते और हम रोते हैं। आपको बुरा लगता है तो अच्छा, हम अब चुपके-चुपके रोएँगे।"

"उसकी बातें सुनकर जी डरता है। ऐसे होशियार बच्चे बड़ी मुश्किल से जीते हैं।" बानो ने कहा।

जब इमाम वापस अपने ख़ेमे में आए तो उनका दिल का बोझ और भी बढ़ गया था।

क़ासिम बिन हसन कुछ अबुलफ़ज़ल अब्बास से पूछ रहे थे। इमाम को देखकर एकदम से ख़ामोश हो गए।

इमाम सबसे बारी-बारी बातें करते रहे। गुज़रे हुए ग़नीमत[1] ज़माने की क़दरे ख़ुशगवार बातें। वह बाग़ोबहार बातें जब नाना ज़िंदा थे।

क़ासिम अब भी बेचैन-से बार-बार चचा की तरफ़ मुल्तजी[2] निगाहों से देख रहे थे। कुछ पूछना चाहते थे, मगर हिम्मत नहीं पड़ रही थी।

"क्या क़िस्सा है ? क़ासिम क्यों बेचैन-से हैं ?" इमाम ने झुककर अब्बास से पूछा।

"आपसे कुछ दरियाफ़्त करना चाहते हैं। हिम्मत नहीं पड़ती।"

"तकल्लुफ़ की क्या वजह है ?" इमाम को अपना भतीजा बहुत अज़ीज़ था। भतीजा भी था और दामाद भी। अपनी प्यारी बेटी फ़ातिमा कुबरा से उन्होंने भाई की वसीयत के मुताबिक़ अक़्द[3] कर दिया था। वह उन्हें बाप की जगह समझता था और कभी तकल्लुफ़ महसूस नहीं किया। उन्होंने इशारे से बुलाकर कहा—"कुछ पूछना चाहते हो, मुजस्सिम[4] सवाल बने हो। मगर ज़बान नहीं खुलती। क्या चचा से नाराज़ हो कि इतनी ग़ैरियत बरत रहे हो ?"

"कई दिन से एक बात पूछने की कोशिश कर रहा हूँ, मगर···" क़ासिम फिर ख़ामोश हो गए।

"तो पूछते क्यों नहीं ?"

---

1. संतोषजनक, 2. प्रार्थनापूर्ण, 3. विवाह, 4. मूर्त।

"जवाब से डर लगता है।"

"डर लगता है तो फिर सवाल की ज़रूरत ही नहीं।"

क़ासिम फिर शशोपंज में पड़ गए। अली अकबर और अब्बास के चेहरों पर हलकी-सी मुस्कराहट देखकर इमाम समझ गए, यह दोनों बुज़ुर्ग इस बच्चे को छेड़ रहे हैं। मुस्कराकर बोले—"तुम इन दोनों की बातों में न आओ। बेतकल्लुफ़ पूछो। फिर शायद मौक़ा न मिले।"

"क्या आज के मुजाहिदों[1] में मेरा भी नाम है ? चचा अब्बास कहते हैं कि मैं नाबालिग़ हूँ। मुझे जिहाद का हक़ नहीं।"

"यह तो अब्बास सच कहते हैं कि तुम नाबालिग़ हों। मगर जिहाद का हक़ है या नहीं, इसके बारे में फ़ैसला नहीं हुआ। यह मसला ग़ौरतलब है।"

"तो कब होगा फ़ैसला ?" क़ासिम बेचैन हो गए।

"पहले यह तो बताओ, मौत के बारे में तुम्हारा क्या ख़याल है ?"

"मौत थके-हारे मुसाफ़िर की नींद से ज़्यादा सुकूनबख़्श और शहद से ज़्यादा शीरीं है, बशर्ते कि वह हक़ की हिमायत में जिहाद के बाद नसीब हो।"

"तो बस, फ़ैसला हो गया। तुम नाबालिग़ नहीं। तुम्हें जिहाद करने का हक़ है।"

सातवीं तारीख से प्यासे क़ासिम बिन हसन के नौखेज़ चेहरे पर मसर्रत की बहारें खिल गईं। निहायत फ़ख़्र से अब्बास और अली अकबर की तरफ़ देखा और हँस पड़े।

"इसके अलावा यह कोई आम जिहाद नहीं। दो फ़ौजों का मुक़ाबला नहीं। जबरोत ज़ालिम फ़ौज ने मुट्ठी-भर अमनपसंदों को चारों तरफ़ से घेरकर क़त्ल करने का सामान किया है। इसलिए जिहाद की सारी शर्तें ज़ायल हो गईं। आज हमारी इस बेबिसात फ़ौज का बच्चा-बच्चा सिपाही है। तुम पर, औन-ओ-मुहम्मद पर, यहाँ तक कि छह-माही अली असग़र पर से भी पाबंदी उठ चुकी है। तुमसे हरेक अपने मोर्चे का सिपाही है।"

क़ासिम मसर्रत से झूम उठे। जैसे उन्हें परवान-ए-मौत नहीं हफ़्तइक़लीम[2] की बादशाहत मिल गई हो।

1. धर्मयुद्ध करने वाला, 2. सात देश।

एक क़तरा

रात का सोगवार गरीबाँ चाक हुआ।

और ग़मोअंदोह[1] से निढाल सुबह नमूदार हुई[2]।

चाँद का सुनहरा मुखड़ा फ़क हो गया।

सूरज का कटोरा बूँद-बूँद की किरनों से भरने लगा।

सितारों की थकी-माँदी फ़ौज ने आसमान से कूच की ठानी और ख़ाक के ज़र्रे सोना लुटाने लगे।

जैसे ही दुनिया को मुनव्वर करने वाले सूरज ने सर उठाया, सितारों की चाँदी ओस की मानिंद आसमानी ख़लाओं[3] में पिघल गई। सिसकती शमा ने परवानों पर एक हसरत-भरी नज़र डाली और दम तोड़ दिया।

इमाम के ख़ेमों में सन्नाटा था। शहनाई के सुर दर्द में डूबे हुए थे और नक़्क़ारे दमबख़ुद थे। कायनात पैग़ंबरे-ख़ुदा के बेकस नवासे के क़त्ल के ख़ौफ़ से लरज़ रही थी।

बूढ़े आसमान की कमर झुक गई थी। ख़ाक मातमकुना[4] थी। फ़रात की मौजों का कलेजा शिद्दते-ग़म[5] से चाक था।

हुसैन इब्ने-अली ने अपने साथियों को जमा किया और कहा—"दोस्तो, लो, सुबह आ गई। ख़ुदा की हम्द-ओ-सना[6] का वक़्त है। उठो, फ़जर[7] की नमाज अदा करें।"

यह सुनकर सब बिस्तरों से उठ खड़े हुए। लिबासे-फ़ाख़रा[8] ज़ेबेतन किए[9], बालों में कंघी की, अमामे बाँधे, काँधे पर ख़ुशरंग अबाएँ और कमर में रेशमी टपके डाले। जिस्मों को इत्र-ओ-मुश्क से बसाया। चेहरे तक़द्दुस[10] के नूर से रोशन थे और प्यासे होंठों पर अल्लाह का नाम था। मालूम होता था, क़त्लगाह जाने की तैयारी नहीं, किसी जश्न में शिरकत की धूमधाम है। सब ही शादाँ-ओ-फ़रहा[11] ख़ेमों से निकले। रात की घुटन और कोफ़्त का चेहरों पर नामोनिशान भी न था। एकदम इमाम की पुकार सुनकर सब चाको-चौबंद हो गए। मायूसी के बादल छँट गए। फूलों की ख़ुशबू से फ़िज़ा महक उठी। नसीमे-सहर के लतीफ़-ओ-खुन्क[12] झोंकों से प्यास की शिद्दत में कमी आ गई। चिड़ियाँ चहचहाने लगीं। सबने हसरत से नहर की जानिब देखा। मगर दिल बोझिल न हुए। फ़रात की मौजें बेक़रारी से मचल रही थीं। सूरज की पहली किरन झेंपती-शर्माती चमकी। सहरा के दामन में ओस के मोती जगमगाने

1. दुःख-दर्द, 2. उभरी, 3. शून्य, 4. शोकाकुल, 5. दुःख की तीव्रता, 6. स्तुति, 7. सुबह की, 8. बढ़िया वस्त्र, 9. पहने, 10. पवित्रता, 11. प्रसन्नचित्त, 12. सुंदर और ठंडे।

लगे। हवा दबे पैर चल रही थी कि फूलों के चेहरे गर्दआलूदा[1] न हो जाएँ। दिलों में उमंगें जाग उठीं। फ़िज़ा में एक अनजाना-सा हुस्न सरायत कर गया[2]। दिल आप ही आप खिल उठे।

पत्तों पर ओस के क़तरे नगीनों की तरह लरज़ रहे थे।

मगर हुसैन और उनके साथी पानी की एक-एक बूँद को तरस रहे थे। सब कुछ फ़रामोश करके बड़े इनहिमाक[3] से सबने ख़ुदा के हुज़ूर में सर झुकाया। हुसैन इब्ने-अली ने ख़ुत्बे[4] में कहा–"हाँ मेरे अज़ीज़ो, मेरे बहादुर जाँनिसारो[5], आज़माइश का दिन आ पहुँचा। आज जंगोजदल का दिन है। अपने ख़ालिक़ से विसाल[6] का दिन है। मुबारक है यह सुबह कि हम हक़ की ख़ातिर जिहाद कर रहे हैं। शुक्र है ख़ुदा का कि हमने मकरो-फ़रेब के सामने हथियार नहीं डाले। यह मर्तबा ख़ुशनसीबों ही को मिलता है। हम ख़ुदा के चीदा[7] बंदे हैं कि उसने एक ख़ास मक़सद के लिए मुन्तख़ब किया[8] है। हम सच्चाई के अमानतदार हैं। आओ, मिलकर हम सब अपने ख़ालिक़ का शुक्रिया अदा करें कि वह हमारी यह हक़ीर-सी[9] क़ुर्बानी क़ुबूल करे। यह सुबह भी मुबारक है और आज की शाम भी मुबारक होगी। यहाँ से कूच होगा तो मंज़िल अर्शेबरीं[10] होगी। हमारी यह प्यास तो दुनिया न बुझा सकी। इंशा अल्लाह हम आसमानी चश्मे पर सेराब[11] होंगे। बस, अब तो हमारी यही आरज़ू है कि हमारे क़दम लरज़िश न खाएँ और हम इज़्ज़त-ओ-आबरू के साथ अपनी मंज़िल पर सुर्ख़रू होकर पहुँचें। मौत आज भी आनी है और कल भी ! तो यारो, क्यों न उसे पूरे वक़ार से लब्बैक कहें। हम जानते हैं कि दुश्मन की फ़ौज बहुत बड़ी है, बेहतरीन हथियारों से लैस है, ताज़ादम घोड़े हैं। इस जब्रो-तशद्दुद के समंदर के मुक़ाबले में हम एक हक़ीर क़तरा हैं। मगर बख़ुदा यह क़तरा आज तूफ़ान बनने का तहैया[12] करता है।"

मजमे[13] में मसर्रत की एक लहर दौड़ गई। हिम्मतें दोचंद हो गईं। एक-दूसरे से बग़लगीर होकर सब हँसने-बोलने लगे। इमाम ने अली अकबर से अज़ान देने को कहा। बकीर की आवाज़ से दश्तो-सहरा[14] गूँज उठे। पत्ता-पत्ता वज्द में आ गया[15]। बानो बेटे की आवाज़ सुनकर ख़ेमे के दरवाज़े पर आ गईं। ज़ैनब ने दूर से ही भतीजे की बलाएँ लीं। ग़नीम[16] के दिल अनजाने ख़ौफ़ से लरज़ने लगे और पसीने छूट गए।

उधर दुश्मन की फ़ौज में क़त्ले-हुसैन की तैयारियाँ हो रही थीं। इब्ने-ज़ियाद और शिम्र हर चहारतरफ़ सफ़ों को तरतीब दे रहे थे। बरछियाँ चमक रही थीं। नेज़े

---

1. धूल-धूसरित, 2. फैल गया, 3. तल्लीनता, 4. धर्मोपदेश, भाषण, 5. प्राण न्योछावर करने वाले, 6. सृष्टा से मिलन होगा, 7. चुने हुए, 8. चुना, 9. तुच्छ, 10. आकाश, 11. तृप्त, 12. संकल्प, 13. जनसमूह, 14. जंगल, 15. झूमने लगा, 16. दुश्मन।

बलंद हो रहे थे। घाट पर अब तक मेला-सा लगा हुआ था। सिपाही आपस में चुहलें कर रहे थे। एक-दूसरे पर पानी उछाल रहे थे। सक़्क़े मश्कें भर-भरकर ख़ूब छिड़काव कर रहे थे। कोई दम में सूरज तलूअ होकर[1] आग बरसने लगेगी। जानवर भी पानी से निकलने को तैयार न थे। मगर पूरे घाट पर मुसल्लह फ़ौज[2] का पहरा दोचंद कर दिया गया था।[3] एक आहनी दीवार थी जो इमाम हुसैन के अज़ीज़ों और दरिया के दरम्यान खड़ी थी। दरिया मजबूर क़ैदी की तरह किनारों पर सर पटक रहा था। पानी बंद हुए तीसरा दिन था। सबके हलक़ प्यास से ख़ुश्क हो रहे थे। हर चहारतरफ़ सब्ज़ा लहलहा रहा था, मगर फ़ातिमा ज़ोहरा का चमन सूख रहा था। नहर अलक़मा का रुपहला पानी आहनी दीवार के पीछे मौजें मार रहा था। मगर आले-रसूल बूँद-भर पानी को तरस रहे थे।

मगर फिर भी किसी की पेशानी पर शिकन न थी। किसी के दिल में कोई अंदेशा न था। एकदम से दुश्मन के लश्कर में तबले-जंग[4] बजने लगा। इमाम के ख़ेमे गूँज-गरज से हिलने लगे। बच्चे दहलकर रोने लगे। इमाम दोस्तों को तैयारी का हुक्म देकर तेज़ी से ख़ेमों की तरफ़ चले।

औरतें ख़ौफ़ से बेहाल हो रही थीं। बच्चे बिलख रहे थे। ज़ैनब बिन्ते-अली मुसल्ले[5] पर बैठी गिड़गिड़ाकर दुआएँ माँग रही थीं—"इलाही ! मेरे भैया की ख़ैर, उन्हें तेरी अमान में सौंपा। मेरी बानो का सुहाग न उजड़े, गोद हरी रहे। इन मासूमों पर रहम फ़रमा, मेरे मौला ! तेरे रसूल की औलाद हैं। फ़ाक़ों से जान बलब[6] और प्यास से बेदम हो रहे हैं। ऐ परवरदिगार ! हमसे क्या ख़ता हुई कि दुनिया की हर मुसीबत हम पर ही नाज़िल हो रही है। नानाजान, अम्मी और बाबा के बाद हसन को भी हमसे छीन लिया। अब हम बेकसों का सहारा हुसैन रह गए हैं। आज उनकी भी ख़ैर नज़र नहीं आती।"

इमाम हुसैन बहन के पास जाकर मुसल्ले पर ही बैठ गए।

"ख़ुदा का शुक्र अदा करने के बजाय तुम शिकवा कर रही हो, बिन्ते-अली ? आज तुम्हें क्या हो गया है ? अल्लाह ताला ने तो हमें यह वसीअ[7] दुनिया दी जिसकी नेमतों का कोई हिसाब नहीं है। मगर इंसान ने नाकाबंदी शुरू कर दी, पहरे लगा दिए, ताले डाल दिए और ज़िंदगी को मसमूम[8] कर डाला।"

"मगर क्यों भाई, क्या कोई रास्ता नहीं ? ज़रा बच्चों की सूरत देखिए। दिल पर छुरियाँ चलने लगती हैं। मुझसे अब नहीं देखा जाता। ख़ुदारा[9] कुछ कीजिए।"

"मैं अभी जाकर उन बदबख़्तों को समझाऊँगा।"

---

1. उदय होकर, 2. सशस्त्र सेना, 3. बढ़ा दिया गया था, 4. रणभेरी, 5. नमाज़ पढ़ने की चटाई, 6. मरणासन्न, 7. विशाल, 8. विषाक्त, 9. ख़ुदा के वास्ते।

"नहीं-नहीं, ख़ुदारा आप न जाइएगा। नामुराद आपको जीता न छोड़ेंगे। अपनी ताक़त के ग़ुरूर में अंधे हो रहे हैं।" ज़ैनब घबरा गईं।

"बहरहाल यह मेरा फ़र्ज़ है कि मैं अपनी तरफ़ से कोई कसर न उठा रखूँ। अच्छा उठो, ज़रा बानो को तो बुलाओ। हमारी बेटियाँ कहाँ हैं ? क्या मैदाने-जंग में जाने के लिए तुम लोग हमें तैयार नहीं करोगी ? जाओ ज़ैनब, हमारे नानाजान की उबा लाओ। आज हम वही पहनकर मक़तल[1] की जानिब जाएँगे और बाबा की तलवार भी। आज यह दोनों हमें बड़ी शिद्दत से याद आ रहे हैं। उनके लिबास और हथियारों से हमें उनकी क़ुरबत महसूस होगी। हमारी हिम्मत बढ़ जाएगी। हमारे अलम[2] भी ले आओ कि हमारी फ़ौज का अलमबर्दार भी सबकी राय से मुन्तख़ब किया जाएगा।"

सबने मिलकर इमाम हुसैन इब्ने-अली को जिरहबक्तर पहनाई। इमाम ने अली बिन अबी तालिब की जुल्फ़िकार[3] को बोसा देकर कमर से बाँधा। सैयदज़ादियाँ सर खोले खड़ी ज़ारोक़तार रो रही थीं। ज़ैनब अलम थामे ख़ामोश आँसू बहा रही थीं। औन और मुहम्मद माँ के पास आए और पूछा—"अम्मी, अलमबर्दारी[4] की सआदत किसे नसीब होगी ? हम भी तो मामूजान के जाँनिसारों में से हैं। पर उनसे कुछ अर्ज़ करते डर लगता है। आप हमारी सिफ़ारिश कर दीजिए न।"

"ख़ामोश, इमाम मालिक-ओ-मुख़्तार हैं। वह जिसको चाहेंगे यह इज़्ज़त बख़्शेंगे। मैं एक लफ़्ज़ भी न कहूँगी।"

"हम शेरे-ख़ुदा के नवासे हैं। अलमबर्दारी का हक़ हमें पहुँचता है।" दोनों अपनी ज़िद पर क़ायम रहे।

"बस, ज़्यादा बढ़-बढ़कर बातें न बनाओ। एक तुम ही शेरे-ख़ुदा के नवासे नहीं। मैं तो जिधर नज़र उठाकर देखती हूँ, अली के जिगर-गोशे[5] ही नज़र आते हैं। और फिर यह भी पता है कि बाबा को जो अलमबर्दारी का शरफ़[6] मिला था, वह उनकी जवाँमर्दी और जाँबाज़ी का एक अदना-सा एतराफ़ था। क्या नाज़ुक वक़्त था ! इस्लामी फ़ौजें रोम और शाम के लश्कर जर्रार के आगे पिस्पा हो रही थीं। तब मेरे बाबा ने तलवार के वह जौहर दिखाए कि रहती दुनिया तक उनका नाम रहेगा। नानाजान ने उन्हें अलम सौंपा और उन्होंने उसकी शान बढ़ा दी, दुश्मन के छक्के छुड़ा दिए। दुश्मन पीठ दिखाकर भागा। तुमने अभी तक कौन-सा तीर मारा है, कौन-से मोर्चे जीते हैं कि अलमबर्दारी के ख़्वाब देखने लगे ! होश की बातें करो।"

"हमारे दादाजान भी अलमबर्दार थे ?"

---

1. वधस्थल, 2. झंडा, 3. तलवार, 4. झंडा उठाना, 5. जिगर का टुकड़ा, 6. सम्मान।

"जाफरे-तैयार ने यह शरफ़ अपनी तलवार के ज़ोर से हासिल किया था। बाप-दादा के कारनामों का सहारा न लो। आज मौक़ा है। तुम भी कुछ जौहर दिखाओ। अपना लोहा मनवाओ कि लोग बेसाख़्ता कह दें कि हाँ, तुम अली बिन अबी तालिब के नवासे हो, जाफरे-तैयार के पोते हो। अपने मुँह मियाँ मिट्ठू न बनो।"

बच्चों के मुँह उतर गए। शर्म से निगाहें झुक गईं।

"कुछ ख़बर है, मेरे जी पर क्या गुज़र रही है ! मेरा हुसैन तीन दिन का प्यासा इन ज़ालिमों के मुक़ाबिले जा रहा है। उनकी जान ख़तरे में पड़ी है। मेरा दिल हौला जाता है। हश्र के दिन अम्मा को क्या जवाब दूँगी ? ख़ैर जी, तुम्हें क्यों मेरी फ़िक्र होने लगी ? तुम्हें तो अपने मन्सब[1] की फ़िक्र पड़ी है।"

बच्चों की आँखों से आँसू बहने लगे। इमाम हुसैन ने तो आकर दोनों के कंधों पर प्यार से हाथ रख दिए और बोले—"ज़ैनब, तुम मेरे सिपाहियों की दिल-शिकनी कर रही हो। यह तो शेरों के शेर हैं। तुम देखना, यह मैदाने-जंग में ऐसे जौहर दिखाएँगे कि दुनिया अंगुश्त बदंदान[2] रह जाएगी। आख़िर किस माँ के लाल हैं ! अगर अक्सरियत की यही राय है कि इन्हें अलम दिया जाए तो मुझे इनकार नहीं।"

"यह बालिश्त-बालिश्त-भर के बच्चे अलम क्योंकर उठा सकेंगे ? अलम की शान मेरे ख़याल में अब्बास इब्ने-अली ही क़ायम रख सकेंगे। वही इसके अहल हैं।" ज़ैनब ने कहा।

"यही हम सबकी राय है।" सबने बलंद आवाज़ से कहा।

"अब्बास इब्ने-अली, सामने आओ।" इमाम मुस्कराए।

अब्बास ने आस्तीन से पेशानी का पसीना पोंछा और झुककर क़दमबोस हुए[3]। ज़ैनब ने भाई की पेशानी का बोसा लिया और अलम उनके सुपुर्द कर दिया।

"भाई, इस अलम की शान क़ायम रखना।"

सब अब्बास को मुबारकबाद देने लगे। उनकी बीवी एक कोने में बच्चे को गोद में लिए कन-अँखियों से अपने वजीह[4] शौहर को देख रही थीं। फ़ख़्र से उनका सर ऊँचा हो गया। आँसू बहने लगे। ज़ैनब के सामने झुककर बोलीं—"इस इज़्ज़त-अफज़ाई का शुक्रिया किस मुँह से अदा करूँ !"

ज़ैनब ने भावज को गले लगा लिया।

"ख़ुदा तुम्हारी माँग-कोख सलामत रखे।"

"मैं तो आपकी कनीज़ हूँ। अल्लाह हमारे इमाम को जीता रखे। बानो का

---

1. ओहदा, 2. दाँतों तले उँगली दबाना, 3. चरण स्पर्श करना, 4. सुंदर, भव्य।

सुहाग क़ायम रहे। माँ-बाप के साये में परवान चढ़ें।"

"लोगो, कैसा हुजूम है ?" अचानक सकीना भीड़ को चीरती चली आईं। किसी ने उन्हें बताया कि चचा अब्बास को अलमबर्दारी मिली है।

"अल्लाह ! कहाँ हैं हमारे अम्मूजान ? ज़रा हमें प्यार तो करने दो उन्हें।"

सब ख़ुश हो रहे थे मगर औन-ओ-मुहम्मद एक तरफ़ बुझे खड़े थे। ज़ैनब उन्हें रुआँसा देखकर समझ गईं कि अलम न मिलने का ग़म है। बेइख़्तियार बच्चों पर प्यार आ गया। इशारे से बुलाया।

"यह मुँह क्यों उतरे हुए हैं ?"

दोनों नीची नज़रें किए खड़े रहे।

"तुम्हारे इस रवैये से जानते हो, मेरा कैसा दिल दुखा है ! तुम्हें ज़रा भी मेरा ख़याल नहीं ? तुम मेरी दस बरस की रियाज़त का समर[1] हो, मेरी ज़िंदगी का सहारा हो। अगर तुमने कोई छिछोरी हरकत की तो मेरा दिल टूट जाएगा। तुम्हें मेरे दूध की क़सम है। अगर इस वक़्त तुमने कमज़रफ़ी[2] का इज़हार किया तो मैं समझूँगी कि मेरी दस बरस की मेहनत पर पानी फिर गया। किसी ने ताड़ लिया तो लोग क्या कहेंगे ? मैं मुँह दिखाने के क़ाबिल न रहूँगी।"

दोनों रोकर माँ से लिपट गए। क़दमों पर सर रख दिया।

"अब ऐसी ग़लती कभी न होगी। लिल्लाह[3] माफ़ कर दीजिए। हम तो अब्बास मामू के ग़ुलाम हैं। अभी हम उनके क़दम चूम लेंगे। नहीं अम्मीजान, आपके सर की क़सम, हमें अलम न मिलने का कोई ग़म नहीं। हमें तो शर्म आ रही है अपनी हिमाक़त पर। हम ऐसी बचपने की बातें करते चले गए। अब सब हमारा दिल ही दिल में मज़ाक़ उड़ा रहे होंगे। इसलिए हमारी गर्दन झुकी हुई है।"

"तुम्हारी उम्र दराज़ हो। दुनिया-भर की कामयाबियाँ नसीब हों। जाओ, मुबारकबाद दो। और हाँ, सच्चे दिल से, मुँह देखे की नहीं।"

जब औन और मुहम्मद मुबारकबाद देने गए तो अब्बास ने औन से कहा—"ज़रा हमारा यह अलम तो थामो। हम ज़रा यह तस्मा अच्छी तरह बाँध लें।"

औन का मुँह फक़ हो गया।

"नहीं, बदशगुनी हो जाएगी तो··· ।"

"तुम दोनों मिलकर थामो···बदशगुनी नहीं होगी।" उन्होंने दोनों को अलम थमा दिया। दोनों के दिल धक-धक कर रहे थे। चेहरों पर एक रंग आता था, एक जाता था। अब्बास बड़े इत्मीनान से तस्मा बाँध रहे थे। अली अकबर और क़ासिम भी क़रीब आ गए। शायद इस ख़याल से कि अलम डगमगाए तो सँभाल लें। मगर

---

1. आयास का फल, 2. ओछापन, 3. अल्लाह के वास्ते।

अब्बास ने उनको इशारे से मना कर दिया।

"अलमं तभी गिरता है जब अलमबर्दार गिरता है। इस जिहाद में छोटा-बड़ा हर फ़र्द सिपाही है और उसे अपना मोर्चा सँभालना है। मुझे यक़ीन है कि अगर वक़्त पड़ा तो तुम अकेले न सही, दोनों मिलकर इस अलक की वक़त को क़ायम रखोगे।"

बच्चे चारों तरफ़ से अलम को घेरे खड़े थे। कोई चूम रहा था, कोई आँखों से लगा रहा था। सब्ज़ फरेरा हवा में लहरा रहा था। आँखों को अजीब तरावट मिल रही थी।

"इस अलम को देखती हूँ तो मेरी प्यास कम हो जाती है।" सकीना ने सूखे होंठों पर ख़ुश्क ज़बान फेरकर कहा।

उधर इमाम हुसैन की मुख़्तसर[1]-सी फ़ौज अलम और अलमबर्दार के इंतज़ार में बेक़रार थी। सब जानते थे कि हुसैन इब्ने-अली को अपनी बहन से बेइंतिहा लगाव है। वह फ़ातिमा-ए-सानी[2] हैं। ख़ैरोबरकत के लिए वह हर काम में उनसे मशवरा ज़रूर लेते हैं। अलमबर्दारी के लिए ख़ुद उन्होंने अब्बास इब्ने-अली का नाम तज्वीज़ किया था।

इतने में अब्बास अलम सँभाले आहिस्ता क़दम उठाते बाहर आए। लोग देखते के देखते रह गए। ऐसा मालूम हुआ, ख़ुद शेरे-ख़ुदा अली इब्ने-अबी तालिब अलम उठाए चले आ रहे हैं। चेहरे पर इंतहाई जलाल, आँखों में सुर्ख़ डोरे ख़ून-भरी तलवारों की तरह खिंचे हुए थे। लोग उन्हें माहे-बनी हाशिम[3] कहा करते थे। इतने हसीन-ओ-जमील थे कि जब सड़क पर निकला करते तो राह चलते लोग ठिठककर खड़े हो जाते थे। क़द्दावर ऐसे कि अरबी घोड़े पर सवार होते तो आसानी से पैर ज़मीन पर टिका लेते। रोज़ सुबह उनका चेहरा देखना अच्छा शगुन माना जाता था। लोग उन्हें रहमत का पैग़ंबर कहते थे।

हर चहारतरफ़ मसर्रत की लहर दौड़ गई। पहले अलमबर्दार अलम उठाए निकले। फिर ख़ेमे का पर्दा उठा और इमाम हुसैन ने क़दम बाहर रखा।

मुख़्तसर-से मजमे पर सन्नाटा तारी हो गया। एक लंबे अर्से के बाद इमाम को सिपाही लिबास में देखा। सत्तावन बरस की उम्र में कोई अरब बूढ़ा नहीं होता। फिर इमाम ने ऐसी पाबंद और उसूली ज़िंदगी गुज़ारी थी कि अपनी उम्र से बहुत कम मालूम होते थे। जिस्म फुर्तीला और निहायत सुडौल था। चाल में ऐतमाद[4] और यक़ीन था।

सब बाअदब खड़े हो गए तो इब्ने-मज़ाहिर ने कहा—"ख़ुदा का शुक्र है कि वक़्ते-आज़माइश आ पहुँचा। हाँ दोस्तो ! सरफ़रोशी की तमन्ना घुटकर दम न तोड़

1. थोड़ी, 2. दूसरी फ़ातिमा, 3. हाशिम वंश के चंद्रमा, 4. विश्वास।

दे। आज जंग का मज़ा है। ख़ूब दिल के अरमान निकलेंगे। देखना है, सरफ़रोशी में कौन फ़ज़ीलत[1] पाता है ? किस-किसकी लाश को इस मुक़द्दस[2] अलम का साया नसीब होता है ?" उन्होंने अलम के फरेरे का कोना आँखों से लगाकर चूम लिया। अलमबर्दारी का ओहदा पाने पर सबने अब्बास इब्ने-अली को पुरजोश मुबारकबाद दी। सबने यक-ज़बान होकर कहा—"अब्बास जैसे जवाने-राना[3] से बेहतर और कौन इस इज़्ज़त का हक़दार है ? अली का होनहार फ़र्ज़ंद, हुसैन का दस्ते-रास्त[4], बुज़ुर्गों की वक़त करने में पेश-पेश, जवानों का हमदम-ओ-हमराज़, बच्चों पर जान फ़िदा करने वाला। कौन-सी ऐसी सिफ़त है जो इस अल्लाह के महबूब में नहीं ? बावक़ार-ओ-वफ़ा-शिआर[5], करीम और दिल का ग़नी; जानबाज़ी जिसने विरसे में पाई और सच्चाई जिसकी ख़सलत है। दुनिया में अबुलफ़ज़ल जैसा सख़ी[6] और मुनक़सिरउलमिज़ाज[7] सूरमा मुश्किल से मिलेगा। इनकी दोस्ती नेमत, ग़ुस्सा ख़ुदा की पनाह।"

सब्ज़ परचम एक तनावर दरख़्त की तरह झूम रहा था। उसके साये में अली का लाल फ़ख़्र से सर उठाए खड़ा था। पंजे के नूर से सूरज की आँखें भी चकाचौंध हो रही थीं। फरेरे की एक-एक शिकन मौजे-कौसर[8] की याद ताज़ा कर रही थी। नन्ही सकीना ने बड़ी पते की बात कही—"अलम को देखकर प्यास बुझ जाती है।"

अल्लाह-अल्लाह ! क्या अजीबोग़रीब फ़ौज थी। गिनती के चंद अफ़राद मगर एक-एक अपनी जगह बेमिसाल, दुश्मन के हज़ारों पर भारी। एक-एक हाशमी जवान अपनी मिसाल आप था। एक तरफ़ ख़ूबरू अली अकबर थे जिन्हें सब हम-शक्ले-पैग़ंबर[9] कहा करते थे। चेहरे पर नौजवानी के बावजूद रोब और दबदबा था। क़ासिम की शान ही निराली थी। कुछ बचपन था, कुछ आमदे-शबाब की शिद्दत[10], जंगी पोशाक का बोझ अजब बेतुका-सा लग रहा था। शेरे-ख़ुदा के नवासे औन और मुहम्मद को इस कमसिनी[11] में मुसल्लह[12] देखकर कलेजा मसल जाता था। यह उम्र खाने-खेलने के लिए होती है या जंग-ओ-जदल की ? खिलौनों से खेलने वाले हाथों में ज़माने ने तलवार पकड़ा दी थी। ज़रा-ज़रा-से बच्चे दिलेरी और बहादुरी का नमूना बने हुए थे। काँधों पर नीमचे[13] धरे ऐसे मुस्तैद खड़े थे कि उनके आगे रुस्तमेज़माँ भी आ जाए तो एक दफ़ा तो चौंक पड़े। बड़े जोशोख़रोश से आस्तीनें चढ़ाए बेताब हो रहे थे। जैसे जंग नहीं, कोई बच्चों का खेल हो। प्यास की शिद्दत से होंठ ख़ुश्क थे मगर होंठों पर ज़बान फेरने के भी रवादार न थे।

---

1. श्रेष्ठता, 2. पवित्र, 3. सुंदर युवक, 4. दायाँ हाथ, 5. प्रतिष्ठित और निष्ठावान, 6. दानवीर, 7. विनम्र स्वभाव, 8. स्वर्ग की नदी की लहर, 9. पैग़ंबर की सूरत जैसा, 10. युवावस्था की गर्मी, 11. बचपन, 12. सशस्त्र, 13. छोटी तलवार।

तबले-जंग[1] फिर गूँजने-गरजने लगा कि सहरा की ज़मीन हिल गई, जंगल काँप गया। ढालें सामने आईं और तलवारों के फल चमक उठे। सब सर से कफ़न बाँधकर मौत को लब्बैक कहने के लिए तैयार हो गए। एकबारगी हुसैन की फ़ौज से नारा बुलंद हुआ—"या हैदर !"

दुश्मन की फ़ौज में ग़ुल पड़ गया। यह नारा बड़ी-बड़ी फ़ौजों को पीठ दिखाने पर मजबूर कर चुका था। नेज़े बलंद हुए और चिल्लों पर तीर चढ़ाए जाने लगे।

"अभी कोई हमारी तरफ़ से पहल नहीं करेगा। मैं साहबे-क़ुरान का फ़र्ज़ंद[2] हूँ। मैं पहले दुश्मन पर कभी हमला न करूँगा। क़त्लोग़ारत मेरा पेशा नहीं। सिर्फ़ अपने अज़ीज़ों की जान और नामूस की हिफ़ाज़त में जिहाद करने पर मजबूर हुआ हूँ।"

फिर बलंद आवाज़ में दुश्मन की फ़ौज से मुख़ातिब होकर कहा—"अगर मुनासिब समझो तो थोड़ी देर के लिए बाजों का शोर बंद कर दो। तुमसे कुछ कहना चाहता हूँ। ग़ौर से सुन लो।"

यह सुनते ही गूँजती-गरजती फ़ौज पर एकदम सन्नाटा छा गया। तबले-जंग ख़ामोश हो गए। क़र्ना[3] की आवाज़ घुट गई और झाँझ साकित हो गए। बाजे कहाँ बजाते, उन लोगों के तो हवास बजा न थे। बड़े ज़ोरोशोर से चढ़ाई करके आए थे। मगर दिलों में रसूले-ख़ुदा के नवासे का रोबोजलाल दहशत[4] बिठाए हुए था।

जब ग़ुल कम हो गया तो इमाम हुसैन की आवाज़ दश्तोसहरा में गूँजने लगी : "जानते हो, यह फ़ौजकुशी तुम किसके ख़िलाफ़ करने आए हो ? मैं हुसैन, उस पैग़ंबरे-ख़ुदा का नवासा हूँ जिसने तुमको सीधा रास्ता दिखाया, इंसान बनाया और तुम्हें मुसलमान यानी अमन और सलामती का अमानतदार बनाया। मैं उस शेरे-ख़ुदा का फ़र्ज़ंद हूँ जिसके ज़ोरे-बाज़ू से इस्लाम उरूज को पहुँचा। बस, तो मेरा यही क़ुसूर हुआ न कि मैं इस्लाम के बानी का नवासा और अरब क़ौम के अज़ीम फ़ातेह का बेटा हूँ। मैं तुमसे पूछता हूँ, मैंने किसी को क्या नुक़सान पहुँचाया है ? क्या किसी की जायदाद हज़्म की है ? किसी का ख़ून किया है ?"

"नहीं।" फ़ौज से बेइख़्तियार आवाज़ें बलंद हुईं।

"तो फिर किस जुर्म की सज़ा में तुम मुझ पर चढ़ाई करने आए हो ? क्या क़त्ले-सादात[5] से तुम्हें सवाब मिलेगा ?"

"नहीं।" फ़ौज के हलक से वही सदा बलंद हुई।

"क्या अपने नबी के ख़ानदान का आख़िरी चिराग़ बुझाकर तुम्हारी नफ़रत की आग बुझ जाएगी ?"

---

1. रणभेरी, 2. बेटा, 3. तुरही, 4. आतंक, 5. सैयद वंश का वध।

"नहीं !"

"तो फिर क्यों मुट्ठी-भर मज़लूमों पर इतनी ज़बर्दस्त फौज लेकर हमलावर हुए हो ? क्या यही अरब क़ौम की बहादुरी और जवाँमर्दी का तक़ाज़ा है ?"

शिम्र की फ़ौज में परेशानी फैल गई। इब्ने-ज़ियाद बौखला गया।

"हुसैन इब्ने-अली हमारी फ़ौज को वरग़ला रहे हैं। इनके यक़ीन और ईमान पर चोट करके इन्हें बौखला देना चाहते हैं। इन सिपाहियों से कहो, यूँ कुत्तों की तरह बे-समझे-बूझे 'नहीं-नहीं' न भौंकें।"

फ़ौरन सरदारों ने अपने दस्ते के मुँहज़ोर सिपाहियों के मुँह बंद कर दिए। एक ख़ास दस्ता, जो चुने हुए पीलतन[1] सिपाहियों पर मुस्तमिल था, लश्कर पर चाबुक की तरह इस्तेमाल किया जाता। इमाम जो कुछ कह रहे थे, वह ज़्यादा सिपाहियों की समझ में नहीं आता था।

सिपाही में वैसे भी अक़्ल कितनी होती है ! फिर यह फ़ौज किसी अज़ीम मक़सद को वाज़े[2] करने के बाद तैयार नहीं की गई थी। ज़्यादातर को तो यह भी ख़बर नहीं थी कि वह किसके ख़िलाफ़ फ़ौजकुशी कर रहे हैं। बहुतों को इमाम हुसैन के बारे में कुछ ठीक मालूमात न थीं। अमीर माविया ने अपनी ज़िंदगी में ही आले-रसूल का ज़िक्र करना फ़िज़ूल और अकसर जुर्म क़रार दे दिया था। सब उन्हीं को पैग़ंबरे-ख़ुदा का जायज़ वारिस और मुसलमानों का ख़लीफ़ा मानते थे। कुछ ऐसे भी थे जो बस यह जानते थे कि पैग़ंबर के कुछ रिश्तेदार बक़ैदे-हयात[3] हैं। मगर वह कौन हैं, कहाँ हैं, यह क़तई नहीं मालूम था।

कुछ ऐसे भी थे जो जानते थे कि उनके एक नवासे इमाम हुसैन इब्ने-अली मदीना में हैं। उनसे उन्हें न ग़ायबाना अक़ीदत थी। कभी देखा न था और ख़्वाब-ओ-ख़्याल में भी न सोचते थे कि ख़लीफ़ा-ए-वक़्त अमीरुल-मोमिनीन, जो ख़ुदा की रहमत हैं, पैग़ंबरे-ख़ुदा से बैर पाल सकता है।

मगर थोड़े लोग ऐसे थे जो सही हालात से बख़ूबी वाक़िफ़ थे, मगर या तो बुरी तरह किसी मुग़ालते में थे और हुक्मे-हाकिम समझकर ड्यूटी पर आए थे, मगर यक़ीन था कि ख़ून-ख़राबे तक नौबत नहीं पहुँचेगी। कोई राह निकल आएगी, समझौता हो जाएगा। हुसैन क़ायल हो जाएँगे। कुछ यज़ीद की तरफ़ से मुरव्वत और रिआयत होगी। यह 'नहीं-नहीं' इन ही लोगों के मुँह से निकल रही थी। मगर इनकी पेशबंदी ज़रूरी थी। इसलिए इब्ने-सईद ने इमाम की बात काटकर कहा—"या हुसैन, या इब्ने-अली, आप हमें बेवक़ूफ़ न समझिए। हम इन बातों में आने वाले नहीं। आप ख़लीफ़ा-ए-वक़्त के ख़िलाफ़ बग़ावत कर रहे हैं। आप बैअत कर लीजिए, बात ख़त्म

---

1. हृष्ट-पुष्ट, 2. स्पष्ट, 3. जीवित।

हो जाएगी।"

"अगर जैसा कि तुम कहते हो, तुम बेवक़ूफ़ नहीं तो अपनी अक़्लमंदी का सबूत दो और साफ़ कहो कि बात ख़त्म नहीं होगी, जब तक मैं ज़िंदा हूँ, बात चलती ही रहेगी।"

"हम आपसे क़सम खाकर वायदा करते हैं कि अगर आप बैअत कर लें तो हम आपको बड़ी इज़्ज़त से कूफ़ा के हाकिम के पास ले जाएँगे कि यही हुक्म हमको मिला है। हमें आपको ख़त्म करने का कोई हुक्म नहीं मिला है।"

"या तो तुम झूठे हो या अपने आक़ा के साथ नमकहरामी कर रहे हो, क्योंकि अगर हमें क़त्ल करने का हुक्म नहीं तो फिर हम पर पानी क्यों बंद किया है ? रही इज़्ज़त के साथ कूफ़ा ले जाने की बात तो यह भी तुम्हें मालूम होगा कि फिर कूफ़ा से इज़्ज़त के साथ हमें यज़ीद के दरबार में भेज देंगे।"

"हाँ, और आपका बाल बीका न होगा। अगर आप सुलह-ओ-आश्ती के साथ ख़ुद को हमारे हवाले कर दें तो आपकी जान को कोई ख़तरा नहीं।"

"मैं ख़ुदा के अलावा ख़ुद को किसी के हवाले न करूँगा। मैं झूठ पर सच को तरजीह देता हूँ और ज़मीरफ़रोशी[1] से मौत को बेहतर समझता हूँ। मैं तुम्हारे बादशाह को इस क़ाबिल नहीं समझता कि उसके हाथ पर बैअत करूँ। रसूलुल्लाह की उम्मत को एक ऐसे इंसान के रहमोकरम पर हरगिज़ नहीं छोड़ सकता। मासूम और बेगुनाह इंसानों के ख़ून से आलूदा[2] हाथ पर बैअत करके अपने यक़ीन और शऊर का गला नहीं घोंट सकता।"

"यह नाआक़बत-अंदेशी[3] है, हुसैन ! अगर आप बैअत कर लें तो अपने अहलोअयाल[4] की जानें बचा सकते हैं।"

"और तुम्हारा शहंशाह मुझसे ख़ुश होकर मुझे मालामाल कर देगा। ज़र और जागीर से नवाज़ेगा और मेरी आलो-औलाद बजाय प्यासी दम तोड़ने के ऐशोइशरत की ज़िंदगी गुज़ारेगी !"

"इसमें क्या शक है ? हमारा आक़ा सख़ी और दरियादिल है।"

"मगर वह जो मुझे इस क़दर नेमतें देने का वायदा करता है, उनके एवज़ में वह मुझसे क्या लेगा ?

"कुछ नहीं, दोस्ती और आपकी ख़ुशनूदी[5]।"

"इस जवाब के बाद भी क्या तुम्हें दावा है कि तुम अहमक़ नहीं ! मेरी दोस्ती और ख़ुशनूदी के लिए वह मेरे क़त्ल का सामान कर रहा है। कितनी मज़हकाख़ेज़[6] बात है ! यह क्यों नहीं कहते कि उसे मेरी बैअत की इसलिए ज़रूरत है कि वह

---

1. आत्मा बेचना, 2. रक्तरंजित, 3. अदूरदर्शिता, 4. बाल-बच्चे, 5. रज़ामंदी, सहमति, 6. उपहासास्पद।

ग़सिब[1] और मक्कार है, फ़रेबी और दरोग़गो[2] है। इस्लाम का हर उसूल पैरों तले मसलकर दारे-ऐश देने के लिए इंसानों की ज़िंदगी अजीरत कर चुका है। वह यह भी जानता है कि उसने तलवार और लश्कर के ज़ोर से लोगों के मुँह बंद कर दिए हैं। ज़बर्दस्ती उनके सर अपने क़दमों पर झुका दिए हैं। मगर अरब क़ौम की ख़ुद्दारी अगर बेदार होगी और उन्हें पूरी तरह यह एहसास होगा कि उनके हुक़ूक़ छीने गए हैं तो वह उसका तख़्ता लौट देंगे। उसे डर है कि यह जज़्बा उनमें मुझे देखकर पैदा होगा। क्योंकि मैं जो रसूले-ख़ुदा का नवासा हूँ और उसकी शहंशाहियत को मैं इस्लाम की तौहीन समझता हूँ, कुछ लोग हैं जो मेरे हमख़याल हैं, मेरे उसूलों की क़द्र करते हैं, वह आज पीस दिए गए हैं, ख़ाक में मिला दिए गए हैं। कल यह मुट्ठी-भर ख़ाक आँधी बन जाएगी तो तुम्हारे आक़ा का तख़्तोताज ख़तरे में पड़ सकता है। यह एक बेहक़ीक़त[3] क़तरा कल तूफ़ान बन सकता है जो उसके जमे-जमाए निज़ाम को बहा देगा। वह निज़ाम जो चंद ताक़तवर पिट्ठुओं की मतलबपरस्ती से चल रहा है। तुम्हारा शहंशाह अरब क़ौम से और मुसलमानों से लरज़ाँ-ओ-तरसाँ[4] है। मेरी बैअत इसका सबूत होगी कि उसके अफ़आल[5] शरअ-ए-मुहम्मदी[6] के ऐन मुताबिक़ हैं। उन पर क़ाबू पाने के लिए मेरी मदद दरकार है। इसीलिए वह मेरी दोस्ती और ख़ुशनूदी हासिल करना चाहता है। फिर जिन लोगों के दिलों में शुब्हे हैं, वह मिट जाएँगे और सच्चे दिल से उसे अपना ख़लीफ़ा मान लेंगे। आँख बंद करके बैअत कर लेंगे और उनकी इस ग़लती की असल ज़िम्मेदारी मुझ पर आयद होगी। वह मुझे भी शरीकेकार तसव्वुर करेंगे। मैं हर शै से हाथ खींचकर गोशानशीं हो गया हूँ। मैं अपने वतन में ग़रीबुलवतन हूँ। ज़रा अपने गरेबान में मुँह डालकर देखो। तुम अपने आक़ा के नमकख़्वार हो। उसका हुक्म तुम्हारा दीनो-ईमान है। तुम उसकी ख़ुशनूदी हासिल करने के लिए हर जा व बेजा हुक्म मानने को तैयार हो। यहाँ तक कि तुम्हें मेरा और मेरे बच्चों का ख़ून करने से भी गुरेज़ नहीं। तुम अपनी मर्ज़ी के मालिक हो तो मुझे भी इतनी इजाज़त दो कि मैं भी अपने मालिक को रोज़े-महशर[7] मुँह दिखाने के क़ाबिल रह सकूँ। मैं तुम्हारे नबी का नवासा और मुसलमान हूँ। मुझे ईमानफ़रोशी पर मजबूर करके गुनहगार न बनो।"

दुश्मन की फ़ौज को पिघलते देखकर सिपहसालार और अहम ओहदेदार ख़ायफ़[8] हो गए और ज़ोर-ज़ोर से पुकारने लगे—"ऐ अरब के जाँबाज़ो[9], हुसैन जादूगर हैं, अलफ़ाज़ का जाल बुनकर तुम्हें फाँस रहे हैं। इनकी बातें न सुनो, अपने कान बंद कर लो। यह तुम्हें बरग़ला रहे हैं। ख़लीफ़-ए-वक़्त, जिसके सर पर ख़ुदा की

1. लुटेरा, 2. झूठा, 3. तुच्छ, 4. कंपायमान, 5. कर्म, 6. इस्लामी धर्मशास्त्र के अनुरूप, 7. महशर के दिन, 8. भयभीत, 9. वीरो।

बरकतों का साया है, तुम्हारा विहीख़्वाह[1] और रहनुमा है। यह तुम्हें उसके ख़िलाफ़ भड़का रहे हैं। इनकी बातों में आओगे तो दीनो-दुनिया से जाओगे। हमारा ख़लीफ़ा रहमदिल और फ़ैयाज़ है। मगर उसकी नाफ़रमानी करोगे तो उससे ज़बर्दस्त क़ाहिर और जाबिर दुनिया के पर्दे पर नहीं। उसकी हुक्म-उदूली[2] का क्या अंजाम होगा ? तुम्हारा घर-बार, आलो-औलाद तबाह-ओ-बर्बाद कर दिया जाएगा। तुम्हारे घरों को आग लगेगी, बच्चे ग़ुलाम बनाकर बेचे जाएँगे। तुम्हारी कमसिन कुँवारी बेटियाँ जज़ामियों[3] को ब्याही जाएँगी।"

"यह झूठ और इफ़्तरा[4] है। मुझे मुल्कगीरी की कोई हवस नहीं। तुम्हारे बादशाह का ताजोतख़्त ठोकर पर मारता हूँ। अगर आज मैं चाहूँ तो मेरी आवाज़ पर लाखों सिपाही लब्बैक कहने को तैयार हैं। अगर मैं फ़ातेह बनना चाहूँ तो अज़ीमुश्शान फ़ौज मेरे अलम के साये में जमा हो सकती है। मेरी एक पुकार पर लाखों तलवारें म्यान से निकल सकती हैं। अरब क़ौम ही नहीं, बेरूनी ममालिक से मुझे बेशुमार मदद मिल सकती है और मैं बरसों यह जंग जारी रख सकता हूँ। मगर मैं ऐसा नहीं करना चाहता। मेरी मसलिहत[5] तुम्हें मज़हकाखेज़ मालूम होती होगी। मगर मैंने रसूले-ख़ुदा की आग़ोश में परवरिश पाई है। माँ के दूध में सच्चाई मिली और जरी और बहादुर बाप के घुटनों पर बैठकर ज़िंदगी के उसूल सीखे हैं। मैं ज़मीरफ़रोशी नहीं कर सकता। मतलबपरस्ती मेरे ज़मीर में नहीं। देखो, ज़रा ग़ौर से देखो, मेरे जिस्म पर यह क़बा किसकी है ? पहचानते हो इस दस्तार[6] को, बदनसीब जिस्म पर चारआईना[7] और बक्तर किसका है ? यह घोड़ा, जिस पर मैं सवार हूँ, यह सिपर, यह ख़ुद और यह ज़ुल्फ़िक़ार, यह वह विरसा है जो अल्लाहताला ने मुझे बख़्शा है। क्या मैं अपने नाना रसूले-ख़ुदा की उम्मत का ख़ून बहाना बर्दाश्त कर सकता हूँ ? मैंने तमाम ऐसी तजवीज़ों[8] को, जो अकसर मेरे सामने पेश की गईं, सख़्ती से रद्द कर दिया। मैं इस्लाम में फूट डालना नहीं चाहता कि भाई भाई का ख़ून बहाए। मैं तो अमनो-सुकून की तलाश में अपने अज़ीज़ों और दोस्तों के साथ वतन को ख़ैरबाद कहकर निकला हूँ कि दुनिया के किसी गुमनाम-से कोने में ख़ुदा की हम्द-ओ-सना[9] में ज़िंदगी गुज़ार सकूँ। मैं एहसान जताने वालों में से नहीं। मगर तुम हुर से पूछ लो। मैं अगर चाहता तो उसे और उसकी प्यासी फ़ौज को दम-भर में तहस-नहस कर देता। मगर जब मैंने देखा कि प्यास से इंसानों और जानवरों की ज़बानें निकली पड़ती हैं, मुझसे उनकी यह बदहाली न देखी गई। विरसे में मिली हुई शुजाअत[10] और नरमदिली आड़े आई। मगर एक वह दिन था, एक आज का दिन है। दूसरों

---

1. हितैषी, 2. अवज्ञा, 3. कुष्ठ रोगी, 4. लांछन, 5. रहस्य, भेद, 6. पगड़ी, 7. कवच, 8. प्रस्ताव, 9. स्तुति, 10. वीरता।

को पानी पिलाने वाले आज ख़ुद तीन दिन से प्यासे हैं। अगर उस दिन हमने हुर को पानी न दिया होता तो बावजूद तुम्हारी नाकाबंदी के आज हमारे पास कमअज़कम बच्चों के लिए तो पानी होता और हमारे हलक़ यूँ प्यास से न चटख़ते।" इमाम की आवाज़ रुँध गई। बड़ी धीमी आवाज़ में फ़र्माया, "मैं किसी से क्या उम्मीद करूँ ? सबने निगाहें फेर ली हैं। कोई एक बूँद पानी का रवादार नहीं। हर नबी की औलाद का उसकी उम्मत पर हक़ होता है, मगर मैं इस हक़ का वास्ता नहीं देता। इंसानियत का वास्ता देता हूँ। बच्चों की प्यास मुझसे देखी नहीं जाती। उनमें अकसर मासूम और कमसिन हैं। बस लबों पर दम है। सामने दरिया मौजें मार रहा है और मेरे बच्चे बूँद-बूँद को तरस रहे हैं। तुम्हारे जानवर पानी को ग़लाज़त से नापाक कर रहे हैं; ग़ुलाम हमारे गिर्द ज़मीन पर छिड़काव कर रहे हैं, मेरे प्यारों के हलक़ में काँटे पड़ रहे हैं। सज्जाद बीमार हैं, दवा तो क्या पानी तक ज़बान तर करने को नहीं। अली असग़र को दूध नहीं मिलता, कोई बात नहीं, मगर एक चुल्लू पानी भी हलक़ में टपकाने को नहीं। जब इन बच्चों के नीममुर्दा चेहरे देखता हूँ, मुझ पर जानकनी[1] की हालत तारी हो जाती है। ऐ मुसलमानो ! ख़ुदारा बाज़ आओ, ज़ुल्मो-जब्र से, आले-रसूल के ख़ून से हाथ न रँगो।"

इमाम हुसैन इब्ने-अली की तक़रीर सुनकर पहले तो सारे लश्कर पर सकता-सा तारी हो गया, फिर सब चीख़ें मार-मारकर रोने लगे। बेक़रार होकर सफ़ें आगे बढ़ीं। दूसरे लम्हे हिफ़ाज़ती दस्ता उनके और इमाम के दरम्यान आहनी दीवार की मानिंद दर आया।

"या हुसैन !"

लश्कर के हलक़ से नारे बलंद होने लगे और उमर साद ने ख़ुद अपनी फ़ौज को गाजर-मूली की तरह काटने का हुक्म दे दिया।

इमाम घोड़ा पलटाकर अपने ख़ेमों की तरफ़ लौट गए। बड़ी देर के कुश्तो-ख़ून के बाद सफ़ें दोबारा मुरत्तब की गईं। न जाने कितनी लाशें रेत के टीलों की आड़ में तोप दी गईं !

उमर साद बार-बार हुर की तरफ़ देख रहा था। हुर इस ड्रामे के दौरान पत्थर के बुत की तरह अपने घोड़े पर कमरतख़्ता किए बैठा था। उसकी आँखें किसी नमालूम महवर[2] पर जमी हुई थीं। बेइख़्तियार आँसू बह रहे थे, लब हिल रहे थे।

"याख़ुदा, याख़ुदा !" हुर ज़ेरे-लब कह रहा था, "हुसैन इब्ने-अली ने एक-एक लफ़्ज़ दुरुस्त कहा, जो शुब्हा करे वह काफ़िर, मरदूद। हुसैन मुजस्सिम रहमते-ख़ुदा[3] हैं, जन्नती हैं। उनके दोस्त-ओ तरफ़दार, दीनो-दुनिया की दौलतें उनके क़दमों में

1. मरणासन्न अवस्था, 2. धुरी, 3. ख़ुदा की रहमत (कृपा) का मूर्त रूप।

हैं। सख़ावत और दरियादिली उनका विरसा है। हाय ! जिसके दर से कभी कोई साइल[1] ख़ाली हाथ न गया, वह आज हम दोज़ख़ियों के आगे हाथ फैला रहा है, बस, दो बूँद पानी की ख़ातिर कि दम तोड़ते बच्चों की जान बच जाए। ऐ मुसलमान क़ौम ! तेरा क्या अंजाम होने वाला है ?"

यह सुनकर उमर साद बौखला गया।

"तुम इमाम की हिमायत कर रहे हो। यह साफ़ ग़द्दारी है। अपने आक़ा की तारीफ़ों के बजाय हुसैन के गुन गा रहे हो। मेरे मुख़बिर कहते हैं कि कई दिन से तुम्हारा रंग-ढंग बदला हुआ है। तुम्हारी बातों से साफ़ नमकहरामी की बू आती है। मुहम्मद का नवासा, जो ख़ुद मजबूर और कंगाल है, तुम्हें क्या ताजोतख़्त बख़्श देगा ? उन्होंने तुम्हें कौन-से सब्ज़बाग़ दिखाए हैं, हुँह, यह मोहताज क्या सख़ावत करेंगे ! शायद तुम बहिश्त की लालच में यूँ डाँवाडोल हो रहे हो। हुसैन इब्ने-अली से यह लगावट अच्छी नहीं। बहुत पछताओगे।"

"अब इससे ज़्यादा क्या पछताऊँगा ! मैं ही उन्हें घेरकर इधर लाया हूँ।" हुर ने मुर्दादिली से कहा।

"हुर, मुझे तुमसे हमदर्दी है। तुम एक बहादुर सिपाही और अव्वल दर्जे के सरदार हो। बाल-बच्चे वाले आदमी हो। तुम्हारा मुस्तक़्बिल[2] रौशन है। दरबार में तुम्हारी इस होशियारी पर वाह-वाह हो रही है। तुमने बड़ी दूरंदेशी से हुसैन का पानी ख़त्म करवा दिया। वरना शायद लड़ाई और ज़्यादा दिन घसीटनी पड़ती। तुम्हारी मेहरबानी और अक़्लमंदी की बदौलत आज हुसैन की हिम्मत टूट चुकी है। कोई दम जाता है कि वह हथियार डालने पर मजबूर होकर बैअत कर लेंगे। ज़रा सोचो तो, हमें कैसी कामयाबी और शोहरत नसीब होगी ! हमने उस शेर-नर को हराया है जिसकी दहशत से हमारा आक़ा बदहवास हो रहा है। अरबों में हमारा नाम आफ़ताब की मानिंद चमकेगा। इनाम-ओ-इकराम बेहिसाब हाथ आएगा। बस हुसैन टूटा ही चाहते हैं। एक इंच की कसर है। बस सोना ही सोना !"

"हुसैन क़यामत तक नहीं टूटेंगे। वह बैअत हरगिज़ नहीं करेंगे।" हुर तुर्शी से बोला।

"तो अपनी जान से हाथ धो बैठेंगे। कुछ भी हो, क़िस्सा ख़त्म हो जाएगा। मैं भी सोचता हूँ, अगर हुसैन ने बैअत कर ली तब भी उन्हें यज़ीद के दरबार में तो हाज़िर होना ही पड़ेगा। बड़ी तवालत होगी, कहीं रास्ते में हंगामे शुरू हो गए। मुसीबत यह है कि बैअत की सूरत में भी बड़ी मुसीबतें नाज़िल होंगी। उनके मुवाफ़िक़ और मुख़ालिफ़ गिरोह[3] तबाहकारियों[4] पर तुल जाएँगे।"

---

1. भिखारी, 2. भविष्य, 3. समर्थक और विरोधी दल, 4. विनाश।

"इमाम बैअत नहीं करेंगे, तुम ख़ातिरजमा रखो।" हुर ने बड़े यक़ीन से कहा।

"रास्ते में पानी पिलाकर हुसैन ने तुम्हारा ईमान ख़रीद लिया। घूम-फिरकर तुम उनकी तारीफ़ों पर आ जाते हो। कितनी शर्म की बात है ! खुल्लमखुल्ला दुश्मन की तरफ़दारी किए जाते हो। जंग में तो नबी हो या रसूल, हम मुरव्वत के क़ायल नहीं। बस, हमें तो हाकिम के हुक्म से काम है।"

"लानत हो तुम पर ! बख़ुदा तुम गर्दनज़दनी हो। क्या तुम्हें लम्हा-भर को भी ख़याल नहीं आता कि हुसैन कौन हैं ? रसूलुल्लाह के चहीते नवासे हैं, जिन पर हम दरूद[1] भेजते हैं, जिनका नाम हम ख़ुदा के नाम के साथ लेते हैं। आज वह इस बला में गिरफ़्तार हैं। मेरा तो कलेजा हिल गया। आज उनकी यासियत[2] से भरी तक़रीर सुनकर मेरे रोंगटे खड़े हो गए।"

उमर साद का रंग फीका पड़ गया, झुँझलाकर कहा—"क्या बुज़दिलों जैसी बातें कर रहे हो ! तुम्हारा दिमाग़ ख़राब हो गया है। हुर, क्यों तुम्हारी शामत आई है ? क्या वाक़ई ख़ाक में मिलने का इरादा है ?"

"हुसैन जैसे ख़ुदा के अज़ीज़ बंदे जब ख़ाक में मिल सकते हैं तो मैं किस शुमार-ओ-क़तार में हूँ ? उमर साद, तुम वल्लाह निहायत छिछोरे हो। यहाँ जानों पर बनी है और तुम्हारा दम इनामो-इकराम में पड़ा हुआ है।" हुर ने जलकर कहा।

"हुर, क्यों अपनी जान के पीछे हाथ धोकर पड़ा है ? तू जानता है, हम सबके पीछे मुख़बिर लगे रहते हैं। तेरी हरक़तों की इत्तिला जब मुझे मिल गई तो ज़ाहिर है, दरबार तक भी पहुँच जाएगी। फिर सोच, तेरा क्या अंजाम होगा ?"

"तुम्हें क्यों मेरी इतनी फ़िक्र पड़ी है ? न मैं तुम्हारा बहनोई हूँ, न दामाद, तुम्हारी बला से।"

"बस-बस, सर पर ही चढ़ा आता है। नामाक़ूल, पाजी, मेरे अहलकार[3], तुम्हारी ज़बान से निकला हुआ एक-एक लफ़्ज़ लिखते रहे हैं। यह मुहिम[4] ख़त्म हो ले तो दरबार में तुम्हारा मुक़द्दमा उठाया जाएगा। तुमने अब तक ख़लीफ़ा की मेहरबानियाँ देखी हैं, उनका ग़ुस्सा भी चख लेना।"

"यह धमकियाँ उसे दो जो दुनिया के अज़ाब से डरता हो। कह दो अपने अहलकारों से, जो जी में आए शौक़ से मेरे ख़िलाफ़ लिखें।" यह कहकर हुर ने घोड़ा घुमाया और एक तरफ़ चल दिया। उमर साद ने कुछ सिपाहियों को पीछे लगा दिया कि "ख़बरदार आँख से ओझल न होने पाए। इसके इरादे अच्छे नहीं। नीयत में फ़ितूर[5] मालूम होता है। सख़्त निगरानी की ज़रूरत है।"

---

1. दुआ और सलाम, जो रसूलुल्लाह के लिए पढ़े जाते हैं, 2. निराशा, 3. मुंशी, 4. अभियान, जंग, 5. विकार, बुराई।

इमाम हुसैन नाकाम वापस ख़ेमे में पहुँचे।

"मैंने अपना फ़र्ज़ अदा कर दिया।" उन्होंने अपने साथियों से कहा।

"मेरा दिल कहता है कि मैं भी एक दफ़ा उन नाआक़बत-अंदेश अहमक़ों से बात करके देखूँ।" ज़हीर इब्ने-क़ैन ने कहा।

"ज़रूर," इमाम ने मुस्कराकर कहा, "यह भी एक तरीक़-ए-जंग है। फ़र्क़ इतना है, यहाँ तलवारों के नहीं, लफ़्ज़ों के वार होते हैं।"

ज़हीर इब्ने-क़ैन घोड़े पर सवार सर से पैर तक फ़ौलाद में ग़र्क सफ़ से बाहर निकले और पुकारकर कहा—"ऐ कूफ़ा वालो ! ख़ुदा के ग़ज़ब से डरो। अभी तो हम और तुम मुसलमान हैं आपस में। एक ही नबी की उम्मत हैं। जब तक हमारे-तुम्हारे दरम्यान तलवार नहीं खिंची, हमारा रिश्ता क़ायम है। इसलिए मुझे हक़ है कि तुम्हें नसीहत करूँ। बेशक जब हमारे दरम्यान तलवार चलने लगेगी और बीच में ख़ून गिरेगा, उस वक़्त इस्लामी रिश्तेदारी ख़त्म हो जाएगी। फिर हम एक उम्मत और तुम दूसरी उम्मत हो जाओगे। ख़ुदा ने आज हुसैन इब्ने-अली को हमारे दरम्यान इस मजबूर और लाचार हालत में खड़ा कर दिया है। अब वह यह देखना चाहते हैं कि ऐसे वक़्त में हम उसके भेजे हुए पैग़ंबर के नवासे के साथ क्या सुलूक करते हैं ? यह बड़े इम्तहान का वक़्त है। यज़ीद और उबैदुल्ला बिन ज़ियाद को तुम भी अच्छी तरह जानते हो, मैं भी जानता हूँ। उन्होंने हमारे आलिमों[1] और क़ुरान के हाफ़िज़ों[2] को जिस बेरहमी से क़त्ल किया है, वह भी हमने देखा है और बर्दाश्त किया है। ऐ मुसलमानो, कब तक यूँ ही ख़ामोश देखते रहोगे ? और जो कुछ आज इमाम हुसैन इब्ने-अली पर सितम तोड़े जा रहे हैं क्या यह भी यूँ ही ख़ामोश देखते रहोगे ? नहीं, अरब के सूरमाओ, तुम इतने बेहिस[3] और बेहया नहीं। तुम्हारा ख़ून खौल रहा है। उमर इब्ने-साद के वजूद पर लानत भेजो। इस क़त्ल से बाज़ आओ और अपने-अपने घरों को वापस लौट जाओ।"

हुकूमत के हवाख़्वाह और ख़ुशामदी ज़हीर इब्ने-क़ैन को बुरा-भला कहने लगे और इब्ने-साद की तारीफ़ों के पुल बाँध दिए। मगर बहुत-से होंठ ख़ामोश थे। हुसैन के 'वरग़लाए' क़ाबू में आ चुके थे। अब ज़हीर इब्ने-क़ैन उनके ईमान को झिंझोड़ रहे थे।

"ख़ुदा तेरी ज़बान ख़ामोश करे।" शिम्र ने एक तीर लगाया और झल्लाकर कहा।

ज़हीर इब्ने-क़ैन ने तीर की न परवाह की, न जवाब दिया। शिम्र से बोले—"ऐ शिम्र, क्यों गुनहगार होता है ? अब भी वक़्त है, तौबा कर और अपने इरादे से

---

1. विद्वानों, 2. क़ुरान कंठस्थ करने वाले, 3. मूढ़।

बाज़ आ।"

"बस, थोड़ी देर में तुम्हारी यह ज़बान हमेशा के लिए बंद होने वाली है।" शिम्र ने कहा।

"तू मुझे मौत से डराता है ? ख़ुदा की क़सम, हुसैन के साथ मरना तुम लोगों के साथ जीने से ज़्यादा महबूब और ख़ुशगवार होगा। ऐ बंद-ए-ज़र[1], अगर तूने पैग़ंबर की औलाद का ख़ून बहाया और उनके अज़ीज़ों और दोस्तों को क़त्ल किया तो तेरी बख़्शिश हरगिज़ न होगी।"

इमाम हुसैन ने देखा, ज़हीर बिन-क़ैन की नसीहत का कोई फ़ायदा नहीं। आज दुश्मन का सिपाही जगह यक्का-ओ-तन्हा[2] ख़ौफ़ से लरज़ रहा है। उसमें दम मारने की मोहलत नहीं। उन्होंने किसी से कहा—"ज़हीर बिन-क़ैन से कहो, वापस आ जाएँ। उन्होंने अपना हक़ अदा कर दिया। हमारा दुश्मन आज बहरा भी है, गूँगा भी। उस पर कोई असर न होगा।"

ज़हीर बिन-क़ैन सर झुकाए वापस आ गए।

"या हुसैन ! क्या वाक़ई यह लश्कर मुसलमानों का है तो फिर इनकी आँखें क्या हुईं ?"

"उन पर जहालत[3] और लाइल्मी की गर्द जम चुकी है। एक चिराग़ इतने दिलों पर बरसों की पुती हुई तारीकी[4] को ख़त्म नहीं कर सकता।"

हुर ने फिर एक बार उमर साद से कहा—"तो क्या वाक़ई जंग होगी ?"

"जंग होगी और ज़रूर होगी। ऐसी जंग जिसे ज़माना याद रखे।"

"इतने मतालबे[5] जो हुसैन ने पेश किए हैं, क्या एक भी मंज़ूरी के क़ाबिल नहीं ?"

"ख़ुदा की क़सम, अगर मामला मेरे हाथ में होता तो मैं ज़रूर मंज़ूर कर लेता। हमारे ख़लीफ़ा को वहम हो गया है। इमाम से उन्हें क्या ख़तरा हो सकता है ? तुम ही बताओ, मैं क्या करूँ ? तुम्हारा हाकिम इब्ने-ज़ियाद मानता ही नहीं।"

उसके बाद हुर को मालूम हो गया कि कुछ कहना-सुनना बेकार है। हटकर एक अलग मुक़ाम पर खड़े हो गए। क़ुर्रा बिन-क़ैस, जो हुर के क़बीले से था मगर हुर के ऊपर जासूसी की ग़रज़ से तैनात किया था, क़रीब आ गया ताकि हुर पर पूरी तरह निगाह रखे।

"तुमने अपने घोड़े को पानी नहीं पिलाया ?" हुर ने उससे पूछा।

"नहीं।"

"तो फिर पिलाओगे नहीं ?"

---

1. धन का दास, 2. बिलकुल अकेला, 3. अज्ञानता, 4. अंधकार, 5. माँगें।

इब्ने-क़ैस समझ गया, हुर उसे टालना चाहते हैं। शायद जंग में हिस्सा लेने का इरादा नहीं। डरते हैं कि मैं मुख़बिरी कर दूँगा। हुर जंग में हिस्सा नहीं लेना चाहते तो क्या फ़र्क़ पड़ता है ? उसने कहा, "अच्छा, जाता हूँ, पानी पिलाए लाता हूँ।"

इब्ने-क़ैस से पीछा छुड़ाकर हुर ने बड़ी होशियारी से घोड़े को इमाम के ख़ेमे की तरफ़ बढ़ाना शुरू किया।

इतने में महाजिर बिन औस, जो हुर के क़बीले का था, पास आया और बोला– "क्या हमले की तैयारी हो रही है ?"

हुर ने कोई जवाब न दिया, मगर सर से पैर तक काँपने लगा।

"हुर, यह तुम्हारी क्या हालत हो रही है ? तुम तो कूफ़ा के सबसे बहादुर सिपाही हो। मगर इस वक़्त तुम्हारा चेहरा फ़क़ है और पसीने छूट रहे हैं। आख़िर बात क्या है ?"

"मेरे सामने एक तरफ़ जन्नत है, दूसरी तरफ़ दोज़ख़।" हुर ने घुटे हुए गले से कहा।

"क्या फ़ैसला करने में तकल्लुफ़ हो रहा है ? ताज्जुब है, तुम भी क्या मुसलमान हो ?"

"ठीक कहते हो, फ़ैसला करने में मैंने बहुत लैतोलाल[1] की। ख़ुदा मुझे माफ़ करे।" कहकर घोड़े को एड़ लगाई और घोड़ा कमान से निकले हुए तीर की तरह ग़ायब हो गया। इससे पहले कि लोग अपने हवास जमा करके कुछ क़दम उठाते, हुर ज़द से निकल चुके थे।

दुश्मन के लश्कर में ग़ुल पड़ गया।

"वह देखो, इमाम हुसैन इब्ने-अली का तरफ़दार उनकी ख़िदमत में जा रहा है।"

उमर साद का रंग फ़क़ हो गया। चेहरे पर हवाइयाँ उड़ने लगीं।

हुर जैसा ताबेदार दग़ा दे गया। दो-चार रिसालों को हुक्म दिया–"फ़ौरन उस ग़द्दार का पीछा करो और ज़िंदा-मुर्दा जैसा भी हाथ आए, हमारे हुज़ूर में पेश करो।" मगर हुर का घोड़ा बिजली था कि छलावा, पलक झपकने में ग़ायब हो गया।

हुर के ख़ेम-ए-हुसैन की तरफ़ आते देखकर सब चौकन्ने हो गए। नेज़े सँभल गए, कमानें खिंच गईं और तलवारें सूँत ली गईं। मगर हुर को अपनी जानिब आते देखकर प्यासे इमाम के मुर्झाए हुए चेहरे पर बहार आ गई। मुस्कराकर अब्बास बोले–"वह देखो, हुसैन का दोस्त आ रहा है। सबसे कह दो, कोई न रोके। तुम

1. टालमटोल।

जाकर उसका इस्तक़बाल[1] करो कि बड़ा मर्दुमशनास आ रहा है। बिरादरे-अज़ीज़, जल्दी पेशवाई को बढ़ो कि हमारा बहुत प्यारा दोस्त हमारी जानिब आ रहा है।"

दूर ही से हुर ने नारा लगाया–"ऐ जाने-रसूल ज़िंदाबाद, मैं गुनहगार माफ़ी के क़ाबिल तो नहीं, मगर आपकी सख़ावत[2] और दरियादिली की आस लगाकर आया हूँ। मुझे माफ़ फ़र्माकर मेरी दुनिया और दीन सँवार दीजिए, मेरे आक़ा ! कई रोज़ से तज़बज़ुब में था। मेरा दिलो-दिमाग़ क़ाबू में नहीं था। कोई राह नज़र न आती थी। बस, इसके सिवा कोई दर खुला न नज़र आया कि आपके क़दमों में पनाह लूँ। यह गुनहगार बंदा अपने वजूद से शर्मसार है। मौला-ए-दोआलम[3], मेरी हालत पर रहम फ़र्माइए। मुझे इस कशमकश से निजात दिलाइए। मेरा ज़मीर कई दिन से मुझे मलामत कर रहा है। ख़ुद से घिन आ रही है। आप ही मुझे इस अज़ाबे रूहानी[4] से निजात दिला सकते हैं। शेरे-ख़ुदा का सदक़ा, एक भूले-भटके को राह दिखाइए।"

इमाम हुसैन की आँखों से बेइख़्तियार आँसू जारी हो गए। हँसते हुए दोनों बाज़ू फैला दिए और तेज़ी से हुर की तरफ़ बढ़े। हुर ने दौड़कर क़दम चूम लिए। इमाम ने उसे उठाकर छाती से लगा लिया।

"मैंने माफ़ किया, मेरे ख़ुदा ने माफ़ किया। तेरी रिफ़ाक़त पर मुझे नाज़ है। मेरे अज़ीज़, तू साहबे-ज़मीर[5], मुंसिफ़-ओ-दाना है। तूने हक़ की आवाज़ को सुना और पहचाना। तेरी तन्हा हस्ती हज़ार दुश्मनों पर भारी है। यह मेरी नहीं उस सच्चाई की जीत है जो मेरा दीनो-ईमान है और तू मेरा शरीकेकार[6] है।"

बड़ी शानो-शौकत से इमाम हुर को अपने ख़ेमे में लाए। दाएँ-बाएँ क़ासिम बिन हसन और अली अकबर थे। अब्बास के हाथ में परचम[7] था। अल्लाह का प्यारा बंदा अपनी ख़ुशनसीबी पर नाज़ाँ इमाम के जुलूस में चल रहा था। सारे गुनाह, सारी ग़लतियाँ माफ़, जैसे उसी दम माँ के पेट से नया जन्म लिया हो।

"अब कमर खोल दीजिए।" अब्बास ने अदब से कहा।

"और थोड़ी देर आराम कर लो।" इमाम ने शफ़क़त से कंधे पर हाथ रखा।

"आक़ा, मैंने ख़ुदा का नाम लेकर कमर बाँधी है। यह तो अब उस वक़्त खुलेगी जब मैं अपनी क़सम पूरी कर लूँगा। मुझे शिम्र ज़िलजोशन और उमर बिन साद से निबटना है। उन्हें जहन्नुम वासिल करने का जी में अरमान लेकर आया हूँ। मुझ पर उन्हें बहुत ग़ुस्सा है। मेरे एहतजाज ने उनके यक़ीन की बुनियादें उखाड़ डाली हैं। वह देखिए, बदबख़्तों ने तीरंदाज़ी शुरू कर दी। इससे पहले कि कोई बच्चा जान

1. स्वागत, 2. दानशीलता, 3. दोनों लोकों का स्वामी, 4. आध्यात्मिक कष्ट, 5. जिसका अंतःकरण सुरक्षित हो, 6. साक्षी, 7. झंडा।

से हाथ धो बैठे, मुझे क़दमबोसी[1] के बाद जाँनिसारी[2] का मौक़ा दीजिए।"

इमाम उदास हो गए। भरे गले से बोले—"दोस्त, तुम्हारी इस मुहब्बत को मैं मर के भी न भुला सकूँगा। चढ़ते सूरज को तो सब ही सलाम करते हैं, मगर तुमने इस बेकसी और लाचारी के वक़्त मेरा हाथ थामना मंज़ूर किया। भला मैं तुम्हारी इस अज़ीम[3] क़ुर्बानी का बदला कैसे चुका सकूँगा ! अफ़सोस, तुमने ख़ातिरमदारात[4] का भी मौका न दिया, गो सिवाय मुहब्बत के हमारे तोशाखाने[5] में कुछ भी नहीं। हम पर ख़ुद तीन दिन का फ़ाक़ा है। इस ग़रीबबुलवतनी में तुम्हारी ख़ातिर भी क्या करूँ ?"

हुर ने अदब से सर झुकाकर कहा—"आपकी मुहब्बत की एक नज़र मेरी बख़्शिश का परवाना है। आपने जो मेरी इज़्ज़तअफ़ज़ाई फ़र्माई है, यही मेरी ज़िंदगी-भर का सरमाया है। इसके अलावा आज तक जो कुछ भी कमाया ख़ाक है।"

हुर की आमद से औरतों और बच्चों के ख़ेमे में उम्मीद की एक लहर दौड़ गई। जैसे नहर उल्क़मा की एक अज़ीमुश्शान लहर सारी तिशनगी[6] को बहाकर ले गई।

बारी-बारी हुर से सब बग़लगीर हुए। ख़ुशी से हुर की आँखों से आँसू बह रहे थे। उसकी बीवी दुश्मन के लश्कर में थी। ख़ुदा जाने लोग उस पर क्या सितम तोड़ेंगे ! ख़ैर, जब एक बार कश्ती तूफ़ान में डाल ही दी तो अब थपेड़ों से क्या डरना !

वही हुर, जो चोरों की तरह अपनी फ़ौज से भागता-बचता आया था, दुश्मन के लश्कर की तरफ़ अजीब शान से बढ़ रहा था। वह आँखें, जो यहाँ आने से पहले एहसासे-शर्म-ओ-नदामत से झुकी हुई थीं, नूरे-ईमान से चमक रही थीं। चेहरे पर जलाल तारी था। शाने पर कमान, हाथ में शमशीरे-बरहना[7], पहलू में नेज़े का फल साँप की तरह फन उठाए, जैसे एकदम यक़ीन के साथ उसका वजूद ही बदल गया हो।

लश्कर ने उसे अजीब निगाह से सहमकर देखा। यह वह उमर बिन साद का फ़र्माबर्दार मातहत नहीं था। हुकूमत के आलाकार के बजाय वह सच्चे मानी में हुर यानी आज़ाद था। वह अब आले-रसूल का तरफ़दार और सच का अलमबर्दार था। इमाम हुसैन इब्ने-अली का अज़ीज़ दोस्त। वह किसी की हक़तलफ़ी[8] करने नहीं जा रहा था। वह मज़लूमों, बेकस-मासूमों और अमनपसंद इंसानों की जानिब से जब्र और इस्तबदाद[9] से टक्कर लेने जा रहा था।

---

1. चरण स्पर्श, 2. प्राण न्योछावर करना, 3. महान्, 4. आतिथ्य-सत्कार, 5. वस्तु-भंडार, 6. प्यास, 7. नंगी तलवार, 8. हक़ छीनना, 9. अत्याचार।

इस नए हुर को उन्होंने इससे पहले कभी नहीं देखा था। इसलिए उन पर दहशत तारी थी। हाथ-पैर फूल गए थे। उसकी तलवार की ज़र्ब[1] के ख़ौफ़ से घास के तिनकों की तरह लरज़ गए थे। एक मामूली बेहक़ीक़त इंसान एक उमड़ता-गरजता तूफ़ान बन गया था। हुर ने देखा, फ़ौजी शर्मिंदा भी हैं, ख़ौफ़ज़दा भी। उसने ऊँची आवाज़ में उन्हें ललकारा—"अहमक़ों की तरह मेरा मुँह क्या देख रहे हो ? जानते नहीं, मैं दोबारा पैदा हुआ हूँ। मैं वह हुर नहीं जो कुछ देर पहले ग़लाज़त[2] में ग़ोताज़न था। इस वक़्त मैं इमाम इब्ने-अली का एक अदना जाँनिसार हूँ, मगर तुम्हारे मुक़ाबले में अफ़ज़ल और बलंदमर्तबा हूँ। देख रहे हो मेरे चेहरे का जलाल। मैं अभी अपने इमाम के क़दम चूमकर आया हूँ। जब उन्होंने उठाकर मुझे अपने मुबारक सीने से लगाया तो मुझमें वह क़ूवत आ गई जिसका तुम तसव्वुर[3] भी नहीं कर सकते कि तुम अहमक़, नासमझ, महज़ मिट्टी के तोदे हो। तुम चिराग़े-नबूबत[4] गुल करना चाहते हो। दुनिया को दीनो-ईमान की रोशनी से महरूम करने पर तुले हुए हो। क्या तुम्हारे दिमाग़ों में इतना सोचने की भी सकत नहीं कि इमाम के ख़ून से दाग़दार दामन लेकर तुम किस मुँह से ख़ुदा के हुज़ूर में जाओगे ?"

हुर की आवाज़ ने नीम-मुर्दा दिलों की और भी कुछ जान खींच ली, हौसले और भी पस्त हो गए, अज़ाबे-दोज़ख़[5] का ख़ौफ़ दिलों को लरज़ाने लगा। हाथों में तलवारें काँपने लगीं और अलम सरनिगूँ हो गए।[6] जैसे एक बिजली गिरी और पूरी फ़ौज को झुलसा गई।

उमर बिन साद हैरान-परेशान इधर-उधर घूम रहा था, अपनी फ़ौज को ललकार रहा था। मगर सब जैसे समाअत[7] खो चुके थे, मर चुके थे।

"बुज़दिलो, होश में आओ। यह ग़द्दार तुम्हें बेवक़ूफ़ बना रहा है। इसके चकमे में न आओ। ख़ुदा की नेमतें हमारे ख़लीफ़ा के साथ हैं। उस अकेले से तुम ख़ौफ़ज़दा हो। ख़बरदार जो किसी ने पीछे क़दम हटाए।"

मगर लरज़ते-काँपते सिपाही हुर के बेपनाह हमले के सामने ख़ुश्क पत्तों की तरह गिर रहे थे। मदाफ़िअत[8] की ख़्वाहिश मर चुकी थी। इमाम के साथी हुर की बहादुरी की दाद दे रहे थे, उसकी हिम्मतअफ़ज़ाई कर रहे थे।

उमर बिन साद गुस्से से दीवानों की तरह चिल्ला रहा था। आख़िर उराने अपने ख़ास दस्ते को हुक्म दिया कि एकदम से चारों तरफ़ से हुर को घेरकर कुचल डालें। हुर को नरग़े में देखकर इमाम के साथी बेचैन हो गए।

"आक़ा ! मुझे इजाज़त है, हुर की मदद के लिए जाऊँ ?"

---

1. प्रहार, 2. गंदगी, 3. कल्पना, 4. पैगंबरी का चिराग़ (हज़रत इमाम हुसैन), 5. नरक की आग, 6. झंडे झुक गए, 7. श्रवण-शक्ति, 8. प्रतिरक्षा।

अभी अब्बास के मुँह से अल्फ़ाज़ पूरी तरह अदा भी न हुए थे कि हुर घोड़े पर से नीचे गिरे। इमाम ने चंद साथियों को इशारा किया और ख़ुद भी घोड़ा बढ़ाकर हुर के क़रीब पहुँचे। उन्हें आते देखकर सब बादल की तरह छँट गए।

फ़ौज में हुर के बहुत-से दोस्त और साथी थे। उन लोगों के बिगड़ खड़े होने के डर से ख़ास दस्ता उनकी तरफ़ मुतवज्जो[1] हो गया। चंद सरकश जवानों को रौंद डाला और लश्कर पीछे हट गया।

इमाम ने हुर को ख़ाको-ख़ून में ग़ल्ताँ[2] पाया। इब्ने-मुज़ाहिर ने जल्दी से सहारा देकर दम तोड़ते हुए जाँबाज़[3] को उठाया और बेइख़्तियार आँसू बहाने लगे।

"तुमने तो इमाम के अज़ीज़ों और बचपन के साथियों को भी मात कर दिया, दोस्त ! तुम हम सब पर सबक़त[4] ले गए। ख़ुशनसीब हो कि इमाम की तरफ़दारी में जान देने वालों में पहला दर्जा तुमने पाया।" इब्ने-मुज़ाहिर बेइख़्तियार रोने लगे।

इमाम ने हुर का सर अपने सीने से लगाकर ख़ूनआलूदा पेशानी[5] को बोसा दिया। अपनी अबा के दामन से ख़ून और पसीना पोंछा। हुर ने मुस्कराकर दम-भर के लिए आँखें खोलीं, नज़र-भर के इमाम को देखा।

"वल्लाह ! मेरे नसीब कि इमाम के सीने पर मेरा सर है और उनके आँसू मेरे चेहरे पर बरस रहे हैं। ऐ ख़ुदा, तू गवाह रहना। मैंने तारीकी[6] से मुँह मोड़ा और तेरे नूर की तरफ़ क़दम बढ़ाया। एक नाचीज़ ज़र्रा आज आफ़ताब बन गया। या इमाम, कुछ उढ़ा दीजिए, मुझे ठंड लगती है, नींद आ रही है।" और हँसकर इमाम के हाथों में दम तोड़ दिया।

हुर का नौजवान बेटा भी फ़ौज में उसका हमरकाब[7] था। बाप की ग़द्दारी के बाद निगाहें उसका पीछा कर रही थीं। हुर का एक भाई मुसाअब की फ़ौज में अच्छे ओहदे पर फ़ायज़[8] था। मगर वह और हुर हमख़याल तसव्वुर नहीं किए जा रहे थे। उसने हुर की हरकत को हिमाक़त और पागलपन समझा था। बेटे ने भी बाप की हिमायत में एक लफ़्ज़ न कहा था। ज़माना ही ऐसा था। सारे लतीफ़ रिश्ते टूटकर बस एक मसलिहत और मुनाफ़ा का रिश्ता बाक़ी रह गया था जो ख़ूब परवान चढ़ रहा था। भाई बेदरेग़[9] भाई के सर का सौदा कर लेते और चेहरे पर शिकन भी न आती। मगर हुर के ज़मीर में इंसानियत के अजज़ा[10] बाक़ी रह गए थे। इमाम हुसैन के ख़ुलूस[11] ने उन्हें और उभार दिया था।

बेटे ने जब हुर को गिरते देखा तो ख़ून ने जोश मारा और वह बेक़रार हो गया। बग़ैर सोचे-समझे घोड़े को एड़ लगाई और आन की आन में हवा हो गया। चंद

1. आकृष्ट, 2. लोटता हुआ, 3. वीर, 4. बाज़ी ले गए, 5. रक्तरंजित माथा, 6. अँधेरा, 7. साथी, 8. नियुक्त, 9. निस्संकोच, 10. तत्त्व, 11. निष्ठा।

साथियों ने मज़ाहमत[1] करनी चाही मगर फिर यह सोचकर न रोका कि शायद बाप की लाश उठाने जा रहा है। इमाम हुसैन के साथियों ने जब उसे अपनी तरफ़ आते हुए देखा तो हमले के लिए तैयार हो गए। बेटा घोड़े से कूदा और बाप की लाश पर गिर पड़ा।

हुर का भाई भी दुश्मन की फ़ौज से यह सब देख रहा था। उसने म्यान से तलवार खींची और घोड़ा बढ़ाकर निकला। लोग समझे, वह भतीजे को राहेरास्त[2] पर लाने के लिए जा रहा है। क्योंकि सब ही जानते थे, वह भतीजा भी है और दामाद भी। अभी कुछ ही दिन हुए कि उसकी बेटी हुर के बेटे को ब्याही गई थी।

मुसाअब जब क़रीब पहुँचा तो वह सकते में रह गया। हुर का फ़र्ज़ंद[3] और मुसाअब का चहीता दामाद इमाम के क़दमों से लिपटा इजाज़ते-जंग माँग रहा था।

"नाख़लफ़ है वह बेटा जो अपने बाप के क़ातिलों का साथ दे। या इमाम, मेरा ख़ून खौल रहा है। मुझे इजाज़त दीजिए।"

"तुम्हारे बाप के एहसान के बोझ से मैं कभी सुबुकदोश[4] न हो सकूँगा। अब तुम्हें जंग की ज़रूरत नहीं, फ़र्ज़ंद !"

"लिल्लाह मुझे अपने बाबा के क़ुर्ब[5] से महरूम न कीजिए।"

"जाओ ऐ नौजवान ! तुम्हारी यही मर्ज़ी है तो मैं कैसे रोक सकता हूँ ? ख़ुदा तुम्हारा निगहबान।"

हुर का बेटा तेज़ी से तलवार खींचकर पलटा तो अपने चचा को देखकर ठिठक गया।

दोनों तरफ़ के लोग यह ड्रामा देख रहे थे। चचा और भतीजे दोनों की तलवारें म्यान से निकली हुई थीं।

मुसाअब घोड़े से उतरा। दोनों देर तक एक-दूसरे को घूरते रहे। फिर मुसाअब की आँख झुक गई। तलवारें वापस म्यान में डाल दीं। फिर बढ़कर इमाम हुसैन के क़दमों को बोसा दिया, अपने मरहूम भाई की पेशानी को चूमा।

"ज़िंदगी में हमारा साथ रहा तो अब मौत की क्या हक़ीक़त है जो हमें जुदा कर सके। या इमाम, मेरे पास तो माफ़ी माँगने की भी मोहलत नहीं। मेरे आमाल[6] मेरी आख़िरत[7] के ज़ामिन होंगे। बस, मुझे इजाज़ते-जंग दीजिए कि यही मेरे लिए सबसे बड़ा माफ़ीनामा होगा। मैं ही नहीं, यह जो दुश्मन की फ़ौज नज़र आ रही है, उनमें जिस्म मफ़लूज हैं, मगर हज़ारों दिल अब भी आपके क़दमों में झुके हुए हैं।"

जज़्बात की शिद्दत से इमाम का गला भर आया। इब्ने-मुज़ाहिर से मुस्कराकर

---

1. प्रतिरोध, 2. सन्मार्ग, 3. बेटा, 4. मुक्त, 5. निकटता, 6. कर्म, 7. अंत।

कहा—"यह मोजज़े[1] देखे तुमने, हमारे मेहरबाँ कहाँ-कहाँ से चले आ रहे हैं !"

चचा-भतीजे आख़िरी बार बग़लगीर हुए, घोड़ों पर सवार हुए और आन की आन में तूफ़ान की तरह दुश्मन की सफ़ों पर टूट पड़े। फ़ासले की वजह से फ़ौज को नहीं मालूम था कि मुसाअब में और इमाम हुसैन में क्या बातें हुईं। जब चचा-भतीजे को साथ आते देखा तो कोई शुब्हा भी न हुआ। मगर जब मुसाअब ने क़रीब पहुँचकर बआवाज़े बलंद कहा—"मेरे भाई के क़ातिलो, चंद लम्हों क़ब्ल मैं भी[2] तुम्हारी तरह अंधा, बहरा और गूँगा था। ख़ुदा ने मुझ पर रहम फ़र्माकर मुझे बसारत[3] बख़्शी और मैं सुन भी सकता हूँ और बोल भी सकता हूँ। यह दिन क़यामत से कुछ कम नहीं जब भाई-भाई को घोड़े की नालों तले रौंद रहा है। उसूल, शऊर और मज़हब सब बाला-ए-ताक़ रखकर आज इंसान ताक़त के भूखे हैवानों के हाथों बिक गया है। मगर कान खोल के सुन लो, इमाम हुसैन इब्ने-अली और उनके ख़ानदान की तरफ़ नज़र उठाकर देखने से पहले तुम्हें हमसे निबटना होगा। आ जाओ सामने अगर हिम्मत हो।"

मुसाअब और उनका नौजवान भतीजा बड़ी शान से लड़े और शहीद हो गए। अली अकबर जंग की इजाज़त पर मुन्सिर हुए, मगर फिर सब साथियों ने बड़े जोश से कहा—"या इमाम, हमारी जानें आपकी जानों पर सदक़े[4], हमारा ख़ून आपके ख़ून पर सदक़े और हमारी रूहें आपकी रूहों पर सदक़े। क़सम है ख़ुदा की, जब तक हमारे जिस्मों में जान बाक़ी है, कोई आप तक नहीं पहुँच सकता।"

इसके बाद बड़ी दिलेरी से जंग करके तमाम असहाब[5] शहीद हो गए। जौन अबुज़र काफ़ी ज़ईफ़ हो चुके थे। मगर बार-बार दरख़्वास्त करते थे।

"जौन अबुज़र, इस बुढ़ापे में जिहाद तुम पर वाजिब नहीं। तुम कहीं बचते-बचाते निकल जाओ। मेरी यही ख़्वाहिश है।" इमाम ने कहा।

"या हुसैन, मैंने राहत के दिन तो आपके साथ गुज़ारे। अब ऐसे नाज़ुक मौक़े पर मुझे अपने क़ुर्ब से महरूम[6] कर रहे हैं ?"

जौन अबुज़र पर रिक्क़त[7] तारी हो गई। वह हब्शी नज़ाद[8] थे, लिहाज़ा कहने लगे—"क्या मेरा स्याह चेहरा और हसबोनसब[9] इस क़ाबिल नहीं कि मैं शहीद होकर बहिश्त में दाख़िल हो सकूँ ? क्या एक ग़ुलाम जिहाद नहीं कर सकता ?"

इमाम ने बड़ी मुहब्बत से कहा—"बहिश्त में रंगो-नस्ल का नहीं, आमाल का मुहासिबा[10] होगा और तुम्हारे साथ इतनी ज़िंदगी गुज़ारने के बाद मैं दावे से कहता हूँ कि बहिश्त में बहुत बलंद मर्तबा पाओगे। तुम जैसा ख़ुदातर्स[11] मुत्तक़ी-ओ-परहेज़गार[12]

---

1. चमत्कार, 2. पहले, 3. दृष्टि, 4. निछावर, 5. साथी, 6. पीड़ा से वंचित, 7. रुदन, 8. हब्शी वंश, 9. वंश-प्रतिष्ठा, 10. हिसाब, 11. ख़ुदा से डरने वाला, 12. संयमी।

मुश्किल से मिलेगा। अगर फ़ैसला ही कर चुके हो तो तुमको नहीं रोकूँगा।"

जौन अबुज़र ने बावजूद सिनरसीदा[1] होने के तलवार और नेज़े के वह हाथ दिखाए कि दुश्मन के दाँत खट्टे कर दिए। जब ज़ख़्मों से चूर होकर घोड़े से गिरे तो इमाम ने लपककर उन्हें सहारा दिया और उन्होंने दम तोड़ दिया।

अब्बास इब्ने-अली के तीनों भाई जाफ़र, उस्मान और मुहम्मद, जो इंतहाई शौक़ से बार-बार इजाज़त माँग रहे थे, बड़ी जाँबाज़ी से दुश्मन के लातादाद सिपाहियों को ख़त्म करके शहीद हो गए। उनके बड़े भाई अब्बास ने उन्हें अपने हाथों से हथियार सजाकर मैदाने-जंग में भेजा।

हज़रत फ़ातिमा ज़ोहरा की वफ़ात के बाद अली इब्ने-अबी तालिब ने दूसरे निकाह का क़स्द किया तो उन्होंने अपने भाई अक़ील से यह ख़्वाहिश ज़ाहिर की कि कोई ऐसी नेक और बाअक़्ल ख़ातून का नाम तज्वीज़ करें जो बहादुर और लायक़ बच्चे की माँ बन सके। उन्होंने उम्मुल नबीईन का नाम पेश किया। वह हज़ाम बिन ख़ालिद की बेटी थीं। उनका क़बीला शुजाअत[2] और दिलेरी में अपना सानी नहीं रखता था। उम्मुल नबीईन की तरबियत निहायत आला पैमाने पर हुई थी। इल्मी और अख़लाक़ी औसाफ़ में भी बलंद मुक़ाम था। उनका नाम फ़ातिमा वहीदिया था। चूँकि चार बहादुर और जरी बेटों की माँ थीं, इसलिए उन्हें लोग उम्मुल नबीईन यानी 'बेटों की माँ' कहा करते थे।

उनमें सबसे बड़े अब्बास अबुलफ़ज़ल थे, जो इमाम हुसैन के परिस्तार[3], प्यारे भाई और शागिर्द थे। जो प्यार उन्हें इमाम हुसैन से मिला वही उन्होंने अपने छोटे भाइयों—जाफ़र, उस्मान और मुहम्मद को दिया। उन्हें बेटों की तरह चाहा। उनकी आला पैमाने पर तरबियत[4] की थी। वह उन तीनों नौजवानों में से थे जो अब्बास की रहनुमाई में इमाम हुसैन के बॉडीगार्ड थे और वह जहाँ भी जाते थे, यह उनके साथ साये की तरह रहते थे।

रोज़ आशूरा जब इमाम के बेशतर अज़ीज़ और दोस्त शहीद हो गए तो अब्बास ने अपने भाइयों को बुलाकर कहा—"मेरी ख़्वाहिश है कि तुम मुझसे पहले मैदाने-जंग में जाकर आक़ा पर जान निसार करो।"

तीनों भाई इमाम की क़दमबोसी के बाद मैदान में आए। अली के बेटों ने अपने वालिद के मुक़द्दस[5] नाम का नारा लगाया और यह साबित कर दिया कि शुजाअत उन्होंने विरसे में पाई है।

हमाम हुसैन ने अबुलफ़ज़ल अब्बास की मदद से अपने प्यारे भाइयों की लाशें उठाईं और दूसरे शहीदों के साथ ख़ेमे में रख दीं।

---

1. वयोवृद्ध, 2. बहादुरी, 3. पुजारी, 4. शिक्षा-दीक्षा, 5. पवित्र।

अपने-पराए जब आक़ा पर से जान निछावर कर चुके तो अबुलफ़ज़ल अब्बास, अली अकबर और क़ासिम बिन हसन में बहस चल गई कि कौन अब मैदाने-जंग में जाने का सबसे ज़्यादा हक़दार है।

उस वक़्त ज़ैनब बिन्ते-अली हैरान-ओ-परेशान सोच रही थीं और कह रही थीं—"या अल्लाह, यह औन और मुहम्मद को क्या हो गया है ! यह बेटे मुझे भाई से शर्मिंदा करवाएँगे। सब जा रहे हैं और यह मज़े से खड़े तमाशा देख रहे हैं। ऐसा मौक़ा फिर कहाँ नसीब होगा ? दुनिया यही कहेगी, बुज़दिल थे। ऐन वक़्त पर जंग से डर गए और जान बचाकर दुबक रहे।" मगर इमाम हुसैन ने उन्हें समझाया। बानो ने कहा—"बहन, उनकी अभी उम्र ही क्या है ! कभी घर से बाहर क़दम न निकाला, न कोई जंग देखी। बच्चे शेरों के शेर हैं। उन्हें डर से क्या वास्ता ?"

"अम्मीजान, हम कितनी देर से मामूजान की ख़ुशामद कर रहे हैं। वह इजाज़त ही नहीं देते।" बच्चे रुआँसे हो गए—"बताइए, हम क्या करें ?"

"यह सब कहने की बातें हैं कि मामूजान इजाज़त नहीं देते। बहादुर कहीं रोके से रुके हैं ? और कुछ नहीं, मरने से डरते हो। बहादुर की औलाद के यह तौरो-तरीक़े नहीं होते। सुबह से लाशों पर लाशा आ रहा है। यह खड़े तेरा-मेरा मुँह ताक रहे हैं।"

"बच्चे ठीक कहते हैं। इमाम इन्हें किस दिल से जंग में जाने की इजाज़त दे दें ? इन पर जिहाद वाजिब नहीं।" बानो ने समझाया।

"यह बात नहीं, मुमानीजान !" बच्चे आँसू पोंछकर बोले, "हमने अपने कानों से सुना, मामूजान क़ासिम भाई से फ़र्मा रहे थे—यह जंग मुख़्तलिफ़ है। इसमें जिहाद के लिए उम्र की क़ैद उठा दी गई है। अली असग़र तक अपने मोर्चे के सिपाही हैं। फिर हमें क्यों नहीं इजाज़त देते ?"

बानो ने सहमकर निढाल हुए अली असग़र को छाती से लगा लिया।

"तो फिर ग़ुस्सा न आए कि तुम जान-बूझकर इजाज़त नहीं लेते। या अल्लाह ! मैंने कैसी-कैसी दुआएँ माँगीं। या परवर्दिगार ! मेरे लाल इस इम्तहान में पूरे उतरें। बस, यही मेरी आरज़ू है। ख़ैर भाई, तुम्हारा जो जी चाहे, करो। आज से न तुम मेरे बेटे, न मैं तुम्हारी माँ।"

उसी दम ग़ुल हुआ। दुश्मन ने हमला कर दिया और तीरों की बारिश होने लगी। औन-ओ-मुहम्मद अपना बचपना भूल गए। फ़ौज का रुख़ माँ, बहनों के ख़ेमों की तरफ़ देखकर उनका ख़ून खौल गया। तड़पकर इमाम के क़दमों पर गिर पड़े।

"मामूजान, ख़ुदारा हमें इजाज़त दीजिए। हमसे अब यह ज़िल्लत बर्दाश्त नहीं होती। सब अज़ीज़ो-अक़ारिब[1] शहीद हो गए। हम फ़क़ीरों की तरह खड़े मुँह ताक रहे हैं। अम्मीजान हमारी सूरत से बेज़ार हो रही हैं। उनके ख़ेमे की तरफ़ जाते शर्म महसूस होती है। वह कह रही हैं कि हम बुज़दिल हैं, मौत से डरते हैं। शेरे-ख़ुदा के नवासे, जाफ़रे-तय्यार के पोते हैं। मौत हमारे सामने क्या चीज़ है ?"

इमाम हुसैन ने अश्कबार[2] आँखों से दोनों को नज़र भर के देखा और सर झुका लिया, फिर बोले—"किस दिल से तुम्हें मरने की इजाज़त दूँ ? तुम बहुत कमसिन हो। यह ज़ुल्म मुझसे न होगा। तुम मेरी दुखिया बहन की आँखों का नूर हो, उसकी ज़िंदगी का सहारा हो। तुम्हें मक़्तल[3] में कैसे भेज दूँ ?"

"नहीं मामूजान, हमारी अम्मी बड़ी बहादुर हैं। औरत हैं मगर मर्दों से ज़्यादा बाहिम्मत हैं। रात ही कह रही थीं—यह न समझना, मैं तुम पर जान देती हूँ तो तुम्हारा क़ुसूर आँख बंद करके माफ़ कर दूँगी। भाई से ज़्यादा मुझे औलाद भी प्यारी नहीं। तुमने जाँनिसारी में कोताही की तो दूध नहीं बख़्शूँगी। मामूजान, अम्मी का दिल दुखाकर हम जीना नहीं चाहते।"

इमाम ने बच्चों को इजाज़त दे दी—"जाओ मेरे प्यारो, तुम सब चले जा रहे हो। कोई हमारा लाशा उठाने वाला भी नहीं रहेगा। ख़ैर, अल्लाह तुम्हारा निगहबान, जाओ कि इसके सिवा चारा भी नहीं। हम सबको बारी-बारी जाना है।"

बच्चे ख़ुशी से बेक़रार माँ के पास भाग गए।

फ़ुज़्ज़ा ने यह अल्फ़ाज सुने तो गिरती-पड़ती भागीं।

"लो बीबी, बच्चों को मक़्तल में जाने की इजाज़त मिल गई। हाय लोगो, मेरे ज़ैनब की कमाई लुट गई।"

लेकिन फ़ुज़्ज़ा की नहीफ़[4] आवाज़ ज़ैनब बिन्ते-अली के कानों तक न पहुँची।

"मैं किसी से क्या शिकायत करूँ ? मेरी तक़दीर का लिखा है। ग़ज़ब ख़ुदा का, ग़ैर तो क़ुर्बान हो गए और यह मामू के चहीते मुँह छिपाए बैठे हैं। आख़िर हुर हमारे कौन थे ? उनके भाई और बेटे से क्या रिश्ता था ? ग़ैर ही तो थे, मगर मर्तबा अपने से बढ़कर पाया।"

बच्चे उन्हें ग़ुस्से से मुँह मोड़े देखकर ठिठक गए। बेइख़्तियार आँखों से ख़ुशी के आँसू बह रहे थे। माँ ने देखा तो और बिगड़ उठीं—"अब रो क्यों रहे हो, क्या मैं मर गई हूँ ! अरे भई, दिल का सौदा है, यहाँ कोई ज़बर्दस्ती थोड़ी है। जब मेरा भाई शहीद हो जाएगा तब यह अपनी तलवारों के जौहर दिखाएँगे। जब सब ख़त्म हो जाएँगे तब शायद इनकी बारी आएगी। इसी मुँह से अपने आपको अली का

---

1. रिश्तेदार, 2. आँसू-भरी, 3. वधस्थल, 4. कमज़ोर।

नवासा कहते हैं ! हुँह, कौन-से मार्के सर किए हैं, कौन-से कारनामे दिखाए हैं कि बस 'पिदरम सुल्तान बूद[1]' ! यह गुमसुम क्यों मेरे सर पर खड़े हो, दफ़ा हो जाओ मेरी नज़रों से। मुझे मुँह दिखलाने के क़ाबिल न रखा तुमने।"

इतने में ख़ुद इमाम ख़ेमे में दाख़िल हुए कि बहन को बच्चों को मक़्तल में जाने की इजाज़त का उज़्र[2] करें, उन्हें समझाएँ-बुझाएँ। जब देखा कि वह उलटी बच्चों पर बरस रही हैं और वह ख़ामोश सर झुकाए रो रहे हैं, अपनी सफ़ाई में एक लफ़्ज़ नहीं कहते। जल्दी से बहन के पास आए और उन्हें टोका—"तौबा करो बहन, ऐसे बच्चे नसीबों वाली को मिलते हैं। ख़्वाहमख़्वाह बेचारों को डाँटे जा रही हो। यह सच कह रहे थे। यह तो बार-बार ज़िद कर रहे थे। मैंने ही इन्हें रोका था। तुम इनकी माँ हो, चाहे ग़ुस्सा करो या प्यार, मगर ख़ुदारा बेइंसाफ़ी तो न करो। यह तुमसे रुख़सत की इजाज़त लेने आए हैं। आख़िरी बार तुम्हारी क़दमबोसी को हाज़िर हुए हैं। इस वक़्त अनजाने में इनका दिल तोड़ोगी तो सारी उम्र पछताओगी।"

"मुझे तो इस बात का ग़ुस्सा है कि इन्होंने इतनी टालमटोल क्यों की ? जैसे अब उड़ के इजाज़त ले आए, इससे पहले भी ला सकते थे। और मुझे आपसे भी शिकायत है। इन्हें क्या ग़ैर समझा जो अब तक इनको फ़र्ज़ से दूर रखा ?"

"इन्हें ज़ालिमों की फ़ौज में भेजते हुए हमारा दिल ख़ून हुआ जाता था। तुम्हारी और इनकी ज़िद ने हमें मजबूर कर दिया वरना हम हर्गिज़ इजाज़त न देते। लो, अब इन्हें रुख़सत करो।"

माँ ने नज़र भर के बच्चों को देखा। दोनों बाज़ू फैला दिए। जैसे वह क़ारूँ[3] का ख़ज़ाना जीतकर आए हों। बच्चे दौड़कर माँ की गोद में समा गए।

"मुबारक हो, मेरे शहज़ादो ! देखो, मेरे दूध की लाज रखना। जवाँमर्दों की तरह तलवार के जौहर दिखाना। ऐसा न हो कि लोग कहें कि ज़ैनब के बेटों ने जंग में दुश्मन को पीठ दिखाई।" ज़ैनब जल्दी-जल्दी बच्चों को नए कपड़े पहनाकर बाल सँवार रही थीं। बहनें आ गईं। कोई हथियार सजाने लगीं, कोई अमामा दुरुस्त करने लगीं, किसी ने जूतों के तस्मे कसे।

"भाई, एक को भी ज़िंदा न छोड़ना, नहर का घाट खोल देना। फिर हम जी भरकर पानी पिएँगे।" प्यासी सकीना को हर तरफ़ पानी ही नज़र आता था।

"हाँ, तुम दो सही और वह हज़ारों हैं, मगर वह बुज़दिल तुम्हारी जूतियों की गर्द के बराबर भी नहीं।" कुबरा बिन्ते-हुसैन ने कहा।

---

1. पिता बादशाह थे, 2. बहाना, 3. एक धनवान व्यक्ति, जो बहुत कंजूस था और अंत में अपने धन सहित पृथ्वी में समा गया।

"वह मुफ़सद[1] और ज़मीरफ़रोश[2] हैं। तुम हक़ के अलमबर्दार हो।" बानो ने फ़र्माया।

"इतना समझ लो, यह हक़ और बातिल[3] की जंग है। हक़ की हमेशा फ़तह होती है। तुम्हारी शहादत ही तुम्हारी जीत है। तुम न रहोगे, लेकिन तुम्हारा नाम दुनिया के होंठों पर हमेशा ज़िंदा रहेगा। हक़ के नामलेवा तुम पर दरूद भेजेंगे।" उम्मे कुल्सूम ने बलाएँ लेकर उनकी पेशानियाँ चूमीं।

ज़िल्लत[4] की ज़िंदगी के हज़ार सालों से इज़्ज़त की मौत बदरजहा[5] बेहतर है। जानती हूँ मेरे बच्चो, तुम पर तीन दिन की प्यास है। मगर ख़बरदार, भूलकर भी दरिया की तरफ़ नज़र न डालना। ग़श खाकर गिरो तो पानी से दूर रहना। जब तक इमाम प्यासे हैं, सकीना का गला प्यास से ख़ुश्क है, नन्हा असग़र तरस रहा है, हम पर पानी मकरूह[6] है। इनके हलक़ ख़ुश्क रहें तो हम सेराब[7] नहीं हो सकते।" माँ ने समझाया।

"आप बिलकुल फ़िक्र न कीजिए अम्मी, हम अपनी आँखों तक को पानी के नज़ारे से सेराब न होने देंगे। अगर ज़रा भी हमारे क़दम डगमगाए तो बेशक हमारी लाशों पर आँसू भी बहाइएगा। बस, अब तो हमें रुख़सत कीजिए, कहीं दुश्मन मैदान ख़ाली देखकर शेर न हो जाएँ।"

ज़ैनब ने मुजस्सिम[8] माँ बनकर दोनों को कलेजे से लगाया। हज़ारों दराज़ि-ए-उम्र[9] की दुआएँ दीं, मुँह चूमा और बच्चों को रुख़सत कर दिया। उनके जाते ही ख़ाली हाथ दुआ के लिए उठा दिए—"ऐ परवर्दिगार ! मेरी हक़ीर क़ुर्बानी क़ुबूल कर !"

औन और मुहम्मद दोनों हमउम्र थे। दोनों ज़ैनब के बेटे नहीं थे। उनमें से एक उनकी सौत का बच्चा था। पैदाइश के वक़्त माँ बीमार पड़ गईं और दूध ख़ुश्क हो गया तो दोनों को ज़ैनब ने ही दूध पिलाया, पाला-पोसा। वह दोनों का फ़र्क़ भूल चुकी थीं। यह भी याद न था, कौन उनके पेट की औलाद है और कौन उनकी सौत का बच्चा है। न बच्चों को इल्म था। उन्होंने कभी फ़र्क़ न महसूस किया। इसी बात का यह सबूत है कि उन्होंने भाई पर से क़ुर्बान करते वक़्त भी दोनों में कोई फ़र्क़ न महसूस किया, उसकी माँ की इजाज़त की भी ज़रूरत न समझी। अपना जाना और राहे-ख़ुदा पर क़ुर्बान कर दिया।

दोनों नन्हे सिपाही अजीब शान से अकड़ते हुए ख़ेमे से निकले तो अब्बास, अली अकबर और क़ासिम ने उन्हें हाथों-हाथ लेकर घोड़े पर सवार कर दिया। इमाम

---

1. उपद्रवी, 2. आत्मा बेचने वाला, 3. सच-झूठ, 4. अपमान, 5. कहीं ज़्यादा, 6. घृणित, 7. तृप्त, 8. मूर्त, 9. लंबी उम्र।

ने दोनों घोड़े रकाब पकड़कर आगे बढ़ाए, दोनों को प्यार किया। बच्चों को जाने की बड़ी जल्दी थी। डर रहे थे कि कहीं बुज़ुर्ग अपना ख़याल न बदल दें और उन्हें रोक न लें। पलक झपकते ही में दो दरख़्शाँ[1] सितारे गर्द के बादलों में छिप गए।

इमाम ने आँसू आस्तीन में जज़्ब किए और देखा, बदनसीब बहन ख़ेमे का पर्दा पकड़े खोई-खोई नज़रों से गर्द में अपने लाल तलाश कर रही थीं।

बच्चों का क्या है ! वह तो बड़े-बड़े तूफ़ान को खेल समझ बैठते हैं। औन और मुहम्मद की मासूम आँखें बचपन ही से क़त्लो-ग़ारत को देख-देखकर बूढ़ी हो चुकी थीं। ज़रा-ज़रा से बहानों पर मासूमों के क़त्ल बीच चौराहे पर हुआ करते थे। सिपाही बेगुनाहों की पुश्त पर कोड़े बरसाते, सर काटकर मस्जिद की दीवारों पर नस्ब किए जाते। बच्चे देखते रहते।

उन्हें ज़्यादा खेलकूद और गलियों में आवारागर्दी की इजाज़त न थी। बचपन से ही यह ज़ेहननशीन करा दिया गया था कि वह आम बच्चों से मुख़्तलिफ़ हैं। उनका ज़्यादा वक़्त पढ़ने-लिखने और फ़न्ने-सिपहगरी में महारत हासिल करने में सर्फ़ होता था। अबुलफ़ज़ल अब्बास उन नौख़ेज़[2] सिपाहियों के सरदार थे। रोज़ाना मश्क़ कराई जाती। कई बार हुकूमत ने इस पर पाबंदी आयद करने की कोशिश की कि इमाम ख़ुफ़िया फ़ौज तैयार करवा रहे हैं, हुकूमत से टक्कर लेने के लिए सिपाही तैयार कर रहे हैं। मगर किसी सबूत की ग़ैर-मौजूदगी की वजह से बाज़पुर्स[3] बंद हो गई।

मगर दुश्मन की फ़ौज पर इमाम के सिपाहियों की वहशत छाई हुई थी। अजीब-अजीब अफ़साने सुन रखे थे कि इमाम के सिपाहियों को अजीबोग़रीब फ़न शमशीरज़नी के सिखाए गए हैं जो आम इंसानों के इल्म में भी नहीं।

मगर जब औन और मुहम्मद दिलेरी से घोड़े दौड़ाते मैदान में आए तो वह उन्हें हैरत से मुँह फाड़े देखते रह गए। बेशक वह ग़द्दारों से जंग करने आए थे, मगर बच्चों को ज़बह करने कोई नहीं आया था। सूरमा सूरमाओं से लड़ते हैं। अजीब मुक़ाबला था। इधर ख़ूँख़्वार जबरूत[4] पहलवान सर से पैर तक फ़ौलादपोश, हथियारों से लैस, उधर दो छोटे-छोटे बच्चे, जो तीन दिन से प्यासे थे मगर होंठों पर ज़बान फेरना भी अपनी हतक समझते थे ! उन्हें ज़बह करना था, उनका ख़ून बहाना था, यही हुक्मे-हाकिम और वक़्त का तकाज़ा था।

शर्मो-नदामत से उन सूरमाओं के सर झुक गए, अपने लहीम-शहीम[5] वजूद पर शर्म आने लगी, उन पर हाथ उठाते झिझक महसूस होने लगी। यह नौ-दस बरस के बच्चे, जिनके दूध के दाँत टूटकर अभी ठीक से भी नहीं निकल पाए हैं, फूल-से

---

1. चमकता हुआ, 2. नवोदित, 3. पूछताछ, 4. प्रतिष्ठित, 5. हृष्ट-पुष्ट।

चेहरे, रोशन पेशानियाँ, उनकी आमद से सारा मैदाने-कारज़ार[1] महक उठा।

"यह क्या मज़ाक़ है ! जाओ बच्चो, कहीं चोट-चपेट आ गई तो तुम्हारी अम्मा सर पकड़ के रोएँगी।" एक बदतमीज़-सा पहलवान बोला और हँसने लगा।

"ओ गुस्ताख़, ज़बान सँभालकर बात कर। जानता है, हमारी माँ कौन हैं ? शेरे-ख़ुदा की बहादुर बेटी ज़ैनब। मैं औन हूँ।"

"मैं मुहम्मद हूँ।"

"हम अली इब्ने-अबी तालिब के नवासे और जाफ़रे तैयार के पोते हैं। हमारी कमसिनी पर न जाओ। हमारी तलवार की काट देखो।"

"हम हक़ के लिए ज़िंदा रहे और आज हक़ के लिए जान देने का अरमान दिल में लेकर आए हैं। मगर पहले तुम्हारे नापाक वजूद से इस दुनिया को पाक करने का अज़्म[2] दिल में लेकर आए हैं।"

दो बिजलियाँ-सी चमकीं, दो शोले-से आँधी में लपकते हुए बढ़े और दुश्मन के लश्कर के हवास गुम हो गए।

बच्चे वार पर वार कर रहे थे। अव्वल तो उन्होंने इन बच्चों को अहमियत देने में अपनी सलाहियतों[3] की हतक समझी। बच्चों से उलझकर कौन अपना मज़ाक़ उड़वाए ! फिर उनके मर्तबे का ख़याल करके तलवारें झुका दीं। मगर जब बच्चों ने वाक़ई तलवारों के जौहर दिखाने शुरू किए तो मदाफ़िअत[4] के लिए ढालें उठाकर सामने कर लीं। शकीउलक़ल्ब[5] होते हुए भी बच्चों पर कभी हाथ न उठाने की वजह से तकल्लुफ़ हो रहा था।

सधे हुए घोड़े, नपे-तुले तलवारों के हाथ, थोड़ी ही देर में बच्चों ने मदाफ़िअत पर मजबूर कर दिया।

बच्चों की बहादुरी और फ़न्ने-सिपहगरी को देखकर दुश्मन के मुँह से भी 'वाह' निकल गई। इब्ने-साद की पेशानी पर बल पड़ गए।

"ख़त्म करो यह तमाशा।" उसने गरजकर कहा और हुक्म दिया, बच्चों को गिरफ़्तार कर लिया जाए। मगर बच्चों को गिरफ़्तार करना बिजली को मुट्ठी में बंद करने से भी ज़्यादा मुश्किल साबित हुआ। यकायक वह सफ़ें चीरते आते और फिर क़यामत ढाते। पलटकर साफ़ निकल जाते। घड़ी-भर को जुदा हो जाते। एक-दूसरे का नाम लेकर पुकारते, फिर घोड़े ख़ुद-ब-ख़ुद पास आ जाते। बच्चे एक-दूसरे का हाथ छूकर दिल को तसल्ली देते। एक-दूसरे के वार पर सदा-ए-तहसीन[6] बलंद करते।

अब ख़ुद ज़ख़्म खाने का वक़्त आ गया था। घाव लग रहे थे, ख़ून बह रहा

---

1. युद्धभूमि, 2. संकल्प, 3. सामर्थ्य, 4. प्रतिरक्षा, 5. पाषाण हृदय, 6. प्रशंसा की आवाज़।

था, मगर हिम्मतें बलंद थीं, इरादे जवान थे।

इमाम के ख़ेमे से लोग दोनों को आँसू-भरी नज़रों से देख रहे थे। ज़ैनब के काँपते हाथों से ख़ेमे का पर्दा छूट जाता, वह फिर तड़पकर दोनों हाथों से पकड़ लेतीं, आँखें ख़ुश्क थीं, दिल लहू-लहू हो रहा था। हर वार, जो बच्चों के जिस्म पर लग रहा था, उसकी चोट माँ के कलेजे पर पड़ रही थी।

"ख़बरदार, पानी की तरफ़ न देखना। अम्मी की नज़रें हमारी तरफ़ लगी हुई हैं।" औन मुहम्मद से कहते।

"सख़्त प्यास है। अगर पानी मिल जाता तो हम इन्हें वाक़ई मज़ा चखा देते। मगर हम दरिया की तरफ़ हर्गिज़ नहीं देखेंगे। मगर क्या एक चुल्लू अली असग़र के लिए लेने में गुनाह है ?"

मुहम्मद जवाब देते, "दरिया कोई घट तो न जाएगा।"

अबुलफ़ज़ल अब्बास बेक़रार थे। बार-बार कह रहे थे—"आक़ा, हुक्म हो तो मैं जाकर दोनों को समझा-बुझाकर वापस ले आऊँ ?"

"नहीं, मैं जाता हूँ। मेरे शागिर्द हैं। मेरा कहना नहीं टालेंगे।" अली अकबर कह रहे थे, "बच्चों की ताक़त जवाब दे रही है।"

"क़ासिम, तुम भी साथ चले जाओ। तुम तीनों जाओ और बच्चों को ले आओ। हमसे उनके ज़ख़्म बर्दाश्त नहीं होते।" इमाम ने सर्द आह भर के हुक्म दिया।

"अगर किसी ने मेरे बच्चों को उनके हुक्म से महरूम करने की कोशिश की तो मैं खुले सर ख़ेमे से निकल पड़ूँगी।" ज़ैनब ने ख़ूँबार[1] आँखों से चारों तरफ़ देखा, "वह ख़ुद आ जाएँगे उस शान से जैसे शहसवार आते हैं। मेरे बेटे भी जाँबाज़ों की तरह जंग के मैदान से लौटेंगे, अज़ीज़ों के काँधों पर।"

"ग़ज़ब ख़ुदा का, फूफी अम्मा के ये बच्चे सहारा हैं। रेत पर गिरकर दम तोड़ें, यह मुझसे बर्दाश्त न होगा।" अली अकबर ने घोड़ा घुमाया।

"क्यों फ़ालेबद[2] मुँह से निकालते हो ? क्या तुम मेरे बेटे नहीं ? ख़ुदा न करे जो मैं लावारिस होऊँ। मेरे भाई को अल्लाह जीता रखे। मेरे बेटों की इनके सामने क्या हक़ीक़त है ! ऐसे हज़ार बेटे हों तो हुसैन पर वार दूँ। बेकार ज़िद करके मेरा दिल न दुखाओ। अब्बास, मैं जानती हूँ, औन और मुहम्मद तुम्हें अपनी औलाद से कुछ कम अज़ीज़ नहीं। मगर आज का दिन अज़ीज़ों को क़ुर्बान करने का है। मेरी तरफ़ से न सही अपनी तरफ़ से क़ुर्बानी समझो, क़ुर्बानी वापस नहीं ली जाती। बस, यही दुआ है कि इसे क़ुबूलियत का दर्जा नसीब हो।"

बच्चे ज़ख़्मों से चूर ज़मीन पर आ रहे, तड़पकर एक-दूसरे के वार सहने लगे।

---

1. ख़ून बरसाने वाली, 2. अशुभ बात।

अब किसी में ज़ब्त का चारा[1] न रहा। इमाम ने फुर्ती से घोड़े को एड़ लगाई। अब्बास, अली अकबर और क़ासिम भी लपके। उन्हें आता देखकर भीड़ काई की तरह छँट गई।

बच्चे दम तोड़ रहे थे। इमाम ने दोनों को उठाकर कलेजे से लगाया और उनके लहू में सराबोर हो गए। बच्चों ने मामू के गले में बाँहें डालीं और दम तोड़ दिया।

इमाम भाई और बेटे की मदद से बच्चों को लेकर वापस आए। ज़ैनब बिन्ते-अली ने बाँहें फैला दीं। जैसे ज़िंदगी का अज़ीमतरीन इनाम मिल रहा हो। बच्चों को ज़ानू पर लिटाकर ख़ाक-ओ-ख़ून से भरे मुखड़ों को आँचल से साफ़ किया। मुँह पर मुँह रखकर बोलीं—"वल्लाह, ऐसी भी क्या ग़फ़लत की नींद ! मामूजान खड़े हैं और तुम्हें किसी बात की परवाह ही नहीं। तुमने अपने बाप का फ़र्ज़ भी अदा कर दिया, मेरे प्यारो !"

सब सैदानियों ने मातम में सर खोल दिए, सर झुकाकर ज़ैनब के गिर्द बैठ गईं। "क्यों, क्या हुआ ? क्या ख़ुदा-नख़्वास्ता मेरा कोई जान से जाता रहा ? तुम्हारे सोग की वजह ? ना बीबियो, मेरे लाल फ़ौत नहीं हुए। आज उन्हें हयाते-जावेदानी[2] नसीब हुई। यूँ कलकलाँ को हैज़े से मर जाते, ताऊन समेट ले जाता, मगर यह रुतबा न पाते जो हुसैन इब्ने-अली पर क़ुर्बान होकर नसीब हुआ। मुझे तहनियत[3] दो कि बड़े नसीब वाली माँ हूँ। देखा नहीं, क्या शेरों की तरह हैं मेरे लाल ! एक बार दुश्मन को भी जता दिया कि हुसैन की फ़ौज में कैसे-कैसे दमदार सिपाही हैं !"

"ज़ैनब, ज़ैनब, अब जीने से वहशत हो रही है। इन मासूमों के लहू में डूबकर सर से पैर तक फुँका जा रहा हूँ। बख़ुदा अब हमें जाने दो। हमें यक़ीन है, हमारे बाद इन मलऊन फ़ौजियों का ग़ुस्सा ठंडा हो जाएगा। चंद जानें जो रह गई हैं, बच जाएँ, यही ग़नीमत है।"

मगर उधर अब्बास और अली अकबर में फिर बहस हो रही थी।

"हम दोनों में से एक को इजाज़त दीजिए।" दोनों ज़िद कर रहे थे और इमाम फ़ैसले से माज़ूर[4] दोनों का मुँह तक रहे थे।

औन और मुहम्मद की शहादत से ज़ैनब बिन्ते-अली की दस बरस की कमाई लुट गई, कोख लहूलुहान हो गई तो क़ासिम की वालिदा की मारे ग़ैरत के गर्दन झुक गई। सुबह से लाश पर लाश मैदान से आ रही थी तो वह सबसे आँखें चुराए एक कोने में बैठी थीं। अब क़ूवते-बर्दाश्त जवाब दे गई। बैठी-बैठी सोचने लगीं—

1. सामर्थ्य, 2. अमर जीवन, 3. बधाई, 4. लाचार।

'या ख़ुदा ! ज़ैनब की क़ुर्बानी हुई और मैं अपने लाल को छिपाए बैठी हूँ। बहन से ज़्यादा भाई का हक़ होता है। क़ासिम को तो सबसे पहले जाना चाहिए था। हश्र में फ़ातिमा ज़ोहरा को क्या मुँह दिखाऊँगा ! ज़ैनब से आँख मिलाते हुए शर्म में पानी-पानी हुई जाती हूँ। सब गए...बस, इमाम की जान से दूर अब अली अकबर और अब्बास की बारी है। क्या यह भी चले जाएँगे, तब मेरे लाल की बारी आएगी। नहीं, यह दोनों तो पूरे कुन्बे का सहारा हैं। इमाम के दस्तो-बाज़ू हैं। अब्बास तो अलमबर्दार हैं। क्या हमारा निशान सरनिगूँ हो जाएगा तब क़ासिम को होश आएगा ?' घबरा उठीं। प्यार से बेटे को बुलाकर दरयाफ़्त किया।

"क्यों मेरे चाँद, अब काहे का इंतज़ार है ? चचा ने अपना फ़र्ज़ अदा कर दिया। तुम्हें अपनी दामादी का सर्फ़ अता किया कि यही तुम्हारे बाबा की वसीयत थी। अब तुम्हें अपना फ़र्ज़ अदा करना होगा। मेरी आबरू तुम्हारे हाथ में है, मेरे चाँद !"

"अम्मी, मैं तो सुबह से ज़िद कर रहा हूँ, ख़ुशामद कर रहा हूँ। मगर चचाजान इजाज़त नहीं देते। मगर अब हमने फ़ैसला कर लिया है, ख़्वाह इसे गुस्ताख़ी तसव्वुर कर लिया जाए। हम अपने उस्ताद और मुअल्लिम[1] अब्बास इब्ने-अली को हागज़ अपने से पहले न जाने देंगे।"

क़ासिम इब्ने-हसन ने बड़े जोश से कहा।

"अच्छा, तुम जाओ, झटपट दुल्हन से रुख़सत हो लो। मैं इमाम के पास जाकर तुम्हारी सिफ़ारिश करती हूँ। उन्होंने आज तक मेरी बात कभी नहीं टाली।"

क़ासिम सर झुकाए एक शब की ब्याही अपनी कमसिन दुल्हन से आख़िरी मुलाक़ात के लिए उसके ख़ेमे में गए। आँख खोलकर एक-दूसरे को अपना जाना था। बुज़ुर्गों के फ़ैसले का उन्हें पता न था कि जवान होकर वह एक-दूसरे के हो जाएँगे। एक ही घर में साथ खेलते, साथ तालीम हासिल करते रहे। वैसे भी आले-रसूल आपस में शीरो-शकर थे। पूरा ख़ानदान एक-दूसरे से बँधा हुआ था। क़ासिम और फ़ातिमा कुबरा के दरम्यान यह बंधन और भी मज़बूत हो चुके थे। भाई की वसीयत पूरी करने के लिए इमाम ने फ़ातिमा कुबरा से क़ासिम बिन हुसैन का निकाह कर दिया था। अजीब वक़्त था और अजीबोग़रीब यह शादी थी।

क़ासिम बिन हसन ख़ेमे में दाख़िल हुए तो साथ की खेली एक शब की ब्याही दुल्हन से मरने की इजाज़त लेने के ख़याल से वह सर से पैर तक काँपने लगे। बस, यहीं तक का साथ था। वक़्त उन्हें एक-दूसरे से छुड़ा रहा था। आख़िरी बार उनसे कुछ कहना था, कुछ सुनना था। आँखों में आँसू थे, दिल में दर्द था और ज़बान तंग थी। दुल्हन ने क़ासिम को देखकर दोनों हाथों से मुँह छिपा लिया और चादर सर पर

1. शिक्षक।

खींच ली। क़ासिम का दिल बड़े ज़ोर-ज़ोर से धड़क रहा था। वह गुमसुम ख़ड़े उसके मेहँदी में रचे छोटे-छोटे हाथ-पैर देखते रहे। तीन दिन की प्यास से होंठ ख़ुश्क थे, ज़बान पर काँटे थे, बमुश्किल कहा—"हमें शादी रास न आई। तुम ही बताओ, हम क्या करें ? क्या चचाजान को ऐसे वक़्त में छोड़कर मुँह छिपाकर भाग जाएँ ? वह क़त्ल किए जाएँ, ख़ून में नहाएँ और हम ज़िंदा रहें ! कुछ मुँह से तो बोलो। वहाँ जा रहे हैं, जहाँ से कोई लौटकर नहीं आता। एक बार अपना चेहरा जी भर के देख लेने दो। फिर कहाँ मौक़ा मिलेगा ?"

बिन्ते-हुसैन ने आँखों पर हथेलियाँ रख लीं और सिसकियाँ लेने लगीं।

"वल्लाह ! मुल्क़े-अदम[1] के मुसाफ़िर से शर्मा रही हो। यह सरासर ज़ुल्म है। हमारे पास इतना वक़्त भी तो नहीं कि तुम्हें मना लें। मौत की पुकार कानों में गूँज रही है। जी बिलकुल तुम्हें छोड़कर जाने को तैयार नहीं, मगर क़िस्मत में जुदाई लिखी है।"

फिर भी कुबरा के मुँह से कोई लफ़्ज़ न निकला। बस, जी सनसनाने लगा। कलेजे पर छुरी-सी चली और चेहरे पर रँडापा छा गया।

"कुछ बोलो न, हमारे कान तुम्हारी आवाज़ सुनने को तरस रहे हैं।"

कुबरा ने हाथ मुँह से हटाए। डरते-डरते आँखें ऊपर कीं, कुछ कहना चाहा। मगर मुँह से आवाज़ न निकली। आँखें फिर झुक गईं।

"अच्छा, जब हमारा लाशा मक़्तल[2] से आएगा तब भी यूँ ही शर्माती बैठी रहोगी ? बैन भी नहीं करोगी, रोओगी भी नहीं ?"

क़ूवते-बर्दाश्त जवाब दे गई। कमसिन दुल्हन फूट के रो पड़ी। आँसू-भरी आँखों से टकटकी बाँधकर देखा। कलेजा खिंचकर आँखों में आ गया।

"सारी उमर के निबाह का वायदा क्या हुआ ? सब भूल गए ? क्या इसीलिए हाथ थामा था कि बीच मँझधार में छोड़कर चल दोगे ? हमने आँख खोलकर बस तुम्हीं को देखा और आँखों में फिर न कोई समाया।"

"हमने भी तुम्हीं को अपनी दुनिया समझा।"

"जाते तो हो, हमें भी जीने का तरीक़ा बताते जाओ।"

"कुबरा बिन्ते-हुसैन, तुम बहादुर बाप की बहादुर बेटी हो। हमें हँसी-ख़ुशी रुख़सत करो। लिल्लाह आँसू न बहाओ। तुम्हें पाकर ज़िंदगी कितनी प्यारी लगने लगी थी ! तुम्हें खोने के ख़याल से दिल का ख़ून हुआ जाता है। बस, कोई चारा नहीं। हमारी ख़ुशी पर मौत को रश्क आ गया, हमारा मिलन मंज़ूर नहीं था। ऐ बिन्ते-उग ! वल्लाह मरने को जी नहीं चाहता। बस, यही आरज़ू है कि सारी उम्र

---

1. परलोक, 2. वध-स्थान।

यूँ ही बैठे तुम्हारी सूरत देखते रहें। मगर बहुत जल्द यह आँखें बेनूर हो जाएँगी, यह दुनिया मादूम हो जाएगी। बहिश्तेबरी में भी तुम्हारी जुदाई का ग़म सताएगा। वह मदीना वाला घर, वह मक्का की गलियाँ, तुम्हारा बात-बेबात हँसना, वह शोख़ियाँ-शरारतें और फिर यकायक संजीदा होकर फ़ना और सबात[1] के फ़लसफ़े में उलझ जाना··· ।"

"काश ! मैं तुम्हारे सेहरे के ख़ुश्क फूल की तरह ख़ुशनसीब होती, जो तुम्हारे साथ मैदाने-जंग में जा रहे हैं। इधर तुम जाओगे, उधर हमारा दम निकल जाएगा।"

"नहीं-नहीं, तुम न रहीं तो हमारे लाशा पर मातम कौन करेगा ? हमारा सोग कौन मनाएगा ? मौत का ख़ौफ़ कम हो जाता है, जब तुम्हें अपने ग़म में बाल बिखराए, आँखों में आँसू भरे तसव्वुर में देखते हैं। अच्छा जाने-क़ासिम ! एक बार मुस्करा दो कि तुम्हारी मुस्कराहट हमारी इन अँधेरी राहों में मशाल का काम देगी।"

"ऐ साहबज़ादे, दुल्हन की बातों ने ऐसा दिल मोह लिया कि अपने फ़र्ज़ को भी फ़रामोश कर बैठे !" क़ासिम की वालिदा ने पुकारा।

माँ की आवाज़ सुनकर क़ासिम चौंक पड़े। बड़ी मिन्नतों, समाजतों से रोती-सिसकती कुबरा को अपने सीने से जुदा किया और बग़ैर पलटकर देखे तेज़ी से बाहर निकल गए। कुबरा दामन पकड़ती रह गईं।

ख़ेमे में मातम बरपा हो गया। बीबियों ने सर पीट लिए।

"है, है लोगो ! यह क्या अंधेर है ! एक शब की ब्याही दुल्हन का सुहाग लुट रहा है। मासूम बच्ची की दुनिया उजड़ रही है।"

"ख़ुदारा, बदशगुनी की बात मुँह से न निकालो। मेरे लाड़ले की बारात सज रही है।" क़ासिम की माँ ने आँसू पोंछ डाले और कहा।

क़ासिम जब बाहर निकले तो देखा, इमाम ग़मग़ीन खड़े हैं। क़ासिम डर गए, कहीं औरतों की आहोबुका[2] सुनकर इमाम इरादा न बदल दें और उन्हें जाने से रोक दें ! बेक़रार होकर उनके क़दमों पर गिर पड़े।

"चचाजान, आपको बाबा की क़सम, इस वक़्त मुझे न रोकिएगा। लिल्लाह इजाज़त दीजिए।"

"भाई, बेवा भावज का भी तुम पर कुछ हक़ है। इजाज़त दो।" क़ासिम की वालिदा ने कहा।

"हुसैन, क़ासिम को तुम्हारी पनाह में दिया। इसे सुर्ख़रुई का मौक़ा देना कि यह इसका हक़ है।" दूर से मरहूम भाई की आवाज़ आती सुनाई दी।

---

1. विनाश और अस्तित्व, 2. रोना-पीटना।

इमाम ने भतीजे को सीने से लगा लिया।

"जो हुक्मे-इलाही, जाओ मेरे अज़ीज़, तुम्हारी जुदाई का दाग़ भी सहना होगा। क्या फ़र्क़ पड़ता है ! तुम आगे चलो, हम भी तुम्हारे पीछे आ रहे हैं। बस, कोई दम का वक़्फ़ा है। होनी को कौन टाल सकता है ?"

फिर अपने हाथ से दस्तार बाँधकर शमले के दोनों सिरे सीने पर लटका दिए (गरेबान मिस्ले-क़फ़न[1] चाक किया), कमर में तलवार बाँधी, फिर कुछ सोचकर आहिस्ता से कहा—"क़ासिम, कुबरा को लेकर अगर पीछे से निकल जाओ तो इस हंगामे में किसी को ख़बर न होगी। अगर तुम कबीला-ए-बनी साद तक पहुँच गए तो कोई ख़तरा न रहेगा। तुम दोनों बच जाओगे।"

"मगर अपनी ज़मीर की मलामत[2] से बचकर कहाँ जाऊँगा ? ऐसी ही आपको मेरी जान प्यारी है तो दमिश्क़ के दरबार में मुझे पलने दिया होता। अपनी मुकद्दस[3] गोद में मुझे क्यों पाला ? मैं आपका हुक्म नहीं मान सकता।"

"बुरा मत मानो शहज़ादे, यह वाज़े कर देना मेरा फ़र्ज़ है कि मैंने सारी बंदिशें ख़त्म कर दीं। मेरी जानिब से तुम आज़ाद हो। जहाँ चाहो जा सकते हो।"

"मैं आपकी ग़ुलामी के मुक़ाबले में हर आज़ादी को ठोकर मारता हूँ।"

कमसिन भतीजे के चेहरे पर जलाल की सुर्ख़ी देखकर इमाम को मरहूम भाई याद आ गए।

"ख़ुशनसीब है मेरी बेटी, जिसे क़ासिम जैसा शौहर मिला। गो मुख़्तसर था ये रिश्ता।" जोशे-जज़्बात[4] से इमाम का गला रुँध गया।

क़ासिम बिन हसन ने घोड़े को एड़ लगाई। एक बर्क़[5]-सी चमकी और ज़ालिमों की फ़ौज पर नाज़िल हो गई[6]।

नौउम्र क़ासिम को देखकर एक बार तो ज़ालिमों के पत्थरदिल भी मोम हो गए। बचपन जा रहा था, आमदे-शबाब[7] थी। एक शब की ब्याही दुल्हन के तसव्वुर का ख़ुमार आँखों में हीरों की जोत जगा रहा था। अभी हाथों की मेहँदी भी मैली न हुई थी, सेहरे के सूखे फूल अब तक रेशमी ज़ुल्फ़ों में उलझे हुए थे। बाज़ुओं में किसी के लरज़ाँ जिस्म का एहसास फड़क रहा था। नई-नवेली दुल्हन को सिसकता छोड़कर, उरूसे-अज़ल[8] से हमआग़ोश[9] होने के सामान थे। दुबले-पतले जिस्म पर जिरह-बक्तर अजीब बेतुकी-सी लग रही थी। जैसे कोई बच्चा हँसी-हँसी में स्वाँग भर आया हो। ज़िंदगी की लताफ़तों से मुँह मोड़कर इतने प्यारे इंसान मौत का खेल खेलने पर मजबूर हो जाते हैं ! मुल्क़गीरी की हवस नए-नए अंदाज़ से अमन और सलामती

1. कफ़न की तरह, 2. अंतःकरण का धिक्कार, 3. पवित्र, 4. भावनाओं का वेग, 5. बिजली, 6. गिरी, 7. यौवन का आगमन, 8. मृत्युरूपी दुल्हन, 9. आलिंगन।

का ख़ून करती है।

जब क़ासिम इब्ने-हसन ने झूमकर रजज़[1] शुरू किया तो सुनने वालों के कानों में पिघला सीसा उतरने लगा। समाअत[2] लहू-लहू हो गई और जंगबाज़ों की तलवारें ख़ुद-ब-ख़ुद झुक गईं। किसी में ताबे मदाफ़िअत[3] न रही। सजीले नौजवान का मुँहज़ोर रहकार आँधी और तूफ़ान की रफ़्तार से रौंदता, बिजलियाँ गिराता, क़यामत बरपा करता मफ़्लूज[4] लश्कर पर से गुज़र गया। तलवार से शोले बरसने लगे और सफ़ें की सफ़ें काट दीं। फ़रात का पानी लहू हो गया।

इब्ने-साद ने ख़ौफ़ से लरज़कर अरज़क शामी को पुकारा—"ए अर्ज़े शाम के सूरमा, क्या खड़े देख रहे हो, फ़ौज बदहवास हुई जाती है। आगे क़दम बढ़ाओ। यह तूफ़ान न बर्छी-भालों से रुकता है, न कमंदों के दाम में आता है। बढ़ो पीलतन, और एक ही वार में इस बच्चे को बर्छी में पिरोकर क़िस्सा ख़त्म करो। तुम्हें इस शरीर लड़के का सर लाने पर मुँहमाँगा इनाम मिलेगा। शायद तुम जानते होगे कि क़ासिम का वजूद बड़ी अहमियत का हामिल है। यह हसन का बेटा और हुसैन का दामाद है। यह हमारे आक़ा का अहमतरीन दुश्मन है। इसके दिल में हमारे लिए दोआतिशें आग भड़क रही है। एक तो अपने बाप की शहादत का ग़ुस्सा, दूसरे अपने चचा और ससुर की हिमायत का जोश। इसके सर का हक़दार मैं तुम्हें ही समझता हूँ कि तुम फ़ौज के सबसे अफ़ज़ल जंगबाज़ हो।"

अरज़क शामी ज़बर्दस्त पहलवान था। एक जुंबिशे-तेग़ से सफ़ें उलटकर रख देता था। उसका नाम सुनकर तलवारें हाथों से छूट जाती थीं और बड़े-बड़े सूरमाओं का पित्ता पानी हो जाता था। उसका नारा-ए-जंग सुनकर पहाड़ चटख जाते थे, परिंदे मर-मरकर पत्तों के साथ गिरने लगते और दरिया अपना पाट छोड़कर पीछे हट जाता था।

उसके लिए मशहूर था कि अगर फ़ौलाद को मुट्ठी में लेकर निचोड़ दे तो पानी टपकने लगे और ज़मीन पर भरपूर ठोकर मार दे तो छाती फटकर लावा उगलने लगे। वह सवार को मय घोड़े के ज़मीन में हाथ डालकर सर से ऊँचा उठाकर चकफेरियाँ देकर इस ज़ोर से पटखता था कि कफ़न-दफ़न की ज़हमत से रिहाई मिल जाती थी। सवार मय घोड़े के कई हाथ ज़मीन में धँस जाता था। कल के पैदा हुए क़ासिम बिन-हसन जैसे लड़कों को तो वह फूँक मारकर उड़ा सकता था मगर इब्ने-साद का हुक्म सुनकर बिगड़ खड़ा हुआ—"या अमीर, तुम घास तो नहीं खा गए ? मैं इसके दादा अली इब्ने-अबी तालिब का हमरकाब[5] रह चुका हूँ। उनके हाथों शिकस्त खाकर

---

1. युद्धक्षेत्र में अपने कुल की श्रेष्ठता का वर्णन, 2. श्रवण-शक्ति, 3. रक्षा, 4. स्तब्ध, 5. साथी।

भी मैं सरबलंद ही माना गया कि उनके सामने तो पहाड़ भी सुरमा हो जाते थे। मैं चुने हुए मशहूरो-मारूफ़ पहलवानों को ख़ाक चटा चुका हूँ। इस कल के बच्चे से मुक़ाबला करना मेरे फ़न्ने-सिपहगरी[1] की तौहीन है। दुनिया मुझ पर हँसेगी। मैं जो रुस्तमे-पीलतन को ख़ातिर में नहीं लाता। मेरी तलवार की आब देखकर ही मुख़ालिफ़ अंधे हो जाते हैं। मेरी अक़्ल मारी गई है जो इस टाँग बराबर के छोकरे से लड़ूँ। मेरे चारों बेटे निहायत दिलेर, जंगआज़मा और जरी शेर हैं। उनमें से किसी एक को भेज दो। लम्हों में सफ़ाया कर देगा।"

अरज़क शामी के चारों बेटे कहने को पैग़ंबरे-ख़ुदा की उम्मत में से थे, मगर अमल में शैतान के चेले थे। उन्हें देखकर यज़ीद के चेले ने जंग का हुक्म दिया और उनमें जो सबसे ज़्यादा नहीफ़ था, मगर छोटे-मोटे हाथी से कम न था, इशारा किया और कहा, "जाओ और पलक झपकते में इस बच्चे का सर काटकर हमारे हुज़ूर में पेश करो। हसन का बेटा है, हुसैन का दामाद है। मालूम होता है, उसे अपनी हस्ती पर बड़ा ग़ुरूर है। जब कमसिन बेटी नौशा की लाश पर सर पीटेगी तो हुसैन को हमसे मुक़ाबला करने का मज़ा मालूम होगा। जाओ और इसे बेतकल्लुफ़ ज़बह कर डालो। इनामो-इकराम से मालामाल कर दिए जाओगे। अमीरुल-मोमिनीन[2] अपने दस्ते-ख़ास[3] से तुम्हें ख़िलअत[4] पहनाएँगे, दस्तारे-फ़ज़ीलत[5] से सरबुलंद करेंगे। जब इसका सर ले जाकर शहंशाह की ख़िदमत में पेश करोगे तो बेहिसाब इज़्ज़त और मर्तबा पाओगे कि पीढ़ी-दर-पीढ़ी, औलाद-दर-औलाद सुर्ख़रू हो जाएगी। बढ़ो मेरे शेर कि ऐसे मौक़े ज़िंदगी में बार-बार नहीं आते। फ़ौज में हज़ारों इस ज़र्री मौक़े के लिए दीनो-ईमान लुटाने को तैयार हैं। मगर तुम अरज़क शामी के फ़रज़ंदे-अरजुमंद हो। हम इस इज़्ज़त का अहल तुम्हीं को समझते हैं। इसलिए फ़ायदा उठाओ, पहलवान !"

जज़्ब-ए-हक़ और दौलत की हवस का मुक़ाबला था। क़ासिम बिन हसन के हाथ में मददे-इलाही समोई हुई थी। ईमान और यक़ीन के जोश से सीना फुक रहा था। यके-बाद-दीगरे[6] चारों बेटे मुक़ाबले पर आए और ख़ाक हो गए।

चार जवान पहलवान बेटों की मौत ने अरज़क शामी को दीवाना बना दिया। वह ग़ुस्से और नफ़रत से आगबबूला हो गया। आँखें अंगारे उगलने लगीं। मुँह में से तंदूर की तरह शोले निकलने लगे। कफ़न फाड़कर देव की तरह चिंघाड़ता, सफ़ों को चीरता, जो सामने आया उसे जहन्नुम वासिल करता एक पहाड़ की तरह निकला। कंधे पर डेढ़ मन की कमान, सर से पैर तक फ़ौलाद की जिरह-बकतर में

1. युद्ध-कौशल, 2. ख़लीफ़ा, 3. ख़ुद अपने हाथ से, 4. सम्मानार्थ वस्त्र, 5. श्रेष्ठता की पगड़ी, 6. एक के बाद दूसरा।

ग़र्क़ गरजता-गूँजता नाज़िल हुआ। ऐसा मालूम होता था, किसी ने तूफ़ानी देव को लोहे के जाल में जकड़ दिया है। इमाम ने जो क़हर बदामाँ को क़ासिम की तरफ़ रुख़ करते देखा तो सारी उम्मीदें ख़त्म हो गईं। बड़ी हसरत से अब्बास से कहा—"लो बिरादर, क़िस्सा ख़त्म, जंग ख़त्म हो चुकी। हसन का यतीम बच्चा अब शहीद हुआ चाहता है। मुजस्सम मौत उसकी तरफ़ बढ़ रही है। मेरी बेटी का सुहाग महज़ चंद लम्हों का मेहमान है।" फिर क़िब्लारू[1] होकर दस्त बदुआ हुए, "ऐ ख़ालिक़े-ज़मीन-ओ-ज़माँ, रब्बे-पाक ज़ात, मेरे क़ासिम को अरज़क शामी के अज़ाब से बचा, तू जो दुनिया का रखवाला है, रहीमो-करीम है। उसे बचा कि मेरे शहीद बिरादर का बच्चा है। एक मासूम दोशीज़ा[2] की उम्मीदों का सहारा है। रहम कर परवरदिगार, मैं तुझसे क़ासिम के लिए हयाते-अबदी[3] नहीं माँगता। बस, इस दरिंदे के हाथों मौत न दे।"

बड़े मार्के का मुक़ाबला था।

इधर इमाम के दिल से निकली हुई दुआएँ ख़ुदा के हुज़ूर में बढ़ीं, उधर नाबकार[4] अरज़क शामी क़ासिम की तरफ़ बढ़ा और गरजकर बोला—"होशियार ऐ तिफ़ले-मकतब[5] ! मैं देवज़ादों को चुटकी से मसलकर सुरमा बना चुका हूँ। मेरी एक निगाहे-ग़लतअंदाज़[6] से लश्कर के लश्कर ग़र्दे-राह बन जाते हैं। मैं वह क़हर हूँ जिससे किसी को पनाह नहीं।"

क़ासिम ने हँसकर ललकारा—"ज़्यादा बक-बक न कर, अल्लाह शेख़ीख़ोरों को पसंद नहीं करता। ग़ुरूरो-तबब्बुर[7] का सर हमेशा नीचा होता है। मैं कम उम्र सही, मगर मेरा यक़ीनो-ईमान तुझ जैसे फ़ासिक़[8] और गुमराह से ज़्यादा बुलंद है। मैं उस इमाम का परिस्तार हूँ जो हक़ की ख़ातिर सर से कफ़न बाँधकर आया है। ज़्यादा मुँह फाड़-फाड़कर सम-ख़राशी[9] न कर, कुछ दम-दरूद है तो ज़रा अपनी चाल दिखा। हम भी तो देखें, तू किस क़िमाश[10] का बाज़ीगर है और यह कि कौन बड़ा है और कौन छोटा, यह भी सामने आ जाएगा।"

अरज़क शामी ग़ुस्से से फनफनाकर झपटा। क़ासिम ने बस एक क़दम घोड़े को जुंबिश दी। पहाड़ फिसलता हुआ पहलू से निकल गया।

क़ासिम ने फिर क़हक़हा लगाया।

"तेरा मोटापा तेरे आड़े आ रहा है। देख तो, तेरे घोड़े की कमर बोझ से टूटी जा रही है। ज़रा सँभल के, कहीं तुझ समेत घोड़ा बैठ न जाए। कई लाशों भर बोझ

---

1. पश्चिम की ओर, 2. नवयुवती, 3. अमर जीवन, 4. नीच, 5. स्कूली बच्चा, 6. टेढ़ी नज़र, 7. घमंड, 8. दुराचारी, 9. बकवास, 10. किस्म, प्रकार।

है इस ग़रीब की जान पर। एक तो तेरा अपना बोझ, ऊपर से जिरह-बकतर और हथियारों का बोझ और सबसे ज़्यादा जो तेरे कंधे पर अजल[1] सवार है, उसका बोझ। तौबा-तौबा, तू सिर्फ़ बोझ ही बोझ है।"

पहले ही झड़प में नौखेज़ क़ासिम की फुर्ती और अरज़क शामी के बोझिल डीलडौल का फ़र्क़ खुल गया। तलवार हाथ से उड़कर दूर जा गिरी। उसने झुँझलाकर नेज़ा बलंद किया। क़ासिम की दोधारी तलवार के एक ही वार में एक के दो हो गए।

अब अरज़क ने कमान सँभाली और भन्नाकर चिल्ला चढ़ाने लगा। क़ासिम बिन हसन की तीर से ज़्यादा तेज़ नज़र की ताब न रही। हवास मख़्तल[2] हो गए। हाथ काँपे और चिल्ला उतर गया। क़ासिम ने छेड़ने को फिर क़हक़हा लगाया—"अरे अहमक़, तू तो बस गोश्त का वज़नी लोथड़ा है। कमबख़्त, ज़रा डंड-बैठक लगाया कर कि यह चरबी तो पिघले।"

ग़ैज़-ओ-ग़ज़ब से अरज़क शामी की आँखें उबल पड़ीं। क़ासिम की छेड़खानियों से तंग आ गया। ख़ुद उसकी फ़ौज के सिपाही ज़ेरेलब मुस्करा रहे थे। वह इस मूज़ी की एक कमसिन लड़के के हाथों दुर्गत बनते देखकर जी ही जी में ख़ुश हो रहे थे। पाजी सब पर बेकार ही धौंस जमाता था। अपने वज़न का रौब जमाता था। आज क़लई खुल रही थी तो सबको लुत्फ़ आ रहा था।

इमाम हुसैन के ख़ेमों में से बच्चे-बच्चियाँ झाँक-झाँककर यह तमाशा देख रहे थे। क्या सितम का बाज़ीगर है ! भालू को तिगनी का नाच नचा रहा है। अबुलफ़ज़ल अब्बास भी घोड़ा बढ़ाकर आगे-आगे और बड़े शौक़ से इस दिलचस्प और मज़हका-खेज़[3] जंग का लुत्फ़ उठाने लगे। बार-बार मुँह से निकल जाता—"सुब्हान अल्लाह, वाह, मरहबा क़ासिम, मेरी जान, हाँ, यही मौक़ा है। शाबाश, दाईं बाज़ू से।"

क़ासिम की तलवार सरसराई और अरज़क का दायाँ कान टपक पड़ा। हर सिम्त से क़हक़हे उभरने लगे। इब्ने-साद बावजूद परेशानी के अपनी मुस्कराहट न छिपा सका। उसे यक़ीन था, बस कोई दम में अरज़क लड़के को चींटी की तरह मसल देगा। एक कान कट गया तो क्या मुज़ायका[4] है। कुछ पहलवान का हुस्न न घट जाएगा।

खेल ही है, ज़रा इस पहलवान के दिमाग़ दुरुस्त हो जाएँगे। अपने आपको ख़ुदा जाने क्या समझता है।

अरज़क चिंघाड़ रहा था। अपने ही फ़ौजियों के क़हक़हे सुनकर मारे ग़ुस्से के और भी औंधे-सीधे वार करने लगा। घोड़ा उसके वज़न से बैठा जा रहा था। कई बार

---

1. मौत, 2. होश गुम हो गए, 3. हास्यास्पद, 4. हानि।

ऐसा लगा कि अब गिरा कि तब गिरा। कभी एक हथियार उठाता, उसे बेकार पाकर दूसरा खींच लेता। मगर जब दूसरा कान भी कटकर टपक पड़ा तो हँसी में खँसी हो गई। चंद ख़ुदसर[1] क़हक़हों के सिवा हर मुँह बंद हो गया। अबुलफ़ज़्ल अब्बास ने घोड़ा बढ़ाया।

"बहुत खेल चुके, बेटे," अबुलफ़ज़्ल अब्बास ने आवाज़ दी, "तीन दिन के भूखे-प्यासे हो। बस, तमाशा ख़त्म करो।"

"जो हुक्म, उस्ताद !" क़ासिम की तलवार के नपे-तुले एक ही वार में एक पीलतन के दो हो गए।

"मुबारक हो !" इमाम के ख़ेमे से सदा बलंद हुई। अब्बास ख़ुशी से रो पड़े।

"आपकी दुआ है, चचाजान ! आप जैसे उस्ताद हों तो क्यों न आपके अदना शागिर्द सुर्ख़रू[2] होंगे ! जब पुश्त पर मेरे इमाम का हाथ हो तो फ़तह लाज़िमी हो जाती है। बहुत प्यास है चचाजान, काश दो घूँट मिल जाएँ, फिर देखिए, यह लाख बस ख़ाक नज़र आएँ।"

अरज़क जैसे पहलवान को गिरते देखकर फ़ौजे-यज़ीद पर सन्नाटा छा गया। मज़ाक ही मज़ाक में बात कहाँ से कहाँ पहुँच गई। सबके होश ठिकाने लगे। चौंककर एक-दूसरे का मुँह अहमक़ों की तरह ताकने लगे। इब्ने-साद ने ग़ैज-ओ-ग़ज़ब से अंगारा होकर गालियाँ देनी शुरू कर दीं—"नमकहरामो, बुज़दिलो, क्या खड़े मुँह ताक रहे हो ! यह लड़का आफ़त का परकाला है। एक-एक करके इससे मुक़ाबला किया तो तुम सबके सब गाजर-मूली की तरह कट जाओगे। सब साथ मिलकर टूट पड़ो। एकदम यलग़ार[3] कर दो।"

"मगर यह तो अरबों के उसूले-जंग के ख़िलाफ़ है। अकेले पर वार करना बुज़दिली है।" सब सिपाहियों ने कहा।

"क्या तुम्हें अपनी बुज़दिली में कोई शक रह गया है ? क्या यह साबित नहीं हो गया कि तुम निकम्मे और डरपोक हो ? बस, उसूले-जंग रखो ताक पर और जान की ख़ैर चाहते हो तो एकदम हल्ला बोल दो। फ़िक्र क्यों करते हो ? इधर सबकी तवज्जो इस तमाशे की तरफ़ थी। उधर देखो, हमारे बर्छीबरदारों ने इमाम के खेमों पर पुश्त से हमला कर दिया। बस, कोई दम में क़िस्सा ख़त्म हो जाएगा।"

यह कहकर इब्ने-साद ने अपनी तलवार से ख़ेमों की तरफ़ इशारा किया। ख़ेमों पर पुश्त से हमला ! ज़नाना ख़ेमों पर। ज्यों ही क़ासिम ने इस चर्के में आकर पीठ मोड़ी, इब्ने-साद का ख़ास दस्ता उन पर टूट पड़ा।

1. उद्दंड, 2. कामयाब, 3. हमला।

अबुलफ़ज़ल अब्बास, जो क़ासिम की फ़तह और अरज़क शामी की पसपाई[1] और क़त्ल की ख़ुशख़बरी सुनाने इमाम के ख़ेमों की तरफ़ जा रहे थे, ग़ुल सुनकर पलटे। मगर काम तमाम हो चुका था। क़ासिम बिन हसन के रहवार[2] की पुश्त ख़ाली थी। कुछ नज़र न आता था। गर्दो-ख़ाक से आसमान स्याह हो रहा था। हज़ारों तलवारें एक नुक्ते पर चमककर गिर रही थीं। ख़ून में ग़ल्ताँ[3] उठ रही थीं। इमाम बेताब होकर मैदान में निकल आए। उन्हें ख़ाली हाथ अपनी तरफ़ आता देखकर हैरतज़दा सिपाही पलटकर भागे। एकदम सब फुर्र-से उड़ गए। आदमख़ोर गिद्धों की तरह दूर जाकर पलट-पलटकर देखने लगे।

गर्द बैठ गई तो इमाम ने देखा, क़ासिम घोड़ों की टापों से कुचलकर रेत में धँस गए हैं। नज़ाके आलम[4] में एड़ियाँ रगड़ रहे हैं। सूखे हुए होंठों पर काँटे-भरी ज़बान लटक आई है। झुककर उनके मुँह पर मुँह रखकर बच्चों की तरह रोने लगे। नीमजान बच्चे ने आख़िरी हिचकी ली और हमेशा के लिए सो गया। क़ासिम का लिबास तार-तार था। जिस्म और चेहरे पर घोड़ों के नालों के गहरे निशान थे। जब इमाम लाशा लेकर ख़ेमे की तरफ आए तो फ़ुज़्ज़ा जुनूनियों[5] की तरह चीख़ने लगी। "अरे बीबियो ! किसी का पर्दा हो तो वह परे हो जाए। ख़ैर से दूल्हा आरसी मुसहफ़[6] के लिए आ रहा है। ऐ लड़कियो, दुल्हन को लाओ। कैसी लापरवाह बहनें हैं ! दूल्हा भैया के सर पर आँचल डालो। ऐ दुल्हन की अम्मा, ऐ बीबी, कहाँ बैठी हो, जहेज़ निकालो।" बूढ़ी फ़ुज़्ज़ा बोलती-बोलती एकदम रुक गई, फटी-फटी आँखों से ख़ून से नहाए लाशे को देखा और इमाम के क़दमों पर गिरकर बेहोश हो गई।

इमाम ने क़ासिम का लाशा भावज के सामने रख दिया। फिर बहन से बोले—"जाओ ज़ैनब, बदनसीब बच्ची को ले आओ। कहना, इस वक़्त हमसे क्या शर्म ? दूल्हे का आख़िरी दीदार तो कर ले।"

इतने में सकीना ने चीख़ मारी, "बाबा, कुबरा अल्लाह को प्यारी हो गईं। उनका दम निकल गया।"

क़ासिम की वालिदा धुँधली आँखों से बेटे की लाश को तक रही थीं। तीन दिन की बेख़्वाबी, भूख और प्यास, हर चहारतरफ़ मँडलाती हुई मौत ने हवासों पर बिजली गिरा दी। बहकी-बहकी बातें करने लगीं—"क़ासिम, मेरे नौशा[7], उठो, तुम्हारी चची अम्मा क्या सोचेंगी ! उठो मेरे लाल, दुल्हन की पुश्त पर हाथ रखकर दरूद शरीफ़ पढ़ते हैं। क़ुर्बान जाऊँ, ऐसी बेहोशी की नींद भी अच्छी नहीं। बेटे, करवट तो लो।

---

1. पराजय, 2. घोड़ा, 3. ख़ून में लोटती हुई, 4. मरणासन्न अवस्था, 5. पागल, 6. एक रस्म जिसमें दूल्हा-दुल्हन एक-दूसरे का मुँह देखते हैं, 7. दूल्हा।

मेरी तरफ़ देखो। अल्लाह ! कुछ दुल्हन का भी ख़याल नहीं।"

कुबरा ने दूल्हे की लाश देखी तो कलेजे से लहू में डूबी आह निकली और क़दमों पर सर झुकाकर बोलीं—"तक़्सीर[1] माफ़ शहंशाह, आग लगे इस कमबख़्त शर्म को, चलते वक़्त बात भी मुँह से न निकली। मगर अल्लाह ! इतनी सख़्त सज़ा ! बस, इतना कह दीजिए—जा बदनसीब कुबरा, तुझे माफ़ किया।"

बानो ने कलेजा थाम लिया। बेटी को सीने से लगाकर आँखें बंद कर लीं।

"वाह शहज़ादे, क्या क़ब्र में सोने के लिए दूल्हा बने थे ! क़ासिम, तुमने बड़ा सितम किया ! मेरी नन्ही-सी दुल्हन बिटिया को आँसुओं का तोहफ़ा देकर ख़ुद चल दिए।"

इमाम ने ग़मोअंदोह[2] से निढाल बेटी के सर पर हाथ रखा। वह उनके क़दमों पर गिर पड़ी—"बाबा, मैं कैसी बदनसीब हूँ !"

"नहीं, बेटी ! तू तो ख़ुशक़िस्मत है। क़ासिम जैसे शौहर नसीबवालियों को ही मिलते हैं। ज़रा सोच, अगर तेरा शौहर ज़ालिमों की फ़ौज का एक फ़र्द होता तो क्या तू अपने सुहाग पर फ़ख़्र करती ?"

"नहीं बाबा, ऐसी भयानक बद्दुआ न दीजिए। मगर क़ासिम को स्याह लिबास से नफ़रत थी। उन्हें लाल रंग पसंद था। मैं कैसे पहनूँगी काले कपड़े ? नहीं-नहीं, यह चूड़ियाँ मत तोड़ो, क़ासिम ने इन्हें बोसा दिया था। हाय, इब्ने-हसन ! तुमसे ऐसी बेवफ़ाई की उम्मीद न थी—

ऐ मौत मैंने तेरा क्या छीना था कि
तूने मेरी ज़िंदगी की सारी बहारें छीन लीं।
मैंने तो कभी च्यूँटी को भी नहीं मारा,
फिर क्यों मैं जीते जी मर गई !"

क़ासिम इब्ने-हसन की मौत के इमाम को ज़िंदा दरगोर कर दिया। भाई ने बेटे को उनकी पनाह में देकर सोचा होगा, इसकी ज़िंदगी सँवर जाएगी। इमाम ने उसे औलाद की तरह पाला। आला तालीम दी। फ़न्नेसिपहगरी सिखाया। फिर प्यारी बेटी भी ब्याह दी। आख़िर में मौत भी उन्होंने दी।

दिल पर ग़मों का हुजूम था। सर झुकाए अपने खेमे में तन्हा बैठे थे। कितने ख़ेमे सुनसान हो गए। मैदाने-करबला प्यारों की लाशों से गुले-गुलज़ार हो गया। बस, एक भाई अब्बास रह गए हैं और एक बेटा अली अकबर, दूसरा बेटा भी तक़रीबन

1. क़सूर, 2. दुःख।

बिस्तरे-मर्ग[1] पर है। जिसे जंग ने न खाया, मर्ज़ ने रौंद डाला। ख़ानदाने-सादात[2] लुट गया।

भूख और प्यास की वजह से बदन में राशा था। ज़र्द चेहरे, सूखे हुए होंठ, सीने में हूकें उठ रही थीं। दिल दर्द से फटा जाता था। बालों पर मनों ख़ाक, हाथों पर प्यारों का ख़ून—क्या यह बज़ाते-ख़ुद मौत से कम है—अबा दोस्तों और अज़ीज़ों के ख़ून में सराबोर लाशें उठाते कंधे शिल हो चुके थे। हर फ़र्द के साथ बूँद-बूँद मरना पड़ा था।

उधर अब्बास हसरत से हाथ मल रहे थे। इधर अली अकबर का दिलोजिगर ख़ाक हुआ जाता। ज़िंदगी अज़ाब लग रही थी। कंधों पर सर एक बोझ बना हुआ था। अब्बास चाहते थे, पहले वह इमाम पर क़ुर्बान हो जाएँ, मगर अली अकबर को ज़िद थी कि नहीं, इमाम को अब्बास बेटों से भी ज़्यादा प्यारे हैं, दूसरे वह अलमबर्दार हैं। अलम का सरनिगूँ होना शिकस्त की निशानी है। इमाम की जान में जब तक जान है, वह हार नहीं सकते। अलम झुक नहीं सकता।

अब्बास कह रहे थे—"नहीं अली अकबर, सज्जाद की ज़िंदगी का क्या भरोसा, अली असग़र भी इस प्यास की शिद्दत को कब तक बर्दाश्त कर सकेंगे। ले-देके एक तुम हो। तुम्हें जीना होगा। वरना मेरे आक़ा की नस्ल ख़त्म हो जाएगी। तुम्हारा ग़म उन्हें जीते-जी मार डालेगा।"

"हमारी नस्ल का अब इस दुनिया में ठिकाना नहीं। मैं इस मामले में बड़ा ख़ुदगरज़ हूँ। ख़ुदा करे, मैं उनका ग़म न उठाऊँ। बाबा, अपने हाथों से मुझे सुपुर्दे-ख़ाक करें[3], यही मेरी आरज़ू है।"

"सुब्हान अल्लाह ! क्या हसीन दुआ दी जा रही है ! क्या अभी कसर बाक़ी रह गई है ? तुम्हारी मौत का दाग़ भी सहना पड़ेगा ? हमारे ख़याल में तो अब तुम हमें जाने दो। तुम जैसे जवान जाएँ और हम तुम्हारा ग़म सहने को जीते रहें, अब इस बूढ़े दिल में बर्दाश्त की क़ूवत बाक़ी नहीं। हमें जाने दो। अब बहुत थक गए हैं। ज़िंदगी का बोझ अब हमसे नहीं उठाया जाता।"

"यह तो हर्गिज़ न होगा। हमारे होते हुए आपका बाल भी बीका नहीं हो सकता।" दोनों एक ज़बान होकर बोले। बावजूद इस क़दर परेशानी के इमाम मुस्करा दिए।

"तुम समझते हो, तुम दोनों शहीद हो जाओगे, तब भी हम ज़िंदा रहेंगे। तुम दोनों हमारी जान हो। तुम्हारे बाद हमें ज़िंदा लोगों में शुमार करना ज़ुल्म होगा। तुम दोनों की मौत हमारी मौत होगी।"

---

1. मृत्यु-शय्या, 2. सैयदों का परिवार, 3. दफ़्न करें।

"माफ़ कीजिएगा आक़ा, मैं नाफ़रमानी पर मजबूर हो जाऊँगा। अब्बास ज़िंदा रहे और हुसैन की तरफ़ कोई नज़र उठाकर देखने की जुर्रत करे ! आक़ा, जल्दी कीजिए। हममें से एक को इजाज़त दीजिए। दुश्मन की फ़ौजें बेचैन हो रही हैं। कहीं बेहयाई पर न उतर आएँ और हमें ग़ाफ़िल पाकर ज़नाना ख़ेमों पर हमला कर दें।"

"मगर सवाल यह है प्यारो, तुम दोनों में से मैं किसे मुन्तख़िब करूँ[1]? फ़ैसला बड़ा मुश्किल है। अब्बास, तुम शेरे-ख़ुदा की अमानत हो। पैदा होते ही उन्होंने तुम्हें मेरी गोद में डाल दिया था और फर्माया था—लो हुसैन, यह तुम्हारा है।"

"हाँ, आक़ा ! जब दुनिया में मैंने पहली बार आँख खोली तो आप ही का रुख़े-अनवर[2] नज़र आया। आपके ज़ानू पर बैठकर बुज़ुर्गों के कारनामे सुने, आपकी उँगली पकड़कर दुनिया देखी। आपने पढ़ाया, लिखाया और फ़न्ने-सिपहगरी के हुसूल[3] में मदद की। मैंने हमेशा आपको अपना वाली, वारिस बल्कि आक़ा माना।"

"मैं जानता हूँ अब्बास, तुम मेरी पहरेदारी न करते तो मैं कभी का ख़त्म कर दिया गया होता। यह मनहूस जंग मैंने तुम्हारे बलबूते पर लड़ी और फिर तुम्हारे बाद इस अलम की शान कौन बरक़रार रखेगा ? औरतों और बच्चों को भी बस तुम्हारा ही आसरा है।"

अचानक औरतों और बच्चों के ख़ेमों से आहोबुका[4] की आवाज़ें बलंद होने लगीं। अब्बास लपककर बाहर गए, फ़ौरन उलटे क़दम आए। उनकी साँस फूली हुई थी, आँखें अश्कबार थीं।

"आक़ा ! मैं मैदाने-जंग में जाने के लिए सबक़त नहीं चाहता। मगर मुझसे बच्चों की अब प्यास नहीं देखी जाती। कुछ भी हो, सबसे पहले पानी लाने की कोशिश करनी होगी।"

"मगर बिरादर, दरिया तक पहुँचने के लिए लहू का दरिया पार करना पड़ेगा।"

"जानता हूँ, आक़ा ! मगर इसके सिवा कोई चारा भी तो नहीं है। लिल्लाह मुझे जाने की इजाज़त दीजिए। बच्चों का रोना-बिलखना मुझे पागल किए देता है। मैं जंग के इरादे से नहीं जाता। बच्चों के लिए पानी लेने जाना चाहता हूँ। शायद उन्हें रहम आ जाए और मैं पानी लाने में कामयाब हो जाऊँ।"

"यह तुम्हारा वहम है बिरादर, पत्थर से आबेहयात[5] निचोड़ने की उम्मीद रखते हो ! बच्चों की हालत तो मुझसे भी नहीं देखी जाती। वह ज़रो-ज़वाहर नहीं माँगते, क़ारूँ का ख़ज़ाना नहीं चाहते, बस हलक़ तर करने को चुल्लू-भर पानी के तलबगार हैं। मैं कैसा इमाम हूँ कि उनकी इतनी-सी ज़रूरत पूरी करने की सकत नहीं ! मगर

1. चुनें, 2. चमकता हुआ चेहरा, 3. प्राप्ति, 4. रोना-पीटना, 5. अमृत।

अब्बास, क्या अच्छा हो जो अब हम जाएँ। क़िस्सा ख़त्म हो। हमारे लहू से उनकी प्यास बुझ जाएगी। तुम और अली अकबर बचे-खुचे ख़ानदान को लेकर कहीं दूर हिजरत कर जाना।"

"हमारी क़सम न तुड़वाइए बाबा, चचा को नहीं तो मुझे पानी लाने की इजाज़त दीजिए।" अली अकबर ने पैर थाम लिए।

"मैं इससे पहले भी पानी ला चुका हूँ। मैं वायदा करता हूँ कि जंग न करूँगा। पानी के लिए उनके सामने सर झुकाकर भीख माँगूँगा। अली अकबर, तुम ख़ेमों की पहरेदारी से ग़ाफ़िल न रहना। मलऊन[1] जानते हैं कि ज़ुल्मोसितम के लिए रास्ता साफ़ हो चुका है। आक़ा, इस बहस में क़ीमती वक़्त बर्बाद हो रहा है। लिल्लाह मुझे इजाज़त दीजिए।"

"जाओ बिरादर, तुम्हें ख़ुदा के सुपुर्द किया। पानी लाने का तो बहाना है। तुम जा रहे हो और हम रोक नहीं सकते। या ख़ुदा ! मजबूरी की भी एक हद होती है।"

जैसे ही यह ख़बर ख़ेमों में फैली कि अबुलफ़ज़ल अब्बास को इजाज़त मिल गई, वह पानी का बंदोबस्त करने जा रहे हैं, नीममुर्दा जिस्मों में जान पड़ गई। कितना हसीन लफ़्ज़ है 'पानी'। ग़श में डूबे बच्चे चौंक पड़े। मुर्दा जिस्मों में सिर्फ़ पानी के नाम से ही जान पड़ गई। बच्चों ने कटोरे, बादिये, सुराहियाँ लेकर अब्बास को चारों तरफ़ से घेर लिया।

"चचाजान, अब तो बोला भी नहीं जाता। ज़बान में इतने काँटे पड़ गए हैं कि तालू छिला जाता है।" नन्ही सकीना ने उनके ज़ानू पर मुँह रख दिया।

अब्बास की शरीके़-ज़िंदगी[2] ने जो उनके जाने की ख़बर सुनी तो सर से पैर तक लरज़ गई। फ़ुज़्ज़ा से कान में कहा—"क्या बग़ैर मिले ही चले जाएँगे ? अल्लाह, जाकर कहो, आपका बेटा आपको याद करता है। सूरत दिखा जाएँ। एक बार प्यार से सीने से तो लगा लें।"

इधर बच्चे आहोज़ारी[3] कर रहे थे—"प्यारे अम्मूजान, लिल्लाह प्यास बुझा दो। असग़र तो प्यास के मारे ऐसे निढाल हैं कि अब रोया भी नहीं जाता। अब तो प्यास से कलेजा फुँका जाता है।"

"बस, थोड़ी देर और सब्र कर लो मेरे बच्चो, फिर जी भर के पानी पी लेना। तुम्हें बहलाने को नहीं कहते। तुम्हारे सर की क़सम, हम पानी लेकर ही लौटेंगे।"

इधर बीवी खड़ी थरथर काँप रही थीं। मारे शर्म के शौहर की तरफ़ नज़र भर के देखने की ताब न थी। जाने वाले को रोक भी न सकती थी। अब्बास आए और

---

1. दुष्टात्मा, 2. जीवनसंगिनी, 3. रोना-पीटना।

बोले, "यह बाल क्यों खोले हैं ? रो रही हो तुम ? अभी से हमारा सोग मनाने लगीं ? अल्लाह, अभी तो हम ज़िंदा हैं। तुम्हें देखकर बच्चा भी हलकान हुआ जाता है। क्यों इस भूखे-प्यासे को तरसाती हो ? तुम एक बहादुर सिपाही की बीवी हो। दिल को सँभालो, आँसू तो पोंछ डालो। क्या यह रोनी सूरत का तसव्वुर आँखों में बसाकर रुख़सत करोगी ? औरों की तरफ़ देखो। फूल-से औन-ओ-मोहम्मद को याद करो। जवानसाल क़ासिम की नालों से कुचली हुई लाश का ख़याल करो। देखो तो, मेरी आक़ाज़ादी फ़ातिमा कुबरा कैसी हिम्मत वाली है ! उसकी तो किसी ने आवाज़ भी नहीं सुनी। इमाम वैसे ही बेतरह घबराए हुए हैं। तुम्हें रोता देख लिया तो और बेहाल हो जाएँगे। तुम्हें तो अपने नसीब पर नाज़ होना चाहिए। तुम्हारा आशिक़ शौहर इतने अज़ीम[1] मक़सद की ख़ातिर जान की बाज़ी लगा रहा है। प्यासों के लिए पानी लेने जा रहा है।"

बीवी की सिसकियाँ न रुकीं। अब्बास ने उन्हें हाथ पकड़ के क़रीब बिठा लिया। "तुम कहो तो चुपके से पिछले रास्ते से हम-तुम अपने बच्चों को लेकर निकल जाएँ ? इस हंगामे में किसी को ख़बर न होगी।"

"ख़ुदा को भी क्या ख़बर न होगी ?"

"वहाँ से हम आसानी से शाम पहुँच जाएँगे।"

"शाम ?"

"वहाँ शहंशाह के दरबार में बड़े-बड़े इनामात और ओहदे मिलेंगे। तुम शहज़ादियों की तरह रहोगी, ऐश करोगी।"

"ख़ुदा न करे, आपके दुश्मन शाहों के दरबार में जा के इनाम पाएँ। ख़ुदा हमारे इमाम की उम्र दराज़ करे, वही शाहों के शाह हैं। उनके क़दमों में मौत ही बलंदतर ओहदा है। यह आप कैसी बातें करने लगे ?"

बीवी सिसकियों से रोने लगीं, "दरबारे शाम की नेमतों के मुक़ाबले में मुझे बेवगी[2] मंज़ूर है।"

अब्बास ने बीवी को मय बच्चे के बाँहों में समेट लिया।

"मैं तो तुम्हें आज़मा रहा था, जानेमन !"

"ख़ाक पड़े ऐसी आज़माइश पर, क्या मैं आपका रुतबा नहीं पहचानती ? मेरे ऊपर ऐतमाद[3] नहीं जो आज़माते हैं ! क्या करूँ, दिल अजब कशमकश में है। आप अलमबरदार हैं। इमाम के मुशीरे-ख़ास[4] हैं तो मैं भी उनकी कनीज़[5] हूँ। मगर दिल हौल खाता है, वाहमे[6] सताते हैं, हयूले[7] डराते हैं। मैं आपको अब न रोकूँगी। जाइए और पानी लाइए, बच्चे दम तोड़े देते हैं।"

---

1. महान्, 2. वैधव्य, 3. विश्वास, 4. विशेष परामर्शदाता, 5. दासी, 6. भय, 7. आकृतियाँ।

अब्बास ने नज़र भरकर रफ़ीक़े-हयात को देखा। लोगों के इसरार[1] पर भी उन्होंने दूसरी शादी नहीं की थी। कई शादियाँ करने का आम रिवाज था, मगर अब्बास को अपनी बीवी से इश्क़ था। औरतों ने उन्हें ख़ुद पैग़ाम भेजे, मगर उन्होंने किसी की तरफ़ नज़र उठाकर भी नहीं देखा। और शायद इसलिए भी कि उन्हें इमाम और उनके मक़ासिद से इतना इश्क़ था कि ज़िंदगी की तमाम ज़रूरतों की पसेपुश्त डाल चुके थे। खाना-पीना, सोना-जागना वह सब इस ज़िंदगी का तसलसुल[2] क़ायम रखने के लिए बर्दाश्त करते थे, जो उन्होंने इमाम की ख़िदमत के लिए वक़्फ़[3] कर दी थी।

यह वह ज़माना था जब अरबों में सब रिश्ते-नाते टूट रहे थे। दौलत और ताक़त के हुसूल[4] में अपने-पराए की तफ़रीक़[5] ख़त्म कर दी थी। सब ग़रज़ के बंदे बन गए थे। अब्बास की यह वालेहाना मुहब्बत, जो उन्हें अपने भाई और पूरे ख़ानदान से थी, अजूबा-ए-रोज़गार[6] मालूम होती है। बचपन ही से हर कसो-नाकस[7] के दुःख-दर्द में शरीक होने के आदी थे। ख़ास तौर पर कमज़ोर, बूढ़े, औरतों और बच्चों पर बेइंतिहा मेहरबान थे। उन्हें परेशान देखकर बेक़रार हो जाते थे। मेहनत और मशक़्क़त के आदी थे। अपने वालिद के साथ काश्तकारी में बड़ी दिलचस्पी लिया करते थे।

जब इमाम हुसैन उनकी शादी का पैग़ाम लेकर उनकी ससुराल गए तो बातचीत के दरम्यान अब्बास की आदत-ओ-ख़सलत के बारे में कहा—"बड़ा लाजवाब इंसान है मगर ग़ुस्से का तेज़ है। ख़ुदा उसके तैश से बचाए। वैसे निहायत मिसकीन और हलीमुत्तबा[8] है। उसकी दोस्ती ख़ुदा की रहमत है—

सब वस्फ़[9] हैं, उलफ़त है, मुरव्वत है, वफ़ा है।
ग़ुस्सा मिरे अब्बास का बस क़हरे-ख़ुदा[10] है।"

लोगों ने कहा—"यह क्या मुअम्मा[11] है ! ग़ुस्से का तेज़ भी और हलीमुत्तबा भी ! यानी एक साथ आग भी और बर्फ़ भी ?"

"हाँ, और वह मुअम्मा ही अब्बास है।" इमाम ने हँसकर कहा।

जब अब्बास इब्ने-अली बीवी के ख़ेमे से निकले तो वह बेहोश होकर बानो के क़दमों पर गिर पड़ीं। अब्बास ने आस्तीन से आँसू पोंछे और बग़ैर पीछे देखे क़दम ख़ेमे से बाहर रखना चाहते थे कि ठिठक गए।

देखा, बड़ी बहन ज़ैनब रास्ता रोके ख़ेमे के पर्दे से लगी बैठी हैं।

---

1. आग्रह, 2. क्रम, 3. अर्पित, 4. प्राप्ति, 5. अंतर, 6. अद्‌भुत, विलक्षण, 7. कोई भी, 8. विनम्र स्वभाव, 9. गुण, 10. ख़ुदा का कोप, 11. पहेली।

"मुझसे रुख़सत हुए बग़ैर जा रहा था ?" शिकायत की।

"आप ही को तो ढूँढ़ रहा था कि सबसे आख़िर में आप ही का मुँह देखूँगा।"

ज़ैनब क़नात का सहारा लेकर उठीं। भाई के पास आईं। अबा के बंद खोले, दोनों शानों पर बोसे दिए—"जाओ इब्ने-अली, अल्लाह तुम्हारा हाफ़िज़-ओ-नासिर[1] !"

अब्बास ने बहन के दोनों हाथों को चूमा और पेशानी से लगाया। इन हाथों ने कितनी बार थपककर सुलाया था। आज यह हाथ औन और मुहम्मद के ख़ून से दाग़दार हो रहे थे।

जब अब्बास इब्ने-अली के आने की ख़बर ज़ालिमों के लश्कर में पहुँची तो ख़ौफ़-ओ-दहशत की लहर दौड़ गई।

"होशियार हो जाओ, तुम्हारी मौत आ रही है। अज़ाबे-दोज़ख़[2] के लिए सर से कफ़न बाँध लो, शेरे-ख़ुदा का फ़र्ज़ंदे-अरज़ुमंद आ रहा है। क्या शानो-शौक़त है ! उसकी शाहाना सतवत[3] और शबाबे-आलमताब[4] के सामने आफ़ताब[5] ख़िज्ल[6] है। दश्त-ओ-कोह लर्ज़ां हैं। क़ायनात[7] काँप रही है कि सरफ़रोशों[8] के सरदार, दिलेरों के रहनुमा, जाँबाज़ों के सरताज, अलमबर्दार इब्ने-अली आ रहे हैं।"

उन्हें देखकर सिपाहे-शाम ऐसे लरज़ने लगी जैसे शेर के पंजे के नीचे बकरी ! हाथों से हथियार छूट पड़े। मोर्चे टूट गए। सफ़ें दरहम-बरहम[9] हो गईं। वहशत[10] में चिल्ले चुटकियों से छूट गए। जो तलवारें खींचे हुए नादानी में पलटे तो अपनों ही को काटते चले गए। किसी को किसी की सुध न रही। बाप बेटे से अजनबी हो गया। या ख़ुदारा, यह जंग थी या क़यामत ? घबराकर इब्ने-साद ने अपने सिपाहियों को ललकारा—"यह क्या ग़ज़ब कर रहे हो बहादुरो, मोर्चे छोड़कर भाग रहे हो ! डूब मरो चुल्लू-भर पानी में। तुम्हें शर्म नहीं आती। इतना ख़ौफ़-ओ-हिरास[11] क्यों छाया है ? यह अली का बेटा है। वही अली इब्ने-अबी तालिब जिसे हमने कितना कामयाब चकमा दिया था। जब हमने बाप को फाँस लिया तो यह तो सिर्फ़ बेटा है। भूखा-प्यासा और निढाल हो रहा है। बच के कहाँ जाएगा ? इसे रोकना कौन-सी बड़ी बात है ? यह उसी का बेटा है जिसने तुम्हारे बाप-दादा को पैरों तले कुचला था, उन्हें शिकस्त दी थी। बस मेरे जियालो, बढ़कर जंगे-बदर में मारे जाने वालों का बदला ले लो, ख़ाक में मिला दो, घोड़ों की टापों से गर्द कर दो।"

शैतान ने जो राह दिखाई तो लश्करियों की शामत आ गई। फ़ौज एक घटा

---

1. रक्षक और सहायक, 2. नरक की आग, 3. प्रताप, 4. दुनिया को चमकाने वाला यौवन, 5. सूर्य, 6. लज्जित, 7. पृथ्वी, 8. वीर, 9. अस्त-व्यस्त, 10. घबराहट, 11. भय-आतंक।

की तरह उमड़कर नहर के घाट पर बरस पड़ी। बिखरे हुए बदहवास जंगबाज़ फिर से मुरत्तब[1] हुए। सरनिगूँ अलम ऊँचे खड़े हो गए। नेज़ें सरों से ऊपर उठ गए। बरछियाँ तौले सिपाहियों के दल बढ़ने लगे। देखा-देखी औरों के भी दिल बढ़ गए। ग़रज़ तौल-तौलकर पहलवान आगे आने लगे।

अबुलफ़ज़ल अब्बास ने निहायत तुली हुई आवाज़ में रजज़ शुरू किया—"आँखें खोलकर ग़ौर से देखो कि फिर फ़ुर्सत न मिलेगी। मैं शेरे-ख़ुदा का फ़र्ज़ंद, इमाम हुसैन का एक अदना ग़ुलाम तुमसे बच्चों के लिए पानी की दरख़्वास्त लेकर आया हूँ। इनकार की सूरत में यह इल्तिजा तुम्हारे हक़ में मौत का पैग़ाम बन जाएगी। मासूम प्यासे बच्चों से तुम्हारी जंग नहीं। न वह तुम्हारे दुश्मन हैं, न उन्हें तुम्हारी सियासत से कोई वास्ता है।"

"या इब्ने-अली ! पानी चाहिए तो ख़लीफ़-ए-वक़्त के हाथों बैअत करो वरना तुम तो क्या, प्यासे अली असग़र भी घुटनों चलते पानी की आस में आएँगे तो जवाब में तलवार, नेज़े और बरछियाँ पाएँगे। अब भी वक़्त है, बैअत कर लो और दरिया से जितना पानी चाहो, ले लो।" इब्ने-साद ने बलंद आवाज़ से कहा।

"ओ अहमक़ों के सरदार, जानता भी है कि बैअत की शरायत[2] क्या हैं ? बैअत रज़ामंदी से की जाती है, ज़ोर-ज़बर्दस्ती और दबाव डालकर ली हुई बैअत बेमानी है। ऐसी बैअत करने वाला गुनहगार है और लेने वाला अहमक़।" अब्बास ने जवाब दिया।

"हमें इस बहस से कोई सरोकार नहीं। हम हुक्म के बंदे हैं। जान की ख़ैर चाहते हो तो अपने इमाम को समझाओ कि हठधर्मी छोड़ दें और राहेरास्त पर आ जाएँ।"

अब्बास का ग़ुस्सा अपने पूरे जलाल से फट पड़ा—"ओ यज़ीद के लेंपालक, ज़बान सँभालकर बोल ! हमारे मुँह न लगा हमारी हर्बो ज़र्ब का सिक्का सारी दुनिया के दिल पर कंदा है। हम कि पहाड़ों को जुंबिश से परे सरका दें। ऐ शक़ीउलकल्ब[3] दरिंदे, कैसी इबरत का मक़ाम है कि तेरे गधे-घोड़े फ़रात में कुलेलें करें और साक़ि-ए-कौसर[4] की औलाद दो बूँद पानी को तरसे ! बच्चों की हालत देखी नहीं जाती। अली असग़र सारी रात प्यास से तड़पते रहे। अब रोने का भी दम नहीं। सकीना की जान के लाले पड़े हुए हैं। हलक़ में काँटे पड़ गए हैं। ऐ ज़ालिम, तू किस ख़मीर से बना हुआ है ! यह हिद्दत[5], यह शोले बरसाती लू, ख़ेमे तंदूर की तरह दहक रहे हैं। इमाम का चमन पत्ता-पत्ता करके मुरझा रहा है। हाथ-पाँव सर्द, फूल से रुख़सार ज़र्द हैं[6] और होंठ नीले पड़ चुके हैं।"

---

1. संगठित, 2. शर्तें, 3. निर्दय, 4. जो जन्नत की नहर से पानी पिलाता हो, 5. गर्मी, 6. गाल पीले हैं।

इब्ने-साद का चेहरा शिद्दते-ख़ौफ़[1] से ऊदा पड़ गया। आँखों की पुतलियाँ अपने महवर[2] पर ठहरना भूल गईं, दम घुटने लगा। साँस बाहर जाकर वापस लौटने से इनकार करने लगी।

शिम्र ज़िलजोशन ने जो उसकी यह हालत देखी तो घोड़ा लपकाता हुआ बढ़ा। इब्ने-साद के पास आकर घूमने लगा। वह तो इस ताक में था कि इब्ने-साद ज़रा भी ढीला पड़े और वह उसे दबोच ले।

इब्ने-साद फ़ौरन चौकस होकर सँभल गया। शिम्र ने मौक़े की लगाम अपने हाथ में ले ली और क़हक़हा लगाकर शोलाफ़िशाँ[3] हुआ--"यूँ पानी नहीं मिलेगा। अगर इमाम को बच्चों की जानें प्यारी हैं तो बैअत से क्यों इनकार है ? यह सामने दरिया मौजें मार रहा है। उनके बच्चे प्यासे हैं तो इसके ज़िम्मेदार वह ख़ुद हैं। बैअत कर लें, दरिया खुल जाएगा।"

"क्या बकता है, नापाक कुत्ते !" अब्बास गरज़े, "ग़ारत हो कि कमबख़्त, तेरे मुँह में ख़ाक। तेरी और तेरे अमीरे-शाम की क्या हक़ीक़त है ! कभी शाहों ने ग़ुलामों के आगे सर झुकाए हैं ? काबा कभी मैखाने के आगे सरनिगूँ नहीं होता। एक ज़ालिम शराबी और बदकार इंसान के हाथ पर मेरे आक़ा बैअत करके दीने-इस्लाम की तौहीन नहीं कर सकते। अपनी उम्र-भर का सरमाया वह यूँ ख़ाक में हर्गिज़ नहीं मिलाएँगे। तू उन्हें मजबूर व लाचार समझता है। अगर वह चाहें तो चश्म-ए-कौसर उनके क़दमों पर क़ुर्बान हो जाए। तू फ़ातिमा के लाल का मरतबा नहीं पहचानता। वह कितने सरबलंद और अज़ीम हैं ! उनका दुश्मन पैग़ंबरे-ख़ुदा का दुश्मन है, दीने-इस्लाम का दुश्मन है, पूरी इंसानियत का दुश्मन है। तू लुटेरा और ग़ासिब है। पानी पर हर जानदार का हक़ है। पानी ख़रीदने के लिए इमाम का ज़मीर[4] नहीं बिक सकता।"

"हिम्मत है तो ले लो पानी," फिर नरमी से कहने लगा, "अपनी जवानी पर तरस खाओ अब्बास, तुम मेरे अज़ीज़ हो। तुम जैसा जाँबाज़ सिपाही दुनिया को पैरों पर झुका सकता है। अपनी ताक़त से सारे जहाँ को ज़ेर[5] कर सकता है। तुमने मेरा अमाननामा[6] ठुकराकर अक्लमंदी का सबूत नहीं दिया। अब भी मौक़ा है।"

"फिर वही सौदेबाज़ी। यह सिपाही दुनिया को अपने पैरों तले रौंदने के लिए बिकाऊ नहीं है। किसी भी इंसान को ताक़त के ज़ोर से ज़ेर करना हमारा शेवा[7] नहीं। हम दुनिया के मेमार[8] हैं। ख़्वाह इस तामीर[9] की बुनियादों में हमें अपना ख़ून ही क्यों न निचोड़ना पड़े।"

---

1. भय की तीव्रता, 2. केंद्र, 3. अग्निवर्षक, 4. अंतःकरण, 5. परास्त, 6. संधिपत्र, 7. उद्देश्य, 8. निर्माता, 9. निर्माण।

"तुम्हें अपने मासूम बीवी-बच्चों का भी ख़याल नहीं ? जानते हो, तुम्हारे बाद उन पर क्या बीतेगी ?"

"वही जो फ़ातिमा ज़ोहरा की दूसरी बहू-बेटियों पर बीतेगी।"

उधर ख़ेमे में बाली सकीना इमाम के गले में बाँहें डाले रो-रोकर जान दे रही थी।

"हाय बाबा, हमारी ज़िद पर चचाजान पानी लेने गए। हमारी तौबा, बाबा ! अब हमें बिलकुल प्यास नहीं। अल्लाह, चचाजान को वापस बुला लीजिए।"

"पानी बग़ैर वह वापस न लौटेंगे, बीबी !" इमाम ने बच्ची को समझाया, "रोओ मत जाने-पिदर, प्यास की शिद्दत और बढ़ जाएगी।"

उधर अब्बास इब्ने-अली शिम्र से कह रहे थे—"मैं जंग के इरादे से नहीं आया हूँ। मासूमों के लिए पानी लेने आया हूँ। लेकिन कोई मुझे रोकने की हिम्मत करेगा तो मुँह की खाएगा। मजबूरन मदाफ़िअत[1] के लिए तलवार उठानी पड़ेगी।"

यह कहकर घोड़े का रुख़ दरिया की तरफ़ मोड़ दिया। शिम्र ने फ़ौज को ललकारा और तलवारें म्यानों से निकल पड़ीं। नेज़े बलंद हो गए, बर्छीबर्दार आगे बढ़े। तब्ल और नक़्क़ारों पर चोट पड़ी और मैदाने-करबला का सीना धड़कने लगा।

जंग के ऐलान की सदा सुनकर इमाम ख़ेमे के बाहर निकल आए। अलमबर्दार के हाथों में अलम को सरबलंद देखकर जान में जान आई। जम्मे-ग़फ़ीर[2] ने अब्बास को चारों तरफ़ से नरग़ा में ले लिया था, मगर अलम साफ़ उनकी निशानदिही कर रहा था। जिस रुख़ अलम बढ़ता, काई-सी छँट जाती। सिपाही लश्टम-पश्टम भाग खड़े होते।

फ़ौज में अजीब बेइत्मीनानी और हिरास[3] फैला हुआ था।

"यह सरासर धोखा है। यह हर्गिज़ अब्बास नहीं, इब्ने-अली तालिब हैं। वही लंबा क़द, मुनव्वर[4] पेशानी, आँख की हर जुंबिश पैग़ामे-अजल[5] है। वही दोधारी तलवार की ख़ैबर-शिकन काट, वही घोड़े की फुर्ती और अय्यारी। शेरे-ख़ुदा से मुक़ाबले की शर्त नहीं थी। हम अली से नहीं लड़ सकते।" फौज के क़दम पीछे हट गए।

"पागल हुए अली इब्ने-अबी तालिब को तो मस्जिद में इब्ने-मुलजिम ने छुरा मारकर ख़त्म कर दिया था। ग़ौर से देखो, यह अब्बास है। तीन दिन का भूखा-प्यासा है, अकेला है।" शिम्र ज़िलजोशन ने बहुत समझाया, मगर सिपाही गोमगो[6] में पड़ गए। सोचने-समझने की ताक़त ख़त्म हो गई।

अब्बास ने मौक़े से फ़ायदा उठाया। एकदम यलग़ार करते हुए दरिया तक

---

1. बचाव, 2. भीड़, 3. भय-आतंक, 4. चमकती हुई, 5. मौत का संदेश, 6. असमंजस।

पहुँच गए और घोड़ा पानी में डाल दिया।

पानी को छूते ही सर से पैर तक बर्क़-सी दौड़ गई। जैसे सुर्ख़ दहकते हुए लोहे को पानी में बुझा दिया। हवासों पर क़ाबू पाकर अब्बास ने झुककर मश्कीज़ा[1] भरकर मुँह तस्मे से बाँध दिया। फिर अपनी प्यास बुझाने के लिए चुल्लू भरा। हथेली से पानी की तरी कलेजे तक उतर गई। अजीब नशा-सा तारी हो गया। आँखें बंद होने लगीं। पानी होंठों तक लाए। पानी की ख़ुशबू से दिलो-दिमाग़ महक उठा।

दूसरे लम्हे प्यासे, मासूमों की शक्लें आँखों में फिर गईं—दम तोड़ते अली असग़र, जर्द और कुम्हलाई कली की तरह गिरती-पड़ती सकीना, कुरते का दामन चूसते बाक़र इब्ने-अब्बास। और प्यासे इमाम !

हाथ काँपा और पानी वापस दरिया में गिर गया।

"या पाक परवरदिगार, इतनी फ़ुर्सत दे कि मश्क ख़ेमे तक पहुँच जाए। प्यासों ने बड़ी उम्मीदें लगा रखी हैं। या ख़ुदा, मेरा भरम रख ले।" जी ही जी में दुआएँ माँगते तेज़ी से निकले कि शिम्र चिल्लाया—"ख़बरदार शेर के बच्चो, घेर लो कि शिकार बच के न जाने पाए। याद रखो, अगर पानी ख़ेमे तक पहुँच गया तो तुम्हारे लहू से फ़रात को छलका दूँगा। फ़रात के मुहाफ़िज़ो,[2] जीना चाहते हो तो घेर लो अकेले को।"

भागती फ़ौज के क़दम ढीले पड़ गए। हर हालत में मौत से बग़लगीर होना है। अब्बास के हाथों जान जाए या अपनी फ़ौज ज़बह कर दे। वैसे अब्बास अकेले भी हैं। एक हाथ में मश्कीज़ा है। सिपर[3] भी वार रोकने के लिए नहीं। बस, उनकी दोधारी तलवार ही उनकी ढाल है। अब्बास तलवार घुमाते, मश्कीज़ा तीरों की बाढ़ से बचाते, सफ़ों को चीरते घोड़ा बढ़ाने लगे। मौज-दर-मौज तीर आते तो मश्कीज़ा बचाकर सीना सिपर कर देते।

दूर ख़ेमे दिखाई दे रहे थे। बच्चे हाथों में कटोरे लिए नन्हे-नन्हे खिलौनों की तरह ख़ुशी से उछल रहे थे। पानी के शौक़ में बार-बार लपकते थे। माँएँ दामन पकड़कर रोक लेती थीं।

कई बार आँखों तले अँधेरा छाया। बीनाई गुम-सी हो गई। मगर अब्बास इब्ने-अली हिम्मत हारना न जानते थे। ज़ख़्म खाते बढ़ते ही जाते थे कि नागाह[4] किसी ज़ालिम ने शाने[5] पर तलवार मारी। बाज़ू कटकर दूर जा गिरा। एक पल को आँखों में दुनिया अँधेरी हुई। मालूम हुआ, घोड़े से गिर पड़ेंगे। बस, वह सामने ही तो ख़ेमे दिखाई दे रहे थे। बस, चंद सानिये[6] ज़िंदगी के और मिल जाएँ। मंज़िल

---

1. छोटी मशक, 2. रक्षकों, 3. ढाल, 4. सहसा, 5. कंधा, 6. क्षण।

आ पहुँची। क़ूवते-इरादी[1] थी या मोजज़ा[2]। एक बाज़ू कटते ही दूसरे हाथ से मश्कीज़ा थाम लिया। घोड़ा अपने मालिक की बेबसी को ताड़ गया था। टापों से गुर्ज़[3] और तलवारों का काम ले रहा था। आँखों से शोले बरस रहे थे। जो बरबख़्त[4] सामने आ जाता, लोथड़ा बन जाता। अपने आक़ा के गरम-गरम ख़ून में नहाकर ख़ुद घोड़े पर ख़ून सवार हो गया था। सिपाही चारों तरफ़ से चिल्ला रहे थे, चीख़ रहे थे और चींटियों की तरह चढ़ते चले आ रहे थे।

दूसरा वार पड़ा और दूसरा बाज़ू भी कट गया। अब्बास अब एहसास खो चुके थे, मगर हवास क़ायम थे। निहायत फुर्ती से गिरते हुए मश्कीज़े को दाँतों से पकड़ लिया, अलम को छाती के सहारे टिका लिया। मगर तीरों से मश्कीज़ा छलनी हो गया। सारा पानी अब्बास के ख़ून से मिलकर बह गया। इसी दम किसी ज़ालिम ने सर पर वार किया। सर खुल गया और ख़ून बहकर आँखों में भर गया और अब्बास घोड़े की पुश्त पर गिर गए। अलम को सरनिगूँ होते देखकर इमाम कलेजा थामकर लड़खड़ाए। अगर अली अकबर न थाम लेते तो बेहोश होकर गिर जाते।

फ़ौज पर एक अजीब-सी हैबत तारी हो गई। बुज़दिल गीदड़ों की तरह ख़ौफ़-ओ-हिरास से चिल्लाते, रोते, बिलबिलाते इधर-उधर दौड़ने लगे। धकापेल में न जाने कितने दरिया में गिरकर बह गए। कितने ही दीवाने होकर इधर-उधर तलवारें घुमाते दौड़ने लगे। एक-दूसरे के टुकड़े उड़ाने लगे। उन्हें पागल कुत्तों की तरह समझकर ख़ुद उनके अपने साथियों ने बनज़रे-एहतियात क़त्ल कर दिया।

घोड़े से गिरते ही अब्बास ने पुकारा—"आक़ा ! मदद फ़र्माइए !"

भाई की आवाज़ सुनकर इमाम नंगे सर भागे। कई बार गिरते-गिरते बचे। अली अकबर ने सँभाला। तराई में पहुँचते-पहुँचते जैसे बरसों लग गए। हाथ-पैर का जैसे दम निकला जा रहा था। मंज़िल दूरतर हुई जा रही थी। उन्हें बढ़ते देखकर कितने ही सिपाही अपनी आस्तीनों में मुँह छिपाकर दूर भाग गए। जैसे निहत्थे इमाम की नज़रें नहीं, ज़हर में बुझी बर्छियाँ थीं। किसी चीज़ से ठोकर लगी। इमाम ने झुककर देखा तो अली अब्बास का बाज़ू था। उठाकर छाती से लगा लिया और बच्चों की तरह फूटकर रो दिए।

अब्बास ने बेचैन होकर पुकारा—"आक़ा, कहाँ हैं आप ? मुझे कुछ दिखाई नहीं देता। सर के ज़ख़्म का ख़ून आँखों में भर गया है। हाथ नहीं कि पोंछ सकूँ। क्या अपने मालिक का आख़िरी दीदार भी नसीब न होगा? यह दम यूँ ही सीने में अटका रहेगा ?"

इमाम ने दामन से आँखों को ख़ून से पाक किया। फिर मुँह पर मुँह रखकर

---

1. संकल्प-शक्ति, 2. चमत्कार, 3. एक अस्त्र, 4. अभागा।

बड़ी लजाजत[1] से कहा—"तुमने मुझे हमेशा आक़ा ही कहा। मुझे अरमान ही रहा कि मुझे भाई कहो। मेरी आरज़ू पूरी कर दो। मुझे भाई कहकर पुकारो, अब्बास !"

"भाई...भाई...मैं कितना ख़ुशनसीब हूँ कि आप मेरे भाई हैं !"

अब्बास ने मौत से आख़िरी जंग करते हुए कहा, "मुझे इसी मुक़ाम पर दफ़न कीजिएगा। फ़रात के घाट को मैंने अपने ख़ून से सींचा है। मेरी प्यासी रूह दरिया के क़ुर्ब से सेराब[2] रहेगी। मुझे ख़ेमे में न ले जाइएगा। यहाँ बड़ी प्यारी नींद आ रही है। उफ़ ! दुनिया कितनी ख़ूबसूरत है, कितना हसीन नग़मा है ! बाबा आज कितने ख़ुश हैं ?" एक सर्द इत्मीनान-भरी आह मुँह से निकली और अब्बास इब्ने-अली हमेशा के लिए सो गए।

इमाम ने कटे हुए बाज़ू पहलू में रखकर अबा को अच्छी तरह लपेटा और अपना कमरबंद खोलकर बाँध दिया। अपने दामन से उनका चेहरा पाक किया। बिखरे बाल सँवारे और घुटनों पर हाथ टिकाकर उठे।

अली अकबर लाश उठाने को झुके तो रोक दिया।

"नहीं-नहीं, सोने दो, बहुत थका हुआ है।"

"ख़ेमे में लाश न ले गए तो सब बेक़रार होकर निकल पड़ेंगे। वह देखिए, सकीना किस बुरी तरह मचल रही है, फूफीजान तो दीवानावार नंगे पैर आ जाएँगी।"

"नहीं, बच्चों ने यह कटे हुए बाज़ू देख लिए तो पागल हो जाएँगे। बस, मेरे अलमबर्दार का अलम ले चलो। यह नीमजान मश्कीज़ा[3] भी साथ बाँध लो।"

अली अकबर ने अपने प्यारे दोस्त, चचा और उस्ताद के ख़ून में डूबा हुआ अलम उठाया, मगर बलंद न किया। मैयत की तरह बाप-बेटे काँधा देकर ख़ेमे में ले आए और चोब से टिका दिया।

सब अलम से लिपटकर मातम करने लगे।

छोटी भावज का ग़म देखकर ज़ैनब ने अपने आँसू ख़ुश्क कर लिए। बदनसीब बेवा अलम के फरेरे में मुँह छिपाए गले में उभरती हुई चीख़ों को घोंट रही थी। एक दिन एक प्यारी-सी शरमीली लड़की को अपने हाथों से दुल्हन बनाया था। मुश्क और अंबर की ख़ुशबू में बसाकर संदल से माँग भरी थी। आज ज़माने ने उस माँग में ख़ाक भर दी। इमाम सर झुकाए खड़े हैं। उन्हें तन-बदन का होश नहीं। सर से चादर गिर गई है, मगर कुछ ख़बर नहीं है। उन्होंने चुपचाप बैठकर उसे छाती से लगा लिया।

"हमारे बाबा के अलम को किसने शहीद कर दिया ?" अब्बास का बच्चा अलम पर मुँह रखे बिलख रहा था।

---

1. नम्रता, 2. निकटता से तृप्त, 3. छोटी मशक।

"देखो तो, हमारे मश्कीज़े का भी सारा लहू बह गया।" सकीना हसरत से आहें भर रही थीं, "कहाँ हैं हमारे प्यारे अम्मू, हम उनसे उन ज़ालिमों की शिकायत करेंगे। अल्लाह ! बेज़बान मश्कीज़े को भी क़त्ल कर दिया।"

"बस सो जाइए न, क्यों जाग रहे हैं ?" बीवी पूछती थीं।

"तुम्हें देख रहा हूँ, जी नहीं भरता।" अब्बास मुस्कराकर जवाब देते थे।

"सब वायदे-वईद भुला दिए। क्या मज़े से तराई में जाकर सो रहे ! या अबुलफ़ज़ल, यह पहाड़-सी अकेली ज़िंदगी कैसे गुज़रेगी ?"

ऐ मेरे माहे-क़ुरैश[1] ! यह रूह का अँधेरा मेरा दम घोंट देता है।

अली अकबर रसूले-ख़ुदा के हमशक्ल थे। इतनी शक्ल मिलती थी कि असहाबे-रसूल जब अपने पैग़ंबर की याद में बहुत बेक़रार होते तो अली अकबर की सूरत देखकर दिल की प्यास बुझा लिया करते थे। वही मुनव्वर चेहरा कुशादा पेशानी, चौड़े शाने और ऊँचा क़द। गो अभी अट्ठारह बरस के थे, मगर चेहरे पर ग़ौरो-फ़िक्र के आसार उम्र से ज़्यादा ज़ाहिर करते थे। बातचीत में बुज़ुर्गाना ठहराव और इरादों में पुख़्तगी,[2] कमसुख़न[3] और बुर्दबार[4] थे। मगर ज़बान में हलावत[5] और नरमी थी। जो एक बार मिल लेता, उनका गरवीदा हो जाता। इस कमसिनी में मुताले[6] का यह हाल था कि बड़े-बड़े आलिमों से घंटों तबादला-ए-ख़याल करते, मुबाहिसों[7] में शरीक होते क़तई कोई तकल्लुफ़ न महसूस करते थे। नेकी और पारसाई[8] में ज़र्बुलमिस्ल थे।

मुताले से जो वक़्त बचता वह फ़न्ने सिपहगरी, शहसवारी और फ़ौजी तरबियत में सर्फ़ करते। लातादाद यार-दोस्त थे। क़ुरान इतना अज़बर याद था कि बेतकान[9] ग़लतियाँ दुरुस्त कर देते थे।

एक बार यज़ीद के दरबार में ज़िक्र हो रहा था कि अरबों में सबसे ज़्यादा मुकम्मल इंसान कहलाने का कौन मुस्तहक़ है ? तो किसी ने कहा, "अली अकबर इब्ने-हसन।"

"वह तो अभी लड़का है।"

"लड़कपन में यह हाल है कि अच्छे-अच्छे सियासतदानों को ताक़ में बिठा दे।"

यज़ीद ने उन्हें बुलाया, बातचीत की, बहुत मरऊब हुआ, कहा, "तुम जैसे लायक़ इंसानों की मुल्क को ज़रूरत है। तुम दमिश्क़ आ जाओ। जो भी ओहदा चाहो, सँभालो। तुम्हें कुल इख़्तियारात हासिल होंगे।"

इसमें यज़ीद की एक मस्लिहत[10] भी थी। वह ऐसे 'ख़तरनाक' इंसान को हुसैन

---

1. क़ुरैश वंश का चंद्रमा, 2. दृढ़ता, 3. अल्पभाषी, 4. गंभीर, 5. मिठास, 6. अध्ययन, 7. वाद बिवाद, 8. पवित्रता, 9. लगातार, 10. भेद।

से अलग करने में कामयाब हो जाए तो यक़ीनन उनकी सफ़ में शिगाफ़[1] पड़ जाएगा। मगर अली अकबर ने बड़ी हिकमत से टाल दिया।

"मुझे अभी अपने वालिदैन की सरपरस्ती की ज़रूरत है। मुझे अभी बहुत कुछ सीखना है।"

इमाम भी उन्हें ख़ास तौर पर चाहते थे। बहन-भाई भी बहुत अज़ीज़ रखते थे। सकीना और सुग़रा में तो भाई के ऊपर झगड़ा हो जाता था।

"वाह जी वाह, तुम चचा अब्बास को ले चुकीं। अब हमारे भैया पर भी नज़र है।"

फ़ातिमा सुग़रा बिगड़ती—"हाँ, चचाजान भी हमारे हैं और भैया भी। सब हमारे हैं।"

सकीना ज़िद करतीं—"न भैया हमारे हैं, न तुम्हारे। वह तो फूफीजान के हैं।" फ़ातिमा कुबरा दोनों को चिढ़ातीं।

और थे भी अली अकबर फूफी के। अपनी औलाद से ज़्यादा समझकर पाला था। ज़रा-सा उनके सर में दर्द भी हो जाता तो सारा घर सर पर उठा लेतीं। अली अकबर भी उन्हें माँ से कम नहीं समझते थे।

जब अली अकबर पैदा हुए तो ज़ैनब माँ नहीं बनी थीं। मगर मामता कलेजे में इतनी भरी थी कि भावज की गोद से ले लिया। हरदम अपने पास रखतीं। दूध पिलवाने भर को उनके पास ले जातीं, फिर ले आतीं।

"मैं तो उनकी दूध पिलाई हूँ, अम्मा तो ज़ैनब बीबी हैं।" वह हमेशा हँसकर कहा करतीं। अपने पास ही सुलातीं। ख़ुद अपने हाथ से नहलातीं, धुलातीं। नए-नए कपड़े सीकर पहनातीं, बाल सँवारतीं, आँखों में सुरमा डालतीं, फिर उनके प्यारे-प्यारे हाथ चूमकर कहतीं—"नहीं भाभी, मैं तो उनकी खिलाई हूँ। माँ तो तुम ही हो। पर बड़ी दिलवाली हो कि मुझे दे दिया है।"

अली अकबर एक खिलौना थे, ज़ैनब के दिल का बहलावा। पहली मामता उन्होंने उन पर ही निछावर की। शुरू में तालीम भी उन्हीं की निगरानी में हुई। उनकी शादी का बड़ा अरमान था। उनकी नज़र में अभी तक कोई उनकी बहू बनने के लायक़ जँची नहीं थी। घंटों शादी की बातें करके दिल बहलाया करतीं।

अब्बास इब्ने-अली की शहादत के बाद इमाम हुसैन की मौत के दरम्यान अब सिर्फ़ अली अकबर बाक़ी बचे थे। बाप की हालत देखकर उनकी हिम्मत नहीं पड़ रही थी कि उनसे किसी तरह मौत की रुख़सत लें।

इमाम अपने ख़ेमे में सर झुकाए तन्हा बैठे थे। सब यार-दोस्त और अपने प्यारे

---

1. दरार।

सुबह से जा रहे थे। आहिस्ता-आहिस्ता ख़ेमा ख़ाली हो गया था। बस, जाने वालों की कुछ भूली निशानियाँ रह गई थीं।

हर आहट पर इमाम लरज़ उठते थे कि कहीं अली अकबर रन में जाने की इजाज़त लेने तो नहीं आ गए। अंजाम की ख़बर थी। मगर एक बाप का दिल अपने प्यारे बेटे की ज़िंदगी के लिए एक-एक लम्हे को ग़नीमत समझता है। जो पल भी टल जाए, वह अपना है।

जाना सबको है। मगर जिसे अट्ठारह बरस पलकों की छाँव में पाला, उसे दरिंदों के ग़ोल में तीर और बरछियाँ खाने को कोई किस दिल से भेजे ? जवान बेटे के दाग़ से तो मौत कहीं ज़्यादा आसान होगी। उन ज़ालिमों को ज़र्रा-भर भी परवाह नहीं कि एक मजबूर बाप के दिल पर क्या सितम टूट रहे हैं ! क्या वह सब बे-औलाद हैं ? किसने अपने बेटे को ज़ानू पर नहीं बिठाया, उसके जिस्म में ख़ुद को पाकर फ़ख्र नहीं महसूस किया ?

"नहीं, यह नहीं होगा। हम अली अकबर को मरने की इजाज़त नहीं देंगे। अब हममें और ग़म सहने की सकत नहीं।" इमाम ख़ुद से कह रहे थे कि ग़ैब से आवाज़ आई—"हुसैन, तुम्हें अभी बहुत कुछ सहना होगा। मरना निस्बतन आसान है। अपने बच्चों को ज़बह होते देखना और हिम्मत न हारना सिर्फ़ उनका हिस्सा है, जिन्हें ख़ुदा ने मशअले-राह बनाया है। अभी आज़माइश के बहुत-से मरहलों से गुज़रना होगा। तुम्हें अपना किरदार अदा करना होगा।"

जब अली अकबर कुछ नादिम, कुछ मजबूर-से सर झुकाए ख़ेमे में दाख़िल हुए तो इमाम की नज़र पहले उनके पैरों पर पड़ी। यह पैर कभी कितने नन्हे-नन्हे थे, डगमगाते, लरज़ते पाँव-पाँव चलना शुरू किया था। साँस रोके वह नन्हे-से बच्चे की पहली उड़ान देख रहे थे। हर क़दम पर दिल साथ चल रहा था। जैसे उनका बेटा नहीं, वह ख़ुद उसके जिस्म में सरायत करके[1] मैदाने-अमल में पहला क़दम उठा रहे थे। इंसान अपनी औलाद के वजूद में ग़र्क़ होकर ख़ुद अपनी हस्ती को भुला देता है। बानो भी हाथ फैलाए, धड़कते दिल से साथ-साथ चल रही थीं कि ज्यों ही बच्चा गिरने लगे, झट से सँभाल लें। कई बार अली अकबर डगमगाए। बानो तड़पकर लपकीं, मगर इमाम ने इशारे से रोक दिया। बच्चे से पहले क़दम की जीत का एहसास नहीं छीनना चाहिए।

और जब अली अकबर चार क़दम चल लिए थे तो ऐसा मालूम होता था, हफ़्त-अक़लीम फ़तह कर लिया था। सारा दिन फूल की तरह खिला रहा था।

आज वह क़दम मौत की तरफ़ जाने के लिए इजाज़त लेने आ रहे थे। इमाम

---

1. व्याप्त होकर।

ने अली अकबर के सवाल से पहले जवाब दे दिया था—"अब्बास की मौत ने हमें ज़िंदा दरगोर[1] कर दिया है। हमारे बाद इन दुखियारों का भी कोई सहारा बाक़ी रहना चाहिए। हमने फ़ैसला कर लिया है कि अब हम मक़्तल में जाएँगे। हमें उम्मीद है कि वह हमारे बाद तुम्हें छोड़ देंगे।"

"बाबाजान, मैं यह हक़तलफ़ी[2] बर्दाश्त नहीं कर सकूँगा। मुझे चचा अब्बास से पहले जाने का हक़ था। मगर चूँकि वह पानी लाने गए थे, इसलिए मैं ख़ामोश रहा। मेरी ज़िंदगी में आपके मक़्तल में जाने का सवाल ही नहीं उठता। बेटे के सामने बाप शहीद किया जाए, ख़ुदा उससे पहले मुझे अंधा कर दे।"

"अली···हमारा बूढ़ा दिल फटा जाता है। हम पर तरस खाओ···।"

"बाबा, मैं दुनिया में मुँह दिखाने के क़ाबिल न रहूँगा। जाफ़र, उस्मान, मुहम्मद, क़ासिम, औन—मेरे सामने के बच्चे तक शहादत का मर्तबा पाएँ और मैं ज़िंदा रहूँ ! औरतों और बच्चों के साथ पा-बजौलाँ[3] गर्दन में रस्सी बाँधकर शहर-शहर घसीटा जाए। यज़ीद के दरबार में मुझे ज़लीलो-ख़्वार[4] किया जाए। क्या यह आप बर्दाश्त करेंगे ? न मैं बीमार हूँ, न अली असग़र की तरह गोद का बच्चा हूँ। मैं इस तौहीन का किसी तरह भी सज़ावार[5] नहीं।"

थोड़ी देर इमाम सर झुकाए, आँखें बंद किए ख़ामोश बैठे रहे।

प्यार माँ-बाप को कभी बड़ी बेजा बात कहने पर मजबूर कर देता है, "ठीक कहते हो, यह शहादत इस ज़िंदगी से बहुत आसान होगी जो क़ैदोबंद में गुज़ारनी पड़ेगी। मैं तुमसे जिहाद का हक़ नहीं छीन सकता। मगर जाओ, पहले अपनी माँ से इजाज़त ले लो। बेटे पर माँ का हक़ बाप से ज़्यादा होता है।"

अली अकबर के जाने के बाद इमाम मुस्कराए। आज उनके बेटे ने हुक्म-उदूली[6] की जुरअत की थी। ज़िंदगी में पहली बार कोई ज़िद की तो जान बचाने के लिए नहीं, जान देने के लिए।

"अम्मीजान, यह सरासर ज़ुल्म और ज़्यादती है।" अली अकबर ने माँ के क़दमों में झुककर शिकायत के लहजे में कहा।

"क्या बात है, मेरे लाल ?" बानो घबरा गईं। छुटपने से ही अली अकबर अपनी छोटी-छोटी शिकायतें लेकर फूफी के पास बिसूरने जाया करते थे। आज माँ को कैसे याद किया ? जी में हज़ारों वहम सर उठाने लगे।

"बाबा फ़र्माते हैं कि हमको ज़ालिमों की क़ैदों में बंद रहना पड़ेगा। हमारे गले में तौक़-लानत डालकर गलियों में घसीटा जाएगा।"

"ख़ुदा न करे, तौबा बच्चे, यह भी कोई मज़ाक़ का मौक़ामहल है। तुम्हारे बाबा

---

1. जीवित गाड़ दिया, 2. अधिकार-हनन, 3. बँधा हुआ, 4. अपमानित और तिरस्कृत, 5. भाजन, 6. अवज्ञा।

ने आज तक कभी किसी की हक़तलफ़ी नहीं की। वह अपने फ़र्ज़ंद के लिए ऐसी बात कैसे कह सकते हैं ! मैंने आज तक उनकी ज़बान से कोई ग़ैर-मुन्सिफ़ाना और बेजा बात नहीं सुनी।"

"मेरी बदक़िस्मती है कि आज मुझे अपने हक़ से महरूम करना चाहते हैं। अल्लाह अम्मी, आप हमारी सिफ़ारिश कीजिए न।"

"सिफ़ारिश !" बानो घबरा गईं। इमाम से और किसी की सिफ़ारिश की ज़रूरत पड़े !

"हमें मैदाने-जंग में जाने की इजाज़त दिलवा दीजिए।"

अली अकबर ने ऐसे लहजे में ज़िद की जैसे तमाशे में जाने की इजाज़त माँग रहे हों।

बानो कलेजा थामकर रह गईं। अली अकबर ने कनअँखियों से उन्हें देखा। पहलौटी के थे, फूफी ने पाला था, मगर माँ उन पर जान छिड़कती थीं।

"क़ासिम गए, औन-ओ-मुहम्मद गए और गज़ब तो देखिए, चचा अब्बास गए और हम मुँह तकते रह गए और अब फ़रमा रहे हैं कि हम नहीं जा सकते। वह ख़ुद तशरीफ़ ले जाएँगे।"

"या अल्लाह !"

बानो बेटे का मुँह ताकने लगीं। ऐसे लगा, किसी ने शहरग[1] पर तलवार का भरपूर हाथ मार दिया। ख़ून बूँद-बूँद रिस रहा है। एक तरफ़ सुहाग है, दूसरी तरफ़ कोख का मान।

दोनों में से पहले किसे उजाड़ें, किसे आग लगाएँ ? यह उनसे पूछा जा रहा है !

इतने में ख़ुद इमाम हुसैन ख़ेमे में तशरीफ़ लाए।

"तुम ही समझाओ, हमारी तो सुनते ही नहीं, साहबज़ादे। यह सारा फ़ितना[2] हमारे दम से है। हमारे लहू से उनकी प्यास बुझ जाएगी। बाक़ी लोगों की जान बच जाएगी। तुम्हें अली अकबर बहुत प्यारे हैं। तुम इन्हें साथ लेकर कहीं महफ़ूज़ मुक़ाम पर चली जाना। इनकी शादी का अरमान लिए बैठी हो। जाओ, हमें भी याद कर लेना। हमारी रूह भी तुम्हारी ख़ुशी में शरीक रहेगी।"

बानो दमबख़ुद कभी बेटे को और कभी बाप को देख रही थीं। आज यह दोनों जी में क्या ठानकर आए हैं ! इमाम कह रहे थे—"ख़ुदा तुम्हें अली अकबर की दुल्हन लाना नसीब करे। जब पोता-पोती को गोद में खिलाओ तो हमें भी याद कर लेना। हमारे अली अकबर का बेटा घुटनों चलता जब हमारी क़ब्र पर आएगा तो हम उसे

---

1. शरीर की सबसे बड़ी रग, 2. उपद्रव।

चूमने के लिए बेक़रार हो जाएँगे। बस, अल्लाह का नाम लेकर हमें रुख़सत करो बानो, कि इधर हमारे ख़ून के प्यासे ज़्यादा इंतज़ार नहीं कर सकते। फ़ौजी आदाब[1] के मुताबिक़ हर मार्के के बाद एक वक़्फ़ा[2] हुआ करता है, जिस पर हर सिपाही पाबंद होता है। मगर ये सिपाही नहीं, क़साई हैं। उन पर इंसानियत का कोई उसूल लागू नहीं।"

बानो ने ज़िंदगी में बड़े तो क्या, कभी छोटे फ़ैसले भी नहीं किए थे। उन्होंने अपने दिल के साथ जान भी उनके क़दमों में सौंप दी थी। वह उनकी हो गईं तो फिर वही उनके बुरे-भले के ज़िम्मेदार हो गए। मगर अचानक उस वक़्त क़ूवते-फ़ैसला लौट आई, बोलीं, "मैंने आपसे आज तक अपने लिए कुछ नहीं माँगा। आप मिल गए तो फिर रह भी क्या गया माँगने को ! आज मैं अपने बेटे के लिए उसका हक़्क़े-जिहाद माँगती हूँ।"

इमाम ख़ामोश उनका मुँह देखते रह गए।

"क्या सोच रहे हैं, आक़ा ! अल्लाह का नाम लेकर इजाज़त दीजिए। आप रहते तो मेरी दुनिया सलामत रहती, मेरे अरमान सलामत रहते। बेटे का ब्याह करती, प्यारी-सी दुल्हन ब्याहकर लाती। ख़ैर से हम दोनों पोते का चाँद-सा मुखड़ा देखकर जीते। आप न होंगे तो कैसा ब्याह, कैसी शादी ! बानो बग़ैर अपने आक़ा के क्या ख़ाक ज़िंदा रहेगी ! और फिर हर जवान बेटे का यह फ़र्ज़ है कि वह बाप की जान पर से अपनी जान क़ुर्बान कर दे। बाप के पसीने की जगह अपना ख़ून बहा दे। अली अकबर देर से मेरे हाथ-पैर जोड़ रहे हैं। अल्लाह, इनका दिल न छोटा कीजिए। बचपन और जवानी के शौक़ न हमारी हैसियत थी कि हम पूरे करते और न उन्होंने कभी ज़िद की। आज सुर्ख़रूई[3] के अरमान में अपने इमाम पर से क़ुर्बान होना चाहते हैं। यह हक़दार हैं, इनका हक़ दीजिए वल्लाह !"

"हाँ भई, माँ हो, तुम तो बेटे की-सी ही कहोगी।" मगर दिल में इमाम अपनी शरीके-ज़िंदगी की हिम्मत के क़ायल हो गए। एक कमज़ोर-सी औरत बवक़्ते-इम्तहान कितनी दिलेर और बाविक़ार साबित होती है !

"तो बस, फिर देर न फ़रमाइए, बेटे का दिल रख लीजिए।"

"जाओ अली अकबर, हमारी तरफ़ से इजाज़त है।" इमाम ने आहे-सर्द भरकर कहा।

"अल्लाह अम्मी, आप जीती रहिए।" ख़ुशी से दीवाने होकर अली अकबर माँ के क़दमों को चूमने लगे।

बानो के होंठों पर ज़हर में बुझी मुस्कराहट फैल गई। वाहवा ! साहबज़ादे ख़ुद

---

1. सैनिक आचार, 2. मध्यांतर, 3. सफलता।

मक़्तल में क़त्ल होने को जाते हैं और बूढ़ी माँ की दराजि-ए-उम्र[1] की सज़ा के लिए दुआएँ माँग रहे हैं। जी पर हाथ रखकर बोलीं—"जाओ मेरे चाँद ! मैदाने-जंग में सादात के ख़ून की बानगी दिखाओ, जो तुम्हारी रगों में जोश मार रहा है। जाओ बेटा, मैंने तुम्हें दूध बख़्शा। मेरे दूध की लाज रखना, मेरे चाँद !"

मगर फिर बेक़ाबू हो गईं। मुदब्बिर[2] और दिलेर औरत पर मामता ग़ालिब आ गई। रुआँसी होकर बोलीं—"ख़ैर से वापस तो आओगे ? यह प्यारी सूरत पलट के फिर तो दिखाओगे ? अली अकबर, जाते तो हो मगर वायदा करो, ख़ैरियत से वापस आ जाओगे। मेरे चंदा, नहीं तो मैया का कलेजा शक़[3] हो जाएगा। मैं तुम्हारा लाशा नहीं देख सकूँगी, बेटे ! अल्लाह उससे पहले मुझे अंधा कर दीजियो।"

बानो सिसककर रोने लगीं। अली अकबर को जल्दी हो रही थी। जाने लगे तो इमाम ने कहा, "हम दोनों से तो जीत गए अली अकबर, अब तुम्हें सबसे मुश्किल मुहिम[4] सर करना[5] होगी। अपनी बदनसीब दुखिया फूफी से इजाज़त लेनी होगी। वही तुम्हारी सबसे बड़ी हक़दार हैं। मगर ठंडे दिल से बात करना। ज़ैनब के ज़ख़्म अभी ताज़ा हैं।"

"हाँ बाबा, उनकी तरफ़ से बहुत दिल डरता है।" तेज़ी से अली अकबर ख़ेमे का पर्दा उठाकर निकल गए। बानो के जिस्म से जैसे जान निकल गई। इमाम ने अपनी बदनसीब शरीके़-ज़िंदगी के शाने पर आहिस्ता से हाथ रख दिया।

"बहादुर बेटे की बहादुर माँ, तुम्हारी अट्ठारह बरस की मेहनत का समर[6] आज मिलने वाला है। अली अकबर हमारी ही नहीं, सारी इंसानियत के लिए जंग लड़ने जा रहे हैं। आज वह यह साबित कर देगा कि सच्चाई कितनी भी तन्हा हो, हक़ीर और बेहक़ीक़त[7] नहीं है। अली अकबर दुनिया के नौजवानों का अलमबर्दार[8] है। आने वाली नस्लें उसका नाम लेकर ज़ुल्मो-नाइंसाफी का क़लाक़ुमा[9] करेंगी। ख़ुदा माफ़ करे, आज ग़ुरूर से मेरा सीना फटा जाता है कि मैं अली अकबर का बाप हूँ।"

मगर बानो इमाम के हाथों में बेहोश हो चुकी थीं।

वह, जो कभी जवानी में जी के बहलाने का खिलौना था, आज क़िस्मत के भयानकतरीन खेल में एक बलंद और शानदार किरदार[10] अदा करने जा रहा था। अपने मज़लूम बच्चों की शहादत के बाद निगाहें बार-बार अली अकबर की तरफ़ उठ जातीं। ज़ैनब जानती थीं, कोई दम में उनका बुलावा आने वाला है। अपने ख़ेमे में सहमी उसी जगह बैठी हुई थीं जहाँ थोड़ी देर पहले बच्चों के लाशे रखे गए थे।

1. बड़ी उम्र, 2. बुद्धिमान, 3. विदीर्ण, 4. अभियान, 5. जीतना, 6. फल, 7. तुच्छ और नगण्य, 8. समर्थक, 9. विनाश, 10. भूमिका।

अली अकबर ख़ेमे में दाख़िल हुए तो अनजान-सी बन गईं। समझ गईं, रुख़सत होने आए हैं। मुँह फेर के बैठ गईं। जैसे इन बहानों से वह मौत को टाल ही तो देंगी। एक-एक लम्हा ग़नीमत है। जब तक साँस है, तब तक आस नहीं टूटती।

अली अकबर ने मुँह से कुछ न कहा। क़रीब आए और फूफी के ज़ानू पर सर रख दिया। बचपन में खेल-कूदकर थके-हारे आते थे तो इसी तरह चुपचाप उनकी गोद में सर रखकर सो जाया करते थे। उनकी प्यार-भरी डाँट कानों में मीठी लोरी बनकर घुल जाती थी। मगर आज वह ज़ानू पर सोने नहीं आए थे।

जी तो चाहा, भतीजे को कलेजे से लगाकर ख़ूब चीख़-चीख़कर रोएँ कि जी की भड़ास निकल जाए। उससे कहें, 'चल मेरे लाल, हम दोनों कहीं भाग चलें। इस जहन्नुम से दूर किसी हसीन, हरी-भरी वादी में। गाते-गुनगुनाते चश्मों के देश में एक नन्ही-सी झोंपड़ी हो। वहाँ तेरी चाँद-सी दुल्हन ब्याहकर लाऊँगी। घर नन्हे-मुन्ने फूलों से भर जाएगा। बस, वहीं इस दुखियारी ज़ैनब की छोटी-सी जन्नत बन जाएगी।'

फिर याद आया कि यह सब ममता के सुहाने ख़्वाब हैं, मगर शेरे-ख़ुदा की दिलेर बेटी तो यह ख़्वाब में भी नहीं सोच सकती। इमाम ने जो अहद किया है वह ज़ैनब का ईमान है। रसूले ख़ुदा के नवासे और अली इब्ने-अबी तालिब के फ़र्ज़ंद ने जिस राह पर क़दम उठाया है, वही राह जैनब की है। उन्हें इस बात पर ग़ुरूर था कि वह ऐसे भाई की बहन हैं जो ज़ुल्मो-नाइंसाफ़ी के ख़िलाफ़ सीना सिपर[1] है।

उन्होंने मसनूई[2] रुखाई से कहा, "यह दिखावे का प्यार मुझे एक आँख नहीं भाता। ऐ भई, मैं तुम्हारी हूँ कौन ? वैसे नौ महीने पेट में तो नहीं रखा, पर पैदा होते ही कलेजे से लगाया। रातों को जागी हूँ। तुम मेरी गोद में सोए हो तो इसी ख़ुशी में मेरी नींदें उचाट हो गई हैं। पहला दाँत निकला था तो तुम्हारे हर आँसू पर हज़ार आँसू बहाए थे मैंने।"

"मैं कितना ख़ुशक़िस्मत हूँ कि अल्लाह ने मुझे दो माँएँ बख़्शीं।" अली अकबर ने मुस्कराकर आँसू पी लिए, "इस मुक़द्दस[3] गोद में मैंने दुनिया-जहान की नेमतें पाई हैं। क़ुरान की आयात हिफ़्ज़[4] की हैं। इल्मोदानिश की इब्तिदा[5] इसी आग़ोश में हुई। अब इस प्यार-भरी गोद से रुख़सत होने आया हूँ कि जो कुछ सिखाया है, उसका इम्तहान देकर कामयाबी हासिल करूँ। यह मेरी बदनसीबी है कि अपनी माँ, फूफी जो कुछ भी हैं, आपकी कोई ख़िदमत भी न कर सका। फूफी अम्मा, दुनिया में हर चीज़ का मोल है, मगर ममता की क़ीमत तो जान देकर भी नहीं चुकाई जा सकती।"

---

1. डटकर मुक़ाबला करने को तैयार, 2. कृत्रिम, 3. पवित्र, 4. याद, 5. ज्ञान का प्रारंभ।

"तुम जवान हो गए, एक मिसाली इंसान बन गए। बस, मेरी मज़दूरी मुझे मिल गई। ख़ुशनसीब है वह औरत जिसे तुम जैसे बेटे की परवरिश की सआदत[1] नसीब हुई। बख़ुदा तुम्हें प्यार करके मैंने अपनी ज़िंदगी का मज़ा पा लिया।"

आख़िर जब अली अकबर रुख़सत होने लगे तो बोलीं—"ऐ लड़के, यूँ मैले-कुचैले लिबास में जाएगा ! तुम्हारी अम्मीजान कहाँ हैं, ज़रा बुलावो तो, आके बेटे को आरास्ता करें[2]। बानो आईं तो अली अकबर के लिए जो शादी का जोड़ा लाई थीं, निकालकर दिया—"लो बानो, अल्लाह का नाम लेकर पहनाओ।"

"तुम ख़ुद पहनाओ, बहन !"

"नहीं बानो, मुझे वहम आता है। मेरे हाथों पर मेरे बेटों का ख़ून है।"

"इन जाँबाज़ों का ख़ून मेरे लिए बरकत का बाइस[3] होगा।"

"मेरा जी डरता है। बदशगुनी हो जाएगी।"

"मैं तो आप ही के हाथ से लिबास पहनूँगा, नहीं तो इन्हीं चिथड़ों में चला जाऊँगा।" अली अकबर बज़िद हुए।

माँ और फूफी ने शाहाना जोड़ा पहनाया। ज्यों ही उनके जाने की ख़बर दूसरे ख़ेमों में पहुँची, सब भागे हुए आए और चारों तरफ़ से घेर लिया। जैसे अली अकबर को वाक़ई दूल्हा बनाया जा रहा था। इमाम ने अपने हाथ से तमाम हथियार सजाए। सर पर ख़ोद[4] रखा, अमीरुलमोमिनीन का चरमी कमरबंद कसकर बाँधा। अली अकबर एक-एक से गले मिले, बच्चों को प्यार किया। सकीना आकर पैरों से लिपट गई।

"भाई, आप पानी लेने तो नहीं जा रहे हैं ? लिल्लाह, न जाइएगा। दरिया बड़ा बेमुरव्वत है। उसके पास जो जाता है, वापस नहीं आता। चचाजान गए, बस वहीं के हो रहे। हमें भूल गए।"

इमाम ने उक़ाब नामी घोड़े पर बेटे को सवार कराने के लिए जब उनके पैर को सहारा दिया तो अली अकबर झिझककर पीछे हट गए।

"आपके दस्ते-मुबारक पर पैर रखूँ, यह गुस्ताख़ी मैं नहीं कर सकता।"

"हम इमाम नहीं, इस वक़्त सिर्फ़ तुम्हारे बाबा हैं। बचपन में हम इन पैरों के बोसे लिया करते थे, आँखों से लगाते थे। तुम अपने नन्हे-नन्हे पैरों से हमारी छाती पर चढ़कर कूदा करते थे तो हमें ऐसा महसूस होता था कि हम दुनिया के अज़ीमतरीन इंसान हैं। मैं तुम्हें हुक्म देता हूँ कि मेरे हाथ पर पैर रखकर सवार हो जाओ।"

अली अकबर ने झुककर पहले इमाम के क़दमों को बोसा दिया। फिर इमाम

---

1. अवसर, 2. सजाएँ, 3. लाभ का कारण, 4. लोहे की टोपी।

ने दोनों हाथों की हथेलियाँ जोड़कर अली अकबर का पैर थामा और सवार कर दिया, फिर रकाब पकड़कर थोड़ी दूर साथ चले।

"तुम्हारी रकाबदारी की इज़्ज़त हासिल करके हम फ़ख़्र महसूस कर रहे हैं। तुमको शहादत में हम पर सबक़त[1] हासिल होगी।"

अली अकबर मैदान की तरफ़ बढ़े। इमाम ने हाथ उठाकर कहा—"ऐ परवर्दिगार ! तू गवाह रहियो, तेरे पैग़ंबर का हमशक्ल तेरी राह में क़ुर्बान करता हूँ। जब मुझे रसूलुल्लाह की याद सताती थी तो मैं इसी बच्चे की सूरत देख लिया करता था।"

दुश्मन की फ़ौज में चेमेगोइयाँ हो रही थीं।

"भाई-भतीजे सब ही तो काम आ गए। अब कौन है जो हमारे मुक़ाबले पर आएगा ?"

सुबह से कैसे-कैसे जाँबाज़ ख़त्म किए थे। ज़मीर कुंद हो चुके थे। दिलों में ज़हर भरा हुआ था। एहसास मर चुका था।

फिर भी पैग़ंबरे-ख़ुदा के नाम की दिलों में दहशत बैठी हुई थी। उसे यकलख़्त दिलों से निकाल देना उनके वश की बात न थी। फ़ौज में ख़ौफ़-ओ-हिरास फैला हुआ था। हर क़त्ल के बाद एहसासे-शिकस्त[2] बढ़ जाता था। कभी आक़बत[3] के ख़याल से लरज़ा तारी हो जाता। फिर मौत का ख़ौफ़ हर जज़्बे को कुचलकर ग़ालिब आ जाता। सोचने-समझने की ताक़त सल्ब होती जा रही थी।

अरबी नस्ल का घोड़ा 'उक़ाब' अपने वजीह और नौउम्र[4] शहसवार के ज़ानू तले मस्ताना चाल से ठुमक-ठुमककर चल रहा था। उनके बाँकपन पर नाज़ करता हुआ सुबक-सुबककर क़दम रखता, गर्दन को शाहाना अंदाज़ से ख़म किए, तकल्लुफ़ से अयाल झटकता यूँ चला आ रहा था जैसे वह उन्हें मौत की जानिब नहीं, किसी महबूब-ए-दिल-नवाज़[5] की गलियों में लिए जा रहा था।

अली अकबर की वालिदा उम्मे-लैला अबू सुफ़ियान की नवासी थीं और यज़ीद की फूफीज़ाद बहन। अहले-शाम उनके लिए अमाननामा लाए थे। उन्होंने वह काग़ज़ चाक करके हवा में उड़ा दिया।

"यह अमाननामा मेरे लिए नहीं, उस रिश्ते के लिए है जो तुम्हारे बादशाह और मेरी वालिदा के दरम्यान है। मैं इस रिश्ते को अपनी बदनसीबी समझता हूँ और मुन्क़ता[6] करता हूँ।" अली अकबर ने रजज़[7] शुरू किया—"लोग कहते हैं, मैं पैग़ंबरे-ख़ुदा का हमशक्ल हूँ। मैं उस आफ़ताबे-आलमताब की एक अदना-सी किरन

---

1. श्रेष्ठता, 2. पराजय का आभास, 3. परिणाम, अंत, 4. सुंदर और युवा, 5. प्रेमपात्र प्रेमिका, 6. विच्छिन्न, 7. युद्ध में अपने कुल की शूरता और श्रेष्ठता का वर्णन।

हूँ जिसने तारीकी और जहालत[1] का पर्दा चाक करके इंसानियत को रोशनी और फ़लाह[2] का रास्ता दिखाया। ऐ नाआक़बत-अंदेश दीवानो ! मुझे पहचानो कि मैं कौन हूँ ! मैं अली हूँ, इमाम हुसैन इब्ने-अली का फ़र्ज़ंद और आज यह साबित करने आया हूँ कि मेरे इमाम के क़दमों की ख़ाक का ज़र्रा-ज़र्रा आख़िरी दम तक ज़ुल्मोसितम और नाइंसाफी का मुक़ाबला करता रहेगा। कोई धमकी हमें डरा नहीं सकती। दौलत व जाह की लालच हमारे इज़्म को हिला नहीं सकती। तुम मुझे जान की अमान दे रहे हो। अहमक़ो ! पहले मेरी तलवार से पनाह माँगो।"

पैग़ंबरे-ख़ुदा के ज़िक्र पर फ़ौजी बेसाख़्ता दरूद[3] भेजने लगे। अक़ीदत[4] से सर झुक गए, आँखें नीची हो गईं। थोड़ी देर के लिए दिलों से कदूरत[5] मिट गई, ग़म-गुस्सा ठंडा पड़ गया। अली इब्ने-अबी तालिब के नाम पर नारा-ए-हैदरी से ज़मीनो-आसमान काँपने लगे। अलम सरनिगूँ हो गए।

शिम्र ज़िलजोशन फ़ौज की यह 'दुर्गत' देखकर तल्ख़ी से मुस्कराया और इब्ने-साद से कहा, "माज़ अल्लाह[6], क्या तरबियत दी है तुमने अपनी फ़ौज को, दुश्मन की जान लेने के बजाय उन पर जान क़ुर्बान करने को तैयार है !"

"माफ़ करना बिरादर, यह मेरी फ़ौज नहीं। यह तो ग़ैर की भर्ती है। ख़ुदा जाने कहाँ-कहाँ से उजड्ड गँवार लाकर भर्ती कर दिए हैं। ठीक से न एहकाम[7] उनकी समझ में आते हैं, न उनमें अमल की अहलियत[8] है। उनका क़ुसूर भी नहीं। उन्हें तो यह कहकर भेजा गया है कि दुश्मनाने-इस्लाम की सरकोबी[9] को जाते हैं। चार बातें सुनते हैं, आगा-पीछा नहीं देखते। ज़ईफ़ुल-एतक़ाद[10] है, ईमान लिए आते हैं।"

"तुम हमारे कमानदार की हिकमते-अमली[11] को नहीं समझते। हर शहर और सूबे का सिपाही यहाँ भेजा गया है ताकि गिरोहबंदी का इमकान कम हो जाए। देखते नहीं, इनमें आपस में ख़ुद कितने इख़्तलाफ़[12] हैं। और फिर इन्हें मक्का और मदीना के बाशिंदों से क़तई कोई लगाव नहीं। तुम्हारी राय में यहाँ मुत्तकी[13], परहेज़गार और आलिम-फ़ाज़िल[14] भेजे जाते जो बजाय दुश्मनों के हमारा ही सफ़ाया कर देते। यह तो नीम हैवान अहमक़ हैं। जो हरबे[15] मुख़ालिफ़ीन[16] इनके ख़िलाफ़ इस्तेमाल कर रहे हैं। वह इन्हें झँझोड़कर इनके ज़मीर को जगा देते हैं। जैसे पानी में पत्थर गिरता है तो लहरें उठती हैं। उन लहरों पर क़ाबू जमाए रखना ही सिपहगरी है। यह जंग ऐरे-ग़ैरे के बस की नहीं। एक सूबे की फ़ौज को सँभालना और बात है। बक़ौल तुम्हारे इस ख़ूँगीर की भर्ती की लगामें क़ाबू में रखना कारेदारद[17]।"

---

1. अंधकार और अज्ञान, 2. भलाई, 3. दुआ और सलाम, 4. श्रद्धा, 5. विकार, 6. ख़ुदा बचाए, 7. आदेश, 8. योग्यता, 9. सर कुचलने, 10. श्रद्धा की कमी, 11. नीति, 12. विरोध, 13. संयमी, 14. प्रकांड विद्वान्, 15. अस्त्र, 16. विरोधी, 17. कठिन कार्य।

शिम्र ज़िलजोशन हर मौक़े पर इब्ने-साद की टाँगें खींचने की ताक में रहता था। बात-बात पर उसकी रग दबाने में लुत्फ़ आता था। क़दम-क़दम पर उसकी नाअहली[1] साबित करके बड़ी मसर्रत हासिल होती थी। उस पर नज़र रखने के लिए ही तैनात हुआ था। उसका एक लफ़्ज़ इब्ने-साद के पूरे ख़ानदान को तहस-नहस कर सकता था। ग़रीब की जान अज़ाब में थी।

शिम्र ज़िलजोशन का अपना एक फ़ौलादी दस्ता था जिसे वह बड़ी होशियारी से इस्तेमाल में लाता था। उसमें चुन-चुनकर ऐसे पहलवान भर्ती किए थे जिन्हें बड़े इम्तहानों के बाद मुन्तख़ब किया गया था। वह उन क़बीलों में से थे जिन्हें बड़ी बेदर्दी से कुचला गया था। उनकी इक़्तिसादी और जम्हूरी[2] ताक़तों को मिसमार[3] किया गया था। वह ग़ुस्से और नफ़रत में नीमपागल हो चुके थे। सिर्फ़ तोड़-फोड़ और ख़ून-ख़राबे में उनके ज़ेहनों को लज़्ज़त मिलती थी। उन्हें फिर तरह-तरह से नवाज़ा जाता था। उन्हें ख़ास राशन और शराब मिलती थी। यह उस फ़ौज का सबसे ज़बर्दस्त दस्ता था, जिसे अवाम को कुचलने के लिए बीस बरस से तैयार किया जा रहा था। हर मार्का सर कर लेने के बाद उन्हें नक़द और तहरीरी मराआत[4] अता की जाती थी। ख़रदिमाग़ी का यह हाल था कि वह अपने आपको आम फ़ौजियों से अफ़ज़ल और बरतर ख़याल करते थे और उन्हें यक़ीन था कि वह ख़िलाफ़त और दीने-इस्लाम के वाहिद अमीन और मुहाफ़िज़ हैं।

उनका काम यह था कि जिसे अपने फ़रायज़[5] से ग़फ़लत बरतते देखें, उसे ऐसी सख़्त सज़ाएँ दें कि दुनिया इबरत हासिल करे। हुक्म-उदूली और नाफ़रमानी का इलज़ाम लगाकर अकसर दूसरों पर दहशत बिठाने के लिए चंद अशख़ास को इस बेदर्दी से क़त्ल किया जाता था कि देखने वाले अपना दिमाग़ी तवाज़ुन[6] खो बैठते थे। यह ख़ुद हमला नहीं करते थे, बल्कि दूसरे दस्तों को हमला करने पर मजबूर करते थे।

यह जबरिया हमले में हिस्सा लेने वाले क़त्ल करके ख़ुद रोते-पीटते, दहशतज़दा होकर भाग खड़े होते। इस पर उनकी सरज़निश[7] करने के बजाय शाबाशी मिलती और सुस्ताने के लिए महफ़ूज़ पिछली सफ़ों में पहुँचा दिए जाते, जहाँ उन्हें नक़द और तहरीरी[8] इनामात बाँटे जाते, एक ख़ास दर्जा अता किया जाता और वह अपनी कारकर्दगी के ग़ुरूर[9] में मस्त फ़ौलादी दस्ते के क़दम-ब-क़दम चलने के ख़्वाब देखने लगते।

दुनिया की लज़्ज़तें उक़्बा[10] के वायदों से ज़्यादा पुरकशिश[11] और आम जाहिल

---

1. अयोग्यता, 2. आर्थिक और लोकतांत्रिक, 3. नष्ट, 4. सुविधाएँ, 5. कर्तव्य, 6. मानसिक संतुलन, 7. दंडित करना, 8. लिखित, 9. कार्यक्षमता, 10. परलोक, 11. आकर्षक।

इंसान का दिल लुभाने वाली होती हैं। इतने क़त्ल करने के बाद आम सिपाही पर एक अजीब बेहिसी और ढिठाई-सी तारी हो जाती। उन्हें देखकर बजाय मदद करने के अपनी जान बचाने की पहली फ़िक्र करता था। इमाम के जाँबाज़ सर से कफ़न बाँधकर मैदाने-जंग में उतरे थे। ज़ेहनी और जिस्मानी हैसियत से भी इस कूड़े-करकट से बहुत बलंद और अफ़ज़ल थे। यही वजह थी कि उनका एक बच्चा भी क़तारें की कतारें साफ़ कर देता।

"कौन है तुममें से माँ का जाया जो मेरे सामने आकर मुक़ाबले की जुर्रत रखता हो ?" अली अकबर ने ललकारा।

पहले दो-चार ने बानगी दिखाई। गए और पानी के बुलबुले की तरह ख़त्म हो गए। गूँजते-गरजते आते और ख़ाली ढोल की तरह फट जाते।

"अब जुर्रत-आज़माई किए बग़ैर खेल का मौक़ा नहीं। सूरज ज़वाल[1] पर आ गया। अगर यूँ एक-एक का मुक़ाबला होता रहा तो रात हो जाएगी। मैं जानता हूँ अली अकबर को।" शिम्र ने इब्ने-साद से कहा।

"बड़ा सजीला जवान है।" इब्ने-साद को पसीने आने लगे।

"बस, इसके बाद तो हुसैन टूट जाएँगे।"

"क्या काट है ज़ालिम की ! हाथ में तलवार है या वाहमा, नज़र ही नहीं आती।" इब्ने-साद मसहूर[2] हो गया।

"अच्छा, तारीफ़ें बाद में जी भर के कर लेना, अब हुक्म दो।"

"क्या हुक्म दूँ ?"

"चारों तरफ़ से एकबारगी घेर लिया जाए।"

"नज़र की गिरफ़्त में तो आना मुश्किल है।"

शिम्र ग़ुस्से से अंगारा हो गया।

"क्या हुर की पैरवी करने का इरादा है ?"

इब्ने-साद ने चौंककर शिम्र के तेवर देखे। उसके पीछे उसके फ़ौलादी दस्ते की आन-बान देखी और बज़न[3] का हुक्म सादिर कर दिया।

अली अकबर इस चौतरफ़ा हमले के लिए भी तैयार थे। सुबह से कितने क़त्ल देखे थे। फ़न्ने-सिपहगरी की तालीम भी इस अंदाज़ की मिली थी कि जब बुज़दिल सारे फ़ौजी उसूल तोड़कर अकेले पर हमला करें तो उन्हें किस तरह चक्कर देकर अपना बचाव किया जाए। अली अकबर ने इस फ़न में महारत[4] पैदा करने के बाद ख़ुद उस्तादी के फ़रायज़ अंजाम दिए थे। वह उन्हें तरह-तरह से अपने तअक़्क़ुब[5] पर राग़िब करते[6] और जब वह सरपट दौड़ते हुए आते तो यह निहायत फुर्ती से कावा

1. पतन, अस्त होने वाला था, 2. मुग्ध, 3. वध, 4. दक्षता, 5. अनुसरण, 6. आकृष्ट, प्रवृत्त।

काट के एक तरफ़ हो जाते। सिपाही दनदनाते उनसे आगे निकल जाते। यह पीछे से उन पर हमला करके उनका सफ़ाया कर देते।

जब से होश सँभाला था, कोई दिन ऐसा नहीं गुज़रा था कि हाथ में तलवार न उठाई हो। इस दिन की आमद की ख़बर बचपन ही से मिल गई थी। बचपन और नौजवानी का यह मुख़्तसर अर्सा[1] इसी दिन को ख़ुशआमदीद कहने में गुज़रा था। जब और बच्चे गली-कूचों में खेलते, ऊधम मचाते, इमाम के ख़ानदान के बच्चे अपने सबक़ के आमोख़्ता में[2] मसरूफ़[3] रहते। जिस उम्र में नौख़ेज़ लड़के सिन्फ़े-मुख़ालिफ़ की जुस्तजू[4] में ताक-झाँक की फ़िक्र में लग जाते हैं, यह मौत से टक्कर लेने की फ़िक्र में खोए रहते थे। उनके मुक़ाबले में दस-बीस क्या ख़ाक टिक सकते !

उनका घोड़ा साथ पल-बढ़कर जवान हुआ था। बिलकुल बिरादराना रिश्ता और दोस्ती थी। जब सवार होते तो उनके जिस्म का एक हिस्सा बन जाता। अगर वह कुछ सोचते तो घोड़ा भाँप लेता। उधर सिपाहियों तले लश्टम-पश्टम ख़रीदे हुए या लूट के घोड़े थे और अपने सवार की तरह बदहवास और बौखलाए हुए थे। बेकहे-सुने जिधर मुँह उठता, दौड़ने लगते। जब जी चाहता, सवार के गिरने की परवाह न करते, एकदम रुक जाते। सवार औंधे सामने गिरता, उसे कुचलते भाग जाते।

ज़रा दम लेने के लिए अली अकबर ने घोड़ा घुमाया और तेज़ी से इमाम के पास जाकर उनकी तहसीन[5] का शुक्रिया अदा करने लगे।

"बड़ी प्यास है, बाबा !"

"जानता हूँ बेटा, पर मजबूर है तेरा बाबा।" इमाम ने रोकर बेटे को छाती से लगा लिया। दोनों हाथों में अली अकबर का चेहरा लेकर बेइख़्तियार बोसे लिए, पेशानी, ख़ूँबार आँखें और ख़ुश्क लब चूमे। बचपन में जब बानो किसी काम में लगी होतीं और अली अकबर भूख से बेताब होकर रोने लगते तो उन्हें बहलाने को इमाम अपनी ज़बान की नोक उनके मुँह में दे दिया करते थे। इस वक़्त भी न जाने क्या ख़याल आया, ज़बान की नोक उनके मुँह में दे दी।

"आह बाबा, आपकी ज़बान में तो काँटे हैं।" अली अकबर ने हँसकर कहा—"बस बाबा, मेरी प्यास बुझ गई।"

इमाम ने रसूलुल्लाह की मुक़द्दस[6] अँगूठी उतारकर उनके मुँह में डाल दी। "इसकी बरकत से तुम्हारी प्यास बुझ जाएगी।"

सुरूर से अली अकबर की आँखें भीग गईं। वाली-ए-कौसर[7] की अँगूठी मुँह

---

1. थोड़ा समय, 2. पाठ सीखने में, 3. व्यस्त, 4. स्त्री वर्ग की तलाश, 5. प्रशंसा, बधाई, 6. पवित्र, 7. स्वर्ग की 'कौसर' नामक नहर के स्वामी (हज़रत मुहम्मद साहब)।

में रखते ही प्यास की शिद्दत गायब हो गई, रूह सेराब हो गई, चेहरे पर रौनक़ आ गई। दोबारा मैदाने-जंग में जाकर अली अकबर ने ऐसे ज़बर्दस्त हमले किए कि सफ़ें की सफ़ें सरनिगूँ हो गईं।

अली अकबर का घोड़ा इस जंग की अहमियत को समझ रहा था। उसकी भी दुश्मन के घोड़ों से ठनी हुई थी। उसे देखकर घोड़े बिदकने लगते, अलफ़ हो जाते[1], अगले पैरों पर खड़े होकर दोलत्तियाँ झाड़ने लगते। कोई उसकी ज़द में आ जाता तो उस पर बुरी तरह बिफरकर हमला करता कि टापों से सवार और सवारी दोनों का कुचला बना देता। बुज़दिल सवार के साथ घोड़े पर भी छछोरे वार कर रहे थे। वह बढ़-बढ़के उन्हें तुर्की-ब-तुर्की जवाब दे रहा था। दोनों ही एक-दूसरे के ख़ून में नहाए हुए थे।

अब अली अकबर की ताक़त ख़ून बह जाने की वजह से जवाब देती जा रही थी। बार-बार आँखों तले अँधेरा छा रहा था। तलवार हाथ से छूटी जाती थी।

अब सिवाय चकमा देने के कोई रास्ता अली अकबर को ज़ेर करने[2] का नहीं रह गया था। अरब क़ौम सख़्त उसूलों की पाबंद होती है। ओछे वार मर्दानगी के ख़िलाफ़ हैं। मगर इस वक़्त वह किसी क़ौम, किसी मुल्क के अफ़राद[3] नहीं थे। जुनूनी दरिंदे हो चुके थे। इब्ने-साद ने हुक्म दिया कि एक दस्ता फ़ौज से अलग होकर इमाम के ख़ेमों पर हमला करे।

अली अकबर इस चाल से भी बेख़बर न थे। वह ख़ुद मुन्तज़िर थे कि कब दुश्मन आख़िरी गिरा हुआ हरबा इस्तेमाल करेगा। अकेले इमाम और चंद ग़ुलामों में ख़ेमों पर हमले का मुक़ाबला करने की सकत नहीं बाक़ी। यह जंग इमाम की जान के लिए है। उनके जीते-जी इमाम पर आँच न आ सकेगी।

दुश्मन की बुज़दिलाना हिकमते-अमली[4] कारगर साबित हुई। अली अकबर ने पलटकर ख़ेमों पर हमला करने वाले दस्ते का रास्ता काटा तो आगे और पीछे से घिर गए।

एक घटा-सी तलवारों, बरछियों और नेज़ों की उठी और शबीहे-मुहम्मद[5] ख़ाक और ख़ून में ग़लताँ हो गई[6]।

अली अकबर के घोड़े को ख़ाली पुश्त ख़ेमे की तरफ़ आते देखकर इमाम हुसैन के जिस्म से जान निकल गई, चकराकर बैठ गए। फिर ख़ेमे से निकले और अली अकबर को पुकारते हुए मैदान की तरफ़ भागे। कमज़ोरी और प्यास से चकराकर

---

1. सीधे खड़े, 2. पराजित, 3. व्यक्ति, 4. नीति, 5. मुहम्मद साहब का चित्र (अली अकबर उनके हमशक्ल थे), 6. लोट गई।

कई बार गिरे। उठना दुश्वार था, मगर तड़पकर उठे।

"अली अकबर ! कहाँ हो बेटे ?"

बचपन में एक दिन अली अकबर यकायक ग़ायब हो गए। सारे में ढूँढ़ा, गलियों में आदमी दौड़ाए। अब्बास मस्जिद में देख आए। कहीं पता न चला। ज़ालिम तरह-तरह से सताते हैं, इसीलिए हरदम दिल को धड़का लगा रहता था, कहीं कोई पकड़कर तो नहीं ले गया। इमाम के ख़ानदान वालों के सरों की बड़ी भारी क़ीमतें मिलती थीं।

ग़ुल सुनकर इमाम घबराए हुए अपने हुजरे से निकले।

"कौन खो गया ?" रोती हुई बानो से पूछा।

"मेरा लाल अली अकबर।"

"कहीं इधर खेल रहा होगा।"

"कहीं नहीं, सब जगह देख मारा। हाय, मेरा दिल हौल रहा है।"

तब इमाम ख़ुद बेटे की तलाश में उठे।

"अली अकबर, कहाँ हो बेटे ?"

और अली अकबर अपनी फूफी की चादर में से निकलकर भागते हुए आकर बाबा से लिपट गए थे। बेचारी को तो पता भी नहीं पड़ा, ग़ाफ़िल सो रही थीं। मगर आज अली अकबर उनकी चादर में जाकर नहीं छिपे थे, क्योंकि वह तो नंगे सर ख़ेमे के दरवाज़े से लगी काँप रही थीं। इमाम लड़खड़ाते बढ़ते जा रहे थे।

"हमसे अब एक क़दम नहीं चला जाता। हमें सहारा दो बेटे ! हमारा हाथ थाम लो बेटे ! अपने बूढ़े बाबा पर रहम करो। अच्छा, सहारा नहीं देते तो एक बार पुकार तो लो कि जान में जान आए। हमारी साँसों में रेत भर गई है। सीना फटा जाता है। दम नहीं समाता। इस बुढ़ापे में हमें छोड़ने का ख़याल न करना। हम ज़िंदा दरगोर हो जाएँगे।"

इमाम को आते देखकर बुज़दिल रोते-पीटते एक-दूसरे को काटते भागे। निहत्थे इमाम भीड़ को चीरते हुए बेटे तक पहुँचे। अली अकबर ख़ाक और ख़ून में लिथड़े एड़ियाँ रगड़ रहे थे। सीने के घाव से ताज़ा-ताज़ा ख़ून उबल रहा था।

अली अकबर ने बाप की आवाज़ सुनकर ख़ूँबार[1] आँखें खोलीं। जल्दी से बरछी का ज़ख़्म छिपाने के लिए कलेजे पर हाथ रख लिया कि बाबा ने देख लिया तो बेहाल हो जाएँगे।

"हमसे अपने ज़ख़्म छिपाते हो अली अकबर, तुम्हारा हर ज़ख़्म हमारी रूह की गहराइयों में उतर रहा है।"

---

1. ख़ून बरसाने वाली।

इमाम ने बेटे को बाँहों में समेटकर कलेजे से लगा लिया और उसके जवान ख़ून में ख़ुद नहा गए।

"बाबा, अब तो बिलकुल प्यास नहीं। रेत भी आग की तरह नहीं जलती। क्या सूरज छिप गया है ?"

अली अकबर ने चारों तरफ़ नज़र घुमाई। जैसे किसी को ढूँढ़ रहे हैं। कोई लेने आया है। इमाम ने देखा, अली अकबर के हाथ-पैर ठंडे होते जा रहे हैं। "सुग़रा से कह दीजिएगा, हम बड़े शर्मिंदा हैं। अपना वायदा वफ़ा न कर सके। उसका नेग देने की मोहलत न मिली।"

बेटे ने हमेशा के लिए आँखें मूँद लीं। बाप की जान निकल गई। थोड़ी देर सकते में बैठ उनका पुरसुकून[1] मुस्कराता हुआ चेहरा तकते रहे, फिर मुँह पर मुँह रखकर कहने लगे—"तुम भी हमें छोड़ गए, अली अकबर ! हमें कौन कंधा देगा, कौन क़ब्र में उतारेगा ? क्या हमारी लाश उठाने कोई न आएगा ? बेटे, यह नाइंसाफ़ी है।"

"हमारा वक़्त था। हमें मरना था। तुम्हें ज़िंदगी की बहारों से खेलना था। दुनिया में बहुत कुछ करना था। हाय ! मैंने तुम्हें क्या दिया ? अपने दुःख, अपनी फ़िक्रें, फिर रुसवाइयाँ और ज़िल्लतें[2] तुम्हें विरसे में दीं। सज्जाद बीमार हैं। दवा-दारू तो दरकिनार, हम उनका हलक़ भी तर नहीं कर सकते। अली असग़र भी कोई दम के मेहमान हैं। हमारा नामोनिशान मिट जाएगा। कोई नामलेवा भी न रहेगा। अब ख़ेमे में किस मुँह से जाऊँ, अली अकबर ? तुम्हारी माँ से क्या कहूँ ?"

सबके लाशे इमाम अपने हाथों से उठाकर ख़ेमे में आख़िरी दीदार के लिए लाए थे। मगर अली अकबर को उठाने के लिए झुके तो ऐसा मालूम हुआ, हाथ-पैरों का दम निकल चुका है, सदियों का बुढ़ापा टूट पड़ा है, चेहरे पर झुर्रियाँ पड़ गईं, बाल एकदम सफ़ेद हो गए, कमर दोहरी हो गई।

ग़ुलामों की मदद से इमाम नौजवान बेटे का लाशा ख़ेमे में लाए तो किसी में रोने की ताक़त भी न रही थी। ग़श पर ग़श आ रहे थे।

---

1. शांत, 2. अपमान और अनादर।

प्यासा फूल

बानो का दूध पीता अली असग़र सातवीं तारीख़ से प्यासा है। बच्चे की डूबती नब्ज़ें टटोलकर माँ बेहाल हुई जाती हैं। दूध ख़ुश्क हो चुका है। पानी की एक बूँद मयस्सर नहीं। कोई सूरत बच्चे के जीने की नज़र नहीं आती। घबराई-घबराई इधर से उधर जाती हैं, फिर बच्चे पर झुक जाती हैं। कभी कलेजा थाम लेती हैं, कभी बेबसी से हाथ मलती हैं।

अबुलफ़ज़ल अब्बास ने दो जगह कुआँ खोदने की कोशिश की। सब बच्चे-बूढ़े जुट गए। हाथ लहूलुहान हो गए। मगर आले-रसूल के नसीब का पानी न निकला। अब तो आँखों से आँसू भी निकलने से पहले ख़ुश्क हो जाते हैं।

बानो एक-एक का मुँह तक रही हैं। किसी में उनसे आँख मिलाने की हिम्मत नहीं। बानो बार-बार हाथ उठाकर दुआएँ माँगती हैं—"ऐ चश्मे-कौसर के वाली ! मेरा नन्हा प्यास से दम तोड़ रहा है। या अल्लाह ! मैं क्या करूँ, किधर जाऊँ ? अल्लाह ! अब ज़ख़्म-पर-ज़ख़्म खाने की इस कलेजे में सकत नहीं। अभी अली अकबर की जवान मौत का दाग़ लहू दे रहा है। अब यह ताज़ा ज़ख़्म खाने के लिए कलेजे में जगह भी तो नहीं। दिल पाश-पाश हो चुका है। या मेरे परवर्दिगार रहम कर इस नन्ही-सी जान पर ! ऐ बहन ज़ैनब, बीबी ही देखो तो कैसे बेसुध पड़ा है। न रोता है, न हुमकता है। बस, पिछले पहर घड़ी-भर को आँख खोली थी। तब से बेहोश पड़ा है। हाय ! मेरे बच्चे के कान की लवें मुड़ गईं, साँस ऊपर-नीचे होने लगी। बस, अब कोई दम में मेरी आँखों का नूर बुझने वाला है।"

"दिल पर क़ाबू रखो बानो, मेरी शहज़ादी !" ज़ैनब भावज को समझातीं।

"हाय, क्या करूँ ? कलेजे को जैसे कोई कुचले डालता है। अल्लाह ! जी में कैसे-कैसे अरमान थे। सोचती थी, इन्हें नजफ़ ले जाऊँगी। इन्हें शाहेनजफ़ के मज़ार का मुजाविर बनाऊँगी। ख़ैर से तब तो चलने लगेंगे। उँगली पकड़ के क़ब्र के गिर्द फिरा दूँगी। मगर लोगो, अब तो इनकी ख़ुद की क़ब्र बनने की तैयारियाँ हो रही हैं। ऐ मेरे मौला ! न मिन्नत के तौक़ बढ़ाने की तमन्ना पूरी हुई, न इनकी बिस्मिल्लाह कर पाई कि इनका बुलावा आ गया। इतनी जल्दी जाने की थी तो मेरी गोद क्यों सजाई थी ? मेरे लाल, इस बदनसीब माँ पर रहम करो। एक बार आँखें तो खोलो।"

ज़ैनब बिन्ते-अली ने जब से अली अकबर को ख़ून में डूबा हुआ देखा था, न जाने ग़मो-अंदोह की किस दुनिया में खोई हुई थीं ! भाई का दूसरा चिराग़ भी नज़रों के सामने मौत की आँधी और तूफ़ान में घिरा हुआ था। दुनिया के गोशे-गोशे में

अलग़ारों पानी भरा हुआ था, चश्मे छलक रहे थे, आबशार गुनगुना रहे थे, झीलें उमड़ रही थीं, मगर छह महीने का बेज़बान बच्चा तीन दिन से प्यास का अज़ाब[1] सह रहा था। बच्चे की उँगलियाँ ऐंठकर सख़्त हो गई थीं। नन्हे-नन्हे हाथों में मुट्ठियाँ बाँधने की भी सकत न रही थी। मुँह में अँगूठा लिया मगर चूसने की ताक़त ख़त्म हो चुकी थी।

उनके पास भावज को समझाने के अलफ़ाज का सारा ज़ख़ीरा ख़त्म हो चुका था। जिसका सब्रोक़रार पहले ही लुट चुका हो वह किसी को सब्र की तलक़ीन[2] करने के लिए पत्थर का जिगर कहाँ से लाए !

"यही हमारी तक़दीर है, बानो !"

"देखो तो, मेरे बच्चे की पुतलियाँ फिरी जाती हैं।" बानो कभी बच्चे के नन्हे-नन्हे हाथ-पैर चूमतीं, कभी दामन से हवा देतीं, कभी एक-एक का मुँह तकतीं। सकीना अपनी प्यास भूलकर बार-बार भैया के पास आतीं, तालियाँ बजातीं।

"मेरा भैया हँसता भी नहीं ! आँखें तो खोलो, मेरे शहज़ादे ! बोलते क्यों नहीं, क्या हमसे ख़फ़ा हो ? देखो तो, तुम्हारी वजह से अम्मी कितनी परेशान हो रही हैं। अल्लाह ! तुम तो हमारी तरफ़ देखते भी नहीं। प्यास लगी है, चंदा ? चचाजान पानी लेने गए हैं। अभी ढेर-सा पानी लाएँगे। हम अपने बीरन को ख़ूब पानी पिलाएँगे। अम्मीजान, भैया को क्या हो रहा है ?"

सकीना की फ़रियाद सुनकर सब पालने के पास जमा हो गए। कोई तकिए पर ढला हुआ सर दुरुस्त करता, कोई अकड़े हुए पैर सीधे करता। सब आयतें क़ुरानी[3] पढ़-पढ़कर फूँकने लगे।

आख़िर फ़ैसला हुआ कि इमाम को बुलाया जाए। ज़रा आकर एक नज़र जमकर तो देखें। अभी अली अकबर का लाशा लेकर मुक़्तल की तरफ़ गए हैं। ज़्यादा दूर नहीं गए होंगे। रास्ते ही में होंगे।

इमाम ने जो ख़ेमे से पुकार सुनी तो अली अकबर की लाश उसी जगह पर रख दी जहाँ उन्हें शहीद किया गया था और तेज़ क़दम भागते ख़ेमे में पहुँचे। अभी जवान बेटे का ख़ून हाथों पर ख़ुश्क न हुआ था कि दूध पीते अली असग़र पर नज़ा[4] का आलम तारी हो गया।

ज़ैनब ने लपककर भाई को सहारा दिया। हाथ पकड़कर बच्चे के पालने के पास लाईं। उसके अकड़े हुए हाथ-पाँव दिखाए। इमाम समझ गए कि अली असग़र बस कोई दम के मेहमान हैं। साँस बस कुछ यूँ ही-सी चल रही है।

थोड़ी देर अपने मासूम फ़र्ज़ंद को हसरत से तकते रहे। फिर न जाने क्या

1. कष्ट, यातना, 2. शिक्षा, 3. क़ुरान की आयतें (खंड), 4. मरणासन्न अवस्था।

ख़याल आया। झुककर कान में कुछ कहा।

बच्चे ने मौत की कशमकश पर दम-भर के लिए फ़तह पा ली। बड़ी कोशिश से आँखें खोलीं और मुस्कराकर गोद में जाने के लिए इमाम की तरफ़ हाथ फैला दिए। इमाम ने बच्चे को अपने थके-हारे सीने से लगाकर आँखें बंद कर लीं।

सकीना ख़ुशी से तालियाँ बजाने लगीं—"आहा जी, बाबा ने भैया को हँसा दिया। अम्मीजान, भैया ने हँसकर आँखें भी खोल दीं और हुमककर बाबा की गोद में चले गए।"

बानो के दम में दम आया। एकदम आँसू पोंछकर हँस पड़ीं—"तौबा, मैं भी कैसी वहमी हूँ। अल्लाह, तेरा लाख-लाख शुक्र ! बीबी, देखो तो, अपने बाबा को देखकर क्या मज़े से हँस पड़े जैसे बस वही तो इनके सब कुछ हैं। हम बेचारे कुछ भी नहीं।" और सब भी उनकी हँसी देखकर हँसने लगे।

ज़ैनब भी अपनी मुस्कराहट न रोक सकीं, फिर झुककर भतीजे की पेशानी चूमी और इमाम से पूछा—"भाई, आपने बच्चे के कान में ऐसी क्या बात कह दी कि यह दोबारा जी उठा ?"

"कुछ नहीं ज़ैनब, हमने तो इनसे बस इतना ही पूछा, 'बेटे, अली अकबर के पास चलोगे ?' यह अली अकबर से बहुत हिले हुए थे। शौकमुलाक़ात की ख़ुशी में हँस पड़े और हमारे पास आ गए कि हम इन्हें भी उनके पास पहुँचा दें।"

बानो बोलीं, "तो ले जाइए, शायद ज़ालिमों को इनकी कमउम्री देखकर तरस आ जाए और इन्हें पानी पिला दें।"

"देखो, उनके पास लेकर तो जाता हूँ। चलो, इनकी ख़ातिर पानी की भीख भी माँग लेंगे। आगे इनकी क़िस्मत, पानी देते हैं या मौत ?"

बानो मौत का नाम सुनकर लरज़ उठीं, बोलीं, "मैं बाज़ आई ऐसे पानी से। लाइए साहब, मेरा बच्चा मुझे दे दीजिए।"

"मौत से इतना बचा रही हो इन्हें ? अगर पालने ही में मौत आ गई तो तुम क्या करोगी ?"

बानो के फैले हुए हाथ बेकसी से नीचे गिर गए और सर झुकाकर रोने लगीं।

"बानो, अली असग़र की उम्र को थोड़ी देर के लिए भूल जाओ और देखो, क्या यह भी एक मुजाहिद[1] नहीं ! फ़र्क़ इतना है कि औरों के हाथों में बरछियाँ और भाले हैं, ज़हर में बुझे तीर हैं, वज़नी गुर्ज़ हैं और इनके नन्हे-नन्हे हाथ ख़ाली हैं। इनका वाहिद[2] हथियार इनकी मासूमियत है। हम सब अपने-अपने मोर्चे पर लड़ रहे हैं। यह भी किस शान से अपना मोर्चा सँभाले हुए हैं ! आज जिहाद के लिए उम्र की

1. धर्मयुद्ध करने वाला, 2. एकमात्र।

क़ैद उठ गई है। इस नन्हे सिपाही को भी मैदाने-जंग में जाकर अपने हथियारों की बानगी दिखाने दो। कौन जाने, जहाँ हमारे हथियार मजबूर हो गए, इनकी मासूमियत और कमसिनी[1] फ़तहयाब[2] हो जाए ! इसके अलावा मैं इन ज़ालिमों को कोई बहाना नहीं देना चाहता। अगर अली असग़र ने प्यास के मारे अपने पालने में दम तोड़ दिया तो दुश्मन को यह कहने की आड़ मिल जाएगी कि उन्हें पता न चला। अगर बच्चे के लिए पानी चाहिए था तो हम उसे अपनी आँखों से मरता देखते तो ज़रूर पानी दे देते। इमाम ने अपनी ज़िद में हमें शक़ी-उलक़ल्बी[3] का इल्ज़ाम देने के लिए बच्चे को प्यासा मार डाला। हमें पता भी न होने दिया। इसलिए और भी इन्हें ले जाना चाहता हूँ कि आख़िर वह लोग भी इंसान हैं, मेरे नाना रसूले-ख़ुदा की उम्मत[4] हैं। मैं क्योंकर यक़ीन कर लूँ कि वह प्यासे बच्चे पर रहम खाने की सलाहियत खो चुके हैं ! वैसे अब इन्हें पानी मिला भी तो हलक़ से उतरने से पहले ही शायद दम तोड़ दें। मौत तो हर तरह आनी ही है। इस पालने के बजाय मक़्तल में भी आएगी, क्या फ़र्क़ पड़ेगा ? वैसे तुम्हारी जो मर्ज़ी, तुम इसकी माँ हो।"

"ले जाइए सरताज, ले जाइए मेरे नन्हे सिपाही को। मगर ज़रा ठहरिए, मैं इसके कपड़े बदल दूँ। सालगिरह के ख़याल से मैंने गुलाबी कुर्ता बनाया था। अब सालगिरह का क्या भरोसा ? साल भरना नसीब हो कि न हो। पहन लें, यही बहुत है।"

बानो ने अली असग़र को कुर्ता पहनाया। न जाने दिल की क्या हालत थी। जल्दी-जल्दी रेशमी ज़ुल्फ़ों में कंघी की, आँखों में सुर्मा डाला। फिर उनका सर्द मुर्झाया हुआ हाथ उनके माथे से लगाकर बोलीं, "लोगो, मेरा बेटा सलाम कर रहा है।"

सबने दराज़ि-ए-उम्र[5] की दुआएँ दीं। बलाएँ लेकर उन्हें रुख़सत किया। इमाम ख़ेमे के दरवाज़े तक गए थे कि बानो ने दौड़कर एक चादर बच्चे पर डाल दी।

"मेरा बच्चा धूप में कुम्हला जाएगा। जाओ चंदा, छह महीने का दूध मैंने बख़्शा। या अल्लाह ! मेरा लाल फिर ज़िंदा मेरी गोद में आएगा कि नहीं ! सँभाल के ले जाइए, मेरे आक़ा ! मैं अपना बच्चा आपसे लूँगी।"

इमाम बेटे को हाथों पर लेकर चले। साथ-साथ मौत गोद पसारे चल रही थी ! दिल में सोच रहे थे—'मैंने तो आज तक जो कुछ भी माँगा, ख़ुदा से माँगा। पानी के लिए हाथ कैसे फैलाऊँगा ? पानी के लिए इल्तिजा[6] की हिम्मत कहाँ से लाऊँगा ? मेरी तो ज़बान ही न खुलेगी। और ज़बान खुल भी गई तो वह कब सुनने वाले हैं ? एक नन्ही-सी आस की डोरी लगी है, वह भी टूट जाएगी। मेरी बात भी

---

1. बचपन, 2. विजयी, 3. पाषाण-हृदयता, 4. ख़ुदा के पैग़ंबर के अनुयायी, 5. लंबी उम्र, 6. इच्छा।

जाएगी और बच्चे की जान भी।'

जब दुश्मन की फ़ौज की तरफ़ चले तो ख़ुद्दारी ज़बान बंद कर रही थी। ग़ैरत से पैरों में लर्ज़िश थी। सर झुका हुआ था।

दुश्मन की फ़ौज ने इमाम को आते देखा तो तरह-तरह की क़यास-आराइयाँ[1] होने लगीं। किसी ने पूछा, "इमाम के हाथों में क्या है ?"

"इमाम के हाथों में क़ुरान है। क़ुरान दरम्यान में डालकर सुलह करना चाहते हैं।"

फ़ौज में मसर्रत दौड़ गई।

"आ गए न सीधे रास्ते पर। अली अकबर की मौत ने कमर तोड़ दी। सारा ग़ुरूर ख़त्म हो गया। वैसे सर काटकर तो ले जाएँगे मगर पाब-जौलाँ[2] इमाम को ले जाने की बात ही और रहेगी। यज़ीद के दरबार में जब ज़ंजीरें खड़काते ले जाएँगे तब असल ग़ुरूर टूटेगा और सारे दावों की क़लई खुल जाएगी।"

इमाम निहत्थे थे। कमर में तलवार भी नहीं थी। अजब हाले-ज़ार[3] था। सर से पैर तक प्यारों के ख़ून से तर थे। न इतनी मोहलत मिली थी कि लिबास तब्दील करते, न वह इन दाग़ों को अपने तन से जुदा करना चाहते थे। यह लहू के दाग़ ही तो कुल सरमाया रह गया था। जाने वालों ने यह दाग़ ही तो उन्हें हदिया किए थे।

क़रीब जाकर उन्होंने बच्चे के चेहरे से रवा सरकाई, निगाहें नीची करके बड़ी मजबूर आवाज़ में कहा—"यह बच्चा तुम्हारे सामने एक इल्तिजा लेकर आया है। रो-रोकर बेहाल हुआ जाता है। अब तो हलक़ से आवाज़ भी नहीं निकलती। सब इसे बहलाकर हार चुके हैं। प्यास से बेहाल हो रहा है। बक़ौल तुम्हारे मैं मुजरिम हूँ, मैं ग़द्दार हूँ। मगर यह बेज़बान और बेक़ुसूर है। छह महीने की जान सातवें मोहर्रम से प्यासा है। माँ का दूध भी कल रात से ख़ुश्क हो चुका है। अभी घुटनों भी नहीं चलता। तुम्हें इसने न कोई नुक़सान पहुँचाया है, न पहुँचा सकता है। यह बेज़बान ख़ुद नहीं बोल सकता। इसलिए मुझे पहली बार ज़िंदगी में तुम्हारे आगे दस्ते-सवाल फैलाना पड़ रहा है।"

"आपको शरायत[4] तो मालूम हैं। उनको पूरा किए बग़ैर किसी हालत में भी पानी नहीं मिल सकता।" इब्ने-साद ने कहा।

"शरायत मेरे लिए हैं। मैं अपने लिए पानी नहीं माँगता।" इमाम ने नरमी से कहा—"इस बच्चे का इन शरायत से क्या वास्ता ?"

---

1. अनुमान, 2. बँधे पैर, 3. दुर्दशा, 4. शर्तें।

"आपके किसी भी दोस्त, ग़मख़्वार या अज़ीज़ के लिए हमारे पास एक बूँद पानी नहीं। अली असग़र घुटनियों चलकर भीख माँगते तब भी तीर और तलवार ही मिलते। और साहब, हम ऐसे बेवक़ूफ़ नहीं जो इन बहानों में आ जाएँ। या हुसैन, प्यास ख़ुद आपको लगी है, बच्चे का बहाना करते हैं।" इब्ने-साद ने कहा।

"अच्छा, तुम समझते हो कि मैं दग़ा से तुमसे पानी लेना चाहता हूँ। तो तुम कहो तो मैं बच्चे को यहाँ रेत पर तुम्हारे सामने लिटाए देता हूँ। तुम अपने हाथ से चंद बूँदें पानी की इसके हलक़ में टपका दो ताकि इसकी जान बच जाए। तुम्हें जितनी क़ीमत पानी की चाहिए हो, ले लो, मैं देने को तैयार हूँ। इस वक़्त एक-एक क़तरे के लिए मोती भी माँगो तो मुझे इनकार न होगा।"

इमाम नीची आँखें किए उसी इंसानियत और नरमी से बोल रहे थे।

"अरे, हमें नहीं मालूम था, आपके पास क़ारूँ का ख़ज़ाना है कि एक बूँद पर सच्चा मोती लुटाने को तैयार हैं ! यार लोगों ने वैसे ही कह दिया है कि आपके पास दौलत नहीं।"

"कहने वालों ने ठीक ही कहा है। मेरे पास दौलत नहीं।" इमाम ने जवाब दिया।

"और क्या, आपके पास दौलत होती तो आज यह हालत क्यों होती ? लंबी-चौड़ी फ़ौज होती।"

"दौलत से तुम जैसे खच्चर बेशक ख़रीदे जा सकते हैं, दोस्त, ग़मख़्वार और बेटे नहीं ख़रीदे जा सकते। मैं तुमसे इस वक़्त जंग करने नहीं आया हूँ। इस बच्चे के लिए पानी लेने आया हूँ।"

"और हर बूँद के लिए सच्चा मोती देने को तैयार हैं। लाइए, सौदा बुरा नहीं। निकालिए जो ज़रो-जवाहर जेब में हैं, उन्हें आँककर आपके सवाल पर ग़ौर किया जाएगा।"

"मेरे पास ज़रो-जवाहर तो नहीं। हाँ, बच्चों के कानों में कुछ मिन्नत के बाले पड़े हैं। तुम कहो तो वही ला दूँ।"

"क़माल है साहब, वह तो माले-ग़नीमत[1] है। बख़ुदा इस पर तो हमारा हक़ है। आप अपने ख़र्च में नहीं ला सकते।"

"क्या तुम सबके-सब नामर्द हो, किसी के फ़र्ज़ंद नहीं, सब बंजर हो, बेटे को छाती से लगाने का लुत्फ़ तुममें से किसी को नसीब नहीं हुआ ? क्या तुमने कभी अपने बच्चे को हाथों पर नहीं उठाया ?"

फ़ौज के बेश्तर सिपाहियों की गर्दनें शर्म से झुक गईं। इतने ज़रा-से बच्चे की

---

1. लूट का माल।

जान जाती देखकर रोंगटे खड़े हो गए।

"थोड़ा-सा पानी देने से दरिया न घट जाएगा। बच्चा किसी का भी हो, मासूम है।" फ़ौजी बड़बड़ाने लगे।

"मासूम का सब्र पड़ेगा। हम लोग तबाहो-बर्बाद हो जाएँगे। यह ज़ुल्म की इंतिहा है।"

शिम्र ने फ़ौज के तेवर देखकर डाँट बताई—"अहमक़ो, पागल हुए हो। सब किए-कराए पर पानी फेरना चाहते हो। यह बच्चा आज मासूम है। कल जवान होकर तुम्हें और तुम्हारे क़बीले को तहस-नहस कर देगा। इसे पानी देकर ज़हर का पौधा सींचना चाहते हो ? एक बेहक़ीक़त बच्चे की ख़ातिर तबाही, ज़िल्लत और हिक़ारत के ग़ार में गिरना चाहते हो।" साथ ही शिम्र ने इशारा किया और तीरों की बारिश शुरू हो गई।

बच्चे ने बिलबिलाकर चीख़ मारी और आँखें खोल दीं, जैसे बाप से पूछ रहा हो—'ऐ साक़ि-ए-कौसर[1] के नवासे ! क्या बेज़बान बच्चे की प्यास ऐसे ही बुझाई जाती है ?'

इमाम ने लरज़ते-काँपते हाथों से तीर खींचा। बच्चे ने दूध के बजाय जीता-जीता ख़ून उगल दिया...एक अजीब-सी मुस्कराहट पल-भर के लिए प्यासे होंठों पर आई और बच्चे ने दम तोड़ दिया। इमाम ने गर्दन से उबलते हुए ख़ून से चुल्लू भर लिया। चाहा कि आसमान की तरफ़ उछाल दें कि ग़ैब से आवाज़ आई—"नहीं-नहीं हुसैन, अगर तुमने यह ख़ून आसमान की तरफ़ फेंका तो फिर कभी एक बूँद बारिश की न पड़ेगी।"

इमाम ने चाहा, बेटे का ख़ून ज़मीन पर गिरा दें कि फिर वही आवाज़ सुनाई दी—"ख़बरदार हुसैन ! इस ख़ून का एक क़तरा भी ज़मीन पर गिरा तो फिर इस ज़मीन पर अनाज का एक दाना भी न उगेगा।"

इमाम ने हसरत से हर चहारतरफ़ थकी हुई निगाह डाली और बोले—"बेटे असग़र, अरज़ो-समा[2] को तुम्हारे ख़ून से इनकार है। तुम्हारे ख़ून का कहीं ठिकाना नहीं। मैं ज़मीन से पैदा करने की ताक़त नहीं छीनूँगा।"

यह कहकर ख़ून अपने चेहरे पर मल लिया।

इमाम हुसैन इब्ने-अली छह माह के शहीद बेटे की लाश हाथों में लिए सोच रहे थे—'अली असग़र, मेरी जान, अब तुम्हारी माँ तुम्हें मुझसे माँगेगी तो क्या जवाब दूँगा ? तुम्हारी लाश किस दिल से उसकी उजड़ी गोद में डालूँगा ?'

---

1. लाक्ष० हज़रत मुहम्मद साहब, 2. पृथ्वी और आकाश।

इतने में फ़ुज़्ज़ा ख़ेमे से निकलीं, उन्हें पुकारकर इमाम ने कहा–"लो फ़ुज़्ज़ा, अली असग़र की प्यास बुझ गई। इनकी माँ से जाकर कह दो, बड़ी गहरी नींद सोए हुए हैं, अब रोज़े-महशर जागेंगे।" यह कहकर बच्चे की लाश जवानसाल अली अकबर की आग़ोश में लिटा दी। उनका हाथ उसके सीने पर रख दिया।

"लो बेटे, हमने अपना वायदा पूरा कर दिया। तुम्हें बड़े भाई के पास पहुँचा दिया। अली अकबर, नन्हे-से भैया को सँभालो, हम भी आते हैं।"

थोड़ी देर तक ख़ूँबार आँखों[1] से अपनी ज़िंदगी-भर की कमाई को देखते रहे। यकायक जलाल से चेहरा सुर्ख़ हो गया, झुकी हुई कमर सीधी हो गई। आसमान की तरफ़ हाथ उठाकर कहा–"ऐ रब्बुल इज़्ज़त[2], तू देख रहा है !"

इतने-से बच्चे की लाश को धूप में छोड़ने पर दिल न तैयार हुआ, अली अकबर की कमर से ख़ंजर निकालकर नन्ही-सी क़ब्र ख़ोदी, अली असग़र की मइयत[3] दफ़न की और दामन झाड़कर खड़े हो गए। अब कुछ बाक़ी न बचा था। सब कुछ लुटा दिया और आख़िरी बार बाक़ी रिश्तेदारों से मुलाक़ात के लिए ख़ेमों की तरफ़ रवाना हो गए।

ज्यों ही इमाम ने ख़ेमे में क़दम रखा, एक कुहराम मच गया।

"इमाम आख़िरी मुलाक़ात को तशरीफ़ लाए हैं।"

सबने चारों तरफ़ से उन्हें घेर लिया और बेइख़्तियार रोने लगे। इमाम का चेहरा नक़ाहत[4] से ज़र्द था। हाथ-पैर ठंडे हो रहे थे और सर से पैर तक ख़िज़ाँरसीदा[5] पत्ते की तरह लरज़ रहे थे। उन्होंने थकी-माँदी आँखों से चारों तरफ़ देखा। अब ख़ुद उनमें किसी को तसल्ली देने की सकत बाक़ी नहीं रह गई थी। बस, सबको एक नज़र भरकर देखने को आए थे। मगर किसी से आँख मिलाने की हिम्मत नहीं हो रही थी। उम्मे-लैला ने अट्ठारह बरस की कमाई लुटाई थी। उम्मे-रबाब ने छह महीने का फूल-सा बच्चा क़ुर्बान किया था। अबुलफ़ज़ल अब्बास की बदनसीब बेवा, क़ासिम के ग़म में गुमसुम, कमसिन बेटी फ़ातिमा कुबरा, और औन-ओ-मुहम्मद का दोहरा ग़म सहने वाली शेरदिल बहन, ज़ोहरा-ए-सानी, भाई को यूँ खोई-खोई नज़रों से सबको तकते देखा तो ज़ैनब बिन्ते-अली के दिल पर चोट लगी। बढ़कर मज़लूम भाई का हाथ थाम लिया। इमाम ने निढाल होकर सर बहन के शाने पर रख दिया।

"ज़ैनब, ज़ैनब, हम बड़े सख़्तजान हैं। देखो तो, हमने कैसे-कैसे वार सहे हैं, फिर भी ज़िंदा हैं ! और हमें कब तक जीना पड़ेगा ?"

"तुम रहती दुनिया तक जियो, भैया !" ज़ैनब ने भाई को एक बच्चे की तरह

---

1. ख़ून बरसाने वाली, 2. इज़्ज़त रखने वाला ख़ुदा, 3. मृतक, लाश, 4. दुर्बलता, 5. पतझड़-ग्रस्त।

सीने से लगा लिया।

"यह देखो, हमारी अबा हमारे प्यारों के लहू से गुलज़ार बन गई है। यह देखो, यह क़ासिम का ख़ून है, यह अब्बास का। और अली अकबर ने जाँकनी में हमारी छाती से लिपटकर अपने ख़ून में नहला दिया। यह हमारे सफ़ेद बालों पर अली असग़र के ख़ून का ख़िज़ाब है। तुम्हारे दोनों लाल औन और मुहम्मद तो हमें सर से पैर तक लहू में डुबो गए।"

बहन ने माँ बनकर इमाम के थके-माँदे सर को प्यार से सहारा दिया, उन्हें अपने पास बिठाया। परेशाँ बालों में उँगलियों से कंघी की। ख़ुश्क ज़ख़्मी होंठ देखकर कलेजा कटने लगा। बेबसी से सिसककर उनके हाथ अपनी आँखों पर रख लिए।

"इस ख़ून के क़तरे-क़तरे का हिसाब होगा।"

"बाबा, प्यारे बाबा !" नन्ही सकीना लड़खड़ाती गिरती-पड़ती आकर पैरों से लिपट गई—"बाबा, हमें ज़रा-सी भी प्यास नहीं, पानी से हमारी तौबा। हम कभी पानी नहीं माँगेंगे। चाचाजान पानी लेने गए, फिर न लौटे। अब हम आपको पानी के लिए नहीं जाने देंगे।"

"हम पानी लेने नहीं जा रहे हैं, बेटे ! हमारे नसीब का पानी रूए ज़मीन से उठ गया। अब तो हम अपनी अम्मी के पास जाकर ही आबे-कौसर से अपनी प्यास बुझाएँगे।"

"तो हमें भी दादीजान के पास ले चलिए। हम भी थोड़ा-सा पानी पी लेंगे, ज्यादा नहीं बस एक घूँट।"

"नहीं बीबी, तुम्हारी बारी अभी नहीं आई। तुम्हें इंतज़ार करना होगा।"

"हम इंतज़ार करते-करते थक गए बाबा, यह जगह अच्छी नहीं। मदीना चलिए।"

"मदीना नहीं जा सकते, मेरी जान !"

"तो फिर नजफ़ चलिए।"

"नजफ़ का भी रास्ता बंद है। दुश्मन ने ज़बर्दस्त नाकेबंदी की है।"

"बाबा, ज़ुलजनाह[1] तो हवा से भी ज्यादा तेज़ रफ़्तार है। वह तो हमें लेकर साफ़ निकल जाएगा।"

"ज़ुलजनाह से भी ज़्यादा तेज़ रफ़्तार मौत है, जो बरसों से हमारा पीछा कर रही है। हम चारों तरफ़ से घिरे हुए हैं। कोई राहेफ़रार[2] नहीं। तुम बड़ी समझदार हो, मेरी गुड़िया ! हमें हँसी-ख़ुशी अलविदा कर दो और देखो, तुम हमारी बहादुर बेटी हो, हमें कुछ हो जाए तो रोना नहीं कि तुम्हें रुलाकर दुश्मन ख़ुश होंगे।"

---

1. परों वाला (घोड़ा), तीव्रगामी, 2. भागने का रास्ता।

"हम नहीं रोएँगे, दुश्मन का जी ख़ुश करने के लिए हम कभी नहीं रोएँगे।"

"यह तौक़ और बुंदे उतारकर फेंक दो। हवस के बंदे तुम्हारे कान नोच लेंगे।"

इमाम ने बच्चों से भी हक़ीक़त को नहीं छिपाया, "बहुत बुरा वक़्त आने वाला है।"

"हम तब भी नहीं रोएँगे।" सकीना ने रोकर नन्ही-नन्ही बाँहें बाप की गर्दन में डाल दीं।

"बानो कहाँ हैं !" इमाम ने बच्ची को बहन के सुपुर्द करके पूछा।

"जब से बेटे से बिछड़ी हैं, सर-पैर का होश नहीं। जहाँ आपने शहज़ादे की लाश लाकर रखी थी, वहीं ख़ाको-ख़ून में पड़ी हैं। उनकी हालत देखकर सब्रो-क़रार हाथ से जाता है, कलेजा फटा जाता है।" फ़ुज़्ज़ा ने कहा।

इमाम घुटनों पर हाथ टिकाकर उठे। जाके देखा—बानो ख़ूनआलूदा[2] ख़ाक पर मुँह रखे न जाने ग़मोअंदोह की किन भयानक वादियों में फिर रही है। इमाम उनके पास बैठ गए। उनका सर अपने घुटनों पर रख लिया। चेहरे से परेशान बाल हटाए और बड़ी हसरत से कहा—"बानो, क्या हमें अलविदा भी न कहोगी ? तुम्हारा ग़म मेरा ग़म है मेरी मलका, उठो कि हमारे पास वक़्त बहुत कम है।"

बानो ने चौंककर आँखें खोलीं। उन्हें देखकर उठ बैठीं, फिर उनके पैरों पर सर रख दिया।

"कहाँ है मेरा लाल, मैं तो उसे आप ही से लूँगी। लाइए मेरे कलेजे का टुकड़ा, कहाँ गुम कर आए ? ऐ फ़ातिमा के लाल, रहम कीजिए। मेरा लाल मुझे दे दीजिए। मैं उसके बग़ैर कैसे जियूँगी ? मेरा मिन्नतों-मुरादों का पाला, मेरी ज़िंदगी का सहारा, मेरा चाँद कहाँ छिप गया, किसकी नज़र उसे खा गई ? आपको रसूले-ख़ुदा का वास्ता, मुझ दुखिया पर रहम कीजिए। हमशक्ले-मुहम्मद की बस एक झलक दिखा दीजिए। फिर चाहे हमेशा के लिए मेरी आँखों की बीनाई[3] जाती रहे। बस एक बार उसे कलेजे से लगा लूँ, उसका चाँद-सा मुखड़ा चूम लूँ, फिर चाहे मुझे मौत आ जाए।"

बानो की बेक़रारी ने इमाम के दिल का ख़ून कर डाला।

"बानो, मेरी मलका ! कैसे बुलाऊँ ? ऐसे रूठे को क्योंकर मनाऊँ ? वह तो अपनी दादी के पास गए। अट्ठारह बरस जो उन्हें प्यार करने की सआदत हमें नसीब हुई, वही ग़नीमत है। ज़रा सोचो मेरी बानो, तुम्हारे शेरदिल बेटे ने किसलिए अपना जवान ख़ून बहाया है। इंसाफ़ और हक़ की ख़ातिर, उन क़दरों[3] की ख़ातिर जिनकी वजह से इंसान और हैवान का फ़र्क़ वाज़ेह[4] होता है। हम ख़ुशनसीब हैं कि हमें

1. रक्तरंजित, 2. दृष्टि, 3. मूल्य, 4. स्पष्ट।

रब्बुलइज़्ज़त ने ऐसा बेमिसाल फ़र्ज़ंद अता फ़र्माया। बानो, अली अकबर ने इस शान से मौत को गले लगाया है कि दुश्मन तक उसके हुज़ूर में सजदारेज़[1] हो गए। ख़ुदानख़्वास्ता हमारा बेटा यज़ीद-सिफ़त होता और सौ साल की उम्र पाता तो क्या हमारा सर फ़ख़्र से ऊँचा हो जाता ?"

"नहीं आक़ा, ख़ुदा किसी बदनसीब माँ की कोख से शैतान पैदा न करे। मेरा शहीद इन ज़िंदा लाशों से हज़ार दर्जा ज़्यादा ज़िंदा है।"

"बस जानेमन, ख़ुदा तुम्हारा हाफ़िज़-ओ-नासिर, हम अपने बच्चों के पास जाने के लिए बेक़रार हैं। लाओ, अपने बेटे के लिए कोई पैग़ाम देना चाहती हो तो दे दो।"

जाने का नाम सुनकर फिर सारे ज़ख़्मों के मुँह खुल गए। कलेजा पकड़कर उठ बैठीं। ज़िंदगी के साथी का दामन हाथ से छूट रहा है, सुहाग उजड़ रहा है, माँग में अंगारे भरे जाएँगे। अब यह हलीमुत्तबअ[2], हँसमुख इंसान ज़िंदगी वीरान करके चला जाएगा। इन बाहिम्मत हाथों का रेशमी लम्स ख़ून में ग़र्क़ हो जाएगा। जीने का मक़सद ख़त्म हो जाएगा। सिसककर दामन पकड़ लिया। आँखों से लगाकर बोलीं—"क़ुर्बान ऐ फ़ातिमा के बेमिसाल बेटे, आपके साथ ज़िंदगी कैसी पुरनूर गुज़री, यह तो बस मेरा दिल जानता है। आप जा रहे हैं, इस ज़िंदगी का क्या करूँ ! मुझ बदबख़्त के लिए क्या हुक्म है ? आपकी यह कनीज़ अगर ज़ालिमों की क़ैद में ज़लील-ओ-रुसवा हुई तो लोग क्या कहेंगे ! फ़ातिमा ज़ोहरा और शेरे-ख़ुदा की बहू, पैग़ंबरे-ख़ुदा की नवास-बहू बाँदी बनकर शाम की ग़ली-कूचों में घसीटी जाएगी ?"

"तुम इस ख़ानदान की बहू भी हो और बेटी भी, जो और बेटियों का हश्र होगा, वही तुम्हारा भी होगा। क्या तुम्हें किसी ख़ास मराआत[3] की उम्मीद है ?"

"नहीं मेरे सरताज, आले-रसूल की बहू-बेटियों का नसीब मेरा नसीब है। यह तो मेरी तौहीन नहीं, तौक़ीर होगी। मैं शहीदों की माँ हूँ।"

"और कोई दम में शहीद की बेवा हो जाओगी। बस, आँसू पोंछ डालो। जाने वाले को हँसकर विदा करो ताकि तुम्हारे साथ गुज़ारे हुए ज़िंदगी के ख़ुशगवार लम्हों की याद ताज़ा हो जाए। और देखो, इतना ख़याल रहे, हमारी लाश पर इंतहाई ज़ब्त से काम लेना। छिप के हमें रो लेना कि दुश्मनों के कलेजे ठंडे न होने पाएँ। हाँ, रसूले-ख़ुदा के मज़ार पर जाकर जी खोल के रोना। जो जी पर बीती है, उन्हें सुनाकर जी हलका कर लेना। तुम चाहो तो जाकर भी तुम्हारे क़रीब रहूँगा। यह जुदाई सतही होगी। ख़्वाबों में मुलाक़ात रहेगी। मौत की क्या मजाल है कि हमारे-तुम्हारे रिश्ते

1. नतमस्तक, 2. विनम्र स्वभाव, 3. सुख-सुविधाएँ।

को तोड़ सके !"

बानो को समझा-बुझाकर इमाम वापस बहन के पास आए।

"चलो, उस बीमार से भी रुख़सत हो लें। तुम साथ आओ। अकेले जाने की हिम्मत नहीं होती। हमारे जाने के बाद ख़ुदा जाने क्या हाल हो, साथ जाने की ज़िद करने लगें। तुम होगी तो सँभाल लोगी।"

इमाम बहन के साथ सज्जाद के कमरे में आए। वह बुख़ार से भुन रहे थे। पुतलियाँ चढ़ी हुई थीं, साँस धौंकनी की तरह चल रही थी। सर और हाथ-पैर पटक रहे थे, बिलकुल हड्डियों का ढाँचा रह गए थे।

"यह आख़िरी चिराग़ भी मौत की आँधी से नबर्द-आज़मा है। हूका हो गया है। ज़ालिम अजल को हर चहारतरफ़ मुँह फाड़े दौड़ रही है।"

फूफी ने आँचल की हवा दी, माथे का पसीना पोंछा, कंधा हिलाया, प्यार से बार-बार पुकारा—"सज्जाद, मेरे शहज़ादे, आँखें खोलो मेरे लाल ! देखो तो, तुम्हारे बाबा आए हैं।"

"बाबा, कहाँ हैं बाबा, हमें क्यों भूल गए थे बाबा ? अभी तो हमारे जिस्म में जान बाक़ी है। हम कबसे उनका इंतज़ार कर रहे हैं !" सज्जाद ने बाप को ढूँढ़ने के लिए आँखें घुमाईं।

इमाम ग़श पर क़ाबू पाने के लिए ख़ेमे के पर्दे से लगे खड़े थे।

"बाबा, बाबा हज़रत, यह ख़ून, आप ज़ख़्मी हो गए।" उठने की कोशिश की, मगर काँपकर रह गए। इमाम ने बढ़कर बेटे को सहारा दिया।

"नहीं बेटे, जिस्म तो सही-ओ-सालिम है। हाँ, दिलो-दिमाग़ ज़ख़्मों से चूर है। यह ख़ून जिसमें आज नहाया हूँ, उसकी बड़ी लंबी कहानी है, जिसे रहती दुनिया तक लोग सुनेंगे, सुनाएँगे मगर ख़त्म न होगी। यह सच्चाई का ख़ून है, दीने-इस्लाम का ख़ून है, मासूमियत और बेगुनाही का ख़ून है। वक़्त कम है बेटे और वह सब कुछ जो आज की सुबह ने मुझे अब तक दिखाया है, दोहराने की सकत नहीं। क़िस्सा मुख़्तसर यह कि सब गए, अब हमें जाना है।"

"सब गए, कहाँ गए ? आपको अकेला छोड़कर चचा अब्बास चले गए ! अली अकबर और कासिम भी चले गए, औन-ओ-मुहम्मद तो आप पर जान छिड़कते थे, वह भी चले गए ! कहाँ गए सबके सब ?"

"वह सब वहाँ गए जहाँ हम सबको एक दिन जाना है। तुम बीमार हो, तुममें सुनने का दम नहीं। मगर जाने से पहले तुमसे कुछ कहना है।"

"बाबा, मेरी कुछ समझ में नहीं आता, आप क्या फ़र्मा रहे हैं ! हमें छोड़कर सब चल दिए। अब आप भी जा रहे हैं। इस हालत में छोड़े जा रहे हैं। हमारी जान

बस अब निकलना ही चाहती है। अल्लाह ! हमें दफ़न तो करते जाइए। क्या हमें जंगली जानवरों के रहमोकरम[1] पर छोड़ जाएँगे ? नहीं बाबा, ऐसा ज़ुल्म न कीजिएगा।" बीमार पर सरसामी कैफ़ियत[2] तारी थी। दोनों हाथों से बाप का दामन थाम लिया, "नहीं बाबा, हमें इस वीराने में हर्गिज़ न दफ़न कीजिएगा। हमें इस वीराने में वहशत हो रही है। यह तो अभी से क़ब्रिस्तान लगता है। ख़ुदारा हमें दादाजान के क़दमों में दफ़न कीजिएगा।"

"अभी तुम्हारा वक़्त नहीं आया सज्जाद, तुम्हें जीना पड़ेगा, बेटे ! हमारे बाद तुम ही इन बेवाओं और यतीमों के वाली-ओ-वारिस रह जाओगे। जाने-पिदर[3], इनका हर तरह ख़याल रखना।"

"तो क्या आप दुश्मन से जंग करने जा रहे हैं ? यह नहीं हो सकता बाबा जान, चचा अब्बास से इस बेवफ़ाई की उम्मीद न थी। फूफीजान ने अली अकबर को इतना सर चढ़ाया, हैफ है, वह भी छोड़कर चल दिए और क़ासिम क्या कुबरा को तड़पता छोड़ गए या वह भी गई ?"

"नहीं, वह बदनसीब ज़िंदा है।"

"मुझे उठने दीजिए, मैं अभी ज़िंदा हूँ। मेरी हयात में आप जंग नहीं करेंगे। पहला हक़्क़े-शहादत[4] मेरा है। और सब चले गए मगर मैं तो अभी मौजूद हूँ।"

"तुम समझ रहे हो, हमारे प्यारे हमें छोड़कर अपनी जान की ख़ैर मनाने चले गए। नहीं, मेरे अज़ीज़, वह सबके सब बदनसीब इमाम के लिए एक-एक करके शहीद हो गए। अब्बास, अली अकबर, जाफ़र, मुहम्मद, उस्मान, क़ासिम, औन और मुहम्मद, यहाँ तक कि नन्हे अली असग़र भी मैदाने-जंग में ख़ुद्दार[5] और बहादुर सिपाहियों की तरह शहीद हुए।"

"अली असग़र भी, हाय बाबा ! वह तो दूध पीते बच्चे थे। उन पर जिहाद क्योंकर लाज़िम हुआ ? मगर वह तो अभी घुटनियों चलते थे। वह मैदाने-जंग में कैसे गए ?"

"वह तीन दिन के प्यासे थे। पानी की भीख माँगने मेरे हाथों के सहारे गए, पानी के बजाय हलक़ में तीर मिला।"

"या ख़ुदा ! मैं क्यों ज़िंदा हूँ ?" सज्जाद सर पटकने लगे।

"क्योंकि तुम्हें ज़िंदा रहना है। आज मरना आसान हो रहा है, जीना मुहाल है। और तुम्हारा जिहाद यही है कि तुम ज़िंदा रहोगे। हज़ार बार ज़ेहनी मौत का कर्ब सहोगे, मगर जियोगे। ध्यान से सुनो जाने-पिदर, मेरी पुकार आ चुकी है। कहीं बेसब्र होकर मेरे जीते-जी ही ज़ालिम बच्चों और औरतों पर क़हर न तोड़ने लगें। मेरे बहादुर

1. कृपा, 2. सन्निपात की अवस्था, 3. पिता की प्रिय, 4. शहीद होने का अधिकार, 5. स्वाभिमानी।

बेटे, दिल को मज़बूत करो। अभी जंग ख़त्म नहीं हुई, यह तो इब्तिदा[1] है। जब तक यह दुनिया क़ायम रहेगी, जंग जारी रहेगी। मजबूरो-मक़हूर[2] इंसान अपने हुक़ूक़ की हिफ़ाज़त के लिए लड़ता रहेगा, लहू बहता रहेगा। यह क़तरा-क़तरा ख़ून जमा होता रहेगा। फिर एक दिन यह तूफ़ान बन जाएगा और ज़ुल्मो-सितम के बानी[3] इसमें ग़र्क़ हो जाएँगे। वह जो आज मैदाने जंग में शहीद होने वालों के बाद ज़िंदा बच जाएँगे, वह सारी उम्र बूँद-बूँद ज़हर पिएँगे और इस जंग को जारी रखेंगे। तुम एक सिपाही के फ़र्ज़ंद हो सज्जाद, अब इस जंग को जारी रखना तुम्हारा फ़र्ज़ है। तुम्हारे इन नहीफ़[4] कंधों को बड़ा ज़बर्दस्त बोझ उठाना होगा कि यही तुम्हारा जिहाद है। अच्छा, ख़ुदा तुम्हें अपना फ़र्ज़ अंजाम देने की हिम्मत अता फ़र्माए। ख़ुदाहाफ़िज मेरे जाँबाज़ !"

बाप के अल्फाज़ ने नीममुर्दा बीमार में जान डाल दी—"आपका हुक्म ख़ुदा का हुक्म है, मेरे आक़ा ! मैं जियूँगा और बड़े फ़ख़्र से यह समे-क़ातिल[5] पियूँगा।"

"तुम्हें अब अपनी मजबूरी और लाचारी पर एहसासे-कमतरी[6] तो नहीं।"

"नहीं बाबा, बस दुआ कीजिए कि मैं अपने ओहदे की ज़िम्मेदारियों को ख़ुशअसलूबी[7] से निभा सकूँ।"

"इंशाअल्लाह ऐसा ही होगा।" इमाम ने बेटे की पेशानी चूमी और जल्दी से जाने को मुड़ गए।

"आप जा रहे हैं बाबा, तो इतनी इनायत कीजिए कि ख़ेमे का पर्दा उठा दीजिए ताकि जहाँ तक नज़र काम करे, आपको देखता रहूँ। याख़ुदा, मुझमें इतना दम भी नहीं कि आपको ज़ुलजनाह पर सवार कराने की सआदत[8] हासिल कर सकूँ।"

इमाम हुसैन इब्ने-अली ने पर्दा उठा दिया और बाहर निकल आए। भाई को यूँ रुख़सत होते देखकर ज़ैनब के दिल पर घूँसा-सा लगा। भागकर रास्ता रोककर खड़ी हो गईं—"मैंने अम्मा से वायदा किया था कि जब तक इस जिस्म में जान है, भैया पर आँच न आने दूँगी। आप मुक़्तल में जाकर मुझे अम्मा के सामने शर्मिंदा कराते हैं। मैं हर्गिज़ नहीं जाने दूँगी।"

"ज़ैनब, होश में आओ। अपने दिल को सँभालो। हमें जाना ही होगा।"

"दिल को सँभालूँ ? कहाँ है मेरा दिल ? मेरा दिल तो रेज़ा-रेज़ा होकर कर्बला की रेत में मिल गया।"

भाई ने बेक़रार होकर छोटी बहन को सीने से लगा लिया।

"जाने-बिरादर, तेरे प्यार का बदला कैसे चुका सकूँगा ? तू इतनी ज़रा-सी थी,

---

1. आरंभ, 2. लाचार और पीड़ित, 3. संस्थापक, 4. निर्बल, 5. घातक विष, 6. हीनता-भाव, 7. कुशलता, 8. अवसर।

मगर अम्मा के बाद तूने कभी उनकी कमी को महसूस न होने दिया। कौन बहन ऐसी है जो अपने भाई पर से अपने जिगरगोशे[1] क़ुर्बान कर सकती है ! मैं अकेला नहीं, पूरी अरब क़ौम तेरी इस क़ुर्बानी का एहसान मानेगी। ऐ मेरी दिलेर और बाहिम्मत बहन, तू औरत है फिर भी तेरे सीने में एक बहादुर जाँबाज़ का दिल है।"

"नहीं भैया, मैं बड़ी कमहिम्मत हूँ। अम्मा-अब्बा के जाने के बाद सोचती थी, बस अब यही ग़म का पहाड़ है, अब इससे बढ़कर कौन-सा ग़म मेरे दिल पर टूटेगा ? फिर जब ऐन जवानी में बड़े भाई शहीद हुए तो दिल को एक ऐसा ज़ख़्म लगा कि ज़िंदगी से जी उचाट हो गया। आज का यह रूस्याह[2] दिन ऐसा मेरे नसीब में आया है कि मेरे हवास मख़्तल हो गए हैं[3]। अब ताज़ा ज़ख़्मों की इस दिल में जगह नहीं, भैया ! मुझ पर रहम करो। हश्र हो जाए, मैं मक़्तल में अकेला नहीं जाने दूँगी। कल सारी रात अम्मा के रोने की आवाज़ कानों में आती रही। बार-बार ख़्वाब में दिखाई दीं हैरान-ओ-परेशान। सर खोले, नंगे पैर रेत के ज़र्रों में अपने खोए हुए लाल ढूँढ़ रही हैं। मेरे भाई, मुझे भी मुक़्तल में अपने साथ ले चलो।"

"नहीं।"

"तुम गिरोगे तो कौन सँभालेगा ? ख़ून में नहाओगे तो कौन सहारा देगा ? बरछियाँ खाकर गिरोगे तो कौन उठाएगा ? मुझे ले चलो। जो तीर और बरछियाँ तुम्हारी तरफ़ आएँगी, मैं उन्हें अपने तन पर रोकूँगी। तुम्हारे बाज़ुओं में दम तोड़ने का अरमान है, भैया !"

"नहीं ज़ैनब, नहीं।"

"इसलिए कि मैं कमबख़्त एक कमज़ोर औरत हूँ।"

"तुम औरत हो मगर शेरे-ख़ुदा की बेटी हो। कोई बुज़दिल ही तुम्हें कमज़ोर समझ सकता है।"

"तो फिर मेरी यह इल्तिजा रद्द न करो। पहली बार तुमसे कुछ माँगा है। मैं ख़ाली आँचल ले के न हटूँगी। ऐसा ही है तो तलवार निकालो और मुझे रास्ते से हटा दो। ज़िंदा तो न हटूँगी।"

"ख़ुदकुशी हराम है और तू और मैं जुदा-जुदा नहीं। बच्चों जैसी बातें न करो।"

"ज़ैनब, लाओ, अपना आँचल फैलाओ, मैं भर दूँगा। इतना भर दूँगा कि क़यामत तक न ख़ाली होगा। मेरे बाद इन बेवाओं और यतीमों की तुम वाली और वारिस हो। सज्जाद अकेला है, बीमार है। तुम्हारी मदद के बग़ैर इस अज़ीम[4] बोझ

---

1. जिगर का टुकड़ा, 2. अशुभ, 3. होश जाते रहे, 4. महान्।

को हर्गिज़ न उठा सकेगा। उसे भी तुम्हें सँभालना होगा। भूल जाओ कि तुम औरत हो। इस वक़्त तो इस तबाह-ओ-बर्बाद क़ाफ़िले की तुम ही सरदार हो। मेरे बाद क्या होने वाला है, यह भी तुमसे पोशीदा नहीं। ये वहशी दरिंदे इस बीमार बच्चे को भी जीता न छोड़ेंगे, लूट-खसोट और बेहुरमती पर उतर आएँगे। तुम असदुल्लाह[1] की दिलेर बेटी हो। तुम इन सारी बदनसीब औरतों में सबसे ज़्यादा हिम्मत वाली हो। ग़ौर से सुनो ज़ैनब, मरना इतना मुश्किल नहीं जितना मेरे बाद जीना दुश्वार होगा। यह तुम्हारे इमाम का हुक्म है कि तुम ज़िंदा रहो और दुनिया-भर के जोरो-सितम[2] सहने के लिए तैयार हो जाओ।"

"काश, मुझे मौत आ जाती।"

"नहीं ज़ैनब, तुम्हारी मौत मेरी क़ुर्बानी की मौत होगी, मेरे मक़सद की मौत होगी ! हमारा ख़ून इस मक़्तल की रेत में जज़्ब होकर रायगाँ[3] जाएगा। लोग भूल जाएँगे कि हमने किसी अज़ीम मक़सद के लिए यहाँ गर्दनें कटाई थीं। ज़माने की हवाएँ रेत पर से हर नक़्श मिटा देंगी। आने वाली नस्लें बेख़बर इस क़त्लगाह पर शहर बसाएँगी। इसलिए मैं चाहता हूँ, तुमने जो देखा है और आइंदा देखोगी, जो कुछ तुमने सहा है, महसूस किया है और जो इस वक़्त भी तुम्हारी ख़ूनफ़िशाँ[4] आँखों में दहक रहा है, उसे याद रखना। इन शोलों को बुझने न देना। देखो ज़ैनब, ग़ौर से देखो, जी भरके देखो, इन लाशों को जो सामने ख़ाक और ख़ून में लोटती हुई अंगारों की तरह सुलगती रेत पर पड़ी हैं। अपने मजबूर इमाम को देखो, जिसका बंद-बंद ज़ख़्मों से चूर है। यह ख़ून, इस ख़ून को देखो जिसमें नहाया खड़ा हूँ। इसमें मेरे दिल का ख़ून भी है, हमारे-तुम्हारे बच्चों का लहू भी शामिल है। इस ख़ून की सुर्ख़ी को देखो। क्या इस ख़ून को रायगाँ जाने दोगी ? ज़ैनब, यह रसूले-ख़ुदा के पैग़ाम का ख़ून है, दीने-इस्लाम की मुक़द्दस क़द्रों[5] का ख़ून है, इंसाफ़, रवादारी और इंसानी ख़ुद्दारी[6] का ख़ून है। ग़ौर से देखो, यह वही ख़ून है जो बाबा ने सजदे की हालत में बहाया था। भूलना नहीं जाने-बिरादर, और दुनिया को भी न भूलने देना कि इन ममता-भरी मासूम आँखों ने शैतनत का कैसा भयानक रक़्स देखा।"

बहन की फटी-फटी आँखें देखकर इमाम का जी भर आया। बड़े प्यार से बोले—"क्या करूँ ज़ैनब, कि यही दुःख-दर्द तुझे भाई तोहफ़े में दे सकता है। वैसे क़ल्लाश[7] हूँ, मगर ग़मोअंदोह का ख़ज़ाना क़ुदरत ने तेरे भाई को जी खोल के बख़्शा है। ख़ुदा हर इंसान को तुम जैसी माँ, बहन और बेटी अता फ़र्माए। और हाँ, इतना ख़याल रहे, जब यह दरिंदे मुझे ज़बह करें तो बदहवास होकर ख़ेमों से न निकल

---

1. ख़ुदा का शेर अर्थात् हज़रत अली, 2. अत्याचार, 3. व्यर्थ, 4. ख़ून बिखेरने वाली, 5. पवित्र मान्यताएँ, 6. स्वाभिमान, 7. निर्धन।

पड़ना।"

"क्या फ़र्क़ पड़ेगा ! क्या यह ज़ालिम हमें यूँ ही आराम से छोड़ देंगे और इज़्ज़त से ख़ेमों में बैठा रहने देंगे ?"

"नहीं, वह तुम्हारे सरों से रिदाएँ[1] नोच लेंगे, तुम्हें शहर-ब-शहर तमाशा बनाकर फिराएँगे, तुम्हें ख़ेमों से घसीटकर बेहुरमती[2] करेंगे।"

"तो फिर ?"

"फिर वह यह तो न कह सकेंगे कि आले-रसूल तो पहले ही बेपर्दा हो गई थीं। दीवानावार[3] मुँह खोले मैदाने जंग में बेहयाई से निकल पड़ी थीं। हमने नहीं, उन्होंने ख़ुद अपने आपको रुसवा[4] किया। यूँ उन्हें अपने मज़ालिम के लिए एक आड़ मिल जाएगी, एक बहाना मिल जाएगा। लोगों की आँख में धूल झोंकने का एक ज़रिया हाथ आ जाएगा। जंग में सिपाही बदहवास हो जाता है। पर्दादार औरतों को देखकर जुनून तारी हो जाता है। इसमें उन बेचारों का क्या क़ुसूर ! अगर वह बुर्दबारी से अपने ख़ेमों में बैठी रहतीं तो ख़्वामख़्वाह किसी को उन्हें परेशान करने का ख़याल भी न आता। लोग इस बहाने पर यक़ीन कर लेंगे। उनकी हरकतों को फ़ौजी हंगामों के सर थोप देंगे। मैं नहीं चाहता कि वह बेनक़ाब होने से बच जाएँ। और फिर इतना कुछ होने के बाद भी एक धुँधली-सी उम्मीद है कि वह भी रसूले-ख़ुदा की उम्मत हैं, मुसलमान हैं। अपने रसूल के ख़ानदान की बहू-बेटियों की बेहुरमती करते हिचकिचा जाएँ और शायद इस तरह गुनाह के अज़ाब से बच जाएँ।"

"आपको अब भी इन मलऊनों के बचाव की फ़िक्र पड़ी है !" ज़ैनब ने तल्ख़ी से कहा।

"हाँ ज़ैनब, मैं भी तो एक इंसान हूँ। एक इंसान की ज़िल्लत पूरी इंसानियत की ज़िल्लत है। एक गिरोह की दरिंदगी से पूरी नस्ले-आदम[5] पर हर्फ़[6] आता है। फिर ज़ैनब, यह सबके सब ही दरिंदे नहीं। कुछ ऐसे हैं जो बरग़लाए गए हैं, कुछ धोखे से यहाँ लाए गए हैं। देखो न, मुझे निहत्था देखकर ऐसे लरज़ते-काँपते हैं जैसे मैं एक फ़लके-कजरफ़्तार[7] का सताया बूढ़ा नहीं, मलकुलमौत[8] हूँ। नदामत[9] और ख़ौफ़े-उक़बा[10] से उनके सर झुक जाते हैं। यह अधूरे इंसान हैं, नीम पुख़्त[11] खिलौने हैं। इनकी लगामें मुट्ठी-भर शैतानों के हाथ में हैं। इन्हें जिधर चाहते हैं, मोड़ देते हैं। हाँ, मैं इन्हें बचाना चाहता हूँ। इनमें और मुझमें यही तो फ़र्क़ है कि मैंने ज़ुल्म और ज़्यादती के आगे सर नहीं झुकाया और इन्होंने झुका दिया है। अगर इस वक़्त भी

1. चादर, 2. अपमान, 3. पागलों की भाँति, 4. अपमानित, 5. मानवमात्र, 6. प्रतिकूल प्रभाव, 7. टेढ़ी चाल वाला आस्मान, 8. मौत का फ़रिश्ता, 9. लज्जा, 10. परलोक का भय, 11. अधपके।

इनमें से कोई अपना झुका हुआ सर उठा लेता है तो मेरी सफ़ में आ जाता है।"

"याख़ुदा, कितनी बदनसीब है यह क़ौम जो मेरे भाई जैसे मुदब्बर और मुफ़क्किर[1] से फ़ैज़[2] हासिल करने के बजाय उसे ज़बह कर रही है !"

ज़ैनब ने सर्द आह भरी। इमाम ने उनके शाने पर हाथ रखकर कहा—"यह मेरी इल्तिजा भी है और हुक्म भी, ख़्वाह मेरा कुछ भी अंजाम हो—कोई औरत ख़ेमे से बाहर क़दम न निकाले। यह काम मैं तुम्हारे सुपुर्द करता हूँ कि सज्जाद को बीमारी ने मजबूर कर दिया है। अच्छा, ख़ुदा तुम्हारा निगहबान, तुम अंदर जाओ, ज़रा सकीना को छाती से लगा लो। वह मुझे जाता देखकर कहीं साथ भागी न चली आए।"

"मैं आपको ज़ुलजनाह पर सवार तो करवा दूँ।" इमाम मना करते रहे। मगर उन्होंने ज़ुलजनाह की लगाम थाम ली। बहकी-बहकी नज़रों से चारों तरफ़ देखा। अब्बास, क़ासिम, अली अकबर, जाफ़र, उस्मान, हद है, इन बच्चों की ग़फ़लत तो देखिए, अपने आक़ा की रकाबदारी की सआदत हासिल करने कोई नहीं आता ! वह जानती थीं, इमाम बग़ैर सहारे के ज़ुलजनाह पर सवार न हो पाएँगे। उनके सब सहारे मैदान में सो रहे थे।

इमाम ने तीन दिन की प्यास से तड़खे हुए ख़ूँचकाँ होंठ उनकी पेशानी पर रख दिए। ज़ैनब ने ज़ुलजनाह की गर्दन में बाज़ू हायल करके उसकी परेशानी पर बोसा दिया और उसके कान में कहा—"ज़ुलजनाह, मेरे बीरन का ख़याल रखना।" फिर दोनों हाथों में मुँह छिपा के दोहरी हो गईं और अंदर भागीं। इमाम हसरत से उस लरज़ते हुए पर्दे को देखते रहे जिसके पीछे ज़ोहरा-ए-सानी नज़रों से ओझल हो गई थीं।

"ख़ुदा तुम्हारा निगहबान मेरे अज़ीज़ो !" इमाम ने ज़ेरेलब फ़र्माया और घोड़े को एड़ लगा दी।

ज़ुलजनाह अपनी जगह से चावल भी न हटा।

इमाम ने लगाम को सख़्ती से ज़ुंबिश दी। घोड़े के हलक़ से एक सहमी-घुटी आवाज़ निकली और थूथनी से अपने पिछले पैरों की तरफ़ इशारा करने लगा। इमाम ने झुककर देखा तो नन्ही सकीना घोड़े के सुमों को थामे सिसकियाँ भर रही थीं।

"क्या हुआ जाने-पिदर ?" इमाम घोड़े से उतर पड़े।

"बाबा, बस सिर्फ़ एक दफ़ा और हमें छाती से लगा लो।"

बाप-बेटी थोड़ी देर के लिए जंग व जदल को भूलकर एक-दूसरे से लिपट गए।

---

1. बुद्धिमान और चिंतक, 2. लाभ।

"सकीना बीबी, हाय लोगो, मेरी जान सकीना कहाँ है ?" फूफीजान की आवाज़ आई।

"जाओ मेरी शहज़ादी, तुम्हारी फूफी बुलाती हैं।"

इमाम ने बच्ची को बहन की गोद में दिया। वह उसे सीने से लगाए गिरती-पड़ती अंदर भागीं। सज्जाद यह अलमिया ख़ेमे से देखकर तड़प उठे। मगर ताक़त जवाब दे गई। ग़श खाकर गिर पड़े।

ज़ैनब बिन्ते-अली ने हर ख़ेमे में जाकर सबको हिदायत देनी शुरू की। इमाम का हुक्म सुनाया। किसी को सीने से लगाया, किसी को ख़ाक से उठाया। कुबरा को बीमार भाई के पास छोड़ा। अब्बास की दुल्हन से कहा, जाके बानो को सँभालो। ख़ुद लरज़ती-काँपती आवाज़ में आयाते-क़ुरानी पढ़ने लगीं। कुबरा बीमार भाई के सरहाने बैठी आँचल से हवा कर रही थीं। दूसरे हाथ की मुट्ठी में अभी तक सुहाग की चूड़ियों के टुकड़े थे। नन्हा-सा हाथ कलेजे पर भिंचे हुए न जाने किन यादों में डूबी हुई थीं ! चंद क़तरे ख़ून के हथेलियों से टपककर दामन पर गिरे, जैसे हिना पिघल रही हो।

उम्मे-रबाब ख़ेमे के एक कोने में बैठी अली असग़र के कुरते झटक-झटककर तह कर रही थीं। उन्हें पहनने वाला बेकफ़न मिट्टी तले जा सोया। कभी आँखों से लगातीं, चूमतीं, फिर यकायक डूबे हवास उभर आते। याद आ जाता—अली असग़र चले गए। हमेशा के लिए गोद ख़ाली कर गए। अब इस गोद में कभी फूल न महकेंगे। कभी उनका नरम-गरम लम्स वापस न आएगा।

"तुम चले गए, मेरे लाल ! छह महीने में ही अम्मा से जी भर गया ! बीबियो, अब मेरा चाँद बादलों में छिप गया। कल रात को तरसते सो गए, सोए नहीं, बेहोश हो गए। मेरी भी पल-भर को आँख लग गई कि जैसे किसी ने झँझोड़कर जगा दिया। देखती क्या हूँ, फ़ातिमा ज़ोहरा सरहाने खड़ीं आँसू बहा रही हैं। कहने लगीं—'अल्लाह, क्या बेहोशी की नींद है। बच्चा भूखा है दुल्हन बेगम ! और तुम सो रही हो।' मैंने कहा, 'अम्मीजान, दूध नाम को नहीं। होंठों पर दम है। दूध पीने की सकत भी तो नहीं।' मैंने बहुत कहा मगर वह रोए जा रही थीं···ख़ैर, अब तो बेटे, तुम्हारी प्यास बुझ गई। घुटनियों चलते चश्मे-कौसर तक पहुँच गए। दादी ने पहचान तो लिया होगा। मेरे लाल, अपनी दादी से इस बदनसीब माँ की शिकायत न करना। वह गोदी में बुलाएँ तो हुमक के चले जाना और उनसे कहना, हमारी अम्मा को भी बुला लीजिए। अब उनका दुनिया में जी नहीं लगता। तुम्हारा ख़ून में भरा कुरता देखकर उन्हें बड़ा सदमा पहुँचेगा। इसमें मेरा क्या क़ुसूर है ? मैंने तो नया गुलाबी कुर्ता पहनाकर भेजा था। मगर वह तो यही समझेंगी—अम्मा फूहड़ हैं और मेरे चाँद गले

में लगा तेर का ज़ख़्म छिपा लेना, कहीं देख लिया तो बेहाल हो जाएँगी।"

ज़ैनब ख़ाली-ख़ाली आँखों से बदनसीब भावज को तक रही थीं। उनका एक-एक लफ़्ज़ तीर बनकर कलेजे के पार हुआ जाता था। जंग से उठने वाला शोरोग़ुल भी उम्मे-रबाब की आहों में दब गया था। सीने से लगी सकीना भी बेहोश हो गई। हाथ-पैर ढीले पड़ गए। साँस की डोरी कुछ यूँ ही-सी चल रही थी। दिल सन्न-से हो गया। उसे झँझोड़ने लगीं—"सकीना बीबी, मेरी तरफ़ देखो, आँख तो खोलो।"

सकीना ने चौंककर आँखें खोल दीं, तब जान में जान आई।

माँएँ बड़ी मुश्किल से थपक-थपककर बच्चों को सुलातीं। फिर उनके सूखे होंठ, धँसी हुई आँखें और रुकती हुई साँस देखकर तरह-तरह के वहम सताने लगे। समझतीं, दम निकल गया। झँझोड़कर जगा देतीं। वह रोने लगते तो जी ठहर जाता और फिर टहल-टहलकर सुलाने की कोशिश करने लगतीं। जागते थे तो रोते थे। सो जाते तो हौल सवार होने लगता। कभी पिंडा टटोलतीं, कभी कान लगाकर दिल की फ़ड़कनें सुनतीं, कभी डूबती नब्ज़ें टटोलतीं। एक क़यामत थी जो बदनसीब माँओं और बेकस बच्चों पर मुसलसल टूट रही थीं।

इमाम हुसैन इब्ने-अली की दुश्मन की जानिब बढ़ रहे थे। फ़ातिमा ज़ोहरा के नूरे-नज़र[1] पर कैसी बलाकेश[2] घड़ी आन पड़ी थी। कर्बला की ज़मीन प्यारों के ख़ून में नहा गई थी। यार-दोस्त, भाई-भतीजे-भांजे, बेटे गर्दनें कटाए, घोड़ों की टापों से कुचले पड़े थे। इमाम ख़ूँबार आँखों से चारों तरफ़ देख रहे थे। एक तरफ़ ज़ालिम दरिंदे दीवारें आहनी बने हुए डटे हैं। दूसरी तरफ़ रौंदी हुई इंसानियत ख़ाकोख़ून में लिथड़ी पड़ी है। कर्बला की छाती पर कितने घाव हैं ! वह सामने अब्दुल बिन उमर की लाश पड़ी है। थोड़े फ़ासले पर हुर मय जवान बेटे के रेज़ा-रेज़ा पड़े हैं। उनसे दो क़दम पर उनके भाई मसअब बिन यज़ीद का लाशा है। बुज़ुर्गों का साया भी सर से उठ गया। बरीर हमदानी रसूले-ख़ुदा के अज़ीज़ दोस्तों में से थे। निहायत ज़ईफ़ थे। मगर जवानों से बढ़कर दादे-शुजाअत दी। उन्होंने गुमराह क़ौम को कितना समझाने की कोशिश की।

"ऐ मोमिनों का ख़ून बहाने वालो, ऐ गाज़ियाने-बद्र की औलाद की लहू के प्यासो, तुम्हें किस बदनसीब माँ ने जना है ! तुम शैतान की उलटी क़ै हो। मगर याद रखो, औलादे-रसूल का ख़ून बहाने से पहले तुम्हें उनके परिस्तार, ग़ुलामों से निबटना होगा। हमला करो मुझ पर कि मैं तुम्हें इस सितम शिआरी[3] का मज़ा चखाऊँ।"

---

1. पुत्र, 2. प्रलयंकर, 3. बहादुरी।

उनकी शुजाअत देखकर दुश्मन हवास बाख़्ता[1] हो गए। इब्ने-साद ने हुक्म दिया कि बूढ़े शेर को घेरकर मार लो, चारों तरफ़ से गीदड़ टूट पड़े और शहीद कर दिया।

दरिया के घाट से चंद क़दम पर अलमबर्दार अबुलफ़ज़ल अब्बास दोनों बाज़ू कटाए पड़े हैं। वह एक शब का नौशा क़ासिम बिन-हसन किस शान से सो रहा है। औन-ओ-मुहम्मद एक-दूसरे के आग़ोश में सोए हुए हैं।

इमाम ने सीने में सुलगती हुई आग पर क़ाबू पाने के लिए दोनों हाथों से ज़ुलजनाह की अयाल थाम ली और उस पर झुककर हाँफने लगे। दिल में अनगिनत बर्छियाँ घुल गईं। जवान बेटे की लाश पर नज़र पड़ी तो दुनिया तारीक[2] हो गई। रूह तन से निकल जाने को फड़फड़ाने लगी। डरते-डरते रेत के उस नन्हे-से ढेर को देखा जहाँ छह मास का फूल दफ़नाया था और चीख़ पड़े, "ऐ रब्बुलइज़्ज़त, हम क्यों ज़िंदा रह गए ? क़यामत में और कितनी देर है ?"

दिल से यह सदा बुलंद हुई–"हुसैन ! यह वक़्ते-इम्तहान है, अभी और मरहलों से गुज़रना होगा।"

इमाम की कमर ग़मों के बोझ से झुक गई थी। डगमगाते पैर बार-बार रकाबों से फिसल जाते थे, प्यास ज़बह किए देती थी। हर साँस एक फ़ौलादी नारे की तरह हलक़ को चीर रही थी। ख़ून में भीगे बाल रुख़सारों[3] पर चिपक गए थे। जो तीर खींचने पर भी न निकल पाए थे, उनके ज़ख़्म फिर से रिसने लगे थे।

दुश्मनों की फ़ौज ने जब पैग़ंबरे-ख़ुदा के नवासे को यक्का-ओ-तन्हा ख़ेमे निकलकर मक़्तल में आते देखा तो उन पर एक जुनूनी कैफ़ियत तारी हो गई। सूरज इमाम की पुश्त पर ख़ून के बड़े धब्बे की तरह दम तोड़ रहा था। ज़ालिमों की आँखों में वह अपनी किरनों के आख़िरी तीर उतारकर उन्हें अंधा कर देने पर तुला हुआ था। फ़रात की मौजें बेबसी से साहिल पर सर पटक रही थीं। तुफ़[4] है इस पानी पर, जो प्यासे इमाम की क़दमबोसी से महरूम कर दिया गया है। उसके लबों पर आहनपोश[5] फ़ौजों ने ताला डाल रखा है।

गर्मी और रेत के बगूलों ने पत्थरदिल क़ातिलों की आँखों में चिंगारियाँ झोंक दीं। ज़ुलजनाह पर सवार इमाम उन्हें क़हरे-इलाही[6] नज़र आने लगे। उनका ख़ून में तर अमामा[7] फ़लक की बलंदियों को छू रहा था। एक नुक़्ते से फैलकर उनका वजूद सारी कायनात पर फैल रहा था। वह अकेले नहीं, उनके साथ माज़ी, हाल और मुस्तक़बिल[8] के सारे मज़लूम हैं, जिनके हाथों में बेगुनाही और मासूमियत के हथियार

---

1. होश उड़ गए, 2. अँधेरी, 3. गाल, 4. धिक्कार, 5. लौह-सज्जित, 6. ख़ुदा का कोप, 7. पगड़ी, 8. भूत, वर्तमान और भविष्य।

हैं। जिनके खूँचकाँ[1] जिस्मों पर यक़ीन की जिरह-बक्तर है। इतनी बड़ी फ़ौज से कौन लड़ सकता है ?

ज़ईफ़-अल-एतक़ाद[2] क़बायली ख़ौफ़ से थर-थर काँपने लगे। ऐसा दिखाई दिया जैसे मैदाने-कर्बला के चप्पे-चप्पे पर मलायक[3] का हुजूम है। रसूले-ख़ुदा अपने काँधों पर दो बच्चों को बिठाए हँसते चले आ रहे हैं। उनके सर पर फ़ातिमा ज़ोहरा के मुक़द्दस आँचल का साया है। शक़ी-उलक़ल्ब[4] पत्थर मोम के खिलौनों की तरह पिघलकर घोड़ों से गिरने लगे। ढालें औंधी हो गईं, तलवारें हाथों से छूट पड़ीं, कमानें दोहरी हो गईं और झंडे ख़ाक पर लोटने लगे। उन्हें तो दुश्मनाने-इस्लाम को सज़ा देने के लिए भेजा गया था। अगर पैग़ंबरे-ख़ुदा और उनकी औलाद ही दुश्मनाने-इस्लाम हैं तो फिर दोस्त कौन हैं ?"

फ़ौज एकदम मुँह फेरकर भागने लगी। इब्ने-साद ने पुकारा—"कहाँ भागे जाते हो, ऐ अमीर उल मोमिनीन यज़ीद बिन माविया के नमकख़्वारो ! देखते नहीं, यह ज़ईफ़ इंसान तीन दिन का प्यासा है। जिस्म से ख़ून बह चुका है। ऐ शाम के सूरमाओ, देखते क्या हो, बस अब बेड़ा पार है। आँखों की सूइयाँ रह गई हैं। कोई दम में फ़तहे-कामिल[5] हमारी है।"

सिपाहियों के क़दम उखड़ चुके थे। बहरे, गूँगे, अंधे होकर भाग रहे थे। वह रुकना चाह रहे थे मगर उनके ज़मीर[6] भाग रहे थे। इब्ने-साद ने हसरत से शिम्र की तरफ़ देखा। उसने अपने ख़ास दस्ते को इशारा किया और भागने वाले या तो वहीं ख़ाकोख़ून में लोट गए या वापस पलट पड़े।

"कुफ़राने-नेमत[7] है यह, बुज़दिलो ! सब किए-धरे पर पानी फेरना चाहते हो ! वाहमों[8] में गिरफ़्तार होकर ज़िंदगी-भर की लज़्ज़तों और आसाइशों[9] पर ठोकर मार रहे हो !" शिम्र गरजने लगा।

इब्ने-साद शिम्र से ज़्यादा होशियार था। उसने उसी दम थैलियों के मुँह खोल दिए और अशर्फ़ियाँ मुट्ठी भर-भर के भागती हुई फ़ौजों की तरफ़ मारनी शुरू कीं। कुछ शिम्र के ख़ास दस्ते की मार, कुछ सोने की मार, भागते क़दम रुककर पलट आए।

"यह तो कुछ भी नहीं, छोटा-सा नमूना है। हमारे शहंशाह की दरियादिली का हलका-सा ख़ाका है। शाही ख़ज़ाना क़ारूँ के ख़ज़ाने से बढ़-चढ़कर है। हिम्मत न हारो, मेरे जवानो ! अगर इस वक़्त चूक गए तो उस दिन को कोसोगे जिस दिन तुम्हारी माँओं ने तुम्हें जना था। दुनिया के किसी कोने में तुम्हें पनाह न मिल

---

1. रक्तरंजित, 2. जिनकी श्रद्धा दुर्बल हो, 3. फ़रिश्ते, 4. पाषाणहृदय, 5. पूर्ण विजय, 6. अंतःकरण, 7. ईश्वर के दिए हुए उपहार को ठुकराना, 8. भ्रम, 9. सुख और ऐश्वर्य।

पाएगी। तुम्हारे घर-बार ख़ाक में मिला दिए जाएँगे, तुम्हारी बीवियाँ सरेबाज़ार बिक जाएँगी, तुम्हारी कुँआरी बेटियाँ क़हवाख़ानों में नंगी नचाई जाएँगी।"

सोना चुनकर फ़ौजी वापस मुड़ गए मगर तलवारों पर हाथ न डाले। धमकियाँ और मलामतें[1] रोज़ का मामूल बन गई थीं। ढिठाई लादकर अशर्फ़ियाँ जेबों में भरी और कहने लगे–"इतनी बड़ी फ़ौज का कौन माई का लाल मुक़ाबला कर सकता है ?"

"अंधो, ख़रदिमाग़ो, कहाँ है इतनी बड़ी फ़ौज ? हुसैन की मुट्ठी-भर फ़ौज तो कभी की ख़त्म हो चुकी। आँखें खोलकर ग़ौर से देखो। सब तुम्हारा वहम है। ग़ैब[2] पर ईमान तुम्हें फ़रेब देकर तमाशे दिखा रहा है। यह शख़्स, जो मरियल-से घोड़े पर सवार चला आ रहा है, अकेला, ज़ईफ़ और ग़म का मारा है।"

सिपाहियों ने आँखें मलकर ग़ौर से देखा। इमाम अकेले थे।

एकदम तबल गरजने लगे, बिजलियाँ-सी कड़कने लगीं। हाथ तलवारों के दस्तों की तरफ़ बढ़े। गिरे हुए निशान उठाए गए। भागते-बिदकते बेलगाम घोड़ों पर हंटर बरसने लगे। ढालों की क़तारें फिर से सजने लगीं। नेज़ाबर्दारों और बर्छीबर्दारों की सफ़ें फिर से जमने लगीं।

इमाम ने मुर्दे में जान पड़ते देखकर अंदाज़ा लगा लिया कि वक़्ती वहशत का जादू टूट जाएगा। सोने के बोझतले इंसानों के ज़मीर ने दम तोड़ दिया। उन्होंने ज़ुलजनाह को आगे बढ़ाया और आख़िरी बार समझाने की कोशिश की–"शामियो, अपनी हथेलियों पर नज़र डालो, क्या सादात के ख़ून की हिनाबंदी[3] काफ़ी नहीं ! बख़ुदा मुझे अपनी जान की बिलकुल परवाह नहीं। मैं अपने आपको ज़िंदों में शुमार नहीं करता। मगर तुम चाहो तो अब भी मेरे ख़ून के बोझ से अपनी गर्दनें बचा सकते हो। जाओ, पलट जाओ, अपने बीवी-बच्चों के पास। मैंने तुम्हें माफ़ किया। अपने नाना की क़ब्र पर मुजावरी[4] करके ज़िंदगी के बाक़ी दिन गुज़ार दूँगा। हाशा[5] मुझे अपनी फ़िक्र नहीं। मेरे पास अब जीने को कुछ बाक़ी नहीं बचा है। मगर तुमने अगर क़त्ल किया तो तुम भी मर जाओगे, तुम्हारा ज़मीर मर जाएगा, रूह मस्ख़[6] हो जाएगी। तुम और तुम्हारी आल-औलाद दुनिया के किसी कोने में सुकूने-क़ल्ब[7] न हासिल कर सकेगी। इस अखलाक़ी[8] मौत से डरो कि इसके सामने जिस्मानी मौत बेहक़ीक़त है।"

इब्ने-साद ख़ौफ़ज़दा हो गया कि सारे किए-धरे पर पानी फिरा जाता है। इमाम के अलफ़ाज़ फिर बना-बनाया काम बिगाड़ देंगे। इसलिए गला फाड़कर चिल्लाया– "मत सुनो, अपने कानों में उँगलियाँ ठूँस लो। हुसैन जादूगर हैं। इनके बयान का

1. धिक्कार, 2. परलोक, 3. मेहँदी लगाना, 4. सेवा, 5. कदापि, 6. विकृत, 7. हार्दिक शांति, 8. नैतिक।

जादू समे-क़ातिल[1] है। सुनोगे तो रास्ता भूल जाओगे।" फिर इमाम से मुख़ातिब होकर बोला, "आप हमें इतना गधा समझते हैं। हम आपसे शर्तें बाँधने नहीं आए। हाकिम का हुक्म है कि आपसे बैअत ली जाए और अगर आप इस पर तैयार न हों तो आपका सर काटकर ख़लीफ़ा-ए-वक़्त के हुज़ूर में पेश किया जाए।"

"अहमक, क्या अब भी तुझे यह गुमान है कि मैं बैअत कर लूँगा ? जब इतने अज़ीज़ों और प्यारों के सर ख़ाक में मिल गए तो एक मेरे सर की, मेरे दिल में क्या हक़ीक़त है ? ऐ शामियो, क्या इतने क़त्लो-ग़ारत के बाद भी तुम्हारा जी नहीं भरा ? क्या अब भी तुम्हारी प्यास नहीं बुझी ? तुम अगर चाहो तो अब भी मेरे लहू के बार से अपनी गर्दनें बचा सकते हो। मुझे अपनी नहीं, अपने नाना की उम्मत की फ़िक्र है। उन्होंने जो कुछ मेरे साथ किया, उसके बावजूद मेरी ज़िम्मेदारी, मेरा विरसा यही तलक़ीन[2] करता है कि मैं तुम्हारी गुमराही का बाइस[3] न बनूँ। ऐ सादालौह[4] इंसानो ! मुझे क़त्ल करके तुम भी मर जाओगे। फिर तुम और तुम्हारी आल-औलाद कभी दुनिया के सामने सर न उठा सकेगी। इस अख़लाक़ी मौत से डरो कि वह जिस्मानी मौत से बदरजहा भयानक है। अब भी वक़्त है। तुम अपने दामन को मेरे लहू से बचा सकते हो।"

इमाम के अलफ़ाज़ सुनकर फिर फ़ौज के इरादे डगमगाने लगे। इब्ने-साद बुरी तरह बौख़लाकर चीख़ने लगा—"कान बंद कर लो मेरे दिलेरो, हुसैन इब्ने-अली की बातों का जादू तुम्हें ले डूबेगा। अगर यह ज़हर तुम्हारे कानों के रास्ते दिल में उतर गया तो तुम फिर कहीं के न रहोगे। इमाम की मौत ही तुम्हारी ज़िंदगी है ? इमाम का सर लिए बग़ैर तुम ख़ाली हाथ गए तो तुम्हारा क्या हश्र होगा। हमारा हाकिम वह क़ाहिर-ओ-जाबिर[5] है जिसके हाथ बहुत लंबे हैं। तुम बचकर दुनिया के किसी कोने में मुँह न छिपा सकोगे। इस वक़्त अगर हिम्मत हार गए तो अगली-पिछली पुश्तहा-पुश्त की बहादुरी को कालिख़ लग जाएगी। और अगर हुसैन का सर जीत लिया तो बस, फिर वारे-न्यारे हैं। मुल्के-अरब की नेमतें तुम्हारे क़दमों पर निसार होंगी।"

फ़ौज में तज़बज़ुब और हिरास[6] फैल गया। सिपाही कैदियों की तरह तिलमिलाने लगे। बीवी-बच्चों की सूरतें आँखों में फिर गईं। दीवानों की तरह अपने ही हथियारों से अपने तन पीटने लगे। इब्ने-साद ने इमाम हुसैन को मुख़ातिब करके कहा—"आप हमें उल्लू बनाते हैं। इस एक सर के लिए तो सारा हंगामा है। हुज़ूर, यही एक सर तो हमारे ज़लीलउलक़द्र[7] बादशाह को चाहिए। आपने बेकार अपने प्यारों

---

1. घातक विष, 2. सीख, 3. कारण, 4. सीधे, नासमझ, 5. कोप करने वाला (ख़ुदा), 6. संकोच करने वाला, 7. महामना।

की क़ुर्बानी दी। बग़ैर आपके सर के ये सारे सर बेकार होंगे।"

फिर शामियों को ललकारा—"देखते क्या हो मेरे दिलेरो, मंज़िल पर पहुँचकर हिम्मत न हारो। बड़ा घाटा उठाओगे।"

"मैंने अपना फ़र्ज़ अदा कर दिया। तुम्हें अज़ाबे-दोज़ख़ और ज़मीन-ओ-आसमान की सज़ा से बचाने की हर मुमकिन कोशिश कर ली। अगर तुम्हें मेरा सर ही चाहिए तो यूँ आसानी से न पा सकोगे। तुम्हें यही मंज़ूर है तो यही सही। तुममें से कौन आता है मेरे मुक़ाबले में ?" इमाम ने ठंडी साँस भरकर कहा और झुककर ज़ुलजनाह को थपथपाया—"दोस्त, वक़्त सर पर आ गया है।"

शिम्र और इब्ने-साद समझ रहे थे, शेर थक चुका है, दो-चार ताज़ादम पहलवानों से ज़्यादा क्या झेल सकेगा। मगर जब शहसवार पर शहसवार कटने लगे तो होश गुम हो गए। हुसैन इब्ने-अली ने फ़न्ने-सिपहगरी का वह अछूता नमूना पेश किया कि दुश्मन मसहूर[1] हो गए। जो उनसे पहले शहीद हुए थे, वह तो इस आफ़ताबे-आलमताब के सामने सितारे थे। हुसैन की तलवार थी कि क़हर बदामाँ बिजली ! सर पर मौत की सूरत गिरती, पैरों तक उतर जाती। क़हरो-ग़ज़ब की एक नदी थी जिसका न कोई ओर था, न छोर। तलवार थी कि क़हरे-ख़ुदा। ऐसा तूफ़ान तो कभी दरिया-ए-नील की मौजों ने भी न बरपा किया होगा। तुंदख़ू बुते-तन्नाज़[2] की तरह सर-पैर काटती, झिलमिलाती, चकाचौंध पैदा करती। कभी नाज़ से बल खाती, लाशों से रन की ज़मीन को पाटती साफ़ निकल जाती। दुश्मन का ख़ून चाटकर और भी दिलेर हो गई। धार कुंद पड़ने के बजाय उस पर और भी सान धर गई। उसकी चमक-दमक से सूरज की आँख चकाचौंध होने लगी। जितना ख़ून पीती, प्यास और बढ़ती जाती। एक बर्क़[3] थी जो एक ही वक़्त में हर चहारसू बरस रही थी।

शामियों की पथराई हुई आँखें उन्हें शोब्दे[4] दिखा रही थीं।

"यह हुसैन नहीं। यह तो फ़ातहे-ख़ैबर[5] हैं। शेरे-ख़ुदा बज़ातेख़ुद ज़ुलजनाह पर सवार हैं। भागो, दीनो-दुनिया को बचाकर भागो।"

फ़ौज में एकदम भगदड़ मच गई। शिम्र ने अपने ख़ास दस्ते को रोक दिया कि "जाएँ तो कहाँ जाएँगे भागकर !"

"भागते गीदड़ों पर वार करना फ़न्ने-सिपहगरी[6] की तौहीन है।" इमाम ने ज़ुलजनाह की लगाम खींच ली और ज़रा सुस्ताने के लिए रुक गए। फ़ौज हटती रही और दूर चली गई। इमाम ज़ुलजनाह की पुश्त पर सर झुकाए हाँफते रहे।

---

1. स्तब्ध, 2. हाव-भाव दिखाने वाली तेज़ स्वभाव की प्रेमिका, 3. बिजली, 4. चमत्कार, 5. ख़ैबर-विजेता, 6. युद्ध-कौशल।

अचानक उस वक़्त एक दरवेश-सूरत मुसाफ़िर उस तरफ़ से गुज़रा। उसने हज़ारों की फ़ौज को एक तने-तन्हा सवार की वहशत से घबराकर भागते देखा और फिर उस सवार की ख़ून उगलती हुई तलवार को देखकर बड़ा ग़ुस्सा आया। 'यह कोई जादूगर है कि इसके सामने तमाम इंसानी ताक़तें मुज़महिल और सरनिगूँ[1] हैं। अपनी आसेबी ताक़त से बेगुनाह लाशों के ढेर लगा दिए हैं।' और दिलेरी से आगे बढ़ा और बोला—"ऐ शख़्स, तू किस इक़्लीम[2] का जादूगर है। इन मासूमों ने तेरा क्या बिगाड़ा था जो तूने इन्हें गाजर-मूली की तरह काट डाला। हैफ़-सद-हैफ़[3] तूने बच्चों पर भी रहम न खाया। हुस्न-ओ-जवानी के नौख़ेज़ पौदों पर भी तरस न आया। तू मुसलमान नहीं मालूम पड़ता वरना लाश के हाथ काटकर बेहुरमती न करता कि इस्लाम सख़्ती से इस हैवानियत को मना करता है। चाहे तू मुझे अपने जादू के ज़ोर से ख़ाक में मिला दे, मगर मैं इतना ज़रूर कहूँगा कि तुम जैसा शक़ीउलक़ल्ब और ज़ालिम इंसान मेरी नज़र से नहीं गुज़रा।"

इमाम हुसैन ने अनजान दरवेश को ख़ूँबार आँखों से देखा। एक तल्ख़ मुस्कराहट होंठों पर काँपी और सर झुक गया। वह शख़्स समझा, शायद उसके पुरज़ोर इल्ज़ामात ने पत्थर को पिघला दिया। बोला—"अल्लाह का शुक्र है कि तुझे अपने गुनाहों पर नदामत है। शायद ख़ुदा तेरे गुनाहों को माफ़ कर दे। चाहे तू मुझे मौत के घाट उतार दे मगर इतना बता दे, इन बेगुनाहों के ख़ून से इस रेगिस्तान को सेराब करके तुझे क्या मिला ? लिल्लाह बता दे, तू किस मज़हब का पैरो है जो बच्चों के क़त्ल का हुक्म देता है ?"

हमाम हुसैन फिर मुस्कराए—"ऐ अजनबी, तू बड़े सख़्त मुग़ालते[4] में है। यह बच्चे, यह कमसिन मेरे अज़ीज़ और प्यारे हैं जो तीन दिन की भूख और प्यास की हालत में क़त्ल हुए हैं। मैं मुसलमान हूँ और वह, जिन्होंने इन मासूमों को ज़बह किया है, अहले-इस्लाम ही हैं। अरे नादान, अगर मैं जादूगर होता तो मेरे हाथों में मेरा छह माह का बच्चा हलक़ में तीर खाकर दम न तोड़ता। अपनी जादूगरी का तमाम ज़ोर लगाकर दम तोड़ते बच्चे के हलक़ में दो बूँद पानी टपका देता। अगर तुम यह समझते हो कि यह हज़ारों की फ़ौज, यह नहर के पानी पर पहरा देने वाले सिपाही मज़लूम हैं और मैं तीन दिन का प्यासा ज़ालिम हूँ तो यह तुम्हारी ख़ुशफ़हमी है।"

"याख़ुदा, मैं यह क्या सुन रहा हूँ ! माफ़ करना भाई, मैं यहाँ अजनबी हूँ। लिल्लाह[5] बताओ, यह क्या माजरा है ? सामने दरिया मौजें मार रहा है और तुम प्यासे हो ? तुम कौन हो ? मेरे पास काफ़ी पानी है।" यह कहकर उसने छागल से ठंडा-ठंडा

---

1. मुरझाया हुआ और नतमस्तक, 2. महाद्वीप, 3. हाय-हाय, 4. धोखा, 5. अल्लाह के वास्ते।

पानी कटोरे में भरा, "लो पियो, मैं दरिया से फिर छागल भर लूँगा।"

इमाम ने लरज़ते हाथों से पानी का छलकता हुआ कटोरा थामा। पानी की महक से तन-बदन में बर्क़-सी कौंध गई। काँटोंदार ख़ुश्क ज़बान होंठों पर आ गई। दम खिंचकर आँखों में आ गया। इमाम ने काँपते हुए हाथों से कटोरा लबों तक उठाया। पीने से पहले नज़र चारों तरफ़ घूम गई। कर्बला की रेत में प्यासे शहीदों का ख़ून शोलों की तरह भड़क उठा। अली असग़र की नन्ही-सी नामुराद क़ब्र पर रेत के बगूले नाचने लगे। इमाम ने आँखें बंद कर लीं। पानी कर्बला की झुलसती-जलती रेत के सीने पर उँडेल दिया।

"हैफ़-सद-हैफ़, मेरे मासूम, प्यासे ज़बह हुए। यह पानी मेरे हलक़ में पिघली हुई आग है।"

अजनबी दरवेश थर-थर काँपने लगा।

"लिल्लाह मुझ पर रहम फ़र्माइए। बताइए, आप कौन हैं ? बेगाने तो नहीं कि आपका चेहरा अकसर मस्जिदों में नज़र आया। दिल जान रहा है मगर दिमाग़ पहचानने से क़तई माज़ूर[1] है।"

इमाम उससे यह तो न कह सके कि मैं रसूले-ख़ुदा का प्यारा नवासा, शेरे-ख़ुदा का फ़र्ज़ंद और फ़ातिमा ज़ोहरा का लाल हूँ। बड़ी इन्किसारी[2] से सर झुकाकर बोले— "मैं हुसैन हूँ।"

"हुसैन, कौन हुसैन ?"

"हुसैन इब्ने-अली बिन अबी तालिब।"

"हुसैन इब्ने-अली ! या इमाम, अल्लाह मुझ पर रहम करे।" दरवेश पर हिज़्यानी कैफ़ियत तारी हो गई। क़दमों से लिपटकर रोने लगा, "ऐ मेरे आक़ा ! ग़ुलाम की ख़ता माफ़। मैंने कैसे कुफ़्र के कलमे इस मनहूस ज़बान से निकाले ! मेरी अक़्ल पर पत्थर पड़ गए थे। रहम कीजिए, मौला !"

"तुम्हारा कुसूर नहीं, मेरे भाई ! आज हुसैन इब्ने-अली को कोई नहीं पहचान रहा है। सबने आँखें फेर ली हैं। एक आहनी पर्दा है जो मुसलमानों की अक़्ल पर पड़ गया है। तुम्हारा सफ़र खोटा होता है, अपनी राह पकड़ो। हमारे दुश्मन भी बहुत सुस्ता लिए। बस, अब कोई दम में फिर हमला होने वाला है। वह देखो, सिपाही खा-पीकर हाथ-मुँह धोकर ताज़ादम हो लिए। सफ़ें दोबारा मुरत्तब[3] हो रही हैं।"

"आक़ा, मुझे जाँनिसारी का मौक़ा अता फ़र्माइए।"

"नहीं, मेरे अज़ीज़, जो दोस्त भी हुसैन के बच रहे हैं, वही ग़नीमत है। मैं

1. असमर्थ, 2. विनम्रता, 3. संगठित।

तुम्हारी क़ुर्बानी के एहसान का भार न उठा सकूँगा। जाओ भाई, क्यों अपनी जान खोते हो।"

मगर वह दरवेश क़दमों में लोटने लगा।

"मैं ऐसी दुनिया में कैसे रहूँगा जहाँ हुसैन जैसे इंसान क़त्ल होते हैं, उनके बच्चे ज़बह होते हैं ! ख़ुद अहले-इस्लाम के हाथों बानि-ए-इस्लाम[1] का ख़ानदान तहे-तेग़[2] होता है ! नहीं मेरे आक़ा, मैं जीकर क्या करूँगा ? अगर आपने इजाज़त न दी तो मैं आपके क़दमों पर सर पटककर जान दे दूँगा।"

बमुश्किल इमाम ने उसे उठाकर सीने से लगाया, पेशानी पर बोसा दिया—"जाओ भाई, तुम्हें रोकने का भी मुझे हक़ नहीं। यह जंग हक़परस्तों की जंग है और तुम भी अपने यक़ीन के लिए जिहाद का हक़ रखते हो।"

दरवेश दुश्मन की फ़ौज पर यकायक क़यामत बनकर टूट पड़ा। सर कट-कटकर गिरने लगे। लोग आपस में बातचीत, हँसी-मज़ाक़ में लगे थे। जल्दी क्या है, इत्मीनान से इमाम को क़त्ल करेंगे। यह बला-ए-नागहानी[3] जो नाज़िल हुई तो आए हवास गुम होने लगे। हिम्मतें रेज़ा-रेज़ा हो गईं और भगदड़ मच गई।

मगर कहाँ तक ? आख़िरकार दुश्मन के हवास बजा हुए। अकेले को घेर लिया। इमाम उसकी मदद को तेज़ी से सफ़े पायमाल[4] करते बढ़े। ज़ुलजनाह को भी जलाल आ गया। वह अपने मालिक का हिस्स-ए-जिस्म बन गया था। इमाम के हर ख़याल के साथ जुंबिश कर रहा था। उसे जैसे वक़्त की नज़ाकत का अंदाज़ा हो गया था।

इमाम के इस अचानक हमले से फ़ौजों में फिर अबतरी फैल गई। शिम्र मय अपने ख़ास दस्ते के दौड़-भागकर तमाशा देख रहा था। उसने बड़ी शफ़क़त[5] और नर्मी से अपने जल्लादों के कान भरने शुरू किए—"दोस्तो ! बस, यही एक मौक़ा है। अगर हुसैन पर पुश्त से हमला कर दिया जाए तो बेड़ा पार है। चारों तरफ़ से घिर जाएँगे तो बेबस हो जाएँगे। बस मेरे जियालो, हफ़्त इक़्लीम[6] की बादशाहत तुम्हारे हाथ है। पुश्तहा-पुश्त के लिए ज़रो-जवाहर के ख़ज़ाने तुम पर खुल जाएँगे। हाकिम तुम्हारे ममनूने-एहसान[7] होंगे। इमाम का सर ले लो, आक़बत[8] सँवर जाएगी। अगर तुम्हारे बजाय किसी और दस्ते ने सबक़त[9] हासिल कर ली तो मुँह देखते रह जाओगे। बस मेरे सूरमाओ, इंशा अल्लाह हुसैन का सर काटकर नमाज़े-असर[10] अदा करेंगे।"

एकदम ग़ोले-बियाबानी[11] पर शैतनत ग़ालिब हो गई। चारों तरफ़ से गीदड़ों

---

1. इस्लाम के संस्थापक, 2. नष्ट-भ्रष्ट, 3. आकस्मिक विपत्ति, 4. पद-दलित, 5. स्नेह, 6. महाद्वीप, 7. आभारी, 8. भविष्य, 9. श्रेष्ठता, वरीयता, 10. तीसरे पहर की नमाज, 11. बियाबान के जनसमूह।

के ज़ख़्मों से चूर-चूर शेर को नरग़े में ले लिया।

सियाह रेत के बगूले चक्कर खाने लगे। मैदाने-कर्बला हश्र का मैदान बन गया। तीरों की बारिश होने लगी। किसी बेरहम ने ऐसा तलवार का हाथ मारा कि हुसैन के अमामे के पेच कट गए। उन्होंने झुककर ज़ुलजनाह की गर्दन पर सर टिका दिया। पैरों से रकाबें फिसल गईं। जुलजनाह जिस्म को सधाए मालिक को ख़ाको-ख़ून से निकालने के लिए बेताब था। अपनी टापों से गुर्ज़ का काम ले रहा था। अबुलजनून ने ऐसा ताककर तीर मारा जो ठीक उस मुक़ाम पर पेवस्त हो गया जहाँ रसूले-ख़ुदा गर्दने-हुसैन के बोसे लिया करते थे। कर्बला की ज़मीन लरज़ी। सूरज का चेहरा सियाह हो गया। फ़रात की मौजें लाल अंगारा होकर सर पटख़ने लगीं। इमाम हुसैन इब्ने-अली ज़मीन पर गिर पड़े।

इमाम के गिरते ही बजाय फ़ौज का दिल बढ़ने के उस पर फिर अनजानी हैबत तारी हो गई। सिपाही अंधों की तरह एक-दूसरे को काटते-कुचलते उफ़रीतों[1] की तरह भागे। उनके मुँह से ग़ैर-इंसानी चीख़ें निकल रही थीं। चेहरे फटकारज़दा और नीले हो गए थे। शैतानी क़हक़हे उनके पीछे लपक रहे थे, रेत उनके हलक़, आँखों और नथुनों में भोबल बनकर सुलग रही थी। किसी को तन-बदन का होश नहीं था। बस भाग रहे थे। कहाँ, किधर, यह किसी को पता न था।

इब्ने-साद चीख़-चीख़कर रो रहा था। उसका अमामा गले में झूल रहा था। सर के बाल खड़े हो गए थे। घड़ी-भर में मैदान ख़ाली हो गया। इमाम गरम रेत पर गिरकर बेहोश पड़े थे। ज़ुलजनाह उनके ख़ून पर अपनी पेशानी रगड़ रहा था। इंसान ने ज़ुल्म के आगे हैवान कितना मजबूर और बेबस हो जाता है !

"ज़ुलजनाह, अपने भैया को तुम्हारे सुपुर्द करती हूँ। इन्हें तुमसे ज़िंदा सलामत वापस लूँगी।" बदनसीब बहन ने कहा था।

इमाम ने ग़श से चौंककर आँखें खोलीं। हैरत भी थी और झुँझलाहट भी। अब क्यों ज़िंदा हैं, अब क्या कुछ और सहना बाक़ी है ? तक़दीर के तरकश में क्या अभी कुछ और तीर बाक़ी हैं ? शायद क़ैद-ओ-सलासिल[2] कूफ़ा और शाम की दश्त पैमाई। इन ज़ालिमों से क़तई रहम और मुरव्वत की उम्मीद नहीं। क्या यह पारा-पारा जिस्म अभी और घसीटा जाएगा ? बड़ी मुश्किल से कुहनी के सहारे उठे। घिसट-घिसटकर एक पेड़ के तने से टेक लगाकर हाँफने लगे।

कहाँ गए बहादुर सूरमा, क्या उन्हें इस जानकनी की हालत[3] में छोड़ देंगे ? मौत ख़ुदबख़ुद न आई तो और कितनी देर सिसकना होगा ? नेकबख़्त गला क्यों नहीं काटते ? क्या यूँ ही लहू की बूँद-बूँद रेत में रिसती रहेगी और कोई भी

---

1. राक्षस, 2. कारागार और बेड़ियाँ, 3. मरणासन्न अवस्था।

अज़राहे-करम[1] इस जानकनी की अज़ियत[2] से ख़लासी[3] न दिलाएगा ? घिसटकर ख़ेमे के पास भी तो नहीं जा सकते। मार्के के हंगामे में दूर निकल आए और राह में रेत के टीले हायल हैं। मगर दूर ख़ेमे पर धुँधला-धुँधला नज़र आ रहा है। औरतें और बच्चे सहमे हुए डरी-डरी निगाहों से इमाम को ढूँढ़ रहे हैं। क्या क़ैद कर ले गए ? लाशों के अंबार में तो नज़र नहीं आते। ज़ुलजनाह सर झुकाए क्यों खड़ा है ?

इमाम नीचे झुक गए। अगर बच्चों और औरतों ने देख लिया तो भागते चले आएँगे। दिलों पर क़ाबू न रहेगा और इमाम के हुक्म की सरताबी[4] कर बैठेंगे।

फ़ख़्र और ग़ुरूर से इमाम के ख़ून आलूदा ख़ुश्क होंठों पर मुस्कराहट फैल गई। कितनी प्यारी और फ़र्माबर्दार है उनकी यह नन्हे बच्चों और बेवा औरतों की फ़ौज ! एक ज़ख़्मों से चूर ज़मीनबोस सिपहसालार का हुक्म आज उनके लिए ख़ुदा के हुक्म से कम नहीं।

दुश्मन की फ़ौज के अभी तक हवास बजा न थे। उन्हें अपने जुर्म का एहसास बदहाल किए हुए था। शिम्र ने कहा—"जल्दी क्या है ! तुम लोग बहुत थक गए हो। मुँह-हाथ धोकर ताज़ादम हो जाओ। इत्मीनान से सर काट लेंगे। अब हुसैन में इतना तो दम है नहीं कि फ़रार हो जाएँ।"

इत्तिफ़ाक़ से उस वक़्त उधर से एक मुसाफ़िर का गुज़र हुआ। दरिया पर पानी पीने को झुका तो पानी की सुर्ख़ी देकर ख़ौफ़ से पीछे हट गया। चारों तरफ़ नज़र दौड़ाई तो कुश्तो-ख़ून[5] का मैदान नज़र आया। लाशों के ढेर थे और फ़ौज काफ़ी फ़ासले पर आराम कर रही थी। उसे एक लाश में कुछ जान नज़र आई। ग़ौर से देखा तो उस लाश ने आँखें खोलीं। पेड़ के तने से टेक लगाकर एक ज़ईफ़ इंसान बैठा मौत का इंतज़ार कर रहा है। मुसाफ़िर जल्दी से लपककर क़रीब आया।

"ऐ बिरादर, यह क्या क़िस्सा है ? यह कैसी जंग है ? कौन किसके ख़िलाफ़ लड़ रहा है ? एक फ़ौज तो उधर पड़ी है। दूसरी फ़ौज किधर भाग खड़ी हुई ? अजीब चक्कर है। अक़्ल काम नहीं करती।"

"दूसरी फ़ौज मैं हूँ।" इमाम ने तल्ख़ी[6] से मुस्कराकर कहा—"हाँ, मैं अकेला रह गया हूँ। मेरे बहत्तर सूरमा थे। अब मैं अकेला हूँ।"

"यह कैसी जंग थी ? उधर इतने और इधर सिर्फ़ बहत्तर !"

"बस, कुछ ऐसी ही जंग थी। तुम नए आदमी मालूम होते हो। कुछ आगे-पीछे की ख़बर नहीं।"

"बहुत अर्से से मुल्क के बाहर था। थोड़े दिन हुए मदीना से लौटा हूँ।"

---

1. कृपा करके, 2. यातना, 3. मुक्ति, 4. अवज्ञा, 5. रक्तपात, 6. कटुता।

"कुछ समझ में नहीं आता। हर तरफ़ ख़ामोशी है और ख़ौफ़ो-दहशत से कोई न कुछ बताता है और न सुनता है।"

"इधर कैसे आना हुआ ?"

"मजबूरन आया हूँ। अजीब दिलसोज़[1] क़िस्सा है। इधर आने का कोई इरादा न था। मगर एक मासूम बच्ची की ख़ातिर आया हूँ।"

"बच्ची ?" इमाम ने ठंडी साँस भरी।

"अजीब हिरमा नसीब[2] बच्ची है। देखकर मेरा कलेजा कट गया। मेरा जब भी उधर से गुज़र हुआ, मैंने एक ज़रदर[3] बीमार बच्ची को दरवाज़े पर खड़ा पाया। वह हर आने-जाने वाले मुसाफ़िर से पूछती है—'ऐ मुसाफ़िर ! अगर तुम कूफ़ा की तरफ़ जा रहे हो तो मेरा एक ख़त मेरे बाबा के पास पहुँचा दो। बड़ा सवाब पाओगे। जब से मेरे बाबा गए हैं, न ख़त लिखा है, न लौटकर मेरी ख़बर ली।' मैंने कहा, 'बेटी, कूफ़ा मेरी मंज़िल तो नहीं, फिर भी मैं कारोबार के सिलसिले में जा रहा हूँ, तुम्हारा ख़त पहुँचा दूँगा।' उसने उसी दम आँचल से एक ख़त खोलकर मुझे थमा दिया। आपको यह सुनकर बड़ी हैरत होगी कि वह हमारे पैग़ंबर के नवासे हज़रत इमाम हुसैन इब्ने-अली बिन अबी तालिब की बीमार बच्ची सुग़रा है।"

"सुग़रा !" इमाम के ज़ख़्मों के मुँह खुल गए। मासूम बच्चों की तरह फूट-फूटकर रोने लगे।

"यह मालूम होते ही मैं बेक़रार हो गया। मैंने कहा, मैं तमाम काम छोड़कर इसी वक़्त जाऊँगा। बस, दिल में दो ही अरमान हैं। एक तो यह कि मज़ारे-पैग़ंबर पर सजदारेज़ होने की[4] सआदत[5] नसीब हो, दूसरे उनकी आख़िरी निशानी उनके नवासे हुसैन को क़दमबोसी हासिल करूँ।"

"सुग़रा ! मेरी बीमार बच्ची ! ऐ मुसाफ़िर, अगर तुम उसका ख़त लाए हो तो जल्दी करो। मेरे पास वक़्त बहुत कम है। दोस्त, मैं ही उस बदनसीब बच्ची का बाप हूँ। जल्दी करो, दुश्मन की फ़ौज में सफ़बंदी शुरू हो रही है। अब मेरा सर काटने के सामान होंगे।"

"आप, आप हुसैन इब्ने-अली हैं ? या मेरे आक़ा ! यह मैं क्या सुन रहा हूँ, यह क्या देख रहा हूँ। यह आपका ख़त हाज़िर है। आप मुझे इजाज़त दीजिए कि मैं जाकर उन मलऊनों को कैफ़र-करदार[6] को पहुँचाऊँ।"

"नहीं बिरादर, तुम्हारी जान की क़ुर्बानी से अब कोई फ़र्क़ नहीं पड़ता।"

"आक़ा, ख़ुदा के वास्ते मुझे इस सआदत से महरूम न कीजिए। आप पर यह

1. हमदर्द, 2. जिसके भाग्य में निराशा हो, 3. पीले चेहरे वाली, 4. पैग़ंबर की समाधि पर माथा टिकाने का, 5. सुअवसर, 6. मृत्युदंड दूँ।

सिमत टूटे और मैं देखता रहूँ ! मैं मुसलमान हूँ, मौला !"

"यह जो मेरे क़त्ल के मंसूबे बना रहे हैं, जिन्होंने मेरे जवान भाई, भतीजे, बेटे मेरी आँखों के सामने ज़बह किए, मेरे शीरख़्वार[1] छह माह के बेटे को प्यासा शहीद किया, यह भी ख़ुदा के फ़ज़्ल से मुसलमान हैं।"

"ख़ुदा उन्हें ग़ारत करे, उनका बीज दुनिया से फ़ना हो जाए। पर इस्लाम के नाम पर ग़लाज़त[2] में घसीटने वाले आपके नाना की उम्मत नहीं, यह शैतान की औलाद हैं। आपको रसूलुल्लाह का वास्ता, अमीरुल-मोमिनीन शेरे-ख़ुदा का सदक़ा, मुझे इजाज़त दीजिए कि अब यह सर मेरे कंधों पर बार हो रहा है।" मुसाफ़िर तलवार खींचकर उठ खड़ा हुआ। मगर इमाम ने उसका दामन थाम लिया—"तुमने मुझे अपना इमाम माना है तो मेरा हुक्म बजा लाओ। जिस तरह भी हो सके, यहाँ से जान बचाकर निकल जाओ। तुम्हारा भी कोई इंतज़ार कर रहा है, उसका दिल न तोड़ो।"

"या इमाम, आपने कैसे जान लिया कि मेरी बिन माँ की इकलौती बच्ची मेरी वापसी की घड़ियाँ गिन रही है ?"

"दिल से दिल को राह होती है। मैंने भी अपनी बच्ची की जुदाई का ग़म झेला है। ठहरो, ज़रा मुझे अपनी बच्ची का ख़त पढ़ लेने दो।"

सुग़रा के आँसुओं से तर ख़त में लिखा था—

'मेरे प्यारे बाबा ! आपकी सुग़रा के तन में साँस आती-जाती है। आप उसे भूल गए, मगर वह आपकी याद में पहरों रोती है। आपके नाम की तस्बीह पढ़ती है। कर्बला के बहादुरों ने एक लबे-गोर[3] बच्ची की याद अपने दिलों से भुला दी। मगर वह सुबह से शाम तक दरवाज़े पर खड़ी हर आने-जाने वाले से बिछड़ जाने वालों का पता पूछती है। मैंने कौन-सा क़ुसूर किया था बाबा, जो अपनी ख़ैरियत के दो लफ़्ज़ न लिखे, न मुझे वहाँ बुलाया ? आप समझ रहे होंगे, सुग़रा मर गई, बला टली। बाबा, मैं अभी ज़िंदा हूँ। अल्लाह, मुझे अपने पास बुला लीजिए, नहीं तो रो-रोकर मैं अंधी हो जाऊँगी। सब समझाते हैं, मगर मैं हरदम आँसू बहाती हूँ। अब्बारा चचा तो अपनी लाड़ली सकीना के सिवा किसी को गर दानते[4] भी नहीं। उनकी बला से सुग़रा मरे या जिए। मगर हैफ़ है, अकबर भाई को भी नसीबों जली[5] बहन की याद न आई। उनकी शादी पक्की हो गई हो तो लिल्लाह मुझे बुला लीजिए, नहीं तो मैं जान दे दूँगी। असग़र तो माशा अल्लाह अब घुटनियों चलते होंगे। हमें देखेंगे तो पहचानेंगे भी नहीं। क़ासिम भाई अपनी दुल्हन की ख़ातिरों में लगे होंगे। उन्हें हम क्यों याद आने लगे ? बाबा, अपनी सुग़रा पर रहम कीजिए, बुला लीजिए।'

---

1. दूध पीता, 2. गंदगी, 3. जो क़ब्र के पास बैठी है, 4. पूछते, 5. अभागिन।

ख़त पढ़कर इमाम की हिचकी बँध गई। मुसाफ़िर से कहा—"सुनो मेरे भाई, मुझे तुम्हारी ज़िंदगी बड़ी प्यारी है ताकि तुम मेरा पैग़ाम मेरी बच्ची तक पहुँचा दो। मेरा इतना काम करो, बड़ा सवाब होगा। जाकर उस बच्ची को तसल्ली देना और कहना, जाने-पिदर, जो कुछ तेरे बदनसीब बाप ने देखा, ख़ुदा दुश्मन को न दिखाए। तू देखती तो तेरा कलेजा फट जाता, दिल पारा-पारा हो जाता। तेरे भाई अली अकबर हमसे रूठ गए। वह सामने उनकी जवान लाश पड़ी है। सीने का घाव छिपाने के लिए हाथ रख लिया है। अली असग़र की क़ब्र दो क़दम पर है। हमने इन ख़ूनआलूदा हाथों से उन्हें सुपुर्दे-ख़ाक[1] किया है। तीन दिन की प्यास में हलक़ में तीन फल का तीर मिला था। यह देखो, हमारी दाढ़ी उन्हीं के लहू से तो गुलज़ार हो रही है। अब्बास ने दो बूँद पानी की ख़ातिर दोनों बाज़ू कटवाए। मेरी बच्ची, तू देखती तो ग़म से पागल हो जाती। अगर तू क़ासिम की घोड़े से कुचली हुई लाश देखती तो तेरा क्या हाल होता ! उन्होंने सेहरा बाँधा और मौत ने उनको अपनी गिरफ़्त में बाँध लिया। तेरी मासूम बहन की क़िस्मत फूट गई। सब्र कर, मेरी जान ! शेरे-ख़ुदा की बहादुर पोती, पत्थर का कलेजा कर ले कि यही हमारी क़िस्मत में था। अब आगे और क्या होने वाला है, वह भी हमें मालूम है। मौत मेरे सामने खड़ी है। कोई दम में तेरे बाबा का सर तन से जुदा होने वाला है। फिर यह सर नेज़े पर चढ़ाया जाएगा और लाश की हर मुमकिन तरीक़े से बेहुरमती की जाएगी। इसके बाद जो ज़ुल्मो-सितम मेरी हरम[2] और मासूम बच्चों पर टूटेंगे, वह भी पोशीदा नहीं। तू ख़ुशक़िस्मत है सुग़रा कि तूने यह सब कुछ नहीं देखा, वरना तेरा मासूम दिल टूट जाता।"

इमाम ने थककर आँखें बंद कर लीं। फिर मुसाफ़िर से कहा—"जाओ मेरे मेहरबान दोस्त, ख़ुदा तुम्हें अपनी अमाँ रखे।"

"आपका हुक्म सर-आँखों पर, मेरे मज़लूम इमाम ! आज जो इन आँखों से देखा है, वह कभी फ़रामोश न हो सकेगा। अलविदा, मेरे आक़ा !" मुसाफ़िर क़दम चूमकर तेज़ी से रवाना हुआ।

इमाम ने अपनी तमाम क़ूवत-इरादी[3] सर्फ़ करके उमड़ती हुई नक़ाहत[4] और गशी को दूर झटका और थकी हुई ख़ूँचकाँ[5] आँखों से आसमान की तरफ़ देखा और मौत का इंतज़ार करने लगे।

शाम की फ़ौज में ज़हनी अबतरी फैली हुई थी। कोई मज़लूम इमाम का सर तन से जुदा करने पर राज़ी न था। आक़बत[6] की फ़िक्र डस रही थी। ख़ौफ़ से आँखें फटी की फटी रह गई थीं। हथियार जिस्म पर बोझ बने झूल रहे थे। इंसान हथियारों

---

1. दफ़्न, 2. श्रेष्ठ घराने के, 3. संकल्प-शक्ति, 4. कमज़ोरी, 5. रक्तरंजित, 6. परलोक।

से नहीं, दिलोदिमाग़ से लड़ता है। इनकार की सूरत में कितने ही मौत के घाट उतार दिए गए मगर उनकी हरकत की ताक़त ही सल्ब[1] हो चुकी थी। इब्ने-साद ने उन्हें ताज़ादम होने के लिए दरिया की तरफ़ हँकाया, मगर वह यूँ सहमकर पलटे जैसे पानी नहीं, पिघला हुआ लावा है। जिसने हलक़ से बमुश्किल उतारा वह वहीं मुर्गे-बिस्मिल[2] की तरह तड़पकर ठंडा हो गया। ख़ुदा का क़हर नाज़िल होना शुरू हो गया था। जुनून का ज़हर आहिस्ता-आहिस्ता सरायत करता जा रहा था। रेगिस्तान की हिद्दत[3], अरब क़ौम के जज़्बाती लोग, इतना अज़ीम सानिहा[4], होशोहवास का तहोबाला हो जाना कोई ताज्जुब की बात नहीं थी। तब लोगों ने शिम्र ज़िलजोशन की तरफ़ देखा और ख़ौफ़ से औंधे मुँह गिर गए। उसके काँधों पर इंसान का सर नहीं था।

अस्र की नमाज़ का वक़्त हो गया था। इमाम हुसैन झुलसती रेत पर सिजदा रेज़ हो गए।

"ऐ ख़ुदा ! तेरा लाख-लाख शुक्र कि मैं ज़ालिमों की सफ़ों के बजाय मज़लूमों की क़तार में खड़ा हूँ। क़ातिल नहीं मक़तूल हूँ कि क़ातिल हज़ार बार मरते हैं।"

शिम्र का घोड़ा एहतिजाजन[5] अलफ़ हो गया।[6] उसने चाबुकों से उसकी खाल उधेड़ दी।

ज़ैनब ने शिम्र की नीयत देखकर कलेजा थाम लिया। शिम्र के घोड़े की टापें जैसे उनकी छाती पर आ गईं। इमाम हुसैन का सबसे छोटा बच्चा अब्दुल्ला बिन हुसैन एकदम तड़पकर ख़ेमे से बाहर निकला। माँ ने पकड़ना चाहा, फूफी ने दामन थामा मगर वह मचलकर उनके हाथों से छूटकर निकला और 'अम्मू-अम्मू' करता इमाम की तरफ़ तीर की तरह भागा। उनके सामने दोनों हाथ फैलाकर सिपर[7] बनकर खड़ा हो गया—"ख़बरदार कमीने, तूने मेरे अम्मू को हाथ भी लगाया तो फ़ना हो जाएगा।"

नन्हे-से बच्चे को देखकर शिम्र दमबख़ुद रह गया। जलाल-ओ-जमाल[8] का यह नन्हा-सा नमूना देखकर उसकी शक़ावत[9] का दम सूख गया। दुबला-पतला जिस्म ग़ुस्से से काँप रहा था। गाल तमतमाए हुए थे, कानों में मिन्नत के आवेज़े[10] लरज़ रहे थे। दिल में इंसानियत की नन्ही-सी कोंपल फूटते महसूस करके वह झुंझला गया।

"क़िस्सा ख़त्म करो।" उसने अपने साथियों को हुक्म दिया।

इमाम ने अपने सामने से बच्चे को हटाना चाहा मगर वह मचल के क़ाबू से

---

1. समाप्त, 2. घायल पक्षी, 3. गर्मी, 4. दुर्घटना, 5. विरोधस्वरूप, 6. पिछले पैरों पर खड़ा हो गया, 7. ढाल, 8. सौंदर्य और पराक्रम, 9. निष्ठुरता, 10. बुंदे।

बाहर हो गया। एक बहादुर पहलवान ने तलवार का हाथ मारा। एक नन्हा-सा हाथ कटकर दूर जा गिरा। बच्चा चीख़ मारकर इमाम की आग़ोश में ख़ून में लथपथ होकर गिरा और तड़पने लगा। मुसलसल वार होने लगे और बच्चे का जिस्म ठंडा हो गया। इमाम ने बच्चे की लाश छाती से लगा ली।

शिम्र ने घोड़े को चक्कर दिया। जब इमाम के क़रीब आया तो जस्त[1] लगाई और सवार हो गया। ख़ून में डूबे सफ़ेद बाल पकड़कर झटके से चित किया। ज़ख़्मों से छलनी सीने पर घुटना रखा।

इमाम ने गले पर ख़ंजर की धार महसूस करके आँखें खोल दीं।

"ठहर जा, मुझे एक नज़र अपने क़ातिल को देख लेने दे।" इमाम मुस्कराए।

ज़ैनब का कलेजा फट गया। नंगे पैर, नंगे सर ख़ेमे से निकल आईं। इमाम ने बहन की चीख़ सुनकर बेदेखे हाथ से वापस जाने का इशारा किया। ज़ैनब पलटकर जलती रेत पर गिर गईं।

शिम्र ने गर्दन पर एहतियात से उस मुक़ाम को देखा जहाँ रसूले-ख़ुदा बोसा दिया करते थे और ख़ंजर चला दिया।

सर काटकर वह शैतानी क़हक़हे लगाकर रक़्स करने लगा। एकदम इस नफ़सियाती अमल[2] का असर फ़ौज पर हुआ, मुर्दा फ़ौज में जान पड़ गई। सब अफ़रीतों[3] की तरह नाचने लगे। वह रक़्स, जो इस्लाम की मुक़द्दस तालीम[4] ने भुला दिए थे, फिर ज़िंदा हो गए।

कर्बला की ज़मीन 'अल्लाहो अकबर' के नारों से लरज़ उठी। फ़तह के नक़्क़ारे बजने लगे, झाँझ चिंघाड़ने लगे। सूरज यकलख़्त मुँह छिपाकर भागा और जहन्नुम की खौलती हुई तारीकी[5] छा गई। हुसैन का सर नेज़े पर चढ़ाकर बलंद किया गया।

ज़ैनुल आबिदीन तड़पकर उठे और गिरते-पड़ते बाहर निकल आए। फूफी ने फ़ौरन कमान सँभाली। फ़ुज़्ज़ा की मदद से बीमार को उठाया। ख़ेमे में लाईं, दामन की हवा दी तो उन्हें होश आया।

"मैं क्यों ज़िंदा रह गया, फूफी अम्मा ?"

"इसलिए कि अब तुम हमारे इमाम हो, इस लुटे हुए क़ाफ़िले के सरबराह[6] हो। अपने बाबा की वसीयत याद करो। ऐसी कोई बात नहीं होनी चाहिए कि यह ज़ालिम तुम्हें शहीद कर दें। हम लोगों के लिए तुम्हारी जान बड़ी ग़नीमत है। अगर तुम न रहे तो मेरे भाई का कोई नामलेवा भी न रहेगा। रसूले-ख़ुदा का नाम मिट जाएगा। अपने लिए नहीं इन यतीमों, हम बदनसीब माँओं, बहनों के लिए तुम्हें ज़िंदा रहना पड़ेगा।"

---

1. छलाँग, 2. मनोवैज्ञानिक क्रिया, 3. राक्षस, 4. पवित्र शिक्षा, 5. अंधकार, 6. नेता, मार्गदर्शक।

ज़ैनब बिन्ते-अली की बातों से इब्ने-हुसैन में कुछ सकत आई।

मैदाने-जंग से बराबर वहशियाना नारों की सदाएँ आ रही थीं। फ़ौज पर जुनूनी कैफ़ियत तारी हो चुकी थी। फ़ातेह सिपाह[1] ने लूट शुरू कर दी और ख़ेमों में घुस आए और सामान उठाकर भागने लगे। बच्चे सहमकर माँओं की गोद में छिप गए। ज़ालिम दरिंदों के डरावने चेहरे देखकर उनकी जान सूखी जा रही थी।

माल-असबाब था ही कितना ? इमाम ख़ज़ाना लेकर नहीं चले थे और न ही उनके पास माल-दौलत था। लूटने वालों को सख़्त नाउम्मीदी हुई। औरतों के सरों से चादर खींच ली।

माँओं ने जल्दी-जल्दी अपने और बच्चों के गले, कान में जो तौक़, कड़े, कंगन थे, उतार-उतारकर बीच ख़ेमे में फेंकने शुरू कर दिए। मगर सकीना को अपने कानों के आवेज़े बहुत अज़ीज़ थे। यह बाबा ने ईदी में दिए थे। उन्होंने दोनों हाथों से कान छिपा लिए और भागकर बीमार भाई के पहलू में छिप गईं कि शायद उन्हें कोई न छेड़ेगा और यह छिपी रहेंगी। मगर यह लूटमार एक नफ़सियाती खेल था ताकि फ़ौज के दिल में जो आले-रसूल की दहशत बैठी है, उसे ज़ायल[2] किया जा सके। इसलिए यह ज़रूरी समझा गया कि कोई रिआयत-मुरव्वत न बरती जाए ताकि सिपाहियों के ज़मीर[3] मलामत[4] न करें।

ख़ोली हँसता हुआ सक़ीना की तरफ़ लपका, मगर शिम्र ने उसे पीछे ढकेल दिया और आगे बढ़ा और शिकार को दबोच लिया। हाथ मरोड़कर कड़े उतार लिए और कानों से आवेज़ा उतारने लगा तो सकीना चीख़ीं, ज़ालिम ने कसकर बच्ची के फूल-से गालों पर दो तमाचे लगाए और झटका मारकर आवेज़े नोच लिए। लहूलुहान बच्ची भाई के हाथों में बेहोश हो गई। इब्ने-हुसैन ने चाहा, ज़ालिम पर हमला करके उसका गला दबोच लें, मगर फूफी ने दामन थाम लिया।

"नहीं बेटे, इन कमीनों को शह मिलेगी। सह जाओ मेरे लाल ! और जो भी ज़िल्लतें सहनी पड़ें, सह जाओ। देखना है कि इनकी दरिंदगी इन्हें कहाँ तक बढ़ जाने पर उकसाएगी !"

लूटने के बाद हस्बदस्तूर ख़ेमों में आग लगाई गई। कोई भी ऐसी रिआयत न बरतनी चाहिए कि फ़ौजियों को याद आ जाए कि यह बदनसीब उनके पैग़ंबर की औलाद हैं। ड्रामा पूरी आन-बान से खेला जाना चाहिए।

आग लगते देखकर ज़ैनब बिन्ते-अली को भाई के अलफ़ाज़ याद आ गए—'अली की दिलेर बेटी, हिम्मत को हाथ से न जाने देना। तुम इस लुटी फ़ौज की सिपहसालार हो।'

---

1. विजयी सेना, 2. नष्ट, 3. अंतःकरण, 4. धिक्कार।

और ख़ैबरशिकन की बहादुर बेटी ने अपना किरदार निभाया। बिखरते ख़ानदान को दोनों हाथों से समेट लिया। जल्दी-जल्दी सबको जलते ख़ेमों से हटाकर दूसरे ख़ेमों में पहुँचाया। ख़ेमे इस तरह दो क़तार में नस्ब किए गए थे कि एक का दर दूसरे के दर से जुड़ा हुआ था। बच्चों और औरतों का बुरा हाल था। प्यास और नक़ाहत से चक्कर आ रहे थे। रोती थीं मगर आवाज़ न निकलती। सरों पर चादरें न थीं, शर्म और ज़िल्लत की मारी दोहरी हुई जा रही थीं। ज़ैनब एक-एक का हाथ पकड़कर घसीटतीं, किसी को चुमकारतीं, किसी को सख़्ती से टोकतीं। जब दूसरे ख़ेमे ने आग पकड़ी तो सबने तीसरे में पनाह ली। मगर आग बढ़ती आई। आख़िरी ख़ेमे में पहुँचकर ज़ैनब ने इब्ने-हुसैन से पूछा—"ऐ इमाम, अब क्या हुक्म है ?"

"अब पर्दे का मौक़ा नहीं। बाहर निकलकर इस अज़ाबे-दोज़ख़ से छुटकारा पाने के सिवा और कोई चारा नहीं।"

अपने बीमार इमाम का हुक्म पाकर सब औरतें और बच्चे मैदान में निकल आए और जलते हुए ख़ेमों से थोड़ी दूर रेत पर बैठ गए।

सकीना को होश आ चुका था। दोनों कानों पर हाथ रखे गुमसुम बैठी थी। कुहनियों तक ख़ून बह आया था। सब बच्चे उस वक़्त बचपन को भूलकर बूढ़ों की तरह सब्र से ख़ामोश बैठे थे।

अजीब वहशतनाक ख़ामोशी छाई हुई थी। बड़ी डरावनी अँधेरी रात एकदम मज़लूमों की पर्दापोशी के लिए मैदाने कर्बला पर उतर आई थी।

यकायक दुश्मन के ख़ेमों में शम्एँ जल उठीं। साज़ जाग गए और जश्न[1] की तैयारियाँ होने लगीं। शराब-ओ-कबाब के दौर चलने लगे। फ़तह के जोश में आज किसी को तन-बदन का होश न था।

मगर सिपाहियों का एक गिरोह सबसे अलग-थलग सर जोड़े मशवरा कर रहा था। उनमें से एक-दो ने कहा—"यह आज हमें क्या हो गया था, इंसानियत कहाँ मौत की नींद सो रही थी ! अरब क़ौम का तो यह शेवा नहीं कि औरतों और बच्चों पर हाथ उठाएँ, बीमार और मजबूर को सताएँ। क्या हम वाक़ई मुसलमान हैं या सिर्फ़ नाम के अहले-ईमान हैं ? दिलों में वही ज़मान-ए-जहालत की तारीकियाँ भरी हैं। क्या हम रसूले-करीम की उम्मत हैं ? अपने आज के अफ़आल[2] के बाद क्या हम ख़ुदा को मुँह दिखाने के क़ाबिल रह गए हैं ? क्या पैग़ंबरे-इस्लाम हमें बख़्शवाएँगे कि हमने उनके प्यारों को इस बेदर्दी से ज़बह किया ? उनकी बहुओं, पोतियों, नवासियों की बेहुरमती की।"

---

1. उत्सव, 2. कर्म।

हमख़याल सिपाहियों का मजमा बढ़ता गया। उन्हें शिम्र और साद से नफ़रत होने लगी। रात गहरी होती गई, ख़ौफ़-ओ-नफ़रत बढ़ती गई। चंद सरदार जमा होकर मशवरे के बाद इब्ने-साद के पास पहुँचे और उसे मलामत करने लगे—"कमबख़्त ! तेरे कहने में आकर हमने यह ज़ुल्म कर डाला। जी चाहता है, अब तेरा नामोनिशान भी इस दुनिया से मिटा दें।"

"ख़ुदा तुझे ग़ारत करे। तुझे हुसैन इब्ने-अली से इनाद[1] था मगर उन सिपाहियों और नन्हे बच्चों ने तेरा क्या बिगाड़ा था ? तू यहाँ बैठा तरमाल निगल रहा है, और वहाँ बच्चे भूख-प्यास से बेदम गरम झुलसती रेत पर पड़े तड़प रहे हैं। रोने की आवाज़ भी तो नहीं आती कि इतनी सकत भी उनमें नहीं रही।"

"ऐ नाहंजार[2] ! जब किसी के यहाँ मौत हो जाती है तो अरब क़ौम का यह दस्तूर है कि जब तक मय्यत न उठ जाए, माँएँ बच्चों को दूध तक नहीं देंगी। उसके बाद पहले मरने वाले के ख़ानदान को समझा-बुझाकर हाज़िरी[3] खिलाते हैं, फिर ख़ुद निवाला तोड़ते हैं। तूने सारे लश्कर को खाना बाँटा मगर उन बदनसीबों की तरफ़ तेरा ख़याल भी न गया।"

"बख़ुदा हमारे हलक़ में निवाला अटक रहा है और हम पर भी खाना हराम है। जब तक वह लोग फ़ाक़ा नहीं तोड़ेंगे, कोई खाने को हाथ न लगा पाएगा।"

यह कहकर उन्होंने इब्ने-साद के सामने रखे हुए मुरग्ग़नखानों[4] के ख़्वान[5] उलट दिए, जाम औंधे कर दिए और तलवारें खींचकर खड़े हो गए।

इब्ने-साद उनके तेवर देखकर चौकन्ना हो गया। इससे पहले कि यह बाग़ियाना ख़यालात[6] सारी फ़ौज में ज़हर बनकर फ़ैलें, इन्हें ख़त्म करना पड़ेगा। वह बड़े ड्रामाई अंदाज़ में सर झुकाकर रोने लगा, फिर बोला—"ख़ुदा तुम्हारा भला करे। तुमने नेक मशवरा दिया। मैं ख़ुद नादिम और परेशान था।"

नौकरों को बुलाकर हुक्म दिया—"अभी चालीस ख़्वान खानों के और मशरुबात[7] लेकर जाओ और पेश करो।"

लोग बोले—"हम किस मुँह से जाएँ, हमें तो शर्म आती है। हमने उनकी आँखों के सामने उनके अज़ीज़ों के गले काटे हैं। वह हमारे हाथ का छुवा नहीं खाएँगे। इन ग़लीज़ ख़ून-भरे हाथों से हमें ख़ुद मुँह में निवाला रखते उबकाई आ रही है।"

इब्ने-साद ने शिम्र से कहा—"भाई, इस वक़्त तू ही जा सकता है। तू ख़ुद को अब्बास इब्ने-अली का रिश्तेदार बताता है।"

"नहीं-नहीं, यह मुझसे न हो सकेगा। ज़ैनब ने अपनी आँखों से मुझे हुसैन की छाती पर चढ़कर उन्हें ज़बह करते देखा है।"

---

1. शत्रुता, 2. नीच, 3. भाती, 4. घी में तरबतर, 5. थाल, 6. विद्रोह-भरे विचार, 7. पेय।

"और कमबख़्त, तुमने उस बच्ची के तमाचा मारकर कानों से बुंदे नाहक खींचे। ठीक कहते हो, तुम्हारा जाना ठीक नहीं। तुम्हें देख लिया तो ख़ौफ़ से उसका दम ही निकल जाएगा।" इब्ने-साद फ़िक्रमंद हो गया।

जब कोई खाना ले जाने पर तैयार न हुआ तो हुर की बीवी का ख़याल आया जो शाम की फ़ौज के साथ ही थी। वह बदनसीब अपने शौहर के सोग में सर औंधाए आँसू बहा रही थी। यह सोचकर दिल को ढाढ़स बँधा रही थी कि ऐन वक़्त पर हुर को ख़ुदा ने कूवते-बीनाई[1] बख़्शी, उसका बहादुर शौहर हक़ पर क़ुर्बान हुआ। उसके ग़ुनाहों की कुछ तो तलाफ़ी[2] हो गई।

इब्ने-साद ने उसे बुलाया। बेचारी समझी, उसे हुर की ग़द्दारी की सज़ा भुगतनी पड़ेगी। लरज़ती-काँपती आई। मगर जब मालूम हुआ, खाना ले जाने का सवाल है तो ज़रा जी ठहरा। वह पहले ही इन मज़लूमों के ख़याल से परेशान थी। उनकी ख़िदमत के मौक़े को ग़नीमत समझा। जब हुर की बीवी ख़्वान लेकर पहुँची तो दूर ही से उनकी गत देखकर जी मसल गया। रेत पर बेसरोसामानी की हालत में बच्चे, औरतें पड़ी थीं। उलटे पैरों वापस आई और कहा—"ख़ुदा समझे तुझे इब्ने-साद। सैदानियाँ नंगे सर खुले आसमान के नीचे पड़ी हैं। पहले उनके लिए ख़ेमे नस्ब कराओ, तब मैं उनके लिए खाना लेकर जाऊँगी। नापाक रेत पर, जहाँ थोड़ी दूर पर लाशें पड़ी हैं, उनके हलक़ से निवाला कैसे उतरेगा ?"

इब्ने-साद बौखलाया हुआ था। डपटकर हुक्म दिया कि एक बड़ा और कुशादा ख़ेमा उन लोगों को दे दिया जाए।

जब क़दमों की चाप और मशाल की रोशनी नज़र आई तो ज़ैनब चौंककर उठ बैठीं, समझीं, ज़ालिम यहाँ भी चैन नहीं लेने देंगे और सितम ढाने आ रहे हैं। फ़ौरन खड़ी हो गईं और बढ़कर बोलीं—"क्या हम लोग भागे जा रहे हैं ? ख़ुदारा[3] इस वक़्त पीछा छोड़ दो। बच्चों की आँख लग गई है। जाग गए तो फिर भूख-प्यास से रोने लगेंगे। बहुत हलकान होकर सोए हैं।"

यह सुनकर हुर की बीवी ज़ारोकतार रोने लगीं। आगे बढ़कर कहा—"आपके पास एक अर्ज़ लेकर हाज़िर हुई हूँ।"

"अर्ज़ ? हम तो हुक्म सुनने के लिए बैठे हैं। कहो, क्या कहना है ?"

"चलिए, उस ख़ेमे में आराम कीजिए।"

"आराम ? क्या हमारे हिस्से का आराम तुम्हारे पास बाक़ी है ?"

"बीबी, मैं आपकी कनीज़[4] हुर की बेवा हूँ।"

"ख़ुदा बख़्शे हुर को, बहन, तुमने पहले क्यों न बताया ? तुम्हारे शौहर ने किस

1. देखने की शक्ति, 2. प्रदर्शित, 3. ख़ुदा के लिए, 4. दासी।

शान से इमाम की मुहब्बत निभाई। ख़ुदा जानता है, हमारा बाल-बाल उनका एहसानमंद है।"

"एहसान तो मेरे ऊपर हुआ, इमाम ने उन्हें राहे-रास्त[1] दिखाई, उनका अंजाम बख़ैर हुआ। शहादत नसीब हुई। बीबी, आपको किस मुँह से इमाम का पुरसा[2] दूँ ! आपकी लौंडी हूँ।"

सबको सहारा देकर ख़ेमे में पहुँचाया। इतने में ख़्वान आने लगे। उन्हें देखकर सब डर गए। शायद इमाम और दूसरे शहीदों के सर उन्हें ईज़ारसानी[3] के लिए लाए गए हैं।

मगर जब ख़्वान खोले गए तो जान में जान आई।

"यह क्या है ?" ज़ैनब ने रुखाई से पूछा।

"मरने वालों की हाज़िरी।"

"या अल्लाह, हाज़िरी ! मेरे प्यारे तीन दिन के भूखे-प्यासे ज़बह किए गए और अब सितमज़रीफ़ी देखिए कि हमें उनकी हाज़िरी दी जा रही है ! यह सब हमारा दिल दुखाने की तरकीबें हैं। बहन, हाज़िरी कैसी ? अभी तो लाशें बेगोरो कफ़न पड़ी हैं। हाज़िरी तो दफ़न के बाद होती है। क्या अरब क़ौम ने अब रसूल और ख़ुदा के एहाकमात[4] को भी बदलना शुरू कर दिया है। ले जाओ यह ख़्वान। हम इन्हें हाथ न लगाएँगे।"

इस वक़्त इब्ने-हुसैन ने अपना फ़र्ज़ अदा करना ज़रूरी समझा।

"आपने मुझे इमाम कहा है ?"

"हाँ बेटे, हक़ तो यह है कि भाई के मरने के बाद तुम ही हमारे इमाम हो।"

"तो बहैसियत इमाम के मैं हुक्म देता हूँ कि मैदाने जंग में तमाम रस्मोरिवाज और आदाब की क़ैद ख़त्म हो जाती है।"

ज़ैनब ने बीमार और लाग़र[5] इमाम को नज़र भर के देखा। हिम्मत बँध गई, जी ठहर गया, बोलीं—"तो फिर इस ख़्वान पर फ़ातिहा पढ़ दो, बेटे !"

इमाम ने फ़ातिहा पढ़ी। बच्चों को जगा-जगाकर उनके हलक़ में बूँद-बूँद पानी टपकाया कि कहीं अछू लगकर दम न निकल जाए। हलक़ बंद हो गए थे। बड़ी मुश्किल से गले तर हुए, फिर घूँट उतरने के क़ाबिल हुए। सकीना को पानी दिया तो वह ख़ुशी से तालियाँ बजाने लगीं—"चचाजान पानी ले आए न, मैंने कहा था ! फ़ौज की मजाल नहीं जो मेरे चचाजान को रोक सके।"

ज़ैनब चुप कटोरा थामे रहीं !

"मगर हम तो चचाजान के हाथ से पानी पिएँगे।"

---

1. सन्मार्ग, 2. सांत्वना, 3. यातना देना, 4. आदेश, 5. दुबले-पतले।

ज़ैनब का हाथ काँपा और कटोरा छलक गया।

"प्यारी बेटी, हमारे हाथ से नहीं पियोगी ?" इब्ने-हुसैन ने बहन पर झुककर कहा।

"पी लूँगी, मगर पहले यह बताइए, हमारे चचाजान और बाबा कहाँ हैं ? हम उनसे उस आदमी की शिकायत करेंगे जिसने हमारे कान नोचे और तमाचे भी मारे।"

बड़ी मुश्किलों से सबने दो-दो लुक़मे[1] खाकर पानी का घूँट हलक़ से उतारा। ऐसा मालूम होता था, हलक़ निगलना भूल गया है।

"भैया !" सकीना थोड़ी देर बाद बोलीं।

"हाँ, बीबी !"

"हमारे तमाचों और कान खींचने का हाल चचाजान को न बताएँ तो अच्छा है। उन्हें ग़ुस्सा बड़ी जल्दी आता है। ग़ुस्सा आ गया तो ग़ज़ब हो जाएगा। फिर लड़ाई शुरू हो जाएगी।"

इन चंद दिनों की भूख-प्यास में सबकी हड्डियाँ निकल आई थीं, जिल्द जल गई थी, आसाव[2] चकनाचूर हो गए थे। बच्चे तो सो गए, माँएँ सिसकियाँ भरती रहीं, करवटें बदलती रहीं।

ज़ैनब की आँखें अंगारों की तरह सुलग रही थीं। भाई के क़त्ल पर एक आँसू भी न बहाया था। ख़ेमे से थोड़े फ़ासले पर प्यारों की लाशें बेगोरो-कफ़न[3] पड़ी थीं। इमाम ने क़त्ल किए जाते वक़्त सबके कपड़े चाक कर दिए थे कि फटे हुए कपड़ों को कौन उतारेगा और इस तरह शायद लाशें बरहना[4] होने से बच जाएँगी, मगर दरिंदगी की आँखें नहीं होतीं।

"नहीं, अभी रोने की मोहलत नहीं। जंग ख़त्म नहीं हुई है, सिर्फ़ हालात ने करवट बदली है। अभी तो और मार्के[5] सर करना है, अभी तो बहुत कुछ सर से गुज़रना है।"

पिछले पहर सब ही घड़ी-भर को ग़ाफ़िल हो गए।

उम्मे-रबाब ने चौंककर देखा, सकीना पहलू में नहीं, शायद फूफी के पास चली गई। उधर भी नज़र न आई तो उठकर चारों तरफ़ ढूँढ़ा। पुकारने की हिम्मत न हुई कि सबकी नींद हराम होगी।

पौ फट रही थी, शम्एँ दम तोड़ चुकी थीं। दिल पर पत्थर रखकर वापस लेट गईं मगर क़रार न आया। है, है, बच्ची कहाँ गई ! फिर तड़पकर उठ बैठीं।

कहीं बाहर तो नहीं निकल गई ? हौले से ज़ैनब को जगाया।

"बीबी, सकीना नहीं मिलती।"

---

1. कौर, 2. नाड़ी-मंडल, 3. बिना दफ़नाए हुए, 4. नग्न, 5. मोर्चे।

"यहीं कहीं होगी।"

"कहीं नहीं, शायद बाहर नींद में निकल गई।"

दोनों दबे पैर बाहर निकलीं। ख़ेमे के आसपास देखा। कुछ पता नहीं चला, कहाँ चली गई। या ख़ुदा, कोई जानवर तो नहीं उठा ले गया ?

धुँधली रोशनी में रेत पर नन्हे-नन्हे पैरों के ताज़ा निशान देखकर जी को ढाढ़स बँधा। उधर ही चल पड़ीं। मक़्तल थोड़े फ़ासले पर था। अभी ठीक से उजाला नहीं हुआ था। कोई पहरेदार भी घूमता हुआ दिखाई न दिया जिससे पूछतीं। सब ही थके-हारे घोड़े बेचकर सोए थे।

दूर धुँधलके में कोई चीज़ हिलती नज़र आई। यह उधर ही लपकीं। देखा, सकीना बाबा की सरकटी कुचली हुई लाश के सीने पर सर रखे सो रही है। शायद कोई ख़्वाब देखा जो करवट बदली।

उम्मे-रबाब ने बमुश्किल अपनी चीख़ों को रोका और झुककर बच्ची को उठाने लगीं।

"नहीं, हम बाबा के पास सोएँगे।" बाबा की लाड़ली बेटी मचल गई।

"ना मेरी शहज़ादी !" ज़ैनब ने बच्ची को उठा लिया। देखा, बच्ची बुख़ार में झुलस रही थी।

"बाबा बहुत गहरी नींद सोए हैं। हमने उन्हें जगाया नहीं, चुपके से लेटे रहे।"

बच्ची हिज़यान[1] में बड़बड़ा रही थी, "फूफीजान, बाबा को सर्दी लग रही होगी। बर्फ़ की तरह ठंडे हो रहे हैं। इन्हें कुछ उढ़ा दीजिए ना।"

ज़ैनब ने कोई जवाब न दिया। ख़ामोश उम्मे-रबाब को सहारा दिए चलती रहीं। उम्मे रबाब के पैर क़ाबू में न थे। क़दम-क़दम पर ठोकरें खा रही थीं।

"बाबा ने हमें प्यार नहीं किया, क्या हमसे खफ़ा हैं ?"

उम्मे-रबाब के सब्र का दामन छूट गया। दबी हुई चीख़ निकल गई। फ़ौरन चार सिपाही लपके और सीने पर बरछियाँ रख दीं। एक ने मशाल बढ़ाई।

"चक्कर देकर भागने का इरादा है।"

ज़ैनब ने संगीनें हाथ से परे कर दीं।

"बच्ची नींद में इधर निकल आई थी। अपने बाबा की छाती पर सोने की आदी है। घबराओ नहीं, कोई तुम्हारे चंगुल से निकलकर नहीं जा रहा है।"

सिपाही झिझककर पीछे हट गए।

जब ख़ेमे में पहुँचे तो जगार शुरू हो गई थी। बच्चों ने फिर सिसकना शुरू कर दिया।

---

1. सन्निपात।

कुबरा अपनी हथेली के ज़ख़्म से बेक़रार थीं। सुहाग की चूड़ियों के चुभ जाने से जो घाव हो गया था, ख़ुश्क हो चला था, मगर दिल का ज़ख़्म लहू दे रहा था। बच्चों को समझाना आसान नहीं। इमाम हुसैन ने कभी बच्चों से कोई बात नहीं छिपाई, न बहाने से टाला। इब्ने-हुसैन ने भी बच्चों के हर सवाल का जवाब निहायत बेरहमी से दिया था कि जाने वाले हमेशा के लिए गए, अब वह नहीं आएँगे। बच्चे फटी-फटी आँखों से देखते-सुनते, जैसे वाक़ई सब कुछ समझ गए। थोड़ी देर बाद फिर ज़िद करने लगते—"बाबा के पास चलो।"

"अब्बास चचा को बुलाओ।"

"अकबर भाई कहाँ गए ?"

"औन-ओ-मुहम्मद कब तक बाहर खेलते रहेंगे ? हम भी उनके पास जाएँगे।"

"क़ासिम भैया कब आएँगे ? कुबरा बाजी रोती हैं।"

बच्चों की बातें सुनकर और जी को वहशत होने लगती।

ग्यारहवीं मुहर्रम की सुबह आई तो अपने जलू में नई क़यामतें लाई।

इब्ने-साद ने एक मजलिसे-मशावरात[1] मुरत्तब[2] की कि चंद सरदारों और सिपाहियों का रवैया पिछली रात नाज़ेबा[3] हद तक बाग़ियाना[4] था। यह जरासीम अगर फ़ौरन ही ख़त्म कर दिए गए तो वबा बन सकते हैं। ऐसे ख़यालात रखने वालों पर कड़ी निगरानी की ज़रूरत है। कूफ़ा पहुँचकर उनका पक्का इंतज़ाम करना अज़हद लाज़िमी[5] हो जाएगा। उनकी यह ज़बानी हमदर्दियाँ हंगामा भी बन सकती हैं।

थोड़ा-बहुत इंतज़ाम तो उसी रात को हो गया था। वह जो बढ़-चढ़कर बोले थे, उनमें से ज़्यादा जोशीले तो उसी रात ग़ायब कर दिए गए थे। सैकड़ों लाशों में चंद और लाशें, कोई शुब्हा नहीं पैदा हो सकता। बाक़ी मुश्तबा[6] लोगों पर मुख़बिर तैनात कर दिए गए।

शामियों की लाशें बड़ी मुस्तैदी से दफ़न की जा रही थीं लेकिन आले-रसूल की लाशें उसी तरह चिलचिलाती धूप में पड़ी थीं। मुनादी करा दी गई कि उन्हें दफ़न न करने दिया जाए। उदूले-हुक्मी[7] की सज़ा मौत से बदतर होगी। किसी सूरत में नर्मी न बरती जाएगी। वरना लोगों को मुग़ालता हो जाएगा। पछतावे और तौबा का मर्ज़ वबाई[8] होता है।

हर मुमकिन और नामुमकिन तरीक़े से यह साबित करना निहायत अहम था कि हुसैन इब्ने-अली ग़द्दार थे। उन्होंने ख़ुदा के मुक़र्रर किए हुए पैगंबरे-इस्लाम के जायज़ जाँनशीन यज़ीद की बैअत करने से इनकार किया। मुल्क़गीरी की हवस में

---

1. परामर्श समिति, 2. आयोजित, 3. अशोभन, 4. विद्रोही, 5. अत्यंत आवश्यक, 6. संदिग्ध, 7. अवज्ञा, 8. महामारी।

फ़ौज जमा करके ख़ून-ख़राबे पर तुले हुए थे। जंग हुई और शिकस्त खाई।

"पैग़ंबरे-ख़ुदा के अज़ीज़ों में सिर्फ़ इमाम हुसैन इब्ने-अली ही नहीं थे। यज़ीद से भी उनसे रिश्ता था जो निहायत दिलेर, पाकबाज़, मुत्तकी और परहेज़गार है। क्योंकि ख़ुदा की रहमतें उसी पर नाज़िल हुई हैं। अरब क़ौम की अक्सरीयत यज़ीद के साथ है।" शिम्र ने कहा।

इस मौक़े पर यह भी साबित करना अज़हद ज़रूरी था कि पैग़ंबरे-इस्लाम के नवासे ग़लतियाँ भी कर सकते हैं और इस्लाम की हिफ़ाज़त के लिए उन्हें सज़ा भी दी जा सकती है। वह अल्लाह के कोई ख़ास बंदे नहीं वरना ख़ुदा ख़ुद उन्हें बचा लेता। मुसलमानों का हक़ीक़ी[1] ख़लीफ़ा अल्लाह का प्यारा बंदा यज़ीद है, जिस पर दो जहान की बरकतें नाज़िल हुई हैं।

लेकिन अगर चंद मुफ़सिदों[2] के दिल में यह ख़याल जागुज़ीन हो जाए[3] कि हुसैन बेगुनाह थे, फ़ौज नहीं जमा की थी—सिर्फ़ बहत्तर रिश्तेदार और दोस्त थे, उन्हें बैअत के मामले में इख़्तियार हासिल था कि बैअत यक़ीन और ईमान के बलबूते पर होती है, उन्हें इस्लाम के तमाम उसूल नज़रअंदाज़ करके उन पर पानी बंद करके हज़ारों के नरग़े में घेरकर शहीद किया गया।

ऐसे ख़यालात की बेख़कनी[4] की जाए। उनके साथ बिलकुल वही बर्ताव किया जाए जो दुश्मनाने इस्लाम के साथ होना चाहिए। चंद लोगों ने सलाह दी कि इन क़ैदियों का झंझट क्यों पाला जाए ? इन्हें शाम तक ले जाना क़यामत हो जाएगा। सबको यहीं ख़त्म करके क़िस्सा पार कर दिया जाए। कूफ़ा ले जाने की ज़रूरत नहीं।

मगर फिर मजलिसे-मशावरत ने बड़े ग़ौरोखौज़[5] के बाद फ़ैसला किया कि अगर सबको यहीं ख़त्म कर दिया गया तो रिआया को तमाशा दिखाने और उन पर दहशत तारी करने का एक अच्छा मौक़ा हाथ से चला जाएगा। फ़ौज ख़ाली हाथ लौटकर आए तो रौब नहीं पड़ता। दिखाने को माले-ग़नीमत[6] नहीं तो क़ैदी तो होना लाज़िमी है। उनकी बेहुरमती और दुरगत देखकर और भी लोगों के दिल में उनकी वक़त ख़त्म हो जाएगी। यह गुमान भी मिट जाएगा कि यह रसूले-ख़ुदा के नवासे होने की वजह से कोई ख़ास रुतबा या ताक़त रखते हैं। इनकी ताक़त कम होने का मतलब है, लोगों के दिल में यज़ीद के लिए ज़्यादा से ज़्यादा जगह हो जाएगी। इसलिए जितना भी शानदार जुलूस तैयार किया जा सके, मुफ़ीद साबित होगा।

---

1. यथार्थ, वास्तविक, 2. फ़सादी, उपद्रवी, 3. विचार मन में बैठ जाए, 4. विनाश, 5. सोच-विचार, 6. लूट का माल।

इब्ने-हुसैन के गले में तौक़ और पैरों में बेड़ियाँ डाली गईं। शिम्र बहुत बददिल हो रहा था। क्या नीम मुर्दा बीमार क़ैदी है ! सींक-सलाई-सी टाँगें, पतली गर्दन, उन पर बेड़ियाँ क्या सजेंगी, तौक़ क्या भला मालूम होगा ! चौड़े-चकले पहलवान ज़ंजीरों में जकड़े जाएँ तो फ़ातेह की शान में चार चाँद लग जाते हैं। यह बीमार-ओ-लाग़र क़ैदी, नीममुर्दा बच्चे और सूखी-जली औरतें तो बोहतान[1] मालूम होंगी।

बेमारी के ऊँटों पर औरतों को नंगे सर बिठाया गया। उनके गले में रस्सियाँ बाँधी गईं। एक लंबी-सी रस्सी में बच्चे के गले तस्बीह के दानों की तरह पिरो दिए गए। साथ नुमाइश के लिए ख़ून में लिथड़ा हुआ अलम, जले हुए ख़ेमे, अली असग़र का झुलसा हुआ पालना था। सबसे आगे नेज़ों पर शहीदों के सर थे। एक-एक सर क़ीमती था। ऐन लड़ाई के वक़्त अली असग़र के सर की ढुँढिया पड़ी। एक जगह नर्म मिट्टी नज़र आई। खोदकर फ़ौरन सर काटकर नेज़े पर आवेज़ाँ कर दिया[2] गया।

रवानगी के वक़्त ज़ैनब बेक़रार होकर अपने प्यारों की लाशों की तरफ़ भागने लगीं। लेकिन चंद क़दम बढ़ने पर गले छिलने लगे। सिपाहियों ने रस्सियों के झटके दिए। वे बेदम होकर ज़मीन पर गिर पड़ीं। उसके बाद जब भी अज़ीज़ों के बेगोरोकफ़न लाशें रास्ते में मिलीं, किसी ने सर उठाने की कोशिश भी न की। ख़ामोश ख़ूँबार आँखों देखा और सर झुका लिया।

"तुम मर गईं ज़ैनब, तो मेरी क़ुर्बानी भी फ़ना हो जाएगी। दुनिया की याददाश्त बड़ी कमज़ोर है। दो-चार साल बाद सब भूल जाएँगे। मेरा ख़ून कर्बला की रेत में खो जाएगा।" इमाम ने बहन से कहा था।

"यह हर्गिज़ न होगा। मेरी ज़िंदगी की हर साँस 'हुसैन-हुसैन' पुकारेगी। इस लहू की एक-एक बूँद का हिसाब होगा।" ज़ैनब ने तहैया कर लिया था।

इब्ने हुसैन ने भी फूफी की बात को दिल में रख लिया था। कल तक जो बीमार करवट तक लेने की सकत रखता था, आज तौक़-ओ-सलासिल[3] का बोझ उठाए मर्दानावार क़दम उठा रहा था। हाथ में उन ऊँटों की महार थी जिन पर बेपर्दा माँ, बहनें सवार थीं। तन का बुख़ार मन की भड़कती हुई आग के सामने ठंडा पड़ गया था। क़दम-क़दम पर ठोकर लग रही थी। सर चकरा रहा था। आँखों तले बार-बार अँधेरा छा रहा था। मगर हिम्मत जवान थी। ज़िंदा रहने की ज़िद इरादे को मज़बूत बना रही थी। हर हाल में ज़िंदा रहना है। क़िस्मत जो कुछ दिखाए, देखना है।

कूफ़ा में ख़बरों की तालाबंदी थी। वाक़ई कर्बला की भनक भी किसी के कान

---

1. आरोप, 2. सजा दिया, 3. हथकड़ी-बेड़ी।

में नहीं पड़ने दी गई थी। तमाम पेशबंदियाँ हो चुकी थीं। क़ासिदों ने पहले से हाकिम कूफ़ा को फ़तिहैन[1] के जुलूस की आमद की ख़ुशख़बरी पहुँचा दी थी। शहर में बस यह ख़बर आम थी कि कुछ बाग़ियों ने ख़लीफ़-ए-वक़्त के ख़िलाफ़ सर उठाया था, उन्हें कुचल दिया गया। अब मुजरिम बंदो-सलासिल में गिरफ़्तार लाए जा रहे हैं और हर ख़ासो-आम की ख़ुशनूदी के लिए कैफ़रे-करदार[2] को पहुँचाए जा रहे हैं।

कूफ़ा के हाकिम इब्ने-ज़ियाद ने फ़तहयाब[3] फ़ौज की आमद की ख़बर सुनकर शहर की आईनाबंदी का हुक्म दिया। शहर को चिराग़ाँ से जगमगाया गया। गली-गली, कूचा-कूचा में गवैयों और रक़्क़ासों[4] की भीड़ जमा की गई। फ़िज़ा नग़मों से गूँज उठी।

कूफ़ा वाले पहले से ही इब्ने-ज़ियाद के उताब से ख़ाएफ़ थे। अपनी नेकनीयती का इज़हार करने के लिए बड़े ज़ोर-शोर से जश्ने-शाही[5] में हिस्सा लेने लगे। इब्ने-ज़ियाद को डर था कि शायद हक़ीक़त अयाँ[6] होने पर लोग आपे से बाहर होकर हंगामे खड़े कर दें, इसलिए उसने पेशबंदी के तौर पर ऐलान करवाया कि कोई हथियारबंद होकर न आए।

दूसरे दिन इब्ने-साद बड़े किर्र-ओ-फ़र[7] से लाव-लश्कर के साथ शहर में शादयाने बजाता दाख़िल हुआ। लोग तमाशा देखने टूट पड़े। क़ैदियों की ऐसी बुरी गत थी कि अपने अज़ीज़ भी मुश्किल से पहचान पाते। नेज़ों में आवेज़ाँ[8] सर ख़ाकोख़ून में लिथड़े हुए थे। दूसरे किसी के शानोगुमान में भी यह बात न थी कि यह क़त्ले-हुसैन का जश्न है। यह क़ैदी रसूले-ख़ुदा के अज़ीज़ और प्यारे हैं। समझे, कोई वहशी क़बीले के बाग़ी होंगे। सबकी रंगतें झुलसकर सियाह हो गई थीं। हड्डियों के ढाँचे क़ैदोबंद की सऊबतें[9] सर झुकाए झेल रहे थे। आम क़ायदे के मुताबिक़ तमाशबीन क़ैदियों पर ईंट-पत्थर, कूड़ा-करकट फेंक रहे थे और मुग़ल्लिज़ात[10] बक रहे थे। एक शख़्स ने लड़खड़ाते हुए इब्ने-हुसैन को देखकर क़हक़हा लगाया।

"ऐ दुश्मने-इस्लाम, तुझ पर ख़ुदा की लानत है।"

"ऐ नेकबख़्त, तू जानता है कि मैं कौन हूँ ?"

"हाँ, जानता हूँ, तुम दीने-इस्लाम के दुश्मन हो।"

"तुम्हें धोखा दिया गया है। मैं अपने जद्दे-अमजद[11] के अक़ायद[12] का दुश्मन कैसे हो सकता हूँ ? मैं इब्ने-हुसैन हूँ। वह सामने नेज़े पर मेरे बाबा का सर है। पहचानते हो हुसैन इब्ने-अली को ?"

एक मुअम्मर[13] आदमी ने आँखें चुँधियाकर देखा और उस पर जैसे बिजली

---

1. विजेता, 2. मृत्युदंड, 3. विजयी, 4. नर्तक, 5. राज-उत्सव, 6. वास्तविकता प्रकट होने पर, 7. धूमधाम, 8. सजे हुए, 9. यातनाएँ, 10. गंदी गालियाँ, 11. दादा, 12. विश्वास, 13. वयोवृद्ध।

गिर पड़ी।

"या ख़ुदा ! हुसैन इब्ने-अली क़त्ल कर दिए गए !" वह शख़्स चीख़ने लगा।

आग की तरह यह ख़बर मजमे में फैल गई। लोग आँखें फाड़-फाड़कर नेज़ों पर चढ़े सर देखने लगे, पहचानकर पागलों की तरह बाल नोचकर सर पीटने लगे।

एक कोहराम मच गया। लोगों ने हमला करके सरों को छीनने की कोशिश की। इब्ने-ज़ियाद की फ़ौज पहले से ही इस गड़बड़ का मुक़ाबला करने को तैयार थी। घुड़सवार मजमे को कुचलते आगे बढ़े और नेज़ों के हलक़े में ले लिया। जल्दी-जल्दी सब क़ैदियों को क़िले में पहुँचा दिया गया। जश्न मातमे-हुसैन[1] में तब्दील हो गया। हर घर से रोने-पीटने की आवाज़ें उठने लगीं—"याख़ुदा ! हुसैन इब्ने-अली क़त्ल कर दिए गए !"

यह ख़बर आग की तरह हर चहारतरफ़ फैल गई। यह सुनकर पहले तो कूफ़ा वालों पर सकता तारी हो गया, फिर लाखों सीनों से ऐसी दिलदोज़ आह बलंद हुई कि सारा शहर थर्रा गया। लोग पागलों की तरह रोने-पीटने लगे। सर के बाल नोचकर कपड़े फाड़ने लगे।

उस वक़्त ज़ैनब बिन्ते-अली ने अपने चेहरे से उलझे हुए बालों की नक़ाब उठाई और कूफ़ा वालों को पुकारकर मुख़ातिब किया—"ऐ कूफ़ियो, तुम मक्कार और झूठे हो, वायदाशिकन और कमीने हो। तुमने लंबे-चौड़े वायदे किए और तोड़ दिए। तुमने मेरे भाई इमाम हुसैन इब्ने-अली के साथ फ़रेब किया, उन्हें वतन से बेवतन बनाया और जब वह यहाँ आए तो तुम बुज़दिल गीदड़ों की तरह अपनी जानें बचाकर दुबक गए और उन्हें वहशी दरिंदों के हाथों में छोड़ दिया। उन्हें भूखा-प्यासा ज़बह किया गया। हम तबाह-ओ-बर्बाद हो गए। अब तुम हम पर मगरमच्छ के आँसू बहाने आए हो ? ख़ुदा करे यह आँसू तुम्हारी आँखों से हमेशा बहते रहें। बेग़ैरत इंसानो ! तुमने अपने दामन पर जो घिनावना दाग़ लगाया है, यह क़यामत तक न छूटेगा। तुमने एक ऐसे इंसान के साथ दग़ा की जो तुम्हारा दीनी और दुनियावी रहनुमा था। ख़ुदा तुम्हारा यह गुनाह कभी माफ़ न करेगा। दुनिया तुम्हारी मक्कारियों को कभी माफ़ न करेगी। बेरहमो ! तुमने रसूले-ख़ुदा के मासूम नवासे को ज़बह किया। उनके नन्हे-नन्हे बच्चों को प्यासा मारा, उनकी बहू-बेटियों के सर से चादरें उतारकर उनकी बेहुरमती की और अब तुम रो रहे हो !"

ज़ैनब बिन्ते-अली की आवाज़ सुनकर कूफ़ा वालों की जान निकल गई। ख़ौफ़ से आँखें निकल पड़ीं। दरो-दीवार से सर फोड़ने लगे। कपड़े फाड़ डाले और बाल

---

1. हुसैन का सोग।

नोचने लगे।

उमरे-साद ने एकदम हालात बिगड़ते देखकर क़ाफ़िले को तेज़ी से आगे बढ़ाया। लोगों को तलवारों, बर्छियों से परे ढकेलकर रास्ता बनाना चाहा। मगर मजमा बेक़ाबू हो चुका था।

बड़े ख़ून-ख़राबे के बाद जुलूस को फ़ौज ने हलक़े में लिया और तेज़ी से क़िले की तरफ़ रवाना हो गए। हर तरफ़ से लोग जमा होकर क़ाफ़िले के साथ रोते-पीटते चलने लगे।

वह शहर जो दम-भर पहले दुल्हन की तरह सजा था, मातमकदा[1] बन गया। हर घर से मातम की सदा बलंद होने लगी। ऐसा भयानक वाक़या कभी सुनने में भी न आया था। क़त्ल और वह भी आले-रसूल का क़त्ल और इस बेदर्दी से !

बड़ी मुश्किलों से जुलूस भागमभाग इब्ने-ज़ियाद के दरबार में पहुँचा।

ख़ोली और बशीर बिन मालिक फ़ख़्र से सीना ताने मज़लूम इमाम का सर लेकर इब्ने-ज़ियाद के दरबार में पहुँचे और झूम-झूमकर शे'र पढ़ने लगे—

"ऐ अमीर
हम पर सोने-चाँदी की बारिश कर
और जवाहरात से हमारे दामन पुर कर दे
कि हम ऐसे बलंद मर्तबा शहंशाह का सर लाए हैं
जो पैग़ंबरे-ख़ुदा का प्यारा नवासा था
और हर तरह से एक बलंद मर्तबा इंसान था।"

"कमबख़्तो ! अगर तुम हुसैन को अज़ीम इंसान समझते हो तो फिर उन्हें क़त्ल क्यों किया ?" इब्ने-ज़ियाद ने चींबजबीं[2] होकर कहा, "इसी बात पर जी चाहता है, तेरी गर्दन उड़ा दूँ।"

बशीर बिन मालिक सहम गया। समझा, ज़रूर इब्ने-ज़ियाद की नीयत ख़राब हो रही है। यज़ीद के दरबार से मिलने वाले इनामो-इकराम में भाँजी मारने का इरादा है। वह चुपके से सरक गया। मगर उसी रात उसे किसी गुमनाम आदमी ने ख़त्म कर दिया।

इब्ने-ज़ियाद ने क़ैदियों को उस जेलख़ाने में भिजवा दिया जो मस्जिद के क़रीब वाक़ए[3] था।

यह वही कूफ़ा था जहाँ बीस साल क़ब्ल अली इब्ने-अबी तालिब की हुकूमत थी। उन्होंने बड़ी जाँफ़िशानी से कूफ़ा की तामीर की थी। उन्हें कूफ़ियों पर बड़ा

---

1. शोकगृह, 2. क्रुद्ध, 3. स्थित।

भरोसा था। एक दिन वह था जब ज़ैनब और उम्मे-कुलसूम यहाँ शहज़ादियों की तरह रहा करती थीं। बड़े-बड़े अमीरों और रईसों की बहू-बेटियाँ उनकी ख़िदमत में हाज़िर होना अपने लिए बड़े फ़ख़्र की बात समझती थीं। आज कूफ़ा की नीच औरतें भी उनके पास आते हुए तकल्लुफ़ महसूस कर रही थीं कि किसी ने देख लिया तो हाकिम उनसे सारा सुलूक ख़त्म कर देगा।

कूफ़ा के हालात बिगड़ रहे थे। कुछ मनचले इंसानों ने नेज़ों पर चढ़े हुए सर छीनने की कोशिशें कीं। जगह-जगह छिपकर लोग वाक़े-ए-कर्बला[1] की छानबीन करते। वाक़ियात की तफ़सील सुनकर सर पीटते। इब्ने-ज़ियाद के ख़िलाफ़ नफ़रत और ग़ुस्से का तूफान उठा, जो निहायत बेदर्दी से दबा दिया गया। आख़िर निहत्थे इंसान कैसे हथियारबंद फ़ौज का मुक़ाबला करते ? चुप ही रहे। मगर अंदर-अंदर ख़ून के घूँट पीते रहे। छिपकर जलसे होते। कभी एक-दूसरे को मुजरिम ठहराते, कभी ख़ुद अपनी ग़लती पर सर धुनते। गरज़ ख़ूने-हुसैन रंग लाने लगा।

इब्ने-ज़ियाद ने हंगामों से जान छुड़ाने के लिए फ़ैसला किया कि सबको ख़त्म करके एक बार छुट्टी की जाए, मगर उसी दिन दमिश्क़ से हुक्मे-शाही पहुँचा कि तमाम सर और क़ैदी ज्यों के त्यों दारूलख़िलाफ़ा[2] रवाना कर दिए जाएँ। शिम्र ज़िलजोशन मय दूसरे मोतबर[3] सरदारों के क़ाफ़िले के साथ रवाना हुआ।

तय पाया कि इस शिकस्त-ख़ुरदा[4] क़ाफ़िले को ख़ूब गुंजान बस्तियों में घुमाया जाए ताकि देखने वालों को इबरत हो कि यज़ीद की मुख़ालिफ़त करने वालों का क्या हश्र होता है। कूफ़ियों ने बस शुरू में हंगामे किए थे, फिर हस्बे-आदत दुबककर बैठ गए थे। शिम्र समझा, तरकीब ठीक कारगर साबित हुई और लोग वाक़ई हमेशा के लिए सहम गए। यही पॉलिसी दूसरे शहरों में भी कारगर साबित होगी। और फिर कभी किसी को यज़ीद के ख़िलाफ़ सर उठाने की ज़ुर्रत न होगी। जब रसूले-ख़ुदा के नवासे ही यज़ीद की नाफ़र्मानी करके फ़ना और बर्बाद हो सकते हैं तो फिर अब किसमें हिम्मत है कि उसकी बरतरी में शुब्हा करे ?

तमाम शहरों में, जहाँ से क़ाफ़िला गुज़रने वाला था, पहले से क़ासिद को भेजकर पक्का इंतज़ाम करवाया गया। शहर को ख़ूब आरास्ता किया जाए। बाक़ायदा नाच-रंग का इंतज़ाम हो। किसी बात की कसर न उठा रखी जाए। बहुत ही धूमधाम से हर मुक़ाम पर जश्ने-फ़तह[5] मनाता क़ाफ़िला गुज़रे।

मगर शिम्र की यह दूरंदेशी उसकी सबसे बड़ी हिमाक़त साबित हुई। जहाँ-जहाँ से यह क़ाफ़िला गुज़रा, सोते इंसानों को जगाता चला गया। जिस रास्ते से क़ाफ़िला गुज़रा, एक आग-सी लगती चली गई। बजाय यज़ीद का रौब बैठने के हुसैन

1. कर्बला की घटना, 2. राजधानी, 3. विश्वसनीय, 4. परास्त, 5. विजय का उत्सव।

इब्ने-अली की पामर्दी[1] और हिम्मत के लोग क़ायल होते गए। उन्होंने सर कटा दिया, क़दमों पर झुकाया नहीं। जान दे दी मगर ज़मीरफ़रोशी नहीं की। अपने मोतक़िदीन[2] को धोखा नहीं दिया। किसी धमकी, किसी लालच की परवाह नहीं की। कैसे-कैसे जुल्म सहे, मगर क़दम एक पल को न डगमगाए।

हुसैन की उलूहिम्मती[3] दिलों में घर करती गई। जहाँ से क़ाफ़िला गुज़रता, लोग ज़ौक-दर-ज़ौक जमा हो जाते। सरकारी ख़बरों के अलावा लोगों को पहले ही से ख़ुफ़िया ख़बरें पहुँचने लगीं और हर मुक़ाम पर ज़ैनब बिन्ते-अली ने जो फ़साहत-ओ-बलाग़त[4] विर्से में अपने बाबा से पाई थी, उसका सिक्का बैठता जाता। जब लोग जमा हो जाते, वह किसी एक बेटे, भतीजे, भानजे की शहादत की तफ़सील इस दर्दअंगेज[5] अंदाज़ में बयान करतीं कि पत्थर भी पिघल जाते।

सिपाही मजमे[6] को मार-पीटकर मुन्तशर[7] कर देते, क़ैदियों पर पहरा खड़ा कर देते। ज़ैनब को मौक़ा न मिलता, मगर किसी ज़रा-सी बात पर वह कुछ ऐसा जुमला कह देतीं जो सुनने वालों के कलेजे को मसल देता। एक बार न जाने कैसे अली असग़र का पालना खुलकर ऊँट पर से गिर पड़ा। उम्मे-रबाब की चीख़ें न रुक सकीं।

"हाय मेरा बच्चा, हाय मेरा लाल, गिर जाएगा लोगो, मेरे अली असग़र का पालना सँभालो।"

ज़ैनब ने भावज का सर छाती से लगाकर कहा—"न रो मेरी मलका, पालना ख़ाली है। तेरा लाल तो अपनी दादी फ़ातिमा ज़ोहरा की आग़ोश में सो रहा होगा। वह तो कभी का रूठ गया। ज़ालिम का तिरफला तीर उसकी नन्ही-सी गर्दन में पेवस्त हो गया। तब इमाम ने उसका जीता-जागता ख़ून अपने चेहरे पर मल लिया था। न रो मेरी शहज़ादी, पालना ख़ाली है, तेरी गोद भी ख़ाली है।" फिर मजमे की तरफ़ मुतवज्जो होकर बोलीं, "ऐ ख़ुशनसीब माँओ ! जिनकी गोद में जीते-जागते, हुमकते शीरख़्वार[8] हैं, अल्लाह का शुक्र करो कि तुम्हारी गोद सरसब्ज़ है। उम्मे-रबाब की गोद उस पालने की तरह हमेशा के लिए ख़ाली हो गई।"

फ़ौज ने बहुत मारा-पीटा, मगर बच्चोंवालियाँ गिरे हुए पालने पर अपनी आँखें मलने लगीं। उसकी डोरियों को चूमने लगीं। हर शहर में लोग बग़ावत पर आमादा हो गए। रक़्सो-सुरूर[9] की महफ़िलों में आग लगा दी और गली-कूचों में मातमे-हुसैन से कोहराम मच गया। कई शहरों में तो ऐसी अबतर हालत हो गई कि जुलूस ने इसी में ख़ैरियत समझी कि बाहर ही से आगे बढ़ जाएँ। जब से लोगों ने शहीदों के सर छीनने की कोशिश की थी, सरों को एहतियात से संदूकों में बंद करके ले

---

1. साहस, 2. श्रद्धालु, 3. उच्च साहस, 4. भाषा संबंधी गुण, 5. मार्मिक, 6. दर्शकगण, 7. तितर-बितर, 8. दूध पीता बच्चा, 9. नाच-गाना।

जा रहे थे। अगर सबके सब सर सही व सलामत न पहुँचे तो शामत आ जाएगी। इमाम मज़लूम की रूदादे कर्बला सुनकर लोगों के सहमे हुए दिलों में जोश पैदा होने लगा। वह इन ज़्यादतियों का मुक़ाबला करने पर तुल गए, जो उनके हाकिम के साथ रवा रखते थे। चुपचाप ज़ुल्म सहने वालों की ज़बानें भी खुलने लगीं। इमाम ने मर के उन्हें जीने का सलीक़ा सिखा दिया। सर कटा के सर उठाने की हिम्मत पैदा कर दी। आग एक शहर से दूसरे शहर में फैली। लोगों ने गिरोहबंदियाँ शुरू कर दीं। जितना उन्हें मारकर दबाने की कोशिश की वह और ज़ोर से उभरे।

शिम्र ज़िलजोशन हलकान हो गया। शहर-दर-शहर बजाय नार-ए-तहसीन-ओ-आफ़री[1] के या तो ख़ामोश अवाम से मुक़ाबला करना पड़ता या लानतें[2] मिलतीं।

जिस हुकूमत में मुसलमानों की यह गत थी वहाँ ईसाई और यहूदी तो जानवरों से बदतर समझे जाते थे। उनके तमाम हक़ूक़ आहिस्ता-आहिस्ता छीने जा रहे थे। उन्होंने भी इस मौक़े पर सोगवारें-ने-हुसैन का साथ दिया। उन्हें बड़ी बेदर्दी से क़त्ल किया गया, मगर ख़ूने-हुसैन की सुर्ख़ी अवाम की आँखों में उतर आई थी। जितनी उन पर सख़्ती हुई उतनी ही नफ़रत बढ़ी, ग़ुस्सा बढ़ा और इसमें कोई शक न रहा कि हुकूमत वहशी, जाबिर और बेदीन इंसानों के हाथ में है।

इमाम को शहीद करके यज़ीद ने अपनी और अपनी शहंशाहियत की क़ब्र खोद डाली। क़ाफ़िला जब दमिश्क़ पहुँचा तो यज़ीद के हज़ारों-लाखों परिस्तार[3] उससे मुनहरिफ़ हो चुके थे।

क़ाफ़िला उफ़्ताँ-ओ-ख़ेज़ाँ[4] आगे बढ़ता रहा। जब कहीं पड़ाव पड़ता, सिपाही ऐशा-इशरत में गुम हो जाते। लोग छिप-छिपकर उन तक पहुँच जाते, ज़ैनब, उम्मे-कुलसूम और इब्ने-हुसैन से कर्बला के हालात सुनते, ख़ामोशी से आँसू बहाते।

"हम सख़्तजान ज़िंदा रह गए। हमारे अज़ीज़ों की लाशें मैदाने-कर्बला में बेगोरो-कफ़न जंगली जानवरों के रहमो-करम पर पड़ी हैं।"

ज़ैनब ख़ुश्क, जली आँखों से नेज़ों पर आवेज़ाँ[5] सर देखतीं।

"देखो, देखो लोगो, मेरे भाई के आँसू बह रहे हैं। ज़ालिमों ने हमारे सर बरहना करके हमें दर-ब-दर घुमाया है। मेरे भाई की रूह बेक़रार है।"

लोग उनसे हालात सुनकर जाते, अपने अज़ीज़ों, दोस्तों को जमा करके उन्हें भी सुनाते, रोते, मातम करते और अपनी बेबसी पर झुँझलाकर सर पीटते।

---

1. प्रशंसा के शब्द, 2. धिक्कार, 3. पुजारी, 4. उठता-बैठता, 5. सजा हुआ।

शीरीं का महल

हुसैन इब्ने-अली की जब ईरान की शहज़ादी बानो से शादी हुई तो उनके साथ लौंडियों में उनकी एक बड़ी चहेती बाँदी शीरीं भी थी। कहने को वह बाँदी थी, शहर बानो के साथ बिलकुल छोटी बहनों की तरह रहती थी, दोनों में ग़ज़ब का प्यार था।

शीरीं बहुत हसीन और बासलीक़ा[1] थी और बानो उस पर जान छिड़कती थीं। जब ब्याह करके आईं तो तमाम लौंडियों को आज़ाद करके उनके निकाह कर दिए गए, मगर उन्होंने शीरीं को अपने से जुदा न किया।

एक दिन हुसैन अपनी चहेती बीवी से बैठे मीठी-मीठी बातें कर रहे थे। बानो खिली जाती थीं। दोनों में बेपनाह इश्क़ था। एक बच्चे की ख़ैर से माँ थीं। मगर शौहर की मुहब्बत में रत्ती बराबर फ़र्क़ न आया था। इतने में शीरीं कुछ फल और मशरुबात[2] लेकर आई तो इमाम की नज़र उस पर पड़ी। बड़े ग़ौर से देखते रहे। जब वह चली गई तो बानो से बोले—"इसकी आँखें बहुत हसीन हैं। वल्लाह ऐसी आँखें हमने आज तक नहीं देखीं।"

बानो का दिल धक् से हो गया। समझ गईं कि आँखों की तारीफ़ से उनके दिल का हाल मालूम हो गया। औरत मर्द की कमज़ोरी है और औरत भी कैसी, शीरीं जैसी परीज़ाद[3]।

बानो ख़ामोश सर झुकाए सकते में बैठी सोच रही थीं।

'तू अपने आक़ा को चाहती है, तो जो इनकी ख़ुशी, वह तेरी ख़ुशी। शीरीं भी ज़रूर हुसैन को चाहती है। दिल से दिल को राह होती है।'

"क्या सोचने लगीं ?" हुसैन ने प्यार से उनकी ठोढ़ी छूकर पूछा।

"आप ही के बारे में सोच रही थी, और क्या सोच सकती हूँ !" बानो ने बमुश्किल आँसू पीकर मुस्कराते हुए कहा। हुसैन की आँखों से छलकती मुहब्बत को उन्होंने शीरीं का हिस्सा तसव्वुर किया, बोलीं—"आप ज़रा बैठिए, बाहर न चले जाइएगा। मैं अभी आती हूँ।" यह कहकर शीरीं को पास बुलाया। जल्दी से रेशमी ज़रनिगार[4] जोड़ा पहनाया, बाल सँवारे, मुश्क और अंबर से जिस्म को बसाया और आँखों में सुरमा डाला।

शीरीं हैरतज़दा सब कुछ देखती रही। फिर बोली—"बानो, यह क्या क़िस्सा है ! मुझे किसलिए तैयार किया जा रहा है ?"

"हुसैन के लिए।"

"अल्लाह मेरी तौबा, यह क्या कह रही हैं ?"

---

1. सुघड़, 2. पेय, 3. अप्सरा, 4. सोने के काम से बना हुआ।

"तुझे मंज़ूर है न ?"

"मंज़ूर, हुसैन इब्ने-अली की पापोशबरदारी[1] का मुझे फ़ख़्र हासिल है। इससे बड़ा रुतबा मुझे और क्या मिल सकता है ? बानो, मुझे गुनहगार न करो। मेरी जान आप पर से क़ुर्बान, यह आप क्या तमाशा कर रही हैं ?"

"शीरीं, तू जानती है कि तू मुझे कितनी अज़ीज़ है ! मैंने सब लौंडियों को आज़ाद कर दिया, मगर तेरी जुदाई मुझसे बर्दाश्त न हुई। मगर तू जानती है, तू लौंडी नहीं, मेरी बहन के बराबर है बल्कि उससे भी ज़्यादा।"

"जी हाँ, जानती हूँ। मैंने कभी शिकायत की कि मुझे आज़ाद क्यों न किया ? बानो, आपकी मुहब्बत की ग़ुलामी की ज़ंजीरों में जो बँध जाए, वह छूटना कब चाहेगा ?"

"तू मेरी बचपन की सहेली है। मेरा कोई राज़ तुमसे छिपा नहीं। आज यह राज़ भी तुझे बता दूँ कि मेरे हुसैन का दिल तुझ पर आ गया है। तेरी क़िस्मत जाग गई। आज तक मैं मलका थी मगर आज से तू शहज़ादियों का मर्तबा पाएगी। मेरे आक़ा के दिल की मलका मेरी मलका हो जाएगी।"

"या ख़ुदा, यह क्या हो गया आपको ! मेरी समझ में नहीं आता। मैं आपकी कनीज़ हूँ और कनीज़ ही मरना चाहती हूँ। यह आपके दिल में आज क्या समाई ? आक़ा तो आप पर जान छिड़कते हैं, आप उन पर फ़रेफ़्ता[2] हैं। माशाअल्लाह दो दिलों के दरम्यान आने वाला गुनहगार है।"

"शीरीं, मैं तुमसे बहस नहीं कर सकती। दिल की बात दिल से की जाती है। हुसैन मेरे दिलोजान के मालिक हैं। वह ख़ुश रहेंगे तो उनके पास जो मेरा दिल है वह भी ख़ुश रहेगा। तू अभी नातजुर्बाकार है। शीरीं, जब किसी से प्यार करेगी तब पता चलेगा कि महबूब की मसर्रत ख़ुद अपनी मसर्रत बन जाती है।"

शीरीं को समझा-बुझाकर हुसैन के पास ले गईं।

"उठिए तो, ज़रा मेरे साथ आइए, आपसे कुछ बात कहनी है।"

हुसैन बानो की उतरी हुई सूरत देखकर ताड़ गए कि कुछ बात तबीयत पर नागवार गुज़री है। शायद शीरीं की आँखों की तारीफ़ कर दी तो ख़फ़ा हो गईं। अब गिले-शिकवे होंगे। मुस्कराकर साथ हो लिए। हुजरे का पर्दा उठाया तो देखकर दंग रह गए। शीरीं उरूसी जोड़ा पहने गर्दन झुकाए बैठी थी। बात समझ में आ गई। एक ज़ोरदार क़हक़हा लगाया—"भई वाह, तुम भी ख़ूब हो। एक ज़रा आँखों की तारीफ़ कर दी तो तुम न जाने क्या समझ बैठीं ! वल्लाह तुम जैसी महबूबा की मौजूदगी में हमें और किसी की ज़रूरत नहीं। क्यों भई, क्या हमारी नीयत पर शक

---

1. जूते उठाना, 2. आसक्त।

होने लगा ?"

"ख़ुदा न करे, मगर मैं अपनी ख़ुशी से आपको इसे दे रही हूँ।"

"अच्छा भई, तुम्हारा तोहफ़ा तो हमें क़बूल करना ही पड़ेगा। लो, हमने इसे आज़ाद किया।"

बानो ने आँसू-भरी नज़रों से हुसैन के मुस्कराते हुए चेहरे को देखा तो आँखें झुका लीं।

उसी शाम हुसैन ने अपने एक यहूदी दोस्त को, जो शीरीं को बहुत पसंद था, बुलाकर उसका निकाह कर दिया। वह बहुत बडा सौदागर था। पहाड़ी पर उसका शानदार क़िला था।

बानो ने शीरीं को जी भरकर जहेज़ दिया। बार-बार उसका मुँह चूमती थीं। कभी उसकी शादी की ख़ुशी में हँसती थीं, कभी जुदाई के ख़याल से रो पड़ती थीं। हुसैन ने हँसकर बानो से पूछा—"और कनीज़ों को इतना सामान नहीं दिया। इस पर बड़ी मेहरबान हो।"

"औरों को मैंने ख़ुद आज़ाद किया था। इसे आपने आज़ाद किया है। इसलिए यह तो शहज़ादियों की शहज़ादी हुई।"

"तुम्हारा यह फ़लसफ़ा हमारी समझ से बालातर है।" हुसैन हँसने लगे।

बड़ी इज़्ज़त से घर की बेटी की तरह बड़ी शानदार ज़ियाफ़त[1] के बाद शीरीं रुख़सत हुई। सबसे गले मिलक़र रोई। बच्चों को चिमटाकर प्यार किया। बानो की बार-बार बलाएँ लीं।

उसे रोता देखकर हुसैन ने मज़ाक़ में पूछा—"क्या जाने को जी नहीं चाहता ?"

"यह घर मेरा मैका है, आक़ा ! मैके से जाने को किसका जी चाहे ? आप सब बहुत याद आएँगे।"

"याद आएँ तो चली जाना। और बानो, हम लोग भी शीरीं के यहाँ ज़रूर जाएँगे। ज़िंदगी ने वफ़ा की तो एक बार ज़रूर तुम्हारे यहाँ आएँगे।"

"सबको, बच्चों को भी साथ लाएँगे ?"

"हाँ, ज़रूर लाएँगे।"

शीरीं ब्याहकर चली गई, मगर हुसैन और बानो को न भूली। अकसर लिखा करती थी कि ग़रीबखाने पर कब तशरीफ़ लाएँगे। मैं चश्मबराह[2] हूँ।

हुसैन ने बानो से कहा—"नेकबख़्त को लिख दो, हम वायदाख़िलाफ़ी नहीं किया करते, तुम्हारे यहाँ एक दिन ज़रूर आएँगे।"

और वह दिन आ गया जिसका हुसैन इब्ने-अली ने वायदा किया था।

---

1. भोज, 2. प्रतीक्षा में।

शीरीं ने कुछ उड़ती-उड़ती ख़बर सुन ली थी कि इमाम हुसैन मय अहलो-अयाल[1] के कूफ़ा जा रहे हैं। फिर सुना, किसी दूसरी तरफ़ रुख़ हो गया। कर्बला की ख़बरें तो बाहर नहीं निकलने पाईं। मगर यूँ ही कुछ ख़बर थी कि शायद इमाम उस तरफ़ से गुज़रने वाले हैं।

शीरीं हर आते-जाते क़ाफ़िले की ख़ैर-ख़बर पुछवाती कि शायद यह इमाम हुसैन ही का क़ाफ़िला हो। शायद उसके मुअज़्ज़िज़ मेहमान तशरीफ़ ले आएँ।"

यह भी सुनने में आया कि इमाम हुसैन मय अहलो-अयाल फ़ौज की हमराही में यज़ीद से मुलाक़ात करने दमिश्क़ जा रहे हैं, तब तो वह उधर से लाज़िमी तौर पर गुज़रेंगे।

फ़ौज की आमद की ख़बर सुनते ही शीरीं ने तैयारियाँ शुरू कर दीं। ख़ूब घर सजाया। नए साज़ो-सामान से आरास्ता किया। अपने पड़ोसियों को बुलाकर इमाम और पूरे ख़ानदान के बारे में बड़ी तफ़सील से बताया।

पड़ोसिनें शीरीं को बड़े रश्क[2] की निगाह से देखती थीं। उसके यहाँ पैगंबरे-ख़ुदा के नवासे मेहमान होकर आने वाले हैं। शीरीं का बड़ा बलंद मर्तबा है। वह, जिन्हें रसूलुल्लाह की ज़ियारत[3] नसीब न हुई थी, उनके नवासे के दीदार के लिए बेक़रार थीं। रसूले-ख़ुदा के ख़ानदान का दीदार ख़ुशनसीबों को मयस्सर है। ऐ बहन ! इस ख़ुशी के मौक़े पर हमें भूल न जाना।"

शीरीं ग़ुरूर से हँसकर कहती—"तुम ख़ातिर जमा रखो। मैं तुम सबको कैसे भूल सकती हूँ ? आने दो मेरे आक़ा को। इंशाअल्लाह तुम्हें ज़रूर उनकी क़दमबोसी की सआदत[4] हासिल होगी। माशाअल्लाह[5] उनका लंबा-चौड़ा कुनबा है। अली अकबर को तो लोग 'शबीहे-मुहम्मद'[6] कहते हैं। देखने वाले उनकी सूरत देखकर दुरूद[7] भेजते हैं और अब्बास इब्ने-अली का क्या कहना ! उन जैसा वजीह पूरे अरब में नहीं। लोग उन्हें 'माहे-क़ुरैश' कहते हैं। इमाम की बहन और उनके बच्चे भी साथ होंगे। जिसने फ़ातिमा ज़ोहरा को नहीं देखा, बस वह ज़ैनब बिन्ते-अली को देख लें। बिलकुल बनी हुई माँ की मूरत हैं। शीरीं ने क़ाफ़िले की आमद की ख़बर सुनी तो ख़ुशी से दीवानी हो गई। बस, नींद हराम हो गई। तरह-तरह के खाने पकवाए, शरबत तैयार किए, सारे मोहल्ले को दावतनामा भेजा, अपने शौहर से कहा—"ज़रा शहर के फाटक पर जाकर खड़े हो जाओ। जैसे ही ज़ुलजनाह नज़र आए, रकाब थाम लेना। लोग उनकी ख़ातिर-मदारात[8] के लिए टूट पड़ेंगे। लेकिन तुम सबको टाल देना। पहले उन्हें यहाँ लाना। ऐसा न हो, कोई बढ़कर पहले उन्हें बुला ले। अच्छा,

---

1. बाल-बच्चे, 2. ईर्ष्या, 3. दर्शन, 4. चरणस्पर्श का सुअवसर, 5. ख़ुदा नज़र लगने से बचाए, 6. मुहम्मद साहब की शक्ल, 7. दुआ पढ़ते हैं, 8. सत्कार।

मुझे भी अपने साथ ले चलो। मैं उन्हें सीधा यहाँ लाऊँगी।"

"नेकबख़्त, घबराती क्यों हो ?" उसके शौहर ने हँसकर कहा—"अभी से जाने की ज़रूरत नहीं। मैं देखकर आता हूँ। आ गए तो तुम्हें भी बुला लूँगा ताकि हम दोनों मिलकर उनकी पेशवाई कर सकें।"

उसका शौहर गया। जब वापस लौटा तो बड़ा उदास, मुर्झाया हुआ-सा।

"तेरे आक़ा नहीं आए, यज़ीद की फ़ौज है। कुछ बाग़ियों ने सर उठाया था। उनकी सरकोबी[1] के बाद उन्हें क़ैद करके लाए हैं। नेज़ों पर कटे हुए सर हैं। ऊँटों पर औरतों और बच्चों को बग़ैर कजावे[2] के बाँध रखा है। बड़ी बुरी गत है। मेरा तो ऐसा जी ख़राब होने लगा कि भाग आया।"

नाउम्मीद होकर शीरीं रोने लगी। उसकी क़िस्मत में आक़ा का दीदार नहीं। उसने खाना भी न खाया। सारा दस्तरख़्वान सजा वैसा ही पड़ा रहा।

रात को क़ाफ़िला क़िलों के सामने मैदान में बसेरे के लिए ठहर गया। ख़ूब चहल-पहल थी। क़ैदियों को एक तरफ़ डाल दिया गया। नेज़े, जिन पर सर आवेज़ाँ थे, ज़मीन में गाड़ दिए गए। सिपहसालार के ख़ेमे से रक़्सो-सुरूद की सदाएँ आ रही थीं। शराब का दौर चल रहा था। मुसल्लम बकरे भूने जा रहे थे। क़ैदियों को एक-एक मुट्ठी भुने-जले जौ के दाने और थोड़ा-सा पानी दे दिया गया। वह भी उनके हलक़ से उतरना मुश्किल था।

"मेरे प्यारे चचाजान आएँगे, तब उनके हाथ से पानी पियूँगी।"

सकीना को ज़िद थी, "अम्मा, पहले असग़र भैया को पानी पिलाओ, वह बहुत दिन से प्यासे हैं। यह कैसे हो सकता है, छोटा-सा भाई प्यासा रहे और मैं पानी पी लूँ।"

"एक घूँट मेरी ख़ातिर पी ले, बीबी !" फूफी समझा रही थीं, "तेरे भाइयों और बाबा की प्यास तो अल्लाह ने बुझा दी।"

शीरीं को अपना रेशमी बिस्तर काँटों भरा लग रहा था। कोई करवट सुकून न था। चंगोरबाब[3] के सुरों के साथ कभी सिसकियाँ और आहें भी लिपटी चली आतीं। वह तड़पकर उठ बैठती। दिल का अजीब हाल था। किसी पल क़रार ही न था। जब बहुत वहशत बढ़ी तो सोचा, जाकर देखूँ तो सही कौन मुसीबत के मारे आहो-ज़ारी करते हैं ? ख़ुदा जाने वाक़ई क़ुसूरवार हैं या बेक़ुसूर हैं, किसी दाम में फँसाए गए हैं। ज़माने के अजब रंग-ढंग हैं। आम तौर पर मासूमों ही को सज़ाएँ दी जाती हैं। बदकारों को छूट मिली हुई है।

उसने सोचा, यह इतना ढेरों खाना बेकार ही तो जाएगा। अगर सिपहसालार

---

1. दंडित करना, 2. ऊँट की काठी, 3. वाद्य विशेष।

इजाज़त दे तो उन बदनसीब क़ैदियों को खिला दिया जाए। सर पर चादर डालकर घर से बाहर निकली। जहाँ क़ैदी जमा थे, बिलकुल अँधेरा था। ढूँढ़ती-टटोलती आगे बढ़ी। नेज़ों पर लगे सर देखकर उस पर लरज़ा तारी हो गया। ठिठककर एक नेज़े के सामने खड़ी हो गई।

टकटकी बाँधे वह इमाम हुसैन इब्ने-अली के ख़ाको-ख़ून में लिथड़े सर को घूर रही थी। ख़ुद उसकी नज़र धोखा दे रही थी। कई दिन से उन्हीं का ख़याल दिल में बसा हुआ था, हर चहारतरफ़ उन्हीं की सूरत नज़र आती थी कि इतने में शहर बानो की नज़र शीरीं पर पड़ी। उन्होंने उसे फ़ौरन पहचान लिया और शर्मो-ज़िल्लत से दोहरी होकर बालों में मुँह छिपा लिया।

शीरीं का जिस्म सर से पैर तक लरज़ रहा था। मुँह से दबी-दबी चीख़ें निकली जा रही थीं। अपनी आँखों पर यक़ीन न आता था। मगर हुसैन की सूरत तो हमेशा से उसके दिमाग़ पर नक़्श थी। उस पुरनूर चेहरे को हज़ारों बार ख़्वाब में देखा था। मगर यह कैसा डरावना ख़्वाब था ! यह उसे किस गुनाह की सज़ा मिल रही थी कि उसके सामने ख़ून-आलूदा सर था। चौंककर उसने क़ैदियों के ढेर की तरफ़ नज़र घुमाई। बानो का वश न था कि ज़मीन में समा जाए।

शीरीं का शुबहा यक़ीन की हद तक पहुँच गया। सहमी, डरी वह बानो के क़रीब आई। झुककर उनके चेहरे से बाल सरकाए और चीख़ मारकर क़दमों में गिर गई।

"मेरी शहज़ादी, यह बदबख़्त आँखें क्या देख रही हैं ? या मेरे ख़ुदा, मुझसे ताक़ते-बीनाई छीन ले, यह मैं क्या देख रही हूँ ?"

क़ैदियों में दर्द की एक लहर-सी दौड़ गई। शीरीं एक-एक से लिपट-लिपटकर रोने लगी। शीरीं का शौहर भी उसे तलाश करता आ गया। शीरीं ने रो-रोकर सब हाल बताया। उससे इल्तिजा की कि सिपहसालार से मोहलत माँगकर इन सब क़ैदियों को क़िले में ले चलो।

"वह कमबख़्त क्यों इजाज़त देगा ?"

"इजाज़त ख़रीदी जा सकती है। ज़रो-जवाहर, दीनार जो कुछ भी माँगे, दे दो। बस, थोड़ी देर के लिए इन्हें ले चलो।"

शीरीं के शौहर ने जाकर शिम्र ज़िलजोशन के आगे थैलियों के मुँह खोल दिए। पहले तो उसने टाला मगर फिर दौलत ठुकराने में हिमाक़त नज़र आई। हर्ज भी क्या है ? क़िले के चारों तरफ़ फ़ौज पड़ी हुई है। दग़ा-फ़रेब की कोई गुंजाइश नहीं। उसने इजाज़त दे दी। शीरीं ने अपने तमाम ज़ेवर भी उतारकर सामने रख दिए और नेज़ों पर लगे हुए सरों को अपने साथ ले आई। क़िले में जाकर उसने सब क़ैदियों को

आराम से बिठाया। अपने हाथों से उनके ज़ख़्मी पैर अर्क़े-गुलाब से धोकर मरहम-पट्टी की। सूजे हुए जिस्मों की सिंकाई की और ज़ख़्मों पर फाहे रखे। साफ़-सुथरे रेशमी लिबास पेश किए, मगर ज़ैनब ने कपड़े बदलने से इनकार कर दिया।

"बिछड़ने वाले यह ख़ून के छींटे ही अपनी निशानी दे गए हैं। इन्हें जिस्म से जुदा करने को दिल नहीं चाहता।"

मक़्तूलीन[1] के सर भी उसके अर्क़े-गुलाब से पाक किए। उन्हें रेशमी-ओ-अतलस की चादरों में लपेटकर तख़्त पर रखा। चारों तरफ़ सब जमा हुए और ज़ैनब बिन्ते-अली ने अपनी दर्द-भरी आवाज़ में वाक़िआते-कर्बला[2] दोहराए। शीरीं और उसके मोहल्ले वालों ने सुनकर ऐसे दर्दनाक अंदाज़ में मातम किया कि सोने वालों की नींदें उचाट हो गईं। एक ख़लक़त[3] आहिस्ता-आहिस्ता क़िले के सहन में जमा हो गई। आहो-बुका[4] का ऐसा शोर बलंद हुआ कि बदमस्त फ़ौजी सरदारों का नशा भी हिरन हो गया। शहरियों के ग़मोगुस्से को देखकर हवास बाख़्ता[5] हो गए।

शीरीं ने बहुत मिन्नत-ओ-समाजत की, मगर ज़ालिमों ने बड़ी सख़्ती से मजमा[6] मुन्तशर[7] कर दिया। क़ैदियों को भूखा-प्यासा ही वापस ले गए। सरों को फिर ख़ाको-ख़ून में लिथेड़कर संदूकों में बंद कर दिया और उसी दम कूच का हुक्म दे दिया। शीरीं और उसके शौहर दूर तक आँसू बहाते साथ गए। फिर समझाने-बुझाने पर वापस लौट आए।

क़ाफ़िला दमिश्क़ की तरफ़ बढ़ता गया। गमो-ग़ुस्से का एक बेपनाह तूफ़ान हर शहर में छोड़ता गया। वाक़िया-ए-कर्बला की लोगों के दिलों पर ऐसी हैबत[8] सवार हुई कि रातों की नींद और दिन का चैन हराम हो गया। रोज़ाना के कारोबार तबाह होने लगे। गली-कूचों में लोगों के ठठ जमा होकर इन वाक़िआत को दोहराते, ग़मो-ग़ुस्से का इज़हार करते। क़ैदियों की ज़बानी सुने हुए मज़ालिम का एक-दूसरे से ज़िक्र करते और मुस्तक़बिल[9] के ख़ौफ़ से बेचैन हो जाते। यज़ीद और उसके हाकिमों और फ़ौजियों के ख़िलाफ़ नफ़रत और हिक़ारत का जज़्बा दिन-ब-दिन परवान चढ़ने लगा।

दुनिया की किसी क़ौम ने किसी मुल्क में कभी अपने पैग़ंबर की औलाद के साथ ऐसा बेरहमाना दरिंदगी[10] का सलूक़ नहीं किया।

---

1. क़त्ल किए गए, 2. कर्बला की घटनाएँ, 3. जनसमूह, 4. रुदन, 5. होश उड़ गए, 6. भीड़, 7. तितर-बितर, 8. आतंक, 9. भविष्य, 10. निर्दयतापूर्ण पाशविकता।

दरबार

दमिश्क़ पहुँचने से पहले शिम्र ज़िलजोशन ने बड़े ज़ोरो-शोर की तैयारियाँ कीं। अकसर शहरों में हालात नासाज़गार साबित हुए थे। बड़ी सख़्ती बरतनी पड़ी थी। मगर उसे यक़ीन था कि दारुलख़िलाफ़[1] में, जहाँ ख़लीफ़ा बहुत हरदिलअज़ीज़[2] है, यज़ीद के ज़ेरेसाया लोग उसकी हैबत की वजह से सर उठाने की जुर्रत न करेंगे और फ़ातेह फ़ौज का बड़ा शानदार इस्तक़बाल[3] होगा।

शहरपनाह से थोड़ी दूर रुककर पूरी फ़ौज का जायज़ा लिया। सबको नए तरीक़े से मुरतब[4] किया, संदूकों से सर निकालकर नेज़ों पर सजाए।

ज़ैनब बिन्ते-अली ने शिम्र ज़िलजोशन से कहा—"शहीदों के सर हमारे ऊँटों से थोड़े फ़ासले पर रखो तो बड़ी मेहरबानी हो। लोग उन्हें देखने के शौक़ में हमें घूरना भूल जाएँगे।"

मगर शिम्र ऐसे नायाब मौक़े को कब हाथ से जाने देने वाला था। वह तो क़ैदियों को ज़्यादा से ज़्यादा ज़लील और ख़्वार[5] करने पर तुला हुआ था। ज़िद में वह जुलूस को ऐसे फाटक से लेकर दाख़िल हुआ, जहाँ सबसे ज़्यादा हुजूम था। जब जुलूस मस्जिद के क़रीब पहुँचा तो एक शामी ने समझा कि कुफ़्फ़ार[6] क़ैद करके लाए जा रहे हैं। वह ज़ोर-ज़ोर से शिम्र की मदह सराई[7] करने लगा।

"ऐ शिम्र ज़िलजोशन, तुम पर बरकतों का नज़ूल[8] हो कि तुमने दुश्मनाने-इस्लाम को तबाहो-बर्बाद किया और फ़ितना-ओ-फ़साद को उखाड़ डाला।"

ज़ैनुल आबिदीन ने अपने चारों तरफ़ 'वाह-वाह' करते तमाशबीनों को थकी, बीमार आँखों से देखा और उस शख़्स से पूछा—"ऐ शख़्स, तू ख़ुदा पर ईमान रखता है ?"

"बेशक !" वह शख़्स बोला।

"और उसके रसूल पर ?"

"मेरे माँ-बाप रसूलुल्लाह पर क़ुर्बान।"

"और आले-रसूल[9] के बारे में क्या ख़यालात हैं ?"

"आले-रसूल बरकत-ओ-रहमत का सर चश्मा हैं। उनके क़दमों में बख़्शीश है।" वह शख़्स झूमकर बोला।

"तो ग़ौर से देख और पहचान कि यह नेज़े पर बलंद ख़ाको-ख़ून में डूबा हुआ सर रसूलुल्लाह के नवासे इमाम हुसैन इब्ने-अली का है। उनके साथ उनके भानजों, भतीजों और बेटों के कटे हुए सर नेज़ों पर चढ़े हुए हैं। मैं ज़ैनुल आबिदीन मज़लूम इमाम का बदनसीब और बीमार बेटा हूँ। और यह जो बेकजावा के ऊँटों पर

---

1. राजधानी, 2. लोकप्रिय, 3. स्वागत, 4. संगठित, 5. अपमानित, 6. काफ़िर का बहुवचन, 7. प्रशस्ति, 8. बरकतें तुम पर उतरें, 9. रसूल की संतान।

सर-बरहना औरतें तू देख रहा है, यह रसूले-ख़ुदा की बहू-बेटियाँ, नवासियाँ और पोतियाँ हैं।"

यह सुनकर वह शख़्स सन्नाटे में रह गया। फिर चीख़कर बोला—"यह झूठ है।"

मगर एक ज़ईफ़ आदमी आगे बढ़कर बोला—"यह झूठ नहीं। मैं इन सरों को पहचान रहा हूँ। यह आले-रसूल के सर हैं। लानत हो ऐ मरदूद शिम्र, ख़ुदा तुझे ग़ारत करे। नामुराद, यह तूने क्या किया ?" उस बूढ़े ने अपना गरेबाँ चाक कर डाला और मुँह पीटने लगा। देखते ही देखते यह ख़बर मजमे में फैल गई।

मगर शिम्र ने फ़ौरन उस फ़साद को दबा दिया। ज़ोर-ज़ोर से शादियाने बजने लगे। उस बूढ़े को घोड़ों की टापों ने सुर्मा बना दिया। लोग अपनी जानें बचाकर भाग खड़े हुए। फ़तह के नग्मों ने आहो-ज़ारी का गला घोंट दिया।

सुहैल सादी, जो रसूले-ख़ुदा के मशहूर सिहाबियों में से थे, बैतुलमुक़द्दस की ज़ियारत से लौट रहे थे, यह धूमधाम देखकर लोगों से पूछने लगे—"भाइयो ! यह कौन-सी नई ईद है जिसका मुझे पता नहीं ?"

एक शामी ने चुपके से बता दिया—"ख़ामोश रहो, यह क़त्ले-हुसैन का जश्न मनाया जा रहा है। आज हुसैन का सर दरबारे यज़ीद में ले जाया जा रहा है।"

"रसूलज़ादियाँ क़ैदी बनाकर लाई गई हैं।"

सुहैल सादी के होशो-हवास गुम हो गए।

"या ख़ुदा ! यह क्या देख रहा हूँ ? रसूले-ख़ुदा के नवासे का क़त्ल और यह ख़ुशियाँ !"

"ख़ैरियत चाहते हो तो ख़ामोश रहो।" शामी ने उनके कान में कहा और खिसक गया। इतने में जुलूस क़रीब आ गया। सुहैल सादी ने नेज़ों पर सर और बरहना-सर रसूलज़ादियों को देखा तो चीख़-चीख़कर रोने लगे—"याअल्लाह, मुझे अंधा कर दे, इस बुढ़ापे में यह अज़ाब[1] नाज़िल न कर।" फिर अहले-शाम[2] से मुख़ातिब होकर कहा—"ऐ मुसलमानो ! इस भयानक गुनाह का ज़िम्मेदार कौन है ? किसके दामन पर ख़ूने-नाहक के छींटे हैं ? देखो ऐ मुसलमानो ! ग़ौर से देखो, तुम्हारे अपने हाथ इस ख़ून से पाक हैं, कब तक तुम चुपचाप यह तमाशे देखते रहोगे। रोज़े-महशर ख़ुदा के हुज़ूर में अपनी लाइल्मी[3] का सहारा लोगे और जवाबदेही से बच जाओगे ?"

शिम्र यह सुनकर बौखला गया। उसने अपने ख़ास दस्ते को इशारा किया कि ढोल-ताशे की आवाज़ें सहेगुनी कर दो और इन बाग़ियों को घोड़ों की टापों से पीस डालो।

वक़्ती तौर पर बला टल गई। लोग भाग खड़े हुए। तमाशबीन घरों में जाकर

---

1. प्रकोप, 2. शाम निवासी, 3. अज्ञान।

छिप रहे। मगर उस रात बीसों घरों में मातमे-हुसैन[1] बरपा रहा। यज़ीद के महल में चिराग़ाँ था, नाच-रंग हो रहा था। मगर आम शहरियों के दिलों में घोर अँधेरा था। घरों से आहों और सिसकियों की आवाज़ें बलंद हो रही थीं। लोग सजदे में पड़े अज़ाबे-इलाही[2] के ख़ौफ़ से लरज़ रहे थे। जिस-जिसने नेज़ों पर लगे हुए सर और मज़लूम क़ैदियों की दुर्गत देखी थी, उनकी नींद हराम हो गई थी। लेकिन बहुत-से अनजान लोग भी तमाशा देख रहे थे, ख़ुशी से नाच रहे थे। क़ैदियों पर कूड़ा-करकट फेंक रहे थे, फ़ातेह फ़ौज पर फूल निछावर कर रहे थे। शिम्र मुस्करा-मुस्कराकर सर के इशारे से लोगों के सलाम ले रहा था।

दरबार के बड़े ठाट-बाट थे। चंग-ओ-रबाब के दिलकश सुरों पर माहलक़ा रक़्क़ासाएँ[3] बेख़ुदी से झूम रही थीं। फ़िज़ा में ख़ुशबुएँ बसी हुई थीं। यज़ीद एक ज़रनिगार मुरस्सा[4] तख़्त पर बैठा शतरंज खेल रहा था। उसके गिर्द हसीनों-जमील दोशीज़ाएँ[5] जमा थीं।

जिस वक़्त क़ैदियों को दरबार में हाज़िर किया गया तो उसने क़सदन[6] बेतवज्जही[7] बरती ताकि लोगों पर वाज़ेह हो जाए कि क़ैदी ख़्वाह आले-रसूल हों, बस क़ैदी हैं। उसके एक हाथ में जाम था और दूसरे हाथ में छड़ी, जिसे मज़ाक़ में वह कभी किसी हसीना के टिका देता और वह हँसी से लोट-पोट हो जाती। कभी उसकी मदद से मुहरा सरका देता। जब हुसैन का सर तश्ते-तिलाई[8] में सजाकर उसके सामने लाया गया तो उसने बग़ैर नज़र डाले कह दिया—"तख़्त के नीचे रख दो," और शतरंज की चालों में ग़र्क़ हो गया।

नहीफ़ो-ज़ार[9] क़ैदी सामने खड़े शर्मो-ज़िल्लत से लरज़ रहे थे। जो कुछ अजाब उन पर मैदाने-करबला में और उसके बाद इस लंबे सफ़र में ढाए गए थे, उनके ज़ख़्मी जिस्मों, सूजे हुए पैरों और ग़मोअंदोह में डूबी हुई आँखों से ज़ाहिर हो रहे थे। खड़ा होना दुश्वार था। वह बीबियाँ, जिनका आँचल तक फ़रिश्तों ने न देखा था, आज भरे दरबार में सर झुकाए, बालों में मुँह छिपाए, हवसनाक निगाहों[10] का निशाना बनी खड़ी थीं। नन्ही सकीना अपने कुर्ते की धज्जियाँ समेटे फूफी के पहलू में मुँह छिपाए थर-थर काँप रही थी। ईरान की शहज़ादी, इमाम हुसैन की चहेती बानो जवान बेटे के ग़म में डूबी, दूध पीते अली असग़र की आख़िरी सिसकी की याद कानों में बसाए न जाने फ़रामोशी की किस दुनिया में खोई हुई थीं ! उनकी आँखों का न कोई महवर[11] था, न उनमें रोशनी। एक शब के बाद दुलहनापे के बाद बेवगी[12] की बोझ तले कुचली हुई फ़ातिमा कुबरा, जिसके हाथों की मेहँदी अभी मैली न हुई थी, सूखी-सूखी आँखें फ़र्श पर गाड़े माँ के बाज़ू के सहारे खड़ी थीं। ज़ैनुल आबिदीन का जिस्म बुख़ार

---

1. हुसैन का शोक, 2. ख़ुदा का प्रकोप, 3. चंद्रमुखी नर्तकियाँ, 4. सोने के काम से सजा हुआ, 5. सुंदर युवतियाँ, 6. जान-बूझकर, 7. ध्यान न दिया, 8. सोने का थाल, 9. दुर्बल, 10. लोलुप दृष्टि, 11. धुरी, 12. वैधव्य।

से फुँक रहा था। बेड़ियों के ज़ख़्म सुलग रहे थे और कनपटियाँ शिद्दते-ज़ब्त से फटी जा रही थीं।

यज़ीद इन सबके हाल से क़तई बेख़बर अपनी चाल में खोया हुआ था। जाम पर जाम चढ़ा रहा था। जाम में बाक़ी बची तलछट उस तश्त में उँडेल देता जिसमें इमाम का सर रखा था। यह ड्रामा बड़े सोच-समझकर खेला जा रहा था। अपनी बरतरी और बुलंदी के एहसास ने मदहोश बना रखा था।

जब खड़े-खड़े बहुत देर हो गई तो ज़ैनुल आबिदीन इब्ने-हुसैन ने ज़ंजीरों के बोझ को दोनों हाथों से सँभाला और दो क़दम बढ़कर यज़ीद से पूछा—"ऐ इब्ने-माविया, यह हम कब से तेरे सामने हाथ बाँधे खड़े हैं और तुझे उधर देखने की भी फ़ुर्सत नहीं।"

"बड़े मार्के की चाल अड़ी है।" यज़ीद ने बेतवज्जही से कहा।

"चालें तो बहुत चल चुका, कुछ ज़माने की चाल का भी होश है !"

"क्यों दिमाग़ चाटते हो, मेरे पास फ़िज़ूल बकवास का वक़्त नहीं।"

"मैं ज़िंदगी के उस मुक़ाम पर पहुँच चुका हूँ जहाँ फ़िज़ूल बकवास का न मेरे पास वक़्त है, न मौक़ा। यज़ीद, वक़्त हमेशा साथ नहीं देगा।"

"मुझे धमकियाँ दे रहे हो ? क्यों न हो, आख़िर हो किसकी औलाद, ग़द्दार के बेटे से और क्या उम्मीद हो सकती है ? तुम्हारे बाप ने मुझसे बेबात का बुग्ज़[1] मोल लिया। मेरे जायज़ हक़ूक से मुनकिर हुए, मेरी रिआया को भड़काया। ख़ुदा ने उन्हें सज़ा दी।"

"अपनी फ़ौज की हैवानियत का ज़िम्मेदार ख़ुदा को बनाते हो। अपने गिरेबान में मुँह डालकर देखो, तुम मेरे बाप के क़ातिल हो, और शैतान तुम्हारे साथ है। मेरे बाप ने कोई फ़ितना उठाया, न फ़साद। उन्होंने तुम्हारे ज़ुल्म और लूट पर अपनी ख़ुशनूदी का इज़हार करने से इनकार कर दिया। इंसानकुशी, कुनबा-परवरी और अंधाधुंध करने के लिए तुम्हारे हाथों को मज़बूत करने पर तैयार नहीं हुए। उन्होंने जो कुछ किया, वह हर मुसलमान का फ़र्ज़ है।"

यज़ीद ग़ुस्से से बेक़ाबू हो गया—"तुम्हारे दिमाग़ अब भी दुरुस्त नहीं हुए। ख़ुदा के मुक़र्रर किए हुए ख़लीफ़ा के सामने गुस्ताख़ी की जुर्रत करते हो !"

"नहीं, ख़ुदा ने नहीं, तुम्हारे बाप ने और तुम्हारे ख़ुशामदी हाकिमों ने बादशाह बना दिया। अगर तुम्हें ख़ुदा की मदद और रहमतें हासिल थीं तो तुमने मेरे बाप की बैअत की अहमियत क्यों ज़रूरी जानी ? तुम जानते थे कि हुसैन इब्ने-अली पर अरब क़ौम को ऐतमाद है। अगर वह तुम्हारी गद्दीनशीनी पर आफ़री न कहते तो समझ जाएँगे कि ज़रूर तुममें कोई ऐब है।"

"बस, ख़ामोश," यज़ीद लाजवाब होकर झल्ला उठा और हुक्म दिया, इस बदज़बान लड़के को क़त्ल कर दो। जल्लाद आगे बढ़ा, मगर ज़ैनब तड़पकर सामने आ गईं—"ऐ

1. झगड़ा-फसाद।

ज़ालिम ! यह लड़का हमारा आख़िरी सहारा है। अगर इसे क़त्ल करता है तो इसी वक़्त हम सबके क़त्ल का हुक्म भी दे कि इसके बाद हम लावारिस रह जाएँगे।"

जल्लाद भी ठिठक गया। यज़ीद ने चारों तरफ़ नज़र घुमाई। देखा, ख़ुद उसके दोस्त-अहबाब नज़रें चुरा रहे हैं। मौक़ा मुनासिब पाकर फ़ौरन बात बदल दी—"तुम अभी बच्चे हो।"

"हुसैन के ख़ानदान का बच्चा-बच्चा उनके ही नक़्शे-क़दम पर चलने का आदी है।"

इब्ने-हुसैन ने फिर दिलेरी से कहा, मगर यज़ीद टाल गया। अपनी कुछ सुबकी होते देखकर दूसरा ही अंदाज़ इख़्तियार किया। खिसियानापन मिटाने के लिए इमाम हुसैन इब्ने-अली के कटे हुए सर को देखा, फिर होंठों पर छड़ी मारकर बोला—"इन्हीं होंठों से मेरी फ़ज़ीलत से इनकार करते थे ! अब ज़बान क्यों बंद हो गई ?"

अबूबरज़ा सलमा, जो रसूलुल्लाह के सहाबी थे, बहुत बुज़ुर्ग, मुत्तक़ी और परहेज़गार थे, दम मारे ख़ामोश खड़े थे, अब बर्दाश्त न कर सके, गरजकर बोले—"ऐ यज़ीद ! होंठों पर से छड़ी हटा ले। बख़ुदा मैंने अपनी आँखों से रसूले-ख़ुदा को इन होंठों का बोसा लेते देखा था।"

यज़ीद बिगड़ खड़ा हुआ और ग़ुस्सा होकर अबूबरज़ा को दरबार से निकाल दिया। वह इतने ज़ईफ़ थे कि उन्हें क़त्ल कराके यज़ीद को शाबाशी न मिलती। वह यज़ीद और उसके जल्लादों को लानत-मलामत करते चले गए।

रौब डालने के लिए यज़ीद ने रोम के सफ़ीर को भी यह ड्रामा दिखाने के लिए बुला लिया था कि बेरूनी मुमालिक में भी यह धाक बैठ जाए कि यज़ीद इतना अज़ीम और ताक़तवर है कि आले-रसूल भी उसके सामने सर बसजूद होते हैं।

उसने यज़ीद से पूछा, "यह क्या क़िस्सा है, यह किसका सर है ?"

"एक गद्दार का, हुसैन इब्ने-अली, जिन्हें मेरी फ़ज़ीलत से इनकार था।"

"यह तुम्हारे पैग़ंबर के नवासे थे।"

"हाँ, मगर मेरी हक़तलफ़ी करना चाहते थे।"

"यह तो सियासत की बात हुई, मगर तुम मुसलमान हो और तुम्हारे दिल में अपने पैग़ंबर की औलाद के लिए रत्ती-भर रहम नहीं ! मैं हज़रत दाऊद के ख़ानदान से ताल्लुक़ रखता हूँ। पुश्तें गुज़र गईं मगर अब भी यहूदी और ईसाई मेरे क़दमों की ख़ाक को आँखों से लगाते हैं। और तुम अपने रसूल के औलाद की कुफ़्फ़ार से भी ज़्यादा बुरी गत बनाते हो ! चीन में एक जज़ीरा है जहाँ हज़रत ईसा के गधे का सुम रखा हुआ है। लोग दूर-दूर से ज़ियारत को आते हैं। तुम्हारा मज़हब अजीब है कि पचास बरस तुम्हारे पैग़ंबर को गुज़रे हुए नहीं हुए कि तुमने उनकी औलाद के साथ जानवरों जैसा सुलूक़ शुरू कर दिया ! कैसा है तुम्हारा ईमान और यक़ीन ? और

तुम अपने इस मज़हब को हम पर ठूँसना चाहते हो ?"

अब तो यज़ीद के ग़ुस्से की इंतहा न रही और फ़ौरन उस साफ़गो[1] इंसान के क़त्ल का हुक्म दे दिया। यज़ीद की अक़्ल मारी गई थी। शराब और बदकारियों[2] ने बड़ा तुंदख़ू[3] और बेमहार बना दिया था। न ख़ुद किसी बात पर ग़ौर करने का आदी था, न किसी की राय लेता था। अपने आपको अक़्ले-कुल[4] समझता था। जो बात एकदम दिमाग़ में कुलबुलाती, कर बैठता था। ताक़त के ग़लत इस्तेमाल से जो कामयाबी हासिल हुई थी, उसे हर मरज़ की दवा समझने लगा था। उसके हवाली-मवाली भी ख़रदिमाग़[5] और तुंदख़ू थे। फ़लसफ़ी और आलिम[6] या तो ख़त्म कर दिए गए थे या हिज़रत कर गए थे। कुछ बाक़ी थे भी तो उनका राजपाट से कोई वास्ता नहीं रखा गया था।

मगर यज़ीद जितना रौब-दाब में यक़ीन करता था, उतना ही लोगों की नज़रों से गिरता जाता था। अरब ममालिक के अलावा बाहर के मुल्कों में भी उसकी ज़िद और ख़रदिमाग़ी की चर्चा होने लगी थी।

क़ैदी अब इतने चूर हो गए थे कि चकराकर गिरे जा रहे थे। बमुश्किल एक-दूसरे को थामे खड़े थे।

एक ख़ुशामदी ने यज़ीद की कुछ किरकिरी होते देखकर ड्रामे में कुछ जान डालने के लिए उठकर दरख़्वास्त की कि अगर छोटी लड़की दे दी जाए तो वह बड़ी से बड़ी क़ीमत देने को तैयार है।

यज़ीद खिल उठा, हँसकर बोला—"नक़द सौदा है। उधार का सवाल नहीं।"

उस गुंडे ने कमर से अशर्फ़ियों के तोड़े खोलकर सामने ढेर कर दिए।

"मैं नक़द की बात करता हूँ।"

कुबरा सहमकर बानो से चिमट गई। इब्ने-हुसैन का ख़ून खौल उठा। मगर ज़ैनब ने उन्हें पकड़ लिया और यज़ीद से बोलीं—"तू इस लड़की को हर्गिज़ फ़रोख़्त[7] नहीं कर सकता। अगर इसे बेचना चाहता है तो पहले इस्लाम तर्क कर क्योंकि मुसलमान लड़की को लौंडी बनाना हराम समझता है।"

यज़ीद बुरी तरह चिढ़ गया। उसकी हर बात उलटी पड़ रही थी। उसका इरादा बिन्ते-हुसैन को फ़रोख़्त करने का नहीं था। सिर्फ़ ज़लीलोख़्वार[8] करना चाहता था। उस शामी ख़रीददार पर ग़ुस्सा उतारने लगा—"दूर हो नाबकार[9]।"

उसे डाँटा और झुँझलाकर दरबार बरख़ास्त कर दिया। क़ैदियों को जिंदाँ[10] में डलवा दिया। बहुत कोफ़्त हो रही थी। ख़ुद उठकर हरमसरा में जी बहलाने चला गया।

---

1. स्पष्टवादी, 2. अनाचार, 3. तेज़ स्वभाव, 4. बहुत बुद्धिमान, 5. घमंडी, 6. विद्वान्, 7. बेचना, 8. अपमानित, 9. नीच, 10. कारागार।

हुंद

हुंद हुस्नो-जमाल[1] में बेमिसाल थी। हुसैन इब्ने-अली की कनीज़ थी। उन्होंने उसे आज़ाद कर दिया था और यज़ीद ख़ूबसूरती का मतवाला था। उसे ब्याह लाया था। उसके महल में औरतों की कमी न थी। मगर हुंद उसे बहुत अज़ीज़ थी। उसकी सोहबत में वह दुनिया के ग़म भूल जाया करता था। हुंद बड़ी नेक सीरत और भोली-भाली थी। सियासी हंगामों से दूर का भी वास्ता न था। यज़ीद और इमाम हुसैन के दरम्यान जो रंजिश थी उसका कुछ यूँ ही-सा अंदाज़ा था। क़त्ले-हुसैन की उसके फ़रिश्तों को भी ख़बर न थी, न वह ख़्वाब में भी ऐसी भयानक हक़ीक़त के बारे में सोच सकती थी। उसे आले-रसूल से बड़ा लगाव था क्योंकि बानो उसे बेटी की तरह चाहती थी।

मगर दिल से दिल को राह होती है। उस दिन न जाने क्यों उसका जी भारी था। अजीब अनजानी-सी वहशत दिमाग़ पर छाई हुई थी। बेबुनियाद अंदेशे जी को परेशान किए हुए थे। ऐसी शिद्दत की प्यास थी कि हलक़ तड़ख़ा जाता था, मगर मशरूब[2] होंठों से लगाते ही जी लोटने लगता था। जैसे कटोरा महकते हुए शरबत से नहीं, गाढ़े-गाढ़े लहू से छलक रहा है।

यज़ीद ने उससे इख़्तलात[3] की कोशिश की तो वह बेजान मिट्टी की मूर्ति की तरह सर्द हो गई। यज़ीद ग़ुस्से से भन्ना उठा—"आज मेरी तबीयत बहुत मुकद्दर है। मेरा जी बहलाओ। मुझे वहशत हो रही है। आज शराब भी बेअसर साबित हो रही है। जुज़ामी[4] की कै की तरह मुताफ़्फ़ुन और थूक की तरह फीकी।"

हुंद सर झुकाकर रह गई।

उसका मुर्दापन बढ़ता गया। दिल पर जब्र करने पर भी वह यज़ीद को ख़ुश न कर सकी। उसके घूँसे और लात भी चुपचाप पड़ी सहती रही। यज़ीद का जी चाहा, मुरदार का गला घोंट दे। आज उसे इतनी अज़ीम फ़तह हासिल हुई है और आज ही उसकी मसर्रतों का जैसे दम घुट रहा है।

यज़ीद हिजयानी[5] नींद में डूबता-उभरता रहा। बदख़्वाबी[6] की शिकायत पहले भी थी, मगर उस दिन तो वह कई बार चीख़ा। बार-बार आँख खुली, पसीने छूटने लगे। शराब की ज़्यादती थी या कोई अनजाना वहम, वह सोने और जागने के दरम्यान मुअल्लक़[7] कराहता रहा। हुंद उसके पहलू में नीममुर्दा पड़ी फ़िज़ा में घुली हुई आहोज़ारी को सुन-सुनकर पागल हो रही थी। कौन रो रहा था ? ऐसा मालूम होता था, सारी कायनात रो रही है। दारूलख़िलाफ़ा के न जाने कितने घरों में सोने

1. सौंदर्य, 2. पेय, 3. संभोग, 4. कोढ़ी, 5. सन्निपाती, 6. नींद न आना, 7. लटका हुआ।

वाले ख़्वाब में आहोबुका[1] कर रहे थे।

रात के सन्नाटे में यह ख़ामोश मातम उसका दम घोंटने लगा। वह दबे पाँव उठी। इधर-उधर कान लगाकर सुनती रही। बड़े ग़ौरो-ख़ौज़ के बाद उसने अंदाज़ा लगा लिया कि क़िले से थोड़ी दूर जो क़ैदख़ाना है, वहाँ से रोने की आवाज़ आ रही है। उसने अपनी लौंडी से कहा कि दरबान से जाकर कहे कि मालूम करके आए कि कौन रो रहा है ? क्यों रो रहा है, क्या कोई बीमार है ?

दरबान ने वापस आकर इत्तला दी कि जिंदाँ में जो आज नए क़ैदी आए हैं, उनमें एक बच्ची है जो सोते में चौंक-चौंककर रोती है।

मगर हुंद के कानों में तो लोहे की सलाख़ें उतरी जा रही थीं। उस एक बच्ची की आहोज़ारी में सारी दुनिया का बचपन रो रहा था।

"क्या बच्ची बीमार है ?"

"पता नहीं।"

"क्या भूखी है ?"

"भूखे तो सभी क़ैदी हैं।"

नींद को आग लग चुकी थी। हुंद देर तक दरीचे से क़ैदख़ाने की इमारत को देखती रही। न जाने क्या मन में समाई, लौंडी और दरबान को साथ लिया और चुपके से महल से उतरकर क़ैदख़ाने के दरवाज़े तक पहुँची। उसे देखकर पहरेदारों ने दरवाज़ा खोल दिया और वह अंदर दाख़िल हो गई।

अंदर बला का अँधेरा था। कुछ मैले-कुचैले कपड़ों के ढेर-से कोने में पड़े थे। बला की उमस और सीलन थी। उसका दम घुटने लगा। मारे सड़ाँध के दिमाग़ घूम गया। ख़ुश्क ख़ून और सड़ते हुए ज़ख़्मों की बदबू से सर चकराने लगा। उसने शमा मँगाई और चारों तरफ़ नज़र दौड़ाने लगी। उसने देखा और कलेजा थामकर रह गई। क़फ़स के खुरदरे, मैलज़दा पत्थरों पर एक नन्ही कली कुम्हलाई-सी पड़ी थी। सिसकियों से नन्हा-सा लाग़र जिस्म लरज़ रहा था। उसने झुककर क़रीब से देखा तो कलेजा मुँह को आ गया। तार-तार कपड़े, कानों में फोड़े और ज़ख़्म, सूखे होंठों पर आहें। सकीना करवट लिए पड़ी थी। पास ही एक गूदड़ के ढेर में जुंबिश हुई। बेड़ियाँ बज उठीं।

बानो ने शमा की झिलमिलाती रोशनी में देखा कि ज़र्क-बर्क[2] लिबास में कोई परीज़ाद खड़ी है। उन्होंने जल्दी से ज़ैनब को डरकर झिंझोड़ा। ज़ैनब ने फ़ौरन हुंद को पहचान लिया और जल्दी से मुँह फेर लिया। मारे शर्म के सर घुटनों से लग गया। हुंद उन्हें तकती रही, फिर उनके सामने दोज़ानू[3] बैठ गई।

"बिन्ते-अली···यह ख़्वाब है या हक़ीक़त···लिल्लाह मुझे कोई जगाओ वरना

1. रोना-पीटना, 2. तड़क-भड़क वाले, 3. घुटनों के बल।

मेरा कलेजा फट जाएगा।"

"क्या नींद के मतवालों के जागने का वक़्त आ गया ? हम पर क्या गुज़री और गुज़र रही है, क्या मुल्क अरब के बाशिंदों को कुछ ख़बर नहीं ?"

हुंद ज़ैनब के क़दमों में सर पटककर रोने लगी—"मैं तो महल में एक परकटे परिंदे की तरह क़ैद हूँ।"

"पैरों में ऐशो-इशरत की बेड़ियाँ पड़ी हुई हैं।" ज़ैनब ने तनज़िया[1] कहा—"कुछ ऐशो-इशरत में डूबकर सब कुछ भुला बैठे हैं, कुछ ग़ुरबत-ओ-तंगदस्ती[2] में गिरफ़्तार होकर बदहवास हो चुके हैं, कुछ बादशाह की बख़्शी हुई बरकतों को ज़िंदगी का आसाशा[3] बनाए चुप हैं, कुछ शाही ज़ुल्मोसितम के आगे आवाज़ खो चुके हैं। गरज़ आले-रसूल की तरफ़ नज़र उठाकर देखने की किसी को फ़ुर्सत और मोहलत नहीं। तुम यहाँ क्यों आई हो, हुंद ? यह तुमने अपने लिए बेहतरी का सामान नहीं किया।"

"लानत है उस ज़िंदगी पर जो ज़मीर बेचकर हासिल हो ! हाँ, मेरी आक़ाजादी, अरब क़ौम पर लानतों का साया है।" हुंद सर झुकाकर रोने लगी।

"याख़ुदा ! हमारा क्या अंजाम होने वाला है ?"

हुंद के रोने से और सबकी भी आँख खुल गई। ज़ैनब की ज़बानी क़त्ले-हुसैन का तज़किरा सुनकर पागलों की तरह दीवारों से सर फोड़ने लगी। उसी वक़्त उलटे पैरों वापस गई। खाने का सामान और पानी और शरबत की सुराहियाँ, क़ीमती मल्बूसात[4] बाँदियों के सर पर रखवाकर लाई। एक-एक की मिन्नत की मगर किसी के हलक़ से निवाला न उतरा। सबने उसकी ख़ातिर बस थोड़ा-थोड़ा पानी पी लिया। कपड़े तो छूने से भी इनकार कर दिया। "हमारे लिबास हम पर तोड़े गए मज़ालिम के वाहिद्र गवाह हैं। इसके अलावा हमारे अज़ीज़ मैदाने-कर्बला में बेगोरो-क़फ़न पड़े हैं। हम यह लिबासे-फ़ाख़िरा[5] किस दिल से पहन सकते हैं !"

हुंद नाकाम-ओ-नामुराद रोती-पीटती वापस लौट आई। उसने यज़ीद को जगाकर बुरी तरह उसकी टाँग ली। जी भरके कोसा, अज़ाबे-दोज़ख़[6] से डराया, मगर वह टस से मस न हुआ।

"हुकूमत के मामले में दख़लअंदाज़ी मत कर बदबख़्त, वरना पछताएगी।"

"जब तूने हमारे ईमान और यक़ीन ही को कुचल डाला तो अब इससे बड़ी और क्या सज़ा हमें दे सकता है ! ऐ यज़ीद, आज से मैं तुझ पर हराम हुई। मुझे हाथ न लगाना, तेरे हाथों से हुसैन के लहू की बू आ रही है।"

यज़ीद बहुत परेशान था। हालात यूँ पलटा खा जाएँगे, इसकी उम्मीद न थी। वह तो समझा था, उसके पहलू में खटकता काँटा हमेशा के लिए निकल गया। यह

---

1. व्यंग्य से, 2. ग़रीबी, 3. पूँजी, 4. वस्त्र, 5. सुंदर वेशभूषा, 6. नरक की यातना।

ख़बर न थी कि सर से पैर तक काँटेदार ज़ंजीरों में गिरफ़्तार हो जाएगा, मुख़्तलिफ़ शहरों से अजीब-अजीब ख़बरें आ रही थीं। हंगामे शुरू हो गए थे। लोग आम सड़क पर जमा होकर क़त्ले-हुसैन की तफ़सीलें सुनते और सुनाते और आहोज़ारी करते। यज़ीद और उसके हाकिमों के ख़िलाफ़ नफ़रत का बेपनाह तूफ़ान उठ रहा था। हर तरह से बग़ावतों को दबाने की कोशिश की जा रही थी। मगर ज्यों-ज्यों बंद बाँधे जाते, तूफ़ान का ज़ोर-शोर बढ़ता जाता।

इमाम के ग़म में रोना, मातम करना जुर्म क़रार दे दिया गया। ग़मे-हुसैन हुकूमत की पॉलिसी पर एतराज़ है। हुकूमत पर एतराज़ करने वाले इस्लाम के दुश्मन हैं। मगर आँसुओं पर पहरा बिठाना इंसानी ताक़त से बाहर साबित हुआ। लोग और ग़ुस्सा हुए और ज़िद में यज़ीद को ज़क पहुँचाने के लिए हर गली-कूचे में मातम करने लगे। शायरों ने सैकड़ों नोहे और मरसिए लिख डाले, जिन्हें सुनकर लोग दीवानवार सीनाकोबी करते, सरों पर ख़ाक डालते। अरब क़ौम बहुत जज़्बाती है। उसके हर फ़ेल में बला की शिद्दत और तनदिही[1] पाई जाती है। जितनी-जितनी रोकथाम बढ़ी, ज़िद बढ़ी, मज़लूम इमाम हुसैन के क़त्ल से बेख़बर, चैन से अपने घरों में बैठ रहे थे, उनके ज़मीर उनको लानत-मलामत कर रहे थे। इज़हारे-ग़म[2] को उन्होंने ज़रिया-ए-निजात समझकर उसमें बड़े जोशोख़रोश का मुज़ाहरा किया।

नाफ़रमानी करने वालों को सख़्ततरीन सज़ाएँ दी गईं। फ़ौज़ी घोड़ों की टापों से कुचला गया, कोड़ों से खाल उतारी गई, सूली पर लटकाया गया। फ़ातेह फ़ौज दरिंदों की तरह शहरियों पर टूट पड़ी और मैदाने-कर्बला के मुज़ाहरे दोहराए गए। मज़लूम हुसैन के ख़ून का हर क़तरा एक अज़ीम तूफ़ान की सूरत इख़्तियार करने लगा। इंसानों के दिलों में ज़हर भर गया।

लोग यज़ीद से ज़्यादा ख़ुद अपनी बेहिसी[3] पर मलामत करते थे। वह बेख़बर घरों में बैठे रहे और उनके पैग़ंबर के बेगुनाह बच्चों को इस बेदर्दी से फ़ना-ओ-बर्बाद किया गया ! अवाम के पास हथियार न थे, सिर्फ़ हस्सास[4] दिल थे। उन्होंने हुसैन की ज़िंदगी को मशाले-राह बनाया। ज़ुल्म का जवाब मज़लूमियत से दिया, तलवारों का जवाब आँसुओं से। और आँसुओं की एक बूँद जमा होकर एक अज़ीम तूफ़ान बन गई। यज़ीद की ज़िंदगी जहन्नुम हो गई। रातों की नींद हराम हो गई।

---

1. तन्मयता, 2. दुःख की अभिव्यक्ति, 3. विमूढ़ता, 4. भावुक।

वापसी

मैदाने-कर्बला में शहीदों की लाशें बेगोरो-कफ़न पड़ी थीं। हुक्मे-शाही था कि उन्हें हर्गिज़ दफ़न न किया जाए। जो भी इस हुक्म की ख़िलाफ़वर्ज़ी करेगा, ग़द्दार समझा जाएगा और सख़्ततरीन सज़ा पाएगा। उसका घर-बार जलाकर ख़ाक कर दिया जाएगा, औरतों और बच्चों को कोल्हू में पिलवा दिया जाएगा। क़बीला बनी असद, जिनसे इमाम हुसैन इब्ने-अली ने कर्बला में ज़मीन ख़रीदी थी, एक बार उधर से गुज़रे और शहीदों की बरहना लाशें नज़र आईं। उनके साथ औरतें भी थीं। वह बदहवास होकर रोने-पीटने लगीं–"यह किन बदनसीबों की लाशें हैं ? इनके सर किस ज़ालिम ने काटे हैं ? इन्हें दफ़न क्यों नहीं किया गया ?"

मर्दों ने शर्म से सर झुका लिए और दबी ज़बान से बताया कि यह इमाम हुसैन इब्ने-अली और उनके दोस्तों-अज़ीज़ों की लाशें हैं। ग़द्दारी के जुर्म में इन्हें क़त्ल कर दिया गया और हुकूमत ने मनादी कर दी है कि इन्हें दफ़न करना जुर्म है।"

"रसूले-ख़ुदा के बच्चों को दफ़न करना किस मलऊन ने जुर्म करार दिया ?" औरतें बिगड़ने लगीं।

"शाही हुक्म के आगे कौन दम मार सकता है ? ख़ैरियत इसी में है कि यहाँ से जल्दी वापस लौट चलें।"

"लानत है ऐसी ख़ैरियत पर ! ख़ुदा की मार उस हाकिम पर जो मुसलमान की लाश की ऐसी बेहुरमती जायज़ समझता है ! इन लाशों का कफ़न-दफ़न हम पर वाजिब है। अगर तुम मर्द होकर डरते हो तो घर में चूड़ियाँ पहनकर बैठो, हम औरतें इन्हें अपने सर की चादरों का कफ़न देकर दफ़नाएँगे।"

यह कहकर औरतें फावड़े लेकर क़ब्रें खोदने लगीं।

मर्दों को इंतहाई शर्म आई। उन्होंने औरतों से फावड़े छीन लिए।

"नेकबख़्तो, तुम बैठो, जो होगी सो देखी जाएगी। हम इन्हें दफ़न करेंगे।"

चुनाँचे उन्होंने जैसे-तैसे कफ़न दिए और सबको जनाज़े की नमाज़ के बाद दफ़न किया। जिन-जिनके नाम से वाक़िफ़ थे, उनकी निशानियाँ वहाँ नस्ब कर दीं।

क़बीला बनी असद की जुर्रत के बारे में जिसने भी सुना, तारीफ़ की।

मगर दमिश्क़ के बंदीख़ाने में महबूस क़ैदी कबीला बनी असद की इस जुर्रते-मर्दाना[1] से एकदम बेख़बर थे। क़ैदख़ाना भी यज़ीद के दिल की तरह तंग-ओ-तारीक था। न हवा का गुज़र था, न अँधेरे में एक-दूसरे की सूरत नज़र आती थी। न यह पता चलता था, कब रात गुज़री और सुबह हुई। चमगादड़ें और अबाबीलें इधर-उधर फड़फड़ातीं तो बच्चे सहमकर माँओं की गोदों में छिप जाते। क़ैदख़ाना क्या

1. मर्दों जैसा साहस।

था, बस एक मरक़द[1] था। जो भी दाख़िल हुआ, बस मरकर ही रहा···दीवार की स्याही दम घोंटे देती थी। बच्चे साँस लेने को तरसते। कोई सूराख़ या रौज़न नज़र आ जाता, सब आसमान की एक झलक देखने को टूट पड़ते। इमारत ऐसी बोसीदा थी कि हर वक़्त छत गिरने का धड़का लगा रहता था।

फिर भी सर पर साया तो था। अपने अज़ीज़ों और दिल के टुकड़े तो मैदाने-कर्बला में चटियल धूप और जलती रेत पर बरहना पड़े थे।

"अल्लाह ! इस रस्सी से गुलूख़लासी[2] मिले तो लोगों से रास्ता पूछती कर्बला पहुँच जाऊँ।" ज़ैनब आह भरतीं।

"फूफीजान, हमें भी साथ ले चलो। हमें बाबा बहुत याद आते हैं। हमें साथ नहीं ले जाओगी तो हम यहाँ रो-रोकर जान दे देंगे।" सकीना कहतीं।

"तुम कैसे जाओगी बेटी, कोसों का सफ़र है ?"

"हम चले जाएँगे। बाबा क्यों नहीं आते ? अम्माँ ने कहा था, नहर पर पानी लेने गए हैं। मगर इतने दिन हो गए, अभी तक नहीं आए। हम उनके इंतज़ार में जान दे देंगे मगर वह नहीं आएँगे। फूफीजान, बाबा हमें क्यों भूल गए ?"

बानो एकदम ग़ुनूदगी[3] से चौंक उठीं।

"लोगो, शमा जलाओ, उजाला करो। मेरा अली असग़र जाग पड़ा तो अँधेरे में दहल जाएगा।" फिर एकदम याद आ जाता। कलेजा थामकर रह जातीं, "हाय परवर्दिगार ! मेरी तो अक़्ल पर पत्थर पड़ गए हैं। भूल-भूल जाती हूँ कि अली असग़र तो माँ की गोद सूनी करके बाबा की आग़ोश में सो रहे हैं।"

बाबा को याद करते-करते सकीना को वहम हो गया कि दरवाज़ा बंद है इसलिए बाबा नहीं आते। रो-रोकर दरबान की मिन्नतें करने लगीं—"ऐ दरबान, ख़ुदा का वास्ता, थोड़ा-सा दरवाज़ा खोल दो, मेरे बाबा आने वाले हैं। कहीं दरवाज़ा बंद देखकर वापस न लौट जाएँ।"

"कौन है तू, ऐ लड़की ?" दरबान ने दुरुश्ती[4] से पूछा।

"मैं सकीना हूँ। अपने बाबा हुसैन इब्ने-अली का इंतज़ार कर रही हूँ। वह मुझे लेने आ रहे हैं।"

"चुप रह लड़की, तेरी बकबक ने तो नाक में दम कर दिया। दिन-रात रोती है। चैन से दो घड़ी सोने नहीं देती। चल दूर हो। बस, अब सुबह ताला खुलेगा।"

"सुबह तक तो मेरा भी दम निकल जाएगा।"

"अच्छा ही होगा। तेरी हर वक़्त की रें-रें से पीछा छूट जाएगा। बड़ी ज़िद्दी लड़की है। शिम्र के तमाचे खाकर भी मिज़ाज दुरुस्त नहीं हुआ। देख, दरवाज़ा बंद कर वरना हम अभी उन्हें बुलाते हैं। वह आकर फिर से तेरे गले में रस्सी बाँध देंगे।"

---

1. समाधि, 2. बंधन-मुक्ति, 3. ऊँघ या नींद, 4. कठोरता।

"डाँट-फटकार सुनकर बच्ची सहम गई। दीवार से लगी अँधेरे में इधर-उधर टटोलती कि साँस लेने की कोई रौज़न[1] मिल जाए।

"कहाँ अँधेरे में टक्करें मार रही है ? इधर मेरी गोद में आ जा, मेरी जान !"

मगर बच्ची को तो एक ही रट लगी थी, "बाबा कैसे बेमुरव्वत हैं ! आकर हमें इस क़ैद से आज़ाद क्यों नहीं कराते ? हमारी उन्हें ज़रा भी परवाह नहीं।"

बानो ने टटोलकर बच्ची को उठा लिया। माँ-बेटी गले मिलकर रोने लगीं। बच्ची की नींद ऐसी उचाट हुई थी कि पलक झपकना दुश्वार था। सबने बार-बार गोद में लेकर सुलाने की कोशिश की, लेकिन उसे नींद न आई।

कुबरा ने छोटी बहन को लेकर सुलाने की बहुत कोशिश की—"बस, पल-भर के लिए सो जाओ, मेरी जान !"

"नहीं, अब हम कभी न सो पाएँगे। बाबा आकर सुलाएँगे तभी हम सोएँगे।" सकीना ने कहा।

दरबान ने जो बच्ची की आहोज़ारी सुनी तो उसे एक शरारत सूझी। ज़ालिमों की जेलों में इंसानों के दिल भी पत्थर के हो जाते हैं। जेल के अहाते में अब भी मक़तूलीन[2] के सर नेज़ों पर आवेज़ाँ[3] थे। उसने इमाम हुसैन का सर उतारकर एक ख़्वान में रखा। ऊपर से ख़्वानपोश ढँका और लेकर क़ैदख़ाने में गया—"लो, बादशाह ने तुम्हें फवाकिहात[4] भेजे हैं।" यह कहकर ख़्वान दहलीज़ से आगे सरका दिया और दरवाज़ा बंद करके हँसने लगा।

न जाने बीमार बच्ची के नथुनों में कैसी ख़ुशबू पहुँची कि तड़पकर बहन की गोद से निकल गई।

"बाबा आ गए, मेरे प्यारे बाबा आ गए !" और अँधेरे में गिरती-पड़ती ख़्वान पर जा गिरी। सब घबराकर चीख़ने लगे।

"ज़सी-सी रोशनी दिखा दो, ख़ुदारा[5] !"

दरबान हँसता हुआ आया और मशाल आगे बढ़ा दी। सकीना ने लरज़ते बुख़ार में जलते हाथों से ख़्वानपोश सरकाया। एक घुटी हुई चीख़ कलेजे से निकली। बच्ची ने बाप के मुँह पर मुँह रखकर दम तोड़ दिया।

दरबान घबरा गया। जल्दी से सकीना के मुर्दा हाथों से बड़ी मुश्किल से सर छीना और भागा।

क़ैदख़ाने से आहोबुका की ऐसी दिलदोज़ आहें उभरीं कि क़स्रे-यज़ीद के कंगूरे हिल गए।

हुंद के दिल पर ऐसी चोट लगी कि वह सोते-सोते चीख़ मारकर उठ बैठी। जिस दिन से उसने क़ैदियों की हिमायत की थी, उसे क़ैद कर दिया गया था।

---

1. वातायन, 2. जिनका वध हो चुका था, 3. सजे हुए, 4. मेवे, 5. ख़ुदा के लिए।

खाना-पीना छूट गया था। तन-बदन का होश न था। यज़ीद उस पर बेतरह गरवीदा था। उसकी अबतर हालत देखकर जी कुढ़ता, ख़फ़ा होता और बल खाता, मगर हुंद दुनिया से मुँह मोड़े मौत की आरज़ू में नीममुर्दा घुल रही थी।

मुल्क के हालात बद से बदतर होते जा रहे थे। इमाम का ज़िक्र जुर्म बन गया था। लोगों को भी ज़िद सवार हो गई थी। बावजूद पाबंदियों, क़त्लो-ग़ारत के सारे मुल्क में हुसैन का ज़िक्र होने लगा। कोने-कोने में बग़ावत की आग फैल गई।

ज़ैनुल आबिदीन ने बड़ी मुश्किल से बहन का जनाज़ा उठाने की इजाज़त ली। यज़ीद लोगों के इश्तआल[1] से ख़ायफ़[2] हो चुका था। उसने इजाज़त दे दी। इब्ने-हुसैन जब नन्ही-सी बहन का जनाज़ा हाथों पर लेकर क़ब्रिस्तान की तरफ़ रवाना हुए, लोग जौक़-दर-जौक़[3] उनके हमराह हो लिए। रोकथाम की कोशिश की गई तो हंगामे शुरू हो गए। फ़ौजी इमदाद पहुँची और मजमे को मुन्तशर[4] किया गया। क़त्लो-ग़ारत का बाज़ार गर्म हो गया। यज़ीद की फ़ौज और सकीना का जनाज़ा उठाने वालों में टक्कर हो गई। बात इतनी बढ़ी कि हश्र बरपा हो गया।

इब्ने-हुसैन मैयत लेकर वापस लौट आए और वहीं क़ैदख़ाने के अहाते में फाटक के क़रीब मैयत दफ़न कर दी।

इस वाक़िए के बाद हुकूमत ने फ़ैसला कर लिया कि क़ैदियों का सवाल एक मुसीबत बन चुका है। उन्हें दारूलख़लाफ़े[5] में रखना अपनी तबाही को दावत देना है। यहाँ यह लोग रहे तो रोज़ कोई मुसीबत खड़ी होती रहेगी। ख़ैरियत इसी में है कि इन्हें वतन जाने की इजाज़त दे दी जाए। यह लोग चले जाएँगे तो सब हंगामे ठंडे पड़ जाएँगे। कुछ अर्से बाद लोग भूल-भाल जाएँगे।

मुजरिम कौन

फ़ातेह[6] फ़ौज को सरकारी मरातिब[7] बख़्शे गए। मगर अवाम के दिलों में उनके ख़िलाफ़ बेपनाह नफ़रत पैदा हो गई जो दिन-ब-दिन बढ़ती ही गई। वह जिधर निकल जाते, लोग फटकार भेजते और नफ़रत से मुँह फेर लेते। अकसर उन पर ग़लाज़त और गंदगी फेंकते। उनका बाहर निकलना दुश्वार हो गया। आम अवाम की राय से डरकर उनके दोस्त-अहबाब भी किनाराकश हो गए। उनके अज़ीज़ उनसे घिन खाने लगे।

हर नमाज़ के बाद मस्जिदों में हुसैन का ज़िक्र होने लगा। यज़ीद के दुश्मन

1. उत्तेजना, 2. भयभीत, 3. टोली-दर-टोली, 4. भीड़ को तितर-बितर किया, 5. राजधानी, 6. विजेता, 7. सम्मान।

जो अब तक चुप थे, दुबके हुए बैठे थे, दिलेर हो गए। उन्होंने खुल्लमखुल्ला यज़ीद के ख़िलाफ़ फ़तवे देने शुरू कर दिए।

यज़ीद को अपनी सफ़ाई पेश करने के लिए तरह-तरह के बहाने ढूँढ़ने पड़े। उसने अपने दरबारियों से अपनी बेगुनाही की गवाही तलब की। ज़्यादातर ख़ुशामदियों ने उसे हर इलज़ाम से बरी उज़्ज़िमा[1] करार दिया।

"सारा क़ुसूर इब्ने-जियाद का है।"

"असल मुजरिम इब्ने-साद है।"

"लेकिन हुसैन का क़ातिल शिम्र ज़ुलजोशन है। उसे वाजिब सज़ा मिलनी चाहिए।"

यज़ीद ने सोचा, इन क़ुर्बानी के बकरों से भी पीछा छूट जाएगा। अपनी कारगुज़ारियों से बड़े दिमाग़ ख़राब हो गए हैं। क़त्ले-हुसैन की साज़िश में जो लोग शामिल थे उनकी बढ़ती हुई ताक़त से ख़ौफ़ पैदा होने लगा था।

शैत बिन रबी भी इस मजलिसे-मशावरत[2] में एक तरफ़ बैठे हुए थे। वह बार-बार यज़ीद को घूर रहे थे। यज़ीद को वहशत होने लगी। उसने झल्लाकर कहा—"ऐ इब्ने-रबी, तुम भी तो कुछ कहो !"

"क़ातिलाने-हुसैन पर लानत।" उन्होंने नज़रें झुकाकर कहा।

यज़ीद इस जवाब से कतई ख़ुश न हुआ। इब्ने-नमीर से कहा, "तुम्हारी क्या राय है ?"

"सच जवाब चाहिए या मस्लिहत आमेज़[3] !" वह बड़ी होशियारी से बोला।

"सच जवाब दो।"

"मेरी जान तो ख़तरे में नहीं पड़ जाएगी क्योंकि सच बहुत तल्ख़ होता है ?"

"तुम्हें जान की अमान[4] दी जाती है।" इसके सिवा यज़ीद और क्या कह सकता था ? दूसरे वह अपने मुख़ालिफ़ीन[5] को नज़रअंदाज़ नहीं करना चाहता था। या तो उन्हें अपना तरफ़दार बना लेना चाहिए या उनके वजूद से छुटकारा पा लेना चाहिए।

"हुसैन का असली क़ातिल वह है जिसने उनके ख़िलाफ़ लश्कर भेजा, उनके क़त्ल के एहकामात[6] जारी किए और जल्लादों को उन पर तैनात किया ! ऐ अमीर, जो कुछ हुआ, आपके हुक्म से हुआ वरना किसी की मजाल न थी जो रसूले-ख़ुदा के नवासे की तरफ़ नज़र उठा के भी देखता।"

"हुसैन ग़द्दार थे। ख़लीफ़ा-ए-वक़्त से ग़द्दारी इस्लाम से ग़द्दारी है। मस्लिहते-इलाही[7] से ग़द्दारी है।"

"फिर तो अमीर माविया सबसे बड़े ग़द्दार थे कि उन्होंने इब्ने-अबी तालिब की बैअत से इनकार किया और उनसे जंग की !"

---

1. मुक्त, 2. सलाहकार समिति, 3. रहस्य से भरा, 4. शरण, 5. विरोधी, 6. आदेश, 7. ख़ुदा का राज।

यज़ीद की आँखों में ख़ून उतर आया। मगर इब्ने-नमीर इतना कुछ कह चुके थे कि आगे तकल्लुफ़ करने से कुछ फ़र्क़ न पड़ता। लिहाज़ा कहते गए–"तुमने मुझे जान की अमान दी है। मगर अहदशिकनी[1] तुम्हारे लिए कोई नई बात नहीं है। तुम अपने आपको दीने-इस्लाम का वाहिद ठेकेदार समझते हो। तुम्हारी और तुम्हारे हाकिमों की मुख़ालिफ़त करना हर्गिज़ इस्लाम-दुश्मनी नहीं है। तुम अफ़राद[2] हो, इस्लाम की बुनियाद नहीं। इस्लाम ज़ाती राय की आज़ादी देता है। गरेबान में मुँह डालकर देखो, क्या तुम वाक़ई एक सच्चे मुसलमान हो ?"

"तेरा दिमाग़ी तवाज़ुन[3] दुरुस्त नहीं, बुड्ढे ! उलटी-सीधी बकवास बंद कर।"

कोई और वक़्त होता तो यज़ीद उसी दम उनका सर कलम करा देता। मगर हालात ने इस बुरी तरह शिकंजे में कसा था कि उसे मजबूर और तंग देखकर उसके अपने मुशीरे-ख़ास[4] अज़ीज़ और भरोसे के आदमी अकड़ दिखा रहे थे।

यज़ीद को उनकी हिमायत की बहुत ज़रूरत थी और वह अपनी अहमियत के एहसास पर ग़ुरूर से अकड़ रहे थे।

अरब क़ौब बेइंतहा जज़्बाती वाक़े हुई है। ज़रा से इशारे पर वह निकलते हैं। मुल्क के कोने-कोने से एहतजाज[5] की आवाज़ें पहले धीमी, फिर बुलंद होती गईं। अब यज़ीद को अंदाज़ा हो रहा था कि इमाम हुसैन ज़िंदा थे तो उसके वजूद के लिए इतने ख़तरनाक न थे। शहीद होकर वह ज़िंदा-जावेद[6] हो गए। लाखों ज़िंदगियाँ पा लीं।

दरबारियों ने राय दी कि बेहतरी इसी में है कि आले-रसूल को बड़ी इज़्ज़त और आराम से वतन रवाना कर दिया जाए।

क़ैदियों को वतन रवाना करने से पहले यज़ीद ने फिर उन्हें दरबार में तलब किया।

क़ैदियों की हालत ऐसी अबतर हो रही थी कि जिंदाँ के दरो-दीवार उनके निस्ब पर रो रहे थे। गर्दआलूद चेहरों पर बेख़बरी में मुसलसल आँसू बह रहे थे। फ़ाकों से जिस्मों में खड़े रहने की ताक़त न रही थी। दिल मारे वहशत के सीनों से निकले पड़ते थे। पुराने ज़ख़्म भरने का नाम ही न लेते थे। कम और ख़राब ख़ुराक, हवा और रोशनी की कमी से सब बरसों के मरीज़ मालूम होते थे।

जैसे ही दरबानों ने जिंदाँ का दरवाज़ा खोला, बच्चे ख़ौफ़ से माँओं से लिपट गए।

"अम्मी, अम्मी, कोई आता है। हमें छिपा लो।"

माँओं ने सहमकर बच्चों के मुँह पर हाथ रख दिए कि कहीं उनकी चीख़-पुकार से पहरेदारों को ग़ुस्सा न आ जाए।

शिम्र ज़िलजोशन अंदर दाख़िल हुआ। उसे कोढ़ का मरज़ था, जो अजीब भयानक तरीक़े से उसके जिस्म पर तेज़ी से क़ाबिज़ हो रहा था। उसे देखकर रोंगटे

1. वचन-भंग, 2. व्यक्ति, 3. मानसिक संतुलन, 4. विशिष्ट सलाहकार, 5. विरोध, 6. अमर।

खड़े हो जाते थे।

"मेरे मेहरबान आक़ा ने तुम्हें माफ़ कर दिया। अब तुम लोग क़त्ल नहीं किए जाओगे। ख़ुश हो जाओ कि तुम्हारी रिहाई का वक़्त आ गया।"

किसी में ख़ुश होने की सकत न रही थी। ख़ामोश सर झुकाए बैठे रहे।

"तुम लोगों की दरबार में तलबी है, उठो !"

"एक दफ़ा तो हम तेरे बादशाह के दरबार में ज़लीलोख़्वार[1] हुए, अब क्यों बुलाता है ? क्या कोई कसर बाक़ी रह गई है ? ख़ुदा का वास्ता, हमें इसी जिंदाँ में घुल-घुलकर मर जाने दो। अब हम आज़ाद होकर क्या करेंगे ? हमारे लिए दुनिया में क्या रह गया है ? हुसैन क़त्ल हो गए। हमारे प्यारे हमसे बिछड़ गए। हम ताक़यामत उनकी सूरतों को तरसेंगे। अपने दरियादिल बादशाह से कहो, अपने जल्लाद भेजे कि वह आकर हमारे सर तन से जुदा कर दें कि यह क़िस्सा ख़त्म हो। यह सर अब कंधों पर बार हैं।"

इब्ने-हुसैन बमुश्किल खुरदरे पत्थरों के फ़र्श पर घिसटकर उठ बैठे। उन्हें अब भी बुख़ार आ रहा था। फूफी ने कहा—"हमारी ख़ामोशी ही हमारी ज़बान है। इन पाजियों के मुँह लगने से क्या हासिल ? अगर बादशाह ने बुलाया है तो जाने ही में मस्लिहत[2] है।" फिर दबी ज़बान से इब्ने-हुसैन ने कहा, "यूँ हम क़ैद में सड़कर ख़त्म हो जाएँगे। किसी को पता भी न चलेगा। लोग हमें भूल जाएँगे। यह तो बड़ा ज़ुल्म होगा। हम बाहर निकलेंगे तो कम-अज़-कम लोग हमारी दुर्गत देखेंगे। कुछ तो हमारे बारे में सोचेंगे।"

"तुम हमारे इमाम हो, ख़ुदा रहती दुनिया तक हमारे सर, हमारे इमाम का साया क़ायम रहे। तुम हमारी उम्मीदों का मख़ज़न[3] हो, हम बदनसीबों का सहारा हो। तुम जैसा कहोगे, हम वही करेंगे।"

ज़ैनब ने जवाब दिया।

बड़ी मुश्किलों से सब घिसट-घिसटकर उठे। हाथ हिलाना तक क़यामत था। जोड़-जोड़ में टीसें उठ रही थीं, हड्डियाँ चटख़ रही थीं। इस बार क़ैदी दरबार में लाए गए तो यज़ीद शतरंज की चालें भूल चुका था। दरबार में सन्नाटा छाया हुआ था। सिर्फ़ बेड़ियों और ज़ंजीरों की झंकार गूँज रही थी।

यज़ीद सहमा हुआ बैठा था। जल्दी से हड़बड़ाकर उठा। बड़ी नर्मी से सबको बिठाया। सारा इल्ज़ाम शिम्र ज़िलजोशन और उमर बिन साद के सर थोपने के बाद वह ख़ुद को क़तई बरी उज़्ज़िमा क़रार दे चुका था। बड़े अफ़सोस से आँसू बहाकर कहा—"मुझे बड़ा अफ़सोस है। यह सब इन मरदूदों की कारस्तानी थी। इन सबको ऐसी सज़ाएँ दी जाएँगी कि इनकी सात पुश्तें याद करेंगी। इन लोगों को हुसैन

1. अपमानित, 2. भलाई, 3. भंडार।

इब्ने-अली से पुराना बैर था।"

इसके बाद ज़ंजीरें और बेड़ियाँ काटने का हुक्म दिया और इधर-उधर सबको डाँटना-फटकारना शुरू किया—"इन सबको सख़्त सज़ाएँ दी जाएँगी। एक-एक की गर्दन मार दी जाएगी।"

"किस-किसकी गर्दन मारोगे, किसे सख़्त सज़ाएँ दोगे ? हमें बच्चा समझकर बहला रहे हो।" इब्ने-हुसैन ने कहा।

"मेरी यह हर्गिज़ मंशा नहीं थी कि इब्ने-अली को शहीद किया जाए। अगर मैं मैदाने-कर्बला में होता तो उन्हें समझा-बुझाकर राहे-रास्त पर ले आता। जो कुछ हुआ, मेरी लाइल्मी में हुआ।"

"यज़ीद, इन बातों से तुम मुझे धोखा नहीं दे सकते, न दुनिया की आँखों में धूल झोंक सकते हो। तुम लाख पर्दे डालो, हक़ीक़त छिप नहीं सकती। हुसैन का यह लहू रंग लाएगा। तुम्हारी ज़हर में बुझी बातें तकलीफ़देह हैं। अगर तुम इसी वक़्त जल्लादों को बुलाकर हमारी गर्दनें उड़ा दो तो हम बड़े एहसानमंद होंगे।"

"तुम लोगों को मेरे ऊपर भरोसा नहीं। मगर मैं झूठे वीयदे नहीं करता। ख़ज़ाने का दरवाज़ा खुला है। मैं तुम्हारे अज़ीज़ों का ख़ून-बहा[1] देने को तैयार हूँ।"

अरबों में यह उसूल था कि अगर अज़ीज़ चाहें तो मक़तूल की जान के बदले जान के बजाय रुपया ले सकते थे। यह सुनकर ज़ैनब का चेहरा ग़ुस्से से सुर्ख़ हो गया। उन्होंने कहा—"ख़ूने-हुसैन की क़ीमत क़यामत के दिन रसूलुल्लाह को देना, या हुसैन की माँ फ़ातिमा ज़ोहरा या बाप इब्ने-अली तालिब को देना कि वही इनके सबसे बड़े हक़दार हैं। ऐ यज़ीद बिन माविया, अब तो हमारा-तुम्हारा हिसाब-किताब ख़ुदा के हुज़ूर में होगा। तुम किस-किसका ख़ून-बहा अदा करोगे ? तुमने आले-रसूल को नहीं, पूरी इंसानियत को ज़बह किया है। रोज़े-हश्र ख़ुदा को ख़ून-बहा अदा करना।"

यज़ीद सर से पाँव तक काँपने लगा। चेहरे का रंग ऊदा पड़ गया। दरबार में हाज़िरीन पर हैबत छा गई।

"मेरी तरफ़ से तुमको आज़ादी है, जहाँ चाहो, जाओ।" यज़ीद ने मरी हुई आवाज़ में कहा।

"अगर तुम्हारे दिल में वाक़ई कुछ रहम है तो बस इतनी मेहरबानी करो कि हमारा जो सामान लूटा गया था, वह वापस लौटा दो। हमारे शहीदों के सर और कपड़े, हमारे सरों की चादरें दे दो ताकि हम उन्हें उनके साथ दफ़ना दें और हमें वापस जाने की इजाज़त दे दो।"

यज़ीद ने फ़ौरन सब सामान मँगवा दिया।

कटी-फटी ख़ून में डूबी अबाएँ और चादरें, तार-तार अमामे[2] देखकर यज़ीद के

1. ख़ून की क़ीमत, प्राणों का मूल्य, 2. पगड़ी।

दरबारियों के जिस्मों में ख़ौफ़ और दहशत से कँपकँपी दौड़ गई। जैसे वह शहीद, जिनके बरहना[1] जिस्म कर्बला के मैदान में कुचले पड़े थे, एकदम उठ खड़े हों। यज़ीद ने सहमकर आँखों पर हाथ रख लिए। एक अनजाने ख़ौफ़ से जिस्म लरज़ने लगा। लोग फटी-फटी आँखों से ख़ूनी पैरहन देख रहे थे और उनके होशोहवास गुम हुए जा रहे थे।

"यह मेरे प्यारे भाई हुसैन की अबा है, उनके ख़ून से तर-ब-तर। यह मेरी माँ का दूध है जो लहू बनकर बहा है। तीर सेही के काँटों की तरह पिरोए हुए हैं। इसका तो एक तार भी सलामत नहीं।"

यज़ीद बहुत बुरी तरह बौखला गया, बिलकुल ही अक़्ल मारी गई थी। ख़ुदसिताई[2] की पुरानी आदत ने जोश मारा, एहसासे-कमतरी[3] से पनाह लेने की ख़ातिर बोला—"इब्ने-हुसैन, यह तुम्हारे बाप की अबा है या किसी फ़क़ीर की गुदड़ी ?"

इस अंदोहनाक मौक़े[4] पर उसकी हिमाक़त और छिछोरेपन पर इब्ने-हुसैन को हँसी आ गई।

"यज़ीद, तुम बहुत छोटे-से इंसान हो। मेरे बाप को झूठी शान ज़माने के लिए अतलस और देबा[5] का सहारा नहीं चाहिए था। आज भी उनकी बरहना लाश उनकी जुर्रत और हक़परस्ती के नूर में लिपटी हुई है। मगर तुम इस ज़रबफ़्त और कमख़्वाब में भी नंगे हो।"

और कोई वक़्त होता तो यज़ीद के दरबार में यह गुस्ताख़ी मौत का पैग़ाम बन जाती। मगर लोगों की आँखों में सुलगती हुई नफ़रत ने उसकी तमाम शाही क़ूवतें छीन लीं। ख़ुद उसके दरबारी उससे ऐसे घिन खा रहे थे जैसे वह ज़िंदा इंसान नहीं, बजबजाती हुई लाश है, जिसकी बदबू से इंसानी दिमाग़ ज़ख़्मी हुआ जा रहा है। मस्लिहतन[6] यज़ीद दुबक गया और मिसमिसी सूरत बनाकर बोला—"सबको सज़ाएँ दी जाएँगी। यह ग़ैरइस्लामी फ़ेल बख़्शा नहीं जाएगा।"

जो इनामो-इकराम की उम्मीदें लगाए बैठे थे, चौकन्ने हो गए। उन्हें यज़ीद पर कभी पूरी तरह भरोसा न था।

कपड़ों के ढेर में से बानो ने अली अकबर की पोशाक पहचानकर घसीट निकाली। किस अरमान से फूफी ने यह जोड़ा तैयार किया था।

"यह तो बिलकुल नई पोशाक थी, क्यों माँ के दिल की तरह टुकड़े-टुकड़े हो गई ? अली अकबर, जाते वक़्त तुमने यह तो नहीं कहा था—वापस न लौटोगे ? हमशक्ले-नबी[7] के दीदार से फिर आँखें ठंडी न होंगी।"

उम्मे-रबाब ने अपनी चादर खींचकर सर पर डाली तो साथ में अली असग़र

1. नग्न, 2. आत्मप्रशंसा, 3. हीनता भाव, 4. दुःखद, 5. कपड़े के नाम, 6. सकारण, 7. मुहम्मद साहब की सूरत।

का नन्हा-सा ख़ून में डूबा हुआ कुर्ता उलझा चला आया। जल्दी सें उठाकर आँखों से लगाया और बेइख़्तियार[1] चूमने लगीं।

"देखो तो, मेरे लाल के नए कुर्ते की क्या गत बन गई ! जब मेरे लाल के गले पर सेहफला[2] तीर लगा तो दूध के बजाय जीता-जीता ख़ून उगल दिया। या अल्लाह मेरा दूध लहू हो गया। मेरे बच्चे, मेरे चाँद, माँ रातों को उठकर तुझे ढूँढ़ती है। अपनी ख़ाली गोद देखकर वहम आता है। अल्लाह जाने इस जंगल में तुम पर क्या बीत रही होगी ? मेरे चाँद, तुम तो फ़ाख़्ता के परों की आवाज़ से चौंक उठते थे। वहाँ अकेले कैसा डर लगता होगा, मेरी जान !"

ज़ैनब ने बढ़कर बानो को सीने से लगा लिया।

"न रो मेरी शहज़ादी, बदनसीब माँ, तेरा लाल अपने बाबा की गोद में आराम से सोया है। मैंने ख़्वाब में देखा है। रसूले-ख़ुदा अपने नवासे को मैदाने-कर्बला में ढूँढ़ रहे हैं। मेरी माँ की गोद में मक़तूल बेटे की कुचली हुई लाश है। फ़ातिमा ज़ोहरा ख़ून के आँसू रो रही हैं और मैंने अपने बाप को भी ख़्वाब में देखा। शेरे-ख़ुदा के हाथों में ज़ुलफ़िकार[3] के बजाय दिल के टुकड़े हैं।"

"अम्मी, यह सकीना के बुंदे हैं। यह सफ़ेद मोती लाल क्यों हो गए ?"

कुबरा की हथेली पर मोती ख़ून की बूँदों की तरह लरज़ रहे थे। अचानक जैसे साँप ने डस लिया हो। सहमे-सहमे हाथों से क़ासिम का अमामा उठाया और आँखों से लगा लिया। बिजलियाँ-सी कौंध गईं। वह बचपन का साथ, हँसता हुआ चेहरा, मुस्कराते हुए पुरशौक लब, वह पल-भर की शादी, वह महकता हुआ जिस्म। क़ासिम बिन हसन ! बेवफ़ा महबूब...घोड़ों की टापों से कुचला हुआ जिस्म...कुबरा बेहोश होकर वहीं ढेर हो गईं।

भाई ने बहन को हाथों पर उठा लिया। कमज़ोर जिस्म में न जाने कहाँ से जान आ गई ! दरबारियों का अजीब आलम था। नज़रें झुकी हुई थीं, होंठ सिले हुए थे, आँसू जारी थे।

यज़ीद पर अनजाना बोझ ढह पड़ा, दम घुटने लगा। घबराकर चारों तरफ़ देखा। ख़ुशामदियों की आँखों में ग़ैरियत और बेगानगी[4] नज़र आई।

"तुम जो कुछ चाहो, मैं हाज़िर करने से गुरेज़ न करूँगा।"

"जो माँगेंगे वह दोगे ?" ज़ैनब बिन्ते-अली ने पूछा।

"ज़रूर।"

"तो मुझे रोने की इजाज़त दे दो, इब्ने-माविया, अगर तेरा दिल पत्थर का नहीं तो जी भर के रो लेने दे। जब से मेरे भाई शहीद हुए, रोने की मोहलत न मिली। मेरी आँखों से एक आँसू न बहा। यह रुके हुए आँसू मेरे दिमाग़ के परख़चे उड़ाए

---

1. हठात्, 2. त्रिशूल, 3. हज़रत अली की तलवार, 4. परायापन।

देते हैं। मैं यह आँसू बहाना चाहती हूँ। हमें एक मकान दे दो। हम जाने से पहले अपने जी की भड़ास निकालेंगे।"

यज़ीद ने फ़ौरन हुक्म दिया कि उन्हें एक अलहदा मकान में पहुँचा दिया जाए।

ग़मे-हुसैन[1] की यह पहली मजलिस थी। लोग दूर-दूर से आकर जमा हो गए। ज़ैनब ने शुरू से लेकर आख़िर तक एक-एक वाक़िआ[2] बयान किया, अपना क़लेजा निकालकर रख दिया। औन और मुहम्मद की शहादत, क़ासिम का क़त्ल, अली अकबर की जवानसाल लाश की बेहुरमती, मासूम छह महीने के अली असग़र के हलक़ में अटका हुआ सेहफला तीर, अब्बास के कटे हुए बाज़ू, उनके ख़ून में डूबा हुआ अलम और लहू में लिथड़ी हुई मशक। फिर हुसैन की तन्हाई और बेबसी, शिम्र का उनके सीने पर चढ़कर सर जुदा करना, नेज़ों पर सरों की बेहुरमती और छीनी हुई रिदाएँ[3]। सकीना के लहूलुहान कान, इब्ने-अली के पैरों की बेड़ियाँ, अली असग़र का ख़ाली पालना, जले-झुलसे ख़ेमे, गरज़ एक-एक वाक़िया इस दर्द और सोज़ से बयान किया कि सुनने वाले ग़म और ग़ुस्से से दीवाने हो गए।

यज़ीद बेतरह घबरा गया और जल्द-अज़-जल्द इन लोगों को रुख़सत करने पर इसरार करने लगा। उसने उनके साथ पाँच सौ सवार रवाना किए जो सबके सब उनसे दिली हमदर्दी रखते थे। नोमान बिन बशीर को हुक्म दिया कि इन सबको बख़ैरोआफ़ियत मदीना पहुँचा दे।

मगर मदीना जाने से पहले यह लोग कर्बला गए। शहीदों के सर सीने से लगाए, फिर उसी मैदान की तरफ़ रवाना हुए जहाँ उनकी दुनिया ताराज[4] हो गई थी। लोग रास्ते में मिलते, ज़ैनब और कुलशूम हालात कर्बला दोहरातीं। उनकी जादूबयानी और फिर ग़मे-हुसैन राह में मजलिसें जम जातीं। एक आग-सी भड़कती जाती।

जब यह लोग कर्बला पहुँचे तो मालूम हुआ कि लाशें बनी असद के अफ़राद ने दफ़न कर दी हैं। जहाँ जो शहीद हुआ था, वहीं दफ़न कर दिया। उन लोगों ने उनके सर भी साथ सुपुर्द-ख़ाक कर दिए।

फ़ातिमा कुबरा क़ासिम-बिन-हसन की लहद पर बेजान होकर गिर गईं।

"अब मैं अपनी ज़िंदगी इन्हीं की तुरबत पर गुज़ार दूँगी।" उन्होंने ज़िद की, "मेरे लिए दुनिया अँधेरी हो चुकी है। मैं अपनी ज़िंदगी के साथी को इस बियाबान में अकेला छोड़कर नहीं जाऊँगी ?"

लोगों ने समझाया-बुझाया। वह ग़म और नातवानी[5] से बार-बार बेहोश हो जातीं। आख़िर उन्हें महमिल में लिटा दिया और मदीने की तरफ़ रवाना होने का इरादा किया।

---

1. हुसैन के मरने का शोक, 2. घटना, 3. चादरें, 4. नष्ट, 5. निर्बलता।

ज़ैनब बिन्ते-अली का अजीब हाल था। बार-बार हुसैन की क़ब्र से रुख़सत होकर महमिल में सवार होतीं, फिर जी न मानता, वापस आकर क़ब्र पर गिर जातीं।

"मेरी दुनिया तो इस मैदान में सो रही है। जी चाहता है, यहीं एक कोने में झोंपड़ी डाल के बैठ जाऊँ।"

"आप भूल रही हैं। आप इस बचे-खुचे क़ाफ़िले की सरदार हैं। तमाम शीराज़ा[1] बिखर जाएगा। आपके सहारे तो हम सब ज़िंदा हैं। आप सबको मदीना पहुँचाइए।" लोगों ने कहा।

"मदीना क्या मुँह लेकर जाऊँगी ! सुग़रा को क्या जवाब दूँगी ? वह पूछेगी, मेरे प्यारों को कहाँ छोड़ आईं ? मदीना वालों से कैसे आँखें मिलाऊँगी ? कैसे-कैसे फूल कुम्हला गए ! मैं क्यों ज़िंदा बच गई ?"

"इसलिए कि आपको अभी जीना है, एक आप ही दुनिया वालों के सवालों के जवाब दे सकती हैं। क्या आपने बाबाजान का हुक्म भुला दिया ? हमारे इमाम ने क्या फ़र्माया था। क्या उनकी क़ुर्बानी बेकार जाएगी ? उनका लहू रेत ने जज़्ब कर लिया और ग़ाफ़िल सोई पड़ी है। नहीं फूफीजान, हमारी ज़िंदगी का बस एक ही मसरफ़[2] है कि हम दुनिया-भर को बताएँ कि किस तरह एक ज़बर्दस्त ताक़त ने मुट्ठी-भर इंसानों को चारों तरफ़ से घेरकर ख़त्म कर दिया। मगर हम जता देंगे, हम ख़त्म नहीं हुए। जब तक सच्चाई और इंसाफ़ का जज़्बा ज़िंदा है, हम ज़िंदा हैं। हम दुनिया पर साबित कर देंगे कि हक़ कितना रोशन और जानदार है। जब कभी ज़बर्दस्त कमज़ोर और मजबूर को ग़ारत करेंगे, हम ज़िंदा हो जाएँगे। जब मासूमों का ख़ून बहेगा—ख़ूने-हुसैन और सुर्ख़ हो जाएगा। लोग हुसैन का नाम लेकर ज़ुल्म का मुक़ाबला करने पर डट जाएँगे। फ़तह मौत और ज़िंदगी के बंधनों से आज़ाद है। फ़तह सिर्फ़ सच्चे ख़याल की होती है।"

ज़ैनब ने आख़िरी बार क़ब्र को बोसा दिया और जल्द ही भाई से जा मिलने का अरमान लिए महमिल में सवार हो गईं।

मदीना की तरफ़ रवाना हुए। रास्ते में हर शहर और क़स्बे के लोग इर्द-गिर्द जमा हो जाते। जो क़ाफ़िले वालों से सुनकर जाते वह अपने भाई-बंदों और अपने शहरियों को सुनाते। इस तरह जो कुछ कर्बला में आले-रसूल पर बीती थी, घर-घर की कहानी बन गई। लोग जमा होते, हालात सुनते, मातम करते।

हज़ारों शायरों और अदीबों[3] के दिल हिल गए और उनके कलम ज़ुंबिश में आ गए। एक-एक वाक़िआ सोज़ और नोहे[4] की सूरत में अवाम के दिलों को छूने लगा। घर-घर मजलिसें मुनअक़िद[5] होने लगीं। लोग जमा होते, हालात सुनते और सर धुनते। हुसैन से अक़ीदत[6] बढ़ती गई। उनके क़ातिलों से नफ़रत उससे भी तेजी से

---

1. संगठन, 2. लक्ष्य, 3. कवि तथा लेखक, 4. शोकगीत, 5. आयोजित, 6. श्रद्धा।

बढ़ी। लोगों ने उनके क़ातिलों की ज़िंदगी दुश्वार कर दी। उनके लिए समाज में ज़िंदा रहना दुश्वार हो गया। यह वह आग थी जिसे बुझाना बड़ी से बड़ी ताक़त के वश की बात नहीं। जब एक जज़्बा अवाम में जन्म लेकर उभरता है तो कोई ताक़त उसे दबा नहीं सकती।

हुकूमत को बहुत ज़बर्दस्त ताक़त से मुक़ाबला करना पड़ा। अवाम की बिफरी हुई ताक़त, निहत्थे और मजबूर इंसान भी जब किसी बात के हक़ में फ़ैसला कर लेते हैं तो उन्हें दबाना और कुचलना नामुमकिन हो जाता है। अवाम के रेले के सामने बड़ी-बड़ी हुकूमतें तिनकों की तरह बह जाती हैं।

जब क़ाफ़िला मदीना पहुँचा तो वहाँ के शहरियों को पूरे हालात की इत्तला नहीं पहुँची थी। क़ाफ़िले के साथ वाक़िआत के गवाह जले हुए ख़ेमे थे, अली असग़र का ख़ाली पालना था, ख़ून में डूबे लिबास थे।

शहर के दरवाज़े पर क़ाफ़िला रुक गया और ज़ैनब ने कहा–"ऐ मदीना वालो ! मेरी हिम्मत नहीं हो रही है कि शहर के अंदर क़दम रखूँ। इसी दरवाज़े से भरा-पूरा ख़ानदान सफ़र पर रवाना हुआ था। आज अपना सब कुछ लुटाकर यह क़ाफ़िला वापस लौटा है। हमारे पास कुछ नहीं। सिर्फ़ यह जले हुए ख़ेमे हैं, यह फटी-जली रिदाएँ हैं, अली असग़र का ख़ाली पालना है और सोगवार ज़ुलजनाह है। रसूले-ख़ुदा के नवासे कर्बला के मैदान में तीन दिन के प्यासे शहीद हुए। उनकी नज़रों के सामने उनके बेटे और भाई ज़बह किए गए। छह मास के अली असग़र ने सेहफला तीर खाकर बदनसीब बाप के हाथों में दम तोड़ दिया।"

फ़ातिमा सुग़रा ने जब यह सुना तो एक दिलदोज़[1] आह कलेजे से निकली और वह वहीं ख़ाक पर गिरकर बेहोश हो गईं।

उम्मुल नबीईन ने जब अपने चारों बेटों की शहादत की तफ़सील सुनी तो सिजदा-ए-शुक्र बजा लाईं कि उनके बेटे इम्तिहान में पूरे उतरे, मगर माँ का दिल बेक़रार हो रहा था। बड़े दर्द से बोलीं–" लोगो, मैंने किसी का क्या बिगाड़ा था जो मेरी दुनिया में आग लगा दी ?

" मेरे मकान के चारों सुतून[2] ढा दिए।

" मैं जो बेटों की माँ कहलाती थी।

" आज मेरी गोद सूनी है।

" नई ब्याही दुल्हनें मेरे आँचल के साये को मुबारक समझती थीं कि ख़ुदा उनकी भी गोद भर दे।

" पर आज मेरी गोद ख़ाली है।

---

1. मर्मस्पर्शी, 2. स्तंभ।

" मेरी उम्र-भर की कमाई लुट गई।

" मेरा ख़ून कर्बला की रेत पर रुल गया।

" अब मैं क्यों ज़िंदा हूँ ? "

नाशाद-ओ-नामुराद क़ाफ़िले की वापसी पर मदीने में तूफ़ान फट पड़ा, जिसने हुकूमत की बुनियादें झँझोड़ डालीं। ग़मे-हुसैन ग़मे-जहान बन गया। हुसैन के क़ातिलों के लिए जीना दूभर हो गया। कितने ही उनमें से पागल हो गए। बहुतों ने अपने हाथों अपनी जान लेकर क़िस्सा पाक किया। लोग उनकी जानों के दुश्मन हो गए। उन्हें ढूँढ़-ढूँढ़कर क़त्ल किया। ख़ानदान के ख़ानदान तबाह कर दिए। हज़ारों ने दूसरे मुल्कों में गुमनामी इख़्तियार कर ली।

जगह-जगह मजलिसें होने लगीं। लोग नोहे और मरसिये पढ़ते और मातम करते। हुकूमत की तरफ़ से हुसैन का सोग मनाने वालों पर पाबंदियाँ आमद हो गईं। इस पर अवाम और भी बिफर गए। सरेआम चौराहों पर मातम होने लगे। और सख़्ती हुई, गुस्सा और ग़म बढ़ा। दूर-दूर के मुल्कों तक ग़मे-हुसैन फैल गया।

अरब क़ौम बड़ी जज़्बाती है। जितनी पाबंदियाँ हुईं, उतना ही ग़म-ओ-ग़ुस्सा बढ़ा। मातमे-हुसैन यक़ीन और ईमान का जुज़[1] बन गया। मातम में और शिद्दत[2] पैदा हुई। लोग ज़ंजीरों और छुरियों से मातम करते। उन पर ज़ुल्म होते, सूलियाँ दी जातीं, मगर बजाय ख़ौफ़ज़दा होने के उनकी जगह हज़ारों मातम करने वाले उठ खड़े होते।

मातम की आवाज़ सुनकर यज़ीद पर कर्ब[3] तारी हो जाता, दिमाग़ बेकार होने लगता, रातों की नींद हराम हो जाती। कोई तदबीर इज़हारे-ग़म को ममनूअ[4] करार देने की काम न आई। हुकूमत की बुनियादें हिल गईं। यज़ीद ने ज़हनी ख़लफ़िशार[5] से आजिज़[6] होकर जान दी। अमीर माविया के ख़्वाब पाश-पाश हो गए। हुकूमत की बागडोर अब्बासियों के क़ब्ज़े में आई। यज़ीद का नाम शैतान के साथ वाबस्ता हो गया। आज तेरह सौ साल बाद भी दुनिया के हर हिस्से में ग़मे-हुसैन करोड़ों इंसानों के दिलों में समाया हुआ है। मोहर्रम के महीने में उसी शिद्दत से क़त्ले-हुसैन की याद ताज़ा हो जाती है। मज़लिसें मुनअक़िद होती हैं, वाक़ियाते-कर्बला दोहराए जाते हैं। सदियाँ गुज़र जाने के बाद भी दुनिया हुसैन इब्ने-अली और उनके रिश्तेदारों और दोस्तों को नहीं भूली है। और सदियाँ गुज़र जाएँगी, रोज़े-क़यामत तक दुनिया शहीदे-आज़म हुसैन इब्ने-अली को न भूल पाएगी।

---

1. अंग, 2. तेज़ी, 3. क्षोभ, 4. निषिद्ध, 5. अशांति, 6. विवश।